KB122395

국문학 연구 50년

국문학 연구 50년

한국문화연구원

혜안

발 간 사

이화여자대학교 총장 신인령

20세기 후반 이후 급속히 전개된 탈냉전시대의 도래와 글로벌 공동체의 재편은 새로운 문명의 패러다임에 적응하기 위한 단위 간의 치열한 정치, 경제, 문화적 경쟁을 발생시키고 있다. 한편으로 역사상 유례를 찾을 수 없는 광범위한 사회문화적 교류와 통합의 세기를 창출하고 있다. 이러한 시대에 한 국가의 발전의 원동력은 그 사회의 문화 패러다임의 원류를 탐색하고, 창조적 지식기반을 구축하는 학문운동에서 찾아질 수 있다.

이러한 시대 사명에 부응하여 이화여자대학교 한국문화연구원은 언어, 사회, 문화, 정치, 경제, 사상 등의 제반 분야에서 한국문화의 가치를 창출하는 활발한 학문운동을 전개하고 있다. 특히 해방 이후 한국 학계 50년을 반추하며 연구사, 이론사, 쟁점사를 포괄하여 학술활동의 결실을 점검하고 학술사의 미래를 전망하기 위해 학술사 총서를 간행하고 있다. 한국학술사총서는 일차적으로 한국학 관련 다양한 학문전통을 발굴하고 재구성하는 한편, 더 나아가 이러한 학술활동이 어떻게 세계적 함축을 가질 수 있는가를 탐구하는 것을 목적으로 한다. 서양 학문의 의존에서 벗어나 우리의 자생적인 학문을 모색하고, 한국적 학문의 세계화를 위한 노력이 활발히 전개되는 시점에서 지난 50년간의 학술 연구사를 자리매김하는 작업은 보다 새롭고 창조적인 학문제도와 방법론, 그리고 21세기적 학문활동의 지평을 개척할 것이다. 그런 점에서 한국학술사총서 제1호로 발간된 『국어학연구 50년』이 문화관광부 지정 우수학술도서로 지정된 것은 고무적인 일이며 인문사회과학 분야 전반으로 확대될 후속 작업들에 큰 기대를 갖게 한다.

이화는 지난 110여 년간 어떤 상황에서도 여성교육을 통해 한국 사회와 문화의 발전을 선도하고자 하는 역사의식, 책임의식을 견지하였다. 이화 설립 초기부터 다양한 국학 관련 분야가 설립되어 역사와 전통을 축적해 왔다. 이화는 한국학 연구의 필요성을 어느 대학보다 앞서 체감하고 1958년 한국문화연구원을 설립했다. 외국 문화 도입에 열중하던 해방 직후의 학계나 대학들의 한국에 관한 자체 연구의 필요성에 대한 자각과 한국문화를 세계에 알려야겠다는 소망을 실천한 것이다. 한국문화연구원은 본교의 학문 연구 기능의 중추적 역할을 담당하면서 그 내실과 역량을 대외적으로 공인받아 왔고, 앞으로 한국학 연구의 세계적 본산지로서 도약하고자 하는 비전을 추구하고 있다.

대학의 3대 기능은 교육과 연구와 사회봉사이다. 학문연구의 공동체로서 이화는 다양한 연구저술들을 지원해 왔다. 한국문화연구원의 학술사총서 간행은 21세기의 한국 학문운동을 선도하고자 하는 이화의 학문적 사명감의 표현이다. 이 총서에서 모아진 한국 학술 50년의 결실과 반성, 그리고 전망이 국학만이 아니라 한국적 학문을 전반적으로 진작하는 데 견인차가 될 수 있기를 기대한다. 책의 발간을 위해 수고를 아끼지 않은 연구진과 필자들의 노고에 심심한 치하를 보낸다.

국문학 연구 50년 | 차 례

국문학 연구 50년

총설

김종철

1. 머리말

주기적으로 과거를 되돌아보고 미래를 전망하는 일은 개인은 물론 집단, 사회, 국가 단위에서도 요청되는 바이다. 일정한 시간 동안 개인이 또는 동질적인 구성원으로 이루어진 집단이 특정한 목적을 달성하기 위해 실천한 결과를 평가하고 매듭을 지음으로써 다음 단계에서 그 목적을 새로운 차원에서 실천할 수 있는 기반을 마련할 수 있기 때문이다. 이번 기획 역시 새로운 세기를 맞이하면서 지난 50년 동안의 한국문학연구를 되돌아보아 비판적인 자기 점검을 통해 새로운 세기의 연구 방향과 과제를 모색하고자 마련한 것이다.

그런데 지난 반세기의 한국문학연구사를 전반적으로 파악하는 일은 결코 쉽지 않다. 그 동안 축적된 연구 업적이 대단히 방대하기 때문에 이를 제대로 파악하기란 실로 난제이다. 호한한 연구 업적들 중 연구사의 측면에서 의미 있는 성과들을 선별하는 작업이 선행되어야 하거니와, 무엇보다 근래에 쏟아져 나온다는 표현이 어울릴 정도로 많이 발표되는 연구 업적들을 다 포괄하는 일 자체가 쉽지 않은 것이다.[1] 이 점에서 하나의 독립된 연구

1) 예컨대 2000년도의 한국고전문학 분야 연구논문 편수(학회지 논문과 학위 논문 포함)를 보면 구비문학 분야가 300편을 넘고, 한문문학 분야는 500편을 상회하며, 고전소설 분야는 250편을, 고전시가 분야는 150편을 넘고 있다(『국문학연구』 6호, 서울 : 국문학회, 2001 참조).

분야로서 '한국문학연구사'가 정립되어야 할 시점에 왔다고 생각한다. 한국문학연구가 연구 주체, 연구 대상 그리고 연구 방법을 중심으로 시간의 흐름에 따라 어떤 유의미한 변화와 단층을 이루어왔는지를 검토함으로써 한국문학연구가 하나의 학문으로서 갖는 존립 근거, 위상, 체계 및 의의에 대해 비판적인 점검할 수 있기 때문이다.

연구사 정리를 통한 회고와 전망은 거듭 이루어져 왔다. 해방이나 정부수립과 같은 특정한 역사적 시점을 기준으로 정리한 경우[2])도 있고, 주목할 만한 연구가 이루어진 시점을 기준으로 정리한 경우[3])도 있으며, 학회 단위에서 학회의 학문적 연륜이 깊어지는 것을 기념하여 정리한 경우[4])도 있다. 아울러 세기의 전환을 맞이하며 행하는 회고와 전망[5])도 있었으며 기획 출판과 관련된 연구사 정리[6])도 있었다.

---

2) 김동욱, 「국문학연구의 현황」, 『국문학사』(개정판), 서울 : 일신사, 1987 ; 정병욱, 「고전문학 연구의 어제와 오늘」, 『한국고전문학의 이론과 방법』, 서울 : 신구문화사, 1997 ; 정병욱, 「정지(整地) 끝낸 국문학 연구-민족운동의 방편으로 태동된 국문학 연구의 학문화」, 『한국고전문학의 이론과 방법』, 서울 : 신구문화사, 1997 ; 조동일, 「국문학 연구 30년의 자취」, 『우리 문학과의 만남』, 서울 : 홍성사, 1978 ; 조동일, 「국문학연구의 현단계 점검」, 『국문학연구의 방향과 과제』, 서울 : 새문사, 1985 ; 민병수 외, 『국어국문학연구사』, 서울 : 우석, 1985 ; 류준필, 「광복 50년 고전문학 연구사의 전개 과정」, 『한국학보』 78, 서울 : 일지사, 1995 ; 정호웅, 「광복 50년의 근대 문학 연구사」, 『한국학보』 78, 서울 : 일지사, 1995 ; 한국정신문화연구원, 『광복50주년 국학의 성과』, 성남 : 한국정신문화연구원, 1996 ; 대한민국학술원, 『한국의 학술연구』(인문사회과학 제2집), 서울 : 대한민국학술원, 2001.

3) 정병욱, 「고전문학 연구 반세기」, 『한국고전문학의 이론과 방법』, 서울 : 신구문화사, 1997.

4) 국어국문학회 편, 『국어국문학회삼십년사』, 서울 : 일조각, 1983 ; 국어국문학회 편, 『국어국문학40년』, 서울 : 집문당, 1992 ; 조동일, 「국어국문학 30년의 성과와 문제점」, 『국문학연구의 방향과 과제』, 서울 : 새문사, 1985.

5) 한국고전문학회, 「학회창립30주년 기념 학술대회-국문학 연구의 이념과 방법」, 『고전문학연구』 18, 서울 : 한국고전문학회, 2000 ; 박일용, 「20세기 국문학 연구의 흐름을 통해서 본 21세기 연구의 방향과 과제」, 『돈암어문학』 11, 서울 : 돈암어문학회, 1999 ; 이남호, 「현대문학 연구의 새로운 방향」, 『돈암어문학』 11, 서울 : 돈암어문학회, 1999.

6) 최원식, 「한국문학 연구사」, 황패강 외, 『한국문학연구입문』, 서울 : 지식산업사, 1982 ; 임형택, 「일제 저항기의 국문학」 ; 「분단시대의 국문학」, 『한국문학사의

기왕의 거듭된 연구사를 바탕으로 독립된 연구 분야로서 '한국문학연구사'가 정립되기를 희망하면서 본고는 선행 정리 성과를 받아들여 지난 50년의 연구사를 검토하기로 하되 갈래별 연구사 정리는 각론에서 상세히 하므로 한국문학연구 50년의 전반적 흐름을 포괄적으로 파악하는 방향을 취하고자 한다. 특히 영역별 · 갈래별 논의 중심의 각론에서 논의하지 않는 분야를 유의하여 정리하고자 한다.

2. 한국문학연구 50년의 시대적 성격

한국문학연구 50년이라 했을 때 그 50년은 줄잡아 50년이라는 말이다. 이 말은 연구사 정리의 시기 구분을 엄밀히 하지 않겠다는 뜻은 아니다. 물리적 시간으로서의 50년이 아니라 정신적 시간으로서의 50년을 하나의 단위로 한 연구사 정리를 하겠다는 뜻이다.

물론 2000년에서 되돌아 본 50년, 즉 1950년을 기점으로 해도 그 시간적 의미가 축소되거나 국한되지는 않는다. 1950년은 냉전 체제하의 분단 모순이 전쟁으로 치달았고, 이로 인해 남북한의 분단이 더욱 고착되고, 상호 대결이 심화되어 이로 인해 한국문학연구가 이념적 제약을 받아 연구 방법이 변화하는 등 여러 가지 영향을 받았으므로 중요한 기점이라 할 수 있다. 그런데 이처럼 분단을 중시하는 관점에서는 남북한이 각각의 정부를 수립하여 중세의 신라 · 발해의 남북국시대처럼 새로운 남북국시대를 연 1948년도 하나의 기점이 될 수 있다. 나아가 이러한 분단은 실질적으로 일본 제국주의의 강점으로부터 해방된 시점부터 시작되었으므로 1945년이 더 의미 있는 기점이라 할 수 있다.

이처럼 해방과 분단, 그리고 전쟁으로 인한 분단의 고착화가 서로 밀접하게 연결되어 있고, 목하 새로운 세기를 맞이하면서 남북통일을 위한 상호간의 노력과 모색이 전보다 일층 진전되고 있는 상황임을 고려한다면 지난 50년은

시각』, 서울 : 창작과비평사, 1984.

결국 해방 이후 55년을 포괄하는 범칭이라 할 수 있다. 다시 말하면 20세기 후반기의 한국문학연구사는 광복 50년, 분단 50년 및 전후(戰後) 50년의 연구사를 동시에 의미한다. 이것은 시대 상황이 한국문학연구의 기본 조건의 하나임을 말하며, 나아가 한국문학연구가 이에 대한 학문적 대응의 성격을 지녀왔음을 말한다.

1) 민족 운동과 한국문학연구

한국문학연구에서 민족은 출발점이자 귀환점이기도 하다. 한국문학연구의 출발이 외세의 침략에 대한 민족의 자각에서 시작되었고, 새로운 세기가 시작된 현시점에서도 민족문학으로서의 한국문학의 성격이 논의의 중심에 자리잡고 있는 것이다. 크게 보면 일제 시대는 민족해방운동과, 해방 이후에는 분단 극복과 통일된 근대국민국가 수립이, 1990년대 이후에는 국제화 시대의 민족의식의 재정립이 중심 화두가 되고, 반(反)중세, 반외세, 국민국가 수립, 근대적 사회 제도의 수립 등이 핵심 과제가 되었는데 한국문학연구 역시 이에 대응하는 실천 활동의 성격을 지녀왔다고 할 수 있다.

한국문학연구는 그 처음부터 민족의 문화에 대한 자각을 통해 민족의 역량을 키우고 이를 바탕으로 민족 해방으로 나아가고자 한 운동의 성격을 지녔다. 한국문학연구는 애국계몽운동의 연장선상에서 시작되었는바, 1920년대의 自山 安廓의 활동을 대표적으로 들 수 있다. 안확은 애국계몽운동기에 성장하고 국권회복운동에 투신했던 인물이다. 그는 애국계몽운동의 맥을 이으면서 3·1운동 이후 문화운동의 흐름 속에서 민족의 정신적 자각과 사상적 통일을 위하여 최초의 문학사인 『조선문학사』(1922)를 쓴 바 있다. 그는 문학사를 한 국민의 心的 현상의 변천 발달을 추구하는 것으로 규정하고, 1920년대 문화 운동이 민족의 자각과 통일 없이 이루어지는 현실을 질타하는 것으로 문학사를 끝맺고 있는데, 문학사 연구가 동시대 민족 운동의 역사적 좌표 설정과 관계 있음을 분명히 보여주었던 것이다. 이러한 연구 이념은 민족독립운동의 일환으로서 민족 정신을 고취하기 위하여 국문학을 연구하고, 민족 정신의 역사적 전개를 중심으로 문학사를 체계화한 陶南 趙潤濟에게 발전적으로 이어졌다고 할 수 있다. 즉 애국계몽운동에서 민족해방운동으로 선명하게 이어지는 연구 노선이 하나의 축이었던 것이다.

이와 함께 들 수 있는 또 하나의 축은 일본인 학자들이 제국주의적 관점에서 한국의 설화와 민속 등을 연구하는 것에 맞서서 우리의 문학과 문화에 대한 연구를 진행한 것이다. 일본인 연구자들은 19세기말 이래 한국의 신화, 전설, 민요, 무속, 향가 등을 지속적으로 연구하였는데 그것은 기실 식민지 지배를 위한 기초 연구로서 풍속 조사의 차원이었다고 할 수 있다. 이에 대하여 1920년대 이래 1940년대 전반기까지 최남선, 문일평, 손진태, 이병기, 이광수, 이은상, 이능화, 조윤제, 정인보, 김태준, 김윤경, 김재철, 구자균, 방종현, 송석하, 지헌영, 김석형 등등이 신화, 전설, 민요, 무가, 향가, 시조, 가사, 소설, 기록문학, 연극 등 여러 분야 걸쳐 연구를 시작한 것은 거시적으로 보면 제국주의적 시각에 입각한 일본인 연구자들의 식민지 연구에 대한 대항 의식의 산물이라 할 수 있다. 조직으로는 震檀學會(1934), 연구 중심으로는 조선학(국학) 운동이 그 활동의 근거가 되었던 것이다.

물론 이들의 연구가 모두 민족해방운동을 뚜렷이 의식했다고 할 수 없고, 부분적으로는 일제의 관변 연구자들의 관심이나 방법에 침윤된 측면이 없지 않은 것도 사실이다. 그러나 자기 민족의 문학에 대한 주체적인 연구가 일본인의 연구에 대한 일종의 대타의식에서 비롯된 것 역시 전반적으로 볼 때 민족의 자각 운동의 일환이라 할 수 있는 것이다.

2) 분단 체제하에서의 한국문학연구

해방 이후는 1950년 한국전쟁을 분기점으로 크게 두 시기로 나눌 수 있다. 해방과 분단은 동시에 왔는데, 한국전쟁은 분단 체제를 고착 · 강화시켜 남북 대결시대를 열었던 것이다.

해방 직후 몇 년은 해방공간, 해방기, 미군정기 등 다양하게 불리는데, 통일과 새로운 국가 건설을 두고 다양한 논의가 진행되었던 시기였다. 한국문학연구 역시 조윤제의 신민족주의, 이명선의 유물사관 등등의 이념과 방법에 입각한 연구가 이루어져 다채로운 양상을 보였다. 그러나 남북한 각각 정부 수립이 이루어지고 분단 체제가 고착되면서 연구자들도 분단되고 말았다. 연구자 개개인의 이념에 따른 노선 선택이 이루어져 이명선, 정노식, 고정옥, 정학모, 정형용, 김삼불, 김하명 등은 북한을 택했고, 그 과정에 희생자들도 나왔으니 예컨대 김태준은 남로당 쪽에서 활동하다 전쟁 직전 남한에서 처형되었고, 월북한 임화는 전쟁 끝 무렵 북에서 처형되었던 것이다. 그런가 하면 정인보 등은 한국전쟁 중 납북되는 등의 피해가 발생했다.

전쟁과 분단의 고착으로 이전의 민족 해방을 대신하여 통일, 즉 분단 극복이 더욱 절실한 민족사적 과제로 떠오르게 된 상황이었지만 현실적으로는 전쟁이 끝난 뒤 남북한 모두 연구에서 이념적 자유를 상실하게 되었다. 전후 한국문학연구는 냉전 체제 하에서 한동안 연구 주체의 현실적 실천성보다는 한국문학이라는 연구 대상의 객관적 실체 파악에 시종하는 분위기가 지속된 바 있다. 그러나 그 이후 1960년대 벽두의 4·19와 5·16, 1970년의 전태일 사건, 1980년의 광주민주화운동 등을 거치면서 민주주의와 경제적 평등의 실현, 강대국에의 종속적 상황의 극복 등을 둘러싸고 근대 사회를 구성하고 있는 민족 내부의 첨예한 갈등이 전개되어 민족이란 내부 구성원의 조화로운 전체가 아니며 대내외적 모순을 상호 대립과 갈등을 통해 극복해 나가야 하는 공동체임이 뚜렷해져 한국문학연구 역시 이에 대응하는 실천 활동의 성격을 갖게 되었다. 예컨대 1970년대이래 민중문학에 대한 연구가 상당 기간 동안 지속된 것, 1980년대 중반 이후 신진연구자들이 카프(KAPF)문학 연구를 집중적으로 전개한 것 등등이 그러한 사례에 해당한다. 나아가 민주화 운동의 일정한 성취에서 이루어진 1988년의 해금 조치 이후 활발해진 월북 문인과 북한문학에 대한 연구는 한국문학연구가 냉전과 분단 체제의 제약에서 상당 부분 자유로울 수 있게 되었음을 말해준다.

요컨대 남한을 중심으로 볼 때, 해방과 분단, 전쟁과 남북 대결, 산업화와 경제적 평등, 민주화와 인권 등등 매우 커다란 역사적 사건과 시대적 과제의 점철 속에서 한국문학연구는 한편으로는 학문으로서의 체제와 기반을 수립하고 확충해왔으며, 다른 한편으로는 민족민주운동의 학문적 실천으로서의 성격도 유지해왔던 것이다.

3) 국제화 시대의 한국문학연구

한국문학연구는 한국사학과 함께 한국학의 중심 분야이다. 한국학은 세 단계에 걸쳐 그 성격이 변화해 왔다고 할 수 있는데, 근대 초기의 本國學, 일제 강점기의 朝鮮學, 해방 후의 韓國學이 그것이다.[7]

본국학은 1899년 황성신문 논설에서 外國學에 대응하여 제기된 것으로 외국에 대해서 알아야 하는 만큼 자국에 대한 것도 알아야 함을 역설한 것이다. 즉 민족 의식에 바탕을 둔 계몽 운동의 일환으로서 한국의 전반에 대한 학문 활동을 촉구한 바, 이는 서구로 대표되는 외국 문화와의 접촉과 그 과정에서의 국가적 위기 의식 속에서 자기에 대한 정확한 인식이 요청되었기 때문이었다.

그러나 이 본국학은 1910년 국권의 상실로 인해 제대로 전개되지 못했고, 1930년대의 조선학 운동으로 새로운 단계에 접어들게 된다. 식민지로 전락하면서 국학이라는 용어를 쓰지 못하고 조선학을 표방했는데, 이 학술 운동이 전개된 배경으로는 경성제국대학을 비롯한 국내외 대학 졸업자들과 국학파 연구자들의 연구 역량 축적, 조선사편수회와 같은 일제의 학문적 지배에 대한 위기의식, 일제의 파시즘으로 인한 정치운동의 봉쇄를 학문 연구로 그 출구를 모색하고자 한 것 등을 들 수 있다.[8] 이 조선학 운동은 조선

---

7) 이우성, 「국학 일백년의 회고와 전망」, 한국정신문화연구원 편, 『광복 50주년 국학의 성과』, 서울 : 한국정신문화연구원, 1996에서 본국학 · 조선학 · 한국학으로 구분했다.

8) 임형택, 「국학의 성립과정과 실학에 대한 인식」, 『실사구시의 한국학』, 서울 : 창작

후기의 실학에 주목하여 이를 학문적으로 고찰하고 동시에 조선학의 연원을 실학에서 찾음으로써 학문의 현실성을 강조한 것이 특징이다.

이 때 안재홍, 백남운, 현상윤 등이 조선학의 성격을 둘러싸고 각기 제출한 견해는 오늘날에도 재삼 음미해야 할 점이라고 본다. 즉 조선학이 조선의 역사와 문화를 탐구하되, '朝鮮心'이나 '朝鮮魂' 탐구로 편향되거나, 조선에 대한 연구가 결과적으로 일제의 식민지연구와 상통하게 될 가능성을 경계한 것은 오늘날 한국학이 국수주의적으로 흐르거나 그 반대로 주체성을 상실하여 제국주의적 관점의 지역학으로 전락해서는 안 된다는 당위와 상통하는 것이기 때문이다.

해방 이후 한국학은 국학으로서의 조건을 되찾았으나 분단과 근대화 과정에서 한동안 뚜렷한 학문적 정체성과 목적 의식을 가지지 못하다가 1970년대 이후 민주화 운동과 서구 문화에 대한 한국문화의 주체성 추구 활동의 전개 속에 제자리를 찾기 시작했다고 할 수 있다. 예컨대 한국문학연구에서 서구 이론의 적용에 편향된 연구를 반성하고 민족 현실에 적극적으로 대응한 문학의 전통을 추구하고, 한국의 독자적인 문예미학을 탐구하거나, 한국근대 문학의 보편성과 특수성에 대해 관심을 경주한 것 등등이 그러한 사례에 해당한다.

그러나 1990년대 초의 현실사회주의의 붕괴에 이어 전지구적 차원에서 시장 경제가 맹위를 떨치는 이른바 세계화의 격랑 속에서 한국학은 새로운 도전에 직면해 있다. 하나는 인문학의 위기이다. 실용주의 노선이 횡행하면서 인문학 자체가 대학과 사회 내에서 존립 기반이 흔들리게 되니 한국어문학, 한국사, 한국철학 등을 중심으로 한 한국학 역시 그러한 상황에 봉착하고 있다. 반면 한국의 경제 규모가 커지면서 한국어교육과 지역학으로서의 한국학에 대한 수요는 늘어나, 외형은 확대되었지만 내실은 위기에 빠지고 있는 불균형까지 발생하고 있다. 그러므로 한국학이 세계자본주의의 기획 속에 경제 교류 차원의 지역학으로 전락하지 않고 세계 문화의 진정한 발전에

과비평사, 2000 참조.

한국문화가 어떻게 기여해왔으며, 또 할 수 있는가를 증명하는 학문으로 자기 존재를 증명하는 일은 목하 하나의 과제로 제기되고 있다. 한국학이 봉착하고 있는 또 하나의 과제는 한국학 자체를 세계화하는 일이다. 이것은 국내적으로는 한국학을 한국문화의 특수성을 밝히는 학문이 아니라 인류 문화의 보편성과 각국 문화의 특수성을 함께 밝힐 수 있는 범례적 학문으로 발전하는 일이다. 아울러 국외적으로는 한국학이 세계 여러 나라의 우수한 학자들이 도전하는 학문이 되는 일이다. 이는 다분히 정책적인 과제이긴 하나 세계의 학자들이 한국학을 통해 인류의 미래를 설계하도록 해야만 한국학이 일국적 또는 일민족적 차원을 넘어설 수 있는 것이다.[9]

3. 한국문학연구의 체제 수립 과정

1) 한국문학연구의 제도적 기반

(1) 대학 중심의 연구 활동과 연구자 양성

한국문학연구의 先鞭은 國學派 연구자들이 잡았으나 경성제국대학 졸업자들이 1930년대에 연구에 참여함으로써 점차 대학에서 공부한 연구자들이 한국문학연구의 주류를 형성하게 된다. 국학파 연구자들과 국내외 대학 출신 연구자들이 해방 이후 설립된 전국의 대학에서 연구와 교육에 종사하기 시작한 이래 한국문학연구는 대학의 국어국문학과와 국어교육과가 중심이 되고, 연구자들의 양성 역시 대학을 중심으로 이루어지게 되었다.

1946년에 6개 대학에, 1980년 현재 36개 대학에 국어국문학과가 설치되었는데,[10] 2000년 현재 전국의 대학에는 국어국문학과가 96개, 국어교육과(교대 포함)가 41개 총 137개가 설치되어 있고,[11] 이와 별도로 한문학과와 한문교

9) 이러한 모색의 일단을 안동대학교 국학부 편, 『21세기를 겨냥한 우리 국학의 방향과 과제』, 서울 : 집문당, 1997 ; 『국학의 세계화와 국제적 제휴』, 1999에 실린 글들에서 볼 수 있다.

10) 조동일, 「국어국문학 30년의 성과와 문제점」, 『국문학연구의 방향과 과제』, 서울 : 새문사, 1985, 183쪽.

육과가 20개 대학에 설치되어 있다. 이로써 한국문학 연구자를 양성하는 제도적 기초는 충분히 마련되었다고 할 수 있다. 그리고 실제 전문 연구자를 양성하는 대학원 과정 역시 많은 대학에 설치되어 있어서 양적인 측면에서는 연구자 배출이 활발하게 이루어질 수 있는 기반이 조성되어 있다. 이러한 기반 위에서 1980년대 이래 연구 성과가 비약적으로 축적되고 있는바, 해방 이후 현대문학 분야의 학위 논문 증가에 대해 다음과 같은 조사 결과가 보고되기도 했다.[12]

<석사 학위 논문 편수>

시기	시	소설	희곡	비평	기타	합계
1945~59	6	7	0	1	0	14
1960~64	26	24	0	2	0	52
1965~69	26	19	2	7	0	54
1970~74	16	44	3	3	1	67
1975~79	64	61	2	13	1	141
1980~84	160	210	18	20	6	416
1985~89	276	384	34	36	10	742
1990~94	230	403	36	49	7	725
합 계	804	1,152	99	131	25	2,211

<박사 학위 논문 편수>

시기	시	소설	희곡	비평	기타	합계
1970~74	2	1	1	0	0	4
1975~79	4	5	0	4	1	14
1980~84	18	19	1	4	1	43
1985~89	52	52	4	9	2	119
1990~94	66	81	8	20	0	175
총 계	142	158	14	37	4	355

고전문학 분야의 학위 논문 역시 이와 비슷한 증가율을 보였는데, 2000년도

---

11) 국립국어연구원, 『국어학연감 2000』, 2000. 12, 663~672쪽 참조.

12) 권영민, 「한국 현대 문학 연구의 결산」, 『한국문학 50년』, 서울 : 문학사상사, 1995, 560~563쪽 참조.

고전문학 분야의 박사 학위 논문을 보면 구비문학 11편, 한문학 15편, 고전시가 10편, 고전소설 8편으로 나타나고 있다.[13)]

이러한 양적 성장이 모두 질적 성장을 보장한다고는 할 수 없으나 연구자층이 두터워지고, 과거 소수 대학에 집중되어 있거나 몇 개 대학 출신이 대다수이던 선도적인 연구자들이 이제는 전국의 대학에 골고루 분포되거나 여러 대학에서 배출되는 양상이 전개되고 있음은 분명 긍정적이라 할 수 있다.

아울러 대학에 부설된 연구소들이 연구발표회를 개최하고, 기획연구 및 기획 출판 활동을 하고, 정기적으로 연구 논문집을 발간하거나 연구자료를 간행하는 활동을 하여 대학에서의 한국문학연구의 한 축을 담당하고 있다.

한편 한문학 연구자들의 경우 대학에서의 교육 외에 전통적인 교육을 받은 한학자들에게 한문 교육을 받아 연구자로서의 바탕을 마련하기도 했는바, 민족문화추진위원회와 태동고전연구소 및 한학자 개인들이 연 학숙들을 들 수 있다.

(2) 학회 중심의 연구 활동의 활성화

대학 및 그 부설 연구소와 함께 한국문학연구를 견인하는 또 하나의 축은 학회이다.

학회가 등장한 것은 근대 초기로 西北學會, 畿湖興學會 등이 족출했으나 본격적인 학술단체라기보다는 계몽운동단체로서의 성격이 강했다. 일제시대 한국어와 한국문학을 전문적으로 연구하는 첫 학회는 조윤제, 이희승, 김재철, 이숭녕, 방종현 등 경성제국대학 조선어문학과 출신들이 조직한 동인회 성격의 朝鮮語文學會(1931)라 할 수 있는데, 이들은 『조선어문학회보』를 간행한 바 있다. 그 뒤 한국사와 한국문화 전반을 연구하는 학술단체 震檀學會(1934)가 결성되어 여기에 이병기, 조윤제, 김태준 등 한국문학연구자들이 참여하였는 바 그 성과는 학회지 『震檀學報』에 발표되었다.

---

13) 국문학회, 『국문학연구』(제6호), 서울 : 태학사, 2001에 수록된 「2000년도 연구사」에 조사된 논문 중 박사논문만을 헤아린 것이다.

해방 이후 방종현, 김형규, 손낙범, 정형용, 정학모, 구자균, 고정옥 등 경성제대 조선어문학부 출신들이 우리어문학회(1948)를 결성하여, 학회지 『어문』을 발행했으며, 학회 명의로는 처음으로 『국문학사』(1948)와 『국문학개론』(1949)을 출판하기도 했다. 그 뒤 한국전쟁 중에 국어국문학회(1952)가 결성되었는 바, 양재연, 정병욱, 김동욱, 장덕순, 전광용, 이태극, 강한영 등 서울대 문리대 국어국문학과 출신들을 주축으로 한 이 학회는 현재까지 『국어국문학』을 발행해 오고 있으며 국어국문학 연구를 대표하는 학회로서 그 역할을 수행하고 있다. 이 뒤를 이어서 지방에서도 학회가 결성되었는바, 예컨대 대구를 중심으로 한 한국어문학회(1956), 대전을 중심으로 한 어문연구회(1962) 등을 들 수 있다. 한편 국어국문학연구와 국어교육연구를 목적으로 한 한국국어교육연구회(1955, 현재는 한국국어교육연구학회)도 결성되어 지금까지 이 분야 연구를 이끌고 있다.

1970년대 이후는 한국문학의 분야별 전공 학회가 새로이 등장하기 시작한 것이 특징이다. 김열규, 김병국, 김진세, 민병수, 서대석, 성기열, 성현경, 이상택, 이석래, 조동일, 조희웅, 최래옥 등이 결성한 한국고전문학연구회(1970, 현재는 한국고전문학회)가 그 대표적인 학회라 할 수 있고, 그 뒤 한국한문학연구회(1975, 현재는 한국한문학회)가 창립되었다. 전공분야별 학회의 등장은 계속되어 예컨대 한국구비문학회, 한국고소설학회, 한국시가학회, 판소리학회, 한국고전여성문학회, 한국한시학회, 한국현대문학회, 현대문학이론학회, 문학사와 비평학회, 한국현대소설학회, 한국비평문학회, 민족문학사학회 등등이 결성되어 활동하고 있다.[14]

2001년 현재 한국학술단체연합회에 소속된 한국문학(국어국문학, 국어교육 관련 학회 포함, 국어학 관련 학회는 제외) 연구 학회는 110개에 달하는데,[15] 제대로 활동하지 않는 학회들이 상당수 있는 것을 감안해도 학회

---

14) 이는 전공 분야별 학회 결성의 사례를 보이기 위한 것이므로 여기에 거명되지 않은 학회들의 양해를 바란다.

15) 한국학술단체연합회, 『학회총람』, 서울 : 한국학술단체연합회, 2001 참조.

중심의 연구 활동이 정착되어 가고 있음을 알 수 있다. 이들 학회는 정기 연구 발표회와 학회지의 정기적인 발간을 통해 연구 성과를 지속적으로 축적하고 있다. 특히 정기 연구 발표회를 통한 연구자들 상호 토론과 기획 주제의 수립을 통한 공동의 관심사 환기는 연구의 정밀성, 연구자의 계발, 연구 주제의 심화와 확대, 시의성 획득 등에서 큰 기여를 하고 있다.

이들 학회는 다른 학문 분야의 학회들과 마찬가지로 한국학술진흥재단(1981년 설립)의 심사에 의한 재정 지원(학술대회 개최와 학회지 발간)을 부분적으로 받고 있는데, 2002년 현재 한국학술진흥재단의 학술지 평가에서 등재지로 평가받은 학술지가 4개, 등재후보지로 평가받은 것이 12개이며, 교육부의 학술지 평가에서 A · B급으로 평가받은 학술지가 26개(학술진흥재단의 등재, 등재 후보지 중복 포함)이다.[16)]

2) 연구 대상으로서의 한국문학의 범위

현재 연구 대상으로서의 한국문학은 원시시대부터 근대까지 한민족이 민족어문과 동아시아문화권의 공동어문으로 창작한 문학을 말한다. 표현 언어로 볼 때 한국문학은 구비문학과 기록문학으로 구성되고 기록문학은 한문문학과 국문문학으로, 국문문학은 다시 고전국문문학과 현대문학으로 구성되어 있다. 그러나 연구 대상으로서의 한국문학의 개념과 범위는 논란과 인식의 전환 및 시대 상황의 변화를 거쳐 정립되었다.[17)] 이하 그 과정에 대해 간략히 살피기로 한다.

---

16) 이 평가 결과가 현재 한국문학연구 학술지의 수준을 그대로 말해주는 것은 아니다. 학회지 평가가 아직 초창기이고 제대로 정착되지 않은 면이 있는데다 정량적 평가에 치우치는 문제가 있기 때문에 이를 감안해야 한다.

17) 그 과정은 다음 두 연구에서 정리된 바 있다. 김흥규, 「한국문학의 범위」, 황패강 외, 『한국문학연구입문』, 서울 : 지식산업사, 1982 ; 조동일, 「국문학의 개념과 범위」, 장덕순 외, 『한국문학사의 쟁점』, 서울 : 집문당, 1986.

(1) 국문문학과 한문문학

연구 대상으로서의 한국문학의 개념을 둘러싼 첫 번째 논란의 중심은 한문문학이었다. 근대 민족문학의 개념에 입각해 볼 때 국문문학은 논의의 여지없이 한국문학이지만 한문문학은 그 표기 문자가 중국에서 유래한 것이라는 점에서 한국문학으로 수용하기 어려웠던 것이다. 자국의 고유한 문자로 창작된 문학만을 자국의 문학으로 보는 관점을 견지하면 한문문학은 배제될 수밖에 없어서 『조선한문학사』(1931)를 저술해 처음으로 한문문학사를 정리한 김태준도 한국문학 내에 그 정당한 자리를 잡아주기보다는 청산의 대상으로 보았던 것이다. 그러나 근대 이전에 한문문학이 엄연히 창작되고 향유된 역사적 실상 역시 부인하기 어려운 일이므로 한국문학의 역사적 실체를 연구하는 입장에서는 근대 민족문학의 논리만 내세울 수 없는 형편이었다. 즉 근대민족문학의 개념과 역사적 실상 사이의 갈등인 셈이다. 이 논란은 이광수, 홍기문, 조윤제, 김태준, 우리어문학회, 김사엽, 이병기, 정병욱, 장덕순 등등에 의해 전개되었는데, 한문문학을 배제하는 주장과 그 역사적 실상을 인정해야만 한다는 주장 및 한문문학을 제한적으로 한국문학에 포함하는 절충적 견해를 등이 제시되었다.[18] 예컨대 조윤제는 처음에는 한문문학을 서자의 지위로 인정했다가 뒤에 『국문학사』(1949)에서는 국문문학을 '純조선문학'으로 보고, 이것이 한문문학과 함께 '큰 조선문학'을 이룬다고 하고, 한문으로 기록된 설화와 소설은 '순조선문학'에 포함한다고 했다.

한문문학이 정병욱에 의해 한국문학은 일원으로 정당한 자리를 찾게 된다. 그는 한국문학을 "한국사람의 생활을 역사상의 각기 시기에 있어서 그 시대적 특수성에 상응하는 표현방법인 정음・차자・한문을 통하여 형상적으로 창조한 문학"으로 정의하여 표기문자에 의거한 한국문학의 범위를 正音문학, 借字문학, 한문문학으로 했던 것이다.[19] 정병욱의 논리의 핵심은 시대적

---

18) 그 자세한 과정은 임형택, 「한국문학의 인식 체계-그 개념 정립과 한문학의 처리 문제」, 『한국문학사의 논리와 체계』, 서울 : 창작과비평사, 2002 참조.

19) 정병욱, 「국문학의 개념 규정을 위한 제언」, 『한국고전문학의 이론과 방법』, 서울 : 신구문화사, 1997, 21쪽(원래는 『자유문학』, 1952. 8에 발표된 것임).

특수성, 즉 역사적 특수성에 있다. 근대 이전에 한문으로 문학을 창조한 역사적 특수성을 인정하자고 했던 것이다. 그런데 그는 한문문학에서만 역사적 특수성을 인정하는 것이 아니라 근대문학에서도 언문일치의 민족문학만이 근대문학인 역사적 특수성을 강조하여 한국문학의 체계를 수립하는 논리의 일관성을 갖추었다는 점에서 평가할 수 있다.

이후 김홍규에 의해 한문이 동아시아 각국의 중세에 普遍文語의 역할을 했으며 한문문학은 동아시아 차원에서 보면 보편적 현상이라는 점이 지적되어 중국에서 들어온 한문으로 창작된 문학을 한국문학에서 특수하게 처리해야 하는 문제를 넘어설 수 있게 되었다.[20] 이러한 견해는 조동일에 의해 일층 발전되어 한문을 동아시아의 共同文語로 규정하고 한문문학을 『한국문학통사』(초판, 1982)에서 본격적으로 다루게 되었다.[21]

이상의 과정을 거쳐 역사적 실체로서의 한문문학이 한국문학임이 개념적으로 규정되고, 나아가 그것을 세계문학의 보편적 현상의 하나로 인식하는 데까지 나아가게 되었다. 그리하여 현재는 한문문학 전반에 대한 다각도의 연구가 진행되고 있으며 나아가 국문문학 및 구비문학과의 관계에 대한 논의 등등이 활발하게 이루어지고 있다.

(2) 구비문학과 기록문학

한국문학인가의 여부로 논란이 벌어졌던 한문문학과는 달리 구비문학은 문학이냐 아니냐가 문제가 되었다. 글로 된 문학, 즉 기록문학만이 문학이라는 관념 때문에 오랫동안 구비문학은 민속학의 분야로 보거나 準문학, 또는 기록문학의 보조 자료로 취급되기도 했던 것이다. 즉 구전되는 문학은 민속학에서 다루고, 기록된 구비문학, 예컨대 문헌 설화 등은 소설의 원천으로 볼 뿐 그 독자적 가치는 제대로 평가하지 않았던 것이다.

---

20) 김홍규, 「한국문학의 범위」, 황패강 외, 『한국문학연구입문』, 서울 : 지식산업사, 1982, 14쪽 참조.

21) 조동일, 『공동문어문학과 민족어문학』, 서울 : 지식산업사, 1999 에서 중세 세계문학 전반에 나타난 공동문어문학과 민족어문학의 관계를 다각도로 고찰하고 있다.

구비문학은 문학이란 무엇인가에 대한 반성을 통해 문학으로서의 정당한 자리를 찾게 되는데, 그것은 문학이 언어예술이라는 점, 즉 문학에는 말로 된 문학과 글로 된 문학이 있으며, 말로 된 문학이 문학사에 처음 등장한 문학이며, 모든 문학의 바탕이 되었다는 점 등에 대한 인식을 통해서였다. 1920년대 이래 구비문학의 하위 영역에 대한 많은 자료 수집과 연구 등을 배경으로 하고, 한국문학사에 구비문학사가 따로 서술[22]되는 단계를 거쳐 이상과 같은 인식이 분명히 표방되고, 구비문학은 문예학의 대상이 되어야 함이 천명된 것은 장덕순·조동일·서대석·조희웅 공저의 『구비문학개설』[23]에서였다. 여기서 구비문학은 설화, 민요, 무가, 판소리, 민속극, 속담, 수수께끼 등을 포괄하는 한국문학의 한 영역으로서 자기 위상을 갖게 되었다.

이후 구비문학연구는 산업화와 도시화의 진전 속에 사라져 가는 구비문학의 조사와 연구를 병행해왔고 현재는 21세기 정보화 시대에 등장하는 새로운 구비문학까지 연구 대상으로 확장하는 등의 새로운 모색을 하고 있다.[24]

(3) 고전문학과 현대문학

현재 한국문학연구의 전공별 구분, 교과목 개설, 교수진의 구성 등은 통상 고전문학과 현대문학의 이분법을 따르고 있다. 연구 대상으로서의 현대문학이란 용어는 보통 근대문학을 뜻하며, 고전문학은 근대 이전의 문학을 지칭한다.

현대문학연구는 고전문학연구보다 늦게 시작되었다. 안확이 그의 『조선문학사』에서 현대문학을 '최근문학'이란 제목으로 다루었지만 그것은 사실 안확 당대의 문학이라 할 수 있다. 따라서 연구자와 연구 대상으로서의 현대문학 사이의 시간적 거리가 객관적으로 어느 정도 확보되어야 학문으로

---

22) 장주근·임동권, 「한국구비문학사(상·하)」, 『한국문화사대계』(언어문학사편), 서울 : 고려대민족문화연구소, 1967.
23) 장덕순·조동일·서대석·조희웅, 『구비문학개설』, 서울 : 일조각, 1971.
24) 서대석, 「21세기 구비문학 연구의 새로운 관점」, 『고전문학연구』(18), 서울 : 한국고전문학회, 2000 참조.

서의 현대문학연구가 가능하다는 점에서 본격적인 연구는 고전문학연구보다 늦게 시작될 수밖에 없었던 것이다. 실상 현대문학이 본격적인 연구되기 시작한 것은 1950년대에 들어서서이다.

임화의 『신문학사』(1939~1941)가 이른바 신소설을 주로 다룬 것처럼 현대문학연구는 20세기 초엽의 문학 연구에서 시작되어 점차 그 대상 시기가 내려와 현재는 1960년대 문학까지가 주 연구대상이 되고 있다. 연구대상으로서의 현대문학의 하한선을 어디까지로 할 것인가는 객관적인 거리 확보의 문제로서 논란의 대상이 되지 않지만 어디에서 시작할 것인가 하는 상한선 문제는 합의되지 않았다. 물론 실제 이루어지고 있는 현대문학연구의 상한선은 1890년대이나 문학사에서의 현대문학을 어디서부터 볼 것인가는 아직 논란 중이기 때문이다. 아울러 갈래를 기준으로 볼 때 현대문학 연구는 주로 시, 소설, 희곡, 비평이 중심이고 수필은 상대적으로 관심의 정도가 약한 편이다.

(4) 북한문학과 해외 한국문학

국가 중심이 아니라 민족을 중심으로 볼 때 1948년 이후의 현대문학은 남한문학과 북한문학으로 구성된다고 해야 할 것이다. 그러나 냉전 체제하에서 남한 학계가 북한문학을, 역으로 북한 학계가 남한문학을 연구하는 것은 사실상 불가능했다. 남한의 경우 산발적인 연구가 있어오다가 1988년의 해금 조치 이후 비로소 월북 문인들과 북한문학에 대한 본격적인 연구가 가능해졌다.

남한 학계의 북한문학연구는 북한문학작품과 문예정책 및 연구 성과가 소개되면서 이루어지기 시작했는데, 분단 이후 북한문학의 역사적 전개 과정에 대한 세밀한 탐색, 문예 이론과 정책에 대한 탐구, 문학사를 비롯한 한국문학 전반에 대한 북한의 연구 성과에 대한 검토 및 통일문학사 서술에 대한 모색 등으로 전개되었다.[25] 현재 북한문학연구가 상당히 활성화되고

25) 대표적인 연구 성과를 든다면 다음과 같다. 김대행, 『북한의 시가문학』, 1985 ; 권영

있으나 북한문학의 전모는 물론, 북한 쪽에서의 연구 현황을 실제 논문의 차원에서 전반적으로 접할 수 있는 여건이 조성되고, 남북한 연구자 사이의 학술 교류가 활발히 이루어져야 하는 과제를 안고 있다.

해외 한국인이 한국어로 창작한 문학 역시 민족문학으로서의 한국문학의 범위에 포함되고 연구되어 왔다. 먼저 상해, 연해주, 간도, 미주 지역 등 해외 망명지의 문학이 조사, 정리되어 한국문학의 일원으로서 자리를 잡아 왔는데,[26] 중국의 조선족, 연해주와 중앙아시아의 고려인, 일본과 미주 지역의 교포 등이 민족어로서의 한국어로 창작한 문학 등으로 그 연구 대상이 확장되어 왔다.[27] 특히 중국의 조선족은 이주 이후의 조선어(한국어)로 창작된 문학의 역사가 서술[28]될 정도로 민족어문교육을 바탕으로 지속적인 문학 창작을 해왔을 뿐만 아니라 한국문학사 자체를 연구하고 서술[29]하고 있으며, 나아가 해방후 남북한의 현대문학사를 통합하여 서술하는 시도[30]까지 하고 있다. 해외 어느 지역보다도 한국문학연구의 한 주체이자 동반자로서 독자적인 위상을 정립해가고 있다고 할 수 있다.

민 편, 『북한의 문학』, 1989 ; 국어국문학회, 『북한의 국어국문학』, 1990 ; 민족문학사연구소, 『북한의 우리 문학사 인식』, 1991 ; 김성수, 『북한 「문학신문」기사 목록-사실주의 비평사 사료집』, 1994 ; 김재용, 『북한 문학의 역사적 이해』, 1994 ; 이명재 편, 『북한문학사전』, 1995 ; 최동호 편, 『남북한 현대문학사』, 1995 ; 김윤식, 『북한문학사론』, 1996 ; 김재용, 『분단구조와 북한문학』, 2000 ; 신형기 · 오성호, 『북한문학사』, 2000.

26) 대표적으로 오양호, 『일제강점기 만주조선인문학연구』, 서울 : 문예출판사, 1996을 들 수 있다.

27) 해외 한국인의 문학에 대한 전반적인 개관은 홍기삼, 「재외 한국인 문학 개관」, 유종호 외, 『한국현대문학50년』, 서울 : 민음사, 1995 참조.

28) 조성일 · 권철, 『중국조선족문학사』, 1990 ; 권철, 『중국조선족문학사(상)』, 2000.

29) 허문섭의 『조선고전문학사』(1985), 박충록의 『조선문학간사』(1987), 문일환의 『조선고전문학사』(1997), 허휘훈 · 채미화의 『조선문학사-고대 · 중세 부분-』(1998) 등이 있다.

30) 김병민 · 최웅권 외, 『조선-한국 당대문학사』, 연길 : 연변대학출판부, 2000.

3) 한국문학연구의 分科 체제

(1) 분과학적 체제

하나의 학문으로서 한국문학연구가 갖추고 있는 분과 체제는 기본적으로 영역별 및 갈래별로 구축되어 있는 것이 특징이다. 고전문학과 현대문학으로 크게 나뉘고, 고전문학은 구비문학, 국문문학, 한문문학으로 다시 나뉘는데, 이것은 한국문학의 범위를 구비문학과 기록문학으로 크게 나누고, 다시 기록문학을 국문문학과 한문문학으로, 다시 국문문학을 고전문학(고전국문문학)과 현대문학으로 나누는 체제와는 일치하지 않는다. 연구 체제가 고전문학과 현대문학으로 나뉜다고 할 때의 고전문학은 그러므로 국문고전문학을 지칭하는 것이 아니라 근대 이전의 모든 문학을 지칭하는 것이다.

따라서 실질적으로는 구비문학, 한문문학, 고전국문문학, 현대문학으로 크게 4분되며, 다시 각각은 하위 분과 체제로 나뉜다. 하위 분과의 구분은 대체로 갈래를 기준으로 한다. 구비문학은 설화, 민요, 무가, 판소리 및 민속극으로, 한문문학은 한시와 한문산문 및 비평으로, 고전국문문학은 시가, 소설 및 교술로, 현대문학은 시, 소설, 희곡, 비평, 수필로 대체로 나뉘어 있다. 나아가 고전국문문학의 시가 분야의 경우 향가, 여요, 시조, 가사 등으로 다시 세분된다.

현재까지 한국문학연구의 대부분은 이러한 갈래와 영역 중심의 분과 체제에 따른 연구였다. 연구자들의 전공 분류는 물론 대학과 대학원의 교과과정도 이러한 분과 체제가 기본이 되고 있다.[31] 세분된 분과 체제의 확립은 연구의

31) 2002년 현재 서울대학교 국어국문학과의 학부 과정과 대학원 과정의 강좌 과목은 다음과 같다.
학부 과정 : 국문학개론, 한국고전소설강독, 한국고전시가강독, 한국구비문학강독, 한국현대소설강독, 한국현대시강독, 한국한문고전강독, 한국고전문학사, 한국현대문학사, 현대한국시론, 현대한국소설론, 한국한문학론, 한국고전시가론, 한국고전소설론, 한국구비문학론, 한국현대문학비평, 한국현대희곡론, 개화기문학론, 한국현대시인론, 한국현대작가론.
대학원 과정 : 한국설화문학론, 한국구비시가론, 한국전통극연구, 한국신화연구, 한국한문학연구, 한국한시연구, 한국한문연구, 한국고전비평연습, 한국고전시가

전문성, 정밀성, 다양성을 추구할 수 있다는 점에서는 긍정적이지만 연구자들이 개별적 분과에 국한된 전문성을 벗어나지 못하고, 분과별 소통이 잘 이루어지지 않는 문제점도 안고 있다. 특히 고전문학·현대문학, 구비문학·한문문학·고전국문문학·현대문학, 시·소설·희곡 사이의 소통 문제는 거듭 논의가 되었지만 해소되지 않고 있다.

한편 표기 언어, 시대, 갈래별 기준에 의한 분과 외에 비교문학,[32] 문학사,[33]

연습, 시조가사연구, 한국고전시가형식론, 향가여요연구, 한국고전소설연습, 한국고전단편소설론, 판소리계소설론, 한국영웅소설연구, 한국고전작가론연구, 현대한국시론연습, 현대한국소설론연습, 현대한국비평론연습, 현대한국시사연구, 현대한국소설사연구, 외국문학수용사연구, 현대한국비평사연구, 한국고전작품론연습, 한국문학사상연구, 현대한국시론연구, 현대한국시인연구, 현대한국소설론연구, 현대한국작가연구, 현대한국문학사연구, 현대한국시특강, 현대한국소설특강, 현대한국작가론특강, 현대한국시인론특강, 현대한국비평론특강, 한국문학연구방법, 비교문학연습.

32) 비교문학은 1950년대 이래 꾸준히 연구되어 왔는데, 한국비교문학회가 재창립(1977)되고 학회지 『비교문학』이 발간되고 있다.

33) 소설사와 같은 갈래사나 한문학사와 같은 영역사를 제외한 문학사(통사 또는 고전문학사와 현대문학사)는 다음과 같다. 안확, 『조선문학사』, 경성 : 한일서점, 1922 ; 임화, 『신문학사』, 1939~1941 ; 권상로, 『조선문학사』, 서울 : 보고사, 1947 ; 우리어문학회, 『국문학사』, 서울 : 수로사, 1948 ; 이명선, 『조선문학사』, 서울 : 조선문학사, 1948 ; 김사엽, 『국문학사』, 서울 : 정음사, 1948 ; 조윤제, 『국문학사』, 서울 : 동국문화사, 1949 ; 백철, 『조선신문학사조사』(근대편 : 1948, 현대편 : 1949), 서울 : 신구문화사 ; 이병기·백철, 『국문학전사』, 서울 : 신구문화사, 1957 ; 박영희, 『현대한국문학사』, 사상계, 1958 ; 조연현, 『한국현대문학사』, 서울 : 성문각, 1969 ; 김준영, 『한국고전문학사』, 금강출판사, 1971 ; 여증동, 『한국문학사』, 서울 : 영문출판사, 1973 ; 김윤식·김현, 『한국문학사』, 서울 : 민음사, 1973 ; 장덕순, 『한국문학사』, 서울 : 동화문화사, 1975 ; 김석하, 『한국문학사』, 서울 : 신아사, 1975 ; 김동욱, 『국문학사』, 서울 : 일신사, 1976 ; 전규태, 『한국현대문학사』, 서울 : 서문당, 1976 ; 전규태, 『한국고전문학사』, 서울 : 서문당, 1977 ; 김윤식, 『한국현대문학사』, 서울 : 현대문학, 1976 ; 김재용·이상경·오성호·하정일, 『한국근대민족문학사』, 서울 : 한길사, 1993 ; 조동일, 『한국문학통사』(제3판), 서울 : 지식산업사, 1994 ; 이가원, 『조선문학사』, 서울 : 태학사, 1997 ; 권영민, 『한국현대문학사(1·2)』, 서울 : 민음사, 2002. 이상의 문학사 서술에 대한 근래의 전반적인 논의로는 송희복, 『한국문학사론연구』, 서울 : 문예출판사, 1995 ; 김열규 외, 『한국문학사의 현실과 이상』, 서울 : 아세아문화사, 1996 ; 이동영, 『한국문학연구사』, 부산 : 부산대학교 출판부, 1999 ; 토지문화재단, 『한국문학사 어떻게 쓸 것인가』,

문헌학,[34] 문학사상,[35] 불교문학,[36] 도교문학,[37] 기독교문학,[38] 아동문학,[39] 문체,[40] 대중문학,[41] 여성문학,[42] 문학교육,[43] 문학연구방법[44] 등등

서울 : 한길사, 2001 등을 들 수 있다.

34) 안춘근, 하동호, 백순재, 김근수 등의 활동과 달리 문헌학을 바탕으로 한 한국문학연구 업적으로는 정병욱 · 김동욱 · 정규복 이후로 류탁일, 『완판방각소설의 문헌학적 연구』, 서울 : 학문사, 1981 ; 류탁일, 『한국문헌학연구』, 서울 : 아세아문화사, 1989 ; 이윤석, 『홍길동전 연구-서지와 해석』, 대구 : 계명대학교 출판부, 1997 ; 이주영, 「구활자본 고전소설의 간행과 유통에 관한 연구」, 서울대학교 박사학위논문, 1997 ; 권순긍, 『활자본 고소설의 편폭과 지향』, 서울 : 보고사, 2000 ; 이창헌, 『경판방각소설 판본 연구』, 서울 : 태학사, 2000 ; 심경호, 『국문학연구와 문헌학』, 서울 : 태학사, 2002 등이 있다.

35) 조동일, 『한국문학사상사시론』, 서울 : 지식산업사, 1978 ; 조동일, 『한국의 문학사와 철학사』, 서울 : 지식산업사, 1996 ; 김윤식, 『한국근대문학사상사』, 서울 : 한길사, 1984 ; 김윤식, 『한국 근대문학 사상 연구 1』, 서울 : 일지사, 1984 ; 김윤식, 『한국 근대문학 사상 연구 2』, 서울 : 아세아문화사, 1994 등이 대표적인 업적들이다.

36) 불교문학연구는 상당히 많은 연구 업적이 축적되었다. 편의상 단행본 업적 일부만 들면, 김기동, 『국문학상의 불교사상연구』, 서울 : 진명문화사, 1973 ; 김성배, 『한국불교가요의 연구』, 서울 : 문왕사, 1973 ; 황패강, 『신라불교설화연구』, 서울 : 일지사, 1975 ; 김운학, 『신라불교문학의 연구』, 서울 : 현암사, 1976 ; 사재동, 『불교계 국문소설의 형성과정연구』, 서울 : 아세아문화사, 1977 ; 인권환, 『고려시대 불교시의 연구』, 서울 : 고려대학교 민족문화연구소, 1983 ; 서규태, 『한국근세 선가문학』, 서울 : 고려대학교 민족문화연구소, 1994 ; 이진오, 『한국불교문학의 연구』, 서울 : 민족사, 1997 ; 한국고전문학회, 『국문학과 불교』, 서울 : 장경각, 1997 ; 이종찬, 『한국한문학의 탐구』, 서울 : 이회문화사, 1998 등이 있다.

37) 연구 현황에 대해서는 정재서, 「광복 50년 한국 도교 연구의 성과와 전망」, 한국정신문화연구원, 『광복 50주년 국학의 성과』, 성남 : 한국정신문화연구원, 1996 참조.

38) 박이도, 『한국 현대시와 기독교』, 서울 : 종로서적, 1987 ; 이인복, 『한국문학과 기독교사상』, 서울 : 한국문학연구, 1987 ; 이민자, 『개화기문학과 기독교사상연구』, 서울 : 집문당, 1989 ; 황양수, 『한국 기독교문학의 형성 연구』, 중앙대학교 박사학위논문, 1992 ; 김봉군, 『한국소설의 기독교 의식 연구』, 서울 : 단국대학교 박사학위논문, 1997 ; 최문자, 『현대시에 나타난 기독교사상의 상징적 해석』, 서울 : 태학사, 1999 ; 신익호, 『기독교와 한국 현대시』, 대전 : 한남대학교 출판부, 1999 ; 김경완, 『한국 소설의 기독교 수용과 문학적 표현』, 서울 : 태학사, 2000 등이 있다.

39) 이상현, 『한국아동문학론』, 서울 : 동화출판공사, 1976 ; 이재철, 『한국현대아동문학사』, 서울 : 일지사, 1978 ; 이재철, 『한국아동문학작가론』, 대전 : 한남대학교 출판부, 1983 ; 유경환, 『한국현대동시론』, 서울 : 배영사, 1979 등이 있다.

40) 최창록, 『한국소설의 문체론적 연구』, 서울 : 형설출판사, 1973 ; 박갑수, 『문체론의

도 한국문학연구의 주요한 분과들이다. 대학의 교과목도 갈래별, 영역별 과목을 중심으로 하되 비교문학, 문학사, 문학사상 등은 대부분 교과목으로 설치하고 있고 학과의 특성에 따라 다른 분과들의 교과목을 설치하고 있다. 이들 분과는 시대와 의식의 변화에 따라 새로운 영역이 개척되는 양상을 보이고 있으나 영역별·갈래별 분과에 비하면 상대적으로 연구 인력과 연구 성과가 그다지 많지 않은 편이다.[45] 대부분 연구자들이 영역별·갈래별 연구를 주로 하면서 이들 분과에 관심을 갖기 때문이다.

한편 정연한 체제 하의 분과들과는 다른 주제별 연구도 다양하게 전개되고

이론과 실제』, 서울 : 세운문화사, 1977 ; 김상태, 『문체의 이론과 해석』, 서울 : 새문사, 1982 ; 김정자, 『한국근대소설의 문체론적 연구』, 서울 : 삼지원, 1985 등을 들 수 있다. 문학과 어학 전반에서의 문체 연구 현황은 김홍수, 「국어문체론 연구의 현단계와 어학적 문체론」, 국어국문학회 편, 『국어국문학 40년』, 서울 : 집문당, 1992 참조.

41) 대중문학에 대한 비평적 논의는 1920년대 후반의 대중소설론에서 비롯되고, 김말봉의 「찔레꽃」(1937)을 비롯한 통속소설에 대한 논의에서 본궤도에 들어섰었다고 할 수 있는데, 연구의 차원에서는 1930년대의 통속소설, 1910년대의 「장한몽」, 조선 후기 방각소설, 그리고 6·70년대 이래의 상업주의소설, 무협소설 등으로 그 대상이 확대되었다. 20세기의 대중가요에 대한 연구도 여기에 포함될 수 있다. 근래 대중문화의 확산과 이에 대한 관심의 증폭과 함께 대중문학연구가 활발해지고 있다. 주요 논의로는 임화, 「통속소설론」, 『문학의 논리』, 서울 : 학예사, 1940 ; 정한숙, 「대중소설론」, 『한국현대소설론』,서울 : 고려대, 1977 ; 김종철, 「상업주의 소설론」, 『한국문학의 현단계 II』, 서울 : 창작과 비평사, 1983 ; 최원식, 「장한몽과 위안으로서의 문학」, 『민족문학의 논리』, 서울 : 창작과 비평사, 1982 ; 김강호, 「한국통속소설연구」, 부산대학교 박사학위논문, 1994 ; 임성래, 『조선후기의 대중소설』, 1995 ; 강옥희, 「1930년대 후반 대중소설 연구」, 상명대학교 박사학위논문, 1998 ; 조성면, 「한국 근대 탐정소설연구」, 인하대학교 박사학위논문, 1999 ; 대중문학연구회, 『연애소설이란 무엇인가』, 1998) ; 대중문학연구회, 『무협소설이란 무엇인가』,예림기획, 2001 ; 이영미, 『한국대중가요사』, 서울 : 시공사, 1998 등을 들 수 있다.

42) 이에 대해서는 다음 장에서 언급한다.

43) 국어교육에서 이 분야를 주로 담당해 왔고, 해당 학회로는 한국국어교육연구회(『국어교육』 발간)와 한국문학교육학회(『문학교육학』 발간)가 있다.

44) 대학원 과목에 설치되어 있으나 이를 본격적으로 논한 저술은 많지 않다. 조윤제, 「국문학연구법」, 『국문학개설』, 서울 : 동국문화사, 1955 ; 조동일, 『문학연구방법』, 서울 : 지식산업사, 1980을 대표적으로 들 수 있다.

45) 거듭된 한국문학연구사 정리도 갈래별, 영역별 연구사 중심이었다.

있다. 시간, 공간, 애정, 죽음, 금기, 꿈, 변신, 매화, 소나무, 거울, 환상, 돈, 음식 등등 문화적 함의를 지닌 사물 전반이 주제가 되어왔다. 시대와 갈래를 넘어서서 자유롭게 주제를 설정하여 이룩한 연구 성과들은 한국문학의 다양한 면모와 가치를 더욱 돋보이게 한다.[46]

(2) 연구 관련 정보 체제의 구축

모든 학문이 그러하지만 연구 활동을 원활히 하기 위해서는 연구 환경을 제대로 조성해야 한다. 문제의식이나 방법은 연구자 개인의 몫이지만 대상 작품을 비롯한 1차 자료와 기존의 연구 성과 및 연구를 효과적으로 진행하는 데 도움이 되는 참고 도서 등은 학계의 공동 노력에 의해 체계적으로 구축되어야 한다. 한국문학연구 역시 지난 50년간 이 부분에 대해 상당한 정도의 작업을 진행해 왔다.

1차 자료의 수집과 발굴 및 정리는 그 동안 꾸준히 이루어져왔다. 대표적인 사례를 든다면 구비문학 각 분야의 현지조사를 통한 자료 수집과 간행, 연행의 복원,[47] 한문문학 분야에서 역대의 개인 문집의 수집과 영인 간행, 시조와 가사 자료집의 간행, 고전소설 판각본과 필사본의 집성과 출판, 현대문학 각 분야의 작품과 비평문 등의 영인 등이 상당히 이루어져 이에 1차 자료의 확보 문제는 어느 정도 해소되었다고 할 수 있다. 그러나 1차 자료의 발굴은 앞으로도 계속되어야 할 뿐만 아니라 확보된 자료들도 원전 비평을 통해 善本을 선정하는 등의 제반 작업을 해야 한다.

연구 업적의 정리[48]는 단속적으로 이루어져 왔다. 1990년 이전의 연구

---

46) 김미란, 『고대소설과 변신』, 서울 : 정음문화사, 1984 ; 이인복, 『한국 문학에 나타난 죽음의식의 사적 연구』, 서울 : 열화당, 1981 ; 이재선, 『한국문학 주제론』, 서울 : 서강대학교 출판부, 1989 등이 그러한 사례이다.

47) 이두현의 가면극 복원이 대표적 사례이다.

48) 국학연구논저총람간행회, 『국학연구논저총람』, 서울 : 을유문화사, 1960 ; 고려대학교 민족문화연구소 편, 『한국논저해제 I-언어 · 문학편』, 서울 : 고려대학교 민족문화연구소, 1972 ; 고려대학교 민족문화연구소 편, 『한국논저해제 I-언어 · 문학편(2)』, 서울 : 고려대학교 민족문화연구소, 1977 ; 황패강 · 강재철 · 김영수,

업적은 상당한 정도로 정리되었다고 할 수 있으나 90년대 이후의 것에 대한 상세한 정보는 고전소설 분야를 제외하고는 완벽하게 구축되었다고 하기 어려운 상황이다. 최근 연구 업적이 전국에 걸쳐서 비약적으로 증가하는 반면, 연구 업적에 대한 신속하고 철저한 정리 작업은 이루어지지 못하기 때문이다. 특히 이 작업은 주로 개인에 의해 이루어져 왔는데 앞으로는 공공기관에서 이 일을 지속적으로 수행해야 할 것이다.[49]

도서 목록과 사전의 편찬도 이루어졌으나 부진한 편이다. 규장각, 국립도서관, 국회도서관, 한국정신문화연구원, 국사편찬위원회, 서울대학교를 비롯한 각 대학 도서관, 개인 장서 등등의 장서 목록과 소장 도서의 해제를 비롯하여 해외 소재 자료의 목록과 해제[50] 등이 출판되었으나 아직 미흡하다. 사전의 경우 국어국문학사전, 문학용어사전, 문인사전, 시어사전, 소설어사전, 字號사전 등이 출판된 바[51] 있으나 역시 초보적 단계에 머물고 있다.

『향가 · 고전소설관계논저목록(1890～1982)』, 서울 : 단국대학교 출판부, 1984 ; 화경고전문학연구회 편, 『향가 · 고전소설관계논저목록(1983～1992)』, 서울 : 단국대학교 출판부, 1993 ; 소재영 외 편, 『한국고전문학관계연구논저총목록(1900～1992)』, 서울 : 계명문화사, 1993 ; 조희웅, 『고전소설문헌정보』, 서울 : 집문당, 2000 ; 조희웅, 『고전소설작품연구총람』, 서울 : 집문당, 2000 ; 이선영 편, 『한국문학논저유형별총목록』, 서울 : 한국문화사, 2001.

49) 사설 연구소인 한샘국어국문학연구소에서 『국어국문학논문목록』을 1986년부터 1993년까지 간행한 바 있다. 현재는 고전문학 분야의 연구 성과만 국문학회에서 매년 정리하여 『국문학연구』에 수록하고 있다.

50) 최근의 업적을 간략히 들면 다음과 같다. 정량완, 『일본동양문고본고전소설해제』, 서울 : 국학자료원, 1994 ; 한국정신문화연구원, 『장서각고소설해제』, 성남 : 한국정신문화연구원, 1999 ; 서울대학교 규장각, 『규장각소장어문학자료』, 서울 : 서울대학교 규장각, 2001 ; 서울대학교 규장각, 『규장각소장문집해설』, 서울 : 서울대학교 규장각, 2001.

51) 서울대학교 동아문화연구소 편, 『국어국문학사전』, 서울 : 신구문화사, 1974 ; 김윤식 편, 『문학비평용어사전』, 서울 : 일지사, 1976 ; 이상섭, 『문학비평용어사전』, 서울 : 민음사, 1976 ; 홍순석 외, 『한국인명자호사전』, 서울 : 계명문화사, 1988 ; 권영민, 『한국현대문인대사전』, 서울 : 아세아문화사, 1991 ; 민충환 편저, 『「임꺽정」 우리말 용례 사전』, 서울 : 집문당, 1995 ; 김재홍 편저, 『한국현대시시어사전』, 서울 : 고려대학교 출판부, 1997 ; 임무출 엮음, 『채만식어휘사전』, 서울 : 토담, 1997 ; 김윤식 외, 『한국현대소설소설어사전』, 서울 : 고려대학교 출판부, 1998 ; 서대석 외, 『한국고전소설독해사전』, 서울 : 태학사, 1999.

보다 다양한 사전이 구축되어야 할 것이다.

이상의 연구와 작업은 기본적으로 문헌학을 바탕으로 해야 한다. 한국문학 연구에서 실증적 방법이 주류를 이루었음에도 불구하고 문헌학을 바탕으로 한 연구자가 많이 배출되지는 못했다. 문헌학적 기초 위에 자료의 정리, 校勘 등의 작업과 목록, 사전 등의 작업이 치밀하게 이루어져야 할 것이다.

4. 한국문학연구사의 개관

한국문학연구사의 시기 구분에는 시대별 · 세대별 구분 방법이 주로 채택되어 왔다. 해방 이후 한국의 사회가 10년 단위로 크게 변화해 왔고, 이에 따라 연구자들 모두 의식적이든 무의식적이든 관심이나 방법을 새롭게 취하는 경향을 보여왔기 때문에 시대별 구분 방법도 유용하다. 그러나 이 방법은 전체 연구 동향을 특정한 시간 단위별로 포착할 수 있는 장점은 있으나 전체 연구 집단 내부의 동태적 차이를 드러내는 데는 한계가 있다. 세대별 파악은 연구사를 연구 주체의 변인에 따라 그 변화 양상을 그려낼 수 있고, 또 새로운 세대의 등장이 시대의 변화와 상당 정도 관련을 갖기 때문에 시대별 변화의 조건을 포괄할 수 있는 장점이 있다. 반면 세대 구분이 객관적으로 이루어지기 어렵고 한 세대의 주요 업적이 새로운 세대가 등장한 뒤에 나오기도 하며, 특정한 시기에 특정한 주제를 앞뒤 세대의 연구자가 함께 다루는 연구 실상을 제대로 드러내기 어려운 점이 있다.

따라서 여기서는 새로운 세대의 등장을 시기구분의 기준으로 삼되 해당 시기의 주요한 연구 동향은 전체적으로 조망하도록 한다. 세대 구분은 기왕의 세대 구분[52]을 참조하고 학계 등장 시기, 공동의 조직, 관심사와 방법의 공통점 등을 고려하되, 해방이전의 연구자들과 연속된 세대 계산을 하고자

52) 세대를 기준으로 한 대표적인 연구사 논의로는 다음을 들 수 있다. 정병욱, 「고전문학 연구의 어제와 오늘」, 『한국고전문학의 이론과 방법』, 서울 : 신구문화사, 1997 ; 조동일, 「국문학연구 30년의 자취」, 『우리 문학과의 만남』, 서울 : 홍성사, 1978.

한다. 이는 한국문학연구사의 정통성과 연속성을 추구하면서 세대별 단층을 확인하기 위해서이다. 아울러 남북한 통일 한국문학연구사를 위해서도 분단 이전 연구와의 연속성 속에서 연구사를 정리할 필요가 있는 것이다. 해방 전부터 1948년 남북한 각각의 정부 수립까지의 연구사는 분단이후 남북한 각각의 연구사의 공동 前史가 되기 때문이다. 단 해방이전의 연구사는 편의상 묶어서 보기로 한다.

1) 해방이전의 한국문학연구

해방이전은 한국문학연구의 개척기이다. 1920년대부터 연구 활동을 시작한 안확·신채호·최남선·문일평·이능화·이병기·정인보·권상로 등 이른바 國學派 연구자들과 1930년대에 본격적인 연구에 나서기 시작한 조윤제·이희승·김태준·김재철·방종현 등 경성제국대학 법문학부 출신 연구자들이 이 시기 연구의 주역들이다. 두 그룹의 선구적 연구자라 할 수 있는 안확과 조윤제가 각각 연구를 시작한 시기의 차이가 10년을 넘지 않으므로 지금까지의 연구사 논의에서는 이들을 하나의 세대로 묶어 보았다. 그러나 근대 계몽운동의 흐름 속에 1920년대에 한국문학연구를 시작한 國學派와 이들과 학문적 배경이 다른 경성제대 출신 연구자들을 하나의 세대로 묶어 보는 것은 초기 한국문학 연구사를 동태적으로 파악하는 데 적합하지 못하다고 본다. 연구를 시작한 시기는 별로 차이가 없다 해도 국학파 세대 다음에 경성제대 출신 세대가 등장하여 근대적 학문으로서의 한국문학연구가 본궤도에 오른 것으로 보는 관점이 연구사 전체를 동태적으로 인식할 수 있는 것이다. 특히 경성제대가 민족주체의 民立대학운동의 좌절 위에 설치되었기 때문에 민족의 주체적 학문 활동의 관점에서 국학파 안확을 제1세대로, 비록 일제가 설립한 제국대학에서 근대적 학문 교육을 받았으나 민족문학 연구에 뜻을 둔 조윤제 등을 제2세대로 보는 것이 연구사의 정통성과 연속성을 확보할 수 있다는 점에서도 타당하다고 본다.[53)]

국학파는 이념으로는 20세기 초 계몽운동을 계승한 민족주의를, 방법론으로는 전통적인 고증학을 계승하면서 시대와 환경을 중시하는 역사적인 연구를 했다. 대상에 대한 과학적 연구에는 미흡한 점이 많지만 민족 정신을 중심에 둔 이들의 연구는 한국문학연구에서 이념적 출발점이라 할 수 있다. 그 대표적 업적은 안확의 『조선문학사』(1922)이다.[54)]

경성제대 출신들은 일본을 통해 들어온 서구의 실증주의를 방법론적 기반으로 삼았다고 할 수 있다. 이들은 조선어문연구회를 조직하고, 또 진단학회 결성에 참여하여 활동하였으며, 해방 이후 대학의 중추로 자리잡고 이후 대학 중심의 한국문학연구를 주로 이끌었다. 대표적 업적으로는 김태준의 『조선한문학사』(1931), 『조선소설사』(1932)(증보판은 1939), 김재철의 『조선연극사』(1933), 조윤제의 『조선시가사강』(1937) 등이 있다. 이들과 함께 정노식의 『조선창극사』(1940)와 양주동의 『조선고가연구』(1942)도 이 시기의 주요한 업적이다.

현대문학연구로는 임화의 『신문학사』(1939~1941)를 비롯한 연구가 대표적이다. 현대문학을 서구문학의 移植으로 본 그의 연구는 후일 고전문학과 현대문학의 연속성 문제를 둘러싸고 뜨거운 논란을 불러일으켰다.

전반적으로 보면 이 시기의 연구는 실증적 연구가 기본을 이루고 있고 한국문학을 사적 체계 중심으로 파악하는 데 주력했다. 이념적으로는 민족의 자각을 목표로 한 안확의 민족주의가, 학문의 체계로서는 조윤제의 시가 형식 탐구가 연구사적 의의를 크게 지니며, 양주동의 향가 연구는 일본 연구자 소창진평의 향가 연구에 대한 대항으로 이루어진 대표적 업적이라 할 수 있고, 판소리 명창들에 대한 구전 자료를 집성한 정노식의 업적은

---

53) 정병욱, 「고전문학 연구 반세기」, 『한국고전문학의 이론과 방법』, 서울 : 신구문화사, 1997에서 해방 이전의 연구사를 계몽기(1900년 이후부터 3・1운동까지), 요람기(1920년대), 성장기(1930년대), 저항기(1940년대 전반기)로 나누었는데, 제1세대는 요람기, 제2세대는 성장기에 해당한다고 할 수 있다.

54) 안확에 대한 연구로는 권오성 외 편, 『자산안확국학논저집(6)』, 서울 : 여강출판사, 1994에 수록된 이태진, 최원식, 이기문, 류준필, 권오성, 김창규의 논문이 대표적이다.

그 시대 연구자만이 할 수 있고 후대 연구자들은 확보하기 어려운 것이어서 연구자가 자기 시대에 해야만 하는 일은 해야함을 잘 일깨워주는 것이다.

이후에 나온 이 세대의 업적으로는 조윤제의 『국문학개설』(1955), 이병기·백철의 『국문학전사』(1957), 이병기 『국문학개론』(1961) 등을 들 수 있다.

2) 해방 공간의 한국문학연구

해방 공간의 연구는 제1·2세대의 지속적인 활동과 함께 방종현·고정옥·정학모·구자균·김형규·손낙범·정형용 등 우리어문학회 중심의 제3세대가 등장하여 활동했는데, 한국전쟁 발발로 인해 이 세대의 활동은 단기에 끝나고 만다.

기왕의 연구사 정리에서 우리어문학회를 독립세대로 볼 것인지에 대해서는 견해가 일치하지 않고 있다. 독립된 세대로 보는가 하면 2세대나 4세대에 포함시켜 보기도 한다. 이들은 그 연구 대상이나 방법 및 출신 배경에서 해방 전부터 활동한 연구자들과 큰 차이가 없다는 점에서 앞 세대에 포함시켜 볼 수도 있다고 본다. 그러나 여기서는 1945년에서 1950년 사이의 특수한 시대적 상황과 이들의 역할을 주목하여 독립된 세대로 보기로 한다. 즉 이들이 해방 직후에서 한국전쟁 전까지 주로 활동하여 식민지 시대도 아니며, 분단이 고착되는 50년대도 아닌 해방 공간의 한국문학연구자들이라는 점에서 독립된 세대로 보는 것이 한국문학연구사의 시대적 전개를 입체적으로 보는 시각이 될 수 있는 것이다.

우리어문학회 회원들은 해방 전에 경성제대를 졸업했는데, 일부는 해방 전부터 연구 활동을 했으며, 해방 후 모두 대학에서 가르치며 연구했다. 개인적 이념은 좌우로 나뉘어져 한국전쟁을 거치면서 고정옥·정학모·정형용 등은 월북하여 우리어문학회는 더 이상 활동하지 않게 된다. 이들은 분단의 고착 속에서 연구하게 되는 제4세대에 비해 이념상 자유로웠던 점이 특징이다. 우리어문학회는 공동저술로는 처음으로 『국문학사』(1948)와 최초의 『국문학개론』(1949)을 내어 해방 직후의 시급한 교육적 수요에 부응했으며, 특히 『국문학개론』에서는 국문문학과 함께 구비문학에 속하는 민요와 한문문학을 다루어 공시적인 국문학 개론의 틀을 상당한 정도로 구축한 점은 평가되어야 한다. 그리고 구자균의 『조선평민문학사』(1948)와 고정옥의 『조선민요연구』(1949)는 각각 후일 중인문학과 민요 연구의 초석이 되었으니, 계층별 문학 연구의 단서를 열었던 것이다.

우리어문학회 회원 외의 연구자들의 업적 중 특히 주목할 것은 유물사관을 도입한 최초의 문학사인 이명선의 『조선문학사』(1948)이다. 문학사를 역사 발전 단계별로 체계적으로 인식하고자 한 중요한 업적이다. 현대문학연구에서는 좌우익의 문학을 아우르면서 사조사 중심으로 현대문학사를 서술한 백철의 『조선신문학사조사』(근대편 : 1948, 현대편 : 1949)가 대표적 업적이다. 한편 조윤제는 그의 대표적 연구 업적인『국문학사』(1949)를 내놓았다. 신민족주의 이념에 입각하여 민족의 생활을 반영한 민족 정신의 역사적 전개를 중심으로 한 이 문학사는 한국문학사 서술의 기념비적 업적이라 할 수 있다. 손진태의 『조선민족설화의 연구』(1947)와 신흥 계급의 승리라는 관점에서 본 김태준의 「춘향전의 현대적 해석」을 발전시켜 민중적 영웅성을 탐구한 윤세평의 『고전춘향전연구』(1948)도 중요한 업적이다.

전반적으로 이 시기 연구자들 역시 앞 세대와 같이 한국문학의 역사적 체계 확립에 주된 관심을 두었으나 해방 공간의 격렬했던 좌우 이념 갈등과 새로운 탐색에 대응하여 도남의 신민족주의와 이명선의 유물사관 등에서 보듯 문학 연구의 이념적 모색이 어느 시기보다 활발했다는 점과 中人과 민중의 문학에 특별한 관심을 두고 개척했다는 점이 연구사에서 특기할 바이다.

이 시기 이후에 나온 이 세대의 업적으로는 조연현의 『한국현대문학사』(1969), 이재수의 『한국소설연구』(1969) 등을 들 수 있다.

3) 1950년대와 1960년대 전반기의 한국문학연구

1948년 남북한의 독자적인 정부 수립과 한국전쟁을 거치면서 한국문학연구의 환경은 전면적으로 바뀐다. 연구자들도 분단되었을 뿐 아니라 해방공간과 같은 자유로운 이념의 모색도 불가능해졌다. 이러한 상황 속에 해방직후에 대학을 다니고 1950년대 초엽에 새로이 학계에 등장한 연구자들을 제4세대라 할 수 있다. 양재연·정병욱·김동욱·장덕순·전광용·이태극·강한영 등이 "國語及國文學을 硏究함으로써 民族精神을 昻揚하여 世界文化에 寄與함을 目的"[55]으로 한 국어국문학회를 조직(1952)하여 이전 세대와는 또 다른 상황에서 국어국문학 연구의 주체로 자임하고 나섰는데, 이들과 함께 이두현, 정한모, 이능우, 이명구, 박성의, 박노춘, 양렴규, 김기동, 이경선, 송민호, 정한숙, 서수생, 김일근, 최정여, 심재완, 권영철, 이상보, 김종우, 최진원, 최동원, 정익섭, 이가원, 이우성, 문선규, 임동권, 장주근, 정규복, 정주동, 문덕수, 이병주, 현평효, 김성배 등이 제4세대로서 활동하기 시작했다. 따라서 이들은 분단 이후 남한의 한국문학연구를 주도한 첫 세대라 할 수 있다.

이전 세대에 비해 연구 인력이 증가한 제4세대는 국문학 연구의 이념을 내세우지 못하는 대신에 실증적인 입장에서 연구 대상의 실체 파악에 주력하여 앞 세대가 개척한 한국문학의 연구 영역을 확대하고, 새로운 자료의 발굴과 정리 및 복원에 앞장서면서, 앞 세대가 통사적인 체계 수립에 주력한 것과는 달리 특정 분야 연구를 심화한 많은 업적들을 축적했다.

연구 영역의 확대로는 현대문학연구를 한국문학연구의 주요 영역으로 삼은 것과 비교문학의 영역을 개척한 것 및 문학으로서의 구비문학연구를 선도한 것 등을 들 수 있다. 이로써 현대문학과 고전문학, 고전국문문학, 한문문학, 구비문학, 현대문학 등으로 한국문학의 연구 영역이 분화, 정립되기 시작했다. 방법론으로는 실증주의가 주류를 이룬 가운데 비교문학의

55) 「국어국문학회 회칙(최초본)」, 국어국문학회 편, 『국어국문학회 30년사』, 서울 : 일조각, 1983, 239쪽.

방법과 신비평의 방법 등이 수용되었다.

구비문학연구에서는 설화, 민요, 민속극, 무가 등에서 자료의 수집과 복원 및 유형별 연구가 이루어졌다. 한문문학에서는 연암을 비롯한 실학파문학과 고려시대 한문학 및 詩話가 주로 연구되었는데, 앞 세대가 한문문학에 소극적 태도를 취하면서도 문학사 서술에서는 실학파문학을 수용한 것을 발전시킨 것이라 할 수 있다. 고전국문문학에서는 시가 분야에서 시조와 가사의 자료 정리와 연구, 향가 연구 및 시가 율격 연구 등에서 진전이 있었고, 소설분야에서는 김시습, 「춘향전」 등 개별 작가와 작품에 대한 치밀한 연구가 이루어져 실증적 연구의 한 전형을 보였다. 현대문학연구는 신소설과 근대 자유시 형성 과정까지의 개화기 시가에 대한 연구가 주류를 이루었다.

이 세대의 대표적인 업적을 분야별로 단행본 위주로 하나씩만 들면, 장덕순의 『한국설화문학연구』(1970), 이두현의 『한국가면극』(1969), 이가원의 『연암소설연구』(1961), 이우성의 『한국의 역사상』(1982), 정병욱의 『한국고전시가론』(1977), 이경선의 『한국비교문학논고』(1976), 최진원의 『국문학과 자연』(1977), 권영철의 『규방가사연구』(1980), 김동욱의 『춘향전연구』(1965), 정규복의 『구운몽연구』(1974), 전광용의 『신소설연구』(1986), 정한모의 『한국현대시문학사』(1974), 송민호의 『한국개화기소설의 사적 연구』(1976), 문덕수의 『한국모더니즘시연구』(1981) 등을 들 수 있다.

4) 1960년대 후반에서 1970년대의 한국문학연구

대체로 50년대 후반에서 60년대에 대학에서 공부하고 60년대 후반부터 학계에 두각을 드러내기 시작한 연구자들을 제5세대[56]라 할 수 있는데,

---

56) 이 세대의 선두에 섰던 연구자들은 이미 정병욱, 김동욱 등 앞 세대에 의해 새로운 세대로 인정되었고, 또 스스로 앞 세대와 구별되는 새로운 세대로 자처한 바 있다(조동일, 「국문학 연구 30년의 자취」 참조). 그러나 이 세대의 하한을 어디까지로 할 것인가는 분명히 하기 어렵다. 특히 60년대 후반에 대학에 입학한 일부 연구자들은 이러한 세대 구분에 동의하지 않을 수도 있다.

고전문학 쪽에는 김열규, 황패강, 조동일, 서대석, 조희웅, 최래옥, 최길성, 장철수, 정재호, 김대행, 박노준, 김승찬, 최철, 진동혁, 정익섭, 이동영, 김문기, 김흥규, 권두환, 김학성, 성기옥, 김진세, 이상익, 이상택, 김병국, 성현경, 인권환, 사재동, 이수봉, 정하영, 김광순, 설성경, 우쾌제, 이문규, 서종문, 이윤석, 민병수, 송준호, 이종찬, 이동환, 이혜순, 임형택, 김시업, 송재소, 전형대, 김진영, 박기석, 김균태, 정요일, 최웅, 정대림, 정원표, 김종진, 류탁일, 박순호 등이, 현대문학 쪽에는 김우종, 이재선, 박철희, 주종연, 신동욱, 김학동, 구인환, 김은전, 이선영, 이어령, 임종국, 김용직, 김윤식, 김준오, 한계전, 김종균, 유병석, 오세영, 최동호, 조창환, 권영민, 조남현, 윤영천, 김재홍, 김인환, 장사선, 오양호, 이인복, 이승훈, 이주형, 최원식, 유민영, 권오만, 서연호 등이 이 세대에 속한다고 할 수 있다.

현재 학계의 원로와 중진인 이들은 대부분 처음부터 한글 교육을 받고 전후에 대학을 다녔으며, 대체로 4·19정신을 이념적 기반으로 하고 있다고 할 수 있다. 4·19의 성공과 좌절, 개발 독재로 표현되는 급속한 산업화 속에서 이 세대는 한국사의 정체성을 극복하는 자생적 근대화에 대한 탐색과 한국문학과 예술의 독자적 원리 탐구에 큰 관심을 보였다. 이 세대의 대부분은 60년대 후반 이래 지금까지 연구 일선에서 활동하고 있어서 한국문학연구사에서 가장 많은 업적으로 내고 있는 세대라 할 수 있으며, 치밀한 개별 작품 연구에서부터 갈래사와 문학사에 이르기까지 폭넓은 연구를 한 대표적 세대라 할 수 있다. 한편 고전문학분야에서 이 세대의 선도 그룹은 한국고전문학회(1970)와 한국한문학회(1975)를 결성하였는데, 영역별 전문학회를 결성하여 공동 논의의 장을 마련한 점에서 국어국문학회를 결성한 세대와 구별된다. 그리고 한국문학연구에서 분과적 연구 체제를 정착시키는 데 주도적인 역할을 한 세대라 할 수 있다.

앞 세대에 비해 연구 인력이 크게 증가했기 때문에 연구 대상도 확대되고 심화되었으며, 방법론에서는 실증주의를 극복하고자 원형 비평, 제의학파의 방법, 구조주의, 분석비평, 비교문학 등 다양한 방법론을 도입하기도 했으나 특히 한국문학을 바탕으로 문학의 일반이론을 수립하고자 한 것이 연구사적 의의를 갖는다. 물론 연구사적으로 특기할 만한 실증적 업적 역시 많이 이루어졌다.

구비문학연구는 이 세대에 의해 비로소 본격화되었다고 할 수 있다. 민요, 무가, 설화, 탈춤, 판소리 등에서 괄목할 만한 업적을 이루어 이 분야 연구를 본궤도에 올려놓았다고 할 수 있으며, 또한 1970년대 이래 학계와 사회 전반의 민중에 대한 논의 중 가장 의의 있는 성과를 거두었다고 할 수 있다. 이들이 밝힌 구비문학 각 분야의 연행 원리들은 다음 세대가 비판적으로 계승 발전시키고자 노력하고 있는 주요한 성과이다. 1980년대에 이들의 주도로 전국적인 구비문학 조사 사업이 이루어진 것[57]도 평가할 일이다.

한문문학연구는 한문단편, 박지원·정약용을 비롯한 실학파 문인, 시화집을 중심으로 한 한시 비평, 이규보 등 고려시대 시인, 통신사를 통한 문학 교류, 문학 사상 등이 주된 관심사였다. 이 세대에 의해 한문문학의 전반적 양상이 입체적으로 포착되기 시작했으며, 이전 세대의 실학파 문학에 대한 연구를 심화, 확대한 것이 큰 특징이다.

고전국문문학연구에서 이 세대는 다양한 방법론을 도입했으며, 개별 작품이나 유형의 내적 구조를 분석하는 데 큰 성과를 거두었는데, 특히 영웅소설(군담소설), 대하소설, 시조 등의 구조적 연구 성과들이 그러하다. 이와 함께 고대 시가, 향가, 가사 등의 연구와 강호가도와 같은 주제적 연구, 방각소설 등의 문헌학적 연구 등도 다양하게 이루어졌다.

현대문학연구는 비평연구가 이 세대에 의해 본격적으로 이루어지기 시작한 것이 연구 대상의 변화에서 가장 두드러진 것이다. 시, 소설, 희곡, 비평 전반에 걸쳐 그 역사를 서술하는 작업이 이루어졌고, 각 분야의 본격적인 연구가 이 세대에 의해 주로 개척되었다고 할 수 있다. 앞 세대가 작가 겸 연구자인 경우가 많은 것에 비해 비평과 연구를 겸하는 경향은 이 세대에서

57) 한국정신문화연구원, 『한국구비문학대계』, 성남 : 한국정신문화연구원, 1980~1988.

일반화되기 시작한 것도 특징이다.

이 세대는 논쟁적인 문학사를 서술한 것이 특징이다. 김윤식·김현의 『한국문학사』(1973)는 자생적 근대화론에 힘입어 근대문학의 기점을 영·정조대로 소급한 것이 가장 큰 특징이며, 조동일의 『한국문학통사』(제3판, 1994)는 현대문학까지 포괄하는 통사로서 중세를 삼국시대로 소급하고 중세에서 근대로의 이행기를 설정하며, 문학담당층을 문학사 추동의 축으로 잡은 점과 갈래 4분법을 문학사 서술에 적용했다는 점에서 특징적이다. 이 두 문학사는 조윤제의 『국문학사』와 함께 한국문학사 논의에서 쟁점이자 극복의 대상이 되고 있는 업적들이다.

이 세대의 대표적인 업적을 분야별로 단행본 위주로 들면, 우선 고전문학에서는 김열규의 『한국문학과 민속연구』(1971), 조동일의 『서사민요연구』(1970), 서대석의 『한국무가의 연구』(1980), 최래옥의 『한국구비전설의 연구』(1981), 조희웅의 『조선후기문헌설화의 연구』(1980), 황패강의 『한국서사문학연구』(1972), 이상택의 『한국고전소설의 탐구』(1981), 조동일의 『한국소설의 이론』(1977), 김병국의 『한국고전문학의 비평적 이해』(1995), 이혜순의 『조선통신사의 문학』(1996), 전형대 외 3인의 『한국고전시학사』(1979), 임형택의 『한국문학사의 시각』(1984), 송재소의 『다산시연구』(1986), 김흥규의 『조선후기 시경론과 시의식』(1982), 김문기의 『서민가사연구』(1983), 김대행의 『시조유형론』(1986), 김학성의 『한국고전시가의 연구』(1980), 성기옥의 『한국시가율격의 이론』(1986) 등을 들 수 있다.

현대문학에서는 김학동의 『한국개화기 시가연구』(1981), 오세영의 『한국낭만주의시 연구』(1980), 김용직의 『한국현대시사』(1996), 이재선의 『한국현대소설사』(1979), 권영민의 『한국민족문학론연구』(1988), 조남현의 『한국지식인소설연구』(1984), 최원식의 『한국근대소설사론』(1986), 유민영의 『한국근대연극사』(1996), 김윤식의 『한국근대문예비평사연구』(1973)·『임화연구』(1989), 임종국의 『친일문학론』(1966) 등을 들 수 있다.

5) 1980년대 이후의 한국문학연구

1980년 이후 학계에 등장하기 시작한 일군의 연구자들을 제6세대[58]라 할 수 있다. 이들은 민주화 운동의 열풍 속에서 대학에서 공부를 하고 연구를 시작한 세대들로서 현재 학계의 소장층 또는 신진으로 성장하고 있다.

고전문학에는 강등학, 정병헌, 박경신, 송효섭, 임재해, 김대숙, 천혜숙, 강진옥, 김현주, 나경수, 이종주, 유영대, 전경욱, 김헌선, 신동흔, 조현설, 손태도, 정충권, 김기형, 박종성, 이지영, 이인경, 최원오, 성호경, 양태순, 김석회, 조홍욱, 최미정, 조태흠, 조규익, 김신중, 나정순, 박미영, 고순희, 최재남, 정운채, 김수경, 길진숙, 이도흠, 고미숙, 신재홍, 박경주, 김성언, 김혜숙, 김명호, 김영, 홍순석, 김혈조, 안병학, 이명학, 오수경, 이경수, 윤호진, 심경호, 성범중, 윤재민, 강명관, 박혜숙, 우응순, 정민, 박준원, 윤주필, 이진오, 김성룡, 안대회, 안장리, 정우봉, 이종묵, 박수천, 강석중, 이택동, 최귀묵, 정천구, 여운필, 조태영, 박영희, 박희병, 장효현, 서인석, 권순긍, 박일용, 이강옥, 김종철, 이원수, 이승복, 임치균, 민찬, 진경환, 정출헌, 양혜란, 김경미, 김현양, 이상구, 송성욱, 정병설, 류준필, 사진실 등이 활동하고 있다.

현대문학에는 김영철, 우한용, 류태수, 강영주, 최병우, 한점돌, 이동하, 김홍식, 류양선, 최시한, 송현호, 양문규, 정호웅, 김승환, 우찬제, 이상경, 김중신, 한형구, 류문선, 서경석, 김동환, 김외곤, 강진호, 채호석, 김성수, 최혜실, 서영채, 손정수, 이숭원, 서준섭, 정효구, 윤여탁, 신범순, 최두석, 박윤우, 유성호, 송기한, 오성호, 정우택, 김성윤, 김윤태, 이명찬, 김창원, 정재찬, 최지현, 조영복, 김재용, 홍정선, 신형기, 송희복, 김영민, 최유찬, 이남호, 김철, 이훈, 문영진, 전승주, 한수영, 임규찬, 하정일, 한기형, 류보선, 신두원, 황종연, 김동식, 장수익, 권성우, 황도경, 진정석, 권보드래, 김방옥,

---

58) 이 세대의 하한선 역시 앞 세대의 그것과 마찬가지로 분명하게 그을 수 없다. 특히 1990년의 독일 통일 등 현실사회주의 붕괴 이후에 대학을 다닌 연구자들이 연구 일선에 나서기 시작하고 있으므로 이들을 새로운 세대로 볼 것인지는 시간이 필요하다. 아울러 이 세대의 연구자들은 전국적으로 매우 많기 때문에 미처 거명하지 못한 연구자들이 많을 수밖에 없다. 양해를 바란다.

이미원, 민병욱, 양승국, 정우숙, 김만수, 백현미, 김재석, 김성희 등이 활동하고 있다.

이 세대는 처음에는 현실주의 문학연구에 관심을 많이 보였는데, 현실사회주의의 붕괴 이후 관심의 폭이 확대되고 다양해지는 경향을 보이고 있다. 이전 세대와는 달리 여러 대학에서 우수한 연구자들이 많이 등장하여 학문후속세대의 층이 두터워지고 폭이 확장된 것도 이 세대의 특징이며, 1980년대 이래 고전문학분야의 여러 분과별 학회가 설립되고, 현대문학분야에서도 학회 활동이 활발해지기 시작한 것도 이 세대들의 연구 활동이 다양하게 전개될 수 있는 기반이 되었다. 그리고 이 세대의 상당수는 민족문학사연구소(1990)[59]와 한국여성문학학회(1998) 및 한국고전여성문학회(2000)의 창립에 주도적으로 참여한 사례에서 보듯 그 이전 세대가 고전문학 또는 한문문학 등 연구 대상 중심으로 학회를 결성했던 것과는 달리 민족과 여성 등 그 이념적 지향과 목적 의식[60]을 뚜렷이 드러낸 것도 하나의 특징이다.

이들 세대의 연구 경향은 앞 세대의 연구를 심화, 확충하면서 새로운 연구 영역을 개척하고 있는데, 특히 작가, 담당층과 특정 시기의 문학 등 특정한 분야를 실증적 자료 검토와 고증을 바탕으로 치밀하게 그 역사적 실상을 파악하고 그 의미를 해석하는 성과를 많이 내고 있다. 방법론으로는 고전문학 분야의 경우 실증적 바탕 위에 역사주의적 시각과 문예사회학적 시각을 취한 것이 두드러진다. 반면 현대문학의 경우 앞 세대보다 훨씬 더 서구의 다양한 이론을 적용하는 경향이 두드러졌다.

구비문학연구는 이 세대들에 의해 각 하위 분야에서 비약적인 발전을 보이고 있다. 이들의 앞 세대가 구비문학연구를 본격화했으나 하위 분야별

59) 1987년 6월 민주항쟁 이후 한국의 현실을 주체적인 방법으로 연구하여 학문 풍토를 쇄신하고 이를 통해 사회의 민주화에 기여하고자 한 진보적 학술운동단체들이 조직되어 활동하였고, 이들 연구단체들은 1988년 학술단체협의회를 결성하였다. 민족문학사연구소 역시 이러한 흐름 속에서 조직되었다.

60) 여성의 관점에 입각한 한국문학의 비평과 연구 역시 우리 사회의 진보 운동의 맥락 속에서 시작되었다. 여성 편집위원회가 1985년에 창간한 『여성』, 한국여성연구회가 1990년에 창간한 『여성과 사회』 등이 그러한 맥락을 잘 보여주고 있다.

연구 인력은 제한되어 있었는데 비해 이 세대에는 분야별로 다수의 연구자들이 활발하게 활동하고 있다. 이러한 바탕에서 한국구비문학회(1993)의 창립이 이루어지고, 이를 중심으로 연구가 더욱 활성화되고 있다. 이 세대의 연구 경향에서 두드러진 것은 현장론적 연구, 여성적 시각의 연구, 비교문학적 연구, 실증적 연구, 다매체시대의 구비문학 연구 등을 들 수 있다. 설화, 신화, 민요, 무가, 판소리, 민속극과 전통연희 등에서 커다란 진전을 보이고 있다.

한문문학연구 역시 이 세대에 의해 연구 인력과 연구 영역이 크게 확대되었다. 80년대 이후 여러 대학에 한문학과와 한문교육과가 설치된 것과 한문학 분야의 학회가 전국적으로 여럿 설립된 것도 좋은 연구 기반이 되었다. 이를 배경으로 90년대 이래 한문문학 연구 성과는 기하급수적으로 늘고 있어서 과거에 비해 보면 전성기에 가깝다고 해도 좋을 정도이다. 이 세대에 의해 새로운 진경을 보이고 있는 하위 분야는 한문단편, 중인(여항)문학, 실학파문학, 詩話, 관각문학, 傳, 古文, 山水遊記 등을 들 수 있다. 조선 후기의 한문문학연구가 일층 심층적·입체적으로 이루어지면서 지금까지 관심을 두지 못했던 분야로 확대되고 있다고 할 수 있다.

고전국문문학연구에서는 여전히 시가와 소설 분야에 많은 새로운 연구자들이 등장했으며, 기존의 학회와 함께 1980년대 이후 창립된 한국고소설학회, 한국시조학회, 한국시가학회 등의 학회를 중심으로 활동을 하고 있다. 시가와 소설 분야는 전통적으로 고전문학연구의 주류였기 때문에 이 세대 연구자들이 이전 세대보다 더 많음에도 불구하고 다른 분야의 비약적 발전에 비하면 상대적으로 많아졌다고 하기는 어렵다. 그러나 연구 내용에서는 상당한 발전을 하고 있다. 시가의 경우 이전 세대의 연구를 심화, 확장, 수정하는 연구가 지속된 가운데, 새로운 작가의 발굴과 심층적 연구, 조선 후기 중인층과 시가문학과의 관계에 대한 새로운 논란, 잡가에 대한 재평가, 19세기 시가에 대한 관심의 환기 등이 이루어졌다. 소설의 경우 傳奇小說, 판소리계 소설, 대하소설(가문소설), 영웅소설, 우화소설 등에서 일층 진전된 연구가 이루어졌고, 새로운 작가의 발굴과 문헌학적 연구 등의 실증적 성과 또한 적지 않게 이루어졌으며, 유형 분석과 소설사의 실상 복원, 사회사적 관심, 여성주의적 관점 등이 두드러졌다.

현대문학연구에서 이 세대는 고전문학의 경우보다 훨씬 민감하게 시대의 동향에 반응하는 연구 경향을 보였다고 할 수 있다. 이전 세대와 마찬가지로 대부분의 연구자들이 동시대 문학에 대한 비평 활동을 겸하고 있고, 연구 대상 역시 역사 발전 단계로는 지금과 같은 근대에 속하기 때문이다. 민주화 운동과 급속한 산업화의 여러 모순에 대한 학문적 응전의 성격이 현실주의문학과 카프문학에 대한 집중적인 연구로 나타난 것, 해금 조치(1988)와 남북 화해 분위기 속에 월북 문인과 북한 문학 및 해방 공간의 문학에 대한 연구가 집중적으로 이루어진 것, 현실사회주의 붕괴 이후 관심이 다양하게 확산되는 일방 이와 함께 세기의 전환을 목전에 두고 근대성에 대한 전면적 재검토를 하기 시작한 것, 여성주의의 관점에서 근대문학연구를 본격적으로 시작한 것 등등이 이러한 시대적 동향과 맞물린 연구 경향이라 할 수 있다. 이와 함께 근대 초기, 곧 애국계몽기의 문학과 1950년대의 문학을 매우 치밀하게 재조명하기 시작한 것과 현대문학의 연구 하한을 1960년대로 확장한 것도 특징이다. 아울러 현대문학 분야의 여러 학회를 조직하여 학회 중심의 연구 활동이 정착되기 시작한 것도 이 세대 연구 활동의 한 특징이다.

이 세대는 현재 활발히 활동하고 있고, 자신의 학문 세계를 구축하는 도정에 있기 때문에 단행본 위주의 대표적 업적을 드는 것이 실상에 맞지 않을 수 있다. 그러한 한계를 무릅쓰고 이 세대의 연구 동향을 파악하는 데 도움이 되는 업적 위주로 간단히 들어두기로 한다.

고전문학 분야에서는 김헌선의 『한국의 창세신화』(1994), 김명호의 『열하일기연구』(1990), 심경호의 『조선시대 한문학과 시경론』(1999), 강명관의 『조선후기여항문학연구』(1997), 성호경의 『한국시가의 유형과 양식 연구』(1995), 최재남의 『사림의 향촌 생활과 시가문학』(1997), 고미숙의 『18세기에서 20세기 초 한국시가사의 구도』(1998), 박희병의 『한국전기소설의 미학』

(1997), 박일용의 『조선시대 애정소설』(1993), 이강옥의 『조선시대 일화 연구』(1998), 김종철의 『판소리의 정서와 미학』(1996), 사진실의 『한국연극사연구』(1997) 등을 들 수 있고, 현대문학 분야에서는 이숭원의 『근대시의 내면구조』(1988), 최두석의 『시와 리얼리즘』(1996), 정호웅의 『우리 소설이 걸어온 길』(1994), 이동하의 『현대소설의 정신사적 연구』(1989), 김영민의 『한국근대소설사』(1997), 이상경의 『한국근대여성문학사론』(2002), 하정일의 『민족문학의 이념과 방법』(1993), 김재용의 『분단구조와 북한문학』(2000), 신형기·오성호의 『북한문학사』(2000), 권보드래의 『한국근대소설의 기원』(2000), 양승국의 『한국근대연극비평사 연구』(태학사, 1996), 백현미의 『한국창극사 연구』(1997) 등을 들 수 있다.

5. 한국문학연구의 방법과 쟁점의 사적 개관

1) 연구 방법

한국문학 연구 방법의 역사[61]는 거칠지만 연구 주체·연구 대상·연구 방법의 세 축을 중심으로 정리할 수 있다고 본다. 연구 주체의 실천성 또는 이념이 중심이 된 경우, 연구 대상의 실체성이 중심이 된 경우, 연구 방법 자체의 새로움 또는 보편성이 중시된 경우 등으로 크게 대별할 수 있겠기 때문이다.

연구 주체의 이념이 중심이 된 연구 방법으로는 초창기의 안확으로 대표되는 국학파의 정신사적 방법과 조윤제의 新民族主義史觀의 방법의 계통이다. 연구사의 관점에서는 조윤제의 신민족주의사관이 특히 중요한데,[62] 국문학

61) 이에 대한 전반적인 논의로는 김명호, 「한국문학 연구방법론과 문제점」, 『한국문학 연구입문』, 서울 : 지식산업사, 1982 ; 김명호, 「국문학연구 방법」, 황패강 외, 『한국 문학사의 쟁점』, 서울 : 집문당, 1986 ; 김흥규, 「국문학 연구방법론과 그 이념기반의 재검토」, 『한국 고전문학과 비평의 성찰』, 서울 : 고려대학교 출판부, 2002 ; 조동일, 「우리 학문의 과제」, 『우리 학문의 길』, 서울 : 지식산업사, 1993 등을 들 수 있다.

의 연구 목적을 한국문학에서 민족 정신을 밝히는 데 둔 그는 한국문학사를 민족정신의 운동으로 체계화하고, 국학파의 문헌고증학과 경성제대 출신들의 실증주의를 민족사관으로 극복한 것으로 평가되고 있다.

그의 신민족주의사관은 민족 해방과 분단 극복이라는 민족사의 실천적 과제에 직결되어 있다. 민족 해방 운동의 일환으로 국문학을 연구했고, 그것의 학문적 실천이 신민족주의사관에 입각한 민족 정신의 탐구였는데, 분단과 전쟁으로 인해 민족이 위기에 처한 상황에서도 이 방법을 고수했다. 1948년에 金九와 함께 남북협상을 위해 평양을 다녀오기도 했던 이 실천적 연구자는 『국문학개설』(1955) 서문에서 전쟁 직후 분단이 고착화되는 암담한 현실 속에서도 민족사관을 재확인했는 바, 유구한 민족사의 전통에 비추어볼 때 이 분단은 필연적으로 극복될 수 있다는 믿음을 표백하고, 자신의 연구는 곧 시들어 가는 민족혼을 깨어나게 하는 실천임을 분명히 했던 것이다. 그의 민족사관은 외래적인 것에 대해 대립하는 주체로서의 성격에다 내부적 동질성을 담보하는 성격을 함께 가지고 있었다고 할 수 있다.

안확과 이명선의 문학사 연구 방법, 또는 김태준의 「춘향전의 현대적 해석」에서 구사한 사회사적 방법 등은 그 지향이 각각이지만 연구 주체의 실천적 이념과 결부되어 있다는 점에서는 조윤제의 방법과 상통한다. 조윤제가 발전적으로 계승했다고 할 수 있는 안확의 정신사적 방법에 입각한 『조선문학사』는 1920년대 우리 민족의 사상 분열을 극복하기 위한 것이었고, 이명선의 『조선문학사』는 자신이 지향하는 세계의 전단계까지의 한국문학사를 유물사관으로 체계화했다고 할 수 있기 때문이다. 조윤제의 민족정신이 안고 있는 관념성과 이명선의 방법이 역사적 실상과 치밀하게 부합하지

62) 이우성, 「도남 국문학에 있어서의 민족사관의 전개」, 『한국의 역사상』, 서울 : 창작과 비평사, 1982 ; 조동일, 「조윤제」, 『한국문학사상사시론』, 서울 : 지식산업사, 1978 ; 김명호, 「조윤제의 민족사관에 대한 신고찰」, 『한국학보(10)』, 서울 : 일지사, 1978 ; 김윤식, 「신민족주의 문학연구 방법」, 『한국근대문학사상사』, 서울 : 한길사, 1984 ; 김윤식, 「도남사상과 주자학적 세계관」, 『한국근대문학사상연구1』, 서울 : 일지사, 1984 ; 류준필, 「형성기 국문학연구의 전개양상과 특성」, 서울대학교 박사학위논문, 1998 등이 대표적이다.

못하는 문제점이 지적되기도 했으나 해방 공간의 다양한 민족문학론과의 관계에서 이들의 방법은 재조명될 필요가 있다.

연구 주체의 이념보다 연구 대상의 실체 파악에 주력하는 연구 방법으로는 1950년대 이후의 실증주의 연구 방법을 들 수 있다. 연구사의 관점에서 보면 이 실증주의는 국학파의 문헌고증 방법과 경성제대 출신들의 실증주의 방법을 계승한 것인데, 다른 한편으로는 분단 상황의 고착으로 인해 조윤제의 신민족주의사관과 이명선의 유물사관을 계승하지 못한 것이기도 하다. 그러나 이 실증주의적 방법을 통해 한국문학연구의 토대가 마련된 것은 커다란 업적이라 할 수 있다. 자료의 정리, 원본의 확정, 다양한 텍스트의 존재 규명과 체계화, 작가의 전기적 연구, 원천의 탐색 등이 이루어졌고, 이를 통해 분야별 체계 수립에 나아갈 수 있었던 것이다. 작품의 문예적 가치 평가와 문학연구의 현실적 의미 추구에는 한계를 가질 수밖에 없었지만 실증주의 자체는 문학연구의 기본 방법으로 지금도 유용하며, 경우에 따라서 외국에서 들어온 방법에만 의존하는 연구 풍토를 바로잡는 바탕이 되기도 한다.

실증주의 방법의 한계를 넘어서기 위해 시도된 것이 비교문학과 신비평을 비롯한 서구의 다양한 방법들의 적용이다. 비교문학은 1950년대에 영향 연구 위주의 비교문학론이 도입되면서 본격적으로 시작되었다고 할 수 있는데, 그 구체적인 이론은 시대에 따라 변천해왔으나 비교문학 자체는 이제 하나의 일반적인 연구 방법으로 자리를 잡았다.[63] 비교문학은 영향만 중시하고 수용의 상황과 수용 주체의 창조적 변인을 고려하지 않은 점과 비교의 대상이 아시아와 서구의 몇 개 국가에 한정된 점 등이 비판을 받아왔으나 비교 대상이 제3세계와 세계 전반으로 확대되고, 일방적 영향 수수 관계의 탐색을 넘어서서 변화와 창조, 상호 주체적 시각에서의 대비, 그리고 세계문학 전반에 대한 새로운 인식을 바탕으로 한 동질성과 이질성의 비교 등

---

63) 비교문학 연구 현황에 대해서는 다음과 같이 정리된 바 있다. 이혜순, 「한국문학의 비교문학적 연구」, 황패강 외, 『한국문학연구입문』, 서울 : 지식산업사, 1982 ; 김현실 · 이혜순, 「비교문학연구사」, 국어국문학회 편, 『국어국문학 40년』, 서울 : 집문당, 1992.

그 방법이 다양해지고 있다.[64)]

신비평・원형비평・구조주의 등등을 비롯한 외국의 다양한 문학 이론이 시차를 두고 파상적으로 연구 방법, 또는 비평 방법으로 수용되었고, 그 현상은 지금도 계속되고 있는데, 일부는 유행처럼 지나가기도 했으나 일부는 깊은 영향을 계속 끼치고 있기도 하다.[65)] 예컨대 신비평은 1950년대 후반에 소개되었는데, 한국문학연구가 실증주의를 넘어서서 문예학으로 나아가는 유용한 연구 방법으로 인정받기도 하였다. 신비평은 작품 그 자체만을 분석하는 꼼꼼한 읽기로 고전문학과 현대문학 분야에서 기억할 만한 성과를 올렸다고 할 수 있으며, 오랫동안 우리의 중등학교 문학교육의 방법으로 채택[66)]되고 있다. 보수주의 세계관을 기반으로 한 이 방법의 한계는 자명하지만 작품을 정밀하게 읽어내는 것을 중시한다는 점에서 실증주의의 방법과 함께 문학연구의 기본적인 방법의 하나로서 그 유용성이 인정될 수 있는 것이다. 문예사회학과 구조주의 역시 간단치 않은 영향을 끼쳐 왔으며, 특히 리얼리즘문학연구와 설화 및 소설 연구에 각각 적지 않은 성과를 내었다. 이처럼 외국의 이론들을 적용하여 적지 않은 성과를 낸 것도 사실이지만 외국 이론의 적용이 그 이론들의 생성 배경과 우리 문학의 그것이 같지 않다는 근본적인 문제가 제대로 극복되지 않은 채 이루어진다는 점과, 구미의 몇 개 국가 중심으로 이론을 수입하는 편식 문제까지 겹쳐서 자칫하면 문학연구에서 일종의 종속

---

64) 이러한 방향 전환에 대해서는 조동일, 「비교문학의 방향전환 서설」, 『한국문학과 세계문학』, 서울 : 지식산업사, 1991 참조. 구체적인 성과로는 조동일, 『제3세계문학 연구입문』, 서울 : 지식산업사, 1991 ; 조동일, 『한국문학과 세계문학』, 서울 : 지식산업사, 1991 ; 조동일, 『동아시아문학사비교론』, 서울 : 서울대학교 출판부, 1993 ; 조동일, 『동아시아 구비서사시의 양상과 변천』, 서울 : 문학과 지성사, 1997 ; 조동일, 『중세문학의 재인식(1~3)』, 서울 : 지식산업사, 1999 ; 조동일, 『소설의 사회사 비교론』, 서울 : 지식산업사, 2001 ; 조동일, 『세계문학사의 전개』, 서울 : 지식산업사, 2002 등이 대표적인 업적이다.

65) 외국 이론 수용의 전반적 양상에 대해서는 국어국문학회 편, 『국어국문학과 구미이론』, 서울 : 지식산업사, 1989 참조.

66) 이에 대해서는 정재찬, 「문학교육의 지배적 담론과 신비평」, 『현대비평과 이론』(10), 서울 : 한신문화사, 1995 참조.

관계가 형성될 우려도 있는 것이다. 그러나 외국 이론의 수용으로 한국문학이 민족의 테두리나 일국적 울타리를 넘어서서 논의될 수 있음이 증명되고, 방법 그 자체에 대한 검토를 통해 우리의 독자적인 연구 방법의 수립에 계발되는 바가 있을 수 있다는 점에서 외국 이론의 비판적 수용은 여전히 유효한 것이다.

방법 위주의 연구라 할 수 있는 외국 이론의 수용을 기술 제휴 또는 수입학이라 비판하고 학문의 주체성을 수립하는 일은 두 가지 방향으로 전개되고 있다. 하나는 연구자의 주체성과 실천성을 회복하는 일로 이것은 대상 위주의 실증주의 방법에 대한 비판도 담고 있다. 다른 하나는 한국문학을 바탕으로 세계문학에 두루 적용되는 일반 이론의 수립이다.

전자는 임형택의 '實事求是'의 방법이다.[67] 실사구시는 문예학상의 방법론이자 세계관인 현실주의[리얼리즘]를 학문 실천에 적용한 것인데, 그 역사적 근거는 실학에서 찾고 있다. 실사구시를 그는 객관적 존재의 실재 상태에 즉해서 이론을 도출하고 원리를 분석하고 올곧은 방향을 탐구하는 것이라 했다. 그러면서 연구 주체는 민족주체적 시각을 견지해야 한다고 했다. 즉 연구자 개인의 주체성은 민족사의 한 국면인 현실에 중심을 두고 민족사의 과거와 미래를 통찰할 수 있는 역사적 주체여야 한다는 것이다. 말하자면 현실주의에 입각한 민족문학의 창조와 나란히 가는 민족문학의 탐구가 학문적 실천이며 그것이 바로 실사구시의 學인 셈인데, 연구 주체의 실천성이 곧 민족 주체성과 결부된다는 점에서 조윤제의 방법에 그 계맥이 닿는다고 할 수 있다. 이 방법은 그 구체적인 세목이 제시되지 않은 상태이지만 연구자의 자세와 시각이 중시된다는 점에서 하나의 원칙이라 할 수도 있으며, 역사적 현실에 즉해서 설명의 틀과 논리를 추출한다는 점에서 연구자가 그러한 혜안을 갖출 수 있는 부단한 연마가 요청되는 방법이라 할 수 있다.

---

67) 임형택, 「국문학, 무엇을 어떻게 할 것인가」, 『실사구의 한국학』, 서울 : 창작과 비평사, 2000 ; 임형택, 「분단 반세기의 남북의 문학연구 반성」, 『한국문학사의 논리와 체계』, 서울 : 창작과 비평사, 2002 에서 이 방법이 강조되고 있다.

일반이론의 수립은 조동일이 주장하고 실천한 것이다.[68] 한국문학이 서구 이론 적용의 한 사례에 불과한 것이 아니고 그 자체에서 세계문학 전반에 두루 적용될 수 있는 보편 이론을 도출할 수 있다는 기치를 내걸고 『서사민요 연구』(1970)에서 출발하여 『세계문학사의 전개』(2002)에 이르기까지 일반이론을 도출하고 그것을 확대 적용하는 대장정을 펼쳐 보였다. 그의 일반이론의 기본축은 『한국소설의 이론』(1977)에서 개진한바, 이기철학에서 도출한 소설 갈래의 본질, 즉 '자아와 세계가 상호 우위에 입각한 대결을 하여 양쪽에 통용되는 진실성을 추구하는 것'에서 '생성이 극복이고 극복이 생성'인 '生剋論'으로 이어지는 것이라고 할 수 있다. 이 기본축은 대립적 관계에 있는 두 주체가 상호 운동하는 것을 기본으로 하는데, '자아와 세계의 대립적 관계'는 보편적인 갈래 이론으로 정립된 것[69]이며, '생극론'은 세계문학사 내지 인류 역사의 일반 이론으로 정립된 것[70]이다. 현실사회주의의 붕괴 이후 거대이론이 퇴조하고 있는 오늘날의 상황에서 문학 연구를 통해 하나의 거대한 문명 이론을 수립하는 데 이르렀다고 할 수 있다. 그의 일반론은 한국문학연구사에서 초유의 것이면서 갈래, 한국문학사, 문명권의 문학사, 세계문학사로 나아가는 각 단계에서 확인하고 발전시킨 것이어서 그 의의가 크지만, 앞으로 세계문학과 세계문화에 대한 다양한 연구가 심화되면 활발한 논쟁이 제기될 가능성이 높은 것이기도 하다.

2) 쟁점과 화두

한국문학연구 50년 동안 크고 작은 쟁점과 화두들이 명멸해왔다. 개별

---

68) 조동일은 일반이론 수립을 위한 자신의 작업 경과를 「실제 작업의 경과와 성과」(『우리 학문의 길』, 서울 : 지식산업사, 1993) · 「수입학에서 창조학까지의 전환과정」(『인문학문의 사명』, 서울 : 서울대학교 출판부, 1997) 등에서 스스로 설명하고 있다.
69) 조동일, 『한국문학의 갈래 이론』, 서울 : 집문당, 1992 참조.
70) 「생극론의 역사철학 정립을 위한 기본구상」(『한국의 문학사와 철학사』, 서울 : 지식산업사, 1996)과 「다음 시대 문학을 위한 전망」(『세계문학사의 전개』, 서울 : 지식산업사, 2002)에 거대 이론으로서의 성격이 잘 나타나 있다.

작품의 해석에서부터 문학사의 인식이나 한국문학의 성격 파악에 이르기까지 다층적으로 제기되었고, 한국문학연구는 이러한 쟁점과 화두를 통해 계속 진일보해왔으며, 앞으로도 그러할 것이다.

쟁점 중에는 「구운몽」의 창작 시기와 장소 문제처럼 새로운 자료의 확보로 해결된 경우도 있으나 향가의 '三句六名'처럼 기본적으로 자료의 부족으로 인해, 근대시와 현대시의 分岐처럼 해석의 시각차로 인해 논의가 지속되는 경우도 있다. 어느 것이든 충분한 자료의 확보와 정확한 해석 및 한국문학사에 대한 통찰을 통해 해결될 수 있을 것이다. 한편 화두들은 동시대 많은 연구자들의 공동 관심사가 되면서 전반적으로 큰 성과를 낳았다고 할 수 있다. 예컨대 근대문학은 서구문학의 移植이라는 주장을 어떻게 극복할 것인가? 라는 화두가 그 대표적 사례이다. 이로 인해 조선 후기 문학에서 근대문학으로 이행하는 과정에 대한 집중적인 탐구가 이루어졌으며, 방대한 업적이 축적되었던 것이다.

이 자리에서 개별 작품, 역사적 갈래, 특정 문학 영역, 작가와 담당층, 특정 시대 문학 등등을 둘러싼 쟁점이나 화두를 다 돌아볼 수는 없다. 이에 대한 전반적 정리가 이루어진 바[71]가 있거니와 이 책의 갈래별 영역별 · 갈래별 각론에서 다시 논의될 것이므로 여기서는 고전문학과 현대문학 전반에 걸친 쟁점과 화두 몇 가지만 개괄하기로 한다.

(1) 한국문학의 갈래 논란

한국문학의 갈래에 대한 논의는 한국문학연구의 초창기부터 전개되어 왔다. 한국문학사를 서술하고 한국문학개론을 마련하면서 한국문학의 내적 체계를 수립해야 할 필요성 때문이었다. 조윤제, 이병기, 고정옥 등에서 시작된 전반적 갈래 체계 논의가 본격적인 차원으로 전개된 것은 조동일에 의해서이다.[72] 그는 판소리의 갈래 규정에서 시작하여 가사, 서사민요, 가전

---

71) 장덕순 외, 『한국문학사의 쟁점』, 서울 : 집문당, 1986에서 고대에서 현대까지의 개별 작품, 작가, 역사적 갈래, 담당층 등등의 쟁점들을 정리했다.

체, 경기체가, 소설에 이르기까지 두루 논의를 펼쳤고, 특히 장르類로서 서종, 서사, 극 외에 敎述을 설정하여 가사, 가전체, 경기체가, 몽유록 등을 여기에 귀속시켜 학계의 거듭된 논란을 이끌었다. 이후 주종연, 서대석, 김병국, 김수업, 김학성, 김문기 등의 참여로 가사, 경기체가, 몽유록 등의 성격에 대한 재론과 갈래 체계 전반에 대한 논란이 이어졌고, 특히 김흥규는 중간 · 혼합갈래를 제안하여 논란이 되고 있는 경기체가, 가사, 가전, 몽유록, 야담 등을 여기에 귀속시켜 갈래 5분법을 제안했다.[73)]

조동일은 그의 갈래 4분법 이론을 문학사에 적용하여 『한국문학통사』를 서술하여 교술 갈래의 설정이 실상에 부합하고 또 유용함을 보였고, 특히 문학담당층을 설정하여 역사적 갈래와 결부시킴으로써 문학사를 역동적으로 재구성했다고 할 수 있다. 그러나 여러 연구가들에 의해 거듭 지적된 바와 같이 자아와 세계, 작품 외적 자아와 세계, 전환 표현, 비전환표현 등의 개념항의 조합이 매우 추상적이고 도식적이라는 점, 경기체가 · 가사 · 몽유록 등이 교술에 속하는가에 대한 반론이 상당한 정도로 설득력을 갖는다는 점 등은 여전히 이 갈래 논의가 재론될 필요가 있음을 말해준다. 그럼에도 갈래 논의는 1980년대 후반 이래 학계의 공통 관심사에서 밀려나 있는 형국이다. 역사적 갈래 각각의 성격에 대한 당대의 인식이 실제로 어떠했는가에 대한 탐색, 가사 전체가 하나의 역사적 갈래로만 인식될 것이 아니라 역사적 전개 과정이나 작자 개개인에 따라 그 갈래적 성격이 달라질 수 있는 전술적 개념으로 볼 수는 없는가? 하는 물음을 제기할 필요가 있다고 본다. 나아가

---

72) 그의 갈래 논의는 『한국문학의 갈래 이론』, 서울 : 집문당, 1992 에 모두 수록되어 있다.

73) 한국문학의 갈래 논의의 전반적 과정에 대해서는 김문기, 「한국문학의 갈래」, 황패강 외, 『한국문학연구입문』, 서울 : 지식산업사, 1982 ; 김학성, 「장르론의 반성과 전망」, 『도남학보』(6), 1983 ; 장덕순, 「국문학의 장르」, 『한국문학사의 쟁점』, 서울 : 집문당, 1986 ; 김준오, 「쟝르론의 이론적 체계」, 『한국현대쟝르비평론』, 서울 : 문학과지성사, 1990. 등을 참조할 것. 특히 쟁점이 된 경기체가, 가사, 몽유록의 갈래 논의에 대해서는 장덕순 등이 저술한 『한국문학사의 쟁점』(1986)에 수록된 성호경 · 정혜원 · 정원표의 글을 참조할 것.

근대문학에서 교술이 약화되었다는 것, 혹은 근대문학이 서정 · 서사 · 극의 3분법 중심이고 수필이 부차적인 것으로 인식되는 것 자체에 대한 근본적인 재검토의 차원에서도 갈래 논의는 재론될 필요가 있다. '글쓰기'에 대한 인식 및 문학의 범주에 대한 인식의 재조정이 필요하거니와 오늘날 '수필'로 포괄되는 것 외에 근대 문학의 범주에는 속하지 않게 된 중세의 교술에 해당하는 글쓰기 양식들이 근대 사회에서 어떤 역할을 해 왔는지에 대한 검토도 필요하다.

(2) 近代性의 정체 논란

전반적으로 볼 때 가장 오랫동안 지속되었고 지금도 진행 중인 쟁점이자 화두는 근대성이다. 이 쟁점은 근대문학의 기점 논쟁, 고전문학과 근대문학의 연속성, 전통론 등을 포괄할 뿐만 아니라 현재도 진행되고 있는바 탈근대 · 근대 초극 · 근대 극복 등으로 불리우는 '近代 以後' 논의까지 포괄하고 있어 한국문학 연구의 문제일 뿐만 아니라 역사철학의 문제이기도 하다. 이처럼 근대성에 대한 논의가 거듭되어온 이유는 근본적으로 민족사에서 근대가 어떻게 전개되었으며, 그 역사적 의미는 무엇인가를 물어야만 현재의 좌표를 제대로 그릴 수 있기 때문이다.

근대성에 대한 첫 번째 논의는 근대문학의 기점 논쟁이다. 1971년부터 활성화되기 시작한 이 논의는 김윤식 · 김현의 『한국문학사』가 근대의 기점을 18세기로 잡으면서 본격적인 논란이 되기 시작한 것이다. 근대 이전과 근대의 구획은 한국문학사를 연구하기 시작한 때부터 시작되었는바, 안확이 문학사를 기술하면서 갑오경장을 기점으로 본 이래 18세기, 1860년, 갑오경장, 애국계몽기, 3 · 1운동 등을 근대의 기점 혹은 성립으로 보는 다양한 견해가 제출되었고, 가치의 측면에서 볼 때 진정한 근대는 시작되지 않았다는 견해도 제기되었다.[74] 근대문학의 기점을 두고 논란이 벌어진 까닭은 기본적

74) 근대문학의 기점 논의에 대한 정리로 다음의 연구들이 있다. 조동일 · 조병기 · 서연희, 「한국 근대 문학 형성 과정론 연구사」, 한국고전문학연구회 편저, 『근대문학의

으로는 근대의 개념, 그 개념에 해당하는 실제적 지표와 문학상의 지표에 대한 견해 차이 때문이다.

근대의 개념은 인간의 의식, 생산 양식, 신분 제도, 정치 제도 등등 여러 측면에서 다양하게 정의될 수 있고, 그에 대응하여 이성의 중시, 개인의 주체성 강조, 자본주의 생산 양식, 시민, 신분 차별의 철폐, 국민국가 등등을 그 실제적 지표들로 보아 근대문학이 생성될 수 있는 객관적 조건에 대한 탐색을 해왔는데, 이 중 무엇을 중시하느냐에 따라 실제적인 시기 구분은 다양하게 이루어졌다. 예컨대 의식과 같은 지표는 20세기 이전을 거슬러 올라가서 찾을 수 있으나 국민국가는 20세기 초에는 성립된 바가 없었으니 전자를 중시하면 근대의 기점은 소급되고 후자를 중시하면 근대는 20세기 초의 시점에서는 미지수인 것이다. 아울러 문학 자체의 기준으로 보면 근대문학을 언어의 측면에서 민족어문으로 이루어진 문학으로 보는 관점에는 이의가 없으나 현실에서의 근대적 지표에 대응하는 구체적인 문학적 지표에서는 견해가 엇갈려 왔다. 형식・제도・이념・가치관 등 현실적 지표와 문학적 지표의 결합 방식이 다양하게 나올 수 있기 때문이다.

근대문학의 기점 논의는 근대란 무엇인가에 대한 본격적인 검토를 요구하게 되었고, 동시에 중세에서 어떻게 근대로 이행했는가를 정밀하게 추적하는 작업을 촉발하게 되었다. 조동일은 그의 『한국문학통사』에서 중세에서 근대로의 이행기를 설정하고, 이행기의 끝을 근대문학의 성립으로 보는 시대구분을 하기도 했으며, 많은 고전문학 연구자들이 조선 후기문학에서 근대 지향의 역사적 추이 과정을 탐색하였던 것이다. 기실 김윤식・김현의 근대 기점 소급은 한국사의 정체성론을 극복하고자 한 한국사의 내재적 발전론의 진전

형성 과정』, 서울 : 문학과 지성사, 1983 ; 오세영, 「근대시의 기점」, 장덕순 외, 『한국문학사의 쟁점』, 서울 : 집문당, 1986 ; 최원식, 「민족문학의 근대적 전환」, 민족문학사연구소 엮음, 『민족문학사강좌(하)』, 서울 : 창작과 비평사, 1995. 근대문학의 기점 논의의 여러 쟁점에 대한 검토로는 한국고전문학연구회 편저, 『근대문학의 형성 과정』, 서울 : 문학과지성사, 1983에 수록된 황패강, 김명호, 이혜순, 김용직 등의 논의를 대표적으로 들 수 있다.

에 힘입은 것으로 18세기로의 기점 소급이 옳고 그름을 떠나 고전문학연구자와 현대문학연구자들이 함께 관심을 가지게 되고, 그 결과 많은 성과를 낳은 대표적 화두였다는 데 의의가 있다.

근 · 현대의 구분 역시 논란거리였다. 한국사학계에서는 근대사와 현대사 구분이 해방을 기준으로 하는 데 비해 문학사에서는 근 · 현대 구분이 합의되지 않았다. 백철은 신경향파문학에서, 조연현은 1935년의 순수문학에서 현대문학의 시작되었다고 보았고, 시의 경우 정지용에서 현대시가 시작되었다는 관점도 있다.[75] '현대'를 동시대라는 통상적인 의미가 아니라 가치 개념으로 사용한다면 근대문학과 현대문학의 구분은 '근대 이후' 세계를 전제해야 하는데 지금까지의 구분이 그러한 인식을 동반했는지는 의문이다. 특히 분단 이후 남북한 문학의 통합의 관점에서 볼 때 근대문학과 현대문학의 구분은 매우 세심하면서도 거대한 인식틀을 요구하는 쟁점이 될 것이다.

근대성과 관련된 또 하나의 논의는 한국문학의 연속성 또는 전통론이다. 이것은 한국문학을 고전문학과 현대문학으로 나누어 보고, 현대문학을 고전문학과는 단절된 것으로 인식하는 태도에 대한 반론인데, 이 논쟁은 1960년대 초에 일어났지만 단절론의 기원은 백철의 『신문학사조사』와 임화의 이식문화론 나아가 이광수의 신문학에 대한 인식에까지 소급된다.[76] 한국문학의 전통을 근대문학에서 찾으려는 작업은 거듭 이루어져 신소설의 구조, 근대시의 형성 과정, 근대 낭만주의 시의 성격, 근대시의 율격 등에서 전통 계승의 실증적 근거를 밝혀낸 바 있다.[77] 그러나 근대문학의 전통 계승은 근대문학의

75) 앞에 제시한 최원식의 「민족문학의 근대적 전환」과 오세영의 「근대시의 기점」 참조.

76) 이에 대해서는 김재홍, 「국문학의 전통」, 장덕순 외, 『한국문학사의 쟁점』, 서울 : 집문당, 1986 참조

77) 조동일, 『신소설의 문학사적 성격』, 서울 : 서울대학교 한국문화연구소, 1973 ; 조동일, 『한국시가의 전통과 율격』, 서울 : 한길사, 1982 ; 정한모, 『한국현대시문학사』, 서울 : 일지사, 1973 ; 김대행, 『한국시의 전통 연구』, 서울 : 개문사, 1980 ; 오세영, 『한국 낭만주의 시연구』, 서울 : 일지사, 1980 ; 조창환, 『한국현대시의 운율론적 연구』, 서울 : 일지사, 1986 ; 성기옥, 『한국시가율격의 이론』, 서울 : 새문사, 1986 등이 그 대표적 업적이다.

비전통성과 함께 인식되어야 한다. 근대 이전의 문학과의 단층이 연속성과 함께 인식되어야 하며, 연속성과 전통 계승 역시 지속의 차원만이 아니라 변화와 창조를 내포해야 하며 나아가 고전국문문학만이 아니라 한문문학까지 포함하는 총체로서의 중세문학에서 계승해야 할 것이 무엇인가라는 관점에서 근대문학의 연속성과 전통 계승이 재점검되어야 한다.

근대성 논의에서 최근에 많은 시비를 불러일으키고 있는 화두가 '근대 이후'에 대한 전망이다. 1990년의 독일 통일 이래 현실사회주의의 붕괴와 전지구적 차원의 자본주의화는 '근대 이후'에 대한 새로운 인식을 요구했다. '근대 이후'로 자처했던 현실사회주의의 붕괴로 현실사회주의 자체가 근대 기획의 일환이었지 않았는가는 반성을 하게 되었고, 그렇다면 근대 극복은 어떻게 가능한가를 새롭게 질문하지 않을 수 없게 된 것이다. 이러한 배경에는 포스트모더니즘의 영향도 크지만 국가와 민족 단위를 넘어서는 국제화에 직면하여 우리의 근대를 되돌아보고 미래를 전망하는 일이 절박한 과제로 등장하게 된 것이 더 중요한 배경이라 할 수 있다.

'근대 이후'에 대한 논의는 비평 쪽에서는 민족문학과 리얼리즘을 둘러싼 논의가 주목되며,[78] 연구 쪽에서는 근대문학 전반에 대한 재인식 특히 근대 초기 계몽시대의 문학과 모더니즘문학 및 김동리문학과 같은 비근대적 문학 또는 몰시대적 문학에 대한 재조명으로 나아간 것이 특징이라 할 수 있다.[79] 근대의 안과 밖을 어떻게 가늠하느냐는 문제, '근대 이후'를 논의하는 것이

---

78) 백낙청, 「문학과 예술에서의 근대성 문제」, 『창작과 비평』 여름, 1994 ; 백낙청, 「민족문학론, 분단체제론, 근대극복론」, 『창작과 비평』 가을, 1995 ; 신승엽, 「민족문학론의 방향조정을 위하여」, 민족문학사연구소 편, 『민족문학사연구』(11), 서울 : 민족문학사 연구소, 1997 및 진정석, 「민족문학과 모더니즘」, 민족문학사연구소 편, 『민족문학사연구』(11), 서울 : 민족문학사연구소, 1997 등이 그 사례이다.

79) 민족문학사연구소 편, 『민족문학과 근대성』, 서울 : 민족문학사 연구소, 1995 ; 김윤식, 『한국근대문학연구방법입문』, 서울 : 서울대학교 출판부, 1999 ; 김동식, 「한국의 근대적 문학개념 형성과정 연구」, 서울대학교 박사학위논문, 1999 ; 권보드래, 『한국 근대소설의 기원』, 서울 : 소명, 2000 ; 하정일, 「복수의 근대와 민족문학」, 민족문학사연구소 편, 『민족문학사연구(17)』, 서울 : 민족문학사 연구소, 2000 등이 그러한 사례이다.

참으로 현실성을 갖는 것이냐는 문제 등이 제기되지만 이 논의를 통해 우리 근대문학의 출발점을 정밀하게 되돌아보고 근대문학의 구성원들을 그 각각의 정당한 역사적 위상 정립의 차원에서 되돌아보게 된 것, 나아가 근대 자체에 대한 근본적인 반성과 부정의 단초를 마련하게 된 것은 성과라 할 수 있다.[80] 그러나 제대로 된 근대 수립, 예컨대 '나라 찾기'와 '통일된 나라 세우기'와 같은 과제가 미결인 상태에서 급격하게 '근대 이후'를 논의하게 된 비약을 어떻게 메꿀 것인가는 한국문학연구자 모두의 몫으로 남아 있다. 다만 시장경제의 세계 지배에 지혜롭게 대응하면서 '통일된 나라 세우기'와 같은 민족이 당면하고 있는 목전의 과제를 제대로 해결하는 것이 '근대의 재편으로서의 새로운 시대' 혹은 역사의 새로운 단계로서의 '근대 이후'를 열어가는 현실적이고 실천적인 일임은 틀림없을 것이다.

(3) 세 개의 화두 : 남북한 통일 문학사, 동아시아적 시각, 여성주의

'통일된 나라 세우기'를 염두에 두었을 때 분단 이후의 남북한문학의 통합은 물론 한국문학사 전체에 대한 인식의 통합은 목전에 제기되는 과제라 할 수 있다. 다시 말해 분단 이후 남북한문학은 그 각각이 민족문학사의 역사적 실체이므로 통일문학사를 서술할 경우 어디에서 통합의 고리를 찾을 것인가는 중요한 연구 과제이며, 분단 이전의 한국문학에 대한 인식과 평가의 차이를 조정하는 일도 중요한 과제인 것이다.[81] 문학사의 정통성 인식틀과 문학을 보는 관점 등등의 심각하고 본질적인 차이에도 불구하고 통합을 이루기 위해서는 우선 동질성의 확보가 요청됨은 재론의 여지가 없는 사항이겠지만 이질성 자체에 대한 보다 적극적인 평가가 더욱 요청된다고 하겠다.

---

80) 한편 조동일은 「다음 시대 문학을 위한 전망」(『세계문학사의 전개』, 서울 : 지식산업사, 2002)에서 생극론의 입장에서 근대 이후의 세계문학의 전개에 대한 구체적인 전망을 제출한 바 있다.

81) 이에 대한 모색으로 다음 두 논의를 참고할 수 있다. 김윤식, 「근대의 초극론에서 바라본 통일문학사론」, 『한국근대문학연구방법입문』, 서울 : 서울대학교 출판부, 1999 ; 김성수, 「남북한 근현대문학사의 비교와 통합방안」, 토지문화재단 엮음, 『한국문학사 어떻게 쓸 것인가』, 서울 : 한길사, 2001.

분단은 남북한 민족에게 엄청난 고통이었지만 남북한이 서로 다른 체제 하에서 살아온 민족 경험과 그것의 언어적 형상화는 민족사와 민족문학의 소중한 자산일 뿐만 아니라 새로운 사회 혹은 새로운 단계의 인류사를 전망하는 데에는 세계적인 의의가 있는 것이기 때문이다. 따라서 이질성에 대한 정당한 인식과 상호 이질성을 존중하는 통합이 보다 더 중요한 것이라 할 수 있다.

시장경제의 세계 지배와 관련하여 등장한 또 하나의 화두로 동아시아에 대한 재인식 논의를 들 수 있다.[82] 근대 이전의 동아시아문화권이라는 공통분모, 근대를 맞이하면서 겪게 된 식민지 경험, 민족 해방의 여러 경로, 침략과 지배의 관계 등을 냉철히 점검하면서 근대 극복의 새로운 대안을 모색하자는 것인데, 문학연구에서는 아직 구체적인 논의에까지 들어갔다고는 하기 어렵다. 동아시아적 연대의 모색은 한국과 서구의 관계항에서 한국과 동아시아, 한국・동아시아・세계의 다층적 관계항으로의 진전이라는 점에서 의의 있는 인식틀이지만 중세와 근대에 각각 동아시아의 패권을 잡은 경험이 있는 중국과 일본이 진정으로 근대 극복의 새로운 대안을 위해 패권에의 향수를 접고 대등한 공존의 논리를 받아들이도록 여하히 연대하느냐는 지난한 과제가 아닐 수 없다.

남북한문학사의 통합이나 동아시아 논의가 근대성 논의와 자본주의의 세계화 문제와 밀접하게 연관되어 있다면 여성주의는 이와 깊은 관계를 맺고 있으면서도 이를 넘어서는 보다 근원적인 물음에 속한다. 양성 평등과 여성 해방의 문제는 우리 사회의 제모순과 중첩되어 있으면서 남성의 여성 지배라는 인류사의 오랜 모순의 해결이라는 과제를 안고 있기 때문이다.

---

82) 『창작과 비평』(1993. 봄)의 특집 「세계 속의 동아시아, 새로운 연대의 모색」, 『민족문학사연구』(4)(1993)의 좌담 「한국문학연구와 동아시아문학」, 성균관대학교 동아시아학술원의 동아시아학 국제학술회의 「동아시아학의 모색과 지향」, 정문길・최원식・백영서・전형준의 『발견으로서의 동아시아』(2000) 등이 그러한 사례이다. 동아시아 논의의 현황에 대해서는 조병한, 「'90년대 동아시아 담론의 개관」, 정재서 편저, 『동아시아연구』, 서울 : 살림, 1999 참조.

여성주의의 이념과 관점은 1990년 이후 한국문학연구에서 주요한 흐름이 되었는데,[83] 사회 구성과 제도의 변화 속에 점차 탄력을 얻고 있다. 근대 이전의 가부장제 하에서의 여성, 근대의 이항 대립적 세계 인식 속에서의 여성, 사회 계층간의 여성 상호간의 차이 등등에 대한 정확한 인식 위에서 한국문학을 여성주의의 시각에서 탐구하고 그 억압의 기제 또는 억압을 뚫고 성취한 여성주의의 문학적 성과를 밝혀내는 일은 한국문학연구의 새로운 과제이자 또 하나의 희망이라고 할 수 있다.

6. 과제와 전망

1) 과제

이제 전개되고 있는 새로운 세기의 한국문학연구의 장기적 과제를 전망하기란 쉽지 않다. 연구 과제는 연구 수행 과정에서 새롭게 도출되고 제기되는 것이 연구자에게 보다 절실한 과제라 할 수 있으므로 그것은 연구자 개개인에게 기대하는 것이 올바르다고 본다. 다만 그러한 의미 있는 과제들이 연구 수행 중에 속출하고 또 올바르게 해결될 수 있도록 선행 논의[84]를 참고하되

83) 이러한 추세 속에 한국여성문학회와 한국고전여성문학회가 창립되어 각각 『여성문학연구』(1999년 창간)와 『한국고전여성문학연구』(2000년 창간)를 내고 있다. 주요 연구 업적으로는 김정자, 『한국 여성소설연구』, 서울 : 민지사, 1991 ; 김미현, 『한국 여성소설과 페미니즘』, 서울 : 신구문화사, 1996 ; 허미자, 『한국 여성문학 연구』, 서울 : 태학사, 1996 ; 송명희, 『이광수의 민족주의와 페미니즘』, 서울 : 국학자료원, 1997 ; 이명희, 『현대문학과 여성』, 서울 : 깊은샘, 1998 ; 정영자, 『한국 페미니즘 문학 연구』, 서울 : 좋은날, 1999 ; 이혜순 외, 『한국고전여성작가연구』, 서울 : 태학사, 1999 ; 차옥덕, 『백년 전의 경고 : 방한림전과 여성주의』, 서울 : 아세아문화사, 2000 ; 이상경, 『한국근대여성문학사론』, 서울 : 소명출판사, 2002 등을 들 수 있다.

84) 이혜순은 「국제화 시대의 국문학」(『국어국문학(114)』, 1995)에서 '자생적 문학이론의 추구'와 '비교문학적 시각의 확대'를 강조했고, 조동일은 「한국문학연구의 방향 전환과 근대 극복의 과제」(『국어국문학(121)』, 1998)에서 주로 자신이 해왔던 작업을 재강조하면서 '어문생활사'에 대한 연구를 요망하고, 근대 극복을 위해서는 생극론의 입장에서 근대를 비판하고 중세를 계승하여 새로운 역사 창조의 발판으로

주로 제도 개선의 차원에서 단기적 과제 몇 가지를 제안하고자 한다.

(1) 인문학으로서의 성격 강화

한국문학연구가 인문학에 속함은 새삼 말할 필요가 없다. 그러나 기왕의 연구 중 상당 부분이 인간다움의 가치를 탐구하는 인문학의 본령에 속하지 못하고 있음을 부인하기 어려운 것이 실정이다. 특히 실증주의에 입각한 많은 연구가 실험실 연구를 방불케 하는 대상 분석에 시종하고, 연구자 주체의 문제 의식이 대상의 분석과 해석을 통해 인간다움의 가치에 대한 질문과 그 답변의 시도로 나아가지 못했던 것이다. 연구 대상 자체만 중요할 뿐 연구자의 의식이나 그 연구물이 독자에게 줄 깨우침에 대해서는 소홀히 했던 것이다. 국제화와 분단 극복이라는 거대 과제만이 아니라 한국문학 연구를 통해 한국문화에 대한 독자들의 안목을 열어주고 나아가 문학의 본령인 삶에 대한 질문과 그 해답의 모색을 연구의 차원에서 검토하여 독자에게 삶에 대한 혜안을 갖도록 돕는 일도 연구의 사명으로 삼아야 한다.[85] 한국문학연구가 연구자 집단 내부의 방언으로만 머물지 않고 일반 독자와 소통할 수 있기 위해서는 인문학으로서의 성격을 상실하지 않아야 한다.

(2) 연구의 균형과 새로운 방향 모색

분과 체제 하에서의 연구를 통해 이룩한 성과가 대단하지만 아직 탐구를 기다리는 부분이 적지 않고, 새롭게 조명되어야 할 부분 역시 많이 있다. 시대와 세대가 바뀌면 새로운 시각과 문제의식에서 재검토하는 것이 당연한 일이지만 한국문학의 제영역과 분야에 따라 그 역사적 실체가 제대로 밝혀졌으며, 해석은 풍부하고 정당하게 이루어졌는지 세심하게 점검할 필요는 여전히 남아 있다. 이와 함께 그 동안의 연구가 분야별로 균형 있게 전개되지

삼는 작업을 해야 한다고 했다.

85) 서대석, 「인문학으로서 국문학의 연구 방향」, 『국어국문학』 114, 서울 : 국어국문학회, 1995. 5에서 이러한 점에 대한 반성을 촉구한 바 있다.

못한 점도 반성해야 한다. 세대나 시대마다 연구의 추세가 있고, 그러한 추세 속에서 공동의 관심사를 함께 탐구하는 것도 의의 있는 일이지만 여러 분야의 연구가 균등하게 발전하는 일도 중요하다.

우선 고전문학 분야의 경우 조선 후기가 집중적인 조명을 받고 있음에 비해 그 이전 시기의 문학은 상대적으로 소홀한 점을 들 수 있다. 중세 전기와 고대로 소급할수록 자료가 적어서 연구가 쉽지 않은 것은 사실이나 연구 인력이 특정 시기에 편중되는 것은 바람직하지 않다.

다음으로 관심을 확대해야 할 분야로 아동문학, 청소년문학, 한국문학의 특질과 미 등을 들 수 있다. 아동문학 연구는 매우 영성하여 아동의 성장에 미치는 문학의 영향력과 중요도는 물론 근대문학사에서 아동문학의 위상에 비추어 초라하기 짝이 없다고 할 것이다.[86] 근대 문학에서의 청소년 문학에 대한 연구는 연구 영역으로 정립조차 되지 않고 있으니 한국문학연구는 성인의 문학 연구에 치중해왔던 것이다. 한국문학의 특질과 미에 대한 연구 역시 그러하다. 특질은 조윤제의 논의 이래 이렇다 할 본격적인 연구가 없으며, '멋'에 대한 연구 역시 조지훈[87] 이래 이를 넘어서는 본격적인 논의는 전개되지 않았다.[88] '恨',[89] '신명',[90] '풍류'[91] 등에 대한 논의도 산발적이다. 고전시가와 탈춤・판소리 등의 연행 문학을 중심으로 한 미에 대한 고찰은 꾸준히 이루어져왔으나 예술로서의 한국문학의 특질에 대한 관심은 적었다고 할 수 있다.[92]

---

86) 이재철의『한국현대아동문학사』(1978)가 현재 유일한 아동문학사이다. 아동문학사 연구의 과제에 대해서는 원종찬,「한국현대아동문학사의쟁점」,『아동문학과 비평정신』, 서울 : 창작과비평사, 2001 참조.

87) 조지훈,「멋의 연구」, 김붕구 외,『한국인과 문학사상』, 서울 : 일조각, 1964.

88) 최정호 편,『멋과 한국인의 삶』, 서울 : 나남출판, 1997에 여러 분야에 걸쳐 멋에 대한 논의를 모았으나 본격적인 학술논문은 몇 편 없다. 국문학의 특질과 '멋'에 대한 논의 경과와 전망에 대해서는 성기옥,「국문학과 민족미학」, 한국고전문학회,『국문학과 문화』, 서울 : 월인, 2001 참조.

89) 천이두,『한의 구조 연구』, 서울 : 문학과지성사, 1993.

90) 조동일,『카타르시스・라사・신명풀이』, 서울 : 지식산업사, 1997.

91) 신은경,『풍류』, 서울 : 보고사, 1999.

연구의 균형과 함께 요청되는 것이 연구 방향의 새로운 모색이다. 계통수에 따른 분과별 연구가 주류를 형성해왔는데 이제는 기왕의 성과를 바탕으로 한 연구 대상의 입체적 설정이 요망된다. 문학을 중심으로 재구성할 수 있는 다양한 입체들을 주제별로 설정하고 그것들에 대한 탐구를 통해 한국문학의 총체적 상을 재구성하도록 해야 한다. 이를 위해서는 인접 학문과의 활발한 소통이 필요하며, 외국 이론의 일방적 도입이 아닌 외국의 연구 사례와의 교류도 요망된다.

나아가 문학의 존재 방식 또는 문학 영역의 확장에 적극적인 관심을 가져야 한다. 근대문학의 생성 공간이 저널을 비롯한 매체였음을 고려한다면 21세기 문학과 예술의 생성 공간이 새로운 매체 환경과 밀접한 관련을 가질 것임은 자명하다. 이점에 대한 연구가 이미 시작되었으나 이제는 관심의 촉구에서 나아가 본격적인 연구의 대상으로 삼아야 한다.

(3) 학제간 연구의 활성화

한국문학연구가 국어학 : 국문학, 고전문학 : 현대문학, 구비문학 : 한문문학 : 고전국문문학 : 현대문학, 시가 : 소설 : 희곡 : 비평 등등으로 분화되어 있고, 상호 소통이 되지 못하고 있어서 문제라는 지적은 거듭되어 왔으나 그 극복이 전면적으로 이루어지고 있다고 보기는 어렵다.[93] 일찍이

---

92) 김학성, 「21세기 고전 시가 연구의 이념과 방법」, 『고전문학연구(18)』, 서울 : 한국고전문학회, 2000에서 우리 시가 미학의 정체성 파악을 21세기의 연구 과제로 제시한 바 있다.

93) 1982년 국어국문학회 창립 30주년기념으로 국어국문학 30년의 성과와 문제점을 점검했을 때, 국어학과 국문학, 고전문학 연구와 현대문학 연구가 긴밀한 관계를 가져야 하며, 국어국문학과 인접 어문학 및 인접 학문의 관계로 관심을 확대해야 한다는 점이 지적되었다(조동일, 「국어국문학 30년의 성과와 문제점」, 『국문학연구의 방향과 과제』, 서울 : 새문사, 1985). 이후 20년이 지난 2002년 국어국문학회가 전국대회의 주제로 '국어국문학, 통합과 확산'을 내걸고, 국어학과 국문학, 고전문학과 현대문학, 구술성과 기술성 등의 통합적 시각을 강조하고(『국어국문학』(131), 2002. 9 참조), 한국어문학회가 제36회 전국대회(2002. 10. 26~27) 주제로 「국어국문학의 학제적 연구 현황과 과제」를 내세웠는데, 여전히 이룩한 성과는 적고 실천해야 될 과제는 많음을 확인하고 있다.

조윤제가 그의 『국문학개설』(1955)에서 국어학과 국문학의 밀접함, 고전문학과 현대문학이 하나인 것을 강조하고, 국문학연구방법으로 종교, 철학, 역사, 예술, 정치, 경제, 사회 등 인접 학문을 참고할 필요성 등을 강조했지만, 이것이 제대로 수행되었다고 할 수 없는 것이다.

한국문학과 외국문학의 연관성에 대한 연구도 영향 관계의 탐색에 치우친 경우가 많았던 것이 사실이다.

인접 학문끼리 공동의 관심사를 설정하고 공동으로 연구하는 풍토가 결여된 것도 하나의 원인이라 할 수 있으나 연구자 양성이 세분된 분과 중심이어서 인접 영역을 아울러 연구할 수 있는 교육을 받지 못하여 그러한 시각을 갖지 못한 것이 보다 중요한 원인이라 할 수 있다. 따라서 연구자들로 하여금 복수의 전공을 하도록 권장하거나 제도화하고, 이를 통해 연구 대상을 기존의 분과 체제 중심에서 벗어나 입체적으로 설정하는 능력을 갖추도록 해야 한다.

(4) 연구자 양성의 체계화

학문후속세대를 지속적・체계적으로 양성하는 일은 다른 무엇보다도 큰 과제이다. 시장경제 제일주의가 우리 사회를 지배하고 나아가 인문학의 위기를 초래하고 있는 상황이어서 한국문학연구 역시 장래를 낙관할 수 없음은 분명한데, 이 장래의 불확실성 중 가장 중요한 사항이 학문후속세대 문제이다. 시장경제 제일주의 하에서 적정한 물질적 보상을 기대하기 어려움에도 불구하고 한국문학연구를 수행하는 것은 오로지 연구자의 자발성 덕분인데, 이러한 상황이 지속되는 한 우수한 자질과 능력을 갖춘 후속세대가 계속 이어질 것인지는 미지수이기 때문이다.

나아가 소수이든 다수이든 연구를 하겠다는 후속세대를 제대로 기르지 못할 경우 불확실성은 더욱 높아질 것이다. 내놓은 연구 성과가 보잘 것이 없다면 연구에 매력을 갖는 후속세대가 나오지 않는 악순환이 계속될 것이기 때문이다. 따라서 학부와 대학원 과정에서 체계적이고 엄격한 교육이 이루어져야 한다. 문제 의식, 1차 자료에 대한 엄밀한 분석과 풍부한 해석 능력, 문학적 감수성, 관련 연구 성과를 철저히 검토하는 성실성, 논리적이면서도 예술성을 갖춘 글쓰기 능력 등을 고루 갖추도록 교육해야 한다. 이를 위해서는 교과 과정에 대한 전면적인 재검토를 해야 하며 특히 상호 소통이 불가능한 分科체제 위주의 교과 과정을 극복하고 복수 전공 체제, 특히 한국문학 전공과 외국문학 전공을 함께 하도록 하는 체제로 나아가야 한다. 그리고 외국의 최신 이론에 민감하게 반응하는 경향을 불식하고 1차 자료와 역사적 현실에 기초하면서 국제적 시각을 갖추도록 기본 교육을 하는 것이 바람직하다고 본다.[94)]

(5) 연구 자료와 업적의 정보화

지금까지 조사, 정리된 방대한 분량의 자료와 근래에 와서 기하급수적으로 축적되고 있는 연구 업적을 쉽게 이용할 수 있는 정보화 작업이 요청된다. 자료와 연구 업적의 조사와 축적이 전국적으로 이루어지고 있기 때문에 이에 대한 정보의 소통과 손쉬운 이용이 가능하도록 해야 한다. 물론 새로운 자료의 발굴 역시 꾸준히 이루어져야 함은 말할 것도 없다.[95)]

자료의 경우 자료집의 출판 단계를 넘어 부분적으로 전산화 작업이 진행되고 있는데, 원전 이용과 다름이 없을 정도의 엄밀한 고증이 동반된 전산화 작업이 이루어져야 한다. 아울러 연구자들이 원전 자체를 편리하게 이용할 수 있는 체제도 갖추어야 한다.[96)] 연구 업적의 경우 분야별[97)]로 매년 정리

---

94) 조동일, 「비교문학의 방향전환 서설」·「대학 교양과목의 문학교육」, 『한국문학과 세계문학』, 서울 : 지식산업사, 1991 ; 김흥규, 「국어국문학의 정체성과 유연성」, 『국어국문학』 127, 서울 : 국어국문학회, 2000. 12 ; 김종철, 「전공교육으로서의 국어국문학」, 『국어국문학』 127, 서울 : 국어국문학회, 2000. 12 등에서 이러한 점들이 거듭 지적되었다.

95) 현단계의 연구 자료 발굴 상황 중 판소리, 향가, 희곡, 북한문학에 대해서는 「국어국문학 자료 발굴의 현황과 전망」, 『국어국문학』 123, 서울 : 국어국문학회, 1999. 3을 참조할 수 있다.

96) 김흥규, 「국문학 자료의 전산화 방법과 과제」, 『국어국문학』(121), 서울 : 국어국문학회, 1998. 5 ; 이상택, 「문헌학적 기초연구의 필요성과 전망」, 한국정신문화연구

작업이 이루어지고 있으나 정기적으로 한국문학연구 전반을 정리하는 작업은 시도되지 않고 있다. 이러한 작업은 물론 학술진흥재단과 같은 곳에서 재정지원을 해야 할 뿐만 아니라 정보를 지속적으로 관리할 수 있는 기술적, 행정적 체제도 구축해야 한다.

(6) 연구 업적의 수준 제고를 위한 평가 강화

연구 정보화가 시급히 요청될 정도로 연구물은 기하급수적으로 늘고 있다. 그러나 이러한 양의 증가가 반드시 질의 향상을 동반한다고 볼 수는 없다. 비평하고 논쟁하는 풍토가 제대로 조성되지 못한 까닭도 한 원인이긴 하나 무엇보다 근래 연구자들의 연구 업적 평가가 양적 평가로만 이루어지고 있는 것이 큰 원인이다. 교수 임용과 승진 등에서 연구논저의 편수가 중요한 기준이 되고 있는 것이 이러한 상황을 조장하고 있다고 할 수 있다.

독자들에게 진실을 호도할 수 있고, 관련 연구자들에게 번쇄한 연구사 정리 작업을 요구하는 그러한 연구물의 범람을 막기 위해서는 학별로 엄정한 평가 장치를 마련해야 한다. 연구발표회에서의 비평과 논쟁, 논문 게재 심사의 엄정성을 통해 연구물의 증가가 질의 제고를 동반할 수 있도록 해야 한다. 아울러 분과별 학회에서 서평 활동을 강화하여 저서 출판에 대한 질적 감시도 강화해야 한다. 학계 내부의 엄정한 평가 활동을 통해 수준 높은 연구 업적을 축적할 수 있어야만 진정한 의미의 문화 발전이 가능함을 재인식할 필요가 있다.

(7) 연구 · 교육 · 대중화의 연계 강화

한국문학연구는 오늘날 우리 문학과 문화를 성찰하고 미래를 창조하는데

원, 『광복 50주년 국학의 성과』, 성남 : 한국정신문화연구원, 1996에서 전산화의 방법과 과제에 대한 전반적인 논의를 한 바 있다.

97) 국문학회가 매년 구비문학, 한문문학, 고전시가, 고전소설 분야의 연구업적을 정리하여 『국문학연구』에 수록하고 있는 것이 대표적 사례이다.

기여할 수 있어야 한다. 특히 연구가 미래 창조의 기반이 되기 위해서는 그 성과가 교육으로 전이되고 일반 대중의 교양으로 전파되어야 한다. 그러나 종래 연구자들은 교육을 연구 성과의 전달로 간주하는 태도를 견지해왔고, 문학교육 내지 국어교육을 독자적인 학문 영역으로 인정하고 발전시키려는 의지가 강하지 못했으며, 연구 성과를 대중의 교양물로 전환하는 일을 폄시하는 경향도 없지 않았다.

교육이 연구 성과의 전달로 잘못 인식되고 있는 배경에는 무엇보다도 근대 교육과 근대 학문이 동시에 시작되어 연구 성과를 적당히 조직하여 그대로 교육할 수밖에 없었던 저간의 사정이 있다. 그러나 이제는 연구와 교육이 독자성과 연계성을 유지한 차원에서 함께 발전해야 할 시점에 와 있다. 고전문학이든 현대문학이든 중등학교의 국어교육을 떠나서는 독자들과 실질적인 만남이 불가능한 현실을 직시해야 하며, 학교 교육을 기반으로 한국문학의 연구와 창조가 발전할 수 있는 길을 한국문학연구자와 국어(문학)교육연구자가 함께 모색해야 한다.[98] 교과서에 수록할 고전문학과 현대문학의 正典조차 몇몇 작품을 제외하고는 확립되지 못하고 있는 사정이 이를 웅변으로 말해주고 있다. 다시 말해 교육의 관점에 입각한 한국문화연구가 필요한 것이다.[99]

연구 성과의 대중화는 다양한 방법으로 이루어질 수 있다. 대중들이 쉽게 접근할 수 있도록 고전 작품을 출판하거나 대중의 교양을 증진할 수 있는 저술을 내거나 정기 간행물[100]을 내는 방법 등이 있을 수 있다. 나아가 상업적 성공이 곧 대중화의 성공이라는 미망에 빠지지 않는 한 대중화의 다양한 방안은 적극적으로 모색될 필요가 있다고 본다.

---

98) 한국문학연구와 국어교육의 관계에 대한 최근의 전반적 논의로는 『국어교육』107, 서울 : 한국국어교육연구학회, 2002. 2의 기획특집, 「국문학연구와 국어교육」에 수록된 논문들을 참고할 수 있다.

99) 예컨대 문학 연구에서 관심을 갖는 개별 작품의 구조나 특정 갈래의 원리는 문학 소비자 교육이 아닌 문학 창조자 교육에서는 창작의 원리라는 문제의식에서 재접근할 필요가 있는 것이다.

100) 현재 계간으로 발행되고 있는 『문헌과 해석』을 그러한 사례로 볼 수 있다.

2) 전망

1920년대부터 시작된 한국문학연구는 지금까지 여러 단계를 거쳐 비약적인 발전을 해 왔다. 민족 현실의 다기로운 변화와 굴곡 속에 시대적 요구에 부응하기도 하고 시대적 상황에 제약을 받기도 하면서, 한국문학의 역사적 실체를 정확히 파악하고 재구성하는 일을 중심으로 연구 대상을 확장하고 연구 주제를 심화하면서 다양한 방법론을 통해 그 의미를 해석하고 평가해 왔다. 그 결과 '한국문학연구사'를 하나의 연구 분과로 두어야 할 정도로 호한한 연구 업적이 축적되었다.

이러한 바탕 위에서 이제 전개되고 있는 새로운 세기의 한국문학연구가 20세기의 그것에 비겨 커다란 단층을 이루면서 질적 발전을 할 것임은 분명하다. 21세기의 한국문학연구는 새로운 시각의 확보에서 20세기의 지층과 연속되면서도 단절되는 새로운 단층을 형성하기 시작할 것이다. 그 시각의 확보는 우선 분단 이후 각각 전개되어 온 남북한 문학사의 통합에서, 다음으로는 민족이라는 화두에 대한 끝없는 참선과 같은 성찰에서 마련될 것이다. 남북한 문학사의 통합은 한국문학의 지형 변화를 초래할 것이고 이는 그 지형을 원근법적으로, 또는 비원근법적으로 조망할 시각의 마련이 필연적으로 요청할 것이기 때문이다. 아울러 대세로 자리잡은 국제화는 민족이라는 삶의 단위, 인식 단위, 가치 단위에 대한 부단한 성찰을 요청할 것이며, 민족은 사유의 출발점이자 도달점으로서 화두의 역할을 계속할 것이기 때문이다.

다음으로 한국문학연구는 작품 · 갈래 · 문학사, 작품 · 작가 · 문학담당층, 작가 · 작품 · 독자, 현실 · 작가 · 작품 등의 線條的, 또는 3차원적인 연구에서 벗어나 복합적인 다면체로서의 문학을 연구하는 방향으로 나아갈 가능성이 있다. 지금까지 연구가 系統樹的인 형태의 분과 체제하에서 수행되어 왔고, 서로의 학문이 소통되지 않았는데, 선조적인 계통수가 아닌 새로운 다면체 체제의 연구 체제를 구축하는 방향으로 20세기식 연구 풍토를 탈피하고자 하는 모색이 일어날 가능성이 있는 것이다. 제6세대의 후발 주자들이 그러한 단초를 보이고 있다고 할 수 있다.[101]

앞으로 등장할 새로운 연구 영역과 방법은 기존의 그것들과 경쟁하면서 공존하게 될 것이고, 따라서 한국문학연구는 다층적인 체제로 이루어질 것이다. 그러나 어떤 체제이든 1990년대 이래 활발히 전개된 '근대 이후'에 대한 논란이 만족할 만한 결론에 도달하기 위해서는 한국문학과 세계문학의 역사적 실체 전반에 대한 올바른 인식이 선행되어야 할 것이며, 그것은 대상에 대한 면밀한 검증과 정치한 해석 및 역사에 대한 올바른 전망이 기반이 되어야 함은 분명할 것이다.

---

101) 구체적인 연구 성과는 좀더 기다려야 하지만 지금까지의 분과 체제적 연구를 부정하려고 한다는 점에서 주목할 필요가 있다. 류준필, 「'문명'·'문화' 관념의 형성과 '국문학'의 발생」, 민족문학사연구소 편, 『민족문학사연구(18)』, 서울 : 민족문학사 연구소 2001 ; 조성면, 「새로운 한국문학 연구를 위한 도전으로서의 문화론」, 민족문학사연구소 편, 『민족문학사연구(18)』, 민족문학사연구소, 2001 ; 김동식, 「풍속·문화·문학사」, 민족문학사연구소 편, 『민족문학사연구(19)』, 민족문학사연구소, 2001 참조.

한국한문학 연구의 성과와 향후 연구방향

심경호

1. 머리말

국문학의 한 영역으로서의 한문학은 '우리 민족의 사상 감정을 한자·한문으로 담아낸 문학적 창작물'을 가리킨다. 이것을 협의의 한문학이라고 부를 수 있다. 이 좁은 의미의 한문학은 한자·한문으로 된 동양의 공통 고전과 그 고전을 기반으로 삼아 우리 민족이 이루어 낸 문학적·사학적·철학적 저작과 유관 활동을 모두 가리킬 수 있다. 이것을 넓은 의미의 한문학이라고 말할 수 있다. 따라서 한문학이란 개념 속에는 여러 층위의 의미가 공존하고 있다.

① 한자·한문으로 이루어진 공통 고전이나 창작 저술은 문학·철학·역사의 분야를 두루 포괄하며, 인간적 가치, 현실적 실천의 의지, 철학적·종교적 심상의 여러 양상을 모두 지닌다.[1] 이것들에 대한 공부와 연구를 보통 한문학이라고 말하는데, 이것은 넓은 의미의 한문학이다. 즉 문학·역사·철학이 종합된 한문고전학을 뜻한다.

② 이에 비하여 좁은 의미의 한문학이라고 하면 한자·한문으로 이루어진 예술성이 높은 국문학을 뜻한다. 이 때의 문학 개념은 오늘날과 비슷하되,

---

1) 동아시아나 우리의 재래 문화에서 유교·불교·도교와 샤머니즘은 각기 고립적 분절 체계로 존재하였던 것이 아니라 서로 뒤얽혀 그물망을 이루면서 발전하여 왔다. 우리의 문화, 나아가 동아시아의 문화를 논할 때에 이점에 유의하지 않으면 안 된다.

그 범주는 실용성과 공용성을 지닌 문학을 일부 포괄하므로 순수 문학의 범주보다는 넓다. 북한에서는 이것을 한자문학이라고 부른다. 한문의 어법체계에 따라 이루어진 문학이란 의미에서 '한문문학'이라고 부를 수 있다.

③ 그런데 한문학에는 한자・한자음・한자어에 관한 음운학・문자학・훈고학(이상 전통학문 체계에서의 小學) 및 한문문헌을 대상으로 한 문헌학과 같은 기초학문이 설정되어 있다.

본래 좁은 의미의 한문학은 전통 인문학인 넓은 의미의 한문학을 바탕으로 성립하며, 그 둘은 다시 기초학을 토대로 발전해왔다. 이 셋은 유기적인 관계를 이루고 있으므로, 좁은 의미의 한문학에 대하여 연구하거나 그 발전상을 고찰할 때 그 셋의 관계를 살피지 않으면 한문학의 수준을 제대로 평가하기 어렵다.[2] 다만, 넓은 의미의 한문학은 사상사, 지성사와 연결되며, 기초학은 한문학의 기초 학문 영역으로서 독자성을 지닌다. 좁은 의미의 한문학은 넓은 의미의 한문학이나 소학과 무관하게 독립적으로 존재할 수는 없지만, 현대의 학문 계보학에서는 그 둘과 구별되어, 국문학 속에서 적극적 의미를 지닌다.[3]

하지만 해방 이후 한문학 분야 연구사를 되돌아보는 이 글에서는 좁은

2) 심경호, 「한문학 연구의 회고와 전망」, 『고전문학연구』 제18집, 한국고전문학회, 2000. 12.

3) 전통 유가 한문학의 특성은 "경학을 통하지 않고는 문학으로 나아갈 수 없다"는 전제에 잘 나타나 있듯이, 경학과 분리시켜 근대적・서구적 학문분과론의 관점에서 한문학을 바라본다면 그 실상을 제대로 파악하기 어렵다. 이 관점에서 보면 故 李家源의 『조선문학사』(태학사, 1993~5)가 전통 한학을 떠 받쳐온 기초학의 발달상을 추적한 것은 매우 큰 의미를 지닌다. 『조선문학사』는 이두의 문제, 훈민정음의 창제, 이씨조선 제3기에 이루어진 『대동운부군옥』, 이씨조선 제4기에 나온 『전등신화집석』, 18세기 후반 漢典諺譯의 신풍조, 조선 韻書의 백미 『규장전운』 등을 절을 세워서 다루었다. 또한 이씨조선 제9기에서는 『퇴계선생문집고증』을 조선 시문집 주석서의 선구로 특기하였다. 『조선문학사』는 고전 자료의 주석 작업이 당시의 지적 풍토를 반영한다는 사실을 여러 곳에서 지적하였다. 다만 『조선문학사』는 광의의 한문학, 협의의 한문학, 기초학(소학)의 셋이 각 시대마다 어떠한 상관관계를 이루었는지 상세하게 설명하지 않았고, 각 분야의 시기별 특성이나 발전상을 깊이있게 논하지는 않았다.

의미의 한문학 연구 분야에 제한하여, 과안한 논저를 중심으로 그 연구 성과를 되짚어보기로 한다.[4] 국문학의 한 분야로서의 한문학에 대한 연구사는 당연히 '좁은 의미의 한문학'에 대한 연구의 역사를 말한다. 이하 '한문학'이라고 하면 이 '좁은 의미의 한문학'을 가리킨다.

한문학은 일제강점기의 김태준이 『조선한문학사』에서 그 결산보고서를 서둘렀지만, 국문학으로서의 그 위상을 확고하게 인정받은 것은 1960~70년대에 들어와서다. 즉, 실학 연구가 진전되면서, 한문학이 우리 민족의 삶과 역사를 반영하는 주요한 양태라는 사실이 확인되었다. 그리고 그 무렵부터 작가론, 작품론, 갈래론, 미학사상사, 비교문학론의 각 방면에서 매우 많은 연구 성과를 축적하여 왔다.

다만, 그간에 전통 사상에 대한 비판과 비판의 비판이 적극적으로 이루어지지 않았기 때문에 한문학 연구도 학문적 엄정성을 확보하지 못한 면이 있다. 또한 1990년대 이후로 실학연구에 대한 반성이 한국학 전반에 걸쳐 일어나면서, 1960~70년대의 연구가 제기했던 여러 문제의식을 재검토해야 할 필요성이 대두되었다.

2. 한문학 연구의 흐름과 연구단체의 현황

앞서 말하였듯이 한문학은 협의의 개념과 광의의 개념이 있는데, 협의의

---

4) 기왕에 한문학 연구사를 정리한 것으로는 다음과 같은 논저가 있다. 李佑成, 「한국한문학 연구의 회고와 전망」, 『한국한문학연구』 8집, 한국한문학연구회, 1985 ; 이원주, 「한문학 연구 동향」, 『한문학연구』 6, 계명대학교 한문학연구회, 1990 ; 이동환, 「한문학 연구의 현황과 과제」, 『한국학논집』 17, 계명대학교 동서문화연구원, 1990 ; 박희병, 「조선시대 한문학 연구사 검토」, 『국어국문학 40년』, 집문당, 1992 ; 이종묵, 「한문학연구동향」, 『국문학연구』 제3호, 국문학연구회, 1999 ; 심경호, 「2000년도 한문학 분야 연구 동향」, 『국문학연구』 제6호, 국문학연구회, 2001 ; 「한문학 연구의 회고와 전망」, 『고전문학연구』 제18집, 한국고전문학회, 2000. 12 ; 이종묵, 「한문학연구」, 『한국의 학술연구(국어국문학)』, 대한민국학술원, 2001 ; 심경호, 「한문학 연구의 회고와 전망」, 『국어국문학회 50년』, 국어국문학회 엮음, 태학사, 2002.

한문학은 곧 국문학의 일부를 형성한다. 그러나 협의의 한문학이 국문학(고전문학)의 한 분야로서 인정받기까지에는 우여곡절이 있었다. 일제강점기에 김태준(『조선한문학사』, 朝鮮語文學會, 1933)은 한문학을 중국문학의 이식, 혹은 불건전한 반복으로 보아 결산을 서둘렀다.[5] 그러다가 1960～70년대에 들어와서 조윤제・이병기・정병욱・장덕순 등 선학들이 민족문학의 개념을 제시하고 한문학을 민족문학의 일부로 규정함에 따라, 한문학은 비로소 국문학의 한 분야로서 온당한 자리를 차지할 수 있게 되었다.

이 시기에 실학 연구가 진전되면서, 한문학이 우리 민족의 삶과 역사를 반영하는 주요한 양태라는 사실이 확인되었던 것도 그러한 위상 정립에 한 몫을 하였다.

조선후기의 삶을 반영하는 한문소설의 독자적 발전에 대한 연구가 진전되어 한문단편이라는 갈래 개념이 제시되고, 연암 박지원의 소설과 산문에 대한 집중적 고찰이 이루어졌으며, 한문소설에 대한 개괄적 소개와 조선후기 한시의 독자적 특성에 대한 고찰, 다산 정약용의 사회시에 대한 분석, 한문학의 흐름을 전체적으로 조망하는 한문학사의 구성이 이루어졌다. 그리고 1980년대 초에는 한문학 속에서 고전문학 일반에 적용될 고전비평의 원리를 찾고자 하는 시도와 한시사의 흐름을 서술하려는 구도가 설정되면서, 한시의 미학론과 한시의 내재미학도 학문적 관심사로 부각되기에 이르렀다.

1980년대 초에 이루어진 『한국문학연구입문』(지식산업사, 1982. 4)의 주제별 접근은 국문학 연구 일반에 대해서만이 아니라 한문학 연구에 대하여도 학문적 주제를 설정하는 데 유력한 참조준거가 되었다. 그 뒤 1980년대

---

5) 졸저, 『조선시대 한문학과 시경론』(일지사, 1999)의 「서론」을 참고. 일제강점기에 한문학을 조선문학의 일부로서 적극적으로 해석하고자 한 예는 그리 많지 않다. 한문학은 그것이 협의의 조선문학과 관련을 가질 경우에만 의미를 부여하려는 경향이 있었다. 이를테면 安廓은 『朝鮮文學史』(1922)년 『朝鮮文學史』에서 “個人의 歌曲을 集함에는 丁不憂軒, 金自庵, 洪耳溪 등 二十餘家의 文集中에 在하나다 小數에 不過하더라”라 말하면서 耳溪를 歌詞의 채집자로 거명하고 있다. 그 뒤 安自山은 『朝鮮民謠의 時數』(『別乾坤』 제5권 2호, 1930년 2월호)에서 耳溪의 「北塞雜謠」가 民謠를 한시로 譯한 작품으로 주목하였다.

중반 이후로, 한문소설의 독자적 전개, 실학파 문학의 흐름, 한문학 비평 용어의 정의, 한시의 유파, 한문산문과 산문 이론에 관한 연구가 활발히 이루어져 볼만한 성과가 많이 나왔다. 하지만 한문학 연구는 고전문학 나아가 국문학의 여타 분야와 교류하지 못하고 자료 정리에 치중하는 부정적, 소극적 조짐도 나타났다. 이 때 한문학의 흐름을 국문학사의 전체적 맥락 속에서 개괄하고 갈래별 발전사를 정리한 문학사 서술(조동일, 『한국문학통사』[6])이 이루어지면서, 한문학 연구는 국문학 연구의 전체적 틀 속에서 스스로의 과제를 찾아나갈 수 있게 되었다.

1990년대 초 이후로 한문학은 한문학 관련 연구회와 한문학 전공학과를 중심으로 양적으로 많은 연구성과를 내고 있다. 현재 활동하고 있는 주요 학회만 거론한다면 다음과 같다.

① 한국한문학회(『한국한문학』), 한문교육연구회(『한문교육연구』), 한시학회(『한국한시연구』, 『한국한시작가연구』), 동양한문학회(『동양한문학연구』), 농방한문학회(『동방한문학』)가 전국 규모의 학회로서 활발하게 연구회보를 간행하고 있다.

② 계명한문학회(『한문학연구』), 근역한문학회(『한문학논집』), 대동한문학회(『대동한문학』), 우리한문학회(『한문학보』), 효원한문학회(『효원한문학연구』), 영남한문학회(『영남한문학』), 원광한문학회(『원광한문학』) 등이 한문학 관련 학과의 연구자들을 중심으로 활동하고 있다. 한국불교어문학회(『불교어문논집』)는 불교사상과 관련된 한문학을 연구 대상으로 삼고 있다.

③ 그밖에 민족문화추진회(『민족문화』), 태동고전연구소(『태동고전연구』), 경상대학교 남명학연구소(『남명학연구』), 퇴계학연구원(『퇴계학연구』), 단국대학교 퇴계학연구소(『퇴계학보』), 경북대학교 퇴계학연구소(『퇴계학연구』) 등이 한문학 연구의 기본자료를 제공하고 연구자들을 양성, 혹은 연구자들을 지원하고 있다.

---

6) 조동일, 『한국문학통사』 제1판, 지식산업사, 1991 ; 제3판, 지식산업사, 1994.

④ 또한 연세대학교 국학연구원(『동방학지』), 성균관대학교 대동문화연구원(『대동문화연구』), 단국대학교 동양학연구소(『동양학』), 한양대학교 한국학연구소(『한국학논집』), 고려대학교 민족문화연구원(『민족문화연구』), 서울대학교 한국문화연구소(『한국문화』), 서울대학교 규장각(『규장각』), 한국서지학회(『계간서지학보』), 도남학회(『도남학보』), 민족문학사(『민족문학사연구』)도 유관 연구기관 및 학회로서 한문학 연구의 확대와 심화에 크게 기여하고 있다. 일지사의 『한국학보』는 학회의 형태는 아니지만, 한문학 연구의 성과를 발표할 수 있는 주요한 학술지이다.

⑤ 한문학을 포함한 고전문학 일반, 혹은 국문학 일반의 연구를 지원하고 학술활동을 수행하는 단체는 상당히 많다. 전국규모의 한국고전문학회(『고전문학연구』)를 비롯하여, 열상고전연구회(『열상고전연구』), 동방고전문학회(『동방고전문학연구』) 등 콜로키움 형태의 연구회도 상당히 많으나, 일일이 열거하지 않는다.[7]

한편 연구자들이 이용하기 편리한 영인본 문집이 활발하게 간행된 것도 한문학 연구의 확대를 촉진하였다. 특히 민족문화추진회의 한국문집총간 영인(해제, 표점)과 서울대 규장각의 문집해제 작업의 성과는 한문학 연구의 심화에 크게 기여하고 있다.

3. 민족문학으로서의 한문학의 위상 정립

한문학은 1960년대, 70년대에 비로소 민족문학으로서의 위상을 인정받았다고 말할 수 있다.

김태준의 『조선한문학사』(조선어문학회, 1931)는 자국의 언어로 쓰여진 것만이 자국 문학이라는 관점에서, 한문학에 '중국문학의 변종'이라는 이름을 붙여 그것을 민족문학의 영역 바깥으로 몰아내었다. 해방 이후에 趙潤濟는

7) 하서기념사업회 등 문중학회도 한문학 연구를 지원하고 있다. 1999년에는 다산학회(『다산학』)가 창립되어 조선후기의 한문학과 사상사 연구를 지원하기 시작하였다.

광의의 국문학과 협의의 국문학을 구분함으로써 이 문제를 해결하려고 하였으나, 김태준의 전제를 정면에서 부인하지는 않았다.[8] 그런데 1930년대에 洪起文은 역사는 역사로 파악해야 한다고 보고, 양반사회가 없어지지 않는 한 양반문학으로서의 한문문학의 존재를 인정할 수밖에 없다고 하였다.[9] 해방 이후 鄭炳昱도 역사적 실재를 중시하는 관점에 의거하여 한문학을 한국문학으로 인정하였다.[10] 하지만 홍기문과 정병욱은 민족문학과 표기문자체계와의 관계에 대하여 적극적으로 논하지 않았다. 이후 趙東一이 공동문어문학과 자국어문학이라는 개념으로 한국문학의 위상을 규정함으로써,[11] 비로소 민족문학과 표기체계의 문제, 민족문학 내 한문학의 위상에 관한 논의를 일단락 지었다.[12]

그런데 최근 이가원의 『조선문학사』(태학사, 1995~7)는 국문학사를 한문학 중심으로 재편함으로써, 문학 내에서 한문학이 차지하는 위상에 대하여는 논자에 따라 상당히 달라질 수 있음을 환기시켰다.

앞으로, 임형택의 「민족문학의 개념과 그 사적 전개」(『민족문학사강좌』 상, 창작과비평사, 1995)가 제창하였듯이, 민족문학사의 흐름에서 국문문학의 한문문학의 이원구조를 인정하면서도 동시에 그 통일의 양상을 살피는 작업이 더욱 활발히 이루어져야 할 것이다.

---

8) 조윤제, 『국문학개설』, 동국문화사, 1953, 37쪽 ; 「조선문학과 한문과의 관계」, 『동아일보』, 1929. 2. 10~2. 23.

9) 홍기문, 「조선문학의 양의」, 『조선일보』, 1934. 10. 28~11. 6.

10) 정병욱, 「국문학의 개념규정에의 신제언」, 『자유세계』, 1952년 8·9월호 ; 임형택, 「한국문학의 인식 체계」, 『백영 정병욱의 인간과 학문』(추모문집간행위원회 편), 신구문화사, 1997.

11) 조동일, 『한국문학통사』 1~5, 지식산업사, 1982~1988.

12) 그 밖에 국문학 내의 한문학 위상에 대하여 논한 논문을 더 들면 다음과 같다. 崔信浩, 「국문학과 한문학의 연속성 문제」, 『성심여자대학교 논문집』 11, 성심여자대학교, 1980 ; 朴箕錫, 「국문학에 있어서 한자문학의 처리에 대하여」, 『국어교육』 39·40집, 국어교육연구회, 1981 ; 李圭虎, 「한시의 국문학사적 처리 시고」, 『관악어문연구』 7집, 서울대학교 국어국문학과, 1982 ; 鄭尙均, 「한국 한문학의 국문학으로서의 가능성과 한계성」, 『국어교육』 36, 한국교육연구회, 1985 ; 成耆說, 「한국문학의 개념과 범주」, 『인하대 국어교육연구』 제5집, 1989.

4. 한문학사와 한문학개론

60년대 이후, 한문학에 관련된 작가 · 작품에 대한 개별 연구를 진행하면서 한문학사나 한문학개론을 집필하여 일정 시기의 연구성과를 집성하거나 문학사를 구성하기 위한 기본 구도를 제시하고 관련 분야의 연구 방법을 정치화하는 연구논저가 속속 발표 · 간행되었다. 그 주요한 업적들을 유형화하여 보면 다음과 같다.

1) 한문학사

그간 한문학사 서술과 관련하여 4종류의 문학사와 1종류의 한시사가 간행되었다.

한문학의 통사로는 李家源의 『한국한문학사』와 『조선문학사』, 조동일의 『한국문학통사』, 車溶柱의 『한국한문학사』(경인문화사, 1995)가 있다. 『조선문학사』와 『한국문학통사』는 국문학 일반을 대상으로 한 통사이지만 그것이 한문학 연구에 끼친, 그리고 앞으로 끼칠 영향력이 상당할 것이라고 판단된다.

이가원은 전통 한학의 방법을 근대적 연구에 접목시키면서, 많은 한문고전을 현대어로 옮겼다. 또한 그는 『한국한문학사』(한국한문학사조연구, 민중서림 1960 ; 보성문화사, 1979)를 서술하여 한문학사의 흐름을 가장 최초로 가장 폭넓게 개괄하였다. 이 문학사는 한문학사를 낭만주의와 사실주의의 두 사조에 따라 양분하여 각 시대에 배당하고 고전적 문체 분류법에 따라 한문학의 갈래를 망라하여 서술하였다.

조동일, 『한국문학통사』 1～5(지식산업사, 1982～1988)는 한국문학사를 통시적으로 서술한 기념비적인 작업이다. 더구나 이 문학사는 문학사를 기술할 때 장르실재론의 관점과 역사주의적 관점을 조화시켜 4분법의 갈래 아래에 하위 양식을 배열하는 방식을 한문학의 작품에까지 확대하여, 한문학을 민족문학사의 발전 과정 속에 온당하게 자리잡도록 하였다. 민족문학의 흐름을 살필 때 4분법의 이념형 아래에 역사적 갈래를 나누어 설명하는 것은 매우 편리할 뿐만 아니라, 문학사를 계통적으로 서술할 수 있다는 강점마저 지니고 있다.

이가원의 『조선문학사』(1995~1997)는 앞서의 『한국한문학사』를 시대구분 방식의 토대로 자료를 보완한 것이라고 할 수 있는데, 선행 업적인 조동일의 『한국문학통사』를 참고하지 않은 것은 결함이다.[13] 이 책은 한문학을 민족문학의 한 요소로서 중시하고, 이른바 춘추필법과 유가적 민족주의 사관을 고수하였으며,[14] '資料彙集'의 기능을 떠맡았다.

池浚模의 「신라한문학사」(『신라가야문화』 4집, 영남대학교 신라가야문화연구소, 1972)와 민병수의 『고려시대의 한시연구』(서울대학교 박사학위논문, 1984)는 각각 신라시대와 고려시대 문학을 대상으로 한 斷代史이다.

한편, 민병수의 『한국한시사』(태학사, 1996)는 한국 한문학 가운데 한시사만을 개괄한 유일한 통사이다. 한국한시의 발전과정을 당시의 영향과 송시의 영향으로 나누어 설명하고 성리학의 수용과 더불어 시학이 변모된 과정을 정리하였다.

임형택의 『한국문학사의 시각』(창작과비평사, 1993)과 『한문학사의 논리와 전개』(창작과비평사, 2002)는 한문학의 민족적 형식과 내용을 어떻게 규정하는가 하는 관점을 제시한 것으로, 향후 한문학사를 서술할 때 참고가 될 것이다.

또한 이동환의 「漢文學의 갈래 原理 및 樣式 因素에 관한 試論」(『慕山學報』

13) 심경호, 「『조선문학사』의 한문학 부문 서술에 관하여」, 『민족문학사연구』 제18호, 민족문학사학회, 2001. 6, 94~127쪽 ; 동 논문, 『열상고전연구』 14집, 연민 이가원선생일주기특집, 열상고전연구회, 2002, 33~65쪽.

14) 『조선문학사』가 지향한 '민족정사'의 함의는 다음과 같은 '소극적 형식'의 언표를 통해 추정해 볼 수 있다. "民族史觀을 標榜한 저술 중에는 흔히들 '數典忘祖'나 '懲羹吹韮'의 誤謬를 범하는 경우도 없지 않다. 간단한 하나의 예를 든다면 李氏朝鮮代에 身分의 桎梏에서 呻吟하던 委巷作家나 政治的으로 실패한 孤臣·孽子類의 작품들을 우리 文學의 主潮로 삼고 立誠·載道的인 鴻儒·碩學의 작품을 푸대접한 사례를 빚어내었다"(『조선문학사』 總敍 3, 「史觀의 問題」, 29쪽).

제11집, 1999. 8)은 한문학의 갈래를 분류하고 한문학사를 기술할 때에 참고할 만하다.

이혜순 외의 『우리한문학사의 새로운 조명』(집문당, 1999)은 신라부터 개화기까지 한문학사의 전 시기를 대상으로 다양한 작가, 작가군의 갖가지 한시문 양식을 대상으로 새로운 연구방법과 연구시각을 제시하였다.

2) 한문학 개설서와 문학사상사

1982년의 황패강·김용직·조동일·이동환 편의 『한국문학연구입문』(지식산업사, 1982. 4)는 국문학 연구의 여러 개념을 정리하고 과제들을 제시한 바 있다. 이 책은 총론을 제외하고, 구비문학·한문학·고전문학·근대문학의 네 부문으로 나누어 당시까지의 연구 현황과 쟁점, 향후의 연구방향을 점검하였다. 그 가운데 한문학 분야의 부문별 내용은 다음과 같다.

南豊鉉, 「한국한문의 어학적 성격」.
金鎭英, 「利殖期의 한문학」.
趙鍾業, 「科擧制와 한문학」.
朴性奎, 「고려전기 귀족문학」.
姜東燁, 「삼국사기와 삼국유사」.
金時鄴, 「武臣執權期의 문학적 전환」.
崔信浩, 「초기 비평의 양상」.
李鍾燦, 「佛家의 한시」.
李炳赫, 「麗末鮮初의 官人文學과 處士文學」.
林熒澤, 「조선전기 문인유형과 方外人文學」.
鄭學城, 「傳奇小說의 問題」.
李源周, 「道學派의 문학」.
全鎣大, 「조선시대의 詩話」.
金都鍊, 「古文의 성격과 전개양상」.
宋寯鎬, 「辭賦의 정착과 양상」.
李東歡, 「조선후기 문학사상과 문체의 변이」.

宋哉卲, 「實學派의 詩와 閭巷人의 詩」.
朴熙秉, 「한문소설의 발전」.
閔丙秀, 「한말의 우국문학」.

『한국문학연구입문』의 한문학 부문은 한문학의 주요 갈래와 한문학사의 발전사를 폭넓게 시야에 넣고 연구 주제를 추출한 것이어서, 한문학 분야 연구의 방향을 제시한 공로가 있다고 생각된다. 특히 불교문학을 한문학의 주요 부문으로 설정한 점, 『삼국사기』·『삼국유사』 등의 역사 고전을 한문학 연구 대상으로 분명히 제시하였다는 점, 한국한문의 어학적 특성을 고찰할 것과 과거제 등 역사적 배경과 연관시켜 한문학의 발전을 논할 것을 제창한 점은 매우 의미 있다.

그리고 그간에 한문학 관련 개설서가 여럿 나와서 이 방면 연구자에게 좋은 지침을 마련하고 있다. 대표적인 예로는, 이종찬의 『한국 한문학의 탐구』(이회, 1998)와 민병수의 『한국 한문학 개론』(태학사, 1996) ; 『한국한문학산고』(태학사, 2001)가 있다. 그리고 조동일의 『한국문학사상사시론』(지식산업사, 1978)은 최치원·혜심·홍만종·홍대용 등의 문학 관념과 철학사상과의 관계를 심층적으로 다루는 분석방법론을 제시하여 문학 연구의 심화에 심대한 영향을 끼쳤다.

5. 1970년대와 1980년대 초 실학연구와 연구 영역의 모색

1960년대에 이가원은 박지원과 신광수에 관한 연구를 통하여 한문학의 연구를 개창하였다.[15)]

15) 이가원선생님은 전통 한학의 방법을 근대적 연구에 접목시켰다. 그의 저술은 이미 1986년 9월에 『리가원전집』 22책으로 묶일 만큼 호한하다. 그 속에는 『연암소설연구』, 『한국한문학사』, 『열하일기역주』 등 한문학 분야의 매우 중요한 성과로서 손꼽히는 업적들이 들어 있다. 전집이 간행된 뒤로도 1991년에는 『삼국유사신역』을 간행하였고, 1993년부터는 『조선문학사』를 집필하기 시작하여 1995년 2월에 상책, 1997년 7월에 중·하책을 세상에 내놓았다. 그는 『한국한문학사』(한국한문학

李家源, 「石北文學 硏究」, 『東方學志』 4, 연세대학교 동방학연구소, 1959. 6.
이가원 편역, 『이조한문소설선』, 민중서관, 1961.
이가원, 「燕巖小說硏究 : 第一期作九傳에 대하여」, 『延世論叢(人文科學篇)』 第1輯, 연세대학교 대학원, 1962 ; 「虎叱 硏究」, 延世論叢 2, 연세대학교 대학원, 1963 ; 「燕巖의 實學思想 : 燕岩小說硏究 總敍一齣」, 陶南 趙潤濟博士 回甲紀念論文集紀念 社業會, 1964 ; 「廣文者傳硏究 : 연암소설연구 3」, 『인문과학』 7, 연세대학교 문과대, 1962 ; 「虞裳傳 硏究 : 燕岩小說硏究 7」, 『국어국문학』 5(26집), 국어국문학회, 1979 ; 『연암소설연구』, 1965.
이가원, 「燕巖文學과 文體波動」, 『인문과학』 10집, 연세대학교 문과대학, 1965.
金福姬, 「燕巖小說에 나타난 民衆意識과 諷刺性考」, 『韓國語文學硏究』 第12輯, 梨花女子大學校 文理大學, 1972.

이 시기에 이르러 한시와 한문산문, 한문소설의 문체·사상성에 관한 수사학적, 양식적, 갈래적 연구, 작가 연구도 간헐적으로 나왔다. 그리고 한문학과 국문문학과의 관계(정병욱), 문체의 변이(이가원·서수생·김도련), 미학적 개념(최신호·심호택·허경진·김주한)에 대한 연구가 몇몇 연구자에 의하여 이루어졌다.

李家源, 「漢文文體의 分類的硏究」, 『亞細亞硏究』 제3권1호 통권 제5호, 고려대학교 아세아문제연구소, 1960. 6.
徐首生, 「韓國古代 漢文學의 律散 文體變遷(1)」, 『논문집』(인문·사회과학편)15, 경북대학교, 1971.
임형택, 「現實主義的 世界觀과 金鰲新話」, 서울대학교 석사학위논문, 1971.
송준호, 「韓國 漢文小說의 主義意識」, 『연세어문학』 4, 연세대학교 국어국문학과, 1973. 6.
張德順, 「韓國의 해학 : 文獻所載 漢文笑話를 中心으로」, 『東洋學』 4, 동양학연구소, 1974.
민병수, 「李建昌과 그 一門의 文學」, 『東亞文化』 11, 서울대학교 문리과대학 동아문화연구소, 1972 ; 『高麗時代 漢詩硏究』, 서울대학교 박사학위논문, 1982.

사조연구, 민중서림, 1960 ; 보성문화사, 1979)를 서술하여 이 방면 연구에 매우 중요한 초석을 놓았다. 이 책의 내용은 그 뒤 『조선문학사』에 증보되어 편입되었다.

鄭炳昱, 「漢詩絶句와 時調와의 比較」, 『한국한문학연구』 3・4, 1978～1979.
최신호, 「文學理論에 나타난 氣에 대하여」, 『진단학보』 38호, 진단학회, 1974 ; 「古典文學의 理論과 批評」, 『고전문학을 찾아서』, 文學과 知性社, 1976 ; 「고전시가 이론의 구조적 연구(I) : 詩心의 本質과 詩의 形成軸」, 『論文輯』 9, 聖心女子大學校, 1978.
최신호, 「韓國과 安南・琉球와의 文學交流試考」, 한국한문학 5집, 한국한문학연구회, 1980～1981.
金周漢, 「崔滋 評論 硏究」, 『고려시대의 언어와 문학』, 한국어문학회편, 형설출판사, 1975 ; 김주한, 「論沖淡蕭散」, 『安東文化』 創刊號, 安東大學校 부설 안동문화연구소, 1980.2.
沈浩澤, 「漢文學論에서의 氣의 槪念」, 韓國學論集 8, 계명대학교 한국학연구소, 1981.
허경진, 「'鶴山樵談'의 源流批評」, 『국어국문학』 35, 국어국문학회, 1977. 5.
김도련, 「古文의 源流와 性格」, 『한국학논총』 2, 국민대학교, 1979.

또한 1970년대에는 한문학 관련 주요 자료들이 번역되거나 선역되어 연구를 촉진하는 계기를 마련하였다. 대표적인 성과만 보면 다음과 같다.

유재영 역주, 『파한집』, 일지사, 1978.

그런데 1970년대에 들어와 한문학 분야 연구자들은 역사 연구의 동향과 보조를 맞추어, 한문학의 흐름을 발전사관의 관념에 따라 서술하고, 이른바 실학 시대의 민족문학이 지닌 특성을 추출하기 위해 노력하였다. 이에 따라 한문학이 우리 민족의 삶과 역사를 반영하는 주요한 양태이며, 조선시・조선문학의 개념이 대두된 사실을 확인하였다. 이 시기에 조선후기의 사실주의(현실주의) 문학의 최고봉인 박지원의 산문과 소설을 집중적으로 고찰하였으며(이가원・이동환・강동엽), 한문소설의 독자적 발전을 추적하여 한문단편이라는 갈래 개념을 제시하고(이우성・임형택) 조선후기 한시의 민족적 특성을 발굴하였다(이동환). 또한 後四家(송준호・정양완), 홍대용의 문학론(이지형), 정약용의 사회시(송재소・김상홍 등), 정약용의 시 의식과 시 경론의 관계(김홍규)을 밝혀내었다.

이와 관련한 주요 논문은 다음과 같다(1980년대 중반에 발표되었으나, 1970년대의 실학문학론을 주도한 분의 논저는 여기에 함께 거론한다. 또한 열람의 편의를 위하여 발표자 순으로 정리한다).

李佑成, 「實學의 社會觀과 漢文學」, 『연구논문선 한국고전소설』, 계명대학교 출판부, 1974.

이우성 · 임형택 편역, 『이조한문단편집(상 · 중 · 하)』, 일조각, 1973 · 1978.

임형택, 「朴燕岩의 友情論과 倫理意識의 方向 : 馬駔傳과 穢德先生傳의 分析」, 韓國漢文學硏究 1집, 한국한문학연구회, 1976 ; 「漢文短篇과 講談師」, 『創作과 批評』 제13권 제3호, 1978 ; 「실학파문학과 한문단편」, 『한국문학사의 시각』, 창비신서 52, 창작과비평사, 1984.

宋載卲, 「茶山詩 硏究」, 국문학연구 39, 서울대학교 국문학연구회, 1977. 11 ; 「茶山의 朝鮮詩에 대하여」, 『한국한문학』 2집, 한국한문학연구회, 1977 ; 「茶山의 『文體策』에 대하여」, 장덕순선생 화갑기념논문집, 한국고전산문연구, 同和文化社, 1981 ; 「實學派의 詩와 閭巷人의 詩」, 『한국문학연구입문』, 지식산업사, 1982.

李東歡, 「朴趾源論」, 『한국문학작가론』, 형설출판사, 1977 ; 「조선후기 한시에 있어서 民謠趣向의 대두 : 조선후기 한문학의 역사적 변화의 일 국면」, 『한국한문학연구』 3 · 4집, 한국한문학연구회, 1978～1979[16] ; 「『夜出古北口記』에 있어서 燕岩의 自我」, 韓國漢文學硏究 8집, 한국한문학연구회, 1985.

金相洪, 「丁茶山의 社會詩 硏究,」 『국문학논집』 9, 단국대학교 국어국문학과, 1978 ; 「茶山의 文體醇正論 硏究 : 『文體策』을 中心으로」, 『논문집』 14, 단국대학교, 1980.

김홍규, 「다산의 시의식과 시경론」, 『민족문화연구』, 고려대학교 민족문화연구소, 1979.

---

16) 민요취향의 한시는 서민사회에 접근된 처지에 있었거나 적어도 의식에 있어서 접근하려는 자세를 가졌던 지배계급의 일부가 서민의 의식을 민요를 매개로 한시에 끌어들임으로써 성립된 문학이다. 사상적인 측면에서는 바로 실학사상에 연결되어 있다. 이 민요풍의 한시는 18세기 이후 한시의 한 맥을 형성하였다고 말할 수 있다.

이지형, 「洪湛軒의 經學觀 그의 詩學」, 『한국한문학연구』 1집, 한국한문학연구회, 1976.
송준호, 「유득공의 二十一都懷古詩 연구」, 『동악어문론집』 12집, 동악어문학회, 1980. 4 ; 송준호, 「柳得恭의 詩文學 研究」, 동국대학교 박사학위논문, 1983.
姜東燁, 「朴燕岩의 社會批評樣相」, 『東岳語文論集』 13, 東岳語文學會, 1980. 8 ; 강동엽, 「『熱河日記』의 著作方法과 表現」, 『문호』 8집, 건국대학교 국어국문학연구회, 1983.
鄭良婉, 「朝鮮朝後期 漢詩 研究」, 서울대학교 박사학위논문, 1983.

1980년 전반에는 새로운 연구자들이 제1세대의 연구 방향을 이어 실학자와 그들의 한문학 작품에 대하여 논하였다.

金明昊, 「燕巖의 現實認識과 傳의 變貌樣相」, 『전환기의 동아시아문학』, 창비신서 62, 창작과비평사, 1985.
李庚秀, 「김려의 생애와 『丹良稗史』의 문학적 성격」, 『국어국문학』 92, 국어국문학회, 1984.
김혈조, 「過庭錄을 통해 본 燕巖 형상」, 『민족문화논총』 6, 영남대학교 민족문화연구소, 1984.
朴熙秉, 「靑邱野談 研究 : 漢文短篇小說을 中心으로」, 『국문학연구』 52집, 서울대학교 국문학연구회, 1981 ; 「朝鮮後期 野談系 寒文短篇小說樣式의 成立」, 『한국학보』 22, 일지사, 1981. 봄.
李明學, 「『霅橋漫錄』 研究」, 성균관대학교 석사학위논문, 『성균한문학연구』 6, 1981 ; 「한문단편 작가의 연구」, 『이조후기 한문학의 재조명』, 창작과비평사, 1983. 6 ; 「한문단편에 나타난 여성 형상 : '劍女' · '吉女'를 中心으로」, 『한국한문학연구』 8집, 한국한문학연구회, 1985.
심경호, 「조선 후기 한시의 자의식적 경향과 해동악부체」, 『한국문화』 2, 서울대학교 한국문화연구소, 1981 ; 「서정 자아의 근대적 변모와 그 한계」, 『한국학보』 25, 일지사, 1981. 겨울호.
吳壽京, 「楚亭 朴齊家 詩 研究」, 『성균한문학연구』 7, 1982.
成範重, 「耳溪 洪良浩의 北塞文學에 대한 一考察」, 『관악어문연구』 9, 서울대학교 국어국문학과, 1984.

陳在敎, 「耳溪 洪良浩 文學研究 : 民族情緒의 世界」, 『成均漢文學研究』 20, 成均館大學校 大學院 碩士學位論文, 1986 ; 『이조 후기 한시의 사회사』, 소명출판, 2001.

그러나 1990년대 이후, 실학 연구를 추동하였던 내재적 발전론의 신념도 상당히 퇴조하면서 한문학의 실학적 특성에 관한 논의도 산발적으로 이루어지는 데 그쳤다.

이러한 시점에서 임형택의 『실사구시의 한국학』(창작과 비평사, 2000)은 기왕에 발표하였던 연구논문들을 엮어, 한문학 연구가 정치 이데올로기의 허위성과 학술의 관념적 공소성을 동시에 극복하고 과학적 보편성을 획득할 수 있을지 진단하였다.[17] 앞으로 실학적 인식의 구조와 문학적 실천과의 관계를 통시적으로 고찰하는 일이 국문학 연구의 한 가지 과제가 될 것이다.

한편, 1970년대, 1980년대 초에는 실학의 테마 이외에도, 한문학에 반영된 事象들을 검토하려는 다양한 시도가 방향에서 이루어지기 시작하였다. 세계관의 반영 문제(임형택), 민중 생활의 반영(김복희 · 임형택 · 김시업), 여성 삶의 반영(정양완), 한시와 자아의식(안병학), 한시와 국문시가와의 교섭(이우성 · 이종찬 · 손팔주), 한문소설의 주제의식(송준호), 가전문학(안병설), 한문소설의 계보(소재영), 한시와 자연(전형대) 등에 대한 논의의 단초가 이 시기에 마련되었다. 또한 비교문학적 연구(김태준 · 최신호)도 이루어졌다.

정양완, 「希庵 蔡彭胤의 작품을 통해 본 이조시대의 한 부부상에 대하여」, 『연구논문집』 9, 성신인문과학연구소, 1976. 1.

이우성, 「高麗末期의 小樂府 : 高麗 俗謠와 士大夫文學」, 『한국한문학연구』 1집, 한국한문학연구회, 1976.

孫八洲, 「申紫霞의 小樂府 研究」, 『논문집』 6, 부산여자대학, 1978.

17) 이 책은 제1부 「한국학의 정체성」, 제2부 「실학, 안과 밖의 인식」, 제3부 「문예사의 지평으로부터 사회 · 정치 · 미학」, 제4부 「교육과 학문의 길」로 이루어져 있는데, 기왕의 논문들을 한 데 묶은 것이되, 그 문제의식은 매우 새롭다고 말할 수 있다.

金泰俊, 「儒敎的 文明性과 文學的 敎養」, 『비교문학 및 비교문화』 2, 한국비교문학회, 1978.
임형택, 「魚無跡의 詩와 洪吉童傳 : 李朝前期 流民에 관한 思想과 文學」, 『한국한문학연구』 제3·4집, 한국한문학연구회, 1979.
安秉卨, 「李朝 心性假傳의 展開와 그 性格」, 『한국학론집』 1, 국민대학교 한국학연구소, 1978.
蘇在英, 「朝鮮朝 漢文小說의 系譜硏究」, 『논문집』 11, 숭전대학, 1981.
安炳鶴, 「許筠의 詩世界와 自我意識」, 『한국한문학』 5, 한국한문학연구회, 1980～1981.
최신호, 「韓國과 安南.疏球와의 文學交流試考」, 『한국한문학』 5, 한국한문학연구회, 1980～1981.
전형대, 「金萬重의 漢詩 : 그의 自然를 中心으로」, 『김만중연구 : 한국문학연구총서 고전문학편(5)』, 새문사, 1983.
金性彦, 「效用論的 文學觀의 展開와 繼承」, 서울대학교 석사학위논문, 1981.
김시업, 「東文選의 詩文學 世界 : 社會現實에 관한 詩들을 中心으로」, 『진단학보』 56호, 진단학회, 1983. 12.

6. 한문학의 토대 연구와 한문학 작품의 현대적 가공

한문학의 이론적 연구는 작가 연구, 자료 주해, 문헌 연구를 토대로 하지 않을 수 없다. 1960년대부터 한문학 분야는 이 방면에서 많은 성과를 축적하여 왔다. 최근 들어서는 한문학 작품의 '사회적 소외'를 극복하기 위해 대중용 독본을 만드는 경향이 두드러졌다.

1) 작가 연구

한문학 연구는 초기부터 작가의 생애를 고찰하고 문학세계와 연결시키는 방법을 가장 많이 활용하였다. 그러한 연구성과는 미학연구나 세계관 연구와 같은 심화된 연구를 할 때에 기초가 되었으므로, 그 공적은 상당하다고 말할 수 있다.

특히 1990년대 중반 이후로 여러 작가들을 집중적으로 연구한 논문집이나 단행본이 여럿 나왔다. 주요한 것만 살펴보면 다음과 같다.

정양완 외, 『조선후기한문학작가론』, 집문당, 1994. 10.
한국한시학회, 『한국한시작가연구』, 태학사, 1995～2001(계속).
차용주, 『한국한문학작가연구(1), 경인문화사, 1996 ; 『한국한문학작가연구(2)』, 아세아문화사, 1999.
이종찬·임기중 외, 『조선시대 한시작가론』, 이회, 1996.
민족문학사연구소 고전문학분과, 『한국고전문학작가론』, 소명, 1998.
이종찬 외, 『조선후기 한시 작가론 1·2』, 素石李鍾燦敎授致任기념논총, 이회, 1998.
이혜순·정하영·성기옥·강진옥·이동연·박무영·조혜란, 『한국고전여성작가 연구』, 태학사, 1999.

그밖에, 전통 시대의 지성인을 대상으로 주로 그 일생을 문학세계와 함께 고찰하는 방법을 사용한 주요한 논저만 열거하면 다음과 같다.

沈浩澤·朴性奎·車溶柱·崔美汀·閔玹基, 「한국 역대문인층의 성격과 작가의식 연구」, 『한국학논집』 14, 계명대학교 한국학연구소, 1987.
金鎭英, 「麗·朝 무신집정기 문단·지성면에서의 李奎報」, 『국어교육』 31, 한국국어교육연구회, 1985.
김건곤, 『이제현의 삶과 문학』, 이회, 1996.
여운필, 『이색의 시문학 연구』, 태학사, 1995.
정재철, 「목은 이색 시의 연구」, 고려대학교 박사학위논문, 1996 ; 『이색시의 사상적 조명』, 집문당, 2002.
류호진, 「이색 시 연구-도학 성향의 작품을 중심으로」, 고려대학교 박사학위논문, 1999.
전수연, 「권근의 객관유심주의적 세계관과 시세계」, 이화여자대학교 박사학위논문, 1990 ; 『권근의 시문학 연구』, 태학사, 1998.
정주동, 「김시습의 문집과 저술」, 『어문논총』 2집, 경북대학교 문리대 국어국문학과, 1964 ; 『매월당 김시습 연구』, 1965.
金鎭斗, 「東峯文學 特質考 : 금오신화를 중심으로」, 『한문학논집』 6집, 단국한문학회, 1988. 11.
심경호, 『김시습 평전』, 돌베개, 2003.
이종묵 · 민병수 · 박수천 · 박경신, 『서거정 문학의 종합적 검토』, 한국정신문화연구원, 1998.
이창경, 「추강 남효온 문학연구」, 한양대학교 박사학위논문, 1991.
이창희, 「容齋 李荇의 詩世界」, 고려대학교 석사학위논문, 1987 ; 「용재 이행 한시의 연구」, 고려대학교 박사학위논문, 1998.
이민홍, 「退溪學派의 문학」, 『남명학 연구』 9집, 경상대학교 남명학연구소, 2000.
정민, 『목릉 문단과 석주 권필』, 태학사, 1999. 11.
신익철, 「유몽인의 문학관과 시문의 표현수법의 특징」, 성균관대학교 국문학과 박사학위논문, 1994.
남은경, 「東溟 鄭斗卿 문학의 연구」, 이화여자대학교 박사학위논문, 1998.
정연봉, 「장유 시문학 연구」, 고려대학교 박사학위논문, 1989.
김주백, 「상촌 심흠의 시문학 연구」, 단국대학교 박사학위논문 1997.
피정희, 「귀곡 최기남의 시세계 연구」, 성신여자대학교 박사학위논문, 1993.
강구율, 「귀봉 송이필의 시세계와 시풍 연구」, 경북대학교 박사학위논문, 2000.
이한우, 「택당 이식 문학 연구」, 대구대학교 박사학위논문, 1996.
안영길, 「김창협의 문학 연구」, 성신여자대학교 박사학위논문, 1996.
진영미, 「농암 김창협 시론의 연구」, 성균관대학교 국문과 박사학위논문, 1997.
이종호, 「김창흡의 시론에 관한 연구」, 성균관대학교 박사학위논문, 1991.
이승수, 「삼연 김창흡 연구」, 한양대학교 국문과 박사학위논문, 1998. 2 ; 『三淵 金昌翕 硏究』, 安東金氏 三淵公派宗中, 1998.
김남기, 「삼연 김창흡의 시문학 연구」, 서울대학교 박사학위논문, 2001. 8.
진재교, 『이계 홍량호의 문학 연구』, 성균관대학교 대동문화연구원, 1996.
김윤조, 「강산 이서구의 생애와 문학」, 성균관대학교 박사학위논문, 1991.
박무영, 「정약용 시문학 연구」, 이화여자대학교 국문과 박사학위논문, 1993.
박준원, 「薄庭 金鑢 詩 硏究」, 『성균한문학연구』 11집, 성균관대학교 한국한문학교실, 1984.
김균태, 『李鈺의 문학이론과 작품세계의 연구』, 창학사, 1986.
박용만, 「혜환 이용휴의 문학 연구」, 한국정신문화연구원 한국학대학원 박사학위논문, 1999.
김혜숙, 「추사 김정희의 시론 연구」, 울산어문논집 VoI 5 No.1, 1989.

류재일, 『이덕무의 시문학 연구』, 태학사, 1998.
장효현, 『서유영문학의 연구』, 아세아문화사, 1988 ; 「沈能淑論」, 정양완 외, 『조선후기한문학작가론』, 집문당, 1994. 10.
김영진, 「孝田 沈魯崇 文學 硏究」, 고려대학교 석사학위논문, 1996.
김석회, 『존재 위백규 문학 연구』, 이회, 1995.
박준원, 「楓皐 金祖淳 詩 硏究」, 『문화전통논집』 3집, 경성대학교 향토문화연구소, 1995.
이희목, 「寧齋 李建昌 散文 硏究」, 성균관대학교 대학원 한문학과 박사학위논문, 1992.
安秉烈, 「매천시연구」, 『한문학연구』 4집, 계명대학교 한문학연구회, 1987.
윤경희, 「황현 시문학 연구」, 고려대학교 박사학위논문, 1990.
기태완, 『황매천 시 연구』, 보고사, 1999.
주승택, 「秋琴 姜瑋의 사상과 문학관」, 『한국학보』 43, 일지사, 1986 여름 ; 『강위의 사상과 문학관에 대한 고찰』, 서울대학교 박사학위논문, 1991.
박종혁, 「해학 이기 연구」, 성균관대학교 박사학위논문, 1990.

또한, 한문학 연구는 개별 작가 연구의 범위를 넘어서서 단대사별, 계보별 연구를 심화시켜 왔다. 한문학의 주된 담당층은 유가—사대부였다고 말할 수 있다. 유가 문학의작가, 작가층에 대한 연구는 일찍부터 많은 성과가 나왔다. 민병수, 「李建昌과 그 一門의 文學」(『동아문화』 11, 서울대학교 문리과대학 동아문화연구소, 1972)와 李佑成, 「한국유학사상 퇴계학파의 형성과 그 전개」(『한국의 역사상』, 창작과비평사, 1982)는 학파 혹은 자가층의 연구방법을 예시한 주요한 논문이며, 정병욱의 「金鰲新話序說」(『한국고전의 재인식』, 홍성사, 1979)은 한 작가의 연대기를 복원하는 전범을 보여준 논문이다. 그 이후, 고려전기 귀족문학(박성규), 고려중기 문학담당층(심호택 · 김시업), 고려시대 한시(민병수), 고려 및 조선시대 관각문학(김성언), 고려말 성리학 수용기의 한문학(이병혁 · 김시업 · 김종진), 집현전 학사의 문학(김남이), 도학파의 문학(이원주 · 이동환), 조선전기 사림파 문학(이민홍), 방외인 문학(임형택 · 윤주필), 삼당파(안병학), 해동강서시파(이종묵), 前四家(최웅 · 우응순), 後四家(정양완 · 이경수 · 유재일), 연암그룹과 연암의 주변인물(오수경 · 김윤조), 18세기 남인문단(심경호), 18세기 서얼 문인(김경숙), 실학파 문학(김영 · 백원철), 강화학파의 문학과 사상(정양완 · 심경호), 여항문학(민병수 · 허경진 · 강명관 · 윤재민 · 임유경 · 정후수), 자역별 작가집단(박준규 · 조기영)에 관한 연구가 속속 나왔다.

沈浩澤, 「高麗 中期 文學擔當層의 歷史的性格」, 『한국학논집』 12, 계명대학교 한국학연구소, 1985.

김성언, 「高麗時代 文學과 政治의 關聯樣相 : '高麗史 世家의 記事'를 중심으로」, 『石堂論叢』 11, 동아대학교 석당 전통문화연구원, 1986 ; 『한국 관각시 연구』, 동아대학교 출판부, 1994 ; 「고려조선시대 관각의 발달과 관각풍속 연구」, 『동양한문학연구』 제12집, 동양한문학회, 1998. 10.

이병혁, 『고려말 성리학 수용기의 한시 연구』, 태학사, 1989.

김시업, 「麗 · 元間 文學交流에 대하여」, 『한국한문학연구』 5집, 한국한문학연구회, 1980~1981 ; 「무신집권기의 문학적 전환」, 『한국문학연구입문』, 지식산업사, 1982 ; 「고려후기 士大夫 리얼리즘의 형성에 대하여」, 『성대문학』 27, 성균관대학교 국어국문학과, 1990.

김승룡, 「좌주 · 문생을 통한 고려후기 한시 연구」, 고려대학교 박사학위논문, 2001.

金宗鎭, 「麗末士大夫의 性理學 受容과 文學의 樣相」, 고려대학교 석사학위논문, 1981.

이성호, 「사대부문학 형성기의 한시 연구」, 성균관대학교 박사학위논문, 2000.

김남이, 「집현전 학사의 세계관과 문학관」, 이혜순 · 박무영 외, 『우리 한문학사의 새로운 조명』, 집문당, 1999 ; 「집현전 학사의 문학 연구」, 이화여자대학교 국문학과 박사학위논문, 2001.

이민홍, 「士林派文學硏究」, 『成大文學』 19집, 성균관대학교 국어국문학회, 1976. 4 ; 『증보 사림파 문학의 연구』, 월인, 2000. 8.

윤주필, 「조선후기 방외인 문학에 관한 당대인의 인식 연구」, 한국학대학원 박사학위논문, 1990 ; 『한국의 방외인 문학』, 태학사, 1998.

정경주, 『성종조 신진사류의 문학세계』, 법인문화사, 1993.

이종묵, 『해동강서시파연구』, 태학사, 1995.

이창희, 「容齋 李荇 漢詩의 硏究」, 고려대학교 박사학위논문, 1998. 6.

안병학, 「삼당파의 시세계 연구」, 고려대학교 박사학위논문, 1989.

전송열, 「조선조 初期學唐의 변모 양상 연구」, 연세대학교 박사학위논문, 2000 ; 『조선전기 한시사 연구』, 이회, 2001.
이상필, 「南冥學派의 形成과 展開-思想과 學脈의 推移를 中心으로」, 고려대학교 박사학위논문, 1998.
우응순, 「朝鮮中期 四大家의 文學論 硏究」, 고려대학교 국문과 박사학위논문, 1990. 7.
김영, 「제1부 : 18세기 안동지방의 학풍과 눌은 이광정 문학」, 『조선후기 한문학의 사회적 의미』, 집문당, 1993.
이경수, 「後期四家의 淸代詩 受容에 관한 연구」, 서울대학교 박사학위논문, 1994.
심경호, 「18세기 말의 남인 문단」, 『국문학연구1997』, 국문학연구회, 1997.
오수경, 「18세기 서울 文人知識層의 性向-'燕巖그룹'에 관한 연구의 一端 -」, 성균관대학교 대학원 한문학과 박사학위논문, 1990. 4.
김윤조, 「燕巖 文學의 계승 양상에 관한 한 고찰-김윤식 · 김택영의 경우를 중심으로」, 『한문학연구』 10집, 계명한문학회, 1995. 12.
정양완 · 심경호, 『강화학파의 문학과 사상』(1)(2)(3)(4), 한국정신문화연구원, 1994～97.
任侑炅, 「18세기 委巷詩集에 나타난 中人層의 文學世界」, 『泰東古典硏究』 창간호, 泰東古典硏究所, 1984.
허경진, 「평민 한시의 작자층에 대하여」, 『동방학지』 64, 연세대학교 국학연구원, 1989 ; 『조선위항문학사』, 태학사, 1997.
강명관, 「조선후기 여항문학 연구」, 성균관대학교 한문학과 박사학위논문, 1991 ; 『조선후기 여항문학 연구』, 창작과비평사, 1997.
윤재민, 「조선후기 중인층 한문학의 연구」, 고려대학교 국문과 박사학위논문, 1990. 12 ; 『조선후기 중인층 한문학의 연구』, 고려대학교 민족문화연구원, 1999.
정후수, 『조선후기 중인문학 연구』, 깊은샘, 1990.
민병수, 「조선후기 중인층의 한시 연구」, 『동양학』 21, 단국대학교 동양학연구소, 1991 ; 『한국한문학 산고』, 태학사, 2001.
조기영, 『河西詩學과 호남시단』, 국학자료원, 1995.
안대회, 「서얼시인의 계보와 시의 사적 전개」, 『문학과 사회집단』, 한국고전문학회편, 집문당, 1995. 10.
김경숙, 「18세기 전반 서얼 문학 연구」, 이화여자대학교 박사학위논문, 1999.

박준규 · 최한선 편, 『송재 나세찬』, 전남대학교 출판부, 1998.

그밖에 지역별 문단 및 주요 시인에 관한 최근의 연구 성과도 속속 나오고 있다. 원광한문학회가 『원광한문학』 6집(원광한문학회, 2002. 2) 특집으로 구성한 『호남의 문학과 사상』은 호남 관련의 주요 문학가들을 대상으로 한 연구논문을 다수 수록하였다.[18]

한편 여성 작가에 대하여 고찰한 주목할 만한 논저로는 다음과 같은 것들이 있다.

이숙희, 『허난설헌시론』, 새문사, 1987.
김려주, 「金雲楚의 한시연구」, 성균관대학교 박사학위논문, 1991.
박영민, 「士大夫 漢詩에 나타난 女性情感의 史的 展開와 美的 特質」, 고려대학교 국문과 박사학위논문, 1998. 8.
이택동, 「조선조 여성 漢詩의 두 樣相」, 『성심어문논집』 20 · 21합병집, 가톨릭대학교 국어국문학과, 1999. 2.
이성호, 「吳孝媛 漢詩의 현실의식 및 女性情感의 특징」, 『한문학연구』 27, 한국한문학회, 2001. 6.

한 작가의 삶의 한 단면을 분석하거나 일생 사적과 사상, 학술, 문학의 종합적 관련을 논하는 작업이 앞으로 심화되어야 할 것이다.[19] 그러한 면에서 개화파 지식인 박규수에 대한 집중적 연구는 하나의 모범이라고 본다.[20]

18) 좁은 의미의 한문학 관련 논문만을 열거하면 다음과 같다. 박준규, 「눌재 박상의 시문학논고」; 이동환, 「河西의 도학적 시세계」; 김종서, 「옥봉 백광훈의 삶과 시세계」; 안병학, 「최경창의 시세계와 삶의 안정성에 대한 회의」; 정학성, 「白湖詩의 낭만성에 대한 역사적 이해」; 김기빈, 「睡隱 姜沆 연구」; 이수인, 「霽湖 梁慶遇 한시 연구」; 문영오, 「고산 윤선도의 한시 연구」; 김상홍, 「다산의 문학사상」; 이신복, 「金三宜堂 漢詩攷」; 박종혁, 「海鶴 李沂의 현실인식에 대한 문학적 대응」; 윤경희, 「황현의 세계관과 시세계」. 한편 이 책은 부록으로 「호남의 문학과 사상 관련 논저 목록」을 실어두어, 관련 연구에 많은 도움을 주리라 예상된다.
19) 이러한 문제의식에서 필자는 다음과 같은 작업을 수행하였다. 심경호, 『다산과 춘천』, 강원대학교 출판부, 1995 ; 『김시습평전』, 돌베개, 2003.
20) 김명호, 「환재 박규수 연구(1) : 수학기의 박규수」, 『민족문학사연구』 4, 민족문학사

동방한문학회, 『동방한문학』 20집(2001. 2)은 기획논문으로 '謙菴 柳雲龍의 思想과 文學'을 조명하는 논문을 4편 수록하였는데, 이러한 기획 연구도 한 작가의 일생사적과 사상을 문학과 연관시켜 이해하는 데 큰 도움을 줄 것이다.[21]

2) 자료 주해

1960년대부터 한문학 연구를 주도하여 왔던 이가원은 한문고전를 정리하고 번역하는 작업에서 많은 업적을 이루었다. 즉 『이조한문소설선』(민중서관, 1961)을 비롯하여, 『금오신화』·『구운몽』·『춘향전』·『열하일기』·『연암·문무자한문소설정선』 등 주요 고전을 번역하고 주해하였다.[22] 그리고 1991년에는 『삼국유사신역』을 간행하였다.

1970년대부터 한문소설이나 한문수필의 원전 자료를 발췌하여 간단한 주석을 달고 번역하는 작업이 지속적으로 이루어졌으며, 1980년대 후반 이후 주요 전적의 주석과 국역이 더욱 활발하게 이루지기 시작하였다. 주요한 업적을 들면 다음과 같다.

연구소, 1993 ; 「환재 박규수 연구(2)」, 『민족문학사연구』 6, 1994. ; 「환재 박규수 연구(3) : 은둔기의 박규수(하)」, 『민족문학사연구』 8, 1995 ; 「박규수의 地勢儀銘幷序에 대하여」, 『진단학보』 82, 진단학회, 1996. 5 ; 「박규수의 문학관 연구」, 『한국한문학연구』 20, 한국한문학회, 1997 ; 「박규수의 繡啓에 대하여」, 『대동문화연구』 32, 성균관대학교 대동문화연구원, 1997. 5 ; 「박규수의 학문관」, 『진단학보』 88, 진단학회, 1999. 5 ; 「1861년 열하 문안사행과 박규수」, 『한국문화』 23, 서울대학교 한국문화연구소, 1999. 5 ; 김명호, 「박규수의 금석서화론」, 『한문학보』 창간호, 우리한문학회, 1999. 5 ; 「실학과 개화사상의 관련 양상」, 『대동문화연구』 36, 성균관대학교 대동문화연구원, 2000. 4 ; 「남병철과 박규수의 천문의기 제작」, 『조선시대사학회보』 12, 조선시대사학회, 2000. 5.

21) 기획논문 4편은 다음과 같다. 김시황, 「겸암 유운룡 선생의 생애와 사상」; 설석규, 「겸암 유운룡의 학문과 현실대응 자세」; 박준호, 「겸암 유운룡의 문학세계-한시 작품을 중심으로-」; 백도근, 「겸암 유운룡의 실천도학」.

22) 이것들은 1986년 9월에 자편한 『리가원전집』 22책에 들어 있다.

김갑기 역주, 『羅・麗漢詩選』(三韓詩龜鑑), 이우출판사, 1983.
송재소 역주, 『다산시선』, 창작과비평사, 1981.
김지용 역주, 『丁茶山詩文選』, 교문사, 1991.
임형택 편역, 『이조시대 서사시』, 창작과비평사, 1992.
홍찬유 역, 『역주 시화총림』, 통문관, 1993.
임형택 역주, 『역주 백호전집』, 창작과비평사, 1997.
민족문학사연구소 역, 『18세기 조선 인물지(幷世才彦錄)』, 창작과비평사, 1997.
김성언, 『남효온의 삶과 시』, 태학사, 1997.
박종채 저, 김윤조 역, 『역주 過庭錄』, 태학사, 1997.
유재건 저, 실시학사 고전문학연구회 역주, 『里鄕見聞錄』, 대우학술총서(번역 106), 민음사, 1997.
박경신 對校・譯註, 『太平閑話滑稽傳』, 국학자료원, 1998.
조남권・정민 역주, 『한국고전비평자료집』, 태학사, 1999.
이종묵・안대회・강석중・강혜선 역주, 『조선시대한시의 한시(국조시산)』, 문헌과 해석사,
박성규 역주, 『동인시화』, 집문당, 1998.
심경호 역주, 『금오신화』, 홍익출판사, 2000. 6.
정학성 역주, 『17세기 한문소설집』, 삼경문화사, 2000. 9.
여운필・성범중・최재남 역주, 『목은시고』(1)(2)(3)(4), 월인, 2000.
안대회, 『尹春年과 詩話文話』, 소명출판, 2001.
이승수 역주, 『拙修齋集』, 박이정. 2001.
실시학사 역주, 『이옥전집』, 소명출판, 2002.

한편 초기 연구자들의 저서에 대한 교주(校註)도 나왔다.

김태준 저/김성언 교주, 『校註 朝鮮漢文學史』, 태학사, 1994.

3) 문헌 연구

그간 한문학 분야에서는 각종 한문 문헌을 분석하여 연구 자료를 확정할 수 있도록 하거나 문헌의 생성과 교환이 지닌 역사적 의미를 탐구하는 연구를

진행시켜 왔다. 주요 논저들을 열거하면 다음과 같다.

趙鍾業, 「韓國詩話資料의 考察」, 『論文集』 11-2(통권21), 충남대학교 인문과학연구소, 1982.
崔載南, 「『西浦年譜』의 성격과 金萬重硏究」, 『한국학보』 제57집, 1989.
허경진, 「許筠의 文集에 대하여」, 『인문과학』 49집, 연세대학교 인문과학연구소, 1983. 6.
진재교, 「『雜記古談』 著作年代와 作者에 대하여」, 『서지학보』 12집, 한국서지학회, 1994. 3.
柳鐸一, 「韓國 漢文詩集 目錄草」, 『語文敎育論集』 7, 부산대학교 사범대학 국어교육과, 1983 ; 『성호학맥의 문집간행 연구』, 부산대학교 출판부, 2000.
강경훈, 「正祖 命撰 『三峯集』」, 『문헌과 해석』 10호, 2000 봄.
강혜선, 『정조의 시문집 편찬』, 문헌과 해석사, 2000.
임형택, 「『梅月堂詩四遊錄』에 관한 고찰」, 『한문학연구』, 2000.
정석태, 「退溪詩의 書誌와 年代記的 特性 考究」, 고려대학교 박사학위논문, 2000.
박현규, 「허난설헌 시작품의 표절 실체」, 『한국한시연구』 8호, 한국한시학회, 2000.
이수인, 「『패관잡기』 연구 시론」, 『한문학논집』 18집, 근역한문학회, 2000.
심경호, 『국문학연구와 문헌학』, 태학사, 2002.

동방고전문학회의 『동방고전문학연구』 2집(2000. 8)에서 '한문학 연구와 텍스트비평 특집' 논문을 3편 수록하여 주목된다.

안대회, 「한국한시의 텍스트비평 : 작가의 오류를 중심으로」.
김종서, 「『옥봉집』의 체재와 임술춘간본에서 산삭된 시의 성격」.
남재철, 「이서구 시의 개작에 대한 연구」.

그리고 다음 논문은 시문총집인 『동문선』의 평가와 관련하여 조선왕조실록의 기록을 조사함으로써 한문학 문헌의 성립, 유전, 평가의 문제를 다루어 시선을 끈다.

김종철, 「조선왕조실록에 나타난 『동문선』에 대한 평가」, 『동방한문학』 20, 동방한문학회, 2001. 2.

4) 한문학작품의 현대적 가공

근년 들어 몇몇 연구자들이 한문 고전작품을 일반 독서용으로 만들어 소개하고 있다. 주요 작품을 대상으로 한 것만 예로 들면 다음과 같다.

김지용, 『정약용시문선』, 교문사, 1991.
송준호, 『한국명가한시선』, 문헌과 해석사 : 태학사(배포), 1999.
이종찬, 『한국한시역주』, 이회, 1998.
김혈조, 『그렇다면 도로 눈을 감고 가시오』, 학고재, 1997.
윤호진, 『한시와 사계의 화목』, 교학사, 1997.
박희병 역, 『나의 아버지 박지원』, 돌베개, 1999.
김상홍, 『한국 한시의 향기』, 박이정, 1999.
정민, 『비슷한 것은 가짜다』(연암 박지원의 예술론과 산문미학), 태학사, 2000. 2.
안내희, 『궁핍한 날의 벗』(박제가 산문 선집), 태학사, 2000.
김영진, 『눈물이란 무엇인가』(심노숭 산문 선집),태학사, 2000.
심경호, 『선생, 세상의 그물을 조심하시오』(이옥 산문 선집), 태학사, 2001.
이숭수 편역, 『옥같은 너를 어이 묻으랴』, 태학사, 2001.
박무영, 『뜬 세상의 아름다움』(정약용 산문 선집), 태학사, 2001.
신익철, 『나 홀로 가는 길』(유몽인 산문 선집), 태학사, 2002.
박혜숙, 『부령을 그리며』(김려 『사유악부』 번역), 돌베개, 2000.
김승룡 역주, 『송도인물지』, 현대실학사, 2000. 10.
최석기 외 옮김, 『선인들의 지리산 유람록』, 돌베개, 2000.
이경수 · 강혜선 · 김남기 편역, 『진경시(眞景詩)로 노래하는 금강산』, 강원대학교 출판부, 2000. 1.
백헌 이경석 시선, 강혜선 역, 『청천강을 밤에 건너며』, 태학사, 2000.9.
민병수, 『한국한시한문감상』, 우석, 1996 ; 『한국한시대표작평설』, 태학사, 2000 ; 『한국한문대표작평설』, 태학사, 2000.
민병수 외, 『사찰, 누정 그리고 한시』, 태학사, 2001.
김태준 · 박성순, 『산해관 잠긴 문을 한 손으로 밀치도다』(홍대용의 북경여행기), 돌베개, 2001.

7. 1970년 초부터 1990년대 말까지 한문학 연구 성과의 갈래별, 주제별 개관

1) 한문소설의 연구

이가원은 『이조전기소설연구』에서 전기소설을 神怪 · 艷情 · 寓言 · 俠邪의 네 부류로 나누었고, 고려 초기에 「온달전」이 전기(傳記)소설로서 등장하였다고 하여, '傳奇 4류'에 다시 '傳記的인 소설'을 첨가하였다. 또 이씨조선 제9기의 문학을 서술하면서 '소설'의 갈래 아래에 지괴 · 우언 · 俠義 · 염정 · 풍자 · 傳記 · 가전을 두었고, 별도로 번역 · 번안물을 다루었다.

이가원이 한문소설 연구분야를 개척한 뒤 1970년, 1980년대에 이르러 한문소설이 계보가 정리되었다. 즉 한문소설에 대해서는 한문단편이라는 갈래 개념이 제시되었고, 전기소설의 기원과 갈래적 특성, 17세기 이후 애정류 한문소설의 발달, 조선후기의 傳 양식과 우화소설에 대한 연구가 활발하게 이루어졌다.

이우성 · 임형택 편역, 『이조한문단편집』 상 · 중 · 하, 일조각, 1973 · 1978.
박희병, 「青邱野談 研究 : 漢文短篇小說을 中心으로」, 『국문학연구』 52집, 서울대학교 대학원 국문학연구회, 1981 ; 「朝鮮後期 '傳'의 小說的 性向 研究」, 서울대학교 대학원 국문과 박사학위논문, 1991. 8 ; 『韓國古典人物傳研究』, 한길사, 1992 ; 『한국전기소설의 미학』, 돌베개, 1997.
정학성, 「傳奇小說의 問題」, 『韓國文學研究入門』, 지식산업사, 1982.4.30.
이명학, 「漢文短篇 作家의 研究-安錫儆의 경우-」, 송재소 외 『이조후기 한문학의 재조명』, 창작과비평사, 1983.
송재소, 「茶山의 傳에 대하여」, 『茶山의 政治經濟 思想』, 창작과비평사, 1990.

전기소설의 연구는 나말여초의 전기소설의 존재를 논하고, 『금오신화』의 전기소설로서의 갈래적 공고성을 논하며, 『주생전』의 서사의 핍진함과 분량의 확대를 논한 연구가 이루어졌다. 17세기 애정류 한문소설에 이르러 또 다른 장르로의 유동성도 감지되어, 소설사의 신국면이 펼쳐진다는 점을 확인하였다. 『기재기이』에 관한 연구, 우화소설에 대한 연구도 나왔다. 또한 국문소설과 한문소설의 관련, 시대사상과 한문소설을 포함한 소설 일반의 관계에 대한 논의도 다각도로 이루어졌다. 최근에는 다시 그간의 연구성과를 정리하는 작업이 나왔다.

김종철, 「서사문학사에서 본 초기소설의 성립 문제」, 『古小說硏究論叢 : 茶谷 李樹鳳先生回甲紀念論叢』, 1988.
소재영, 『企齋記異硏究』, 고려대학교 민족문화연구소, 1990.
신해진, 「조선중기 몽유록의 주제의식 연구」, 고려대학교 박사학위논문, 1997.
임형택, 「17세기 규방소설의 성립과 창선감의록」, 『동방학지』 57집, 연세대학교 국학연구원, 1988.
신재홍, 「몽유양식의 소설사적 전개에 관한 연구」, 서울대학교 박사학위논문, 1992.
장효현, 「18세기 文體反正에서의 小說 論議」, 『한국한문학연구』 15집, 한국한문학회, 1992. 9.
이신성, 「천예록 연구」, 동아대학교 국문학과 박사학위논문, 1993.
안동준, 『김시습 문학사상 연구-소설의 사상적 기반을 중심으로』, 한국학대학원, 1994.
조혜란, 「『삼한습유』 연구」, 이화여자대학교 박사학위논문, 1994.
소인호, 『라말~선초의 전기문학 연구』, 고려대학교 박사학위논문, 1996.
정출헌, 「朝鮮後期 寓話小說의 社會的 性格」, 고려대학교 대학원 국문과 박사학위논문, 1992 ; 『조선후기 우화소설 연구』, 고려대학교 민족문화연구원, 1999.
윤재민, 「조선후기 전기소설의 향방」, 『민족문학사연구』 15집, 민족문학사연구소, 1999. 12.
정환국, 「17세기 애정류 한문소설 연구」, 성균관대학교 박사학위논문, 1999.
최호석, 「옥린몽 연구」, 고려대학교 박사학위논문, 1999.
권도경, 「16세기 『기재기이』의 전기소설사적 의의 연구-현실성의 확대와 주체의 의지 강화를 중심으로」, 『한국고전연구』, 한국고전연구학회, 2000. 6.
임한용, 「금오신화연구 : 발화행위와 서술자를 중심으로」, 청주대학교 박사학위논문, 2000.
최재우, 「『企齋記異』의 조화지향 인물관계의 형상 : 『崔生遇眞記』와 『何生奇遇傳』을 중심으로」, 『동방고전문학연구』 2, 동방고전문학회, 2000. 8.
박일용, 「『倡善感義錄』의 구성 원리와 미학적 특징」, 『고전문학연구』 18, 한국고전문학회, 2000.
박정현, 「이옥傳 작품의 양식적 특성 연구」, 연세대학교 석사학위논문, 2000.
윤경희, 「『주생전』의 문체론적 접근」, 『한국고전연구』 6집, 한국고전연구회, 2000.
윤세순, 「『紅白花傳』을 통해 본 愛情傳奇의 이행기적 양상」, 2000.
정선희, 「『蛙蛇獄案』作者考」, 『한국고전연구』 6집, 한국고전연구회, 2000.

야담에 대한 연구도 1990년대 후반에 들어와 한문학의 하위 갈래인 필기문학으로서 보는 견해가 대두되고(이내종), 야담집의 편찬에 관한 실증적 연구(김상조 · 진재교 · 정명기 · 임완혁 · 이강옥)도 이루어졌다.

김상조, 「계서야담계 연구」, 고려대학교 박사학위논문, 1991.
정명기, 「『청구야담』의 편자와 그 이원적 면모-小倉 進平本을 통하여 본」, 『연민 이가원선생 칠질 송수 기념논총』, 1987 ; 『한국야담문학연구』, 보고사, 1996. 3 ; 「야담연구를 위한 한 제언」, 『열상고전연구』 10집, 1997. 12 ; 「야담집 간행과 전승 양상」, 황패강선생고희기념논총, 『설화문학연구(上)』, 단국대학교 출판부, 1998.
박준원, 「藫庭叢書 연구」, 성균관대학교 한문학과 박사학위논문, 1994.
이내종, 「선초 필기의 전개 양상에 관한 연구」, 고려대학교 박사학위논문 1997. 6.
임완혁, 「문헌전승에 의한 야담의 변모양상 : 『東稗洛誦』과 『溪西野譚』,『靑邱野譚』, 『東野彙輯』의 관계를 중심으로」, 성균관대학교 박사학위논문, 1997.
이강옥, 「야담의 속이야기와 등장인물의 자기 경험 진술」, 『고전문학연구』 13집, 한국고전문학회, 1998 ; 『조선시대 일화 연구』, 태학사, 1998.
이신성, 『한국고전산문연구』, 보고사, 2001.

정명기 엮음, 『야담문학연구의 현단계』(보고사, 2001)는 야담이나 패설류와 관련하여 기왕에 여러 연구자들이 발표한 논문들을 엮었다.

2) 한시 연구

1970년대, 1980년대 초의 한시 연구는 시화를 중심으로 하는 비평의 개념에 관한 연구, 작가 연구를 수반한 시인의 시의식에 대한 고찰, 국문시가와 관련이 있는 小樂府에 대한 논의가 중심을 이루었다. 작가 연구에 대하여는 앞에서 '토대 연구'의 항에서 다루었으므로 생략하기로 하고, 우선 이 시기에 비평의 개념에 대하여 논한 주요한 업적들을 살펴보기로 한다. 시 비평에 관한 연구는 시화를 정리하고 그 속에서 주요 개념을 추출하는 방향으로 이어졌다. 시화에 대한 관심을 촉발한 선구적 업적으로는 이가원 저, 허경진 역, 『옥류산장시화(玉溜山莊詩話)』(연세대학교 출판부, 1980)을 들 수 있다. 이가원은 『조선문학사』에서 고려 중기에 비평문학이 대두한 사실을 논하고, 비평문학의 범주로 創新·體宜·思潮·用事·比較·總評의 여섯 가지를 열거하였다.[23] 이것은 비평문학의 발달상을 체계적으로 논할 수 있는 방법론을 제시한 것이라고 말할 수 있다. 다만 『조선문학사』는 비평의 범주나 개념, 비평방법의 역사적 변화에 대하여 계통적으로 서술하지 않았다. 고전비평의 원리에 대한 심도 있는 연구는 조종업·최신호·민병수와 전형대·정요일·최웅·정대림의 '고전비평연구'에서 비롯되었다. 조종업, 『한국시화총편』(동서문화원)은 이 방면의 연구를 촉진하는 계기가 되었다. 또한 허경진·김주한·이상익·정요일·박성규·이규호의 연구가 뒤를 이었다. 비평 용어에 대하여 고찰한 주요한 논저를 살펴보면 다음과 같다.

조종업, 「고려시론연구」, 『충남대논문집』 5, 1966 ; 「『楊梅詩話』에 대하여」, 『國語文學』 25, 전북대학교 국어국문학회, 1985. 8 ; 「한국 고전 비평의 현대적 이해」, 정신문화연구 36, 한국정신문화연구원, 1989 ; 『한국시화연구』, 태학사, 1991.

---

23) 『조선문학사』 상책, 제9장 13절 「비평문학의 대두」를 참조.

최신호, 「고려시화에 나타난 수사에 대하여」, 『서울대학교 교양과정논문집』 2, 1970 ; 「초기시화에 나타난 용사이론의 양상」, 『고전문학연구』 1, 1971 ; 「선초의 문학이론」, 『고전문학연구』 2, 1974 ; 「고전문학의 이론과 비평」, 『고전문학을 찾아서』, 1976.

민병수, 「고전시론의 한국적 전개」, 『진단학보』 48, 진단학회, 1979 ; 「한문고전의 연구사적 검토」, 『한국학보』 18, 일지사, 1980. 봄.

전형대, 『麗朝詩學硏究』, 서울대학교 석사학위논문, 1975.

정요일, 「조선전기시학연구」, 서울대학교 석사학위논문, 1977 ; 「古典批評硏究의 反省」, 『백영 정병욱선생 환갑기념논총』, 1982. 5 ; 「韓國古典文學理論으로서의 道德論硏究 : 詩論을 中心으로」, 서울대학교 박사학위논문, 1985 ; 『한문학비평론』, 인하대학교 출판부, 1990.

최웅, 「조선중기시학연구」, 서울대학교 석사학위논문, 1975 ; 「漢文四大家의 文學理論」, 『인문학연구』 21, 강원대학교, 1985. 6.

정대림, 「조선후기시학연구」, 서울대학교 석사학위논문, 1978 ; 「古典詩論과 그 繼承問題 : 問題의 提起를 위한 一考察」, 『관악어문연구』 3, 서울대학교 국문과, 1978 ; 「개화기의 시학」, 『한국학보』 18, 일지사, 1980 ; 「新意와 用事」, 『한국문학사의 쟁점』, 집문당, 1986 ; 『한국고전문학비평의 이해』, 태학사, 1991 ; 『한국고전비평사-조선후기편』, 태학사, 2001.

전형대 · 정요일 · 최웅 · 정대림, 『한국고전시학사』, 홍성사, 1979 ; 『한국고전시학사』, 기린원, 1988.

정요일 · 박성규 · 이연세, 『고전비평용어연구』, 태학사, 1998.

이규호, 「한국고전시품연구」, 서울대학교 석사학위논문, 1979 ; 『한국고전 시학론』, 새문사, 1985.

金性彦, 「效用論的 文學觀의 展開와 繼承」, 서울대학교 국문과 석사학위논문, 1981.

姜銓燮, 「洪萬宗의 詩文拾遺」, 『語文硏究』 14집, 어문연구회, 1982.6

李明宰, 「韓國古典 批評文學論考 : 한국의 批評文學通史를 위한 硏究序說」, 『논문집』 27(인문과학편), 중앙대학교, 1983.

李炳漢, 「漢詩批評의 體例硏究」, 通文館, 1974. 11 ; 「漢詩批評에 있어서의 作家와 環境의 문제」, 『원광한문학』 2, 원광한문학회, 1985.

李相翊, 「古典文學의 批評 樣相 試考」, 『金亨奎교수 정년퇴임 기념논문집』, 서울사범대학교 국어교육과, 1976 ; 「崔滋의 文學理論」, 『국문학연구총서 7 : 한문학연구』 국어국문학회편, 정음사, 1981.

한시 작품이나 한시 작가의 시세계가 지닌 문학사적 위상을 살펴보기 위해서는 한시의 하위 양식을 설정하여 갈래별로 그 특징을 파악하여야 한다. 물론, 한시를 분류하는 일은 형식, 내용, 소재별 기준이 서로 엇갈리고 전통적 분류 방법과 이념형 분류가 얽히지 않을 수 없으므로 간단한 문제가 아니다. 그러나 한시의 변화, 발전을 설명하기 위해서는 하나나 혹은 복수의 기준을 이용하여 갈래를 나누어 보고 그 갈래별로 사적 흐름을 살펴보는 일이 불가피할 것이다.

한시의 하위 갈래에 대한 논의가 쟁점으로 부각된 것은 1980년대 樂府갈래에 대한 고찰이 본격화되면서부터다.[24] 그 무렵부터 한시의 형식, 주제 소재, 양태 등 여러 가지 기준에 따라 한시의 하위 갈래를 설정하고 그 흐름을 파악하려는 논저들이 많이 나왔다.

李鐘燦, 「小樂府 試考」, 『東岳語文論集』 창간호, 동악어문학회, 1965.

李佑成, 「高麗末期의 小樂府 : 高麗 俗謠와 士大夫文學」, 『한국한문학연구』 1집, 한국한문학연구회, 1976.

徐首生, 「益齋小樂府와 高麗歌謠」, 『東洋文化研究』 11, 경북대학교 동양문화연구소, 1984.

孫八洲, 「자하 小樂府 研究」, 『東岳語文論集』 10, 동악어문학회, 1977. 9.

沈慶昊, 「조선 후기 한시의 자의식적 경향과 해동악부체」, 『韓國文化』 2, 서울대학교 한국문화연구소, 1981 ; 『한국한시의 이해』, 태학사, 2001. 1.

李慧淳, 「韓國 樂府 研究(I)」, 『論叢』 39, 이화여자대학교 한국문화연구원, 1981. 8 ; 李慧淳, 「韓國 樂府 研究(II) : 主題와 變奏」, 『동양학』 12, 단국대학교 동양학연구소, 1982.

金榮淑, 「조선후기 낙부의 유형적 성격」, 『語文學』 44 · 45, 한국어문학회, 1984. 4 ; 『韓國詠史樂府研究』, 경산대학교 출판부, 1998 ; 「이복휴의 역사인식과 『해동악부』의 포폄양상」, 『대동한문학』 15, 대동한문학회, 2001. 12.

---

24) 악부는 악부의 갈래를 따른 한시로서, 작중화자와 작가를 불일치시키는 방식을 통해서 민요적 · 가요적 정서를 토로하거나 민가적 서사 기능을 담아내는 시 양식이다. 물론 조선 후기의 영사악부인 해동악부체의 실제 작품에서 사(詞)의 형식을 이용한 예가 간간이 있지만, 악부체 시는 전사(塡詞)의 방식을 사용하는 사(詞)와는 양식적으로 구별된다.

金周伯, 「象村 樂府詩考」, 『한문학론집』 3집, 단국대학교 한문학회, 1985.
黃渭周, 「조선후기 소악부 연구」, 한국정신문화연구원 부속석사학위논문, 1983 ; 「朝鮮後期의 小樂府」, 『논문집』 8, 대구한의과대학교, 1985 ; 「16·17세기 악부시의 출현 동향과 전개 과정」, 『한국한문학연구』 12, 한국한문학연구회, 1989.
金宗鎭, 「海東樂府를 통해 본 星湖의 歷史 및 現實認識」, 『민족문화연구』 17, 고려대학교 민족문화연구소, 1983. 12
성호경, 「益齋小樂府와 及庵小樂府의 제작 시기에 대하여」, 『한국학보』 61, 일지사, 1990.
박혜숙, 『형성기의 한국악부시 연구』, 한길사, 1991 ; 「思牖樂府 연구」, 『고전문학연구』 6집, 한국고전문학연구회, 1991. 12.
안대회, 「한국 악부시의 장르적 성격」, 『한국 한시의 분석과 시각』, 연세대학교 출판부, 2000. 10.

1990년대 이후로는 한시 양식 일반, 한시의 서사시 양식, 시형식론, 소재별 양식론 등 양식의 전개사를 탐구하려는 논저들이 나왔다. 또한 국문학사의 한시사에서 별도의 갈래로 확고한 지위를 확보하였다고는 볼 수 없지만 여러 주요 작가들에 의하여 실험적으로 제작된 詞에 관한 논문도 여러 편 나왔다.

ㄱ. 한시 양식 일반

송재용, 「漢詩分類와 解釋을 위한 視角의 再定立」, 『국어국문학』 100, 국어국문학회, 1988. 12. 31.
황위주, 「한시의 분류기준과 그 적용 양상」, 『대동한문학』 제11집, 대동한문학회, 1999. 12.

ㄴ. 한시의 서사시적 경향

임형택, 『이조시대서사시』, 창작과비평사, 1992.
박혜숙, 「한국 한문서사시 연구 : 한문서사시의 개념과 전개양상」, 『한국한문학연구』 22집, 한국한문학회, 1998.
윤종배, 「조선 시대 서사 한시 연구」, 성균관대학교 한문학과 박사학위논문, 2000. 2.

신용호, 「『동명왕편』의 형식에 대한 일고찰」, 『대동한문학』 15, 대동한문학회, 2001. 12.

ㄷ. 고체시・요체시・육언시 등 시형식론

심경호, 「茶山과 詩樣式 選擇과 抒情의 一般化」, 『시와 시학』 창간호, 시와 시학사, 1991 ; 『한국한시의 이해』, 태학사, 2001. 1.

심경호, 「鄭知常에 관한 몇 가지 문제에 대하여 : 禮部試 及第, 그리고 拗體」, 『韓國漢詩硏究』 3, 한국한시학회, 1995. 12 ; 『한국한시의 이해』, 태학사, 2001. 1.

이지양, 「진명 권헌의 '진' 추구와 사회시—장편고시를 중심으로」, 성균관대학교 국문학과 박사학위논문, 2000.

박준호, 「六言詩에 대하여」, 『대동한문학』 12, 대동한문학회, 2000.

ㄹ. 영사시・영물시・기속시・애도시・제화시・궁사・유선사・민요풍・염락풍 등 소재 및 기법별 양식론

金錫夏, 「許楚姬의 『遊仙詞』에 나타난 '仙'形象」, 『國文學論集』 5・6합집, 檀國大學校 國語國文學科, 1972.

許米子, 「許楚姬의 遊仙詞에 나타난 物의 이미지」, 『새국어교육』 25~26호, 한국국어교육학회, 1977.

朴浚鎬, 「'許筠의 宮詞' 硏究」, 계명대학교 교육석사학위논문, 1986.

崔載南, 「用里 高聖謙의 詩史詩와 樂府詞에 對한 考察」, 『관악어문연구 11집』, 서울대학교 국어국문학과, 1986. 12. 31.

최경환, 「한국 제화시의 진술양상 연구」, 서강대학교 박사학위논문, 1990.

김혜숙, 「秋史의 '小遊仙詞' 연구」, 울산어문논집 6, 울산대학교 국어국문학과, 1990.

최재남, 「한국 애도시의 구성과 표현에 대한 연구」, 서울대학교 박사학위논문, 1992. 8.

김명순, 「조선후기 紀俗詩 연구」, 경북대학교 박사학위논문, 1996. 8.

박성규, 「李奎報의 詠物詩 연구」, 『진단학보』 83호, 진단학회, 1997. 6 ; 「李穀의 詠史詩 연구」, 『한국한문학연구』 26집, 한국한문학회, 2000. 12.

강민경, 「許蘭雪軒 '遊仙詞' 87首의 표현 기법」, 『예남 이종은선생 고희기념 한국도교문화연구 논총』, 2000.

곽선희, 「허난설헌의 遊仙詞 考究」, 동국대학교 석사학위논문, 2000.

곽진, 「麗末 詠史詩에 나타난 歷史認識의 特徵 : 益齋 李齊賢의 경우」, 『한문학보』 2집, 우리한문학회, 2000.
이희목, 「이조 중기 당시풍 시인들의 '宮詞' 연구」, 『한문교육연구』 15호, 한국한문교육학회, 2000. 12.
황수연, 「두기 최성대의 민요풍 한시 연구」, 연세대학교 박사학위논문, 2000.
변종현, 「고려후기 濂洛風詩의 성격」, 『대동한문학』 15, 대동한문학회, 2001. 12.
정민, 「禽言體詩 硏究」, 『한국한문학』 27, 한국한문학회, 2001, 6.
김남기, 「'首尾吟'의 수용과 잡영류 연작시의 창작 양상」, 『한국문화』 29, 서울대학교 한국문화 연구소, 2002.

ㅁ. 詞에 관한 연구

金相洪, 「茶山의 詞文學 硏究」, 『한문학론집』 1집, 단국대학교 한문학회, 1983 ; 「茶山의 思慕詞 硏究」, 『원광한문학』 2, 원광한문학회, 1985.
徐鏡普, 「益齋詞 小考」, 『청구대논문집』 3, 1960.
李炳基, 「黃梅泉의 詞에 대하여」, 『국어국문학』 24, 전북대학교 국어국문학회, 1984.
車柱環, 「韓中詞文學의 比較硏究」, 『比較文學 및 比較文化』 3~4집, 한국비교문학회, 1979.

또한 한시의 풍격(품격)과 소재, 감수성에 관하여 연구한 주요 논저로는 다음과 같은 것을 들 수 있다.

김연수, 「한시 풍격 연구」, 고려대학교 석사학위논문, 1997. 2.
박혜숙, 「담정 김여-새로운 감수성과 평등의식」 『한국고전작가론』, 소명, 1996 ; 「조선의 매화시」, 『한국한문학연구』 26집, 한국한문학회, 2000.
이종묵, 「16・7세기 한시사 연구- 시풍의 변화양상을 중심으로」, 『정신문화연구』 81호, 한국정신문화연구원, 2000. 12 ; 「조선 중기 詩風의 변화양상」, 『한국한시의 전통과 문예미』, 태학사, 2002.
정재철, 「목은 시에 있어서 易理의 형상화」, 『한국한문학연구』 26집, 한국한문학회, 2000.
박종혁, 「權近 漢詩의 『周易』 用典考」, 『한문학보』 2집, 우리한문학회, 2000.
김혜숙, 「栗谷의 自然吟詠에 返照된 學問的 修練」, 『한국한시연구』 8집, 한국

한시학회, 2000.
임준철, 「林悌詩 意象의 美的 特質-邊塞意象을 중심으로」, 『어문논집』 42집, 안암어문학회, 2000. 8.
김봉희, 「龜峯 宋翼弼 시의 연구 : 풍격적 특질을 중심으로」, 『한문학논집』 18집, 근역한문학회, 2000. 11.
이택동, 「韓國 漢詩에 투영된 江의 表象性」, 『한국고전연구』 6집, 한국고전연구학회, 2000. 12.
최광범, 「羅末 漢詩 風格의 一局面 : 平淡을 중심으로」, 『한문학연구』 15집, 계명한문학회, 2001.
하정승, 『고려조 한시의 품격 연구』, 다운샘, 2002.

한시에서 풍격(품격)은 작품 감수의 총체적·최종적 층위로서 매우 중요한 의미를 지니지만, 풍격 개념들의 상하 관계를 밝히고 실제 작품에서 그 함의를 귀납적으로 추출해내는 작업은 아직 만족스럽지 못하다.

한편, 개화기의 한시, 한문학의 의의를 논한 논문으로는 다음과 같은 논저들이 있다.

주승택, 「개화기 한시 연구 : 문학관과 작가의식을 중심으로」, 서울대학교 대학원 석사학위논문, 1984.
이희목, 「애국계몽기의 한시」, 『한국한문학연구』 15, 한국한문학회, 1992.
임형택, 「'동국시계혁명'과 그 역사적 의의」, 『한국문학사의 시각』, 창작과비평사, 1993 ; 「황매천의 시인의식과 시」, 같은 책 ; 「황매천의 비판지성과 사실적 시풍」, 『한국한문학연구』 18, 한국한문학회, 1995.
강명관, 「전환기 한시의 변화 : 20세기 초기의 한시문학」, 『한국한문학연구』 한국한문학회창립 20주년 특집호, 한국한문학회, 1996 ; 「일제초 구 지식인의 문예활동과 그 친일적 성격」, 『창작과비평』 16 겨울호, 창작과비평사, 1988.

80년대 중반 이후 시 비평에 관하여 논한 주요한 연구논저를 열거하면 다음과 같다.

鄭景柱, 「古典詩論에 있어서의 性情의 문제」, 『龍淵語文論集』 2, 부산산업대학교 국어국문학과, 1984 ; 「儒家的 文學觀과 文質論」, 『어문학교육』 7, 한국어문교육학회, 1984.12.

조기영, 「洪萬宗의 詩認識 樣相考」, 『柏領漢文學』 창간호, 강원사범대학교 한문교육과, 1984.

宋喜準, 「洪萬宗의 文學批評 硏究」, 『漢文學硏究』 2, 계명한문학연구회, 1984.

송재소, 「漢詩用事의 비유적 기능」, 『한국한문학연구』 8집, 한국한문학연구회, 1985.

洪寅杓, 「洪萬宗의 詩論에 대하여」, 『比較文學』 11, 한국비교문학회, 1986.

姜貴守 · 具重會, 「詩話에 나타난 '破閑'考」, 『論文集』 24, 공주사범대학교, 1986.

洪瑀欽, 「漢詩論中 '情景'에 관한 簡述」, 『영남어문학』 15, 영남어문학회, 1988. 8.

김성진, 「古典 諷刺詩論 試考」, 『한국문학논총』 10, 한국문학회, 1989.

정요일 · 박성규 · 강재철, 「고전문학 비평용어의 개념 규정」, 『성곡논총』 21, 성곡학술문화재단, 1990.

金周漢, 「意氣批評과 義理批評의 硏究」, 『영남어문학』 15, 영남어문학회, 1988. 8 ; 『事理批評 試論」, 학산조종업박사화갑기념논총, 1990.

정우봉, 「19세기 詩論 硏究」, 고려대학교 대학원 국문과 박사학위논문, 1992. 7 ; 「조선후기 문학이론에 있어 神의 범주」, 『한국한문학연구』 19, 한국한문학회, 1996. 12.

박수천, 『지봉유설 문장부의 비평양상 연구』, 태학사, 1995 ; 「『호곡시화』의 문학론」, 2000.

윤호진, 「漢詩批評論의 範疇와 體系 試論」, 『대동한문학』 11, 대동한문학회, 1999. 12.

안대회, 『조선후기시화사』, 소명출판, 2000 수정(1995년 초판).[25]

정숙인, 「한시 비평 연구-풍격 용어를 중심으로」, 중앙대학교 국문과 박사학위논문, 2000. 2.

이향배, 「한국 詩論에 끼친 성리학 영향 : 집현전 학사와 관각문인을 중심으로」,

25) 이 책은 조선 후기 시화사의 전개를, 17세기 후기의 품격 비평, 18세기 전기 시화의 본질론적 모색, 18세기 후기의 분석적 · 고증적 시평, 19세기 전기 시화의 다원화와 저변 확대와 같은 식으로 분별하여 논하였다. 조선후기 시화가 黨論과 밀접한 관련이 있다는 사실을 논한 것은 특히 경청할 만하다.

2000 ;『한국한시비평론-성리학 영향을 중심으로』, 이회, 2001.

시 비평과 관련하여 앞으로 창작미학과 문체미학의 주요 개념들이 지닌 함의를 밝히는 일이 더욱 치밀하게 이루어져야 할 것이다. 이를테면 조선후기 문학・예술사의 여러 사실은 천기론과 연계된 것이 많지만, 그것들 사이의 관련에 대한 거시적 조망은 아직 이루어지지 않았다.26)

3) 한문산문에 대한 연구

한문산문은 문학갈래의 개념이 아니지만, 대체로 서사 갈래 가운데 소설을 제외한 산문 양식들을 포괄한다. 한문 산문에 대한 연구는 박지원의 산문에 대한 연구가 주류를 이루다가, 1980년대 이후로 산문비평이론, 산문 문체론, 명편에 대한 각론이 속속 발표되었다. 즉, 한문 산문의 비평이론, 박지원의 산문의 미학, 실기류 산문, 패설류 산문에 관한 연구가 이루어지고, 한문 산문 작품과 문체에 대한 개별 분석도 행해졌다.

ㄱ. 고문 이론

심경호,「조선후기 고문의 형식미」,『관악어문연구』, 1988 ;「崔岦의 '文章之文'論과 古文詞」,『진단학보』65, 진단학회, 1988. 6 ;『조선시대 한문학과 시경론』, 일지사, 1999.

정민,『조선후기고문론연구』, 아세아문화사, 1989.

ㄴ. 박지원의 산문 미학

김혈조,「燕巖體의 成立과 正祖의 文體反正」,『한국한문학연구』6, 한국한문학연구회, 1982 ;「燕巖 朴趾源의 思惟樣式과 散文文學」, 성균관대학교 한문학과 박사학위논문, 1992. 10.

---

26) 古詩樣式 選好, 擬古・模擬에 대한 비판, 民族語文學의 지향, 民謠趣向 漢詩를 비롯한 緣精文學의 대두 등은 천기론의 문학적 실천으로서 주목할 수 있지만, 신분평등의 열망, 규범적 예교주의에 대한 저항 등과 같은 사상사적 배경도 중시하여야 할 것이다.

김명호, 『熱河日記 硏究』, 창작과비평사, 1990. 3 ; 「熱河日記의 文體에 대하여 -好哭場論을 중심으로」, 『韓國 近代文學史의 爭點』, 창작과 비평사, 1990.
장원철, 「燕巖의 碑傳文字에 대하여」, 『한국한문학연구』 13, 한국한문학연구회, 1990.
강혜선, 「박지원 산문의 고문 변용양상에 대한 연구」, 서울대학교 박사학위논문, 1996. 8.
박수밀, 「연암 박지원의 문예미학 연구」, 한양대학교 박사학위논문, 2000.

ㄷ. 일기류 · 실기류 · 패설류 연구

송재용, 「『미암일기』 연구」, 단국대학교 박사학위논문, 1996.
황패강, 『壬辰倭亂과 實記文學』, 일지사, 1992.
김태준, 「임진왜란과 국외체험의 실기문학」, 『임진왜란과 한국문학』, 민음사, 1992.
이채연, 『임진왜란 捕虜實記 연구』, 박이정, 1995.
정환국, 「丙子胡亂時 江華관련 실기류 및 夢遊錄에 대한 고찰」, 『한국한문학연구』 23, 韓國漢文學會, 1999.4.
심호택, 「稗說의 사상적 성격」, 『대동한문학』 12, 대동한문학회, 2000 ; 「『櫟翁稗說』의 稗說的 성격과 구조」, 『한문교육연구』 15, 한국한문교육학회, 2000. 12.
함영대, 「『林下筆記』 硏究」, 성균관대학교 석사학위논문, 2000.

ㄹ. 시대별 한문산문 연구

홍성욱, 『성리학 수용기 산문의 연구』, 고려대학교 박사학위논문, 1998.
정민, 「운양 김윤식의 문론고」, 『한국학논문집』 12, 한양대학교 한국학연구소, 1987.
김상홍, 「근대 전환기의 사대부 문학론」, 홍일식 외, 『근대전환기의 언어와 문학』, 고려대학교 민족문화연구소, 1991.

ㅁ. 문체 각론

이동근, 「조선후기 실존인물의 '사전' 연구」, 서울대학교 박사학위논문, 1989.
이정임, 「고려시대 비지문학 연구」, 고려대학교 박사학위논문, 1996.
이종호, 「비지류 산문의 傳記文學的 성격」, 『한국한문학연구 학회창립 20주년 기념 특집호』, 1996.12.
송병렬, 「擬人體 산문의 발달 양상」, 성균관대학교 한문학과 박사학위논문,

1997 ; 「중의적 서술방식에 따른 의인체 산문과 우화소설의 관계」, 『동방한문학』 20, 동방한문학회, 2001. 2.
김아리, 「『老稼齋燕行日記』의 글쓰기 방식」, 『한국한문학연구』 25집, 한국한문학회, 1999.
이은영, 「조선 초기 제문 연구」, 이화여자대학교 국문과 박사학위논문, 2001.
이혜순 · 정하영 · 호승희 · 김경미 공저, 『조선중기의 遊山記 文學』, 집문당, 1997.
심경호, 『한문산문의 내면풍경』, 소명, 2001(초판), 2002(수정증보판).
정병호, 「조선중기 중인층의 전 연구」, 경북대학교 국문과 박사학위논문, 2001.
안대회, 「이용휴 소품문의 미학」, 『한국학논집』 34, 한양대학교 한국학연구소, 2000.
한민섭, 「楓石 徐有榘 文學 硏究」, 고려대학교 석사학위논문, 2000.
전수연, 「14세기 불교관련 기문연구 : 14세기 전반 佛事記의 산출 배경」, 『대동한문학』 15, 대동한문학회, 2001. 12.

한문 산문의 주요한 개념들과 비평방법의 역사적 변천에 관하여 탐색하는 연구는 이동환, 「조선후기 문학사상과 문체의 변이」(1982)가 선구적 업적이다. 그 이후로 여러 연구자들이 고문론의 역사적 변이, 소품문의 정의, 문체반정(순정)의 역사적 함의, 문체 이론 등을 논하게 되었다.

김성진, 「朝鮮後期 小品體 散文 硏究」, 부산대학교 국문과 박사학위논문, 1991. 8.
임유경, 「영조조 사가의 문학론 연구」, 이화여자대학교 박사학위논문, 1991.
김철범, 「19세기 고문가의 문학론에 대한 연구」, 성균관대학교 박사학위논문, 1992.
김상홍, 「古典小說과 文體反正」, 『고전소설연구』(화경고전문학연구회편), 일지사, 1993.
김윤조, 「文體策 硏究」, 『한국한문학연구』 18집, 한국한문학회, 1995.12.
김풍기, 『조선전기문학론연구』, 태학사, 1996.
강민구, 「『乾川稿』를 통해 본 評點 批評의 연구」, 『서지학보』 20호, 한국서지학회, 1997 ; 『영조대 문학론과 비평에 대한 연구』, 성균관대학교 한문학과 박사학위논문, 1998. 2.

심경호, 『한문산문의 미학』, 고려대학교 출판부, 1998 ; 『한문산문의 내면풍경』, 소명, 2001(초판), 2002(수정증보판).
정우봉, 「산문 이론의 기본 범주와 전개 양상」, 『민족문화연구』 32집, 1999. 12.
윤재민, 「조선시대 문인학자들의 문학관」, 2000.
허남욱, 「조선 전・후기의 문학 효용론 전개양상 연구」, 『漢文教育硏究』 15, 한국한문교육학회, 2000. 12.
금동현, 「18세기 후반~19세기 전반기 문학이론 연구」, 고려대학교 박사학위논문, 2001 ; 『조선후기 문학이론 연구』, 보고사, 2002.

조선시대의 수사법과 문체 구사는 글쓰기의 책략으로서 비상하게 중시되었으며, 당색의 분립[黨伐]이 심화될 때 '담론'의 형태를 띠었다. 앞으로 조선시대에 수사법의 발달을 사회역사적으로 설명하고, 문체의 변화가 세계관 내지 사조의 변화와 어떠한 관계에 있는지 고찰할 필요가 있다.

4) 사부에 대한 연구

사부는 한문학 가운데서 가장 비문학적이라고 간주되던 문학 양식이다. 하지만 종래의 한문학 세계에서는 실용적 목적과 수사법 공부를 위해서 사부가 매우 중시되었다. 賦에 대한 개괄적 고찰은 1980년대에 송준호, 「辭賦의 정착과 양상」(1982)에서 이미 이루어졌으나, 조선시대 次韻賦와 科賦의 문학적 의의를 운위하기 시작한 것은 1999년에 들어와서다. 또한 부 문학이 지닌 문학사상사적 가치에 대한 연구도 1999년에 논의되기 시작하였다.

김상홍, 「다산의 부 문학 연구」, 『동양학』 15, 단국대학교 동양학연구소, 1985.
박성규, 「삼도부에 대하여」, 『한국한문학연구』 12, 한국한문학회, 1990 ; 「이규보의 부 작품 연구」, 『한국한문학과 유교문화』, 아세아문화사, 1991.
이상필, 「남명의 민암부에 대하여」, 『한문학논집』 8, 단국대학교, 1990.
김성수, 『한국사부의 이해』, 국학자료원, 1996).
강석중, 「한국 科賦의 전개양상 연구」, 서울대학교 박사학위논문, 1999.
이동환, 「李穡의 賦와 文에서의 도학사상의 闡發」, 『育英學術硏究論文集』

6집, 1999. 12.

5) 시대정신의 고찰, 예술 장르의 상호 관련, 동아시아 문학의 상관 관계, 민족미학론에 관한 연구

한문학의 단대사별 연구에서 시대정신과 문학과의 관계를 논한 작업은 한문소설, 한시, 한문산문의 각 갈래별로 여러 연구자들에 의하여 시도되었다. 선구적 업적으로는 민병수, 「조선전기의 문학관에 대하여」(『관악어문연구』 1, 서울대학교 국어국문학과, 1976)와 임형택, 「16세기 사림파의 문예의식」(1976), 李家源, 「弘齋王의 文學思想」(『국문학총서 7 : 한문학연구』, 국어국문학연구회편, 정음사, 1981), 李鐘燦, 「義天의 折衷的 文學觀」(『한국한문학연구』 5, 한국한문학연구회, 1980~1981) 등을 꼽을 수 있다. 최근에 나온 논문 가운데, 여러 문학 갈래들과 시대정신의 상관관계를 다룬 논문을 몇몇 소개하기로 한다.

윤재민, 「개화파의 문학사상」, 한국근현대사회연구회, 『한국근대 개화사상과 개화운동』, 신서원, 1998.
심경호, 「19세기말 20세기초 강화학파의 지적 고뇌와 문학」, 『어문논집』 41, 안암어문학회, 2000.
임종욱, 『고려시대 문학의 연구』, 태학사, 1998.
진재교, 『이조 후기 한시의 사회사』, 소명출판, 2001.

한편, 한문학과 다른 민족문학과의 연관에 관한 고찰은 정병욱, 「漢詩絶句와 時調와의 比較」(『韓國漢文學研究』 3·4집, 1978~1979)를 선구적 업적으로 꼽을 수 있다. 그 이후, 고려가요와 한시, 한시와 민요, 구비 전통과 서사적 한시, 한시와 시조의 상관 관계를 고찰한 논문이 여럿 나왔다.

박경주, 「고려시대 한문가요 연구」, 서울대학교 박사학위논문, 1994.
具壽榮, 「李朝詩歌와 漢詩文의 措辭法 批較研究」, 『논문집』 1호, 충남대학교

인문과학연구소, 1982. 8.
원용문, 「윤선도 한시와 시조의 연관성 고찰」, 『고산연구』 3, 고산연구회, 1989.
진재교, 「구비전통과 이조후기 한시의 변모」, 『고전문학연구』 14, 한국고전문학회, 1998 ; 「구비전통과 이조후기 서사양식의 변모」, 『한국한문학연구』 22, 한국한문학회, 1998.
백원철, 「이학규 한시에 있어서의 민요 수용」, 『벽사이우성선생정년퇴직기념 국어국문학논총』, 여강출판사, 1990.
안대회, 「杜機 崔成大詩의 民謠的 發想과 서정」, 『연세어문학』 22집, 연세대학교, 1990.
김석회, 「시조와 한시의 갈래교섭 양상에 관한 연구사적 검토」, 『고전문학과 교육』 2, 청관고전문학회, 2000. 6.

한문학 연구는 한문학의 양식, 주제, 존재방식 등이 동아시아의 다른 나라들의 경우와 어떻게 같고 다른지를 비교하면서 국문학이 지닌 고유한 정서와 사유방식 및 그에 대한 이론과 비평의 시각, 심미의식 등을 해명하여야 할 것이다. 그간 중국문학 연구자들이 여러 새로운 자료를 발굴하였고, 한문학 연구자들도 한중일 문학의 특성을 비교하는 연구를 진행시켜 왔다. 나말여초의 한문학과 중국문학(이혜순), 고려문학과 원문학(김시업・이혜순), 도연명과 한국한시(남윤수), 주자의 무이도가 시와 사림파 문학(이민홍), 중국고전 및 명청문학과 조선시대 한문학(이경수・심경호), 통신사 문학(소재영・김태준・이혜순・한태문), 연행 문학(소재영・김태준)에 관한 연구가 그 대표적 예이다. 최근에는 동아시아의 불교문화를 비교하는 거시적 시좌 속에서 불교문학을 논해야 한다는 제안이 나왔다(조동일・인권환).

김시업, 「麗・元間 문학교류에 대하여」, 『한국한문학연구』 5집, 한국한문학연구회, 1980～1981.
李慧淳, 「고려후기 士代夫文學과 元代文學의 관련양상」, 『한국한문학연구』 15, 성균관대학교 대동문화연구원, 1982.
李昌龍, 「詩話에 나타난 李白의 投影」, 『동방학지』 36・37, 연세대학교 국학연구원, 1983 ; 『韓中詩의 비교문학적 연구-이백 · 두보에 대한 수용 양상』, 일지사, 1984.
소재영 · 김태준 편, 『여행과 체험의 문학』(중국편 · 일본편), 민족문화문고간행회, 1985
禹快濟, 「古列女傳의 韓國 傳來本考」, 『한남어문학』 3, 한남대학교 국어국문학회, 1987.
남윤수, 「한국의 '화도시' 연구」, 고려대학교 박사학위논문, 1989. 6.
변종현, 『고려조 한시 연구』, 태학사, 1994.
고연희, 「17C말 18C초 백악사단의 명청문학론 수용양상」, 『동방학』 1, 한서대학교 동양고전연구소, 1996.
이혜순, 『조선통신사의 문학』, 이화여자대학교 출판부, 1996.
한태문, 「이언진의 문학관과 통신사행에서의 세계인식」, 『국어국문학』 34, 부산대학교 국문과, 1997. 12.
이경수, 「추사 김정희의 청대 시 수용」, 『한국한시연구』 6집, 한국한시학회, 태학사, 1998.
정동화, 「道學的 詩世界의 한 局面 : 朱子의 「觀書有感」과 그 韓國的 受容에 대하여」, 『민족문화』 22집, 1999.
정환국, 「17세기 초 소설에 미친 元明傳奇小說의 영향에 대하여」, 『한문학보』 1집, 우리한문학회, 1999.
이학주, 「동아시아 전기소설의 예술적 특성 연구」, 성균관대학교 국문과 박사학위논문, 1999.
심경호, 『조선시대 한문학과 시경론』, 일지사, 1999.
山田恭子, 「日本 古典詩論과 韓國의 天機論」, 『관악어문연구』 24집, 서울대학교 국어국문학과, 1999. 12.
정학성, 「『왕시붕기우기』에 대하여」, 『고소설연구』 8집, 1999 ; 『17세기 한문소설집』, 삼경문화사, 2000.9.
인권환, 「중세 한중일 시선일여론 서설」, 『동아시아불교문화』(동아비교문화 창간호), 동아시아비교문화국제회의, 2000.
조동일, 「대장경 왕래의 문화사적 의의」, 『동아시아불교문화』, 동아시아비교문화국제회의, 2000.
하미현, 「허균 시론 형성에 관한 연구」, 서울시립대학교 석사학위논문, 2000.
정천구, 「『삼국유사』와 중 · 일 불교전기문학의 비교 연구」, 서울대학교 박사학위논문, 2000.

한문학 연구에서 가장 미흡한 분야는 일반 미학의 영역이다. 시대별 문학관이나 포괄적 미학론을 조망하는 연구 업적도 간헐적으로 이루어졌을 뿐이다. 성기옥의 「국문학과 민족미학」(『고전문학연구』 별집 8호, 2001. 3)에 따르면, 그간 선학들은 민족미학의 논의를 '한국미론', '멋론', '국문학특질론'의 세 방향에서 전개하여 왔다. 궁극적으로 선학들은 '미적 의도의 적극적 조작을 통해 구현된 예술적 아름다움의 세계'와 '미적 의도의 적극적 배제를 통해 구현된 예술세계'의 두 극에 관심을 가져왔다는 것이다.

그런데 이동환, 「한국미학사상의 탐구(Ⅰ)」(『민족문화연구』 30집, 민족문화연구원, 1997. 12) ; 「한국미학사상의 탐구(Ⅱ)-삼국중기～통일신라중기(1) : 山水風流」(『민족문화연구』 32, 고려대학교 민족문화연구원, 1999. 12)는 앞서의 두 대극적 예술세계와 관련된 논의를 넘어서서, 한국 민족의 자연관・존재관・세계관의 문제를 미학적 논의와 연결시켰다.[27]

그밖에 시대나 유파의 미학관을 탐구하려는 주목할 만한 연구로, 안병학, 「성리학적 사유와 시론의 전개 양상」(『민족문화연구』 32집, 1999. 12)이 있다.

6) 1990년대 중반 이후의 주제별 연구

1990년대 이후로는 한문 고전에 반영된 갖가지 事象을 검토하는 논저들이 속속 나왔다. 즉, 여성의 문제, 국토 산하의 아름다움을 노래한 미학적 전통, 한시문에 반영된 서울의 근대도시적 면모, 한문학에 반영된 풍속과 취미의 사회사, 예술 장르의 상호 관련, 인식론과 미의식, 글쓰기의 역사적 함의, 민족의식과 변경의식의 성장, 고전적 자연관 혹은 생태사상, 선비의식, 인물 형상화 방식 등이 주요한 연구 주제로 부각되었다. 또한 출판문화사와 문학사

---

27) 「한국미학사상의 탐구(Ⅰ)」은 한국 민족이 초월적 세계를 인정하지 않는 일원적 세계관을 바탕으로 현실 자연을 중시하는 미학을 형성하였음을 논증하였고, 「한국미학사상의 탐구(Ⅱ)」는 한국 민족이 자국 산수에 대한 심미적 자의식 속에서 산수미를 감수・향유하는 習이 있어서 자연에의 능동적 순응 전신 생리를 가지게 하여 한국 민족의 미학 사유의 주요 범주인 '順自然'을 성립하게 하였다고 논증하였다.

의 관계를 논한 연구물도 나왔다.

ㄱ. 국토산하의 아름다움을 노래하는 미학적 전통

심경호, 「국토산하를 노래한 한국 한시의 미학적 전통에 대하여」, 『한국한시의 이해』, 태학사, 2001 ; 「조선후기 문인의 東遊 體驗과 漢詩」, 같은 책 ; 「水鍾寺와 조선후기문인」, 『한국한시연구』 5. 1997. 12 : 『국문학연구 1998』, 국문학연구회, 1998.

안장리, 「한국 팔경시 연구」, 한국학대학원 박사학위논문, 1997 ; 「東國與地勝覽 '新增' 所載 八景詩의 특성」, 『한국한문학연구』 20집, 1997. 12.

ㄴ. 한시문에 반영된 서울의 근대도시적 면모

윤재민, 「『秋齋紀異』의 人物形象과 形象化의 視角」, 『한문학논집』 4집, 단국한문학회, 1986. 11.

정우봉, 「姜彛天의 『漢京詞』에 대하여-18세기 서울의 시적 형상화-」, 『한국학보』 75집, 일지사, 1994 여름.

심경호, 「조선후기 시사와 동호인 집단의 문화활동」, 『민족문화연구』 31. 고려대학교 민족문화연구원 1998. 12 ; 「조선후기 서울의 遊賞空間과 시문학」, 『한국한시연구』 8, 한국한시학회, 2000. 10.

ㄷ. 한문학에 반영된 풍속과 취미의 사회사

강명관, 「朝鮮後期 京華世族과 古董書畵 趣味」, 『韓國의 經學과 漢文學』, 태학사, 1996. 10.

ㅁ. 예술 장르의 상호 관련

임형택, 「18세기 예술사의 시각 : 柳得恭作 '柳遇春傳'의 분석」, 송재소 외 『이조후기 한문학의 재조명』, 창작과비평사, 1983 ; 「19세기 문학예술의 성격, 그 인식상의 문제」, 구중서·최원식 편, 『한국근대문학연구』, 태학사, 1997 ; 「문화현상으로 본 19세기」, 『역사비평』 35, 1996 ; 임형택, 「박연암의 인식론과 미의식」, 『한국한문학연구』 11, 한국한문학회, 1988.

박희병, 「조선후기 예술가의 문학적 초상 : 藝人傳의 연구」, 『대동문화연구』 24, 성균관대학교 대동문화연구원, 1990.

강명관, 『조선시대 문학 예술이 생성 공간』, 소명출판사, 1999.

고연희, 「金昌翕·李秉淵의 山水詩와 鄭敾의 山水畵 비교 고찰」, 『한국한문학

연구』 20집, 한국한문학회, 1997. 12 ; 「조선 후기 산수 기행 문학과 紀遊圖」, 이화여자대학교 박사학위논문, 2000.
박수밀, 「18세기 회화론과 문학론의 접점」, 『한국한문학연구』 26호, 한국한문학회, 2000.
나종면, 「18세기 詩書畵論의 美學的 性格에 대하여」, 『한국한시연구』 8호, 한국한시학회, 2000. 11.
신영주, 「18·9세기 홍양호家의 예술 향유와 서예 비평」, 성균관대학교 석사학위논문, 2001.

ㅂ. 글쓰기의 역사적 함의
최귀묵, 「김시습 글쓰기 방법의 사상적 근거 연구」, 서울대학교 국문과 박사학위논문, 1997. 8 ; 『김시습의 사상과 글쓰기』, 소명출판사, 2001.

ㅅ. 민족의식과 변경의식의 성장
심경호, 「조선후기 한시와 민족주의」, 『한국한문학연구』 15, 한국한문학연구회, 1992. 9 ; 『한국한시의 이해』, 태학사, 2001. 1.
진재교, 「진택 신광하의 북유록과 백두록」, 『이조후기 한시의 사회사』, 소명출판, 2001.

ㅇ. 고전적 자연관 혹은 생태사상
이동환, 「좌담 : 문명의 전환과 국문학 연구」, 『민족문학사연구』 10집, 민족문학사연구소, 1997.
박희병, 『한국의 생태사상』, 돌베개, 1999.

ㅈ. 선비정신
정요일, 「제1부 : 선비정신과 선비정신의 문학론」, 「河西의 문학과 선비정신」, 『한문학의 연구와 해석』, 일조각, 2000. 2.
송재소, 「선비 精神의 本質과 그 역사적 전개양상」, 『한문학보』 2집, 우리한문학회, 2000.

ㅊ. 인물형상화 방식
김왕규, 「한문학의 인물형상에 관한 연구」, 고려대학교 박사학위논문, 1995.

ㅋ. 여행과 문학

김일환, 「조선후기 역관의 여행과 체험 연구」, 동국대학교 국문과 석사학위논문, 2001.

ㅌ. 출판문화와 문학사의 연관

안대회, 「조선후기 野史叢書 편찬의 의미와 과정」, 『민족문화』 15집, 민족문화추진회, 1992.
강경훈, 「순암 안정복의 乞冊書札에 대하여-安山과 海巖의 南人詞壇을 중심으로」, 『고서연구』 12호, 고서연구회, 1995. 12.
강명관, 「조선후기 서적의 수입·유통과 장서가의 출현」, 『민족문학사연구』 9호, 민족문학사연구소, 1996. 6.
심경호, 『조선시대 한문학과 시경론』, 일지사, 1999.
유탁일, 『성호학맥의 문집간행 연구』, 부산대학교 출판부, 2000.

이상, 1990년대 중반 이후 제기된 다양한 주제 가운데, 생태사상이나 선비사상에 과한 논의는 앞으로 더욱 진전된 논의가 이루어져야 할 듯하다. 安貧樂道·物我一如·順自然 사상이 생태환경 혹은 선비사상이 현대 사회의 병폐를 해결하는 데 일정한 대안이 될 수 있으리라 기대되기에, 유교적 生生之仁의 이념과 도가적 齊物論, 혹은 민족 고유의 선비 사상이나 順自然의 관념이 민족사상가에 의하여 개화되어 온 전통을 읽어낸 것은 소중한 연구성과라고 말할 수 있다. 그러나 그러한 생태사상은 조선후기에 이르러 '자연과 인간의 분리'의 사유체계를 형성하였다고 통상 이해되어 오던 실학 사상과 어떤 관계에 있는지 궁금하지 않을 수 없다. 종래 근대적 자연철학자로 분류되어 오던 홍대용도, 최근 연구의 주장대로 '인간과 物이 근본적으로 동일하다'는 명제를 내세워 전통적 생태사상·인본주의를 계승하였다고 평가한다면, 이것은 기왕의 실학 연구에서 설정하였던 중심과제를 수정할 것을 요구하는 중대한 제안이라고 하지 않을 수 없다.

7) 1990년대 중반 이후 한문학 연구대상의 확대

한문학의 연구에서, 그 동안 소홀히 취급되었던 부문에 대하여 새로운 관심이 최근 대두되기 시작하였다. 금석문과 器皿文에 대한 연구를 확대하여 그것의 문학적 가치를 논하는 연구, 한말 이후 일제강점기의 한문학을 비판적으로 평가하려는 연구, 불교문학과 도가적 성향의 문학에 대한 재검토 등이다.

고대의 한문학사를 올바로 이해하기 위해서는 금석문과 기명문의 斷片隻字라도 소중히 여기고 그 문학적 가치를 해명하여야 한다. 이것은 비단 한문학 분야의 문제로 그치는 것이 아니라 민족문학사의 풍부한 전개를 전체적으로 조망하는 문제와 관련이 있다. 이 방면의 주요 논문으로 다음과 같은 것을 꼽을 수 있다.[28]

황위주, 「漢文字의 수용시기와 초기정착과정(1)」, 『한문교육연구』 10, 한국한문교육학회, 1996.

최근 고려시대 이후의 금석문도 역사학 측에서 새로운 발굴이 이어지고 있는데,[29] 그 문학적 가치를 적극적으로 논할 필요가 있을 것이다.

실학시대를 잇고 개화시대를 열었던 일대 전환기라고 할 19세기의 한문학을 조명하는 연구는 1980년대에 일부 연구자들(정대림・주승택・민병수)에 의하여 개척된 이후로 한동안 미진하다가, 1990년대에 들어와서 논문들이 나오기 시작하였다. 김성언, 「漢詩의 衰落과 향후의 연구 가능성」(『동양한문학연구』 13, 동양한문학회, 1999. 12)이 제기하였듯이 근세이래 한시가 당면하였던 '자연도태의 운명'에 유념하되, 근세의 일제강점기에 한시 및 한문이

28) 비록 국문학자의 논문은 아니지만 다음과 같은 논문은 한문학 분야에서도 참고할 필요가 있다. 주보돈, 「신라에서의 한문자 정착 과정과 불교 수용」, 『영남학』 창간호, 경북대학교 영남문화연구원, 2001.

29) 이와 관련된 주요 자료집으로 김용선 편저, 『고려묘지명집성』, 한림대학교 아시아문화연구소, 1993이 있다. 2000년도에 나온 금석문 관련 논문으로 김성환, 「高麗時代 墓誌銘 新例 : 元瓘墓誌銘」, 『한국문화』 25호, 서울대학교 한국문화연구소, 2000. 이 있다. 또한 각 지역 혹은 지방의 문화원에서는 금석문 총람을 엮어내고 있다.

민족문학의 어떠한 부분을 담당하였는지 진지하게 탐색할 필요가 있다.[30] 개화파 지식인 박규수에 대한 김명호의 일련의 논저를 제외하고, 최근에 근세의 한문학을 다룬 논문을 열거하면 다음과 같다.

심경호, 「19세기 말 20세기 초 강화학파의 지적 고뇌와 문학」, 『어문논집』 41, 안암어문학회, 2000. 2 ; 「江華學과 蒼園 鄭寅普」, 『語文硏究』 제28권 제3호 통권 107호, 韓國語文敎育硏究會, 2000. 9 ; 「단재 신채호의 한시」, 『한국학』 창간호, 한국국학진흥원, 2002.

양순심, 「회봉 하겸진의 『동시화』 연구」, 성신여자대학교 교육대학원 석사학위논문, 1999.

정경주, 「江右地方 許性齋 門徒의 學風」, 『남명학연구』 제10집, 경상대학교 남명학연구소, 2000(2001.2).

車溶柱, 「丹齋의 漢文學」, 『湖西文化論叢』 2, 청주사범대학 호서문화연구소, 1983.

불교 문학에 대한 연구는 소수의 연구자에 의하여 이루어져 왔다. 불교와 도가의 문학도 민족지성사의 전개에서 일정한 역할을 수행하였을 것이지만, 한문학 연구는 유가 중심을 면하지 못하여 왔다. 다만 몇몇 선학들의 관심(인권환 · 이종찬 · 조동일)을 이어, 신라불교 문학과 고려시대 불교문학만 아니라 조선시대 승려들의 불교문학을 직접 연구의 대상으로 삼는 작업이 차츰 진행되고 있다.

조동일, 「慧諶」, 『한국문학사상사시론』, 지식산업사, 1978.

이종찬, 『한국한문학의 탐구』(이회, 1998)에 수록된 「원효의 '大乘六情懺悔'와 의상의 槃詩 '一乘法界圖'」, 「天頙(천책)의 백련사와 道眼無隔의 禪理詩」, 「石顚의 天籟的 詩論과 紀行詩」, 「禪詩의 역사적 맥락」, 「新羅佛經諸疏와

30) 일본의 경우에는 근세에 한문학이 어떻게 시대정신을 담아내고 현실에 대응하였는지를 적극적으로 논하는 작업이 이루어져 있다. 한문학사의 서술 하한선도 1945년 무렵까지이다. 일본한문학에 관해서는 이노구치 아츠시(豬口篤志) 지음, 심경호 · 한예원 공역, 『일본한문학사』, 소명출판사, 2000을 참조.

偈頌의 문학성」, 「고려시대 禪의 문학적 위치」, 「서사시 '釋迦如來行蹟頌' 고찰」.

이진오, 「조선후기 불가한문학의 유불교섭양상 연구」, 한국학대학원 박사학위논문, 1989 ; 「조선초기 佛讃類 문학과 淨土思想」, 『한국문학논총』 11, 한국문학회, 1990.

권기호, 「선시 연구」, 부산대학교 국문과 박사학위논문, 1991.

서각태, 「조선전기 선가문학의 연구」, 고려대학교 박사학위논문, 1991.

김성기, 「고려말 문인의 한시에 나타난 불교취향에 대하여」, 『한국한시연구』 5집한국한시학회, 1997. 12.

박재금, 「無衣子 慧諶의 시세계」, 국학자료원, 1998.

유호선, 「함허당 시문학의 연구」, 고려대학교 석사학위논문, 1998 ; 「17세기 후반~18세기 전반 경화 사족의 불교수용과 그 시적 형상화」, 고려대학교 국문과 박사학위논문, 2002.

이종찬, 「고려시대 禪의 문학적 위치」, 『한국 한문학의 탐구』, 이회, 1998.

주호찬, 「懶翁 慧勤 悟道詩의 一考察」, 『삼대화상연구논문집』 3집, 2001.4.

강석근, 「이규보의 불교시 연구」, 동국대학과 국문과 박사학과논문, 1997.

전수연, 「14세기 불교관련 기문연구 : 14세기 전반 佛事記의 산출 배경」, 『대동한문학』 15, 대동한문학회, 2001. 12.

유영봉, 「無衣子 慧諶이 남긴 禪詩의 세계 : 禪詩의 영역 문제를 겸하여」, 『대동한문학』 15, 대동한문학회, 2001. 12.

한편, 도가적 성향을 지닌 문학을 발굴하여 해석하는 작업도 1990년 이후 연구성과를 축적해오고 있다. 대표적인 논저로는 다음과 같은 것이 있다.

손찬식, 『조선조 도가의 시문학 연구』, 국학자료원, 1995.

박영호, 「허균 문학 연구-도교사상을 중심으로」, 한양대학교 박사학위논문, 1991.

이종은, 『한국의 도교문학』, 태학사, 1999.

2000년도에는 『藥南李鍾殷先生古稀紀念 韓國道教文化研究論叢』(『한국도교문화의 초점』)이 간행되어, 관련 논문이 몇 편 수록되어 있다. 다시 최근에 나온 주요한 성과로 다음 논저를 꼽을 수 있다.

정민, 『초월의 상상』, 휴머니스트, 2002.

8. 향후의 연구 방향

한국 한문학 연구는 인문학과 한국학(국학)의 한 분과로서 자리를 잡으면서, 민족문학의 내함을 풍요롭게 하는 동시에, 민족문학의 개념에 대하여 새로운 질문들을 많이 제기하였다. 앞으로 각 연구자들이 한문학의 여러 갈래나 하위 양식별로 부문별 문학사와 단대사를 기술하면서, 기왕의 질문에 대해 진지한 답변을 하리라 기대된다. 여기서는 한문학 연구를 심화시키기 위해서 다음과 같은 몇 가지 방안을 제안하고자 한다.

(1) 한문학의 연구 범위를 확대시킬 필요가 있다.

문헌 중심의 연구에 편중하지 말고 금석문에 대하여도 문학적 가치를 해명하여야 한다. 그리고 연구 대상 시기를 확대하여 일제강점기의 한문학에까지 확장하여야 할 것이다. 아울러 이문체·과시·민간의 無韻 고풍 시 등을 적극적으로 평가할 필요가 있다. 한자·한문을 이용한 비기·참요·대자보·격문 등 민중적 한시·한문의 활용에 관해서도 문학적 수사법을 탐구하여야 할 것이다.

(2) 주요 개념을 정의하고 문학비평용어 사전을 만들며, 한문고전의 정문을 만들어야 한다.

세부 전공들 사이에 담론을 소통시킬 공통 개념·용어를 확립할 필요가 있다. 무엇보다도, 한문학에서 사용되는 용어를 고전문학 일반, 나아가 국문학 일반의 용어와 대조하거나 환치시키는 일이 시급하다. 또한 고전자료의 평가적 해석은 자료의 일차적 해독과 가공을 토대로 이루어지므로, 주요 작가별, 주요 갈래별로 정본을 만들어 2차적 가공을 더욱 용이하게 해야 할 것이다.

(3) 한문학 작가의 삶과 사상(혹은 지식체계), 그리고 문학을 종합하여 작가의 인물상을 뚜렷이 제시할 수 있어야 한다.

한문학 작품은 우선 한문학 작가의 삶 속에서 나온 것이기에, 문학에 대한 연구는 해당 작가의 삶과 사상(지식체계)을 재구성하는 일과 긴밀한 관련 속에서 이루어져야 한다. 새삼 말할 것도 없이 한 작가의 '인물상'을 뚜렷이 제시할 수 있을 때에 비로소 그가 남긴 문학의 본질을 제대로 이해할 수 있을 것이다. 그렇기에 한문학 작품과 작가에 대한 연구에서는 객관적 시각을 통하여 한 작가의 삶을 깊이 있고 종합적으로 바라보는 '수련'이 요청된다. 앞으로의 문학 연구는 깊이있는 '評傳'을 만드는 방향으로 나아가야 할 것이다.

(4) 다양한 주제들을 발굴하고 문화사적으로 접근할 필요가 있다.

한문학 작품의 내용 및 구조를 분석하거나 관련 사실을 집적하는 데 그치지 말고 다양한 주제들을 발굴하여 문화사적으로 접근함으로써 오히려 그 작품이 지니고 있는 가치를 더욱 발견할 필요가 있다. 현재의 연구 성과를 고려할 때, 위의 연구주제 분류에서는 다음과 같은 주제나 분야가 빠져 있음을 발견할 수 있다. 즉, 한문학과 자연(혹은 한문학과 생태 사상), 한문학과 민족의식의 성장(혹은 민족문학의 자각 과정), 한문학과 다른 예술장르와의 관련, 지식의 생산과 유통(출판문화사), 풍속과 취미의 사회사, 한문학과 여성, 한문학과 여행(국내 여행과 외국 여행), 한문학의 지역별 발달, 한문학과 인접국의 문학 등 최근 활발하게 연구되고 있는 주제를 심화시킬 뿐만 아니라, 한국한문의 특성, 한문학과 수사학, 사대부 교양과 한문학, 한문학에 반영된 방언, 한문학에 반영된 죽음의 문제 등등의 주제를 개발하여야 한다. 그뿐만 아니라 생활문화나 문화행동의 어떠한 작은 현상이라 하더라도 현재적 관점에서 의미 있다고 생각하는 사항들을 중심으로 문화사를 서술할 만한 연구가 축적되어야 할 것이다.

(5) 예술계의 재편에 대처하는 방안을 연구해야 한다.

한문학 작품이 다양한 텍스트로 변용되고 있는 현실을 고려하여, 한문학 작품이 향후 어떻게 텍스트 변용을 거치는 것이 바람직한가 하는 물음에 진지하게 답변하여야 한다. 한문학 작품을 새로운 텍스트로 재편하거나,

한문고전의 주요한 발상을 응용할 수 있는 기본능력을 훈련시키는 교과목이나 제도적 장치가 요구된다.

(6) 한문학이 지닌 민족문학으로서의 성격을 부각시키되, 다른 민족문학과의 연관에 관해 고찰해야 한다.

앞으로 한문학이 지닌 민족문학으로서의 성격을 부각시키고 국문학 일반과의 횡적 연계성을 더욱 입증하여야 한다. 지난 시기의 한국 한문학 연구가 한문학을 민족문학으로 규정하기 위해 역량을 결집해 온 데 비하여, 향후의 연구는 한문학을 공동 어문학권의 문학으로서 재평가하는 데 상당한 관심을 쏟아야 하리라고 본다. 한문학을 국수적 의미의 민족문학으로 규정하는 데 그친다면 그 풍부한 문화적 전통을 결코 온당하게 이해하지 못하고 말 것이다. 이와 관련하여 자료적인 접근과 함께, 문학양식의 교차, 병행 등 문학사적 사실을 다각도로 논할 필요가 있다.

(7) 일반 미학 이론을 구축해야 한다.

한문학 연구는 각 작품이나 작가에 대한 세부적 고찰이나 정보 사실의 나열에 그칠 것이 아니라 한국 한문학이 지닌 일반 미학의 특성을 종합적, 거시적으로 설명하는 방향으로 한 단계 더 나아가야 한다.

이를 위해서는 시대별 문학사조, 타예술장르와의 관련상에 관한 연구와 더불어 문학 상징, 미학 상징에 대한 깊은 성찰이 요청된다.

해방 후 고소설 연구의 흐름과 쟁점

박일용

1. 서론

애국계몽기 이후 우리 고소설에 대한 관심은 19007년에 『대한 자강회 월보』에 『허생전』과 『호질』을 소개한 이종준, 홍필주, 1909년에 『서북학회 월보』에 『김시습선생전』을 수록한 이건창 등, 전통적 학문관을 기초로 하면서도 서구의 문화에 대해 개방적 태도를 견지한 자강적 개화주의자들에 의해 제기되기 시작하였다. 그 후 조선이 일본에 병합된 1920년대에는 서구 문화를 보다 적극적으로 수용하려는 태도를 견지하면서도 우리 소설에서 민족 고유의 정신을 찾아 내려던 최남선 이건상, 이보상 등 계몽적 문인들에 의해 『별주부전』, 『홍길동전』, 『금오신화』 등이 소개되었다. 이처럼 애국계몽 운동의 일환으로, 또는 민족문화운동의 일환으로 소개의 차원에서 제기된 초기 고소설에 대한 관심은 30년대에 들어와서는 대학에서 서구적 연구 방법을 습득한 김태준, 조윤제 등의 작품 소개와 연구로 이어져 본격적인 연구가 이루어진다. 김태준의 『증보조선소설사』, 조윤제의 「『춘향전』 이본고」, 「조선소설사개요」 등은 다음 시기에 이루어질 소설 연구의 방법론적 기초를 제시하는 것이었다.

이후 지금까지의 고소설 연구는 이들 식민지 시대의 연구를 기초로 하여 진행되었는데, 이제는 연구의 표제 항목을 나열하여 서지 사항을 정리한 1000쪽 가까운 문헌 정보 사전이 나올 정도로 방대한 업적이 축적되었다.[1)]

그리고 질적으로도 상당한 정도의 성과가 축적되어, 이제 고소설사의 개괄적인 흐름이 드러났으며, 또한 고소설의 구조와 미학적 특징이 웬만큼은 밝혀졌다. 그러나, 1939년에 김태준의 『증보조선소설사』[2]가 나오고, 50년대에 이를 보정한 몇몇 소설사가 나온 뒤 지금까지도 만족스러울 만한 소설사가 나오지 않고 있는 것을 보면, 고소설에 대한 연구가 아직 충분한 수준에 이르렀다고 하기는 어려울 듯하다.

이렇게 보면 새로운 세기의 초입에 있는 현금의 시점에서, 고소설 연구가 본격적으로 시작된 해방 후 50여 년의 고소설사 연구의 성과를 점검해 보는 것도 의미 있는 작업이리라 생각된다. 본고에서는 해방후 50여 년의 고소설사 연구의 흐름을 주요한 경향과 쟁점 중심으로 개괄한 뒤, 다시 그것들을 연구 영역 및 핵심적인 작품별로 나누어 점검하기로 한다.

2. 해방 후 고소설 연구사의 흐름과 쟁점

고소설 연구사는 연구 경향, 그리고 연구자들의 세대로 보았을 때, 크게 세 시기로 나누어 살펴볼 수가 있다. 첫째는 해방 이후 1960년대까지의 시기로, 이 시기에는 고소설사의 기본적인 흐름을 개관하고, 고소설 작가, 작품, 작품의 기원에 대한 모색 등 고소설에 대한 기초적 연구 작업이 진행되었다. 이러한 작업은 주로 해방 직후 대학의 국어국문학과에서 공부를 한 세대들에 의해 수행되었다. 둘째, 1960년대 말에서 1970년대까지의 시기로, 이 시기에는 고소설 작가와 작품에 대한 보다 심화되고 확장된 기초 연구와 아울러, 우리 고소설의 독자적인 또는 보편적인 특징을 해명할 수 있는 연구 방법론의 모색이 심각하게 이루어진 것을 특징으로 들 수 있다. 이 시기에는 주로 해방후 연구를 시작한 세대의 제자들로서 이른바 전후에 국어국문학과에서 공부를 한 세대들에 의해 연구가 주도되었다. 셋째는

1) 조희웅편, 『고소설문헌정보』, 집문당, 2000.
2) 김태준, 『증보조선소설사』, 학예사, 1939.

1980년대부터 현재에 이르는 시기로, 이 시기에는 1970년대에 제기된 소설사의 하위 영역에 대한 보다 심층적인 조명과 아울러, 소설사의 전개 구도에 대한 관심이 심화된 형태로 이루어졌으며, 개별 작품에 대한 작품론적 연구도 보다 심도 있게 이루어졌는데, 이 시기 연구는 주로 6·25 전후에 출생한 세대들에 의해 주도되었다.

1) 고소설 연구의 기초 확립기

해방 직후 1960년대까지의 시기는 고소설사 연구의 기초 확립기라 할 수 있다. 이 시기에는 새로 사립대학의 국어국문학과들이 설립되면서 강의용 교재로 사용할 수 있는 기초적인 자료, 고소설 일반의 성격과 소설사에 대한 개괄적인 내용을 설명한 저작들에 대한 수요가 늘어났다. 그리고 식민지 시대 이후에 교육을 받은 새로운 연구자 집단이 형성되면서, 고소설 작가, 작품, 기원에 대한 보다 깊이 있는 기초적 연구의 필요성이 자각되어 소설사 연구의 기초 작업들이 이루어졌다. 한편, 이 시기에는 전후 냉전적 이데올로기가 극대화된 사회적 분위기를 반영하여, 탈 이데올로기적인 실증주의적 연구 방법이 연구의 주류를 점하였다. 이전 시기 실증주의와 민족주의, 그리고 실증주의와 사회주의 이념을 결합하여 문학을 연구하던 조윤제, 김태준의 연구 방법론 가운데 실증주의적 방법론만이 자리를 잡은 것이다.

먼저, 해방 직후에 이루어진 이병기의 『인현왕후전』 주석, 김영석의 『양반전』 번역, 이명선의 『임진록』 번역, 이병기의 『한중록』 교주, 김삼불의 『배비장전』·『옹고집전』 교주, 김성칠의 『열하일기』 번역[3] 등의 번역, 교주와 주석서들의 출간은 소설 연구의 기초 작업으로서 뿐만 아니라, 고소설의 대중적 보급 작업으로서 중요한 의미를 지니는 것이었다. 해방 직후의 어려운 상황에서 이루어진 이러한 기초작업과 출판은 기실 고소설이 연구자들의

---

3) 이병기, 『인형왕후전』, 박문출판사, 1946 ; 이명선, 『임진록』, 국제문화관, 1948 ; 이병기, 『한중록』, 백양당, 1947 ; 김삼불, 『배비장전·옹고집전』, 국제문화관, 1950 ; 김성칠, 『열하일기』, 정음사, 1949.

손이나 역사 속에 묻혀 있어야 할 것이 아니라, 학생이나 일반 국민에게 널리 읽혀져서 민족 문화 전통 계승의 한 부분을 차지해야 한다는 올곧은 시각을 바탕으로 한 것으로서, 오늘날 연구자들이 뼈아픈 교훈으로 받아들여야 할 것이라 생각한다.

또 하나 이 시기 연구 작업의 특징으로 고소설사와 고소설 전체를 개괄하는 작업들이 활발하게 이루어졌다는 점을 들 수 있다. 주왕산, 박성의, 신기형의 소설사와 김기동의 소설론이 그것이다.[4] 이들 연구는 김태준의 『조선소설사』, 『증보조선소설사』, 조윤제의 「조선소설사 개요」[5] 등에서 소설사에 대한 개괄적인 흐름이 파악된 뒤, 이러한 선행 작업들을 보정하여 보다 확장된 고소설 자료들을 사적으로 또는 유형적으로 정리하려는 의도에서 수행된 것이다.

그러나, 대상 작품 수를 확장하여 그것들의 개요를 보다 풍부하게 소개하였다는 점에서는 진일보 한 것으로 볼 수 있지만, 소설사의 시대 구분, 소설에 대한 장르의식, 소설사 기술 체계 등에서는 김태준의 소설사의 체계를 거의 답습하였다. 이들에서는 김태준의 소설사에서와 마찬가지로 소설사 내적 변화의 계기가 제대로 포착되지 않았다. 그러기에 작가가 밝혀진 대표적인 작품과 유형화된 작품들을 병립시켜 자의적인 시대구분의 기준으로 활용하였다. 그 결과 이들이 소설사 형식을 지니면서도 소설 개론서와의 변별성을 획득하지 못한 것이 사실이다. 이 가운데 박성의의 소설사에서 '선조 인조간에 발흥한 소설문학'으로 『운영전』, 『주생전』을 소개한 것, 그리고 김태준의 조선소설사에서 사용한 '군담'의 개념을 '군담소설'로 바꾸어 『임진록』, 『유충렬전』, 『조웅전』 등 오늘날의 학자들이 사용하는 군담소설 개념으로 정착시킨 점 등은 주목할 만한 성과라 할 수 있다. 또 김기동의 소설론에서는

4) 주왕산, 『조선고대소설사』, 정음사, 1950 ; 박성의, 『한국고대소설사』, 일신사, 1958 ; 신기형, 『한국소설발달사』, 창문사, 1960 ; 김기동, 『이조시대 소설론』, 정연사, 1959.

5) 김태준, 『조선소설사』, 청진서관, 1933 ; 김태준, 『증보조선소설사』, 학예사, 1939 ; 조윤제, 「조선소설사 개요」, 『문장』 제2권 7호, 1940.

소설을 유형화하여 그 내용들을 소개하고 있는데, 그 가운데, 역사적 영웅을 모델로 한 소설로서 '역사소설' 유형을 설정하여 『박씨전』, 『임경업전』, 『임진록』을, 그리고 가공적인 인물을 모델로 한 '영웅소설' 유형을 설정하여 『유충렬전』, 『조웅전』, 『여장군전』 등을 들어 오늘날의 연구자들이 사용하고 있는 영웅소설의 개념적 외연을 제시한 것은 주목할 만한 성과라 할 수 있다.

다음으로 이 시기 연구 가운데 주목할 만한 경향으로 개별 작품의 이본에 대한 실증적인 비교 작업, 작품의 근원설화 탐색, 주요 작가에 대한 작가론적 작업과 분석이 보다 심도 있게 진행되었다는 점이다.

이본에 대한 실증적인 비교 고증 작업은 주로 『춘향전』을 중심으로 김동욱에 의해 진행되었는데, 이는 식민지 시기 조윤제에 의해 수행된 『춘향전』 이본고를 계승 심화시킨 것이다.[6] 김동욱은 스승인 조윤제가 택한 실증주의적 방법론과 민족주의적 방법론 중 실증주의적 방법론 만을 취하여 번역, 교주본 및 연극본 까시 총 67종의 『춘향전』 이본을 소개하고 그 가운데 대표적인 이본들의 구성을 비교 분석하여 춘향전 이본의 계보를 파악할 수 있는 기초를 마련하였다. 여기서 주목할 것은 그가 『춘향전』이 판소리계 소설이라는 점에 주목하여 작품의 구성을 장면 단위로 나누고, 또 삽입가요라는 개념을 설정하여 그것의 출입 양상을 통해 작품을 비교함으로써, 판소리계 소설의 비교 분석 방법 개발에 큰 기여를 하였다는 점이다.

이 시기 연구 경향 가운데 또하나 주목할 것은 소설의 근원설화 탐색에 대한 노력이 집중적으로 나타났다는 점이다. 이는 식민지 시대 최남선, 김태준[7] 등의 작업을 심화시킨 것이지만, 이 시기에 이르러서는 판소리계 소설이 설화→판소리→판소리계 소설로의 전환 과정을 거쳤다는 가설이 구체화되면서 소설의 근원설화 탐색이 보다 본격적으로 진행되었다. 그리고 이러한

6) 조윤제, 「춘향전 이본고」, 『진단학보』 11·12집, 진단학회, 1939 ; 김동욱, 『춘향전 연구』, 연세대학교 출판부, 1965.

7) 최남선, 「인도의 별주부 토생원」, 『동명』 1집, 1922. 12 ; 김태준, 『증보조선소설사』 가운데 「별주부전」, 「홍부전」, 「심청전」 등의 서술 대목.

작업은 판소리계 소설을 넘어서 여타의 작품에 까지 확산됨으로써 이후 구비문학과 기록 문학 사이의 상호 관계에 대한 연구로 연구 영역이 광범위하게 확대될 수 있는 기초를 마련하였다. 이 시기 근원설화 연구 가운데 대표적인 작업으로는 김동욱의 『춘향전』 근원설화, 장덕순의 『심청전』, 『배비장전』, 『옹고집전』의 근원설화 탐구 등을 들 수 있는데, 이는 시기를 달리해서 1970년대에 인권환의 『흥부전』, 최래옥의 『옹고집전』, 『춘향전』, 김현룡의 『옹고집전』, 정하영의 『심청전』 등 여러 작품의 무수한 근원설화 탐구 작업의 선구를 이루었다.[8)]

한편, 이 시기 박지원의 전과 관련한 작품과 작가론적 연구, 그리고 김시습, 허균에 대한 작가론적 연구가 수행되어 전기적 방법론, 또는 사회 역사적 연구 방법론의 틀을 미련했다. 먼저 정병욱은 김시습의 생애와 삶을 연구하여 『금오신화』를 김시습의 삶과 연관지어 해석함으로써 정통적인 실증주의적 연구 방법론인 전기적 연구 방법론의 전형을 제시하였다. 그는 김시습이 신흥 사류의 동반자로서 유불 교체기의 지식인으로서, 불교와 유교의 이념적 갈등 속에서 자기 분열을 일으킨 불우한 사상가로서, 현실을 부정하면서도 현실과 타협하지 않으면 안될 자기 분열적 체험을 겪은 뒤, 그것을 『금오신화』에 표현한 것이라 해석하여 『금오신화』 연구의 새로운 지평을 마련하였다. 그리고 정주동은 김시습의 생애에 관한 자료를 세세하게 조사하여 생애를 재구했으며, 그의 문학을 상세하게 소개했다. 그러나, 여기서는 자료를 평면적으로 분석 나열함으로써 복합적인 김시습의 문학과 사상 세계를 심층적으로 해석하는 데까지는 나아가지 못했다.

---

8) 김동욱, 「춘향전 근원설화고」, 『최현배선생환갑기념논문집, 1954』 ; 장덕순, 「심청전의 민간설화적 시고」, 『사상계』, 1956. 2 ; 장덕순, 「흥부전의 재고」, 『국어국문학』 13, 1955 ; 최래옥, 「설화와 그 소설화 과정에 대한 구조적 분석, -특히 장자못 전설과 옹고집전의 경우-」, 서울대학교 석사학위논문, 1968 ; 최래옥, 「관탈민녀형 설화고」, 『장덕순선생회갑기념논문집』, 동화문화사, 1981 ; 김현룡, 「옹고집전의 근원설화 연구」, 『국어국문학』 62 · 63호, 1973 ; 인권환, 「흥부전의 설화적 고찰」, 『어문논집 16집』, 민족어문학회, 1975 ; 정하영, 「심청전의 제재적 근원에 관한 연구」, 서울대학교 박사학위논문, 1983.

이 시기 김시습과 아울러 주목을 받은 작가는 연암 박지원이었는데, 그 가운데 김일근, 이우성, 이가원 등의 논의를 대표적인 업적으로 꼽을 수 있다. 김일근은 연암의 생애를 정리한 후 연암이 영·정조 시대에 조선이 근대로 전환하는 데 봉건제 내부에 움트는 근대적 요소와 아울러 실사구시학파의 근대적 계몽사상이 결정적인 역할을 하였다고 해석하고, 연암은 12편의 소설을 통해 근대적 사상을 제창하고 풍자를 통해 봉건적 인습을 비판하였다고 주장하였다. 또 이우성은 연암 문학을 사 계층이 민중층과 집권층의 사이에서 어떠한 역할을 해야 하는가 하는 사계층의 자기 발견의 형상화로 규정 짓고, 연암이 이용후생이라는 새로운 문명의식, 권위주의에 대한 저항, 신분을 초월한 인간성의 긍정의식을 문학을 통해 주장하였다고 해석하였다. 이가원은 연암의 문학관과 사상 등 작가론적 연구뿐 아니라, 전을 분석하여 그것의 문학적 배경, 사상적 배경, 풍자성 등을 구명하였으며, 작품에 끼친 영향을 국내외의 문헌에서 찾아 그 전거를 소상하게 제시하여 실증적 차원에서의 연암 문학 연구의 종합물을 이루어 단행본으로 출간하였다.[9] 이 시기 연암 문학에 대한 연구는 일본 관학자들이 제기한 한국사의 정체성 논의를 반박하기 위한 근대화의 맹아를 탐색하려는 문학 및 사학계의 일련의 동향과 관련하여 나타난 것이다. 그렇기 때문에 이들은 치열한 문제의식에도 불구하고, 근대의 의미, 또는 소설과 전의 장르적 성격 차이 등에 치밀한 점검을 할 겨를이 없었던 것으로 보인다.

2) 새로운 연구 방법론의 모색과 한국 소설의 독자적 미학 발견

1960년대 후반에서 1970년대에 이르는 시기는 우리 고소설이 지니는 고유한 특징, 또는 우리 소설이 세계의 문학과 공유하는 보편적 특징 등을 확인하여, 우리 고소설이 갖는 문학성을 본격적으로 해석하려는 움직임이 구체화된

9) 김일근, 「연암 문학의 근대적 성격」, 『경북대학교 논문집』, 1집, 1956 ; 이우성, 「실학파의 문학-박연암의 경우-」, 『국어국문학』 16호, 1957 ; 이가원, 『연암소설 연구』, 을유문화사, 1965.

시기라 할 수 있다. 이렇게 볼 때 이전 시기의 연구가 고소설에 대한 개괄적 이해, 또는 고소설을 이해하기 위한 작품 외적 요소에 대한 실증적 고증 작업이 주였다면, 이 시기의 고소설 연구야 말로 본격적인 '문학 연구'가 이루어진 시기라 할 수 있다. 이러한 문학연구로서 이 시기 고소설 연구는 우리 고소설이 구성과 문체, 그리고 내용에 있어서 서구의 근대 소설과 너무 다르다는 것에 대한 자각으로부터 시작된다.

이러한 자각이 가장 먼저 나타난 영역이 판소리계 소설 부분이라 할 수 있다. 판소리계 소설은 우리 고소설사의 핵심을 차지하는 것이면서도 서구 근대 소설을 기준으로 보면 수준이 낮은 저급한 것으로 보이기 때문이다. 이 문제는 62년 동양학 심포지움에서 행한 장덕순의 발제에서 제기되어, 최진원, 조동일, 김홍규 등의 논의를 통해 판소리계 소설이 지니는 고유한 형식과 미학, 그리고 주제 구현 방식을 분석하려는 노력으로 이어졌다.[10] 장덕순은 경판본 『춘향전』과 완판본 『춘향전』을 비교하여 완판본 『춘향전』이 춘향을 양반의 서녀로 설정하고서도 음녀로 만들기도 하여 통일성을 결함으로서 합리성을 획득하지 못하였다고 주장하였는데, 이로써 춘향전에 나타난 춘향의 행위를 깊이 있게 천착할 수 있는 계기를 마련하였다. 그 뒤 이 문제는 개인이 창작한 소설과 적층문학인 판소리계 소설을 동일한 시각으로 바라보아서는 안된다는, 그간의 판소리 연구 경향에 대한 반성적 자세에서 연구가 진행되어 판소리계 소설 연구에 큰 성과를 거두었다.

최진원은 공동 창작물인 판소리에서는 민중의 발랄성을 표현하는 과정에 자연스럽게 불합리가 유발된다고 해석하여, 서구 근대소설의 "합리"에 대응되는 개념으로서 부정적 가치를 내포하는 듯한 판소리계 소설의 "불합리"적

---

10) 장덕순, 「주인공 춘향의 신분과 그 인간상」, 『진단학보』 23호, 1962 ; 최진원, 「춘향전의 합리성과 불합리성」, 『판소리의 이해』, 창작과 비평, 1978 ; 조동일, 「흥부전의 양면성」, 『계명논총』 5집, 1969 ; 조동일, 「갈등에서 본 춘향전의 주제」, 이상택 외 편, 『한국고소설 연구』, 계명대학교 출판부, 1974 ; 조동일, 「심청전에 나타난 비장과 골계」, 『계명논총』 7집, 1971 ; 김홍규, 「판소리의 이원성과 사회사적 배경」, 『창작과 비평』 31호, 1974 ; 김홍규, 「판소리의 사회적 성격과 그 변모」, 『세계의 문학』, 1978 겨울호.

측면을 "발랄성"이라는 긍정적 가치의 측면에서 바라봄으로써, 판소리계 소설 해석에 한 전환점을 제공하였다.

그 후, 조동일은 『흥부전』을 분석하여, 흥부전이 다양한 향유층에 의해 토막소리로 향유되는 고유한 판소리 향유 방식을 반영하여 '고정체계면'과 '비고정체계면'으로 구성되어 있으며, 그 각각은 '표면적인 주제'와 '이면적인 주제'를 구현하여 주제의 양면성을 드러낸다고 해석하였다. 그리고 이러한 방법론을 춘향전, 심청전에 적용하여, 춘향전에는 "신분적 제약의 거부"라는 이면적 주제와 "정절"이라는 표면적 주제가 대립되어 나타난다고 해석하였으며, 심청전에서는 그것이 유교적 도덕을 긍정하는 효로서의 비장과 유교적 도덕을 부정하고 비판하는 골계로서 표현되었다고 해석하였다.

한편, 김흥규는 이 문제를 판소리사의 전개 과정에 나타난 향유층의 변모와 관련시켜 해석하였다. 판소리의 형성기인 17~8세기에는 주 향유층이 평민층이었던 데 반해 판소리의 융성기인 19세기에 들어와 양반층이 판소리의 수된 향유층으로 자리를 잡았는데, 직층문학인 판소리에 이처럼 각기 다른 계층의 이념이 반영되면서 주제의 이원성이 나타났다고 해석한 것이다. 또, 신재효본의 경우 신재효가 지니는 중인으로서의 계층적 성격이 주제적 이원성을 가져 왔다고 해석하였다.

물론 이러한 판소리의 주제적 특징에 관한 논의들은 개별 논의의 차원에서 많은 문제점들이 지적될 수 있을 것이다. 그러나 이들을 통해 판소리와 판소리계 소설이 지니는 고유한 미학과 의미가 드러났으며, 발생론적 연원과 향유 방식이 다른 우리 소설을 서구 소설의 척도로 재단하여서는 안 된다는 것을 명확하게 인식할 수 있는 계기가 마련되었다는 점에서 연구사적 의미를 찾을 수 있다.

한편 이 시기에 영웅소설 혹은 군담소설이라 불리는 일련의 작품에 대한 연구들에서 소설 연구 방법론과 문학이론에 대한 성찰이 깊이 있게 이루어짐으로써, 고소설 나아가서 우리 문학 전반의 연구 수준을 한 단계 진전시킨 작업이 이루어졌다. 조동일과 서대석의 작업이 그것인데, 조동일은 이들 작품을 영웅소설이란 개념으로, 서대석은 군담소설이란 개념으로 파악하여 그 구조적 특징과 의미를 해석함으로써 고소설 연구사에 큰 기여를 하였다.[11)]

조동일은 영웅소설을 분석하기 위한 선행 작업으로 이기철학의 음양 대립 원리를 빌어와 4분법적 문학의 장르체계를 설정한 뒤, 다시 서사 장르 내에서 신화, 전설, 민담과 구분되는 소설의 장르적 성격을 자아와 세계가 상호 우위에 입각한 대결을 보이는 장르라고 규정하였다. 그리고 소설을 이기철학과 관련시켜기의 대립을 중시하는 일원론적 주기론 철학에 입각한 소설과 기의 대립을 중시하지만 이의 존재를 설정한 이원론적 주기론 철학에 입각한 소설로 나누어, 전자를 김시습 홍길동 등 초기 사실주의 소설로 후자를 영웅소설로 파악하였다. 한편, 영웅소설이 신화시대 이후 영웅의 삶을 형상화한 서사문학에 공통적으로 등장하는 영웅의 일생구조를 구현하는 것이라 해석하여, 그 영웅의 일생구조가 구현되는 방식에 따라 영웅소설사의 편년을 작성하였다. 그리고 이처럼 이원적 주기론 철학 사상과 대응되는 구조를 지닌 영웅소설이, 몰락하였으면서도 상승을 꿈꾸는 몰락 양반의 세계관, 그리고 점차 위기를 느끼는 시전 상인들을 중심으로 하는 소설 독자층의 소망과 대응되는 것이라 해석하였다. 조동일의 이러한 해석은 단순한 권선징악적 주제를 표현한 작품 정도로 이해되어 오던 이들 작품의 구조 및 사상, 작가층과 독자층을 중심으로 한 사회적 성격 등을 총체적으로 구명하려 했다는 점에서 '천고의 의문을 풀었다'고 할 만큼 획기적인 성과를 이룬 것이라 할 수 있다. 물론, 그가 창안한 이론이 영웅소설사의 실상에 얼마나 적실하게 대응되는가 하는 점에 대해서는 이후에 여러 측면에서 많은 문제점이 지적되었다. 그럼에도 불구하고 이러한 성과는 고소설 연구를 이론적 차원으로 끌어올린 획기적 계기를 마련한 것이라 평가할 수 있다. 그리고 그의 작업은 영웅소설의 해석에서보다도 그것을 수행하기 위한 예비작업으

---

11) 조동일, 『한국소설의 이론』, 지식산업사, 1977 ; 서대석, 『군담소설의 구조와 배경』, 이화여자대학교 출판부, 1985 ; 「군담소설의 출현 동인 반성」, 『고전문학연구』 1집, 한국고전문학연구회, 1971.

로 행한 장르론에서 더욱 빛을 보여 고전 문학 연구의 수준을 한 단계 올려놓았다.

그런데, 이러한 조동일의 영웅소설 연구는 동시대에 수행된 서대석의 일련의 군담소설 연구 성과에 힘 입은 바 크다. 서대석은 김태준의 『조선소설사』에 등장하는 '군담소설'이라는 개념과 이전의 연구자들이 지칭하는 대상이 다르다는 것을 지적한 뒤, 군담소설을 역사군담과 창작군담으로 나누어 그 개념적 내포를 바르게 규정하였다. 그리고 군담소설의 구조를 『삼국지연의』와 비교하여 군담소설이 『삼국지연의』의 영향 아래서 형성되었다는 종래의 통설을 비판하고, 군담소설에 등장하는 주인공과 주인공의 몰락 양상이 조선후기 실세 양반층의 현실을 반영한 것이고, 주인공이 입공을 하여 권세를 회복하는 과정은 작가층인 실세 양반층의 꿈을 반영한 것이라 해석하였다. 또, 그는 군담소설의 형성에 끼친 병자호란과 『설인귀 정동』의 영향을 정밀하게 분석하여 군담소설의 형성 과정을 추정하였다. 그리고 이러한 작업을 마무리하는 작업으로 창작 군담소설의 구성 단락을 비교 분석하여 군담소설을 『소대성전』 유형, 『유충렬전』 유형, 『장백전』 유형으로 나누어 그 특징을 면밀하게 분석하였다.

한편, 김병국, 김열규는 고소설에 대해 이론적 해석을 이와는 대극적인 방향으로 시도하였다. 이들은 새로운 방법론을 창안하여 고소설의 독자성을 드러내기보다는 외국의 이론을 빌어와 우리 소설의 미학을 해명함으로써, 특수하게만 생각되었던 우리 소설이 심층적으로 보면 인류 보편적인 문학적 관습과 미학을 바탕으로 한 것이라는 점을 구명하려 하였다.[12)]

김병국은 융, 랑크, 프로이트 등의 심리학적 이론을 원용하여 구운몽에 나타나는 환생체험을 인류 보편의 낙원회귀 의식과 연관지어 해석하는 한편, 그것을 김만중의 성장 과정과 대응시켜 모성 복합심리의 측면에서 설명하여

12) 김병국, 「구운몽 연구-환상구조의 심리적 고찰」, 서울대학교 석사학위논문, 1968 ; 김병국, 「구운몽에 구현된 어머니 콤플렉스적 요소」, 『한국국어교육회 논문집』, 1969 ; 김병국, 「고대소설 서사체와 서술시점」, 한국인문사회과학원, 『현상과 인식』 16호, 1981 ; 김열규, 『한국 민속과 문학 연구』, 일조각, 1971.

구운몽 연구의 진경을 개척하였다. 또, 프라이의 신화비평 이론을 빌어 춘향전에 나타나는 희극적 구조의 특징과 그것의 의미를 현실적 질곡을 벗어나려는 인간의 보편적 욕망과 관련지워 해석하는 한편, 프라이가 제시한 희극적 인물 유형을 원용하여 춘향전에 등장하는 인물 유형의 성격을 해석하였다. 또 그는 헤르나디의 문체분석론 가운데 '자유간접화법' 개념에 주목하고 그것을 활용하여 고소설과 판소리의 문체적 특징을 해석해내어 소설 문체론 연구의 한 전범을 보여주기도 하였다.

한편, 김열규는 피터 한, 오토 랑크, 로드 라글란, 조지프 캠벨의 영웅 신화 분석틀을 교합하여 H-R-L-C 유형이라는 전기적 유형 개념을 추출한 뒤, 그것들을 우리의 신화, 서사시 등에 등장하는 인물의 삶에 적용시켜 분석하는 한편, 최고운전, 홍길동전 등의 소설에 적용시켜 분석해 봄으로써 우리 신화나 소설의 주인공이 보편적인 전기적 유형과 동일하다는 결론을 내리고, 우리 신화 및 소설의 보편성을 입증하려 하였다.

앞에서 개괄한 것이 우리 소설의 특수성을 바탕으로 하여 우리 소설 고유의 미학을 밝히기 위해 새로운 방법론을 창안한 예와, 우리 문학의 보편성을 밝히기 위해 외국의 문학 이론을 빌어와 우리 소설을 분석한 예라면, 다음에 살펴 볼 것은 외국 문학, 또는 문학 외의 학문 방법론을 빌어 오면서도 그것을 우리 소설을 분석하는 방법으로 새롭게 변용시킨 예들이다. 이러한 형태로 방법론적 모색을 한 대표적 연구자로 이상택, 성현경 등을 들 수 있다. 이상택은 심리학에서 인간의 내면 심리를 분석하는 방법을 원용하여 춘향의 성격을 분석하면서, 춘향에게 "양반자제 이도령의 호출에는 너무나 쉽사리 승복하여 연애에 빠지고 몸을 허락하면서도, 같은 양반인 신관사또의 부름에는 목숨을 걸고 완강하게 항거하는 이율배반적 행동 체계"가 나타나게 된 것은, 춘향이 "성격적 요인으로서 강하고 의욕적이고 긍정적인 요인들을 가지고 있으면서도, 자기의 숙명인 천인 신분으로 하여 치명적인 신분적 열등의식에서 헤어나지 못했기 때문"이라고 설명하여, 춘향적 해석의 새로운 실마리를 제공하였다. 또, 종교 사회학적 이론을 원용하여 '신성'과 '세속'이라는 개념을 창출하여 조선후기 소설사의 거시적인 변화 과정을 해명할 하기도 하였으며, 레비스트로스의 구조 분석 방법을 빌어와 가문소설의 구조를, 통시적인 서사과정을 단락화한 순차 구조와 대립적 의미를 지니는 요소를 공시적으로 병립시킨 병립 구조로 나누어 분석하여, 이후 가문소설 연구 방법의 초석을 제공하기도 하였다. 그리고 혼사장애 모티프를 빌어와 남녀의 결연 문제를 형상화한 일군의 작품을 분류하고 그 구조적 특징을 설명하기도 하였다. 또 성현경은 적강 모티프를 중심으로 고소설을 분석하여 고소설의 구조적 특징을 구명하려는 노력을 하였다. 그는 고소설에 나타나는 적강화소를 추출하여 그것들이 등장하는 소설들을 유형화 하고, 그것의 의미를 분석한 뒤, 그것이 생성된 유교, 불교, 도교, 민간신앙 등의 배경과 원천을 추적하였다.[13]

한편, 임형택은 전통적인 전기적 방법론과 사회역사적 방법론을 교합하여 김시습의 생애와 문학을 설명하였다. 그는 생사설, 귀신설, 태극설 등에 드러난 김시습의 이기철학을 분석하여 그것을 기일원론으로 규정하고 그러한 기 일원론적 사상과 금오신화의 작품 내용이 어떻게 대응되는가를 치밀하게 추적하였다. 그리고, 금오신화에는 초현실적인 모티프가 나타나지만 그것들은 초현실을 지향하는 것이 아니라, 현실적 삶을 지향하는 것이라 해석하여, 김시습의 현실주의적 사상이 금오신화에 표현되었다고 해석하였다. 그리고 그는 김시습이 당시의 지배 체제를 비판하면서 그것을 벗어난 방외인적 삶을 살았다고 해석하면서, 그러한 김시습의 방외인적 삶과 금오신화를 대응시켜 금오신화를 방외인 문학이라 규정하였다. 임형택의 이러한 연구는 작가의 삶과 문학을 사회 역사적인 관점에서 해석하려는 것으로서, 이러한 연구 방법론은 그의 홍길동전 연구에도 그대로 적용되었다. 그는 홍길동전이 임꺽정, 순석, 이몽학, 홍길동 등 중세시대에 나타난 고립 분산적 농민반란의

13) 이상택, 「춘향전 연구」, 서울대학교 석사학위논문, 1966 ; 이상택, 「고소설의 세속화 과정 시론」, 『고전문학연구』 1집, 한국고전문학연구회, 1971 ; 이상택, 「고소설의 사회와 인간」, 『한국사상대계』 1, 1973 ; 이상택, 「낙선재본 소설 연구」, 『한국고소설 연구』, 이우출판사, 1983 ; 이상택, 『한국고소설의 탐구』, 중앙출판사, 1981.

한 형태인 군도 활동을 배경으로 하여 형성된 것으로서 중세 체제 내에서의 민중의 저항의식을 표현한 것이라 해석하였다.[14)]

김진세와 이수봉은 장편 가문소설 작품들을 지속적으로 소개하여 고소설사에 가장 큰 흐름이라 할 수 있는 가문소설 연구의 초석을 다지기도 하였다. 또 김진세는 허균의 생애와 사상을 정리하고, 허균과 관련한 기록을 가능한한 모두 조사하여 그 기록 속에 홍길동전에 관한 기사가 없음을 들어 홍길동전의 작자가 허균이 아님을 입증하려 하였다. 한편 정규복은 구운몽이 한글로 창작되었을 것이라 믿던 통설을 반박하기 위해 지속적으로 구운몽 이본들을 조사 발굴하여 구운몽의 이본 체계를 세웠다. 이러한 작업들은 작품의 내용, 작가, 텍스트 등에 관한 실증적인 고증을 문학 연구의 가장 기초적인 작업으로 생각하는 실증주의적 방법론을 대표하는 작업들이라 할 수 있을 것이다.[15)]

이 밖에도 이 시기에는 무수한 연구 업적이 축적되었다. 그러므로 이들을 일일이 열거하는 것은 사실상 불가능하다. 그렇기 때문에 여기서는 이 시기 대표적인 연구 경향이라 할 수 있는 방법론적 모색의 열기가 치열한 성과들만을 선별하여 정리를 한 것이다.

3) 작품 및 유형 연구의 정밀화와 소설사적 경향에 대한 관심의 고조

1980년대 이후 고소설 연구는 연구자의 확대로 인해 양적으로 비약적인 발전을 이루었다. 1960년대 후반에서 1970년대에 이르는 시기의 연구가 주로 새로운 방법론의 탐색을 바탕으로 한 거시적인 이론 체계를 수립하려 한 것이었다면, 1980년대 이후 연구 경향은 1970년대에 제시된 소설 유형의

---

14) 임형택, 「현실주의적 세계관과 금오신화」, 서울대학교 석사학위논문, 1971 ; 임형택, 「홍길동전의 신고찰」, 『창작과 비평』 42·43호, 1976·1977.

15) 김진세, 「현씨양웅쌍린기연구」, 『서울대학교 교양과정부논문집』 4, 1969 ; 김진세, 「이조 연작소설 연구」, 『서울대학교 교양과정부논문집』 5, 1973 ; 김진세, 「쌍천기봉 연구」, 『관악어문연구』 1, 1976 ; 김진세, 「완월회맹연」, 『한국고소설작품론』, 집문당, 1990 ; 이수봉, 『가문소설 연구』, 형설출판사, 1978 ; 정규복, 『구운몽 원전의 연구』, 일지사, 1977.

성격을 보다 정밀하게 탐색하는 한편, 유형 내의 소설사적 변모 양상, 인접 장르와 소설 사이의 교섭 양상, 개별 작품에 대한 치밀한 작품론적 접근 등과 같이 보다 섬세하고 구체적인 분석 행태를 보인 것이 특징이라 할 수 있다. 이 시기는 제한된 지면으로 인하여 연구 성과를 모두 살펴볼 수 없기 때문에 논의가 논쟁적으로 전개되었거나, 이전 시기에 비해 비약적인 성과를 거둔 영역들을 중심으로 간략하게 검토해 보기로 한다.

전 시기에 비해 이 시기에 들어 가장 활발한 논의가 이루어진 것은 전기소설과 가문소설 영역이라 할 수 있다. 이 가운데 전기소설 연구는 논쟁적 형태로 전개된 데 비해 가문소설연구는 개별 작품, 가문소설의 하위 유형, 가문소설의 서사 문법 탐구 등과 같이 개별적인 작업 형태로 성과가 축적되었다.

전기소설 문제 가운데 가장 논란이 많았던 것은 전기 소설의 장르적 성격과 소설사의 기점 문제라 할 수 있다. 김태준의 『조선소설사』 이후 소설사의 기점을 『금오신화』로 보아온 것이 통설이었는데, 장덕순, 이헌홍, 지준모 등에 의해 『최치원』과 『조신』을 소설로 보려는 시각이 제기되었다. 그리고 임형택은 소설의 장르적 성격을 '사회현실의 보다 풍부한 반영, 문식의 가미, 작가의 창의성' 등으로 규정하고 『수삽석남』, 『김현감호』, 『최치원』 등의 『수이전』 일문이라 밝혀진 여러 작품이 이러한 성격을 지니고 있다고 판단하여, 그것들을 '전기' 소설로 파악하였다. 그 뒤, 김종철은 어느 한 시점을 전기 소설 발생기로 파악하는 시각이 최초주의적인 발상의 편견이라 비판하면서, 전기소설이 나말여초에서부터 고려 시대를 거쳐 『금오신화』, 『기재기이』에 이르러 완성되는 동적인 변화 과정을 보이고 있다고 주장하였다. 한편, 박희병은 전기소설 발생 시기를 나말여초로 올려 잡으려는 임형택의 시각을 받아들이는 한편 소설의 장르적 성격을 '인물과 환경, 그리고 인물과 환경 사이의 관계를 구체적으로 그리는 것, 그리고 시간에 있어서 성장과 변화 형성의 특징을 보이는 것'이라 규정하고, 『최치원』, 『김현감호』, 『조신』, 『월단단』, 『백월산양성성도기』, 『부설전』, 『연화부인』 등이 이에 부합한다고 보아 그것들을 전기소설로 파악하였다. 그리고, 전기소설 주인공의 특징으로

'고독, 내면성, 감상성, 즉흥성, 문예취향' 등을 적시하여 전기소설의 미학을 구명하려 하였다. 한편, 박일용은 소설이 현실세계의 갈등을 인식하여 그것의 극복에 대한 강렬한 열망을 구체적으로 형상화한 장르로서, 서사세계를 경이의 차원에서 바라보는 전설과 구분되는 것이라 주장하여, 전설과 소설의 장르적 성격 차이를 장르 담당층의 세계관과 서술시각의 측면에서 규정하려 하였다. 그리고 『김현감호』, 『조신』, 『수삽석남』 등을 현실 극복에 대한 낭만적 소망을 기이의 차원에서 바라보는 전기적 설화라 규정하는 한편, 소외된 비판적 지식인이 자신들의 문제 해결을 강렬하게 희망하는 낭만적 시각을 갖춘 조선 전기에 이르러 소설이 형성될 수 있다고 하여, 『금오신화』 시대 이후를 소설사의 시대로 파악하였다. 이후, 소인호, 조태영 등에 이르러 전기와 전기 소설을 동일시하지 않고 전기 소설을 전기 속에 내포되는 개념으로 인식하여 보다 진전된 논의 성과를 얻었다.[16)]

한편, 이 시기는 전기 소설의 변화 발전 과정 및 경향성 문제, 그리고 그와 아울러 그간 소홀히 취급되었던 17세기 전기소설에 대한 연구가 진전되어 소설사의 흐름에 대한 보다 정확한 이해의 바탕을 마련하였다. 예컨대, 『최척전』, 『주생전』, 『운영전』, 『상사동기』 등 17세기 전기소설에 대한 집중적 연구는[17)] 김시습의 『금오신화』에서 허균의 『홍길동전』으로 이어지던

---

16) 임형택, 「나말려초의 전기문학」, 『한국한문학연구』 5, 한국한문학회, 1981 ; 이헌홍, 「최치원의 전기소설적 구조」, 『수련어문논집』 9, 수련어문학회, 1982 ; 김종철, 「서사문학에서 본 초기 소설의 성립 문제-전기소설과 관련하여」, 『이수봉교수화갑논총』, 1988 ; 박일용, 『조선시대의 애정소설』, 집문당, 1993 ; 박희병, 『전기소설의 미학』, 돌베개, 1997 ; 박일용, 「전기계 소설의 양식적 특징과 그 소설사적 변모 양상」, 『민족문화연구』 28, 1995 ; 김종철, 「전기소설의 전개 양상과 그 특성」, 『민족문화연구』 28, 고려대학교 민족문화연구소, 1995 ; 윤재민, 「전기소설의 인물 성격」, 『민족문화연구』 28, 고려대학교 민족문화연구소, 1995 ; 장효현, 「전기소설의 연구 성과와 과제」, 『민족문화연구』 28, 고려대학교 민족문화연구소, 1995 ; 소인호, 「나말-선초 전기문학 연구」, 고려대학교 박사학위논문, 1996 ; 조태영, 「전기의 세계관과 양식적 특징」, 『국문학연구』 5, 국문학회, 2001.

17) 박일용, 「주생전」, 『한국고소설 작품론』, 집문당, 1990 ; 정민, 「주생전의 창작 기층과 문학적 성격」, 『한양어문연구』 9, 1991 ; 이종묵, 「주생전의 미학과 그 의미」, 『관악어문연구』 16, 1991 ; 박일용, 「장르론적 관점에서 본 최척전의 특징과 소설사

것으로 생각하던 종래 소설사 흐름에 대한 통념을 수정하여 17세기 소설사의 흐름을 다채롭게 이해할 수 있도록 해 주었다. 그 가운데, 『최척전』을 전란 속에서 민중이 겪는 고통을 가족의 이산과 재회에 맞추어 사실적으로 형상화한 작품으로 파악한 박희병의 연구, 『최척전』을 전란에서 겪은 고통의 낭만적인 해소를 염원하는 민중의 소망과 현실의 질곡을 사실적으로 바라보려는 비판적 지식인의 시각이 교합된 것으로 파악한 박일용의 연구, 『최척전』을 작가 조위한이 전란 체험을 바탕으로 한 작자의 내면을 반영하여 허구적으로 창작하였다고 파악한 양승민의 연구 등이 『최척전』 연구에서는 대표적인 성과이다. 그리고 『운영전』의 성과로는 17세기 사림파의 미학적 이념을 궁녀들의 삶에게 강요함으로써 나타나게되는 이념의 폭력과 그에 맞서 인간성 해방의 실현을 이룩하려는 주인공들의 의지가 비극적으로 좌절되는 과정을 그린 것이라고 해석한 박일용의 논의, 이러한 박일용의 논의에 대해 작품을 보다 정밀하게 읽어 안평대군과 주인공 운영 사이의 애정 갈등적 측면을 부각시켜 보아야 한다는 논지를 펼친 정출헌, 신경숙의 논의, 작품의 결구에 나타나는 문제점을 지적한 이상구의 논의가 대표적인 것이다. 또 『주생전』의 성과로는 주생과 선화 배도 사이의 삼각관계 사이에 나타나는 사실성과 낭만성을 주생의 계층적 속성과 관련하여 해석하려는 시각을 보인 박일용의 논의, 『주생전』에 형상화된 내용을 주생의 체험적 사실로 파악하려는 이종묵의 논의, 중국의 전기소설과의 연향 관계 속에서 해석하려는 정민의 논의가 두드러진다. 또 『영영전』의 논의 가운데서는 『영영전』을 『운영전』에 대한 패러디로 해석한 신동흔의 논의가 두드러진다.

적 위상」, 『고전문학연구』 5, 한국고전문학연구회, 1990 ; 박희병, 「최척전-16~7세기 동아시아 전란과 가족 이산」, 『한국고소설작품론』, 집문당, 1990 ; 박일용, 「운영전과 상사동기의 비극적 성격과 그 사회적 의미」, 『국어국문학』 98, 국어국문학회, 1987 ; 신경숙, 「운영전의 반성적 검토」, 『한성어문학』 9, 한성대학교, 1990 ; 정출헌, 「운영전의 애정갈등과 그 비극적 성격」, 『한국소설사의 시각』, 국학자료원, 1996 ; 이상구 「운영전의 갈등 양상과 작가 의식」, 『고소설연구』 5집, 한국고소설학회, 1998 ; 신동흔, 「운영전에 대한 문학적 반론으로서 영영전」, 『국문학연구』 5호, 국문학회 편, 2001.

또 이 시기에 가장 괄목할 만한 성과를 축적한 것이 가문, 가정소설에 관한 연구라 할 수 있다. 가문소설에 대한 연구는 1970년대에 김진세, 이상택, 이수봉 등에 의해 그 초석이 다져졌는데, 그 분량의 호한함으로 인한 연구의 어려움, 피상적으로 보았을 때 비슷 비슷한 이야기가 반복되는 듯한 느낌, 과연 우리 소설일까 하는 의구심 때문에 그다지 활발한 연구가 이루어지지 않았다. 그러나, 정규복이 소개한 『제일기언』 서문의 소설 목록에 따라 국적에 대한 의문이 대체로 수그러들고, 이 시기에 들어와서 고소설 연구자가 대폭 늘어나서 창의적인 연구 업적을 내기가 어려워지는 상황이 전개됨에 따라, 장편 가문소설이 새로운 연구 대상으로 부각하여 최근에는 가장 활발하게 연구가 진행되고 있는 실정이다.

먼저, 초기 가문소설로 인정되는 『창선감의록』, 『사씨남정기』에 대한 연구는 장편 가문소설 연구자보다는 여타 유형 소설을 주로 연구하는 사람들에 의해 집중적으로 이루어졌다. 임형택은 『창선감의록』을 위시하여 가문 내에서 일어나는 갈등을 다룬 소설을 "규방소설"로 규정하였다. 그리고 그것들이 '17세기 이후 여성을 규방에 속박해 놓고서 살짝 늦추어 주어야 하는 모순의 타협점에서 출현하여', '여성 일반의 생활 환경과 정신 수준에 비추어 홍미를 지속하면서 교양을 공급하는 역할'을 하였다고 주장하면서, 『창선감의록』 가운데 윤여옥 등의 인물 형상에 나타난 개성적 면모와 구성에 나타나는 사실성에 주목하였다. 그리고, 진경환은 『창선감의록』의 주된 갈등을 "계후갈등"으로 파악하면서, 이 작품을 "계서적 질서에 대한 이념과 가문창달의 염원"을 표현한 "초기 가문소설"이라 규정하였다. 그리고 그것이 17세기 이후 강화되는 가부장제 사회의 특징 및 그 배경으로서 예송과 환국 정치, 그리고 그로 인한 가문의 벌열화 양상과 관련된 것이라 해석하여 『창선감의록』이 발생한 사회적 토대를 밝히는 데 큰 기여를 하였다. 한편, 박일용은 『창선감의록』의 갈등을 가부장제 이념을 이상적으로 추구하는 과정에서 역설적 비극을 구현하는 화진 중심 축, 낭만적인 방법으로 현실을 타개해 나가는 윤여옥 중심 축, 남채봉 진채경 등 부녀자의 수난 양상을 형상화한 축으로 나누어 분석하고, 『창선감의록』이 이후 가문소설에 나타나는 이념과 미학을 복합적으로 구현한 작품이라 해석하였다.[18] 또 『사씨남정기』에 대한 연구도 활발하게 이루어졌는데, 이 시기에는 교씨 동청 냉진 등 부정적 인물 형상의 사실성을 부각시키면서 작품의 대결구도에 초점을 맞추어 작품을 해석하는 연구들이 주류를 이루었다. 그 가운데 두드러진 것으로 대결구도를 "처첩의 대결"로 파악한 이원수의 작업, 그것을 "욕망의 대결"로 파악한 김현양의 작업, 그것을 "선악의 대립"으로 파악한 이상구의 작업, 가부장제 이념을 이상적으로 구현하려는 사씨의 역설적 비극과 낭만을 구현하려는 것으로 파악한 박일용의 작업 등이 두드러진 것이다.[19]

이밖에 본격적인 장편 가문소설에 대한 업적이 쏟아져 가문소설사의 흐름에 대한 윤곽이 서서히 잡혀가고 있다. 먼저, 가문소설의 향유 시기를 종래의 18세기에서 17세기 초반으로 끌어 올린 업적은 옥소 권섭의 모친 용인 이씨의 필사 행적에 관한 기록을 발견한 권성민, 그것을 바탕으로 구체적인 창작 시기를 추정한 이종묵, 그리고 권섭과 관련한 자료를 보다 광범위하게 조사하여 그것과 소현성록을 연관시켜 해석한 박영희의 공로라 할 수 있다. 이를 통해 우리 소설사의 핵심 흐름을 정확히 이해할 수 있는 바탕이 마련된 것이다. 한편, 장편가문소설의 국적 문제가 정병욱, 이상택, 김진세 등의 논의를 통해 어느 정도 해명이 되었지만, 이에 대한 의문이 조희웅, 이혜순, 심경호에 의해 지속적으로 제기되었는데, 이는 정규복에 의해 소개된 제일기언의 서문에 들어 있는 소설 목록을 통해 어느 정도 해소되었다고 할 수 있을 것이다.[20]

---

18) 임형택, 「17세기 규방소설의 성립과 창선감의록」, 『동방학지』 57, 연세대학교 동방학연구소, 1988 ; 진경환, 「창선감의록의 작품구조와 소설사적 위상」, 고려대학교 박사학위논문, 1992 ; 박일용, 「창선감의록의 구성 원리와 미학적 특징」, 『고전문학연구』 18집, 한국고전문학회, 2000.

19) 이원수, 「가정소설 작품 세계의 시대적 변모」, 경북대학교 박사학위논문, 1991 ; 이상구, 「사씨남정기의 인물구조와 작품 형상」, 『김만중문학연구』, 국학자료원, 1993 ; 김현양, 「사씨남정기와 욕망의 문제」, 『고전문학연구』 12집, 1997 ; 박일용, 「사씨남정기의 이념과 미학」, 『고소설연구』 5집, 한국고소설학회, 1997.

한편, 영웅소설에 대한 연구는 1970년대 연구의 영향으로 1980년대에는 지속적인 성과가 나타났으나 1990년대에 들어서는 비교적 한산한 편이다. 박일용은 이전 시기 연구자들이 17세기 중반으로 끌어 올렸던 영웅소설 향유 연대를 18세기 중·후반으로 끌어 내리는 한편, 1970년대에 영웅소설이 몰락 양반 작가층의 의식을 반영한 것이라 해석한 데 대해, 영웅소설이 독자층의 욕구에 부응한 통속소설이라는 점을 부각시켰다. 그리고, 『유충렬전』, 『조웅전』 등의 통속적 영웅소설과 『홍길동전』, 『최고운전』 등의 민중적 영웅소설에 대한 개별적 작품론을 진행하였다. 또 민찬은 여성이 주동적으로 활동을 벌이는 여성 영웅소설을 택하여 그것들의 하위 유형을 설정한 뒤, 각각의 구조적 특징과 의미를 해석하였다. 그리고 강상순은 그간의 유형적 연구 경향에서 간과하기 쉬운 개별 작품에 대해 정밀한 분석을 수행하는 동시에 영웅소설의 사적 흐름을 파악하려는 의도 아래, 『장풍운전』, 『소대성전』, 『유충렬전』, 『조웅전』의 인물과 구성을 정밀히 분석하여 영웅소설의 변모 과정을 밝혔다. 그리고 송성욱은 소설 내에서 부권이 차지하는 위상, 그리고 가문의식의 차이를 기준으로 하여 가문소설과 군담소설의 구조적 차이와 창작의식을 해명하였다.[21)]

---

20) 권성민, 「옥소 권섭의 국문시가 연구」, 서울대학교 석사학위논문, 1992 ; 이종묵, 「조성기의 학문과 문학」, 『고전문학연구』 7, 한국고전문학연구회, 1992 ; 박영희, 「소현성록 연작 연구」, 이화여자대학교 박사학위논문, 1993 ; 정병욱, 「조선조 말기 소설의 유형적 특징」, 『한국고전의 재인식』, 홍성사, 1979 ; 김진세, 「태원지고」, 『영남대학교 논문집』, 1, 1967 ; 이상택, 「낙천등운고」, 『한국고소설의 탐구』, 중앙인쇄사, 1981 ; 이상택, 「윤하정삼문취록 연구」, 『한국고전산문 연구』, 동화문화사, 1981 ; 정규복, 「제일기언에 대하여」, 『중국학 논총』 1, 1984 ; 조희웅, 「낙선재본 번역소설 연구」, 『국어국문학』 62·63호, 국어국문학회, 1973 ; 이혜순, 「한국 고대 번역소설 연구 서설」, 『한국고전 산문 연구』, 동화문화사, 1981 ; 심경호, 「조선후기 소설고증 1」, 『한국학보』 56, 한국학술정보, 1989.

21) 박일용, 「영웅소설의 유형변이와 그 소설사적 의미」, 서울대학교 석사학위논문, 1983 ; 민찬, 「여성영웅소설의 출현과 후대적 변모」, 서울대학교 석사학위논문, 1986 ; 강상순, 「영웅소설의 형성과 변모 양상 연구」, 고려대학교 석사학위논문, 1991 ; 송성욱, 「가문의식을 통해 본 한국 고소설의 구조와 창작의식」, 서울대학교 석사학위논문, 1990.

한편, 이 시기에는 우화소설, 세태소설 등에 대한 연구도 활기를 띠었다. 정출헌과 민찬은 『두껍전』 계열의 소설, 『서대주전』 계열 소설, 『장끼전』, 『토끼전』과 같이 동물을 의인화 한 소설 작품들을 우화소설로 규정하고, 그것들을 조선후기 향촌사회의 변동과 관련시켜 의미를 해석하였다. 그리고 이본들에 나타나는 변이가 향유층의 의식과 어떻게 연관되는가를 밝혀, 각 작품군 내에서의 통시적인 변이 양상을 추적하였다. 이들의 업적을 통해 근대로 이행해 나가는 조선 후기 사회의 역동적인 변화가 우화소설 형식을 빌어 어떻게 형상화되고 있으며, 그것을 받아들이는 태도가 계층에 따라 어떻게 달라지는가가 구체적으로 드러나게 되었다.22)

또 이 시기 판소리계 소설 연구 분야에서도 상당한 업적이 축적되었다. 여기서는 이들 업적을 다 다룰 수 없고, 주로 1970년대 이룩한 판소리 해석 방법론에 대해 비판 또는 계승적 시각을 드러내어 논의를 쟁점적으로 진행한 몇 성과만을 소개하기로 한다. 박희병, 김종철, 박일용 등은 조동일이 제기한 판소리의 부분의 독자성, 주제의 양면성 이론이 방법론상 실제 사설을 자의적으로 추상화하여 추출한 방법론이라 비판하였다. 그리고 판소리 향유층의 변동에 따라 주제의 이원성이 나타났다는 김흥규의 주장에 대해 대해서는 19세기에 들어와서도 주된 판소리 향유층은 민중이었음을 상기시키면서, 판소리의 주제는 민중적인 것임을 역설하였다. 반면, 유영대는 『심청전』의 이본 변이 양상을 추적하여 19세기에 들어와서 나타나게 된 심청전의 변이 양상이 양반 취향적인 것임을 적시하여 김흥규의 이원성 이론의 타당성을 구제적 작품을 통해 입증하려 하였다. 한편, 이러한 주제 논의와는 달리 정충권은 판소리에 나타난 더늠들을 분석하여 무가의 사설과 비교함으로써 판소리의 무가 기원론을 실증적인 차원에서 입증하였다. 그리고, 김종철은 실전 칠가의 사설을 분석하여 실전 7가의 구성과 미학이 전승 오가의 그것과

---

22) 정출헌, 「조선후기 우화소설의 사회적 성격」, 고려대학교 박사학위논문, 1992 ; 민찬, 「조선후기 우화소설의 다층적 의미 구현 양상」, 서울대학교 박사학위논문, 1993.

차이가 남을 밝혀 실전의 이유를 구성 및 미학적 차원에서 구명하였다. 이전 시기 제기된 판소리의 실전 이유에 대한 논쟁적 논의에 대한 견해를 작품 분석을 통해 제시한 것이다.23) 이외에도, 이 기간에는 몽유록과 관련한 논의, 전과 소설과의 관련 양상에 대한 논의, 야담과 소설과의 관계 논의, 소설론에 대한 논의에서 소중한 성과들이 상당량 축적되었다.

3. 유형 및 주요 작품별 연구 성과

1) 전기소설

전기소설 연구사에서 가장 주목되는 것은 소설사의 기점과 관련한 소설 또는 전기소설의 장르적 성격 문제, 『금오신화』와 『전등신화』와의 관계, 『금오신화』의 배경 사상, 『금오신화』의 해석, 『기재기이』의 발견과 그 소설사적 의미, 몽유록의 장르적 성격과 의미, 17세기 전기소설의 작품 성격과 소설사적 위상 문제 등에 대한 논의들이다.

소설사의 기점문제와 관련해서는 앞에서 간단히 언급한 바, 장덕순, 이헌홍, 지준모 등에 의해 『최치원』과 『조신』 등의 작품을 소설로 파악하려는 시각이 제기된 후, 임형택에 의해 『수삽석남』, 『심화요탑』, 『죽통미녀』, 『김현감호』 등 여타 『수이전』 일문 작품들까지 소설로 파악하려는 시각이 제기되어 쟁점으로 부각되었다. 그리고 이러한 시각은 박희병 등에 의해 이어져 『온달전』, 『연화부인』, 『백월산양성성도기』 등의 작품으로까지 범위가 확대되어 소설의 발생 시기를 9세기말로 끌어 올리려는 시각이 확대되었다. 그러나 이러한 시도들은 본격적인 소설의 장르론에 입각한 규정을 바탕으로 한 것이 아니라, 기술적(descriptive) 차원에서 소설의 장르적 특징과 이들

23) 박희병, 「판소리에 나타난 현실 인식」, 『한국문학사의 쟁점』, 집문당, 1986 ; 박일용, 『조선시대의 애정 소설』, 집문당, 1993 ; 유영대, 「심청의 계통과 주제」, 고려대학교 박사학위논문, 1988 ; 김종철, 「실전 판소리의 종합적 연구」, 『판소리 연구』 3집, 판소리학회, 1992 ; 정충권, 「판소리의 무가계 사설 연구」, 서울대학교 박사학위논문, 1999.

작품의 특징을 대응시키는 방법을 취함으로써, 소설사의 기점 문제를 장르론적 차원으로 끌어올리지 못했다. 반면, 『금오신화』 이후의 작품을 소설로 파악하려는 조동일의 시각이나 『수이전』 일문 가운데 『최치원』이 조선 전기의 문인에 의해 개작된 소설이라 추정한 박일용의 논의는 규정적인 형태로 장르론을 전개하여 소설 장르의 본질적 국면을 드러내는 데 기여했으면서도, 자료와 이론 사이의 부합성에 있어서 문제를 드러내었다. 또 김종철, 장효현은 전기소설의 변화 과정을 동적인 차원에서 설명하려 하였으며, 소인호, 조태영 등은 전기소설을 전기 장르 속의 내포적 범주로 파악하여 전기와 전기소설, 그리고 지괴 사이의 관계를 설명함으로써, 전기=전기소설 또는 전기와 소설을 변별적인 시각으로 파악하려던 기존 견해의 문제점을 보완하는 성과를 거두었다.[24]

『금오신화』와 『전등신화』의 영향 관계는, 일찍이 김안노의 『용천담적기』에서의 언급에서부터 시작되어, 일제시대의 최남선, 김태준 등 초기 소설연구자들에 의해 지적된 이후, 1960~70년대의 김기동, 박성의, 이재수, 한영환에 의해 재론되었고, 장덕순, 이석래, 임형택, 이상구, 박일용 등에 의해 영향 관계를 인정하면서도 내적 전통, 작가의 세계관, 형상화 방식 등과 관련하여 차이를 구명하려는 형태로 진행되었다.[25]

---

24) 지준모, 「전기소설의 효시는 신라에 있다」, 『어문학』 32, 한국어문학회, 1975 ; 이헌홍, 「최치원의 전기소설적 구조」, 『수련어문논집』 23, 부산여자대학교, 1982 ; 임형택, 「나말여초의 전기문학」, 『한문학연구』 5, 한국한문학회, 1981 ; 박희병, 『전기소설의 미학』, 돌베개, 1997 ; 조동일, 『한국소설의 이론』, 지식산업사, 1977 ; 박일용, 「전기계 소설의 양식적 특징과 그 변모 양상」, 『민족문화연구』 28, 고려대학교 민족문화연구소, 1995 ; 장효현, 「전기소설 연구의 성과와 과제」, 『민족문화연구』 28, 고려대학교 민족문화연구소, 1995 ; 조태영, 「전기의 세계관과 양식적 특징」, 『국문학연구』 5, 국문학회, 2001 ; 소인호, 「나말-선초의 전기문학연구」, 고려대학교 박사학위논문, 1996.

25) 박성의, 「비교문학적 견지에서 본 금오신화와 전등신화」, 『고대문리논문집』, 3, 1958 ; 김기동, 「금오신화의 연구」, 『동양학 5집』, 단국대 동양학연구소, 1975 ; 한영환, 「전등신화와 금오신화의 구성 비교연구』, 개문사, 1975 ; 장덕순, 「시애설화와 소설」, 『숙명여자대학교 논문집』 2, 1962 ; 이석래, 「금오신화의 전개적 고찰」, 『이숭녕박사송수기념논문집』, 1968 ; 임형택, 「현실주의 세계관과 금오신화」, 서

『금오신화』의 배경사상 문제는 정병욱의 김시습 연구에서 비롯된다. 그는 김시습이 유불 교체기의 현실에서 집권 훈구파에 저항한 신흥 사류의 동반자로서 성리학의 입장에서 불교 사상을 수용하여 『금화신화』를 창작한 것으로 파악하였다. 그 뒤, 임형택, 조동일은 『생사설』, 『귀신설』, 『태극설』들을 분석하여 각각 기일원론, 일원론적 주기론적 사상을 표현한 것이라 주장하였다. 그리고 김일렬은 존재론에서는 주기론을 그리고 인식론에서는 주리론의 사상을 드러내었다고 해석하였다. 그 뒤 김명호는 주리론과 주기론이 분화하기 이전 단계에 불교를 비판하고 성리학 사상에 입각하여 인간성을 긍정하려는 의도에서 『금화신화』를 창작하였다는 주장을 하였다. 한편, 김시습의 사상을 불교적 입장에서 파악하려는 견해는 정주동 설중환에 의해 제기되었다. 정주동은 『금오신화』 전편에 유불선 사상이 흐르고 있지만 그 가운데서도 불교 사상이 지배적이라고 하였으며, 설중환은 『만복사저포기』의 예를 통해 불교사상론을 제기하였다. 한편, 이상택은 『취유부벽정기』의 분석을 통해 이 작품이 동이족의 문화적 우월감과 주체적 역사의식을 바탕으로 한 작품으로서, 이 작품이 주체적 도가사상을 배경으로 하고 있다고 설명하였다. 또 최삼룡은 『금오신화』의 결구가 부지소종으로 끝나는 점에 주목하여, 『금오신화』가 현실을 초월하려는 도가적 초월의식의 소산이라고 해석하였다. 한편, 최귀묵은 김시습이 유자, 선승, 방외인으로서의 면모를 지니고 있다고 파악하고, 그 각각에 대응하여 정명, 가명, 실사명 글쓰기 방식을 택하였다고 주장하면서, 이 가운데 『금오신화』는 전체적인 지취를 알아서 그 대의를 파악하는 실사명 글쓰기 방식에 의한 것이라 해석하였다. 『금오신화』가 유가와 불가적 인식이 결합되어 창작된 것이라는 주장을 한 것이다. 또 안동준은 불교의 화엄사상이 무자성(無自性)의 세계관과 대리몽의 담론 체계로 허구성 인식의 바탕을 마련해 주었고, 이기철학은 대립적 세계관을 천리와 인욕의 문제로 다루어 소설의 주제의식을 마련하였으며, 내단사상은 우의론을 제시하여 허구이론과 주제의식을 접목할 수 있는 바탕을 마련하여

울대학교 석사학위논문, 1971.

주었다고 해석하여, 이기철학과 화엄사상 그리고 내단사상이 결합되어 『금오신화』가 창출되었다고 해석하였다.[26]

한편, 소재영과 이복규는 각각 신광한의 『기재기이』와 『설공찬전』을 발굴하고 작품에 대한 해설을 함으로써 『금오신화』에 치우친 초기 전기소설 연구의 장을 확대시켰으며, 16세기 전기소설사의 국면을 새롭게 조망할 수 있는 기초를 제공하였다. 이를 바탕으로 유기옥은 신광한의 생애와 『기재기이』의 형식과 소설사적 위상을 논의하였다. 그리고 김근태는 초기 서사문학사의 유형화 과정에서 『기재기이』가 차지하는 위상을 따졌으며, 이지영은 『기재기이』와 『금오신화』의 시간 및 공간구조를 비교 분석하여 그 차이를 밝혀내었다.

이론의 여지는 있지만, 전기소설 연구의 범주에 포함시켜 살펴볼 수 있는 것이 몽유록에 대한 논의들이다. 몽유록은 이명선에 의해 40년에 『사수몽유록』이 소개된 뒤, 50년대 말부터 본격적으로 소개적 연구가 이루어져, 『원생몽유록』, 『달천몽유록』, 『강도몽유록』, 『금생이문록』, 『피생명몽록』, 『금산사몽유록』, 『대관재몽유록』, 『안빙몽유록』, 『반하몽유록』, 『용무공유록』 등이 최근에 이르기까지 지속적으로 발굴 소개되었다. 그리고 그것의 장르적 성격과 전반적인 양식적 특징에 대한 논의가 장덕순, 서대석, 정학성 등에 의해 이루어졌으며, 신재홍, 이주영 등에 의해 몽유 양식의 형식적 특징이 본격적으로 구명되었다. 그리고, 김정녀, 신해진 등은 작가에 대한 치밀한 연구를 바탕으로 몽유록 작품들의 주제의식을 천착해 내었다. 몽유록 연구에서 쟁점으로 부각된 것은 그것의 장르 문제와 서사문학사적 연관 문제라 할 수 있다. 일찍이 몽유록에 대한 개괄적인 논의를 펼친 장덕순은 몽유록을 소설적인 것으로 파악하는 한편, 『침중기』 등의 꿈을 매개로 하는 서사문학 작품과의 관계 속에서 발생의 내적 전통을 해석하려 하였다. 그런데, 서대석, 조동일은 몽유 양식이 현실세계의 역사적 사실을 바탕으로 한 것으로 보고 그것을 교술 장르로 파악하였다. 반면, 정학성은 16~7세기의 특수한 정치

26) 정병욱, 임형택, 조동일, 앞의 논문.

사회적 상황에서 소외된 사대부들이 역사에 대한 신념을 표출하기 위해 우언적 전통을 변형시켜 허구적 서사물로 창작한 것이 몽유록이라 하여 그것을 서사로 파악하였다. 한편, 황패강은 몽유록이 『조신』의 몽유 구조에서 비롯되었다고 주장하였는데, 이후 신재홍은 몽유구조를 지니는 모든 서사문학 작품 사이의 내적 연계 양상을 밝히면서 『남염부주지』에 나타나는 토론의 양상, 『용궁부연록』에 나타나는 시연의 양상 등이 몽유 서술구조의 원천이라고 해석하여 몽유록이 전기소설의 관습에서 배태된 것임을 밝혔다.

17세기 이후의 주요한 전기소설로는 『운영전』, 『주생전』, 『최척전』, 『영영전』, 『동선기』 등을 들 수 있는데, 이들 가운데 비교적 일찍부터 연구가 시작된 것은 『운영전』이라 할 수 있다. 일찍이 1960년 대에 오오따니 모리시게에 의해 『운영전』이 소개된 뒤, 1970년 대에 김일렬, 소재영, 성현경, 송정애, 박기석 등에 의해 운영전의 기본적인 갈등구조와 형식, 그리고 이본의 상황등이 밝혀졌다. 그리고 1980년대 후반에 들어 박일용에 의해 『운영전』의 갈등구조에 반영된 사회적 성격이 재론된 뒤, 정출헌, 신경숙, 이상구 등에 의해 갈등구조의 의미에 대한 보다 섬세한 분석이 이루어졌다. 『운영전』 연구에서는 운영전이 갖고 있는 액자형식, 그리고 『운영전』의 꿈 속 세계에 등장하는 비극적인 갈등구조, 그리고 안평대군의 궁녀들에 대한 태도가 지니는 현실적 의미 등에 초점을 맞추어 작품 분석이 이루어졌다. 『최척전』 대한 연구는 소재영과 김재수에 의해 소설화 과정이 추론된 뒤, 강진옥에 의해 『최척전』에 나타난 고난의 양상과 그것의 극복 과정에 대한 해석이 이루어지고, 그 뒤 민영대에 의해 사실과 설화, 그리고 소설 사이의 관계 및 조위한의 삶에 대한 실증적인 연구가 지속적으로 이루어졌다. 그 뒤 박일용, 박희병에 의해 장르론, 또는 16~7세기 동아시아의 현실 상황과 관련한 분석을 통해 소설사적 위상이 재론되면서 집중적인 관심의 대상으로 부각되었다. 그리고, 최근에는 양승민에 의해 『최척전』이 사실 또는 설화를 바탕으로 하여 창작된 것이 아니라 조위한의 순수한 허구적 창작물리라는 주장이 제기되기도 하였다. 『주생전』은 소재영, 김일렬, 김제수 등에 의해 작품에 등장하는 삼각관계 및 비극적 구성에 초점을 맞춘 연구가 진행된 뒤, 왕숙의와 정민에 의해 중국 소설과의 관계가 해명되었다.

2) 가정, 가문소설

가문소설의 연구에서는 명칭 문제, 국적 문제, 향유 시기 문제, 향유층 문제, 서사구조와 창작방식 문제, 작품들의 구조와 의미 해석 문제 등이 쟁점적인 형태로 또는 작품론적 형태로 논의되어 왔다. 일찍이 가람 이병기가 『완월회맹연』 이하 25종류의 장편 소설을 소개한 후, 정병욱이 낙선재에 소장되어 있던 서책들의 줄거리와 책의 종류와 창작 여부를 추론하여 소개하였다. 그리고 그 뒤, 장편 가문소설의 연구 성과가 축적되기 시작하여 근래에 이르러서는 활발하게 연구 성과가 나오고 있다. 예컨대, 김진세는 『태원지』, 『현씨양웅쌍린기』, 『명주기봉』, 『쌍천기봉』, 『완월회맹연』, 『벽허담관제언록』 등의 줄거리와 서지사항 그리고 주제 등을 논의하였으며, 이상택은 『인봉소』, 『낙성비룡』, 『낙천등운』, 『윤하정삼문취록』, 『명주보월빙』의 구조와 의미를 해석하여 장편소설 연구의 초석을 다지었다. 그리고, 이수봉 역시 가문소설이라는 개념을 제안하면서 『이씨세대록』, 『유이양문록』, 『한강현전』 등 여러 작품을 소개하여 가문소설 연구의 초석을 다지었다.

일찍이 가람 이병기는 이들 장편 가문소설을 소개하면서 이종태라는 전문서사의 예를 들어 이들 소설이 대부분 번역소설이라 추정을 하였다. 그 뒤 정병욱이 작품에 나타나는 한국의 고사, 창작동기, 작품에 나타나는 과거제도의 차이 등을 들어 한국소설일 가능성을 조심스럽게 추정해 보았고, 김진세는 『태원지』를, 이상택은 『낙천등운』, 『윤하정삼문취록』 등의 예를 통해 창작물임을 추정하였다. 그런데, 조희웅, 이혜순 등은 창작물이 있음을 부정하지 않으면서도 국적 문제를 보다 신중하게 따져 보아야 함을 강조하였다. 그러다, 정규복에 의해 『경화연』의 번역인 『제일기언』의 서문이 발견되어 장편 가문소설의 목록이 밝혀진 뒤 국적 문제에 대한 논의가 일단락되었다.[27]

장편 가문소설의 향유 연대 문제는 정병욱이 『낙천등운』, 『천수석』, 『청백운』 등의 예를 통해 18세기 말에서 19세기 초에 창작된 것으로 추정한 한 뒤, 대체로 이러한 추정이 통설로 인정되고 있었다. 그러다, 『창선감의록』을 초기 가문소설 또는 규방소설로 파악하는 임형택, 진경환등의 해석을 바탕으로 보다 이른 시기에 가문소설이 사대부 부녀층에 의해 향유되었을 것이라는 추정이 제기되었으며, 이수봉에 의해 『한강현전』이 소개되면서 초기의 향유 연대가 17세기 후반으로 소급되어야 할 것이라 추정되었다. 그리고 권성민에 의해 권섭이 남긴 장편 가문소설에 대한 기록이 소개되고, 그것에 대한 분석이 박영희에 의해 이루어지는 한편, 또 심경호에 의해 『옥원재합기연』 안쪽의 소설목록의 발견과 아울러 필사 과정이 밝혀짐으로써 향유 연대를 17세기 후반과 18세기로 소급할 수 있게 되었다. 이러한 연구들을 바탕으로 하여 장효현, 김종철, 최길용, 정병설 등은 장편 가문소설사의 전개 과정과 향유층, 향유시기 등을 일반화하여 추론하는 성과물들을 내놓게 되었다.[28)]

한편, 이처럼 쟁점적인 문제와 관련한 성과 외에 이수봉, 최길용 등에 의해 가문소설 작품 전반에 대한 개괄적인 소개와 서지 사항의 고증이 이루어졌으며 이상택, 김홍균, 임치균, 송성욱, 김탁환 등에 의해 가문소설의 구성

---

27) 이병기, 「조선어문학 명저해제」, 『문장』 19호, 1940. 10 ; 정병욱, 「조선말기 소설의 유형적 특징」, 『한국고전의 재인식』, 홍성사, 1979 ; 김진세, 「태원지고」, 『영남대논문집』 1집, 1967 ; 이상택, 「낙천등운고」, 『한국고소설의 탐구』, 중앙인쇄, 1981 ; 이상택, 「윤하정삼문취록연구」, 『장덕순선생 화갑논총』, 동화출판사, 1981 ; 조희웅, 「인봉소연구」, 『고전문학연구 1집』 Vol.2, 한국고전문학연구회, 1974 ; 이혜순, 「한국고대번역소설연구서설」, 『장덕순선생화갑논총』, 동화문화사, 1981 ; 정규복, 「제일기언에 대하여」, 『한중문학사의비교』, 고려대학교 출판부, 1987.

28) 정병욱, 「조선조 말기 소설의 유형적 특징」, 『한국고전의 재인식』, 홍성사, 1979 ; 권성민, 「옥소 권섭의 국문시가 연구」, 서울대학교 석사학위논문, 1992 ; 박영희, 「소현성록연자연구」, 이화여자대학교 박사학위논문, 1994 ; 심경호 ; 「낙선재본 소설의 선행본에 대한 일고찰-온양정씨필사본 옥원재합기연과 낙선재본 옥원중회의 관계를 중심으로」, 『정신문화연구』 13권 1호, 한국정신문화연구원, 1990 ; 김종철, 「장편가문소설의 독자층과 그 성격」, 『한국가문소설연구논총』 3, 경인문화사, 1999 ; 장효현, 「장편가문소설의 성립과 존재형태」, 『정신문화연구』 14권 3호, 한국정신문화연구원, 1991 ; 정병설, 「조선후기 장편소설사의 전개」, 『한국가문소설연구논총』 3, 경인문화사, 1999.

원리를 밝히려는 노력이 이루어졌다. 예컨대, 이상택에 의해 장편소설의 구성 원리로서 구조적 반복의 원리가 제시된 후, 김홍균은 갈등의 복합, 이야기의 결합, 사건의 반복 원리를 제시하였다. 그리고 임치균은 사건 반복의 원리, 사건 부연의 원리, 내용 총정리의 원리, 갈등 결합의 원리, 갈등 지속의 원리, 관계 인물 증대의 원리, 다른 가문으로의 확대 원리 등을 제기하였다. 또, 송성욱은 혼사장애형 대하소설들이 애욕추구담, 부부 성대결담, 탕자 개입담, 쟁총담, 박대담, 옹서 대립담 등의 단위담의 결합으로 이루어진다고 보고, 그 단위담들이 결합되는 원리로서 여운의 원칙, 교차적 서술의 원리, 해명 후 행위 서술의 원칙, 행위 후 해명 서술의 원칙 등을 제기하였다. 이들이 이처럼 장편 가문소설의 서사 원리를 찾으려 하는 이유는 이들 소설에는 외형적으로 유사한 이야기들이 같은 세대의 가문 내에서 또는 가문과 세대를 달리하면서 반복적으로 등장하기 때문이다. 그러나, 이처럼 서사원리를 발견하려는 노력은 주로 형식적인 측면에서 집중된 것으로서 그것들이 함유하고 있는 내용적 기제를 제대로 부각시키지 못하였다는 문제점을 드러내었다. 이는 가문소설 개별 작품들이 갖는 문학적 의미를 분석한 작품론적 성과들이 충분하게 축적되지 못한 상황에서 추상적인 서사원리를 추출하려 하였기 때문이라 할 수 있다.

한편, 가문소설 연구에서는 연작이라는 가문소설 특유의 창작 방법에 주목하여 작품들 사이의 연작 관계에 대한 실증적인 고증, 연작형 소설에 나타나는 서사원리와 인물 성격들을 해석하려는 노력들이 최길용, 송성욱, 임치균, 조용호, 문용식 등에 의해 지속적으로 이루어졌으며, 양혜란은 기봉이라는 제목 및 주지를 갖는 소설들을 묶어 그것들이 지니는 공통적인 특징을 해명하기도 하였다. 또, 지연숙은 『투색지연의』, 『여와전』, 『황릉몽환기』를 연작소설이면서 소설에 대한 비평적 견해를 드러내는 소설로 보고, 그것에 등장하는 작품들의 성격을 통해 장편소설사의 흐름을 개괄하려는 시도를 하였다. 또 전성운은 장편 가문소설과 통속적인 영웅소설과의 관계를 밝히려는 작업을 시도하였다.[29] 그밖에 정병설의 『완월회맹연』, 박영희의 『소현성록』, 진경환의 『창선감의록』, 최호석의 『옥린몽』, 이지하의 『옥원재합기연』, 『현씨 양웅쌍린기』, 장시광의 『쌍천기봉』 등 소장학자들의 학위논문, 그리고 그 밖의 소논문들을 통한 개별 작품론 연구가 축적되어 가문소설 개개작품의 구조와 창작 방법, 미의식 등이 서서히 밝혀지고 있다.

가정소설에 대한 연구는 최남선의 『콩쥐팥쥐 이야기』와 서양의 『신데렐라의 이야기』를 비교한 논의와 김태준의 『장화홍련전』에 대한 개괄적인 논의가 식민지 시대에 이루어진 뒤, 50~60년대에는 김우종의 『장화홍련전』 논의, 장덕순의 『콩쥐팥쥐』의 재론, 그리고 정규복의 『사씨남정기』의 저작동기에 대한 논의로 이어졌다. 그 뒤 60~70년대에는 김현룡 정규복 등에 의해 『사씨남정기』의 목적성 여부 문제와 관련한 논쟁적 논의와 전성탁, 김기현 등의 『장화홍련전』 이본에 대한 연구 등과 같이 몇몇 대표적인 작품을 중심으로 연구가 이루어졌다. 그러나 1980년대에 들어와서는 우쾌제, 이원수 등의 연구자들이 "계모형", "쟁총형"과 같은 유형 개념을 설정하여 동일한 유형으로 묶일 수 있는 작품군의 사적 변화 양상을 추적하는 한편, 가정 소설 형성의 기원을 탐색하는 논의를 하였다. 그리고 1990년대에 들어와서는 이원수, 이형권, 최시한 등이 가정소설의 범주를 신소설에까지 확장하여 그것들의 구조와 현실적 의미 및 사적 변모 양상이 보다 정밀하게 분석하였다. 또 이승복은 처첩갈등을 보이는 작품군을 중심으로 하여 가정소설과 가문소설의 소설사적 관련 양상을 분석하여 소설 양식의 분화 과정을 보다 정밀하게 추적하였다.[30)]

---

29) 최길용, 「연작형 고소설 연구」, 전북대학교 박사학위논문, 1989 ; 최길용, 「옥원재합기연연작의 작자고」, 『전주교육대학논문집』 28, 1992 ; 임치균, 『조선조 대장편소설 연구』, 태학사, 1996 ; 조용호, 「삼대록소설 연구」, 서강대학교 박사학위논문, 1995 ; 문용식, 「가문소설의 인물 연구」, 한양대학교 박사학위논문, 1995 ; 지연숙, 「여와전 연작의 소설 비평 연구」, 고려대학교 박사학위논문, 2001 ; 전성운, 「장편국문소설의 변모와 영웅소설의 형성」, 고려대학교 박사학위논문, 2000 ; 양혜란, 「기봉류 소설 연구」, 이화여자대학교 박사학위논문, 1994.

30) 최남선, 「조선의 콩쥐팥쥐는 서양의 신데렐라 이야기」, 『육당전집』 9, 현암사, 405~406쪽 ; 김태준, 「장화홍련전 연구」, 『조선문학』 5, 조선문학사, 1933 ; 김우종, 「죄수를 위한 불망비-장화홍련전 재고」, 『현대문학』 35, 현대문학사, 1957 ; 장덕순,

3) 영웅소설

영웅소설은 영웅의 일생구조를 바탕으로 하는 소설 유형을 지칭하는 하는 것으로, 작품의 후반부 구성에 군담이 중요한 비중을 차지하는 군담소설의 범주와 겹치는 것이다. 영웅소설이란 명칭은 김기동이 처음 사용했으나, 그것을 양식 개념으로 정착시킨 것은 조동일이다. 그간 영웅소설 연구에서 가장 쟁점적으로 부각된 것은 발생 배경과 작가층에 대한 것이라 할 수 있다. 이들 영웅소설 또는 군담소설에 대해서 김태준은 '17세기에 중국 소설을 원천으로 하여 숭명 배청의 분위기를 배경으로 발생한 문학적 가치가 저급한 문학'이라고 평가한 바 있다. 이러한 김태준의 주장을 이어받아 이재수, 정규복, 이명구 등은 이들이 『삼국지연의』의 영향을 받아 형성된 것으로 해석했으며, 장덕순은 병자호란의 영향을 받아 형성된 것으로 해석했다.[31] 그 뒤 서대석은 몰락 양반의 권력 회복에 대한 꿈이 투영된 것이라, 그리고 조동일은 작가층인 몰락 양반이 조선후기 집권 사대부층의 이원론적 주기론을 받아들여 이원론적 구성을 바탕으로 하면서, 시전 상인의 욕구에 부응하여 작품을 창작한 것이라 해석하였다. 그 뒤 박일용은 17세기 이후 신분 변동

「고대소설론고-신데렐라와 콩쥐팥쥐」, 『국어국문학』 16, 국어국문학회, 1957 ; 정규복, 「남정기논고」, 『국어국문학』 26, 국어국문학회, 1963 ; 김현룡, 「사씨남정기의 연구-목적성 소설이라는 견해에 대하여」, 『문호』 5, 건국대학교 국어국문학회, 1969 ; 김현룡, 「장화홍련전의 한 이본」, 『어문논집』 14 · 15, 고려대학교 국문학회, 1973 ; 우쾌제, 「계모형 소설 연구」, 고려대학교 석사학위논문, 1976 ; 이원수, 「계모형 소설 유형의 형성과 변모」, 『국어교육연구』 17, 경북대학교 국어교육연구회, 1985 ; 김재용, 「계모형 고소설의 시학적 연구」, 서강대학교 박사학위논문, 1991 ; 이원수, 「가정소설 작품구조의 시대적 변모」, 경북대학교 박사학위논문, 1991 ; 이성권, 「가정소설의 역사적 변모와 그 의미」, 고려대학교 박사학위논문, 1998 ; 이승복, 「처첩갈등을 통해서 본 가정소설과 가문소설의 관련 양상」, 서울대학교 박사학위논문, 1995 ; 최시한, 「가정소설의 구조와 전개-사씨남정기, 치악산 삼대를 중심으로」, 서강대학교 박사학위논문, 1989.

31) 김태준, 『증보조선소설사』, 학예사, 1939 ; 이재수, 「한국소설의 발달에 있어서 중국소설의 영향」, 『경북대학교 논문집』 1집, 1956 ; 정규복, 「한국 군담소설에 끼친 삼국지 연의의 영향 서설」, 『국문학』 4호, 고려대학교, 1960 ; 이명구, 「이조소설의 비교문학적 연구」, 『대동문화연구』 5집, 대동문화연구원 1968 ; 장덕순, 「병장호란을 전후한 전쟁소설」, 『국문학 통론』, 신구문화사, 1960.

현상을 반영하면서 하층민의 낭만적인 꿈을 반영하여 통속적으로 생산된 것이라 해석하였다. 그 뒤 영웅소설의 향유층에 대한 논의는 정규복이 『제일기언』의 서문을 소개하면서 어느 정도 일단락 되었다. 강상순은 『제일기언』의 서문에 나오는 바 "『장풍운전』, 『숙향전』 등이 가항의 천한 말과 하류의 낮은 글씨를 판본에 새겼다"는 기록을 들어 낮은 계층의 문학임을 주장하였다.[32)]

70~90년대의 영웅소설 연구에서는 유형론적 연구와 개별 작품에 대한 작품론적 연구가 병행되었는데, 연구자에 따라 유형을 각기 달리 설정하였다. 서대석은 외적과의 대결이 중심되는 『소대성전』 유형, 내적인 간신과의 대결이 주가 되는 『유충렬전』 유형, 구왕권과 대결을 하여 창업을 하는 『장백전』 유형으로 나누어 각 유형의 특징을 설명하였으며, 박일용은 체제에 비판적인 『홍길전』 유형과 체제 내적인 유형으로서 농민분해 현실을 반영한 『장풍운전』 유형, 그리고 공식적인 대결을 통해 통속적 흥미를 강화한 『유충렬전』 유형으로 나누어 작품들을 분석하였다. 또 임성래는 체제 개혁형, 애정 성취형, 능력본위형, 인륜수호형의 네 유형으로 나누어 작품을 분석하였다. 그 뒤 김현양은 구국형, 성가형, 혼합형의 세 유형으로 나누어 작품들을 분석하기도 하였다.[33)]

그런데, 영웅소설 연구에서 가장 문제가 되는 것은 영웅소설의 범주를 어떻게 설정하는가 하는 문제이다. 영웅소설이란 개념은 영웅의 일생구조를 구현하는 작품들이라 할 수 있는데, 이처럼 영웅의 일생구조를 구현하는 소설들에는 시대와 성격이 아주 다른 작품들이 포함되기 때문이다. 예컨대, 『홍길동전』 이나 『최고운전』, 『전우치전』 등은 현실 질서에 대해 비판적

---

32) 서대석, 「군담소설의 출현 동인 반성」, 『고전문학연구』 1집, 한국고전문학연구회, 1971 ; 조동일, 『한소설의 이론』, 지식산업사, 1977 ; 박일용, 「영웅소설의 유형 변이와 그 소설사적 의의」, 서울대학교 석사학위논문, 1983 ; 강상순, 「영웅소설의 형성과 변모 양상 연구」, 고려대학교 석사학위논문, 1991.

33) 서대석, 『군담소설의 구조와 배경』, 이화여자대학교 출판부, 1985 ; 박일용, 위의 논문 ; 임성래, 「영웅소설의 유형 연구」, 연세대학교 박사학위논문, 1986 ; 김현양, 「조선조 후기의 군담소설연구」, 연세대학교 박사학위논문, 1994.

인식을 표출하는 작품들로서 『유충렬전』이나 『조웅전』 등과 같이 현실 질서 자체를 인정하면서 주인공 자신의 욕망을 성취해 나가는 통속적인 소설들과 구분된다. 또, 숙향전과 같이 영웅의 일생구조를 구현하면서도 주인공이 여성이기 때문에 사회적인 관점에서 보면 주인공의 행동을 영웅적인 것이라 보기 힘든 작품도 있다. 그리고, 『유충렬전』이나 『조웅전』 등과 같이 빨라야 18세기 말에야 일반화 되는 통속적 영웅소설들과 달리 『홍길동전』, 『최고운전』, 『숙향전』, 『구운몽』 등과 같이 16~7세기에 등장한 소설들도 있는데, 이들 사이의 관계를 어떻게 이해해야 하는가 하는 문제가 부각된다. 이러한 문제를 해결하기 위해서는 이들 개별적 작품에 대한 보다 심층적인 연구를 바탕으로 하여 보다 정밀한 영웅소설의 하위 유형을 설정하여 그들 사이의 관계를 역동적으로 재해석해야 할 것이다.

넓은 의미에 있어서의 영웅소설의 범주에 포함시킬 수 있는 작품들인 『홍길동전』, 『구운몽』, 『최고운전』, 『임경업전』 등에 대한 연구는 유형론적 연구보다는 개별 작품론적 차원에서 보다 깊이 있는 연구 성과가 축적되었다.

『구운몽』에 대한 연구는 이재수 등에 의해 구운몽의 배경사상으로 유불도 삼교 사상이 제기된 후, 정규복에 의해 불교적 공사상, 또는 화엄경의 공사상론이 제기된 뒤, 김일렬, 조동일 등의 이에 대한 반론이 제기된 바 있다. 그리고, 이능우, 김병국에 의해 프로이드의 심리분석 방법과 융의 심리학을 적용한 작품 분석이 이루어졌다. 그러다, 1990년대에 들어와서는 주로 양소유의 삶으로 표현된 꿈 속 세계의 의미 해석에 초점이 맞추어지는 방향으로 작품론이 이루어졌다. 박일용은 구운몽의 꿈 밖의 세계와 꿈 속 세계를 각각 절대적 이념의 세계와 낭만적 이상의 세계로 규정하고, 꿈 속 세계는 양소유의 삶을 통해 남성 독자층의 소외 의식을 낭만적으로 해소시켜 주는 한편, 한 남성을 매개로 한 평등한 애정 성취의 구조를 통해 계층이 다른 여러 여성들의 낭만적 욕망을 성취시켜주기 위해 설정된 것이며, 꿈 밖의 세계는 그것의 허구성을 부각시키기 위해 설정된 관념적 세계라 해석하였다. 이에 대해 신재홍, 정출헌은 꿈 속 세계에 그려진 여덟 여인에 대한 차별상으로 보아 꿈 속 세계는 가부장적 이데올로기에 입각한 조화로운 세계를 꿈꾸는 당대 별렬가의 후손 김만중의 보수적인 세계관이 투영된 것이라 해석하였다. 한편, 강상순은 이 꿈 속 세계가 유가적 이념에 의해 억업당한 욕망을 해소시키기 위해 창출한 허구적 세계라고 해석하였다. 또 구운몽 연구에서는 원본의 표기가 한글인가 한문인가 하는 문제, 창작시기가 언제인가 하는 문제가 쟁점적으로 제기되어 왔는데, 정규복은 한문 표기설을 주장하면서 원 텍스트 찾기에 심혈을 기울여 오는 과정에서 구운몽 이본의 발굴과 이본간의 관계 해석에 큰 기여를 하였다. 또 선천 유배시에 창작되었는가 아니면 남해 유배시에 창작되었는가가 논란이 되었었는데 김병국이 서포연보의 기록을 발굴함으로써 선천 유배시 창작으로 판명되었다.[34)]

『홍길동전』 연구에서는 작가가 허균인가의 문제, 이본 문제, 작품의 통일성 문제, 작품 발생의 기원 문제, 작품의 주제 문제 등이 쟁점적인 형태로 부각되었다. 작가 문제는 김진세가 허균의 공초기록을 조사하여 『홍길동전』 관계 기록이 없음을 들어 허균작이 아닐지도 모른다는 추정을 한 뒤, 이에 대해 차용주가 비판을 하였다. 그 뒤 허균작임을 통설로 받아들이고 있는 상태이다. 그러나 현전 『홍길동전』이 허균이 지었다는 『홍길동전』 그대로는 아닐 것이라는 견해가 설득력을 얻고 있다. 이본 문제는 정규복이 경판 한남본이 가장 오래된 이본이라 주장을 한 뒤, 송성욱이 어청교본 선행설을

34) 정규복, 『구운몽 연구』, 고려대학교 출판부, 1974 ; 정규복, 「구운몽의 공관 시비」, 『수여성기열박사환갑논총』, 1989 ; 조동일, 「구운몽과 금강경 무엇이 문제인가」, 『장덕순선생화갑논총』, 동화문화사, 1981 ; 김병국, 「구운몽 연구」, 서울대학교 석사학위논문, 1968 ; 김병국, 「구운몽에 반영된 어머니콤플렉스적 요소」, 『논문집』 1, 한국국어교육연구회, 1969 ; 김병국, 「구운몽의 에피그라프 기몽」, 국어교육연구 14, 한국국어교육연구회, 1969 ; 이능우, 「구운몽 분석」, 『김만중 연구』, 새문사, 1983 ; 박일용, 「인물형상을 통해서 본 구운몽의 사회적 성격과 소설사적 위상」, 『전신문화연구』 44, 1991 ; 신재홍, 「구운몽의 서술원리와 이념성」, 『고전문학연구』 5, 한국고전문학연구회, 1990 ; 정출헌, 「구운몽의 작품세계와 그 이념적 기반」, 『김만중 문학연구』, 국학자료원, 1993 ; 강상순, 「구운몽의 상상적 형식과 욕망에 대한 연구」, 고려대학교 박사학위논문, 1999 ; 김병국, 「구운몽의 저작시기 변증」, 『한국학보』 51, 일지사, 1988.

내세웠고, 그 뒤 이윤석은 필사본 가운데 김동욱 89장본이 최고본일 것이라 추정을 하였다. 한편, 『홍길동전』에서 율도국 건설 이전과 이후가 인과적 계기가 없다는 이재수의 지적 이래, 그러한 불통일성 논의에 대한 대안으로서 『홍길동전』의 구성이 반항적 힘의 위력을 과시한 것이라는 김일렬의 해석, 단계적 신분상승을 표현한 것이라는 윤성근의 해석, 힘의 과시와 자기구제의 표현이라는 이문규의 해석 등과 같이 통일적인 관점에서 주제를 해석하려는 노력이 이루어졌다. 그런데, 박일용은 역으로 거시적 구조에서는 사회에 대한 문제 제기적 시각이 반영되어 있으면서도 서술자는 그것을 길동 개인의 욕망 성취 과정으로 해석하려는 시각이 중층적으로 드러난다고 해석하였다. 한편, 김동욱, 임형택은 『홍길동전』이 막동부대, 순석부대, 임꺽정부대 등과 같은 군도 사건을 매개로 하여 형성되었다고 해석한 반면, 조동일은 영웅의 일생이라는 신화 이래의 서사구조의 구현으로 해석하였다.[35] 또 권순긍, 송성욱 등은 홍길동전의 후대적 수용 양상을 검토하였다. 그밖에 『최고운전』, 『전우치전』, 『임경업전』 등 인물전설을 매개로 한 민중적 영웅소설에 개별적 작품 연구 및, 『유충렬전』, 『조웅전』, 『장풍운전』 통속적 영웅소설들에 대한 작품론적 연구가 상당량 축적되었지만 여기서는 생략하기로 한다.

4) 판소리, 판소리계 소설

판소리, 판소리계 소설의 연구 성과에서 쟁점적으로 문제가 제기된 것은

35) 김진세 「홍길동전 작자고」, 『서울대학교 교양과정논문집』 1집, 1969 ; 차용주, 「허균론 재고」, 『아세아연구』 48집, 고려대학교 아세아문제연구소, 1972 ; 정규복, 「홍길동전 이본고」, 『국어국문학』 48 · 51집, 국어국문학회, 1970 · 1971 ; 송성욱, 「홍길동전 이본 신고」, 『관악어문연구』 13, 서울대학교 국어국문학과, 1988 ; 이재수, 『한국소설 연구』, 선명문화사, 1969 ; 김일렬, 「홍길동전의 통일성과 불통일성」, 『어문학』 27, 한국어문학회, 1972 ; 이문규, 「홍길동전 연구」, 서울대학교 석사학위논문, 1975 ; 박일용, 「홍길동전의 문학적 의미 재론」, 『고전문학연구』 8집, 한국고전문학연구회, 1994 ; 임형택, 「홍길동전의 신고찰」, 『창작과 비평』 1976 겨울호 · 1977 봄호 ; 권순긍, 「홍길동전의 수용 양상과 시대적 의미」, 성균관대학교 석사학위논문, 1984.

판소리의 주제적 특성, 판소리 7바탕의 창실전 이유, 판소리의 기원 논의, 판소리의 미학적 특징 등을 들 수 있으며, 개별 작품에 대한 해석의 성과도 질과 양에서 타 양식에 비해 손색이 없을 정도로 축적되었다. 여기서는 앞의 통시적 개관을 통해 살펴본 주제적 특성 문제는 생략하고 나머지 성과들을 개괄하기로 한다. 판소리의 무가 기원설은 정노식, 박헌봉, 이혜구, 서대석 등에 의해 제기되었으며, 그 가운데 서대석이 제기한 서사무가 기원설이 가장 설득력을 얻고 있다. 그런데, 김동욱은 소학지희 기원설을 주장했으며, 이보형은 창우집단의 광대소리 기원설을 제기하였다. 광대들이 판놀음을 하면서 부르던 단가, 줄소리 고사축원소리 판소리와 유사한 팩 성음으로 소리를 하는데 이러한 성음 구사 방법이 판소리 형성의 기원이 되었다는 것이다. 또 김학주는 중국의 강창문학 기원설을 제기하기도 하였다.[36]

창 실전 문제도 쟁점적인 형태로 논의가 진행되었다. 김흥규가 판소리의 전성기인 19세기에 서민 지향적인 실전 7가가 판소리의 핵심 청중인 양반층의 취향에 맞지 않아서 창이 실전되었다고 해석을 한 데 대해, 박희병, 김종철은 실전 7가가 민중들의 기대에 부응하는 세계관적 높이, 또는 민중적 전형을 창출하는 데 실패했기 때문이라고 해석을 하였다. 한편, 인권환, 정출헌은 실전 7가를 중고제 소리로 추정하고 음악적 다양성의 획득에 실패한 중고제의 소멸과 더불어 7가가 창을 잃어버리게 되었다는 해석을 하였다.[37]

판소리 개별 작품에 대한 연구는 간단히 개괄하기 힘들 정도로 질과 양적인

---

36) 김동욱, 『한국가요의 연구』, 을유문화사, 1961 ; 김학주, 「당악정재 및 판소리와 중국의 가무극 및 강창」, 『한국사상대계』, 성균관대학교 대동문화연구원, 1973 ; 이보형, 「창우집단의 광대소리 연구」, 『한국 전통음악 논구』, 고려대학교 민족문화연구소, 1990 ; 서대석, 「판소리 형서의 삽의」, 『우리문화』 3, 우리문화연구회, 1969.

37) 김흥규, 「19세기 전기 판소리의 연행 환경과 사회적 기반」, 『어문논집』 30, 고려대학교 어문연구회, 1991 ; 박희병, 「판소리에 나타난 현실인식」, 『한국문학사의 쟁점』, 집문당, 1986 ; 김종철, 「19세기 판소리사와 변강쇠가」, 『고전문학연구』 3, 한국고전문학연구회, 1996 ; 인권환, 「판소리의 실전 원인에 대한 고찰」, 『한국학연구』 7, 고려대학교 한국학연구소, 1995 ; 정출헌, 「판소리담당층의 변화에 따른 19세기 판소리사와 중고제의 소멸」, 『민족문화연구』 31, 고려대학교 민족문화연구소, 1998.

측면에서 연구 성과가 축적되었다. 그 연구 경향은 각 작품의 근원설화에 대한 연구, 이본의 계통과 흐름에 대한 연구, 갈등구조의 분석과 주제 해석, 중요 더늠형 사설의 형성 과정 연구 등으로 나누어진다. 그러나, 각각의 연구 성과를 제한된 지면에 요약 정리한다는 것이 무의미할 정도로 집적된 양이 많기 때문에 여기서는 조희웅이 정리한 고전소설 문헌정보에 소개된 연구 성과물의 통계를 제시하면서 과제만을 제시하는 것으로 대신하고자 한다. 먼저 『춘향전』은 고소설 가운데 가장 많은 업적이 축적된 작품이라 할 수 있다. 『고전소설 문헌정보』에 수록되어 있는 항목만 해도 단행본이 15권이나 되고, 박사 논문이 7편, 석사논문은 무려 110여 편이나 된다. 그리고 학술지에 실린 논문은 500여 편이 넘는다. 또, 『심청전』 연구는 『춘향전』보다는 적지만 역시 상당한 양이 축적되었다. 단행본이 5권이나 나왔고, 박사논문이 6편, 석사 논문이 50편, 그리고 학술지 논문이 200여 편이나 된다. 『흥부전』에 대한 연구로는 단행본 3권, 박사논문 3편, 석사논문 23편, 학술지 논문 160여 편이 축적되었다. 그리고, 『토끼전』은 박사논문이 1편, 석사논문이 15편, 학술지 논문이 10여 편이 축적되있다. 그리고, 『적벽가』에 대한 연구는 박사논문이 3편, 석사논문이 6편, 총 25편 정도가 축적되었다. 창이 현전하는 5바탕의 연구 성과만 하더라도 그것의 대강을 정리해서 연구사를 쓰는 것이 거의 불가능할 정도로 엄청난 양이 축적되었다고 할 수 있다. 그러나, 이러한 판소리 또는 판소리계 소설의 개별 작품에 대한 연구가 그에 상응할 만한 정도의 질적 성과를 거두었는가는 의문을 제기해봄직 하다. 이는 이러한 양적 축적에도 불구하고 아직까지 판소리 각 바탕의 전변 과정에 대한 정밀한 사적 연구가 이루어지지 않고 이본 사이의 대체적인 계보 파악만이 이루어진 것을 보면 짐작할 수 있다. 기실 판소리 연구의 가장 기본이라 할 수 있는 판소리의 사설이 누구에 의해 지어져서 어떠한 경로를 거쳐 오늘의 모습에 이르게 되었는가 하는 문제도 사실상은 막연한 추정에 머물고 있는 것이다. 이렇게 볼 때 현 단계에서 가장 힘써야 할 것은 각 판소리 작품의 이본을 형성하고 있는 더늠형 사설들을 정밀하게 분석하여 그것들을 바탕으로 이본간의 상호 관계를 따져서, 창본과 창본에서 파생된 소설본을 구별한 뒤, 판소리사와 판소리계 소설사를 구축하는 것이라 생각된다.

4. 결론과 전망

이상에서 해방 후 50여 년에 걸친 고소설 연구 성과를 개괄하여 보았다. 서론에서 밝힌 바와 같이 지금까지 축적된 연구 성과의 양이 짤막한 소논문 형태의 글로는 감당할 수 없을 정도로 많기 때문에 애초 꼼꼼한 연구사는 불가능하다고 할 수 있다. 그렇기 때문에 여기서는 각 시기의 주도적인 흐름을 보여주는 것, 또는 쟁점적으로 논의가 진행된 것들을 중심으로 하여 전체 흐름에 대한 조망 정도의 목표를 두고 점검을 하였다. 그러다 보니 소설 연구에서 가장 중요한 작업이라 할 수 있는 개별 작품들에 대한 연구사가 소홀하게 이루어질 수밖에 없었다. 이 점이 이 글의 가장 큰 한계라 할 수 있을 것이다.

그럼에도 불구하고 이상의 개괄을 통해 그간에 진행된 고소설 연구사의 대체적인 흐름은 이해할 수 있게 되었다. 50~60년대가 고소설 작품들의 분류와 작품 내용 개관, 작가의 생애와 작품과의 관계처럼 고소설 이해에 필요한 기초적인 자료를 정리하고 해석하는 데 주력한 기초 확립기 였다면, 1960년대말에서 1970년대에 이르는 기간은 고소설을 문학 작품으로 해석하려는 치열한 방법론적 고민을 보여준 시기였고, 1980~90 년대는 고소설의 작품과 유형, 작가에 대한 보다 치밀하고 섬세한 분석적 연구가 주를 이루는 시기였다고 개괄할 수 있을 것이다.

어느 시기를 막론하고 고소설 연구는, 소설 작품과 소설사의 흐름을 이해하기 위한 치밀한 실증적 사료 검증, 보다 예각적인 시각을 바탕으로 한 섬세한 작품론, 소설사를 거시적으로 조망할 수 있는 탄탄한 양식론 또는 유형론 및 유형과 유형 사이의 관계 해석, 그리고 이를 바탕으로 한 설득력 있는 소설사의 기술 등을 목표로 한다고 할 수 있다. 그러면서도 그간의 연구사를 개관하면서 특별히 느껴지는 점은 1980~90년대의 논의에서 볼 수 있는 바, 소설사 연구 방법론에 대한 거대 담론, 소설사의 흐름에 대한 거대 담론 등이 점차 위축되는 것이 아닌가 하는 것이다. 물론 이는 분과학적인 학적 체계를 바탕으로 하고 있는 우리의 연구 조건상 필연적인 것이라 할 수 있을 것이다. 그러나, 그 경우 연구 행위가 애초의 연구 목표와 괴리됨으로써, 학문 행위가 점차로 연구자 대중, 또는 일반 대중으로부터 유리되어 가는 결과를 초래할 위험이 있다. 이러한 점을 생각한다면 바람직한 고소설사 연구에서 견지해야 할 태도는 연구를 치밀한 실증을 바탕으로 하되 애초 고소설 연구의 목표로 설정하였던 소설사론, 장르론, 또는 민족 문학론 등과 같은 거대 담론과 괴리되지 않도록 각별히 유의하는 일이라 생각한다.

| 참고문헌 |

소재영, 「고대소설사 40년의 행적」, 『새국어교육』 13, 한국국어교육학회, 1969. 12.
소재영, 「고대소설관계 논저총람」, 『월간문학』 22~25호, 월간문학사, 1970.
우쾌제, 「고대소설 연구의 사적 고찰」, 『우리문학연구』 4집, 1981.
김일렬, 「소설론」, 『제25회 전국국어국문학연구발표회초』, 1982.
황패강 · 강재철 · 김영수 편, 『향가 고소설관계 논저목록 1890~1982』, 단국대학교 출판부, 1983.
화경고전문학연구회 편, 『향가 고소설관계 논저목록 19830~1992』, 단국대학교 출판부, 1993.
소재영 · 김근태 · 장경남 외 편, 『한국고전문학관계연구논저총목록1900~1992』, 계명문화사, 1993.
화경고전문학연구회 편, 『고소설 연구』, 일지사, 1993.
황패강, 「고소설 연구사 서설」, 한국고전문학회편, 『고소설 연구의 방향』, 새문사, 1985.
유영대, 「고전소설연구 방법론」, 한국고전문학회편, 『고소설 연구의 방향』, 새문사, 1985.
권순긍, 「고전소설 연구 동향」, 『민족문학사 연구』 2호, 민족문학사 연구소, 1991.
장효현, 「하반기 고전소설 연구동향」, 『민족문학사연구』 1호, 민족문학사 연구소, 1990.
신동흔, 「1992년도 고전소설 연구동향」, 『민족문학사 연구』 4호, 민족문학사 연구소, 1993.
정출헌, 「1993 · 94년도 고전소설 연구동향」, 『민족문학사 연구』 6호, 민족문학사 연구소, 1994.
진경환, 「1994 · 95년도 고전소설 연구동향」, 『민족문학사 연구』 8호, 민족문학사 연구소, 1994.
류준필, 「광복 50년 고전문학연구사의 전개과정」, 『한국학보』 78집, 1995년 봄호.
서인석, 「소설문학 연구 동향」, 『국문학연구』 1호, 국문학회, 1997.
김종철, 「소설문학 연구동향」, 『국문학연구』 2호, 국문학회, 1998.
박일용, 「소설문학 연구동향」, 『국문학연구』 3호, 국문학회, 1999.
이승복, 「소설문학 연구동향」, 『국문학연구』 4호, 국문학회, 2000.
조희웅, 『고전소설 문헌정보』, 집문당, 2000.
조희웅, 『고전소설 작품 연구 총람』, 집문당, 2000.
조희웅, 『고전소설 이본 목록』, 집문당, 1999.

고전시가 연구 50년

성호경

1. 서론

한국 고전시가에 대한 학문적 연구는 1920년대부터 이루어지기 시작하여 현재까지 대략 80년간의 짧지 않은 역사 속에서 커다란 진전을 이룩하였다. 이 동안 많은 사람들이 그 연구활동에 참여하여 수많은 연구논저들을 산출해 왔으며, 다양한 연구방법과 적지 않은 연구경향상의 변천을 보여 왔다.

이 글은 그 가운데서 한국전쟁(6・25 : 1950～53) 이후의 약 50년간의 연구를 중심으로 하여 그 연구사를 정리하는 작업으로서 씌어지는 것이다.

논의의 입체화・다면화를 위해, 연구사를 '시기별 연구동향'과 '영역별 연구의 성과와 쟁점'의 양면에서 살피기로 하겠다. '시기별 연구동향'에서는 1920년대 이래 한국전쟁 전까지의 前史를 포함하여 각 시기별로 연구자들의 동향과 연구의 경향 등을 간략히 살펴보고, '영역별 연구의 성과와 쟁점'에서는 '일반론'에서 한국 고전시가 전반에 걸치는 여러 영역들 가운데서 기본이 되는 예술적 본질, 형식, 미의식에 대한 연구의 성과와 쟁점을 살피며, '각 장르론'에서는 상고대 시가, 향가(또는 신라시대 시가), 여요(또는 고려시대 시가), 시조 및 사설시조, 가사, 잡가와 같은 각 장르(또는 특정 시대의 시가)별로 그 연구의 성과와 쟁점을 정리해 보겠다(민요도 한국 고전시가의 중요한 일부이지만, 이에 대한 연구사 정리는 '구비문학' 분야에서 밑기 때문에, 이 글에서는 다루지 않는다).

그런데 이 제한된 분량의 글 속에서는 짧지 않은 기간 동안에 이루어진 그 많은 연구논저들을 충분히 다룰 수가 없기 때문에, 논의의 독창성, 추론의 논리성, 그리고 학계에서의 영향력 등을 고려하여 주요 연구성과로 판단되는 일부 논저들을 통해서 한국 고전시가 연구의 흐름과 성과 및 쟁점 등을 살피기로 한다.

2. 시기별 연구동향

1) 前史

(1) 光復(8 · 15) 이전

우리의 민족문학에 대한 각성은 1900년대 초부터 있었으나, 그 문학유산에 대한 학문적 연구는 대체로 신문학 운동이 본격화되던 1920년대부터 이루어졌다고 할 것이다.

19세기 말엽에 들어서 외세들의 각축에 시달리다가 1910년에 일본에 나라를 빼앗기고 근 10년이 지나면서, 우리 민족은 포악하고도 간교한 일제의 식민통치에 의해 문화민족으로서의 자존심은 물론이고 민족의 정체성마저 상실할 위기를 맞았고, 1919년 3월부터 거족적으로 일으킨 기미독립만세운동(3 · 1운동)이 실패로 끝난 뒤에는 한동안 정신적 공황상태에 놓이게 되었다. 이러한 위기의 상태에서, 한편에서는 무장투쟁에 의한 독립운동이 펼쳐지고, 다른 한편에서는 문화적인 면에서 민족의 정체성을 확인하고 자긍심을 회복하기 위한 여러 움직임들이 나타나게 되었는데, 이 문화운동의 일환으로서 '國民文學' 운동이 문인들을 중심으로 하여 1920년대 후반부터 전개되었다.

이때 크게 부각된 것이 時調였다. 시조는 우리 민족이 남긴 문학유산의 정화로서 민족의 정신과 민족적 율조를 가장 잘 보여주며, 국민 전 계층이 참여한 '국민문학'이었다는 것이다.

1926년에 崔南善이 「朝鮮國民文學으로서의 時調」(『朝鮮文壇』 15, 朝鮮

文壇社, 1926. 5) 등을 발표하자, 여러 문인・지식인들이 시조에 각별한 관심을 기울이고, 그 창작과 더불어 그 이해를 위한 활동에도 참여하게 되었다. 이 1920년대 후반에 최남선을 비롯하여 李秉岐・李殷相 등의 문인들이 주축이 되어 형식을 중심으로 하여 시조에 대한 논의를 활발히 펴 나갔다. 그러나 이들 문인들의 논의는 대체로 학문적 연구로서의 요건들을 제대로 갖추지 못한 편이었다.

한편, 安廓(自山)은 이보다 앞서 『朝鮮文學史』(韓一書店, 1922)를 간행했는데, 국문학 연구가 제대로 착수되지 못했던 당시의 수준을 반영하여 허술한 면이 많지만, 최초의 국문학사 저술로서 의의가 크다. 또 그는 1940년에 『時調詩學』(朝光社, 1940)를 간행하기도 했다.

1929년부터 京城帝國大學의 朝鮮語學及文學科의 졸업생들이 배출되기 시작했고, 이들이 중심이 되어 1931년에 朝鮮語文學會를 결성하여 학회지 『朝鮮語文』을 펴냈으며, 1934년에는 震檀學會가 창립되고 학회지 『震檀學報』를 간행하기 시작했다. 이 무렵부터 서구적인 신학문의 훈련을 받은 학자들에 의해 한국 고전시가에 대한 학문적 성격을 갖춘 연구들이 이루어지기 시작했다.

1929년에 일본인 小倉進平이 처음으로 향가 25수 전체를 解讀한 『鄕歌及び吏讀の硏究』(京城帝大, 1929)를 간행함으로써 향가 연구를 위한 기반이 마련되었고, 1930년대에 들어 가사와 고려시가에 대한 연구도 이루어지게 되었다. 이로써 한국 고전시가 연구는 시조 이외의 여러 장르들에 대하여도 학문적 조명을 가하게 되어, 미숙한 대로 체계화를 기할 수 있게 되었던 것이다.

1930년대의 한국 고전시가에 대한 연구는 그 전부터 시조에 대한 연구 성과를 활발히 발표해 오던 이병기와 더불어 경성제대 출신의 趙潤濟와 金台俊 등이 주도해 나갔다.

1937년에 조윤제의 『朝鮮詩歌史綱』(東光出版社, 1937)이 간행되었는데, 이 책은 한국시가의 발달사를 체계적으로 서술한 첫 업적으로서, 고전시가

연구의 본격화를 위한 기초를 마련하였고, 이후의 연구에 지대한 영향을 끼쳤다.

향가 연구에서는 梁柱東이 1930년대 후반부터 小倉進平의 해독을 비판하고 새로운 해독을 시도하여, 그 결과를 뒤에 『朝鮮古歌硏究』(博文書館, 1942)로 간행하게 되었다(1957년에 訂補版, 1965년에 增訂版이 나왔다).

1930년대 후반에 일제가 중국 침략의 야욕을 구체화하여 한반도를 그 전초기지로 삼으면서 우리 민족에 대한 착취와 탄압을 강화하게 되자, 학문 연구를 포함한 제반 활동이 제약을 받게 되었고, 1940년대에 들어서 일제가 우리말과 우리글의 교육을 금지시키는 한편, 국문으로 발간되는 신문·잡지를 폐간시키고 우리말·우리글 연구를 탄압하는 민족말살정책을 자행함에 따라, 국문학 연구는 1945년 광복을 맞기까지 한동안 암흑기에 처하게 되었다.

1920년대부터 광복 전까지 한국 고전시가 연구에 참여한 사람들로는, 앞에서 든 사람들 이외에 鄭寅普·孫晉泰·高橋亨(일본인)·李熙昇·權相老·劉昌宣·趙東卓·重光兌鉉 등도 있었다.

이 시기의 연구는 대체로 민족주의를 기본 정신으로 하고 실증주의적 태도를 바탕으로 하여 문헌학적·역사적 방법에 치중하는 경향을 뚜렷이 보였다.

(2) 광복(8·15)~한국전쟁(6·25)

1945년 8월 일제의 패망으로 광복을 맞게 되자, 해방의 감격과 새나라 건설의 열정 속에서 전국 각지에 대학이 설립되고 국어국문학과와 국문과(사범대학)가 설치되어, 국문학 연구의 열기는 고조되었다.

이 시기의 한국 고전시가 연구는 이전에 뚜렷한 연구성과를 거두었던 조윤제·양주동 등에다가 1930년대 후반 이후에 경성제대 조선어문학과를 졸업했던 高晶玉·鄭亨容·金思燁 등이 새로 참여하여 활기를 띠었다.

조윤제는 그의 연구논문들을 묶은 『朝鮮詩歌의 硏究』(乙酉文化社, 1948)와 민족사관에 의거한 『國文學史』(東國文化社, 1949) 등의 수준 높은 저서를 간행하였고, 양주동은 고려시가 작품들을 주석한 『麗謠箋注』(을유문화사, 1947)를 발간하였다.

한편, 전국 각 대학에 설치된 국어국문학과·국문과에서 국문학사나 국문학개설 강좌를 위한 교재가 없어서 불편을 겪게 되자, 1947~49년 사이에 권상로와 李明善, 그리고 김사엽이 각각 『조선문학사』를 내놓았고, 우리어문학회(方鍾鉉·具滋均·金亨奎·孫洛範·高晶玉·鄭鶴謨·鄭亨容)에서도 분담 집필로 『국문학사』와 『國文學概論』을 출간하였다. 그러나 이 책들은 대체로 앞 시기에 조윤제 등이 쌓은 업적에다 새로운 면들을 약간 덧붙인 정도의 수준을 크게 넘지 못하는 편이다.

그런 가운데서도 고정옥은 조선 후기 서민문학의 의의를 강조하며 사설시조의 성격에 대하여 주목되는 견해를 보였고, 김사엽과 金三不도 충실한 연구업적을 내놓았다.

광복 직후부터 한국전쟁이 발발하던 때까지는 저서 또는 교재용 서적의 출간은 많으나 연구논문은 얼마 되지 않는다. 이 시기의 연구들에서도 실증주의적 태도와 문헌학적·역사적 방법이 두드러졌지만, 唯物論的·사회경제사적 관점을 중심으로 하여 문학사를 살핀 이명선 등 일부에서는 이전과는 다른 시각을 보이기도 했다.

이 시기에 한국 고전시가 연구에 참여한 사람들로는, 앞에서 든 사람들 이외에 이병기·李熙昇·池憲英·尹崑崗·申瑛澈·洪雄善·朴魯春 등도 있는데 이들은 주로 작품집이나 주석본을 간행하였다.

그런데 광복 직후부터 좌·우익의 사상 대립이 날로 첨예화되다가 1950년 6월에 한국전쟁이 발발하자, 모든 학문적 연구는 한동안 침체상태에 빠지게 되었다. 그리고 광복 후 고전시가 연구에 참여했던 사람들 중 고정옥·정형용·이명선·김삼불 등이 월북하자, 이후 고착된 냉전체제 속에서 이들의 연구성과는 한동안 계승되거나 발전되기가 어렵게 되었다.

2) 한국전쟁 이후~1960년대

1950년 6월에 발발한 한국전쟁으로 인해 한동안 침체기에 빠졌던 국문학 연구는 전쟁이 끝날 무렵부터 재건되기 시작했다.

앞 시기의 연구자들 가운데 상당수가 전쟁 중에 월북하거나 사망했지만, 일제시대부터 연구활동을 활발히 해 오던 조윤제·이병기·양주동 등에다가 김사엽·지헌영 등도 연구를 계속한 데다, 광복 후에 대학을 졸업한 사람들이 학계에 대거 등장하여 활발한 연구활동을 펼쳐나가게 되었다. 이 신진 학자들은 1952년에 임시 수도인 부산에서 '국어국문학회'를 결성하고 학회지 『국어국문학』을 펴내며 어려운 상황 속에서 국문학 연구의 맥을 이었고, 전쟁이 끝난 1953년부터는 전국 각지의 대학 강단에 서서 국문학 연구의 주류를 이루게 되었는데, 이들의 활동은 학자 및 자료의 손실·분산으로 인한 막대한 타격을 상당 정도 메우면서, 국문학 연구가 새롭게 정립되어 나감에 크게 이바지했다.

1950년대부터 국문학의 연구영역 분화가 촉진되어 고전시가·고전소설·한문학·현대문학 등의 전공분야가 정립되었고, 이전에 한 사람이 여러 분야에 걸쳐 연구하던 풍토가 줄어들고, 각 분야별 전공자들이 뚜렷이 나타나게 되었다.

그러한 중에도 다수 학자들의 관심은 여전히 고전시가에 많이 쏠리고 있었다. 앞에서 든 사람들 이외에도, 金根洙·金東旭·金鍾雨·金俊英·박노춘·朴晟義·徐首生·沈載完·李能雨·李明九·李泰極·鄭炳昱·崔正如·崔珍源·Peter H. Lee(李鶴洙) 등이 고전시가를 주전공 분야로 하여 그 연구에 참여하였다.

1950년대의 한국 고전시가 연구에서는 김동욱·김사엽·金烈圭·이능우·이병기·李在秀·이태극·정병욱·조윤제 등이 이후의 연구에 많은 영향을 끼친 연구업적들을 발표하였다. 특히 조윤제의 『국문학개설』(동국문화사, 1955)은 이전에 나왔던 몇몇 국문학개론들과는 달리 국문학의 전반적인 양상들을 체계적으로 살핀 본격적인 개설서로서의 면모를 갖추었고, 정병욱의 「古詩歌 韻律論 序說」(『崔鉉培先生還甲記念論文集』, 思想界社, 1954)은 '字數考' 위주의 형식 논의를 비판하며 Paul Pierson의 이론에 의거하여 시의 리듬을 '시간적 等長性을 力學的으로 不同하게 하는 操作(dissimilation dynamique)'으로 규정하고, 音步(foot) 중심의 律格論을 도입함으로써 한국 고전시가의 형식 연구에 새로운 지평을 열었으며, 이후의 연구의 발전에 지대한 공헌을 했다.

1950년대에 이루어진 연구에서도 앞 세대의 민족주의 정신과 문헌학의 방법을 이어받은 경향이 뚜렷하다. 그러면서도 일부에서는 문헌학적 방법의 한계를 극복하기 위해 민속학으로 기울어지는 양상을 적지 않게 보이기도 했다. '문헌의 배후에 서 있는 인간을 보려다가 그 인간의 생활 주변을 훑게 되었던 것'(김동욱의 술회)인데, 이러한 경향은 이후 문화인류학적인 시각과 방법으로 바뀌어 가게 되었다.

1960년대에는 1950년대에 연구활동을 하던 사람들에다 姜銓燮·權寧徹·金起東·金相善·金尙憶·金善豊·金聖培·金貞淑(昔姸)·金重烈·金智勇·金倉圭·朴魯埻·朴堯順·朴乙洙·朴焌圭·徐元燮·成元慶·呂增東·尹貴燮·李東英·李相寶·李佑成·李鍾出·李慧淳·林憲道·全圭泰·鄭琦鎬·丁益燮·鄭在鎬·趙芝薰(東卓)·秦東赫·崔康賢·崔東元·許暎順·洪在烋·黃浿江 등이 새로 참여하여 고전시가 연구는 성황을 이루었다.

이 시기의 고전시가 연구에서 김동욱·김열규·박성의·양주동·여증동·李慶善·이명구·이병기·이우성·李惠求·이혜순·張德順·張師勛·정병욱·조윤제·최정여·최진원·Peter H. Lee 등이 이후의 연구에 큰 영향을 끼친 연구업적을 내놓았다.

1960년대의 연구방법에서 주목되는 것은, 이전의 문헌학이나 민속학이 문학작품 외적인 사실들의 구명과 고증을 연구의 중심과제로 삼았음에 비해, 문학작품의 내재적 본질과 특징을 구명하는 일을 중심과제로 삼는 경향이 대두되었다는 점이다. 이 새로운 경향은 개별 작품에 관심의 초점을 맞추면서,

작품 해석에서 역사적 · 전기적 자료를 중시하는 방법에 반대하고, 주로 시 작품을 중심으로 하여 언어적 표현의 의미와 기능을 분석하여 시적 사고와 언어의 특징을 밝히고자 한 신비평(New Criticism)의 방법이나 예술철학에 바탕을 둔 미학적 방법과도 맥락을 같이 한다. 이러한 內在的 연구(intrinsic study) 또는 문예학적인 연구의 선구적인 업적으로는 정병욱의 「雙花店攷」(『서울대 문리대학보』 10-1, 1962) 등을 들 수 있다.

그리고 민속학적 방법에서의 변혁도 주목되는데, 현장조사(field work)에 주로 의존했던 이전의 민속학적 방법을 지양하고 문화인류학적 · 신화학적 시각에서 그 연구성과를 도입하여 문학작품을 살피고자 하는 새로운 학풍으로의 변혁이 나타난 것이다. 이러한 연구의 선구적인 업적으로는 김열규의 「駕洛國記攷」(『國語國文學』 2, 부산대 국어국문학회, 1961) 등을 들 수 있을 것이다.

이처럼 작품 자체에 대한 과학적 연구를 강조하는 경향은 특히 형식 · 언어 조직 · 리듬 · 비유 · 문체 등을 연구의 중심영역으로 삼는 풍조를 낳게 되었는데, 이 형식주의적 경향은 脫현실적 경향을 띠며 탈민족의식의 반영으로서의 성격을 적지 않게 지닌 것이다.

아무튼 한국전쟁 이후부터 1960년대까지는 앞 시기의 이론이나 방법론을 비판 · 극복하고, 歐美로부터 새로운 문학이론이나 연구방법론을 활발히 받아들여 이를 실험하고 정착시켜 나가기 시작한 시기라고 할 수 있을 것이다.

그런데 1960년대의 후반 무렵부터 학계의 판도에 새로운 변화가 나타나게 되었다. 연구의 중심분야가 시가에서 소설로 점차 넘어가게 되었고, 구비문학에의 관심이 크게 증대되었던 것이다.

3) 1970년대~1980년대

1960년대부터 실험되던 새로운 문학이론과 연구방법은 1970년대에 들어서 정착되어, 이 무렵부터 국문학 연구는 획기적인 진전을 보이게 되었는데,

이는 고전시가 분야에서도 나타났다. 새로운 장르이론 및 연구방법을 갖춘 趙東一이 1960년대 말부터 주목되는 연구업적들을 고전시가 분야에서도 잇달아 발표하여(「가사의 장르 규정」, 『語文學』 21, 한국어문학회, 1969 ; 「18·19세기 국문학의 장르체계」, 『古典文學硏究』 1, 한국고전문학연구회, 1971 ; 「美的 範疇」, 『韓國思想大系 I : 문학·예술사상편』, 성균관대학교 대동문화연구원, 1973 ; 「경기체가의 장르적 성격」, 『학술원 논문집』 15, 1976 등) 학계에 큰 자극을 줌으로써 장르론과 작품 구조 분석 등의 면에서 연구의 수준을 크게 향상시켜 나가게 되었던 것이다.

한편, 1960년대에 국사학계에서 일기 시작했던 식민사관 극복을 위한 노력은 1960년대 후반부터 우리 나라 자체 내의 '내재적 발전론'을 강조하는 풍조를 이루었고, 이에 영향을 받아 국문학계에서도 '근대문학의 기점'을 甲午更張(1894) 이전의 시대에서 찾는 것이 주요한 관심사로 떠올라, 1970년대부터는 조선 후기의 '평민문학'에서 근대적 성격 또는 그 싹을 찾고자 하는 움직임이 구체화되었다(이러한 연구의 주요한 성과로 金允植·김현, 『한국문학사』, 민음사, 1974 등이 있음). 고전시가 연구에서도 조선 후기의 사설시조와 평민가사 등에서 중세적 전통을 거부하는 현실비판 정신이나 민중적 의식 등을 찾고자 하는 경향이 두드러지게 되었다. 그리고 이는 1960년대 후반 무렵부터 다시 고조된 민족주의적 기풍과 새로운 학문적 풍조로 부각되기 시작한 사회학적 시각 및 방법론과 발맞추는 것이기도 하다.

그런데 이전까지 국문학 연구에서 소홀히 되었던 구비문학과 한문학이 1960년대 후반 또는 1970년대 초부터 주요 연구분야로 새롭게 대두함에 따라, 신진 연구인력들이 이 신흥 분야들에 대거 참여하게됨으로써, 국문학 연구의 판도에 큰 변화가 생기게 되었다. 고전시가 분야에 서 연구인력의 참여가 부진한 것은 물론이고, 기존 연구자들의 일부도 다른 분야로 관심을 옮기게 됨에 따라, 이전까지 국문학의 중심적인 연구분야였던 고전시가가 소설 등의 서사문학 쪽에 그 왕좌를 물려주게 되었던 것이다.

1970년대에 고전시가 연구에 참여한 사람들로는 이전부터 연구를 수행하던 사람들에다 權斗煥 · 金基卓 · 金大幸 · 金東俊 · 金文基 · 金炳國 · 金洙業 · 金承璨 · 金雲學 · 金學成 · 金興圭 · 朴喆熙 · 成鎬周 · 芮昌海 · 尹榮玉 · 鄭惠媛 · 趙東一 · 朱鍾演 · 崔喆 · 黃忠基 등 이전에 비해 현저히 적은 사람들이 가세하였고, 이 시기에 강전섭 · 김대행 · 김동욱 · 김병국 · 김수업 · 김열규 ·김창규 · 金宅圭 · 林熒澤 · 김학성 · 박노준 · 박철희 ·成賢慶 · 심재완 · 이능우 · 이상보 · 李在銑 · 정병욱 · 정익섭 · 정재호 · 조동일 · 최동원 · 崔信浩 · 홍재휴 · Peter H. Lee 등이 이후의 연구에 큰 영향을 끼치거나 주목되는 연구업적을 내놓았다.

1980년대에는, 1950년대에 연구를 수행하던 학자들의 대다수가 별세하거나 사실상 연구활동을 그친 가운데, 1970년대에 활동하던 사람들에다 金甲起 · 金碩會 · 金昞國 · 金榮洙 · 朴奎洪 · 朴英柱 · 成基玉 · 成昊慶 · 宋在周 · 辛恩卿 · 梁太淳 · 楊熙喆 · 呂基鉉 · 元容文 · 柳鍾國 · 尹徹重 · 李魯亨 · 李壬壽 · 全壹煥 · 鄭明世 · 鄭尙均 · 曺圭益 · 趙泰欽 · 曺平煥 · 趙興旭 · 崔美汀 · 崔相殷 · 崔龍洙 · 崔載南 · 河聲來 · 許南春 등이 고전시가 연구에 새로 참여하였고, 이 시기에 강전섭 · 권두환 · 권영철 · 김대행 · 김문기 · 김수업 · 김학성 · 김흥규 · 성기옥 · 성호경 · 양태순 · 예창해 · 李圭虎 · 이상보 · 정명세 · 조동일 · 진동혁 · 최강현 · 최재남 등이 주목되는 연구업적을 내놓았다.

이 시기에는 1970년대의 연구방법을 이어받아 구체적인 연구를 통해 한국 고전시가의 장르적 성격과 구조에 대한 이해를 심화시켰고, 음악이나 담당층과의 관련을 통해 그 존재기반 및 존재양상을 구명하는 일에 대한 관심을 좀더 뚜렷이 보였다고 할 수 있을 것이다.

한편, 1980년대 후반 무렵부터는 독일 문예학계에서 1960년대 말에 시작되었던 문학연구 방법론인 受容美學(Rezeptionsästhetik)의 영향을 적지 않게 받게 되어, 문학작품의 완성이 독자의 수용이라는 소통과정을 통해서만 이루어진다고 보고, 기왕에 '작품'으로 부른 것이 작가 · 작품 · 독자간의 소통과정을 담고 있는 매개체에 불과하다고 하여 이를 '텍스트(text)'로 부르며, 문학 연구의 주요 목표를 작품 완성의 최종단계인 독자의 수용과정에서 생겨나는 '審美的 경험'의 분석에 두는 경향이 점차 증대하게 되었다. 수용미학은 역사를 도외시한 형식주의와 텍스트를 도외시한 사회이론과의 절충을 찾기 위한 노력의 일환으로서 나타났던 것인데, 한국 고전시가 연구에서도 그 도입은 1960년대부터 뚜렷이 나타난 형식 위주의 분석적 시각(신비평 등)과 1970년대부터 성행한 사회학적 시각에 따른 각 연구들에서의 문제점 및 한계를 해결하고 극복하려는 노력으로서의 성격을 다분히 띠는 것이다.

이처럼 1970년대와 1980년대의 고전시가 연구에서는 연구자들의 세대교체가 점차 이루어지고 연구자들의 참여가 점차 줄어드는 추세 속에서, 앞 시기에 이루어진 연구성과들을 기반으로 하면서도 그 한계 및 문제점들을 극복하고 해결하기 위한 새로운 연구방법을 모색하고 이를 구체화함으로써, 한국 고전시가 연구의 수준을 한 단계 높이 끌어올리게 되었다. 전반적으로 반성과 모색을 통해 앞 시기에 단초를 보였던 새로운 연구방법들이 구체적인 성과를 거둔 시기였다고 할 수 있을 것이다.

4) 1990년대

1990년대에는, 1960년대에 활동하던 연구자들의 대다수가 연구활동을 그친 가운데, 1980년대에 활동하던 사람들에다 高美淑 · 高淳姬 · 金秀卿 · 김용찬 · 羅貞順 · 朴京珠 · 朴美英 · 朴然鎬 · 성무경 · 孫五圭 · 孫鐘欽 · 宋鍾官 · 愼慶淑 · 申蓮雨 · 신영명 · 申載弘 · 嚴國鉉 · 柳海春 · 尹德鎭 · 李都欽 · 李東姸 · 李亨大 · 임주탁 · 全在康 · 鄭武龍 · 鄭雲采 · 정흥모 · 趙世衡 · 崔圭穗 등이 고전시가 연구에 새로 참여하였고, 이 시기에 고미숙 · 권두환 · 김대행 · 김학성 · 김흥규 · 박영주 · 박을수 · 성기옥 · 성호경 · 양희철 · 임기중 · 조규익 등이 주목할 만한 연구업적을 발표하였다.

1990년대부터는 대체로 1980년대까지 구체화되고 심화된 연구를 기반으로 하여, 한국 고전시가와 담당층과의 관계에 대하여 크게 관심을 기울여서, 시가 작품과 작가 및 수용자들의 삶과의 관계, 시가 작품의 演行 양상 등에 대한 논의가 활발히 이루어지기 시작했다.

그리고 1980년대 후반 무렵부터 대두되기 시작한 수용미학적 시각에 의거한 연구가 1990년대에 들어서 점차 성행하게 되었다. 그러나 그 연구의 성과는 아직 미미하여 談話(discourse)의 양상 등 텍스트의 소통과정의 몇 국면을 살피는 데 그치고, 독자의 심미적 경험에 대한 분석으로까지는 나아가지 못한 차원에 머무르고 있다.

또한, 1990년대에는 그 동안 조선 후기의 문학에서 근대적 정신 또는 근대문학의 맹아를 찾고자 하던 경향에 대해, 조선 후기의 이른바 '평민문학'의 주된 담당층이 평·서민이라기보다는 중간계층(또는 하급지배계층)인 중인으로 판단되고, 그 중인계층의 성격이 양면적이며 그들의 문학에서 적극적인 현실비판의식이나 근대적 정신이 그리 뚜렷이 드러나지 않는다는 인식이 나타남에 따라, 1970년대와 1980년대를 풍미했던 연구경향에 대한 반성적 성찰이 이루어지기 시작했다.

이는 이 무렵부터 성행하기 시작한 포스트모더니즘(Postmodernism)의 풍조와 연관되는 면이 적지 않기도 하다. 1960년대에 미국과 유럽에서는 당초 리얼리즘에 대한 반동으로서 제기되었던 모더니즘이 반지성적이며 인간의 이성이나 도덕감보다는 정열과 의지를 더 중시한 근본정신과는 달리 스스로 정교한 형태를 구축하고 그들 나름의 질서와 규범을 만들어내는 경향을 보이게 되자, 이 같은 모더니즘적 질서에 대한 반발로서 포스트모더니즘의 기운이 태동했다. 이 새로운 문학·예술의 조류는 한편에서는 전통과의 단절, 불확정성, 파편화, 反리얼리즘, 전위적 실험성, 非역사성, 비정치성 등의 모더니즘의 기본입장을 거의 그대로 받아들여 극단적인 형태로 발전시키며, 다른 한편에서는 자아의 주관성에 대한 새로운 입장, 행위와 참여, 임의성과 우연성, 주변적인 것 등을 강조하고 脫장르화와 자기반영성 등을 지향한다는 면에서 모더니즘과 차별을 보이게 되었다.

이러한 풍조가 1970년대와 1980년대의 고전시가 연구에서 뚜렷이 부각되었던 사회학적 시각 및 방법론이 노정한 문제점(개인·개체보다는 집단·유형을 중시하여, 작가의 개인적 의지와 창의를 소홀히 다루고, 문학 및 그 작품의 창조에서 사회적·역사적 조건의 영향을 과도하게 강조함 등)에 대한 반성과 맞물리면서 1990년대부터의 한국 고전시가 연구에도 영향을 미치기 시작한 것으로 판단된다.

3. 영역별 연구의 성과와 쟁점

1) 일반론

(1) 예술적 본질

한국 고전시가는 오랫동안 대다수의 작품들이 노래로 불린 양상을 보였다. 이 점 때문에 그 예술적 본질에 대하여 논란이 일게 되었다. 초기부터 많은 사람들은 '詩歌'(또는 '歌謠')라 칭하면서도 대체로 그 예술적 본질을 '시'로서 인식해 온 편인데, 이에 대해 그것이 지닌 음악(악곡)과의 긴밀한 관련에 주목하여 문학(시)으로 보기보다는 문학과 음악이 결합된 복합체(통합예술)로서의 '노래'로 보아야 한다는 견해가 제기된 것이다. 그리고 이는 고려 후기 무렵부터 사대부들에게서 본격적인 문학으로 대접받아 온 중국계의 漢詩를 보편적인 시로 보고, 우리말 시가의 성격을 보편적인 시와는 다른 특수한 것으로 인식하는 시각과도 맥락을 같이하는 것이다.

이러한 논란을 우리말 시가와 긴밀한 관련을 맺고 있었던 음악 및 한시와의 관계를 통해 살펴보기로 한다.

가) 음악과의 관계

한국 고전시가와 음악과의 관계를 밝히려는 연구들은 국문학계와 국악학계의 일각에서 간간이 이루어져 왔다. 1950년대에 鄭炳昱의 「古詩歌 韻律論序說」(『崔鉉培先生還甲記念論文集』, 사상계사, 1954), 李能雨의 「국문학과 음악의 상호 제약 관계」(『최현배선생환갑기념논문집』, 1954) · 「시와 음악의 분리과정 考究」(『斗溪李丙燾博士回甲紀念論叢』, 一潮閣, 1956) 등이 한국 고전시가 전반에 걸쳐 음악과의 관계를 개괄적으로 살핀 이래, 1960 · 70년대의 고려시가를 중심으로 한 崔正如의 「고려의 俗樂歌詞 論攷」(『청주대 논문집』 4, 1963) · 金宅圭의 「別曲의 구조」(한국어문학회 편, 『고려시대의 언어와 문학』, 형설출판사, 1975) 등과, 1980년대부터의 梁太淳의 「고려속요에 있어서 악곡과 노래말의 변모양상」(『冠嶽語文研究』 9, 서울대 국어국문학과, 1984) · 「고려속요와 악곡과의 관계」(『청주사대 논문집』 15, 1985) · 「鄭瓜亭(眞勺)의 연구」(서울대 박사논문, 1991), 成昊慶의 「16세기 國語詩歌의 연구」(서울대 박사논문, 1986) · 「고려시가의 문학적 형태 복원 모색」(『碧史李佑成先生定年退職紀念 國語國文學論叢』, 驪江出版社, 1990) · 「한국 고전시가의 존재방식과 노래」(『古典文學研究』 12, 한국고전문학회, 1997a) · 「한국 고전시가의 詩形에 끼친 음악의 영향」(『韓國詩歌研究』 2, 한국시가학회, 1997b), 그리고 시조를 중심으로 한 조규익의 『가곡창사의 국문학적 본질』(집문당, 1994) 등과, 국악학계에서의 李惠求의 『韓國音樂序說』(서울대 출판부, 1967) · 張師勛의 『國樂論攷』(서울대 출판부, 1967) 등을 주요 연구성과들로 들 수 있다.

그러나 이 방면에 대한 연구는, 문학과 음악을 아우르는 연구의 어려움 등 때문에, 지금까지 그리 활발히 이루어지지 못한 편이다. 그리고 앞서 든 연구들에서도 이능우(1954 · 1956)와 성호경(1997a · 1997b) 등의 연구 이외에는, 대체로 전반적 · 체계적인 논의로 나아가지 못한 것이거나 또는 이론적 토대가 불충분하여 깊이 있게 이루어지지 못한 것이 대부분이다.

한국 고전시가가 오랫동안 음악(歌唱)과 긴밀한 관련을 맺고 있었다는 점 때문에, 그 연구가 음악(가창)과의 관련을 떠나서는 거의 불가능하다는 인식이 일찍부터 적지 않은 사람들에게 받아들여져 오고 있다. 이러한 견해는 특히 1990년대에 들어 구체적인 주장의 형태로 뚜렷이 나타났는데, 이 가운데는 한국 고전시가를 '시'로 보기보다는 시와 음악이 어울려 이루어진 통합예술로서의 '노래'로 보아야 한다는 시각이 적지 않다. 조규익은 한국 고전시가가 '노래'로서 존재했으므로 그 '노래함'이 예술적 본질의 규명에서 핵심이 되어야 한다고 하여, 우리말 시가를 '노래'로 규정하고 음악의 영역에다 귀속시키기까지 했다.

이에 비해, 이능우는 양자간의 관계 양상에 대한 실제 연구를 통해, 한국 고전시가에서는 '詩主音從' 현상이 많았으며, 그 반대의 경우에도 시행이나 리듬은 음악의 제약을 받지 않고 독자적으로 정립되어 있음을 지적하여, 시의 형식과 음악의 형식은 별개라는 견해를 보였다. 성호경도 한국 고전시가의 향수방식과 그 노래에서의 문학(歌詞)과 음악(악곡)의 역학적 관계를 살펴, 그 작품들이 가창으로서만 향수되지는 않았으며(가창에서도 작곡에 의한 방식 이외에 악곡의 제약이 다소 느슨한 '가락맞추기' 방식이 있었다는 가설을 제기하였음), 고려시대 및 조선 후기의 일부 작품들을 제외한 대다수 작품들의 노래함에서도 詞主曲從의 양상이 많았음을 지적하여, '노래함'이나 음악과의 관련으로써 그 예술적 본질을 규정할 수 없다고 하였다.

나) 漢詩와의 관계

우리말 시가의 '노래함(歌唱)'을 강조하는 견해들 가운데는, 한국시가사에서 한시가 보편성을 지닌 시이고, 우리말 시가는 보편성을 지닌 시가 아니라는 시각이 있다. 林熒澤의 「國文詩의 전통과 陶山十二曲」(『退溪學報』 19, 退溪學研究院, 1978)에서는 우리 문학사에서 한시가 보편성을 가진 문학으로서 활기차게 펼쳐졌음에 비해 우리말 시가는 '가창의 형태'라는 특수한 방식으로 명맥을 유지해 왔다고 하여, 우리말 시가의 성격 규정에서 '노래함'의 면이 본질적인 것으로까지 인식되어야 한다고 보았다.

이에 대해, 성호경(1986 · 1997a)에서는 우리말 시가가 '가창의 형태'로서만 존재한 것도 아니고, 또 다수의 작품이 가창의 형태로 존재했다고 하더라도 이는 근대 이전에는 범세계적으로 공통된 현상으로서, 우리말 시가만이 지니던 '특수한 방식'은 아니라고 하고, 오히려 노래할 수 없는 한시가 우리

나라 사람들의 자연스러운 언어활동에서 유리된 존재로서, 노래함에 대한 지향이 막혀 있던 불완전한 시였다고 했다. 이에 따르면, 우리말 시가는 한시보다 훨씬 더 자연스러운 시로서, 음악과 결합하여 노래로 實演되는 경우가 많기는 하였으나 음악을 위한 존재는 아니라는 것이다. 어디까지나 문학으로서의 '시'임이 그 예술적 본질이라고 본 것이다.

(2) 형식

시에서 형식이 차지하는 비중은 다른 문학장르들의 경우에 비해 훨씬 더 큰데, 한국 고전시가 연구에서도 형식은 1920년대 후반부터 국문학 연구의 핵심적인 연구부문이 되어 많은 연구성과를 축적해 왔다. 그러나 주요 성과의 대부분은 한국시가의 리듬 형성자질 모색과 율격 현상들의 유형별 분류 등에 집중되었고, 시행 및 시편의 구성에 대한 연구는 본격화되지 못한 편이다.

그 동안의 연구성과를 영역별로 살펴보면 다음과 같다.

가) 韻(rhyme), 리듬(rhythm), 律格(meter)

韻의 대표적인 것에 일정한 소릿값이 시행들의 끝에 규칙적으로 나타나는 脚韻이 있는데, 각운의 양상을 한국시가에서도 찾아보려는 노력들이 있었으나(金貞淑,「한국시가의 押韻 연구」,『서울대 논문집』10, 1964 등), 뚜렷한 성과를 거두지 못하고 말았다. 우리말의 특성으로 인해 그 시가에서는 규칙적인 각운의 양상을 찾기 어렵기 때문이다.

한국시가의 리듬에 대한 연구는 1920년대 이래 '字數考'에서 출발했지만, 본격적인 연구는 鄭炳昱의「古詩歌 韻律論 序說」(『최현배선생환갑기념논문집』, 사상계사, 1954)에서 자수고(字數律)의 문제점을 비판하고, 리듬이 等長性 속에서의 力學的 異化(dissimilation dynamique)에서 생겨나는 것임을 천명하며, 한국시가의 리듬 형성자질을 찾는 일을 시도하면서부터 시작되었다.

1950년대와 1960년대에 여러 모색들이 이루어져서, 한국시가의 리듬 형성

자질을 정병욱(1954)과 李能雨의 「字數考(音數律法) 代案」(『서울대 논문집』 7, 1958)에서는 앞뒤 음절들 사이의 '强弱'으로 파악하였고, 金昔姸(金貞淑)의 「시조 운율의 과학적 연구」(『亞細亞研究』 32, 고려대, 1968) 등과 黃希榮의 『운율연구』(형설출판사, 1969)에서는 '高低'라고 보았다. 그러나 그 견해들은 '강약'과 '고저'가 한국시가의 규칙적인 리듬 형성자질로 보기 힘들다는 비판들을 받아, 이후 널리 수용되지 못하였다.

그러다가 1970년대부터 趙東一의 『敍事民謠研究』(계명대 출판부, 1970)와 金大幸의 『한국시가의 구조연구』(三英社, 1976) 등에서 한국시가의 리듬은 음절을 단위로 하여 강약·고저·장단 등의 역학적 대조에 의해 생겨나는 것이 아니라, '음보의 等時性'에 의해 이루어진다는 새로운 견해들이 나타나게 되었다. 이들은 대체로 앞뒤 음보들간의 역학적 차이에 의한 대조를 인정하지 않고, 3음절로 된 음보와 4음절로 된 음보를 모두 등시적인 것으로 보았다. 成基玉의 「한국시가의 율격체계 연구」(『國文學研究』 48, 서울대 국문학연구회, 1980)·『한국시가율격의 이론』(새문사, 1986)에서도 한국시가의 율격유형은 운율자질의 層形對立에 의해 형성되는 복합율격이 아니라 단순율격이며, 그 가운데서도 '音節律'과 비교될 수 있는 '音量律'이라고 규정하면서, 앞뒤 음보들 간의 음절수 차이를 대부분 인정하지 않고, 同量으로 파악하였다.

이에 대해, 한국시가의 율격이 音律的 특성(운율자질)이 없는 단순율격에 속하는 지의 여부가 논증되지 않은 데다가, 앞뒤 음보들을 모두 등시적인 것(또는 동량)으로 보게 되면, 역학적 이화(대조)를 기본 속성으로 하는 리듬의 기본 개념이 부정되고, 또 이러할 때 미학적 장치로서의 리듬이 무의미하게 될 수 있다는 비판이 있다. 成昊慶의 「16세기 국어시가의 연구」(서울대 박사논문, 1986)·『한국시가의 형식』(새문사, 1999) 등에서는 리듬이 역학적 이화를 통해 발현된다는 점에 의거하고, 우리말에서 '음성학적 길이'가 시의 리듬에 가장 큰 영향을 주는 요소인 악센트를 표시하는 자질로서의 구실을 한다는 견해(지민제, 「소리의 길이」, 『새국어생활』 3-1, 국립국어연구원, 1993

등)를 수용하며, 시조・가사에서 앞뒤 음보들 간의 뚜렷한 음절수 차이가 절대다수의 작품들에서 나타나는 점에 유의하여, 한국시가는 구성 음절수의 차이로 나타나는 경향이 현저한 '앞뒤 음보들간의 지속시간(길이)의 차등배열'을 통해 '長短律'의 리듬을 형성한다고 보았다.

시의 리듬에 대한 연구는 각 리듬유형들의 미학적 효과에 대한 논의를 통해 시의 미적 실체를 구명하는 데까지 나아가야 하는데, 이러한 연구는 드문 편이다.

한국시가의 율격에 관한 연구는 1950년대에 音步(foot)의 개념이 도입된 이후부터 본격화되기 시작하였고, 이후 여러 사람들이 '音步律'이란 이름으로 율격에 대해 살펴 왔는데, 그 동안의 연구에서는 각종 장르들이 어떤 율격으로 되어 있는가와 각 율격양식의 시가사적 관련 및 변천의 양상을 살피는 것이 주류를 이루어 왔다.

정병욱(1954)에서는 3음보격은 민족 고유의 율격이며, 4음보격은 3음보격을 정복한 중국계의 외래 율격으로 보았으나, 이는 조동일의 「시조의 율격과 변형 규칙」(『國語國文學硏究』 18, 영남대 국어국문학과, 1978) 등에 의해 부정되었다. 그리고 성기옥(1980・1986)에서는 한국시가의 율격양식을 '同量步格'과 '層量步格'으로 나누고, 上代가요나 4구체 향가 등을 4음 2보격으로, 대다수의 고려시가들은 4음 3보격으로, 시조・가사 등은 4음 4보격으로 파악했다. 그리고 한국시가사에서 2보격이 가장 오랜 전통을 지녔고, 4보격이 가장 늦게 형성된 것이며, 간헐적으로 계승된 3보격은 민요가 그 담당 주체였다고 보았다.

율격 연구는 각 율격양식들이 어떠한 미적 효과・기능을 지녀서 작품의 미적 구조화와 시상 강화에 어떻게 이바지하는가를 밝히는 데까지 나아가야 할 터인데, 조동일(1970・1978)에서는 짝수율격은 안정감을 주고 홀수율격은 불안감을 주며, 少音步 율격이 보다 긴장감을 준다면 多音步 율격은 보다 장황하거나 유장한 느낌을 준다고 했다. 또 1음보격은 매우 빠른 움직임에 적합하고, 2음보격은 이보다는 느린 속도에 적합하며, 3음보격은 불안하되 율동적이며 변화감을 주는 가락 위주의 율격이고, 2음보격의 중첩인 4음보격은 장중한 안정감을 지니는 박자 위주의 율격이라고 하였다. 그리고 성기옥(1980 · 1986)에서는 이론적 체계화를 통해 이러한 연구를 보다 심화시켰다.

나) 詩行 및 詩篇 구성

한국시가의 시행(line)에 대한 논의는 1950년대 이래 간간이 나타났으나, 아직까지 주요 연구영역으로 부각되지는 못하고 있는 편이다.

그 동안의 연구들에서는 대체로 시행을 율격단위의 하나로서 등시성을 지녔으며, 통사적 단위 또는 의미의 단위로서의 성격이 강한 것으로 인식해 온 편이다(정병욱, 1954 등).

그런데 시행의 성격을 이렇게만 파악할 경우에는 恣意的인 시행구분이 이루어질 위험이 없지 않다(조동일, 『한국문학통사 1』, 지식산업사, 1982 등에서 이른바 4句體 향가와 10구체 향가를 4행과 10행이기도 하고 2행과 5행이기도 하다고 한 데서 이러한 문제점이 단적으로 드러난다). 이에 성호경(1999 등)에서는 시행이 '의미의 한 단위'이기보다는 '注意(attention)의 한 단위'라는 개념(Cleanth Brooks & Robert Penn Warren, *Understanding Poetry,* Third Edition, New York : Holt, Rinehart and Winston, 1960 등)을 받아들여, 한 편의 시 속에서 시행들은 서로 거의 대등한 주의의 폭을 지닌다는 점과, 주의에서는 强度와 持續時間이 핵심적인 요소가 된다는 심리학의 이론에 의거하여 시행의 성질과 양상을 살폈다. 대다수 고전시가 작품들에서 시행들은 지속시간의 대등성을 띠는 경향이 높지만, 신라시대와 고려시대 시가들에서는 일부 시행들이 다른 시행들에 비해 현저히 짧게 나타나는데, 주의에서 강도의 증대는 지속시간의 증대와 같은 효과를 지닌다는 점과 정서적으로 많이 고양되었을 때 주의는 일반적으로 어렵고 비효과적이라는 점으로써 그 현상을 설명코자 하였다.

한국시가의 시편 구성에 대한 연구는 1930년대 이래 간간이 이루어졌지만, 고려시대의 시가나 聯形式의 양상에 대한 논의가 대부분이고, 한국시가 전반에 대한 체계적인 연구는 얼마 되지 않는다.

시편의 구성형식은 일반적으로 연형식(stanzaic form)과 非연형식(non-stanzaic form)의 두 가지로 대별되지만, 이 분류가 잘못 적용될 경우에는 문제를 야기할 수도 있어서, 李明九가 『고려가요의 연구』(新雅社, 1974) 등에서 고려시가를 聯章體와 單聯體로 나눈 데서 큰 허점이 드러난다. 그 단연체라고 한 것 가운데는 『思母曲』·『鄭瓜亭』 등의 短篇도 있고 이와는 성질 및 양상이 크게 다른 『處容歌』 등의 非聯體 長篇도 있는데, 그 커다란 차이가 간과된 것이다. 이에 성호경(1999 등)에서는 한국시가 작품들을 단연체, 연형식, 비연체의 세 부류로 나누고, 다시 단연체에서 3~6행 정도의 短篇과 10행 내외의 中篇을 구별하여, 그 각 양식들의 성질과 한국시가사에서 나타나는 양상들을 살폈다.

한편, 趙潤濟의 『국문학개설』(동국문화사, 1955) 등에서는 향가의 형태적 발달과정에서 '前大節+後小節'의 구성이 균형을 保持하려는 경향으로 인해 나타났다고 하며, 이를 한국시가 형태의 '기본이념'이라고 주장했다. 이에 대해, 성호경(1999)에서는 이러한 구성이 경기체가 등 일부 연형식의 시에서만 뚜렷이 나타난 것으로 보았다.

다) 형식 고찰의 대상

현전하는 고려시가의 시형식에 대해 정병욱(1954) 등에서는 助興的 語辭들을 제외한 나머지를 대상으로 하여 율격 등을 살폈으나, 김대행의 「고려가요의 율격」(金烈圭·申東旭 편, 『고려시대의 가요문학』, 새문사, 1982) 등에서는 原詞의 再編을 반대하고, 전승 문헌에 실린 그대로를 대상으로 해야 한다고 주장했다.

이에 대해, 성호경(1990)에서는 현전하는 고려시가 작품들 대다수가 시에다 음악적 처리를 위한 조절(첨가·삭제 등)이 더해진 '노랫말(가사)'로서의 성격과 모습을 지닌다고 하여, 그 문학적 형식에 대한 분석은 이에서 非詩的 요소들을 제거하는 등 복원한 모습을 대상으로 해야 한다고 주장하고, 이에 따라 그 작품들에서 음악적 실연을 위한 장치인 助興句 · 虛辭 後斂句 등을 제외한 모습을 대상으로 하여 율격과 시편 구성 등의 문학적 형식을 살폈다. 그리고 시의 聯은 음악의 節(strophe)과 합치되려는 성향이 강하지만, 양자는 서로 다른 구성원리에 의하는 것이기에 반드시 일치하지는 않는다는 점을 밝혀, 시의 구성형식과 음악의 구성형식(有節形式, 變奏有節形式, 通作)을 별개의 것으로 구별하고자 했다.

(3) 美意識

모든 예술이 그러하듯이, 언어로 이루어지는 예술인 문학도 미적인 형식과 표현을 통해 미적 가치를 실현함을 본래의 목적으로 한다. 그러므로 미적인 것을 수용하고 산출하는 정신활동에 작용하는 의식인 미의식은 미학뿐만 아니라 문학 연구에서도 주요 과제라고 할 것이다.

한국 고전시가의 미의식에 관한 연구는, 활발하게는 아니지만 한국문학 전반에 대한 미학적 고찰의 일환으로서 일찍부터 이루어져 왔는데, 지금까지의 연구에서는 대체로 內容美의 성격을 구명 · 규정하는 논의와 미적 범주론에 의거한 연구의 두 가지 방향이 중심을 이루었다.

내용미의 성격에 대한 논의는 한국문학의 특질을 밝히려는 연구의 일환으로서 1950년대부터 '멋'에 대한 논의를 중심으로 하여 이루어졌다. 대표적인 견해로 趙潤濟의 『국문학개설』(동국문화사, 1955)에서 말한 '은근과 끈기' · '애처럼과 가냘픔', 여러 사람들의 논의를 거쳐 趙芝薰의 「'멋'의 연구」(金鵬九 외 5인, 『한국인과 문학사상』, 一潮閣, 1964)에서 미적 범주로서의 '멋'의 의의와 미적 내용으로서의 '멋'의 형태 · 표현 · 정신을 살펴 체계화한 것, 그리고 崔珍源의 「江湖歌道의 美意識 序說」(『성균관대 논문집』 15, 1970) 등에서 조선시대 시조를 중심으로 하여 살핀 '餘白'의 미학 · '절로절로'의 미의식 등이 있다.

그런데 그 성과는 한국문학의 미의식을 간명하게 표현한다는 장점은 있지만, 그로써 한국문학에 나타나는 복잡다단한 미의식 현상을 밀도 있게 드러내기 어렵다는 문제점이 지적되고 있다. 그리고 다분히 인상비평적이고 직관적인 미적 성격 판단은 자칫 한국문학의 미학적 실상을 왜곡시킬 가능성도 적지 않다고 한다.

미적 범주론에 의거한 연구는 1970년대 무렵부터 본격화되었는데, 그 경향은 조선 후기의 문학을 중심으로 하여 喜劇美(골계·해학·풍자 등)를 살핀 연구와 한국문학(또는 한국시가) 전반의 미의식 체계에 대한 類型的 연구의 두 가지로 나뉜다.

그 가운데서 희극미에 대한 연구에서는, 1950년대에 간간이 논의되던 '諧謔(humour)'이 1970년 7월에 서울에서 열린 PEN대회의 주제인 '동서문학의 해학'에 따라 크게 부각되었고(그 해 6월의 국어국문학회 주최 전국 국어국문학 연구발표대회에서 '한국문학에 있어서의 웃음'이란 주제로 李杜鉉·徐羅史·金烈圭·趙東一의 발표가 있었음), 鄭炳昱의 「李朝後期詩歌의 變異過程」(『創作과 批評』 31, 창작과비평사, 1974) 등에서 시가사적 변동과 관련된 구체적인 연구가 이루어지기도 했다. 그러나 희극미의 구체적 양상이 문학사에서 겪은 변모와 그 의미에 대한 포괄적인 논의가 드문 편이며, 희극미가 다른 미적 범주와의 상관 속에서 갖는 의미에 대한 검토도 불충분하다는 지적이 있다.

유형적 연구에서의 대표적인 연구업적으로는 趙東一의 「美的 範疇」(『韓國思想大系Ⅰ: 문학·예술사상편』, 성균관대 대동문화연구원, 1973)와 金學成의 『한국고전시가의 연구』(원광대 출판국, 1980) 등이 있다. 조동일은 미적 범주를 崇高, 優雅, 悲壯, 滑稽의 네 가지로 분류하여 국문학에 나타난 각 범주의 구체적인 전개를 살피고, 이를 통해서 각 범주가 갖는 사상적 의의를 전체적으로 또 문학사의 시기마다 서로 비교, 검토하였다. 그리고 김학성은 예술미가 실제 작품에서 어떠한 미의식의 표상 원리에 의해 어떤 미의 유형으로 나타나는가(숭고미·우아미·비극미·희극미의 단독·숭고적·우아적·비극적·희극적 표출)를 분석하여 그 결과를 장르별로 체계화하고, 미의식의 구현 양상을 미의 유형별로 살펴 사적 변모양상과 그 의미를 탐구하였다.

그런데 이러한 유형적 연구는 각 시가장르의 전체적 성격이나 주제 및 이념의 특징을 밝힘에는 크게 이바지하지만, 미적 구성체 또는 예술적 형상화로서의 각 요소들의 구체적인 양상이 나타내는 미의식을 살핌에는 큰 도움이 되지 못하는 것으로, 그 성과가 각 시가장르의 미적 본질을 충분히 밝혀주지는 못하는 것으로 판단된다.

한편, 許南春의 『고전시가와 歌樂의 전통』(月印, 1999)에서는 내용과 형식을 아우르는 예술적 형상을 통해야만 문학작품의 총체를 인식할 수 있다고 하여, 고려시대와 조선시대의 시가를 대상으로 하여 그 담당층의 미의식과 형식과의 상관관계를 간략히 살피기도 했다.

예술의 미의식을 구명하는 일이 실질적인 성과를 거두기 위해서는, 직관적 · 추상적 · 연역적인 내용미 규정이나 작품들의 미적 범주별 유형화보다는, 구체적인 요소들의 특징을 분석하여 거기에 투영된 미의식을 추출하고 해석해서 종합하는 귀납적 방법을 취하는 것이 매우 유용할 터이나(한국정신문화연구원 편, 『한국 미술의 미의식』, 한국정신문화연구원, 1984에서 건축과 회화 등을 중심으로 하여 이러한 방법에 따른 연구가 수행되어 실질적인 성과를 적지 않게 거두었다), 한국 고전시가의 미의식에 대하여는 아직 이러한 연구가 뚜렷이 이루어지지 않은 편이다.

그리고 미학 이론에 따르면, 예술작품은 다수의 층들로 조성되고, 미의식은 그 여러 층들마다에 구현되는데, 미적 형성은 後景을 前景에 나타내기 위해 적합한 질료에 형식을 부여하는 것이다. 그러므로 예술작품의 미의식을 온전히 파악하기 위해서는, 그 외면에 있는 전경에서 출발하여 거기에 나타나는 후경의 제 계층을 투시해야 하고, 전경과 후경의 여러 층들에 나타난 미의식은 그것을 규정하는 최심층에 있는 정신적인 것(이념 등)과의 연관 속에서 구명되어야 한다. 한국 고전시가의 미의식에 대한 체계적 고찰을 위해서는 이러한 연구가 필요할 것이다.

2) 각 장르론

(1) 上古代 詩歌

上古代(上代)의 시가 작품들로는 漢譯에 의해 내용이 전해지는 『公無渡河歌』·『黃鳥歌』·『龜旨歌』와 관련 기록만이 전하는 『兜率歌』가 알려져 있는데, 이 작품들은 모두 서력 기원을 전후한 시기의 敍事的 散文傳承 속에 자리잡고 있다.

이 시기의 시가들은 민족 시가의 기원을 탐색한다는 면에서 일찍부터 적지 않은 관심을 끌었다. 1950년대까지는 실증주의를 바탕으로 한 문헌적·역사적 연구가 중심이 되어 문헌기록을 통해 작자·창작연대·배경 등을 밝히고 시가사적 의의를 고찰하는 논의가 연구의 주축을 이루었는데(趙潤濟, 『朝鮮詩歌史綱』, 東光堂書店, 1937 ; 李明善, 『朝鮮文學史』, 朝鮮文學社, 1948 등), 그 논의들은 기록에 대한 逐語的 해석의 수준을 크게 넘어서지 못하여 작품의 상징적 의미를 제대로 밝혀내기 어려운 것이었다. 그러다가 1960년대 무렵부터 문화인류학 등의 인접 학문분야들의 연구성과와 방법론을 도입, 원용하여 작품의 의미와 성격을 밝히려는 연구들이 나타나 많은 성과를 거두자(金烈圭, 「駕洛國記攷」, 『國語國文學』 2, 부산대 국어국문학회, 1961 ; 鄭炳昱, 「韓國詩歌文學史 上」, 『韓國文化史大系 V』, 고려대 민족문화연구소, 1967 등), 그 성과들을 토대로 한 여러 새로운 해석들이 이루어졌고(특히 『구지가』의 呪歌的 성격에 대한 연구에서 많은 성과가 축적되었음), 그 미의식을 당대의 문화 구조와의 관련 아래 체계적으로 살피려는 연구도 나타나게 되었다(金學成, 『한국고전시가의 연구』, 원광대 출판국, 1980).

그 동안의 연구에서는 주로 (1) 시가사적 의의, (2) 시가 작품과 산문전승과의 관계, (3) 『공무도하가』의 국적 문제 등이 주요 쟁점으로 부각되었다.

(1)에 대한 논란은 작품 자체나 관련 기록에 서정시적 양상이 다분히 드러나는 『황조가』와 『두솔가』의 성격을 둘러싸고 나타났다. 1세기에 고구려 琉璃王이 지었다는 『황조가』의 경우에서 이명선은 고대 예술에서 연애의 결여가 일대 특징을 이루므로 이를 서정시로 보아서는 안 되며, 종족간의 相爭을

화해시키려다 실패한 추장의 탄성으로 이해해야 한다고 주장했다. 그리고 신라 儒理王 5년(서기전 58)에 짓기 시작했다는 『두솔가』는 특정 작품의 이름이기보다는 일정한 유형의 명칭으로 보는 견해가 우세한 가운데, 그 시가사적 위치에 대하여 梁柱東의 『朝鮮古歌硏究』(博文書館, 1942)와 우리 어문학회의 『국문학개론』(一成堂書店, 1949) 등은 집단적 서사문학과 개인적 서정시의 교량적 존재 등으로 보았다.

이러한 견해는 고대가요가 서사시에서 시작되어 서정시로 이행했다는 19세기 이래 서구에서 정립된 진화론적 문학사관에 의거한 것인데(서기 기원을 전후한 반세기를 서사시에서 서정시로 이행하는 과도기로 보는 것도 이와 同軌일 것임), 고대의 문학에는 서정시가 존재하지 않았다는 그 통념이 전 세계의 모든 문화권에서 두루 적용될 수 있는지에 대해 근본적인 재고가 필요할 것이다(조동일, 『한국문학통사 1』, 지식산업사, 1982에서는 서사시와 서정시가 모두 한꺼번에 존재했으므로 어느 쪽이 먼저라고 말하기는 곤란하다고 했다).

한편, 『두솔가』를 樂章으로 보는 견해도 있으나(洪在烋, 「兜率歌攷」, 『韓國傳統文化硏究』 1, 효성여대, 1985 등), 서력 기원 전후의 상고대 또는 고대에도 중세적 제도인 禮樂 정비나 악장 등이 과연 있었을까에 대해 의문을 가질 수 있다.

(2)는 서사적인 산문전승 속에 위치한 시가가 처음부터 그 산문전승의 일부로서 존재한 것인지, 또는 본래는 별도로 존재하던 것이 뒤에 산문전승 속에 삽입된 것인지에 관한 논란이다. 이명선 등은 앞의 관점을 취하여 시가 작품의 의미와 성격을 산문전승의 성격에 맞추어 해석하는 경향을 보였지만, 정병욱 등은 뒤의 관점에 따라 『구지가』와 『황조가』의 본래적 의미를 산문전승과는 분리하여 해석하고자 했다. 이에 비해, 김열규 등은 시가와 산문전승이 발생 당초부터 유기적 일체성을 가졌다고 보아 어느 한쪽으로 편중되는 접근태도를 지양하고자 했다.

(3)의 문제도 한때 심각한 쟁점이 되었다. 17세기 초엽 무렵에 3세기의

崔豹 찬 『古今注』에 실린 『箜篌引』 기록이 소개되면서, 그 기록 속의 배경인 '朝鮮津'은 우리 나라의 大同江으로 판단되었고, 이에 따라 이 작품이 우리 민족의 시가라는 인식은 거의 의심 없이 받아들여졌다.

그러다가 崔信浩의 「箜篌引 異考」(『東亞文化』 10, 서울대, 1971)에서 이를 중국의 작품으로 보아야 한다는 주장이 제기되었다. 이 작품은 그 배경이 중국의 直隷省에 있던 朝鮮縣이며, 3세기 말엽에 채록된 중국 민간의 相和歌로서 순수한 중국가요라는 것이다.

이에 대한 반론으로서, 池浚模의 「公無渡河考證」(『국어국문학』 62·63, 국어국문학회, 1973)에서는 중국 내의 조선현이 이 작품의 배경과 관련이 없음을 논증코자 했고, 成基玉의 「공무도하가 연구」(서울대 박사논문, 1988)에서도 이 작품은 일찍이 대동강 유역의 우리 토착민 사이에 불리던 민요가 漢四郡 설치(기원전 2세기초)를 계기로 중국에 건너가 중국화하여 남은 것이라고 보았다. 한편, 김학성의 「공후인의 신고찰」(『冠嶽語文硏究』 3, 서울대 국어국문학과, 1978) 등에서는 중국에 있던 朝鮮城도 고조선 이래 한인 잔류민들이 형성한 거류민 집단일 것으로 추정하여, 그 작자를 이들 중의 일원일 것으로 보았다. 이처럼 『공무도하가』를 우리 민족의 작품으로 보는 견해는 역사학계의 상고사에 대한 연구성과의 확충에 힘입어 상당한 설득력을 얻게 되었다.

(2) 鄕歌(新羅時代 詩歌)

향가 또는 신라시대의 시가에 대한 연구는 초기에는 주로 자료 정리와 어학적 解讀에 관심이 집중되었고, 문학적 연구는 형태의 발생 및 발달과정에 관한 논의 정도에 그치고 있었다. 그러다가 1950년대 후반 무렵부터 어학적 해독의 진전에 힘입어 문학적 연구도 차츰 활성화되어, 사상적인 면을 중심으로 하여 향가의 전반적인 성격을 규정하는 논의가 많이 나타나게 되었고, 1960년대 무렵부터는 작품의 문학성에 대한 내재적 연구 또는 문예학적 연구가 이루어지기 시작하여, 1970년대 이후 본격적인 연구로 나아가게 되었다.

향가 작품에 대한 어학적 해독은 小倉進平의 『郷歌及び吏讀の硏究』(京城帝大, 1929)에서 본격화되기 시작하여 梁柱東의 『朝鮮古歌硏究』(博文書館, 1942 ; 訂補版 : 『古歌硏究』, 一潮閣, 1957)에서 뚜렷한 진전을 보였고, 그 뒤로 池憲英(『郷歌麗謠新釋』, 正音社, 1947) · 金善琪(「향가의 새로운 풀이」, 『現代文學』 151~177, 現代文學社, 1967~68) · 徐在克(『신라향가의 어휘연구』, 계명대 출판부, 1974) 등의 노력을 거쳐 金完鎭의 『郷歌解讀法硏究』(서울대 출판부, 1980)에 이르러 한층 더 정밀해졌다. 그리고 어학적인 관심 위주의 그 해독들이 향가 작품의 문학성을 밝힘에 불충분하다는 인식에서, 국문학 전공자들인 楊熙喆(『고려향가연구』, 새문사, 1988 ; 『삼국유사 향가연구』, 태학사, 1997)과 신재홍(『향가의 해석』, 집문당, 2000)이 전체 해독을 새롭게 시도하기도 했다.

문학적 연구는 향가의 개념 및 범위와 장르적 성격에 대해서부터 논란을 보여 왔다.

趙潤濟의 「詞腦歌 小考」(『成大文學』 10, 성균관대 국어국문학과, 1964)와 鄭炳昱의 「향가의 역사적 형태考」(『국어국문학』 2, 국어국문학회, 1952) 등에서는 향가가 吏讀式 문자로 표기된 신라시대(내지 고려 초기까지)의 시가를 지칭하는 것이라고 하여, 鄕札로 표기되어 현전하는 작품들 25, 6수만을 그 범위 속에 두었다. 이에 비해, 金東旭의 「향가의 하위장르」(한국어문학회 편, 『신라시대의 언어와 문학』, 형설출판사, 1974) 등에서는 향가의 범위에 현전하지 않는 작품들까지 포함시켰다.

그리고 조윤제 · 정병욱 등이 향가를 그 속에 여러 하위 장르들을 포함하는 이 시기의 모든 시가의 총칭으로서 단일한 장르적 성격을 지니지 않는 것으로 본 데 비해, 李能雨의 「향가의 魔力」(『現代文學』 2-9, 현대문학사, 1956)과 金鍾雨의 『향가문학연구』(宣明文化社, 1975) 등에서는 단일한 장르적 성격을 갖는 것으로 보았다.

향가의 형식에 대하여, 小倉進平은 향가를 4句體歌와 8句體歌로 나누었지만, 조윤제의 「조선시가의 原始形」(『朝鮮語文』 7, 朝鮮語文學會, 1933)에서는 4구체가 · 8구체가 · 10구체가의 세 종류로 분류하고(이는 이후 널리 통용되어 왔으나, 8구체가를 독자적인 유형으로 보기 어렵다는 견해도 적지 않다) 진화론에 의거한 이론으로써 그 발달과정을 설명하고자 했으나, 적지 않은 문제점을 드러내었다.

향가를 4구체가 · 8구체가 · 10구체가로 나누는 방식은 『三國遺事』와 『均如傳』에서의 記寫에 나타난 分節(띄어쓰기)을 詩行區分으로 보는 데서 비롯되었다. 이에 대해, 崔正如의 「鄕歌 分節攷」(『東洋文化』 6 · 7, 영남대, 1969)에서는 그 분절을 歌唱上의 歌節로 보았고, 成昊慶의 「향가 分節의 성격과 시행구분 및 율격에 대한 試論」(『백영정병욱선생환갑기념논총』, 신구문화사, 1982)에서도 이에 대체로 동의하며, 시행들의 길이가 적지 않게 차이나는 10구체가의 시행구분을 '注意의 對等性'을 기준으로해서 새롭게 시도하여, 각 작품이 대체로 각 6~8음절의 범위를 지니는 10~15행 정도의 시행으로 구성된다고 보았고, 그 율격은 대체로 2음보격이 우세하다고 했다.

그러나 해독이 불완전한 상태에서는 그 형식에 관한 논의가 한계를 가질 수밖에 없기 때문에, 향가의 형식에 대한 연구는 아직도 본격화되지 못하고 있는 실정이다.

향가를 사상적인 측면에서 다룬 논의는 주로 불교와 관련되어 있는데, 金東旭의 「신라향가의 불교문학적 고찰」(『白性郁博士頌壽紀念 佛教學論文集』, 동국대, 1959) · 金鍾雨(1975) · 金雲學의 『신라불교문학연구』(玄岩社, 1976) 등에서는 향가를 '불교문학'으로 규정하였다. 한편, 민속학적 방법론에 입각한 金烈圭의 「향가의 문학적 연구 一斑」(金烈圭 · 鄭然粲 · 李在銑, 『향가의 어문학적 연구』, 서강대 인문과학연구소, 1972) 등의 연구에서는 향가 작품에 나타난 민간신앙이나 주술성을 중시하였다.

향가의 배경설화에 대한 연구는 지금까지의 향가 연구에서 커다란 비중을 차지해 왔다. 배경설화에 관한 논저도 적지 않을 뿐 아니라, 여타의 여러 연구들에서도 배경설화에 크게 의존하여 이루어지는 양상을 많이 보여 왔던 것이다.

배경설화는 향가 작품의 해석에도 중요한 단서를 제공해 줄 수 있는데, 배경설화의 재검토에 따라 새로운 작품 해석을 시도한 연구들 가운데서 成基玉의 「願往生歌의 생성배경 연구」(『震檀學報』 51, 진단학회, 1981)와 성호경의 「향가 遇賊歌의 창작배경 고찰」(『韓國學報』 93, 一志社, 1998) 등이 주목된다. 그리고 역사주의적 접근으로서, 향가 작품의 의미를 역사적 맥락 속에서 해석해 보고자 하는 연구들도 적지 않게 나타났는데, 그 가운데서 朴魯埻의 『신라가요의 연구』(悅話堂, 1982) 등이 뚜렷한 성과를 보였다.

해독의 불완전성은 작품의 의미 파악에 큰 지장을 주어, 이를 토대로 한 향가의 문학성에 대한 제반 연구는 뚜렷한 한계를 보일 수밖에 없었다.

이러한 어려움 속에서도 내재적 연구 또는 문예학적 연구로서, Peter H. Lee(李鶴洙)의 *Korean Literature*(Tucson, Arizona : Univ. of Arizona Press, 1965)에서 향가에 나타난 이미지를 분석한 것, 李在銑의 「신라향가의 어법과 수사」(김열규 · 정연찬 · 이재선, 『향가의 어문학적 연구』, 1972)와 『향가의 이해』(三星文化財團, 1979)에서 향가의 수사법에 대해 체계적으로 살핀 것 등의 성과들이 나타났다. 그런데 이는 대체로 양주동의 해독을 바탕으로 한 것이고, 그 이후에 이루어진 보다 정밀한 다른 해독들에 의거한 연구의 성과는 그리 뚜렷이 나타나지 않고 있다.

작품별 연구에서는 다양한 방법들에 의해 많은 연구성과들이 이루어졌다. 종래의 통설이 지닌 중대한 문제점을 바로잡거나 지적한 연구성과들 가운데서, 『願往生歌』의 작자를 종래 廣德妻라고 보던 것에 대해 김동욱의 「新羅淨土思想의 전개와 원왕생가」(『중앙대 논문집』 2, 1957)에서 廣德으로 보아야 함을 밝힌 것과, 『讚耆婆郎歌』의 구성을 양주동의 「신라가요의 문학적 우수성」(『國學硏究論攷』, 乙酉文化社, 1962)에서 '작자와 달 사이의 문답체'로 본 데 대하여 김열규의 『한국민속과 문학연구』(一潮閣, 1971)에서 그 무리함을 지적한 것, 그리고 『祭亡妹歌』에 대해 梁熙喆의 「제망매가의 의미와 형상」(『국어국문학』 102, 국어국문학회, 1989)에서 창작상황을 누이가 죽은 뒤 中有(中陰身)의 상태에 있는 것으로 보아 새롭게 해석한 것 등이 주목된다.

한편, 1990년대에 들어서 8세기 초 金大問의 『花郎世記』를 傳寫한 것인지 또는 僞作한 것인지에 대해 논란이 많은 1930년대 朴昌和의 필사본 『花郎世紀』(母本)에 실려 있는 향찰식 표기의 작품(6세기의 여자 美室이 화랑 斯多含의 출정 때 지었다고 함)이 소개되자, 이를 향가 작품으로 신빙할 수 있는가 하는 문제가 새로운 쟁점으로 대두되었다. 金學成의 「필사본 화랑세기와 향가의 새로운 이해」(『省谷論叢』 27, 성곡학술문화재단, 1996)에서는 그 작품이 위작이 아니라고 보면서, 『送郎歌』로 이름 붙이고 8구체가로 보아 그 시가사적 의의를 살폈고, 이후 몇몇 연구자들이 이에 동조하기도 했지만, 국사학계에서는 그 책 자체를 위작으로 보는 견해가 주류를 이루고 있는 것이다.

(3) 麗謠(高麗時代 詩歌)

향가 · 시조 · 가사 등을 제외한 고려시대 시가에 대한 연구는 1930년대 초에 작품 소개가 이루어지면서 시작되었고, 이로부터 1950년대 전반까지의 관심은 주로 자료 정리와 작품의 어학적 해석에 집중되었다. 1955년에 『時用鄕樂譜』와 그 수록 작품들이 학계에 소개되었고, 1950년대 후반 무렵부터 고려시가의 다양한 형식과 그 형성 요인에 대한 탐구가 비교문학적 연구를 중심으로 하여 활기를 띠게 되었으며, 1960년대부터는 문예학적인 연구도 나타나기 시작했다. 1976년에 『樂學便考』가 소개되었고, 1980년대부터 고려시대의 시가 전반에 대한 장르론적 연구가 활발히 이루어졌으며, 1990년대에는 수용자의 수용과 작품의 연행 양상에 대한 관심이 두드러졌다.

고려시가의 자료를 정리한 업적들 가운데는 1930년대 金台俊의 『高麗歌詞』(學藝社, 1939) 등과 李秉岐의 「時用鄕樂譜의 한 고찰」(『한글』 113, 한글학회, 1955) 등이 이후의 연구에 기여한 바 크며, 黃浿江 · 尹元植의 『한국고대가요』(새문사, 1986) 등도 많은 관련 자료들을 집성하였다.

어학적 해석에서는 梁柱東의 『麗謠箋注』(乙酉文化社, 1947), 池憲英의

『鄕歌麗謠新釋』(正音社, 1947), 金亨奎의 『古歌謠註釋』(一潮閣, 1968), 朴炳采의 『高麗歌謠 語釋硏究』(宣明文化社, 1968), 徐在克의 「麗謠註釋의 문제점 분석」(『語文學』 19, 한국어문학회, 1968), 金完鎭의 『향가와 고려가요』(서울대 출판부, 2000) 등이 주요한 업적들이다.

다양한 형식의 작품들이 전하는 고려시가의 장르에 관한 논의로서, 일찍이 趙潤濟의 『조선시가의 연구』(을유문화사, 1948) 등에서 민요적인 성격의 俗謠와 귀족층에 의한 景幾體歌의 두 부류로 나누어 양자를 서로 전혀 다른 계통으로 본 이래, 학계에서는 이러한 분류가 주류적 경향이 되었다. 이에 대해, 鄭炳昱의 「別曲의 역사적 형태考」(『思想界』 3-1, 사상계사, 1959)에서는 이 두 부류간의 공통된 형태적 특성 등을 밝혀 하나의 역사적 형태('別曲')로 규정하고자 했다(『井邑』·『鄭瓜亭』·『思母曲』은 변격 혹은 파격적 향가로 보아 '前別曲的 形態'로 부름).

그러다가 1980년대부터는 작자층과 수용자층에 관한 논의 등을 통해 그 다양한 성격의 작품들을 여러 부류로 분류하는 경향이 나타나게 되었다. 金明昊의 「고려가요의 전반적 성격」(『백영정병욱선생환갑기념논총』, 신구문화사, 1982)에서는 고려시가 전체를 민요·宮中舞樂·개인창작곡의 세 가지로 나누었고, 金學成의 「고려시대 시가의 장르현상」(『人文科學』 12, 성균관대, 1983)에서는 그 장르 현상을 동태적으로 살펴서, 고려 전기에는 민요·巫歌·향가 등이 있었으며, 고려 후기에는 고려속요(기존의 민요를 궁중무악으로 전환시킨 양식)·시조·가사·경기체가·사설시조 등이 있었다고 했다. 그러나 金興圭의 『한국문학의 이해』(민음사, 1986)·「고려속요의 장르적 다원성」(『韓國詩歌硏究』 1, 한국시가학회, 1997) 등에서는 '고려속요'란 현전하는 고려시가 중 경기체가 이외의 국문시가에 대한 편의적 지칭으로서 그 속에 여러 상이한 군집들을 지닌 것이기에 단일한 장르로 볼 수 없다고 했다.

고려시가의 형식에 대한 논의는 일찍부터 이루어졌다. 한동안 조윤제의 『朝鮮詩歌史綱』(동광당서점, 1937)에서 보인 형식 분류가 받아들여지다가,

李明九의 「麗謠의 형태적 분류 試論」(『陶南趙潤濟博士回甲紀念論文集』, 新雅社, 1964) 등에서 보다 발전시켜, 작품들을 聯章體와 單聯體로 나눈 뒤 그 하위 유형들의 사적 발전상을 살폈지만, 그 논의들은 시 형식에 대한 이해의 불충분으로 인해 큰 문제점을 지닌 것이었다.

정병욱(1954)에서 音步 중심의 律格 분석을 통해 비로소 형식에 대한 본격적인 연구의 길을 열자, 이 새로운 분석 방법은 이후의 연구의 기반이 되었다. 정병욱(1959)에서는 고려시가 작품들에서 助興的 語辭들과 후렴 등을 제외한 형태를 대상으로 하여 율격을 분석하여, 고려시가가 3音步格 중심의 율격을 지녔음을 밝혔다. 이에 대해, 金大幸의 「고려가요의 율격」(金烈圭 · 申東旭 편, 『고려시대의 가요문학』, 새문사, 1982) 등에서는 原詞의 재편을 반대하고 문헌상 실린 그대로를 율격 분석의 대상으로 삼아야 한다고 주장했지만, 실제 연구에서 율격이나 시형의 구조에 대해 설득력 있는 성과를 내지는 못하였다. 이에 成昊慶의 「고려시가의 유형분류와 장르적 처리」上 · 下(『人文研究』 13-1 · 2, 영남대, 1991 · 1992) 등에서는 시형을 單聯體 · 聯形式 · 非聯體의 세 부류로 대별하고, 樂書에 실려 전하는 고려시가 작품의 모습에서 음악을 위한 조절로서 첨가된 부분들을 제외하여 그 문학적 형태를 복원한 바를 대상으로 하여 형식을 분석하였다.

고려시가의 다양한 형식은 그 전대의 시가들의 계승 및 변형으로만 보기 어려운 바가 적지 않다. 이 때문에 중국시가의 영향에 대한 논의가 일찍부터 이루어졌는데, 조윤제의 『국문학사』(동국문화사, 1949)에서는 경기체가가 중국의 詞 혹은 四六騈儷文과 한국의 전통적인 시형을 종합 案出한 것으로 보았고, 이명구(1960)에서는 詞의 영향을 중시하여, 경기체가가 宋詞의 모방으로 이루어졌을 것으로 추정했으며, 이명구(1964)에서는 고려속요 가운데서 연형식으로 된 작품들도 송사 聯章體의 모방 내지 영향으로 이루어진 것으로 추측하였다. 이에 대해, 成鎬周의 「경기체가의 형성 연구」(부산대 박사논문, 1988)에서는 경기체가가 元의 散曲을 모방한 것일 개연성이 크다고 했고, 성호경의 「고려시가에 끼친 원 산곡의 영향에 대한 고찰」(『국어국문학』 112, 국어국문학회, 1994) 등에서는 고려 후기 및 조선 초기의 시가들이 산곡의 영향을 크게 받아 이루어졌음을 입증하고 그 영향의 구체적인 양상들을 체계적으로 살폈다.

고려시가의 일반적인 특성으로서, 양주동(1947) 등에서는 남녀간의 애정에 대한 관심이나 遊樂的·염세적 성향이 두드러진다고 했으나, 김흥규(1986)에서는 樂書에 실린 작품들이 고려조 및 조선조의 궁중악에 선택적으로 흡수되고 적지 않게 윤색·개작된 樂歌이므로 현존 작품만에 근거한 해석을 고려시대 시가 전체에로 일반화하는 태도의 위험성을 지적하였다.

다수의 고려속요 작품들이 서정시적 성격을 띤다는 점에서, 그 정서의 양상 및 성격에 대한 연구는 긴요할 것이다. 李壬壽의 『麗歌硏究』(형설출판사, 1988) 등에서 그 서정적 특성에 대하여 간략히 살피기도 했으나, 본격적인 연구는 金大幸의 「고려시가의 문학적 성격」(성균관대 인문과학연구소 편, 『고려가요 연구의 현황과 전망』, 집문당, 1996)에서 이루어졌는데, 고려시가에 나타난 정서의 유형과 그 의미를 살펴, 전달을 통해 심리적 불안정을 심리적 해소를 통해 극복하려는 성향이 강한 특징을 보인다고 했다. 그리고 朴魯埻의 『향가여요의 정서와 변용』(太學社, 2001)에서는 향가 및 사설시조와 대비하여 속요의 격정적인 정서적 성향을 논의하였다.

고려속요의 대부분이 반복·병치의 구조와 민중의 일상어 등 민요적 양상을 갖추고 있다는 점 때문에, 이를 민요로 보고 그 작자층을 민중층으로 이해한 적이 있었다. 그러다가 정병욱의 「雙花店攷」(『서울대 문리대학보』 10-1, 1962)와 「靑山別曲의 一考察」(『도남조윤제박사회갑기념논문집』, 1964) 등에서 고려속요 중에는 상층 지식인의 작품들도 있다는 견해가 제기되었다. 이에 대해, 김학성의 「고려가요의 작자층과 수용자층」(『韓國學報』 31, 일지사, 1983)에서는 대다수의 고려속요가 궁중악으로 쓰였지만, 그 사설의 원천이 민요에 있으므로 본래의 작자층은 민중층이고, 그것을 바탕으로 재창작하여 향유한 왕실과 권문세족은 수용자층으로 봄이 타당하다고 했다.

고려속요는 대다수 작품들이 궁중악으로 쓰인 만큼 음악과의 관련이 매우 긴밀하였다. 이러한 음악과의 관계를 밝히려는 연구로는, 梁太淳의 『고려가요의 음악적·연구』(以會, 1997)와 성호경의 「한국 고전시가의 詩形에 끼친 음악의 영향」(『韓國詩歌硏究』 2, 1997b) 등이 두드러진다. 한편, 정병욱의 「악기의 구음으로 본 별곡의 여음구」(『冠嶽語文硏究』 2, 서울대 국어국문학과, 1977)에서는 속요에 나타난 '餘音句'들이 대체로 악기 소리를 본뜬 것임을 밝혔다.

고려속요가 후대에 들어 수용된 양상에 대한 연구로는 崔美汀의 「고려속요의 수용사적 연구」(서울대 박사논문, 1990) 등이 있으며, 조선초의 정리와 관련하여 '詞俚不載'를 조윤제 등이 '가사가 저속해서 싣지 않는다'고 해석한 것에 대하여 鄭堯一의 「한국 고전문학이론으로서의 道德論 연구」(서울대 박사논문, 1985) 등에서는 '가사가 우리말이어서 싣지 않는다'로 해석해야 함을 밝혔다.

고려속요의 각 작품들에 대한 연구는 다양한 접근방법을 통하여 많은 성과들을 거두었는데, 그 가운데서 다음의 견해들이 주목된다.

張志映의 「옛 노래 읽기(靑山別曲)」(『한글』 108, 한글학회, 1955) 등에서는 『청산별곡』의 제5·6연이 뒤바뀐 것으로 보았고, 金東旭의 「時用鄕樂譜 歌詞의 배경적 연구」(『震檀學報』 17, 진단학회, 1955)에서는 『維鳩曲』을 睿宗 작 『伐谷鳥』의 改題로 보았는데, 반론도 없지 않지만 이 견해들은 상당한 설득력을 지닌 것으로 평가된다. 그리고 성호경의 「고려시가 後殿眞勺(北殿)의 복원을 위한 모색」(『국어국문학』 90, 1983)에서는 작품이 온전히 전하지 않는 『후전진작』의 복원을 시도하고 그 작품세계와 구성상의 특징을 살폈으며, 그 연형식의 해체 과정에 대한 추론을 통해 고려시가의 후대적 변천 양상의 일면을 파헤쳤다.

한편, 呂增東의 「滿殿春別詞 歌劇論 試考」(『진주교대 논문집』 1, 1967) 등에서는 『만전춘별사』·『쌍화점』·『西京別曲』·『處容歌』 등이 歌劇的 구성을 보인다는 견해를 내놓았으나, 그 작품들이 실제로 가극에서 노래로 불렸을 가능성은 낮은 편이다. 그리고 『청산별곡』·『서경별곡』·『만전춘별사』 등이 두 편 이상의 노래들이 합성되거나 編詞된 것이라는 견해(崔正如, 「고려의 俗樂歌詞 論考」, 『청주대 논문집』, 1963 ; 金宅圭, 「別曲의 구조」, 한국어문학회 편, 『고려시대의 언어와 문학』, 형설출판사, 1975 등)도 제기되었으나, 成賢慶의 「만전춘별사의 구조」(한국어문학회 편, 『고려시대의 언어와 문학』, 1975)에서는 『만전춘별사』의 구조적 긴밀성을 밝혀 그 編詞說을 부정하였는데, 『청산별곡』에 대한 여러 해석들을 통해 보아도 편사설은 적지 않은 문제점을 지녔음이 드러난다.

작품세계에 대한 연구는 『청산별곡』에 대한 것이 가장 많다. 정병욱(1965)에서 상층 지식인의 고뇌를 그린 작품으로 본 데 비하여, 申東旭의 「청산별곡과 평민적인 삶」(김열규 · 신동욱 편, 『고려시대의 가요문학』, 1982)에서는 몽고 침입기의 사회적 현실을 고려하여 평민적인 삶의 고난을 표현한 것으로 보았지만, 그 시대적 배경의 설정이 뚜렷한 근거를 갖지 못하는 데다 작품 전편을 통해 통일성을 갖춘 해석이 되지도 못하였다.

경기체가에 대한 연구는 1970년대에 들어 『彌陀讚』 · 『安養讚』 · 『彌陀經讚』 · 『錦城別曲』 · 『忠孝歌』 · 『西方歌』 등의 새 작품들이 발굴, 소개되면서부터 활기를 띠게 되었다.

작자층과 연관된 문학적 성격에 대한 논의로서, 초기에 조윤제 · 양주동 등은 『翰林別曲』이 武臣執政期에 불우한 문인 · 학자들의 퇴폐적 · 향락적 · 현실도피적 생활을 노래한 것이라는 견해를 보였다. 그러나 이명구의 「경기체가의 형성과정 소고」(『성균관대 논문집』 5, 1960)에서는 경기체가가 신흥 사대부들의 득의에 찬 생활상을 나타낸 것임을 밝혔고, 성호경의 「경기체가의 구조 연구」(『國文學硏究』 49, 서울대 국문학연구회, 1980)에서도 誇示 · 찬양을 핵심으로 한 문학으로 보았다. 그리고 金倉圭의 「涵虛堂攷」(『東洋文化』 6 · 7, 영남대, 1968)와 金文基의 「義相和尙의 西方歌 연구」(『東洋文化硏究』 5, 경북대, 1978) · 「불교계 경기체가 연구」(『省谷論叢』 22, 성곡학술문화재단, 1991) 등에서는 경기체가의 창작 및 향수에 佛僧들도 다수 참여하였음을 밝혔다.

趙東一의 「경기체가의 장르적 성격」(『학술원 논문집』 15, 1976)은 경기체가의 작품 구조 원리와 장르적 성격을 본격적으로 살핀 업적인데, 이를 계기로 해서 그 장르적 성격에 대한 논의가 활발히 전개되었다. 이전까지 서정적 장르로 보아 온 견해를 비판하며 조동일이 敎述詩라는 견해를 내놓자, 이에 대해 김흥규의 「장르론의 전망과 경기체가」(『백영정병욱선생환갑기념논총』, 신구문화사, 1982)에서는 '서정과 교술의 중간 장르'라고 보았다. 그리고 金學成의 「경기체가」(黃浿江 외 3인 편, 『한국문학연구입문』, 지식산업사, 1982)에서는 교술성과 서정성의 복합적 성격을 지닌 장르로서, 초기에는 교술성 위주였다가 후대에 서정성이 강화되는 변천을 보였다고 했고, 성호경의 「경기체가의 장르」(張德順 외, 『한국문학사의 쟁점』, 집문당, 1986)에서는 본래 서정적 장르이던 것이 15세기 이래 교술 위주로 변모되어 갔다고 보았다.

『한림별곡』의 창작시기에 대해 종래에는 고려 高宗 때 지어졌다는 『高麗史』의 기록을 따랐으나, 성호경의 「『한림별곡』의 창작시기 論辨」(『韓國學報』 56, 1989)에서는 그 창작이 13세기 후반에서 14세기에 이르는 어느 때일 가능성이 높다는 점을 논증하였다.

(4) 鮮初 樂章詩歌

樂章은 넓은 의미로는 宮中樂曲에 실려 가창 또는 음영된 시가를 이르지만, 오늘날 일반적으로 말하는 좁은 의미의 악장은 조선왕조의 창업과 번영을 송축하기 위해 15세기에 주로 지어진 궁중 樂歌를 가리킨다.

조선초의 악장에 대해 1920년대 安廓(自山)의 『朝鮮文學史』(韓一書店, 1922) 이래 연구가 간간이 이루어졌지만, 1950년대 전반까지는 간단한 언급 정도에 그쳤다. 그러다가 1950년대 후반의 金思燁의 『이조시대의 가요연구』(大洋出版社, 1956) 이래 주요 연구대상으로 자리잡게 되었으나, 활발한 연구는 이루어지지 않다가, 1964년에 서울대 東亞文化研究所에서 「龍飛御天歌에 대한 종합적 고찰」이란 주제의 연구발표회를 열면서부터 『용비어천가』를 중심으로 한 연구가 활기를 띠게 되었다. 그 뒤로 尹貴燮의 「악장시가의 형태사적 고찰」(『국어국문학』 34 · 35, 국어국문학회, 1967) · 金文基의 「鮮初頌禱詩의 성격 고찰」(한국어문학회 편, 『조선전기의 언어와 문학』, 형설출판사, 1976) 등의 논의를 거쳐, 1980년대 이후 曺圭益의 『조선초기아송문학연구』(태학사, 1986) · 『鮮初樂章文學研究』(숭실대 출판부, 1990) 등에서 악장 전반에 대한 체계적인 연구가 본격적으로 이루어졌다.

선초 악장시가는 그 범주 속에 여러 다양한 형태의 작품들이 들어있기 때문에, 이를 단일한 역사적 장르로 볼 수 있는가의 문제를 둘러싸고 논란이 있어 왔다.

일찍부터 악장을 단일한 장르처럼 인식하는 경향이 높았으나, 李能雨의 「국문학 genre의 異同 연구」(『숙명여대 논문집』, 1961)에서는 그 주된 경향성이 漢詩에 있으며, 얼마 안 되는 우리말 악장들 사이에도 형태 · 후렴의 有無 · 構文의 본질 등의 여러 면에서 相異性이 있다고 강조함으로써, 악장을 단일한 장르로 보는 관점에 대하여 강한 회의를 보였다.

이에 대해, 金興圭의 『한국문학의 이해』(민음사, 1986)에서는 선초 악장이 독자적 문학장르로서의 실체를 지니는지에 대해 회의를 가지면서도, 작품들이 공유하는 기능적 특수성의 지배가 예외적으로 강하므로 하나의 특이한 장르로 인정하는 관행을 수용하여, 교술적인 시가로 보았다. 그리고 曺圭益(1986)에서는 악장을 포함한 선초 궁정문학 전체를 '雅頌文學'으로 일컫고, 잡다한 형태의 여러 관습 장르들을 포괄하는 하나의 독자적 장르로 인식하였고, 조규익(1990)에서는 '鮮初樂章'이란 이름으로 그 장르적 성격을 '교술적 어조로 전개하는 특수한 문학'이라고 했다.

한편, 趙東一의 『한국문학통사 2』(지식산업사, 1983)에서는 악장 가운데서 우리말 시가만을 대상으로 하여 단형의 敎述詩와 장형의 서사시로 나누었다.

그러나 선초 악장이 과도기적인 문학으로서 일정한 양식으로 정립되지 못했다는 점에 유의하여, 그것을 단일성을 지닌 역사적 장르로 볼 수 있을지에 대해 회의하는 시각을 가진 연구자들도 적지 않은 편이다.

악장시가의 대표적인 작품이라 할 『용비어천가』에 대한 연구에서는 장르적 성격과 구성 방식에 관한 관심이 가장 두드러졌다.

1960년대부터 『용가』를 서사시적 측면에서 살피는 경향을 뚜렷이 보였다. 張德順의 「용비어천가의 서사시적 고찰」(『도남조윤제박사회갑기념논문집』, 1964)에서 『용가』가 기형적이고 파격적인 서사시라고 주장한 이래, 成基玉의 「용비어천가의 서사시적 짜임」(『백영정병욱선생환갑기념논총』, 신구문화사, 1982)에서는 '歷史+逸話'식 구조화 방법을 원용한 서사적 짜임을 보이는 영웅서사시임을 입증코자 했다. 한편, 조동일(1983)에서는 『용가』가 단편적인 영웅시의 집합으로서, 순수한 서사시라기보다는 교술적인 서사시라고 해야 마땅하다고 했다.

이에 대해, 조규익의 「용비어천가의 장르적 성격」(『국어국문학』 103, 1990)에서는 각 挿話들간에 뚜렷한 서사적 접속원리를 찾을 수 없으므로 영웅서사시로 보기 어렵다고 하고, 그 짜임이 '조선 건국의 天命的 당위성'과 '王朝 永續의 당위성'을 반복, 제시한 것이며 제작의도도 교훈적인 것이어서, 그 장르적 성격을 부분적으로 서사적 성향을 띤 교술시라고 했다. 한편, Peter H. Lee(李鶴洙)의 *Songs of Flying Dragons*(Cambridge, Massachusetts : Harvard Univ. Press, 1975)에서는 『용가』를 讚美詩(찬미가 ; eulogy)로 보았다.

『용가』의 수사법·話題·표현기법 등에 대한 폭넓고 진지한 연구가 Peter H. Lee(1975)에서 이루어졌고, 그 형식에 대한 연구 가운데는 통사론적·율격적 구조를 살핀 鄭炳昱의 「용비어천가의 형식 구조에 대하여」(『눈뫼허웅박사환갑기념논문집』, 1978)와 그 율격의 시가사적 의미를 살핀 김수업의 「용비어천가의 가락이 지닌 뜻」(『白江徐首生博士華甲紀念論叢』, 형설출판사, 1981) 등의 성과가 주목된다.

『月印千江之曲』의 경우는 일찍부터 그 서사시적 성격이 인식되었는데, 특히 史在東의 「월인천강지곡의 불교서사시적 국면」(黃浿江 외 3인 편, 『한국문학연구입문』, 지식산업사, 1982)에서 편찬경위 등에 대한 고증을 통해 소설의 구조를 지닌 장편서사시임을 재천명한 것 등이 돋보인다. 그리고

趙興旭의 「월인천강지곡의 형식에 대한 小論」(『백영정병욱선생10주기추모논문집』, 집문당, 1992)에서는 율격을 중심으로 하여 형식을 분석하여 『용가』의 형식과 동일함을 밝혔다.

이들 두 작품 이외의 선초 악장시가 작품들에 대한 연구는 드문 편이다.

(5) 時調·辭說時調

한국 고전시가 가운데서 가장 일찍이 학문적 관심의 대상이 되었고, 또 가장 많은 학자들이 참여하여 가장 많은 연구결과를 낳은 장르가 시조다. 그 창작이 현대에 들어서도 이루어지고 있지만, 여기서는 조선 후기까지의 고시조에 대한 연구사를 살펴보기로 한다.

1920년대 후반에 崔南善의 「朝鮮國民文學으로서의 時調」(『朝鮮文壇』 15, 朝鮮文壇社, 1926. 5)가 발표되자, 시조에 대한 관심이 크게 일어 그 창작과 더불어 연구도 활발히 이루어지기 시작하여, 李秉岐와 趙潤濟 등이 시조에 대한 학문적 정립을 시도하였다. 그리고 1940년대 전반의 암흑기를 거쳐, 1945년 광복을 맞아 고조된 國學 연구열 속에서 시조 연구도 활기를 띠었는데, 작품들의 註釋·註解가 다수 이루어졌고, 『靑丘永言』의 원본에 가깝다는 朝鮮珍書刊行會本(吳氏本)이 소개되었다(1948).

시조 연구는 한국전쟁(1950~53)으로 인해 한동안 침체되었다가, 1950년대 후반부터 활기를 되찾게 되었다. 광복 후에 대학을 졸업한 연구자들을 중심으로 하여 시조 연구의 체계화가 시도되었고 시조의 여러 부면들에 대한 연구도 다양하게 이루어지기 시작했다. 『甁窩歌曲集(樂學拾零)』이 발굴·소개되었고(沈載完, 「甁窩歌曲集의 硏究」, 『청구대학창립10주년기념논문집』, 1958), 고시조 작품들을 집성한 鄭炳昱의 『時調文學事典』(新丘文化社, 1966 ; 총 2,376수)과 심재완의 『校本 歷代時調全書』(世宗文化社, 1972a ; 총 3,335수)와 같은 勞作들도 이 시기에 이루어졌다.

1970년대부터는 방법론적 모색과 고민을 통해 시조 연구가 본 궤도에 올라, 작품 구조에 대한 문예학적 연구가 본격적으로 이루어지기 시작했고,

담당층에 대한 연구와 歌壇을 중심으로 한 조선 후기 시가계의 동향에 대한 연구 등이 활발해졌으며, 시조의 조선시대 발생을 주장하는 논의와 사설시조의 문학적 성격을 새롭게 살피는 연구 등이 뚜렷이 나타나기 시작했다. 19세기 후반 李世輔의 작품 450여 수가 발굴되었고(秦東赫, 『註釋 李世輔時調集』, 正音社, 1985 등), 총 5,492수의 작품들을 수록한 朴乙洙의 『韓國時調大事典』(亞細亞文化社, 1992 ; 고시조 4,836수, 개화기시조 656수)도 이 시기에 이루어졌다.

1990년대 이래의 연구에서는 19세기의 시조와 음악적 연행에 주목하는 연구가 눈에 띈다.

시조 연구에서 활발하게 논의가 이루어졌던 사항들은 그 형식, 구성 방식, 발생, 내용적 특징, 시조(平時調)와 사설시조의 관계, 조선 후기 시조계의 동향, 작가론 등이었다.

시조의 형식에 대하여 종래에는 '3章 6句, 45자 내외'로 보는 견해가 널리 통용되었으나, 정병욱의 「古詩歌 韻律論 序說」(『최현배선생환갑기념논문집』, 사상계사, 1954 등)에서 音步 중심의 율격론이 도입된 이후 '4音步格 3行詩'로 규정하는 쪽으로 기울어졌다. 그 작품 구성에 대하여는 1920년대에 時調唱의 구성을 따라 '3章'으로 보아 '3단 구성'으로 본 것이 널리 받아들여지고 있지만, 조윤제의 「時調의 本領」(『人文評論』 2-2, 인문평론사, 1940. 2)에서는 '초 · 중장+종장'의 2단으로 보아야 한다며 종장의 특별한 중요성을 강조하기도 했다.

詩想 전개에서는 '同意的 展開型' 특히 초장과 중장이 항등항을 이루고 여기서 종장이 유도되는 방식이 가장 많이 쓰였다고 하는데(鄭惠媛, 「시조의 미구조에 관한 분석」, 『國文學硏究』 12, 서울대 국문학연구회, 1970), 그 근거로서 '起－叙－結'의 3단 구조(정병욱, 1966)나 '起－承－轉－結'의 4단 구조로서의 논리적 구조를 들기도 하고(우리어문학회, 『국문학개론』, 일성당서점, 1949), '자아와 대상의 동일화'라는 시적 인식의 태도를 들기도 한다(金大幸, 『한국시가구조연구』, 三英社, 1976).

내용적 특징에 관련된 연구로서, 그 서정성에 대하여는 金烈圭의 「한국시가의 서정의 몇 국면」(『東洋學』 2, 단국대, 1972)에서 작품 구조 · 자아와 자연과의 관계 등을 통해 깊이 있게 살폈고, 주제 및 소재 면에서의 특징과 그 변천상에 대하여는 金興圭의 「조선후기 사설시조의 시적 관심 推移에 관한 計量的 분석」(『韓國學報』 73, 一志社, 1993)과 金興圭 · 鄭興謨 · 禹應順의 「색인어 정보연산에 의한 고시조 데이터베이스의 분석적 연구」(『韓國詩歌硏究』 3, 한국시가학회, 1998) 등에서 전산처리에 의한 통계적 분석이 성과를 거두었으며, 조선 전기 시조의 한 특징을 이루던 '江湖歌道'에 대하여는 崔珍源의 『국문학과 자연』(성균관대 출판부, 1977)과 김흥규의 「강호자연과 정치현실」(『세계의 문학』 19, 1981) 등의 천착이 있다. 그리고 詩語 등의 外現 요소 및 시 · 공간 의식 등의 內在 요소와 화자 · 청자 등에 따른 유형을 살펴 본격적인 時調詩學의 정립을 꾀한 연구로 김대행의 『시조 유형론』(이화여대 출판부, 1986)이 있다.

시조의 발생시기를 1920년대 후반에는 작자 고증이 부실한 일부 歌集들(六堂本 『靑丘永言』 등)의 기록에 따라 삼국시대로 보았으나, 이후 향가와 고려시가의 소개 및 연구의 진척 등에 따라 고려초로 늦추어 잡게 되었다. 그러다가 조윤제의 『조선시가사강』(동광당서점, 1937)에서 '고려 중기 발생, 고려 말엽 형태 완성'이라는 견해를 내놓았는데, 이는 '時調'라는 말을 忠烈王代의 '新調 · 詩調' 등과 같은 말로 잘못 이해한 바를 주요 논거로 한 것이지만(조윤제, 「時調名稱の文獻的硏究」, 『靑丘學叢』 4, 靑丘學會, 1931 ; 그리고 조윤제, 『韓國文學史』, 동국문화사, 1963에서 그 오해를 시인하였음) 이후의 대다수 연구자들에게 널리 받아들여지게 되었다.

그러나 李能雨의 『理解를 위한 李朝時調史』(以文堂, 1956)에서 시조가 조선시대에 발생했을 가능성이 높다는 견해가 제기되었고, 崔東元의 「시조의 형성계층과 형성기」(『부산대 문리대 논문집』, 1977)에서는 '고려말 형성, 조선초 형태 완성'으로 늦추어 보았으며, 김수업의 「시조의 발생시기에 대하여」(趙奎卨 · 朴喆熙 편, 『時調論』, 一潮閣, 1978)와 姜銓燮의 「丹心歌와

何如歌의 遡源的 연구」(『東方學志』 35, 연세대 국학연구원, 1982) 등에서는 시조가 16세기에 발생했고, 그 이전의 작이라는 것들은 후대의 僞作일 가능성이 높다고 하였다. 또 成昊慶의 「16세기 국어시가의 연구」(서울대 박사논문, 1986) 등에서는 4음보격의 율격이 15세기 전반까지는 정립되지 않았다고 하여 시조형의 발생시기를 15세기 후반으로 추정하면서, 고려말의 『단심가』·『하여가』 등은 본래 '4음보격 3행시'가 아니던 것이 후대에 들어 시조형으로 변모된 것으로 보았다. 그리고 權斗煥의 「시조의 발생과 기원」(『冠嶽語文研究』 18, 서울대 국어국문학과, 1993)에서는 14·15세기에 현행 歌曲의 祖宗인 '慢大葉'의 곡조가 성립되고, 15세기에는 이에다 노랫말을 얹어 부르는 관행이 이루어졌다고 보아, 시조가 민요에 기원을 두며 15세기에 발생했을 가능성을 검토하였다.

시조의 기원에 대해서는, 한시(絶句)나 중국시가의 영향을 받았다는 외래기원설이 뚜렷한 증거를 제시하지 못하여 우리 시가 자체의 전통의 계승이라는 내부기원설이 우세한 가운데, 그 원천을 각기 향가·고려속요·민요 등으로 보는 다양한 의견들이 제시되었다. 정병욱(1954)에서 고려속요 『滿殿春別詞』와 시조와의 유사성을 살핀 이래 고려속요를 모태로 보는 견해가 널리 받아들여지게 되었지만, 민요를 그 원천으로 보는 견해도 힘을 얻어 가고 있는 편이다(조동일, 「민요의 형식을 통해 본 시가사」, 『한국시가의 전통과 율격』, 한길사, 1982 등).

시조(평시조)와 사설시조의 관계에 대해서는, 초기에 이병기의 「時調란 무엇인가?」(『東亞日報』 1926. 11. 24)에서 時調唱의 '음악형식'에 평시조·엇시조·사설시조의 세 종류가 있다고 하고 그 분류를 시조의 문학적 분류로 도입한 이래, 이를 수용하여 그 세 유형들에 대한 문학적 형태 규정이 이루어지게 되었으나(李泰極, 『時調概論』, 새글사, 1956 등), 점차 평시조(短型時調)와 사설시조(長型時調)의 두 가지로만 분류하는 경향을 보이게 되었다.

사설시조의 성격에 대하여, 초기에는 평시조의 연장선상에서 이해하는 경향이 두드러졌지만, 이미 高晶玉의 『國語國文學要講』(大學出版社, 1949)

등에서 그 독자성을 강조한 바 있고, 1970년대에 金學成의 「사설시조의 미의식 구조」(서울대 석사논문, 1972)와 정병욱의 「李朝後期詩歌의 變異過程」(『創作과 批評』 31, 창작과비평사, 1974) 등에서 그 미의식 등이 평시조와는 많이 다름을 부각시켰다. 이에 따라 그 성격을 평시조의 변용으로 보는 견해와 양자가 별개의 장르라는 견해가 맞서게 되었는데, 후자의 견해가 점차 더 널리 받아들여지게 되었다. 朴喆熙의 「사설시조의 구조와 그 배경」(『震檀學報』 42, 진단학회, 1976)에서는 사설시조가 시조와는 다른 장르일 가능성을 시사하고, 그 '無型詩'를 자유시의 先鞭으로 보기도 했다. 한편, 성호경의 「사설시조의 정체에 대한 신고찰」(『千峰李能雨博士七旬紀念論叢』, 1990)에서는 사설시조라는 것 속에 여러 잡다한 형태의 작품들이 있으므로, 이를 단일한 장르로 보기 어렵다는 견해를 보였다.

사설시조의 발생시기에 대해서는, 조윤제(1937)에서 조선 후기인 17세기 무렵에 평시조의 변형으로서 나타난 것으로 본 것이 이후 학계의 통설이 되었으나, 이태극(1956) 등에서는 그 시기를 16세기 후반으로 소급하기도 했다. 그러다가 사설시조를 평시조와는 별개의 장르·계통으로 보는 관점이 대두됨에 따라, 그 발생시기를 14세기 또는 15세기 후반으로 보는 견해도 나타나게 되었다(黃浿江, 「大隱 邊安烈과 不屈歌」, 『단국대 논문집』 2, 1968 등).

사설시조의 주된 작자층에 대하여는, 일찍부터 평민층 또는 서민층으로 막연히 말하는 경향이 높다가, 고정옥의 『古長時調選註』(正音社, 1949)에서 中人層으로 명확히 한정하였다. 이에 대해 그 주된 작자층이 양반층이라는 반론이 제기되기도 했으나(김학성, 「사설시조의 시학적 기반에 관한 연구」, 『古典文學研究』 6, 한국고전문학연구회, 1991 등), 중인층이라는 견해가 더 널리 받아들여지고 있는 편이다(고미숙, 「사설시조의 역사적 성격과 그 계급적 기반 분석」, 『語文論集』 30, 고려대 국어국문학과, 1991 ; 姜明官, 「사설시조의 창작 향유층에 대하여」, 『민족문학사연구』 4, 민족문학사연구회, 1993 등).

사설시조의 문학적 성격에 대하여는 조규익의 『우리의 옛 노래문학 蔓橫

淸類』(박이정, 1996) 등에서 체계적으로 밝히고자 했다.

조선 후기에 들어서 시조계는 몇 가지 주목되는 동향을 보였는데, 중인계층인들이 歌客 등으로서 歌壇을 형성하기도 하며 시조 및 사설시조의 창작과 향수에 활발히 참여하게 되었고, 그들에 의해 시조집 편찬도 활발히 이루어지게 되었다.

조선 후기의 시조에 대한 관심은, 국사학계에서 제창한 '내재적 발전론'에 힘입어, 1970년대부터 18세기의 시조를 중심으로 하여 그 속에서 민중성·현실비판 등의 근대적 성격을 찾는 경향을 보이며 고조되어 왔다. 그러나 1990년대에 들어서자 그 민중성에 의문을 가지며 중간계층(中人)에 주목하는 연구가 이루어지게 되었다. 그리고 그 동안 시조사에서 쇠퇴기라 하여 소홀히 되었던 19세기의 시조에 주목한 연구도 나타났는데, 그 대표적인 예로 고미숙의 「19세기 시조의 전개양상과 그 작품세계 연구」(고려대 박사논문, 1993)·愼慶淑의 「19세기 여창가곡의 작품세계」(고려대 고전문학·한문학연구회 편, 『19세기 시가문학의 탐구』, 집문당, 1995) 등이 있다.

조윤제(1937)에서 『海東歌謠』의 "金君壽長與南坡金天澤 相對敬亭山"(張福紹 後序)이라는 언급에 따라 敬亭山歌壇을 가정한 이래로, 최동원의 「敬亭山歌壇과 老歌齋歌壇에 대하여」(『國語國文學』 13·14, 부산대 국어국문학과, 1977)와 권두환의 「조선후기 時調歌壇연구」(서울대 박사논문, 1985) 등이 조선 후기에 출현한 가객들의 가단 성립과 활동 상황을 검토하였다. 그런데 조윤제·권두환 등이 경정산가단의 존재를 긍정적으로 본 데 비하여, 최동원은 김천택과 김수장의 관계가 소원하였음에 비추어 그 구절이 잘못 해석되었다고 하여 그 성립을 부정하였다.

한편, 조선 전기의 가단에 대한 연구로, 조윤제의 「退溪를 중심으로 한 嶺南歌壇」(『청구대 논문집』 8, 1965)에서 경북 安東 일원에서의 가단의 존재 가능성을 추정한 이래, 丁益燮의 『湖南歌壇 硏究』(進明文化社, 1975)·『改稿 호남가단 연구』(민문고, 1989) 등에서는 전남 潭陽 일원의 俛仰亭歌壇·星山歌壇을 살폈으며, 崔載南의 「분강가단연구」(『士林의 鄕村生活과 詩歌文

學』, 國學資料院, 1997)에서는 조윤제(1965)에서의 견해를 고쳐 李賢輔 중심의 汾江歌壇으로 설정하였다. 그리고 가단을 설정하지는 않았지만, 李東英의 『朝鮮朝 嶺南詩歌의 연구』(형설출판사, 1984)에서는 영남지방 士林의 시가를 세 지역(嶺左 · 嶺右 · 江岸)으로 나누어 살폈다.

시조집 편찬에 관한 연구로서, 조윤제의 「海東歌謠 解題」(『朝鮮語學會報』 3, 朝鮮語學會, 1932) · 「歷代歌集의 編纂意識에 대하여」(『震檀學報』 3, 1935) 등을 이어, 정병욱의 「三大古時調集의 傳承體系 小考」(『時調硏究』 1, 1953) 등에서는 시조집 상호간의 전승체계 등을 살폈고, 권두환의 「18세기 歌壇의 성립과 시조집」(『白江徐首生博士華甲紀念論叢』, 형설출판사, 1981) 등에서는 시조집 편찬을 둘러싼 배경을 검토하였다. 또 姜銓燮의 「松谷編古本靑丘永言의 복원문제」(『국어국문학』 47, 국어국문학회, 1969) · 「고시조집의 신빙성문제」(『韓國學報』 33, 1983) 등에서는 시조집의 복원 문제와 시조집의 작가 고증의 문제점들을 검토하였다. 그리고 沈載完의 『시조의 문헌적 연구』(세종문화사, 1972b)와 鄭明世의 「고시조문헌연구」(영남대 석사논문, 1982)에서는 시조를 수록한 문헌자료들을 섭렵하여 그 서지적 특성을 정리하고, 각 문헌에 따른 작가와 작품의 異同 관계를 치밀하게 살폈다. 한편, 『海東歌謠』의 六堂本과 一石本을 校合하여 註解한 金三不의 『校註海東歌謠』(正音社, 1950)도 주요한 성과이다.

자료의 발굴 및 소개에서는 金東旭(「杜谷時調硏究」, 『東方學志』 6, 1963) · 정병욱(1966) · 강전섭(「淸溪歌詞 중의 短歌 86수에 대하여」, 『語文學』 19, 한국어문학회, 1968) · 심재완(1972a) · 李相寶(「異本海東歌謠 및 永言選 고찰」, 『韓國文學』 63, 한국문학사, 1979) · 진동혁(1985) · 박을수(1992) 등이 많은 성과를 보였다.

시조 작가론은 鄭澈 · 黃眞伊 · 尹善道 · 金天澤 · 金壽長 · 安玟英 등에 집중되었는데, 李在秀의 『尹孤山硏究』(學友社, 1955)를 비롯하여 윤선도에 대한 연구가 가장 많은 편이다.

시조 작품은 매우 짧은 분량을 지니기에, 連作(연시조)이 아닌 경우에는 작품론의 대상으로 삼기가 쉽지 않다. 鑑賞의 차원을 넘어 작품의 구조를 분석하고 시세계를 밝힌 본격적인 작품론은 드문 편으로, 權斗煥의 「松江의 訓民歌에 대하여」(『震檀學報』 42, 1976), 成基玉의 「도산십이곡의 재해석」(『震檀學報』 91, 2001) 정도가 두드러진다.

시조와 그 작가(층)의 삶의 관계에 대한 연구로는, 18세기 전남 長興의 鄕村士族인 魏伯珪의 현실적 삶의 조건과의 관련 속에서 그의 문학을 이해하려 한 金碩會의 『존재 위백규 문학 연구』(이회문화사, 1995)와 16세기의 사림들이 그들의 향촌생활 속에서 시조를 향유한 양상을 살핀 최재남의 『사림의 향촌생활과 시가문학』(1997) 등이 있다.

(6) 歌辭

歌辭에 대한 학문적인 연구는 1930년대부터 이루어졌으나, 1940년대까지는 그 명칭(歌辭·歌詞)과 개념 및 범위의 설정에서부터 혼란을 보였다. 1945년 광복 후에는 작품의 발굴 및 소개가 연구의 중심을 이룬 가운데, 趙潤濟의 「歌辭 文學論」(『조선시가의 연구』, 을유문화사, 1948)에서의 논의를 계기로 하여 그 장르적 성격에 대해 논란이 일게 되었다.

1950년대부터는 주로 조윤제의 歌辭 개념에 의거하여 각종 연구들이 활기를 띠게 되었다. 그러나 발굴된 작품자료들이 불충분한 데다가 그나마 조선 후기의 작품들이 대다수였기에, 가사의 전반적 양상 및 발달과정 등에 대한 연구는 충실히 이루어지기 어려웠다.

이후 계속된 작품 발굴·소개를 거쳐, 1960년대에 필사본 『雜歌』의 발굴(1963)로 『俛仰亭歌』 등 16세기의 가사 작품들이 소개된 것(『국어국문학』 39·40, 국어국문학회, 1968에 사진본이 수록됨) 등에 따라 가사의 본격적인 연구를 위한 기반이 마련되었다.

1970년대부터는 趙東一의 「가사의 장르 규정」(『語文學』 21, 한국어문학회, 1969)이 가사 연구의 본격화를 불러, 그 장르적 성격에 대한 논의가 기존 관념에 대한 반성과 이론적 탐색의 경향을 띠며 활발히 이루어졌다.

한편, '平民歌辭'를 중심으로 하여 조선 후기 가사의 근대적 성격을 찾는 일도 가사 연구에서 주요한 관심사로 부상되었다.

1990년대부터는 화자 · 청자의 관계를 중심으로 한 談話論的 연구가 활발히 이루어지기 시작했고, '평민가사'의 작가층 및 성격에 대한 기존 논의들에 대한 비판적 시각이 나타나게 되었으며, 가사 작품들을 집대성한 대규모의 가사집들도 속속 간행되었다.

가사의 개념 및 범주에 대하여, 李秉岐의 「時調의 發生과 歌曲과의 區分」(『震檀學報』 1, 진단학회, 1934) 등에서는 조선 후기에 경기지방의 歌客들 사이에서 성행한 '十二歌詞'를 연구의 출발점으로 삼아 고려 말엽 이래의 시가 중 '5字 내지 9字句들을 길게 나열하여 一篇을 이루는 것'을 '歌詞'로 보았다. 이에 비해, 조윤제의 「조선시가의 형식적 분류 試論」(『震檀學報』 6, 1936) 등에서는 18세기부터 영남지방의 여성들 사이에서 성행한 閨房歌辭를 주된 모형으로 하여 歌辭를 '44調의 連續體 長篇' 등으로 규정하였는데, 이후 학계에서는 이를 기초로 하여 가사를 주로 조선시대에 발달한 '4音步格 연속체'로 규정하게 되었다.

가사의 발생시기에 대해서는, 15세기말에 丁克仁이 지었다는 『賞春曲』을 현전 최고의 작품으로 보는 조선 초기 발생설(趙潤濟, 『朝鮮詩歌史綱』, 東光堂書店, 1937 등)이 한동안 통용되었으나(『상춘곡』을 후대의 僞作으로 보는 견해도 있음), 1950년대에 들어 14세기 후반에 懶翁和尙이 지었다는 『西往歌』 등을 효시 작품으로 보는 고려 말엽 발생설(李秉岐 · 白鐵, 『國文學全史』, 新丘文化社, 1957 등)이 제기되고, 그 뒤 金鍾雨의 「懶翁과 그의 歌辭에 대한 연구」(『부산대 논문집』 17, 1974)에서 吏讀로 표기된 『僧元歌』의 필사본을 발굴 · 소개하여 고려 말엽 발생설을 보완함으로써, 이 두 가지의 학설이 팽팽히 맞서게 되었다.

가사의 기원에 대하여는, 경기체가의 붕괴로 형성되었다는 견해(조윤제, 1937 등)가 조선 초기 발생설과 연계되어 널리 받아들여져 오고 있는 가운데, 고려 말엽 발생설과 관련되어 敎述民謠의 상승이라는 견해(조동일, 「민요의 형식을 통해 본 시가사」, 『한국시가의 전통과 율격』, 한길사, 1982 등)도 제기되는 등 내부기원설이 주류를 이루고 있다. 그러나 그 발생 및 발달 등에 중국 辭·賦의 영향이 많았다는 견해(李慶善, 「歌辭와 辭賦의 비교연구」, 『中國學報』 6, 韓國中國學會, 1967 등)도 적지 않은 호응을 얻고 있다.

가사의 형식과 관련된 연구로, 여러 사람들이 가사와 시조의 형태적 유사성을 강조하고, 심지어 그 유사성에 근거하여 가사를 시조의 확장으로 보거나 또는 시조를 가사의 축약으로 보는 견해들도 있었지만, 成昊慶의 「16세기 국어시가의 연구」(서울대 박사논문, 1986)에서는 양자가 대조적인 구성을 지녀서, 시조가 '체험의 집약'을 구성원리로 함에 비해 가사는 '부가작용'을 원리로 하는 확장적 구성을 지닌다고 보고, 가사의 末行은 시조의 말행(종장)과 형태 면에서 유사하지만 기능 면에서 차이를 보여 시편의 요약부로서의 구실을 거의 하지 못함을 밝혔다. 한편, 조세형의 「가사 장르의 담론 특성 연구」(서울대 박사논문, 1998)에서는 가사의 담론 유형을 분류하고 그에 따른 담당층의 의식과의 관련 양상을 살폈다.

가사의 장르적 성격에 대한 논의는 매우 활발히 전개되었다. 초기에는 서정적 시가로 인식되었으나, 조윤제(1948)에서 시가와 文筆의 중간적 형태임을 거론한 이후, 우리어문학회의 『국문학개론』(일성당서점, 1949)에서는 '중세기의 산문문학'으로, 李能雨의 『入門을 위한 국문학개론』(국어국문학회, 1953)에서는 '율문으로 된 수필'로, 張德順의 『國文學通論』(신구문화사, 1963)에서는 서정적 가사(시가)와 서사적 가사(수필)로 양분하여 보는 등 분분한 논의를 보였다. 그러다가 조동일(1969)에서 가사가 敎述 장르에 귀속된다고 주장한 이래, 그 교술적인 성격에 유의하여 朱鍾演의 「가사의 장르考(II)」(『국어국문학』 62·63, 1973)에서는 서정적 가사·서사적 가사·教示的 가사로 3대별하였으며, 金學成의 「가사의 장르성격 再論」(『백영정병욱선생환갑기념논총』, 신구문화사, 1982)에서는 '共時態로서는 개방성과 복합성을 지닌 관습적 장르이며 通時態로서는 역사적 장르로서 서정의 형식에 정신면으로는 서정·서사·교술의 복합성을 동시에 지니면서 그것이 문학사적 변모를 거치면서 세 가지 성격 중의 어느 하나로 극대화하는 방향을 취해 온 유동적 장르'로 보았다. 그리고 金興圭의 『한국문학의 이해』(민음사, 1986)에서는 서정적 · 서사적 · 교술적인 면이 공존하는 개방적인 '혼합 장르'로 규정하였다.

한편, 이러한 시각과는 달리, 이능우의 『가사문학론』(一志社, 1977)에서는 가사의 개념을 '우리말로 구성지게 씌어진 문학적 작품들이면 몰아쳐 붙여졌던 당시의 한 관례일 뿐'으로 각종 다양한 장르들이 복합 또는 錯綜된 것으로 보아 그 장르적 단일성을 부정하였는데, 金炳國의 「장르론적 관심과 가사의 문학성」(『現象과 認識』 1-4, 韓國人文社會科學院, 1977)에서도 가사를 장르 개념으로 인식하는 것에 대해 회의를 보였다. 또 성호경의 「歌辭의 개념에 대한 반성적 고찰」(『民族文化論叢』 12, 영남대, 1991)에서도 가사는 하나의 역사적 장르가 아니라 그 속에 몇 종의 장르들을 포용하는 '장르 복합체'로서 이해되어야 한다고 했다.

가사의 하위유형에 대한 연구는 佛敎歌辭 · 閨房歌辭 · 紀行歌辭 · 天主歌辭 · 東學歌辭 · 開化歌辭 등에 집중되었다. 불교가사에 대하여는 金聖培의 『한국불교가요의 연구』(亞細亞文化社, 1973) 등에서, 규방가사에 대하여는 權寧徹의 『閨房歌辭研究』(二友出版社, 1980) · 『閨房歌辭各論』(형설출판사, 1986)과 나정순 · 고순희 · 이동연 · 김수경 · 최규수 · 길진숙 · 유정선의 『규방가사의 작품세계와 미학』(亦樂, 2002) 등에서, 기행가사에 대하여는 崔康賢의 『韓國紀行文學研究』(一志社, 1982)와 임기중의 「燕行歌辭와 燕行錄」(국어국문학회 편, 『가사 연구』, 태학사, 1998) 등에서, 천주가사에 대하여는 河聲來의 『天主歌辭 研究』(성 · 황석두 루가서원, 1986) 등에서, 동학가사에 대하여는 尹錫山의 『龍潭遺詞研究』(民族文化社, 1987) 등에서, 그리고 개화가사에 대하여는 조동일의 「개화기의 憂國歌辭」(『開化期의 憂國文學』, 新丘文化社, 1974)와 신범순의 「개화가사의 양식적 특징과 현실의 미의 전환 양상」(『국어국문학』 95, 1986) 등에서 전반적인 양상을 살폈다.

1970년대부터 관심의 초점이 된 조선 후기의 '평민가사'의 성격에 대한 논의로, 金文基의 『庶民歌辭研究』(형설출판사, 1983)와 김학성의 「가사의 실현화 과정과 근대적 지향」(한국고전문학연구회 편저, 『근대문학의 형성과정』, 문학과지성사, 1983) 등에서는 현실비판정신이나 근대 지향 의지 등을 찾고자 했다. 그러나 성호경의 「조선 후기 시가의 양식과 유형」(『民族文化論叢』 13, 1992)에서는 그 담당층을 대체로 중인계층인들로 보고, 그 작품들이 조선 후기의 중인계층인들이 지니던 양면적 성향을 반영하여 한편에서는 양반가사의 亞流로서의 성격을 띠고 다른 한편에서는 그들 계층의 삶과 정서를 표현하여 독자적인 문화의 정립을 추구하는 양상을 보인다고 했다.

가사의 개별 작품에 대한 연구는 문헌적 · 실증적 연구가 주류를 이루어, 작품 소개와 함께 작가 고증, 작품 창작의 연대 및 동기 추정, 배경 고찰 등이 주요 논의 내용이 되었고, 본격적인 작품론으로까지 나아간 것은 얼마 되지 않는다. 작품론의 주요 성과로, 정재호의 「續美人曲의 내용분석」(『국어국문학』 79 · 80, 1979)에서는 작품의 구성 방법을 비롯하여 내면 구조 문제를 정밀하게 분석하였고, 박영주의 「關東別曲의 시적 형상성」(『泮橋語文研究』 5, 반교어문연구회, 1994)에서는 『關東別曲』의 시적 형상성을 '표현언어의 청신성' · '이념과 홍취의 조화' · '풍토성의 형상화'라는 세 측면에서 살펴, 그 작품이 '絶唱'이 될 수 있었던 요인을 구명코자 하였다.

작가론의 경우는 鄭澈 · 朴仁老 등 여러 편의 작품을 남긴 몇몇 작가들에 대해서 연구가 집중되었다. 1960년대까지의 연구로 金思燁의 『鄭松江研究』(啓蒙社, 1950) · 李相寶의 『朴蘆溪研究』(一志社, 1962) · 朴晟義의 『松江 · 蘆溪 · 孤山의 시가문학』(玄岩社, 1966) 등이 있고, 1970년대 이후에도 여러 사람들의 연구논저가 나타났으나, 대다수는 작가의 부분적 특징만을 다루었거나 또는 문헌고증의 차원을 크게 넘어서지 못하였다. 작가의 총체적인 삶과 의식을 통해 그 문학의 전반적 특징을 밝히고자 한 연구로는 박영주의 『송강 정철 평전』(중앙M&B, 1999) 등이 있다.

다수의 작가들을 배출한 지역을 중심으로 하여 歌壇의 형성 가능성을 살핀 논의로는, 호남지방의 俛仰亭歌壇 · 星山歌壇 등을 살핀 丁益燮의 『湖

南歌壇 硏究』(진명문화사, 1975) · 『改稿 호남가단 연구』(민문고, 1989)이 두드러지고, 영남지방의 경우는 洪在烋의 「嶺南歌辭文學硏究」(『대구교대 논문집』 8, 1973) 등이 있다.

가사 작품의 발굴 및 소개는 오랫동안 수많은 사람들에 의해 이루어져 왔는데, 그 가운데서 필사본 『雜歌』의 발굴 및 소개를 비롯하여 김동욱의 「許橿의 西湖別曲과 楊士彦의 美人別曲」(『국어국문학』 25, 1962) · 「壬亂前後歌詞硏究」(『震檀學報』 25 · 26 · 27, 1964) 등이 가사 연구에 크게 기여하였다.

가사 작품집으로는 申明均 편 『歌詞集(上)』(中央印書館, 1936) 이후에 金聖培 · 朴魯春 · 李相寶 · 丁益燮 편저 『註解 歌辭文學全集』(精硏社, 1961), 權寧徹 편 『閨房歌辭』(韓國精神文化硏究院, 1979), 李相寶 편 『韓國歌辭選集』(集文堂, 1979) · 『한국불교가사전집』(민속원, 1980) · 『17세기 가사전집』(교학연구사, 1987) · 『18세기 가사전집』(민속원, 1991), 金東旭 · 林基中 편 『校合 樂部』 · 『校合 歌集』 · 『雅樂部歌集』(이상 太學社, 1982), 林基中 편 『歷代歌辭文學全集』(전 50권 ; 東西文化社 · 驪江出版社 · 亞細亞文化社, 1988~1998), 檀國大 栗谷紀念圖書館 소장본 『韓國歌辭資料集成』(전 12권 ; 태학사, 1998) 등이 손꼽히는 勞作들이다.

(7) 雜歌

雜歌는 오랫동안 한국 고전시가 연구에서 별 주목을 받지 못하다가, 1970년대에 들어서야 학문적 연구의 대상으로 부각되었으며, 1980년대부터 연구가 활기를 띠기 시작했다.

잡가란 원래 음악의 명칭으로서, 조선 후기의 市井에서 직업적 · 반직업적 소리꾼들에 의해 가창된 遊樂的 노래들의 총칭이었다. 그 속에 갖가지 형태의 다양한 작품들이 있었는데, 문학 형식면에서 어떠하든 잡가식 唱調로 부르면 잡가로 보았던 것이다.

이러한 잡가를 문학적 연구의 대상으로 삼게 되면서 많은 혼란이 나타났다. 그 다양한 형태 · 유형의 작품들에서 일정한 공통성을 찾을 수 없기 때문이다.

이에 혹은 그 여러 유형들 가운데서 일부에 초점을 맞추어 하나의 역사적 장르로 보고자 하고, 혹은 잡가 전부를 하나의 장르로 보며, 혹은 복수의 장르로 나누기도 하고, 혹은 하나의 장르로 설정할 수 없다고 했다.

처음에는 잡가에 속하는 작품들을 널리 섭렵하지 못한 상태에서 연구가 이루어졌기에, 그 논의가 주로 가사와 유사한 작품들과 가사와의 관계를 살피는 방향으로 전개되었다. 趙潤濟의 「시가의 형식적 분류」(『震檀學報』 6, 진단학회, 1936)에서는 가사가 俗化하여 唱曲的 시가로 전개한 것을 '雜歌'로 假稱하여 가사와 구별하고 넓은 뜻의 가사에 포함시켰다가, 『國文學槪說』(東國文化社, 1955)에서는 잡가가 어떤 전형적인 시가를 의미하는 것이 아니고 보통 歌曲에서 사용되는 그 노랫말을 의미하는 것이라고 하며 가사로부터 분리하였다. 이에 비해, 高晶玉의 『朝鮮民謠硏究』(首善社, 1949)에서는 상층인들의 가사가 유흥의 거리에서 降下되어 대중화한 종류의 노래를 '俗歌'라 하고, 현대의 유행가와 같은 것이라고 보았다.

그러다가 趙東一의 「18·19세기 국문학의 장르체계」(『古典文學硏究』 1, 한국고전문학연구회, 1971)에서는 전문적인 소리패가 흥행적인 목적으로 지어 부른 시가 모두를 잡가로 보았고(국악에서 俗歌·西道唱·立唱이라고 한 것과 판소리 短歌를 포함하며, 민요는 제외함), 이를 抒情雜歌와 敎述雜歌로 나누었다.

그러나 鄭在鎬의 「雜歌攷」(『民族文化硏究』 6, 고려대, 1972)에서는 잡가집들에 실린 작품들 중 시조·가사·한시·唱歌 등을 제외한 것들을 잡가로 보아 독립된 장르로 설정하고자 했고, 金文基의 『庶民歌辭硏究』(형설출판사, 1983)에서는 그 가운데서 分聯體만을 독립된 장르로서의 잡가로 보고자 했다. 또 金興圭의 『한국문학의 이해』(민음사, 1986)에서도 잡가류의 창법으로 불린 노래 가운데서 일부 시조와 민요를 제외한 나머지를 문학적 장르로서의 잡가로 보고, 이는 18세기 무렵부터 발달한 대중적 혼합 가요라고 보았다.

한편, 李圭虎의 「잡가의 정체」(張德順 외, 『한국문학사의 쟁점』, 집문당, 1986)에서는 잡가가 가사·사설시조·민요 세 장르의 양식적 복합현상이므로, 이를 하나의 장르로 설정하기가 곤란하다고 했다. 그리고 손태도의 「1910~20년대 잡가에 대한 시각」(『고전문학과 교육』 2, 淸冠古典文學會, 2000)에서는 잡가가 正歌에 대한 평가절하식 명칭으로 시대와 지역에 따라 그 범주가 다른데, 1910~20년대에는 서울을 중심으로 한 지역에서 歌曲·時調·十二歌詞에 들지 못한 격이 떨어졌던 노래들을 잡가라 지칭했다고 하여, 특정 노래 장르의 명칭이 될 수 없다고 하였다.

이렇듯 그 개념 및 범주와 그 장르적 성격에 대하여 많은 논란이 있기 때문에, 잡가는 아직도 문학적 연구의 대상으로서 뚜렷이 자리잡지 못하고 있는 상태에 있다고 할 것이다.

잡가의 담당층에 대하여, 李魯亨의 「잡가의 유형과 그 담당층에 대한 연구」(『國文學硏究』 80, 서울대 국문학연구회, 1987)에서 19세기 초·중엽까지는 그 가창집단이 최하층신분의 인물들이었고, 수용집단도 서민층 이하의 하층민들로 이루어졌다가, 19세기 말엽 및 20세기 초엽에 담당층의 변모를 보여 종전의 고급가창집단과 상층인물들도 적극적으로 가창 향유하였다고 했다.

잡가의 형성 원리를 살핀 연구로는 金學成의 「잡가의 생성기반과 사설 엮음의 원리」(『世宗學硏究』 12·13, 세종대왕기념사업회, 1998) 등이 있다.

잡가 자료를 집성한 책으로는 李昌培의 『韓國歌唱大系』(弘人文化社, 1976) 등이 있으며, 잡가집들을 모은 책으로는 정재호의 『韓國雜歌全集』(전4권, 계명문화사, 1984) 등이 있다.

4. 결론

앞에서 필자는 한국전쟁 이후의 약 50년간을 중심으로 하여 한국 고전시가 연구사를 살펴보았다.

그 동안 많은 사람들에 의해 수많은 연구논저들이 발표되었고, 연구방법의 개선 및 새로운 모색 등을 통해 한국 고전시가에 대한 바른 이해에 기여할 수 있는 많은 성과를 축적하였으며, 연구경향의 적지 않은 변천을 통해 한국 고전시가의 다양한 측면들에 대한 조명의 확대가 이루어짐으로써, 한국 고전시가에 대한 연구는 전반적으로 커다란 진전을 이룩하였다.

그러나 한국 고전시가에서는 아직도 제대로 밝혀내지 못하고 있는 면과 앞으로 발전시켜야 할 면이 적지 않다.

초창기에 이루어져서 오늘날까지도 통용되고 있는 연구성과들 가운데는 기실 부실한 자료들에 의거하여 이루어졌거나, 허술하거나 잘못된 논거에 기초하여 이루어진 경우가 없지 않은 편이다. 새로운 시각 및 방법론에 의한 연구가 중요하고 필요하다는 것은 더 말할 나위가 없지만, 그러한 연구는 기존의 연구성과에다 덧붙여지는 차원에 그치지 않고, 기존 논의들의 문제점 및 한계를 해결하고 극복하는 차원에서 이루어지는 것이 연구의 발전을 위해 바람직할 것이다. 이를 위해서는 이전에 이루어진 연구성과의 타당성에 대한 진지한 검증 작업이 절실히 요구된다고 하겠다.

한 때 우리 민족의 자존심이 크게 손상된 상황에서 그 회복을 위한 시대적 요청에 부응하여 한국 고전시가의 제 현상들에 대해 긍정적 방향 위주의 관점 및 태도로써 연구를 수행하고자 하는 경향이 나타난 적이 있는데, 그러한 연구는 민족사적인 면에서 적지 않은 의의를 지니면서도 한국 고전시가 연구의 객관화·과학화에 다소간 지장을 주기도 했다. 한국 고전시가에 대한 정확한 이해와 객관적인 평가야말로 현재 및 미래의 한국시의 건전한 발전을 위해 참다운 토대가 되어줄 수 있다는 점에서, 이제 민족적 자존심이 뚜렷이 회복된 상황에서는 목적지향적인 성격을 지니는 그러한 연구태도를 지양하고 그 남긴 문제점들을 찾아내어 바로잡는 일이 필요할 것이다.

그 동안의 연구에서는 각 작품(또는 텍스트)들의 시세계에 대한 정확한 해석을 기하려는 노력이 부족하여, 아직도 적지 않은 작품들의 경우에서 그 구성 및 표현의 특성은 물론이고 주제조차도 제대로 밝혀지지 못하고 있거나 또는 잘못 파악되고 있는 실정이다. 모든 문학 연구는 작품에 대한 바른 이해를 기초로 해야 하는데, 이를 위해서는 정밀한 분석적 접근을 통하여 작품의 각 부분들의 의미를 밝혀내고 전체적으로 통일성을 갖추는 해석을 기하도록 해야 할 것이다.

그리고 작가론도 본격화되지 못한 양상을 보이는데, 작가론은 傳記的 사실의 구명에서 그치지 않고, 나아가 작가의 삶 및 사상이 그의 문학 창작과 작품세계에 어떠한 영향을 끼쳤는가를 밝혀서 작품에 대한 바른 이해에 이바지할 수 있는 것이 되어야 한다.

작품에 대한 바른 이해는 연구방법에도 큰 영향을 끼치게 된다. 가장 좋은 연구방법이란 그 작품의 본질을 가장 잘 밝혀낼 수 있는 방법이라는 점을 염두에 두어, 연구방법의 단초를, 세계관 · 인생관 · 문학관이 차이나는 다른 사람들의 이론에서 찾기보다는, 대상 작품에 대한 바른 이해에서 우선적으로 찾는 것이 바람직할 것이다.

자료에 대한 치밀한 고증과 확인이 절실히 요청된다. 새로운 연구방법론의 모색에 관심을 집중하다 보니, 자료를 꼼꼼히 고증하고 확인하는 기본적인 작업을 소홀히 하는 경향이 나타나게 되는데, 이러한 경향은 특히 1970년대 무렵 이래의 신진 연구자들 일부에서 두드러졌다. 잘못된 자료에 의거한 연구결과가 고전시가 연구의 발전에 장애로 작용한 사례들이 드물지 않게 나타나는 것이다.

한편, 대다수 작품들이 서정시인 한국 고전시가에 대한 연구에서는 정서가 사상 못지 않게 중요한 연구영역이 되어야 하는데, 이에 관한 연구는 아직 본격화되지 못하고 있는 실정이다. 작품들에서의 정서의 양상과 그 특징을 밝히는 일에 연구자들이 보다 많은 관심을 노력을 기울일 필요가 있다. 그리고 시(시가) 작품에서는 시인이나 화자가 독자와 대상에 대하여 가지는 태도인 토운(tone)도 매우 중요한 연구영역이 될 터인데도, 아직까지 이에 관한 연구가 뚜렷이 이루어지지 못하고 있다. 앞으로 담화론적 연구 등이 시적 화자의 토운에 대한 체계적인 연구를 위한 기반을 마련해 줄 수 있을 것으로 전망되는데, 이러한 면에 대한 연구가 더 활성화되어 진전된 연구성과를 산출하도록 해야 할 것이다.

이 글에서의 논의에서 필자는 기왕에 이루어진 여러 연구사 관련 연구업적들의 도움을 적지 않게 받았다. 특히 서술체계 등의 면에서 權斗煥의 연구사 정리(「古典詩歌」, 閔丙秀·李秉根 외 10인, 『國語國文學硏究史』, 宇石, 1985)를 많이 참고하였다.

이 글에서 필자는 주요한 연구성과로 판단되는 논저들을 중심으로 해서 거친 논의를 폈는데, 필자의 좁은 안목과 寡聞 탓으로 훌륭한 연구성과들이 논급되지 않았거나 또는 정당하게 평가받지 못한 경우가 없지 않을 것이다. 이에 대하여 너그러운 양해와 친절한 일깨움이 있기를 기대하는 바이다.

구비문학 연구 50년

강진옥

1. 머리말

근대적 의미에서의 구비문학에 대한 학문적 관심은 1920년대 전후 민속조사의 일환으로 행해진 설화, 민요, 무가, 민속극, 속담, 수수께끼 수집에서부터 비롯된다. 이 무렵 구비문학은 민속의 일부인 구비전승으로 간주되었다. 이 같은 사정은 문학연구자들에게도 크게 다르지 않아 구비문학을 기록문학의 소재원천이나 형성을 밝히기 위한 배경연구의 대상으로 다루는 접근방법이 상당기간 유지되었다.

'문학(文學)'이란 용어는 전통적으로 문자 또는 기록이라는 개념이 전제된 것으로 이해되어왔기 때문에, 말로 존재하는 구비문학은 오랫동안 문학의 영역에 포함되지 못했다. 그런 연유로 구비문학에 대한 연구의 초기적 관점도 민속현상의 일부인 구비전승으로 다루어졌던 것이다. 그러나 문학의 본질에 대한 논의가 제기됨에 따라, 문학이 언어예술이며 문자는 음성언어의 시간성이 배제된 기록이라는 인식이 보편화되면서 구비문학의 문학적 의의도 재조명되는 계기를 맞는다. 1960년대 초 서울대학교 국어국문학과에 '구비문학론'이 개설되고, 1971년 장덕순과 그 제자들이 『구비문학개설』[1])을 펴내면서 구비문학은 독자적인 문학이며 문학연구의 대상이라는 사실이 천명되었다. 이후 구체적인 연구의 성과들을 통해 문학적 가치와 의의가 입증됨에 따라

1) 장덕순 · 조동일 · 서대석 · 조희웅, 『구비문학개설』, 일조각, 1971.

구비문학은 한국문학을 구성하는 영역의 하나로 자연스럽게 인정되었고[2) 학술적 연구성과도 꾸준히 축적되면서 오늘에 이르렀다. 이와 같은 연유로 본격적인 구비문학 연구의 시대는 1970년대 이후로 볼 수 있다.

본 연구사는 해방 이후부터 현재까지 발표된 구비문학 자료의 조사 및 연구의 성과를 대상으로 이루어진다. 구비문학의 영역에는 말로 존재하면서 문학적 의의를 지닌 다양한 양식들이 포함되는데 이들은 장르별로는 서사, 서정, 극, 교술 등 장르 전반에 걸쳐질 만큼 광범위하고, 구연방식도 말을 기본으로 하되 영역에 따라 음악(민요 · 무가 · 판소리 · 민속극)과 춤(판소리 · 민속극)을 포함하는 다양한 형태의 연행예술로도 존재하는 까닭에 문학은 물론 음악 · 무용 · 연극학분야에서도 연구가 이루어지고 있다. 최근에는 연구의 시각이 구비문학 형성의 토대가 되는 삶과 문화의 문제로 확장되면서 논의방향에서의 변혁도 일어나고 있는데, 구비문학이 생활문화의 일부로 존재해왔다는 사실에 비추어보면 이러한 현상은 자연스러운 것이다. 이러한 도정은 우리 구비문학 연구사에서 집적된 구비문학 연구의 관점이 구비전승, 구비문학, 구술문화의 층위를 가지게 되었음을 의미하고 있다.

구비문학은 이 같은 존재양상으로 인해 연구의 역사가 그다지 길지 않았음에도 수많은 연구성과를 축적할 수 있었으며, 접근관점에 따른 해석의 차이 또한 적지 않아 크고 작은 논쟁들이 곳곳에서 벌어질 수 있었다. 이런 까닭에 관련논의들을 한 자리에 모두 담아내는 일이 쉽지 않았으므로, 주된 검토대상을 부득이 단행본, 학위논문, 전국규모 학회지 수록논문으로 한정한다. 이 글은 이러한 전제 아래 설화 · 민요 · 무가 · 판소리 · 민속극을 대상으로 하여, 해방 이후부터 현재까지의 구비문학 연구 성과들에 대해 시기별, 문제별로 검토하기로 한다. 논의과정에서 중요한 연구성과들이 필자의 과문과 편견으로 인해 누락되거나 정당하게 평가되지 못한 경우도 적지 않으리라 우려된다. 필자의 불찰로 빚어진 오류들에 대해 관용과 자상한 일깨움 있기를

2) 김홍규, 「한국문학의 범위」, 『한국문학연구입문』, 지식산업사, 1982 ; 조동일, 『한국문학통사』 1, 지식산업사, 1982.

빌어마지 않는다.

2. 시기별 연구동향

우리 구비문학 연구의 전개과정을 구비문학에 대한 인식태도와 연구방법을 기준으로 살펴보면 크게 세 단계로 나눌 수 있을 것이다. 첫 번째는 구비문학이 민족문화 또는 민속의 일부로 인식되던 해방 이후부터 1960년대 말까지로서 자료수집에 중점을 두면서도 연구방법론의 모색이 이루어지던 시기이다. 두 번째는 1970년대 초부터 1980년대 말까지로서 구비문학의 학문적 위상이 정립되고 연구자의 증대로 학문적 체계화가 이루어지던 시기이다. 세 번째는 1990년대 이후로서 앞서 구축된 성과들을 바탕으로 연구의 관점과 범주의 확장 및 내용적 심화가 이루어지는 시기이다. 각 시기별로 연구동향을 살펴보기로 한다.

1) 해방 이후 - 1960년대 : 학문적 토대 마련과 체계의 모색

해방 이전의 구비문학 연구상황은 학문적 연구보다는 연구의 토대를 마련하기 위한 자료수집이 주류를 이루었고, 관련자료들은 주로 역사 또는 민속적 관점에서 다루어졌다. 이 같은 경향은 해방 이후에도 상당기간 지속된다. 자료의 조사와 자료집의 간행은 열의를 가진 개인 연구자에 의해 산발적으로 이루어지는데, 그런 중에도 구비문학의 특정분야를 집중적으로 조사하여 정리한 성과가 나타났다. 최상수의 설화자료집, 임동권과 김영돈의 민요자료집, 김태곤의 무가자료집 등이 그 예이다.[3] 60년대 초에 민족문화 유산에 대한 재인식과 함께 문화재관리국이 신설되고 무형문화재 지정을 위해 무가, 판소리, 민속극 보유자들을 대상으로 한 발굴조사가 이루어지면서 상당량의

---

3) 최상수, 『한국민간전설집』, 통문관, 1958 ; 임동권, 『한국민요집』 1-7, 집문당, 1961-1992 ; 김영돈, 『제주도 민요연구 상』, 일조각, 1965 ; 김태곤, 『황천무가연구』, 창우사, 1966.

자료들이 채록되었다.

이 시대 연구동향에서 뚜렷하게 드러나는 성과의 하나가 역사적 연구인 것은, 근대학술담론을 선도했던 역사학연구방법에 영향 받은 국문학 연구의 전례가 구비문학연구에도 답습되었던 때문으로 보인다. 기원과 형성에 관한 문제는 해방 이전부터 판소리와 민속극분야에서 제기된 이래 지속적인 관심 아래 논의되면서 다양한 관점이 펼쳐졌고, 구비문학연구사의 대표적인 쟁점의 하나가 되었다. 역사적 연구가 성행하면서 문헌기록을 비교적 보유하고 있는 민요, 민속극, 판소리 분야에서 사적연구가 이루어지고 있음도 주목할 만하다.[4] 한편, 형성과 기원에 대한 관심은 소재적 유사성을 근거로 기록문학의 형성배경을 밝히고자 한 근원설화연구를 활성화하기도 했다.

자료조사 성과가 축적되면서 분류에 대한 관심이 설화와 민요분야에서 제기되고 분류의 시안이 구체적으로 마련되기도 했으며, 문학과 음악, 연극적 성격을 복합적으로 갖는 판소리의 경우 장르문제가 진지한 관심 속에서 제기되었다. 한편 설화의 경우, 국제간의 이동경로를 밝혀 변이양상을 추적하거나 영향수수관계를 밝히고자 한 비교연구도 성행했다.

초기 문화인류학회와 민속학회의 회원 상당수가 국문학연구자들이었다는 사실이 보여주듯이 이 시기 구비문학은 민속학, 문화인류학, 국문학 등 인접학문들의 접경지역에 위치하면서 학문적 자기정체성을 정립하지 못하고 있었다. 오히려 배경연구의 차원에서 다루어지던 국문학에서의 위상에 비해, 문화인류학이나 민속학 등과 친연성을 보여주기도 한다. 문화인류학 연구성과를 점검하는 심포지움(『문화인류학』 6, 1973)에서 검토되었던 4분야가 사회인류학을 제외하고는 민간신앙 · 민속연희 · 구비전승이라는 사실은 초기 문화인류학과 구비문학의 관계양상을 대변하고 있고, 1969년에 창립된 민속학연구회(민속학회의 전신)의 학회지 『한국민속학』에 구비문학

4) 김동욱, 「판소리 발생고 1 · 2」, 『서울대논문집 인문사회과학편』 2 · 3, 1955 · 56 ; 임동권, 『한국민요사』, 문창사, 1964 ; 장주근, 「한국구비문학사」(상) · 임동권, 「한국구비문학사」(하), 『한국문화사대계』 5, 고려대학교 민족문화연구소, 1967 ; 이두현, 『한국가면극』, 문화재관리국, 1969.

논문의 수록비중이 높았던 사실도 민속학연구가 국문학전공자들에 의해 주도되었던 사정을 말해주고 있다. 이밖에도 이 시대 구비문학논문의 발표지면으로는 1952년에 창간된 『국어국문학』(국어국문학회)이 있다.

이 같은 상황 속에서도 구비문학의 본질을 탐구하기 위한 관심들이 다양한 형태로 제기되었다. 60년대 학계에 소개된 구조주의, 신화제의 및 원형이론 등을 원용한 방법론적 모색[5]은 작품자체의 성격을 해명하기 위한 노력의 일환이었다. 구비문학의 학문적 정체성을 모색하려는 보다 진지한 작업들은 민속극의 미학적 해석을 시도한 「가면극의 희극적 갈등」(1968),[6] 서사무가의 형성을 검토하면서 문학사적 의의를 고찰했던 「서사무가연구」(1969)[7] 등에서 발견되는데, 이들은 문학연구대상으로서의 구비문학의 위상을 뚜렷하게 자각한 성과라 할 수 있다. 이처럼 이 시기 구비문학은 다양한 학문적 시도들을 바탕으로 그 면목이 구체화되어가면서 독자적인 위상 정립을 향해 나아가고 있었다.

60년대 후반에는 민족문화 전통에 대한 재인식이 요청되기 시작하는 시대상황에 부응하여 구비문학과 현대문학의 관계양상이 관심사로 제기되었다.[8] 이는 신문학 연구 초기에 제기되었던 전통단절론에 대한 비판적 대안이기도 했다. 민속극의 현대적 계승으로서 시도된 마당극운동 등이 실천적 국면을 보여준다면, 학문적 관심의 방향은 설화와 현대문학의 관련양상, 당대적 현실인식과 관련한 민속극 연구 등으로 나타났다. 이 같은 움직임은 70년대 이후 본격화되면서 구비문학 연구의 한 흐름을 형성하게 되었다.

---

5) 김열규, 「가락국기고」, 『국어국문학』 2, 부산대 국어국문학회, 1961 ; 황패강, 「단군신화의 한 연구」, 『백산학보』 3, 백산학회, 1967 ; 김열규, 「탈해전승고 : 즉위의 주지를 중심으로」, 『김재원박사회갑기념논총』, 1969 ; 황패강, 「사복설화의 연구 : 우주의 나무 상징을 중심으로」, 『문호』 5, 건국대학교, 1969.

6) 조동일, 「가면극의 희극적 갈등」, 『국문학연구』 6, 서울대 국문학연구회, 1968.

7) 서대석, 「서사무가연구」, 『국문학연구』 8, 서울대 국문학연구회, 1969.

8) 장덕순, 「설화의 소설화」, 『요산김정한선생송수기념논문집』, 동간행위원회, 1968. 이후 다수 발표되었는데, 여기에 관한 논의들은 장덕순, 「설화와 현대소설」, 『한국설화문학연구』, 서울대학교 출판부, 1970에 수록되었다.

2) 1970년대~1980년대 : 학문적 체계 마련과 연구자의 증대

구비문학연구는 1970년대의 시작과 함께 『한국설화문학연구』(1970), 『서사민요연구』(1970), 『구비문학개설』(1971) 등이 잇달아 간행되면서 분수령을 이루었다. 이들은 앞 시대에 이루어졌던 다양한 학문적 모색들이 구체화된 성과로서 구비문학의 연구가 본격화되고 있음을 알리는 신호탄이기도 했다. 이들이 공통적으로 문제삼았던 화두는 '구비문학은 문학이며 문학으로서 연구되어야 한다'[9]는 것이었고 입론의 기틀은 구비문학의 개념과 범주를 설정하면서 학문적 체계화를 선도한 『구비문학개설』에서 마련했다. 이를 통해 그동안 연구자들의 개별적 관심사에 따라 산만하게 이루어졌던 관련영역 연구들은 구비문학이라는 개념체계 아래 통합되면서 학문적 기반을 마련할 수 있었다.

『구비문학개설』이 표방한 바, 독자적인 문학으로서의 자기선언은 70년대의 연구성과들을 통해 구체성을 획득하게 된다. 장덕순은 포괄적인 관심으로 설화문학연구의 가능성을 타진하면서 기록문학과의 대등한 관계설정으로 설화의 독자적 위상을 설정한 바 있고,[10] 조동일은 현장조사에 기반하여 서사민요의 구조론, 문체론, 전승론을 포괄하는 구비문학연구의 이정표를 보여주었으며,[11] 「제석본풀이연구」를 통해 서대석은 구조분석, 무가권 구획, 문학사적 검토에 이르는 무가문학 연구의 전범을 보여주었다.[12] 가면극의 연극미학 탐구[13]와 함께 판소리 분야에서도 소설연구의 관점에서 벗어나 판소리 자체의 문예적 예술적 본질을 탐구해야 한다는 문제제기가 일어났다.[14]

이러한 문제의식과 연구의 성과들에 힘입어 구비문학은 『한국문학통사 1』

---

9) 장덕순 외, 앞의 책, 13쪽.
10) 장덕순, 앞의 책.
11) 조동일, 『서사민요연구』, 계명대 출판부, 1970.
12) 서대석, 『한국무가의 연구』, 문학사상사, 1980.
13) 조동일, 『한국가면극의 미학』, 한국일보사, 1975.
14) 김흥규, 「판소리의 서사적 구조」, 『창작과 비평』 35, 창작과 비평사, 1975 봄 ; 서종문, 「판소리의 개방성」, 『판소리사설연구』, 형설출판사, 1984.

(1982)에서 한문학, 국문문학과 함께 한국문학의 영역으로 당당하게 자리하면서 여타 영역과의 관계 아래 그 역사적 존재양상이 서술되기에 이른다. 구비문학사의 보강으로 한국문학사는 그 역사적 실상에 한층 근접하게 되었다.[15)]

구비문학의 독자성이 확인되고 문학연구의 대상이라는 인식이 본격화되면서 그 문학적 본질을 밝히는 데 적절한 연구의 관점이나 방법론에 대한 모색이 다양한 방식으로 이루어졌다. 앞 시대에 제기된 분류, 기원, 장르문제는 설화(유형분류), 민속극 및 판소리(기원론), 설화 및 판소리(장르론) 분야에서 재론되는 동안 이론적 체계를 갖추면서 논쟁적 양상을 보여주기도 했다. 전파론적 전제를 넘어 작품론적 차원에서 전승과 변이의 국면들이 조명되었고, 구조분석방법이 심화되면서 작품의 주제 · 의미 · 전승집단의 의식 등이 심도 있게 다루어졌으며 미적 특질 규명, 전승현장과 연행을 둘러싼 포괄적 문제의식의 구체화, 사설의 구성원리와 전승문법 구명 등이 각각 이루어졌다.

이와 함께 현지조사를 통해 축적된 자료학적 성과에 바탕하여 분야별 작품론이 활발하게 이루어지면서, 개설서와 연구서들이 간행되고 있음도 주목할 만하다.[16)] 이 시기 구비문학연구에서 역시 사회적 관점과 민중 미의식에 대한 천착이 주된 흐름을 형성하면서 적극적으로 이루어진 것은 당대의 사회적 상황과 맞물리면서 구비문학의 향유층인 민중의 진보성, 역동성이 재인식되었기 때문이다. 민중의식이 역사창조의 동인으로 주목되면서 민중의 문학이었던 구비문학도 재평가되었던 것이다. 이 같은 경향은 조선후기의

---

15) 조동일, 『한국문학통사』 1-5, 지식산업사, 1982-1988.

16) 임동권, 『한국민요연구』, 선명문화사, 1974 ; 조동일 · 김흥규 편, 『판소리의 이해』, 창작과 비평사, 1978 ; 김흥규 편, 『전통사회의 민중예술』, 민음사, 1980 ; 정병욱, 『한국의 판소리』, 집문당, 1981 ; 현길언, 『제주도의 장수설화』, 홍성사, 1981 ; 김열규 외, 『민담학개론』, 일조각, 1982 ; 채희완 편, 『탈춤의 사상』, 현암사, 1983 ; 서종문, 『판소리사설연구』, 형설출판사, 1984 ; 박진태, 『한국가면극연구』, 새문사, 1985 ; 조동일, 『한국설화와 민중의식』, 정음사, 1985 ; 최철 편, 『한국민요론』, 집문당, 1986 ; 정상박, 『오광대와 들놀음 연구』, 집문당, 1986 ; 김무헌, 『한국민요문학론』, 집문당, 1987 ; 이국자, 『판소리연구』, 정음사, 1987 ; 김화경, 『한국설화의 연구』, 영남대 출판부, 1987 ; 김병국 외, 『판소리의 바탕과 아름다움』, 인동, 1987 ; 장정룡, 『강릉 관노가면극 연구』, 집문당, 1989.

성장된 민중의식을 집약적으로 대변하는 것으로 평가되었던 탈춤 연구에서 두드러졌다.

자료의 조사와 보고에서도 괄목할 만한 변화가 있었다. 조사방법이 체계화되고 전승현장을 입체적으로 재현한 자료집이 간행되었으며 이를 바탕으로 한 심화된 연구성과들도 나타났다. 『서사민요연구』·『인물전설의 의미와 기능』[17]은 현장론적 관점에서 자료조사와 연구의 성과를 탁월하게 성취한 모범적인 사례이다.

1979년부터 5년간 실시된 한국정신문화연구원의 구비문학조사사업은 이 같은 성과들이 토대가 되어 이룩된 획기적인 작업이다. 행정관청에서 주관한 본격적인 전국규모의 조사사업이라는 점 외에도, 현장론에 기반한 구비문학 조사방법론을 이론적 지침으로 마련하여[18] 체계를 갖추었으며, 조사지역을 군단위로 기획하여 구비문학의 지역적 전승과 분포상황을 구체적으로 살펴볼 수 있는 바탕을 마련했다는 점에서도 중요한 의의를 갖는다.

이 같은 작업의 결실은 『한국구비문학대계』 82권의 간행(1980~1989)과 함께, 분야별 분류체계를 새로이 마련하고 수록자료들의 분류내용을 수록한 설화·민요·무가 유형분류집과 설화색인집으로 간행되었는데, 이들 성과물들은 구비문학연구에 요긴하게 활용될 기초자료로서 중요한 의의를 갖는다. 『한국구비문학대계』의 발간으로 구비문학의 존재양상에 대한 학계의 인식이 새로워졌고, 현장조사의 중요성을 환기함으로써 연구관점의 전환을 가져왔으며, 풍부한 자료를 토대로 한 연구성과들이 대거 출현함에 따라 연구의 토대가 확립되는 계기가 되었다. 이러한 현상들은 구비문학에 대한 학문적 관심의 제고와 학문 후속세대의 연구의욕 진작에도 크게 영향을 미쳐 연구인력의 저변확대에 이바지했다.

구비문학 전문학술지의 간행 사실도 특기할 만하다. 그 출발은 구비문학 조사사업을 기획하면서 창간되어 9권까지 간행되었던 『구비문학』(한국정신

---

17) 조동일, 『인물전설의 의미와 기능』, 영남대학교 출판부, 1979.
18) 한국정신문화연구원 어문연구실, 『구비문학조사방법』, 1979.

문화연구원 어문연구실, 1979~1990)이다. 전문학술지의 존재와 『한국구비문학대계』의 간행은 구비문학의 학문적 가능성을 보여주어 관련학회들의 창립과 학술지 출간에 촉매가 되었던 것으로 보인다.

1984년 판소리예술과 그 학문적 연구에 관심을 가진 문학·음악·연극학 분야 학자들의 결집으로 창립된 판소리학회는 1989년부터 『판소리연구』를 발간하여 판소리의 학술적 연구를 활성화하는 데 중요한 기반이 되어왔다. 그동안 문학연구에만 국한되었던 판소리연구는 관련분야 학자들과의 학문적 대화가 가능해짐에 따라 음악 및 연극학적 관점까지 포괄하게 되면서 90년대 이후 구비문학의 분야 중 가장 활발한 연구성과를 산출할 수 있었다.

민요학회는 학회지 『민요론집』을 1988년부터 발간하여 민요관련 연구가 발표될 수 있는 터전을 마련했고, 1989년에는 한국민요학회의 창립으로 문학 연구자와 음악학 연구자들이 동참하여 민요연구의 방향을 모색할 수 있는 학술적 장이 마련되었으며 학회지 『한국민요학』이 그 구심점이 되고 있다. 이 시기에 유관학회인 비교민속학회의 창립(1983)과 학회지 『비교민속학』이 간행되었다는 사실도 함께 기억할 만하다.

구비문학을 통해 전통의 연속성에 관한 근거를 찾고자 하는 논의가 일어나면서 기록문학과의 연관성 문제도 다양한 방향으로 심화되는 양상을 보인다. 기록문학의 소재원천 탐색을 넘어서 문학적 특성에 대한 검토, 문학을 구성하는 기본원리에 대한 규명과 문학사적 해명으로까지 문제의식의 범위가 확대되어 가고 있으며 구비문학의 연구범위가 확대되고 있음도 주목되는 현상이다. 문헌설화연구는 『이조한문단편집』의 간행[19]을 계기로 관심이 제고되었으며, 조선후기사회의 이행기적 양상을 문제적으로 구현한 자료들에 초점이 맞추어지면서 다양한 연구 성과를 낳았다.[20] 이와 함께 무당굿놀이의 존재양

19) 이우성·임형택, 『이조한문단편집』 상·중·하, 일조각, 1973~1978.

20) 권태을, 「동야휘집 소재야담의 유형적 연구」, 영남대학교 석사학위논문, 1979 ; 조희웅, 『조선후기문헌설화의 연구』, 형설출판사, 1981 ; 박희병, 「청구야담연구」, 서울대학교 석사학위논문, 1981 ; 이강옥, 「조선후기야담집연구」, 서울대학교 석사학위논문, 1982 ; 이명학, 「『삽교만록』 연구」, 성균관대학교 석사학위논문, 1982.

상이 주목되고 연극적 관점에서 논의가 이루어지면서 민속극의 범주가 확장되기도 했다.[21]

3) 1990년대 이후 : 연구방법의 다변화와 이론화 지향

90년대에 들어오면서 주목되는 현상은 연구의 시각과 문제의식이 다양화되었다는 점이다. 앞 시기에 제기된 이론들은 구비문학 각 분야를 통해 구체화되면서 해당분야의 특성을 해명하는 데 기여할 수 있는 새로운 문제의식의 계발로 이어지는 양상을 보인다. 다양한 문제의식, 풍부한 자료의 활용, 정치한 분석과 깊이 있는 해석 등을 바탕으로 한 연구성과들이 구비문학 각 분야에서 발표되었다. 자료조사 방법도 입체화를 지향하면서 정교해진 성과물들을 산출하게 되는데, 문화방송의 『한국민요대전』은 그 대표적인 사례이다.

축적된 연구성과를 적극 반영하면서 새로운 문제의식을 제시하는 개설서와 연구서들의 간행도 풍성하게 이루어지고 있다.[22] 『한국구비문학의 이해』는 구비문학의 연구성과를 자료에 대한 이해방식으로 반영하려 했고 구비문학의 존재양상을 생활현장과 예술상호간의 관계양상을 통해 부각하려 했다는 점에서 의의를 갖는다.

1990년 한국역사민속학회가 창립되어 학회지 『역사민속학』을 간행(1991)

---

21) 서대석, 「거리굿의 연극적 고찰」, 『동해안무가』, 1974 ; 황루시, 「무당굿놀이개관」, 『이화어문논집』 3, 이화어문학회, 1980 ; 황루시, 「무당굿놀이연구」, 이화여자대학교 박사학위논문, 1987 ; 이후 무당굿놀이는 이균옥, 『동해안지역 무극 연구』(박이정, 1998)에서 무극으로 불리며 민속극의 한 분야로 자리잡게 된다.

22) 이기우 · 최동현 편, 『판소리의 지평』, 신아, 1990 ; 최운식, 『한국설화연구』, 집문당, 1991 ; 정병헌, 『판소리문학론』, 새문사, 1993 ; 역사민속학회 편, 『민요와 민중의 삶』, 우석, 1994 ; 김종대, 『한국의 도깨비 연구』, 국학자료원, 1994 ; 장장식, 『한국의 풍수설화』, 민속원, 1995 ; 서연호, 『한국 전승연희의 현장연구』, 집문당, 1997 ; 판소리학회, 『판소리의 세계』, 문학과 지성사, 2000 ; 강등학 외, 『한국구비문학의 이해』, 월인, 2000 ; 서대석 외, 『한국인의 삶과 구비문학』, 집문당, 2002 외에도 상당수가 있는데, 이들은 이후 관련주제검토 부분에서 언급될 것이다.

했고, 1993년에는 한국구비문학회가 창립됨으로써 구비문학 연구는 새로운 전환기를 맞게 된다. 한국구비문학회는 학계의 현안이나 공동관심사를 기획주제로 마련하여 연구방향의 점검과 가능성 모색의 장으로 자리하고 있으며, 학회지 『구비문학연구』를 통해 그러한 문제의식들을 수렴하고 있다.[23] 처음 연구동향 점검에 관심을 두었던 기획주제의 방향은 97년이후부터 역사적 연구, 교육론, 연행론, 여성연구, 비교연구, 문화론 등으로 요약되는 주제들을 선정하여 학계의 관심사를 대변하고 있다.

역사적 연구와 비교연구는 연구의 초창기부터 관심을 모아왔고 연행 또한 지속적인 관심의 대상이었지만 전반적인 양상에 대한 본격적인 논의기회를 갖지 못했는데 이 시기에 그 가능성이 구체화되었다. 『한국구비문학사연구』는 산발적으로 이루어지고 있던 구비문학사 연구의 방안을 학계차원에서 모색하려했던 성과로서 구비문학 전반의 역사적 전개과정을 한 자리에서 탐색하여 구비문학사연구가 본격화될 수 있는 기반을 마련했다는 점에서 그 의의가 크다.

비교연구의 경우 세계화담론과 연관되면서 앞 시대와는 달리 보편이론을 지향하고 있다는 점에서 새로움이 있다. 90년대 북방 제민족과의 문화교류가 시작되면서 촉발된 신화 및 서사시 비교연구는 현재 동아시아는 물론 유럽 등지로까지 영역을 넓혀나가고 있다.[24] 연변에 거주하는 조선족의 민속 및 구비문학자료의 존재양상에 대한 논의들이 산발적으로 제기되기도 했다.[25]

---

23) 지금까지 다루어진 기획주제들은 '현단계 구비문학의 연구동향'(1994. 2), '구비문학 연구자 연구'(1995. 2), '한국 구비문학 연구의 새 길'(1996. 2), '구비문학사의 재조명'(1997. 2), '구비문학교육론'(1997. 8), '구비문학의 연행자와 연행양상 연구'(1998. 2), '구비문학과 여성'(99. 2), '동아시아의 창세신화'(2001. 2), '구비문학과 지역문화'(2001. 8), '구비문학과 인접학문'(2002. 2), '현대사회와 구비문학 1 : 현단계 구비문학 연구의 좌표'(2002. 2), '현대사회와 구비문학 2 : 현대의 문화적 환경과 구비문학'(2002. 8) 등인데, 이 중 '한국구비문학사 연구'(1998), '구비문학의 연행자와 연행양상 연구'(1999), '구비문학과 여성'(2000), '동아시아 제민족의 신화'(2001), '구비문학과 인접학문'(2002)은 단행본으로도 간행되었다.

24) 조동일, 『동아시아 구비서사시의 양상과 변천』, 문학과 지성사, 1997.

구비문학의 존립기반인 구술문화와 구술성의 본질을 주목하게 되면서, 전승되는 구비문학의 존재태에 대한 문제의식이 심화되고 연행의 중요성이 강조되었다. 구비문학의 연행을 둘러싼 문제의식은 현장론적 연구와 현장조사의 경험이 축적된 앞 시기부터 다양한 형태로 제기된 바 있지만, 90년대 이후 본격적인 논의대상으로 부각되고 있다. 한국구비문학회의 기획주제를 계기로 전반적인 조망의 기회를 가졌으며 그 성과가 『구비문학의 연행자와 연행양상』으로 집약되었다.

여성 또는 문화론적 관점은 당대의 문화담론과 밀접한 관련을 보여주는 주제들이다. 여성적 관점에 의한 연구는 90년대 이후 상당수 나타났으며, 이는 한국고전여성문학회의 창립(2000)으로 더욱 증대될 것으로 전망된다. 여성 서사민요 연구에서 여성적 삶과 의식의 문제가 깊이있게 제기되고 있는 것이나 열녀설화를 통해 제기된 담론적 연구 등은 주목할 만하다.[26)]

구비문학 작품에 반영된 다양한 문화적 요소들은 그것을 산출하게 한 당대의 문화적 환경과의 관련성아래서 다루어야 한다는 관점도 이 시기에 본격화된 구비문학연구의 새로운 방향으로 꼽을 수 있다. 이 같은 시도는 다양한 계층의 문제의식과 조선후기의 문화적 상황이 문학·음악·극적 표현방식을 종합적으로 구사하여 다각적으로 재현된 판소리분야 연구에서 적극적으로 이루어졌다. 판소리의 예술적 본질을 판소리가 향유되던 당대의 문화적 양상들과 관련하여 생활문화적 관점에서 다루어야 한다는 전제아래 구체적인 접근사례를 보여준 김대행의 연구는 판소리연구의 새로운 패러다임을 제시해 준 사례로 평가된다.[27)] 기호체계를 통해 문화체계를 읽어내고자 한 송효섭의 작업들이 보여주는 진지함도 주목할 만하다.[28)] 유사한 문제의식

---

25) 김선풍, 「재중 한족의 설화 연구 : 특히 연변, 요녕지방의 설화채집과 연구상적을 중심으로」, 『한국민속학』 24, 한국민속학회 1991 ; 김승찬 외, 『중국조선족문학의 전통과 변혁』, 부산대학교 출판부, 1997 ; 하미경, 「중국 조선족 설화 연구 : 자생적 설화를 중심으로」, 부산대학교 석사학위논문, 1998.

26) 강진옥, 「여성문학적 관점에서 본 구비문학 연구현황과 과제」, 『한국고전여성문학연구』 1, 한국고전여성문학회, 2000에서 연구사를 정리했다.

27) 김대행, 『우리 시대의 판소리문화』, 역락, 2001.

이 현대의 문화적 환경과 문화향유방식에서 발견되는 구술문화적 특성을 포착하고 분석대상으로 삼는 연구들에서 확인되고 있다.

이밖에도 제주도에 국한되었던 당신화 연구가 전남, 경북 등지를 중심으로 활성화되면서 신화연구의 범위를 넓혔고,[29] 개인의 생애나 체험을 구술하는 생애 및 경험담이 이야기문화의 한 부분으로 주목되기 시작하며,[30] 방송매체는 물론 디지털 문화 안에서의 소통양상을 주목하는 다양한 관점들도 제기되고 있다.[31]

기존의 연구가 '국내'의 '전승자료'를 대상으로 전통적인 문학연구 방법에 기초하여 이루어졌던 것에 비해, 90년대 후반기를 지배하는 경향은 새로운 담론형성을 지향하는 거시적 관점으로의 전환을 지향하고 있는 것으로 보인다. 연구의 시각과 범주 확장의 배경에는 정치, 사회, 문화적 변화라는 외부적 영향도 적지 않았겠지만, 보다 근본적인 요인은 구비문학의 학문적 성과가 자생적 변화를 모색할 수 있을 만큼 튼실하게 축적되었다는 사실에서 찾을 수 있을 것이다.

디지털 문화시대가 열리면서 문학의 위기를 화두 삼아 지난 세기의 반성과 21세기에의 전망이 한창이던 90년대말, 현대사회에서의 구비문학의 향방이

---

28) 송효섭, 『설화의 기호학』, 민음사, 1999.

29) 현용준, 「제주도 당신화고」, 『무속신화와 문헌신화』, 집문당, 1992 ; 유달선, 「제주도 당신본 풀이 연구」, 대구대학교 박사학위논문, 1994 ; 표인주, 『공동체신앙과 당신화연구』, 집문당, 1996 ; 천혜숙, 「화장마을 당신화의 요소 및 구조분석」, 『민속연구』 6, 안동대학교 민속학연구소, 1996 ; 유여종, 「경기도 안산 잿머리 마을신화 연구」, 이화여자대학교 석사학위논문, 1998.

30) 천혜숙, 「여성생애담의 구술사례와 의미분석」, 『구비문학연구』 4, 한국구비문학회, 1997 ; 김현주, 「일상경험담과 민담의 구술성 연구」, 같은 책 ; 신동흔, 「경험담의 문학적 성격에 대한 고찰」, 같은 책 ; 나승만, 「민요소리꾼의 생애담 조사와 사례분석」, 『구비문학연구』 7, 1998.

31) 신동흔, 「현대 구비문학과 전파매체」, 『구비문학연구』 3, 1996 ; 신동흔, 「PC통신 유머방을 통해 본 현대 이야기문화의 단면」, 『민족문학사연구』, 13, 1998 ; 천혜숙, 「이야기문화가 달라졌다」, 실천민속학회 편, 『민족문화의 새 전통을 구상한다』, 집문당, 1999 ; 심우장, 「통신문학의 구술성에 대하여」, 리의도 외 편, 『우리말글과 문학의 새로운 지평』, 역락, 2000 ; 심우장, 「통신문학의 구술성에 관하여 : 통신의 유머를 중심으로」, 『사이버문학의 이해』, 집문당, 2001.

화두로 제기되었다.[32] 구비문학 전승과 관련한 위기의식은 산업화 이후 지속적으로 제기되었던, 전통사회의 붕괴와 문화적 환경의 변화로 인한 전통적인 구비문학 전승현장 붕괴라는 현실적 여건과 무관하지 않다. 역설적으로 이 같은 현상은 구비문학의 본질에 대한 질문의 계기가 되고, 구비문학의 문화적 존재양상에 대해 주목하게 되는 계기가 되었다. 문화론적 관점과 인식내용들이 구술문화와 구비문학에 대한 인식전환의 계기로 작용하면서 문제의식의 다변화와 새로운 접근방안이 시도되고 있기 때문이다. 전통구비문학에 한정되었던 구비문학의 연구방향은 학계차원에서 구술문화적 전통의 현재적 재현방식과 원리에 대한 연구라는 새로운 과제를 안으면서 연구자 각자는 이제 구비문학의 개념과 범주설정이라는 원론적 문제의 정의에서부터 이론적 체계를 모색해 나가야 하는 중대한 임무를 부여받고 있다. 삶을 화두로 삼아 구비문학의 과거·현재·미래적 양상을 연관적으로 점검하면서 각 분야별 존재양상과 그 본질적 국면을 함께 다루고자 한 『한국인의 삶과 구비문학』[33]은 이 같은 문제의식의 향방을 탐색하는 행보가 시작되고 있음을 보여주는 사례가 될 것이다.

3. 문제별 검토

1) 자료의 조사와 정리

말로 존재하는 구비문학의 특성상 구비문학 연구의 학적 토대는 자료학의 구축과 밀접한 관련을 갖는다. 구비문학의 수집사는 자료의 조사 및 보고방식이 연구관점과 불가분의 관계에 있음을 보여주고 있다. 연구초기에 민속조사의 일환으로 이루어졌던 구비문학 조사는 해방 이후에도 오랫동안 개인

32) 서대석, 「21세기 구비문학연구의 새로운 관점」, 학회창립 30주년 기념 학술대회-국문학연구의 이념과 방법, 1999. 12, 『고전문학연구』 18, 2000 ; 한국구비문학회에서는 「현대사회와 구비문학」이라는 기획주제(2002. 2∼2003. 8)를 내걸고 4차례의 학술대회를 기획하고 있다.

33) 서대석 외, 『한국인의 삶과 구비문학』, 집문당, 2002.

연구자의 열정에 힘입어 산발적으로 수행되었다. 이와 함께 대학의 국어국문학과 학술조사단과 연구소에서 현지조사를 수행한 조사결과보고서도 다수 나타나는데, 이 같은 사례는 최근까지도 이어지는 전통으로 자리잡았다.[34)]

전국 규모의 조사로는 문화재관리국이 후원하고 한국문화인류학회에서 주관한 한국민속종합조사가 첫 번째 사례였지만, 의의에 비해 구비문학의 비중은 미미하여 성과가 적었다.[35)] 구비문학의 조사는 1980년 한국정신문화연구원에서 행한 구비문학조사사업을 계기로 일대 전기를 맞게 된다. 이 사업을 통해 얻어진 성과들은 적지 않다. 첫째 조사방법론을 정비한 『구비문학조사방법』을 간행하여 전국 규모의 자료조사 작업을 위한 방법론적 토대를 마련했다는 점, 둘째 『구비문학』을 정기 간행하여 학술적 연구의 토대를 마련했다는 점, 셋째 연행상황의 입체적 재현을 지향한 자료집 『한국구비문학대계』 82권을 간행하였다는 점, 넷째 구비문학연구에 종사할 후속 학문세대를 확충할 수 있었다는 점 등을 지적할 수 있다. 『한국구비문학대계』의 발간은 구비문학에 대한 학문적 관심을 제고하는 계기로 작용했고 구비문학의 조사 및 정리방법의 체계 마련에도 큰 영향을 미쳤다.

구비문학의 조사방법이 진전되었음에도 불구하고 인쇄매체로 보고된 구비문학 자료는 근본적으로 '구비문학됨'의 근거인 연행성을 배제할 수밖에 없다는 한계를 갖는다. 이 같은 문제는 디지털 문화의 보급으로 해결의 가능성을 찾게 되는데, 전국민요조사사업의 결과보고를 CD 음반과 민요사설집으로 출간한 MBC 『한국민요대전』은 그 좋은 선례이다.[36)] 이처럼 연행내용

---

34) 대표적인 사례를 제시하면 다음과 같다. 서울대학교 문리대 국문과, 「연평・백령・대・소청 제도 학술조사보고」, 문리대학보 제6권 2호, 1958 ; 성균관대학교 국문과, 「안동문화권 학술조사 보고서」 I・II, 1967・1971 ; 동해안지역 학술조사 보고서, 1976 ; 한림대학교 인문대학 국어국문학과 편, 『강원구비문학전집(홍천군편)』, 한림대학교 출판부, 1989 ; 울산대학교 인문과학연구소, 『울산울주지방 민요자료집』, 울산대학교 출판부, 1990.

35) 문화재관리국, 『한국민속종합조사보고서』1-12, 1969~1978.

36) MBC, 『한국민요대전』, 1992~1996. 1,976편의 민요를 98장의 CD음반과 8권의 민요사설집으로 출간했다.

을 입체적으로 담고 있는 전국규모의 자료집은 민요의 지역별 분포양상, 음악적 특성과 사설과의 관련양상 등을 두루 살필 수 있어 그 의의가 적지 않은데, 최근에는 개인연구자의 조사자료가 CD로 발간되는 사례도 늘어나는 추세다.[37] 음반자료집의 발간은 그간 사설중심으로 이루어졌던 연구의 관점을 음악과 사설의 복합체라는 민요 본래의 존재양상으로 전환하는 데 일조할 것으로 본다.

문화재관리국이 신설되면서 무가 · 판소리 · 민속극에 대한 조사가 문화재지정을 위한 보고서 형식으로 제법 이루어졌고,[38] 전승되는 민속극자료를 영상자료로 제작 출판하는 사례도 늘고 있다.[39] 개인 조사작업도 꾸준히 이루어졌는데, 임동권의 『한국민요집』, 김태곤 『한국무가집』, 최상수 『한국민간전설집』, 임석재 『한국구전설화』 등은 구비문학의 전승이 풍성하던 당대의 면모를 분야별로 충실하게 보고하고 있는 성과들이다.[40] 그러나, 전승자, 연행상황, 조사지역 공동체에 관한 정보 등이 수록되지 않아 연구자료로서의 활용가치가 낮다는 아쉬움이 있다.

조사 및 채록방법에서의 진경은 풍부한 현장조사 경험에서 체득된 문제의식을 연구자 나름으로 개척해낸 다양한 성과들에서 찾아볼 수 있다. 전국의 농요를 집중적으로 조사한 이소라는 악보의 채록은 물론, 가창방식, 기능에 관한 정보들을 충실하게 보고했으며,[41] 강등학은 자료조사와 채록의 문제를

37) 임석재 채록, 『한국구연민요』, 서울음반, 1995(음반/자료집) ; 한국구연민요회편, 『한국구연민요』, 집문당, 1997 ; 조동일, 『경상북도 구전민요의 세계』, 신나라뮤직, 2002(음반/자료집) ; 김진순, 『삼척의 소리기행』, 삼척시립박물관, 2000(음반/자료집).

38) 무가는 임석재 · 장주근, 『관북지방무가』, 문화재관리국, 1965 ; 『관서지방무가』, 1966 외 ; 판소리는 박헌봉 · 유기룡, 『판소리 춘향가』, 1964 외 다수 ; 민속극은 김천흥 · 이두현, 『오광대』, 1964 ; 『꼭두각시놀음』, 1964 ; 『양주별산대놀이』, 1964 ; 『봉산탈춤』, 1965 ; 최상수, 『동래야류 가면극』, 1965 등이 있다.

39) MBC 프로덕션은 고성오광대, 봉산탈춤, 동래야유, 은율탈춤, 송파산대놀이 등 5편의 민속극을 영상으로 제작하여 배포한 바 있고, 「양주별산대놀이」도 양주별산대보존회에 의해 CD로 발간된 바 있다.

40) 최상수 『한국민간전설집』 ; 임동권, 『한국민요집』 ; 임석재, 『한국구전설화』 1-12, 평민사, 1987~1992 ; 김태곤, 『한국무가집』 1-4, 집문당, 1971~1979.

진지하게 모색한 끝에 노래판에서 벌어지는 구연의 실상을 가능한 한 반영할 수 있는 채록방법을 고안하여 실천적으로 보여주고 있다.42) 무가는 『한국구비문학대계』에서 상대적으로 소홀히 다루어졌던 부문이었으나, 전승현장에 밝은 개인 연구자들의 적극적인 노력에 의해 괄목한 만한 성과를 이룩할 수 있었다. 현용준의 『제주도무속자료사전』은 본격적인 제주도무속지로서43) 제주도 무속과 무가연구의 새로운 이정표를 마련해주었고, 박경신은 굿의 연행상황 전반을 초단위까지 밝혀놓을 만큼 정밀한 자료보고를 통해, 문자를 통해서도 연행현장의 입체적 재현에 근접할 수 있음을 보여주고 있다.44) 『김금화무가집』은 무당자신이 보유한 무가자료와 무속의례 전반에 관한 지식을 정리하여 간행한 자료집이라는 점에서 흥미를 끈다.45)

판소리 조사는 특정시기에 기록된 사설집의 정리작업46)과 연행창본의 녹음채록이라는 두 방향으로 이루어졌다. 후자의 경우, 문화재관리국 조사보고서 외에 판소리 공연실황을 담은 음반이 사설채록본과 함께 간행되기도 했으며47) 판소리 악보의 채보도 이루어졌다.48) 90년대에는 실전판소리 「무숙이타령」과 「강릉매화타령」이 발굴되면서 자료적 의의가 조명되기도 했

41) 이소라, 『한국의 농요』 1-5, 현암사 · 민속원, 1985~1992.

42) 강등학, 『정선아라리의 연구』(자료편), 집문당, 1988 ; 강등학, 「정선아라리의 수집을 위한 몇 가지 논의」, 『민요론집』 2, 민요학회, 1993.

43) 현용준, 『제주도무속자료사전』, 신구문화사, 1980.

44) 박경신, 『울산지역무가자료집』, 울산대학교 인문과학연구소, 1993 ; 박경신, 『동해안별신굿무가집』 1-12, 국학자료원, 1999.

45) 김금화, 『김금화의 무가집 : 거므나따에 만신 희나백성의 노래』, 문음사, 1995.

46) 강한영, 『판소리 사설 춘향가』, 신고전사, 1959 ; 이창배, 『증보 가요집성』, 국립국악원 민요과, 1959 ; 신재효, 『신재효 판소리 전집』(영인본), 연세대학교 인문과학연구소, 1969 ; 강한영, 『한국판소리전집』, 서문당, 1973 ; 김진영 · 김현주는 『심청전 전집』, 박이정, 1997을 필두로 5대가 관련 자료집을 발간한 바 있다.

47) 판소리학회, 『판소리 다섯마당』, 한국브리테니커회사, 1982, 브리테니커 판소리전집 CD.

48) 김기수가 채보한 것은 『홍부가』(한국고전음악출판사, 1969)를 비롯, 『한국음악』(국립국악원)에 여러 차례 보고되었으며, 김동진이 채보한 것으로는 『판소리 채보 춘향가, 범피중류, 주류』(1985), 『신작판소리전집』(한국문화예술진흥원, 1976) 등이 있다.

다.[49] 일제시대 명창들의 연창을 취입한 유성기판이 CD음반으로 복각되면서 그 사설까지 채록된 사례들도 적지 않은데[50] 이들은 명창들의 연행양상은 물론 20세기 전반기의 판소리 향유양상을 파악할 수 있는 토대로서 당대 판소리문화 이해에 그 활용가치가 높을 것으로 기대된다. 이밖에도 정선한 자료를 주석한 무가와 민속극 자료선집이 간행되어 연구자 및 일반인들의 이해를 돕고 있다.[51]

문헌설화는 설화의 역사적 존재양상을 보여주는 중요한 자료이다. 70년대 『이조한문단편집』 발간을 계기로 학계의 관심을 모으면서 전집형태로 수합된 자료집이 간행되었고,[52] 아울러 분류, 번역, 색인작업도 이루어져 연구의 기초자료로 활용될 수 있었다. 장덕순이 고려~조선시대의 관찬사서와 지리서류에 수록된 설화를 분류하고 내용을 요약 제시한 이후,[53] 조희웅은 조선후기의 3대 문헌설화집 수록자료 제명색인과 유화 대비표를 제시했고[54] 서대석은 중요 문헌설화집 수록자료의 내용분류와 이본대비, 분류색인 및 서사구조 등을 제시, 문헌설화의 존재양상을 파악하는 요긴한 길잡이를 마련했으며,[55] 김현룡의 『한국문헌설화』는 역대 전적에 실린 문헌설화들을 정리, 분류하고 상호연관관계를 밝혀주고 있다.[56]

---

49) 김종철, 「무숙이타령(왈자타령) 연구」, 『한국학보』 68, 일지사, 1992 ; 김헌선, 「강릉매화타령 발견의 의의」, 『국어국문학』 109, 1993.

50) 「CD로 복각된 유성기음반 해제 및 목록」, 『한국음반학』 11, 한국고음반학회, 2001 ; 한국고음반연구회, 『유성기음반가사집』 1-4집, 민속원, 1994.

51) 서대석 · 박경신, 『서사무가 1』, 고려대학교 민족문화연구소, 1996 ; 현용준 · 현승환, 『제주도무가』, 1996 ; 전경욱, 『민속극』, 1993.

52) 동국대 한국문화연구소편, 『한국문헌설화전집』, 민족문화사, 1975 ; 이우성 편, 『청구야담』, 아세아문화사, 1985 ; 정명기 편, 『한국야담자료집성』, 계명문화사, 1992.

53) 장덕순, 『한국설화문학연구』.

54) 조희웅, 『조선후기 문헌설화의 연구』, 형설출판사, 1981.

55) 서대석, 『조선조문헌설화집요』 I · II, 집문당, 1991~92.

56) 김현룡, 『한국문헌설화』 1~7, 박이정, 1998~2000.

2) 분류와 장르에 관한 연구

구비문학 조사성과가 축적되면 효율적 이용을 위한 방편이 필요해진다. 분류는 대상의 특성을 파악하기 위해 일정한 기준에 따라 범주화하는 연구방법의 하나이다. 분류의 타당성은 분류기준의 객관성에 의해 뒷받침되므로 기준 설정시에는 해당분야의 자료적 실상이 고려되어야 한다. 민요와 무가의 연행이 생활상의 기능과 관련하여 이루어지는 것과 달리, 설화의 연행은 내용이나 형식이 갖는 흥미자체가 연행의 주요한 동기가 된다. 이런 이유로 설화의 분류에서는 내용이나 형식적 측면이 중시되고 민요와 무가의 분류에서는 사설 못지 않게 기능이 중시되는 것이다.

설화의 분류에는 장르, 내용, 화소, 유형, 구조유형 등이 기준이 될 수 있지만, 실제 분류에서는 이들 기준들이 겹쳐지는 경우가 더러 보인다. 예컨대, 최상수의 전설분류안은 내용 또는 설화대상을 기준으로 삼고 있으나 그것은 왕왕 화소 또는 유형의 개념과 혼재되고 있다.[57] 화소분류와 유형분류는 아르네(A.Aarne)와 톰슨(S. Thompson)을 원용하여 이루어졌다.[58] 조희웅은 톰슨의 5분체계를 우리 설화의 실상에 맞추어 수정하고 이를 바탕으로 한국설화유형분류표를 작성했다. 이 분류법은 이용에 편리하다는 장점을 갖지만, 민담에만 국한되어 설화의 전반적 실상을 담을 수 없으며 분류의 기준이 모호하여 중복분류를 피할 수 없다는 것이 문제점으로 지적되고 있다.

조동일이 제안한 8분법은 구조유형분류에 해당된다. 이 분류법의 전체틀은 구조적 대립에 기반하고 있다. 설화는 크게 서술내용에 따라 주체가 특이한 설화(1-4)와 상황이 특이한 설화(5-8)로 구분되고 '1) 이기고 지기, 2) 알고 모르기, 3) 속고 속이기, 4) 바르고 그르기, 5) 움직이고 멈추기,

---

57) 최상수, 「한국전설분류색인」, 『한국민간전설집』.

58) 조희웅, 「한국설화의 분류 : 민담의 분류 및 소원적 고찰」, 국문학연구 11, 서울대 국문학연구회, 1970 ; 조희웅, 『한국설화의 유형적 연구』, 한국연구원, 1983 ; 최인학, 『한국 민담의 유형연구』, 인하대학교 출판부, 1994.

6) 오고 가기, 7) 잘되고 못되기, 8) 잇고 자르기'라는 구조적 대립양상으로 설정된 8개의 큰 틀은 대립되는 의미항으로 다시 나뉘면서 32개의 두 번째 상위유형을 갖게 되고 그 아래 자료의 실상을 반영하는 수백개의 유형이 소속된다. 이 분류방법은 기본체계만 이해하면 쉽게 이용할 수 있고, 신화·전설·민담을 두루 포괄할 수 있으며, 『한국구비문학대계』 수록 설화를 대상으로 그 실제적 적용가능성을 확인함으로써 타당성을 입증했다는 점에서 의의를 갖는다.[59)]

민요의 분류는 창자와 사설내용을 중시하여 기준으로 삼은 주왕산과 고정옥으로부터 시작되며,[60)] 임동권은 고정옥의 분류방법을 수정 보완하여 『한국민요집』에 적용했다. 『구비문학개설』에서는 기능, 장르, 창자 등 민요분류의 다양한 기준과 분류의 사례들을 제시하면서도 기능별 분류의 의의를 가장 부각했는데, 이를 토대로 박경수는 보다 정밀한 기능별 분류체계를 마련하여 『한국구비문학대계』 수록 민요전반을 분류했다.[61)] 기능은 민요의 존재양상을 객관적으로 보여주는 타당한 분류기준으로 인정되지만, 한편으로는 생활상의 기능만을 강조할 때 사설과 선율이 상대적으로 풍부한 비기능요 자료들은 분류에서 배제된다는 문제점이 대두된다. 여기에 대해 비기능요를 가창유희요군으로 설정하고 유희요에 포함시켜야 한다는 이창식의 제안[62)]은 대안적 방안으로 수용할 만한데, 『한국 구비문학의 이해』에서 그러한 사례를 볼 수 있다.[63)] 이와 함께 민요의 지역별 자료색인이 마련되었다는 사실도 지적할 만하다.[64)]

---

59) 조동일 외, 『한국구비문학대계 별책부록 1 : 한국설화유형집』, 한국정신문화연구원, 1989.

60) 주왕산, 『조선민요개론』(프린트본), 중앙중학교, 1947 ; 고정옥, 『조선민요연구』, 수선사, 1949.

61) 박경수·서대석, 『한국구비문학대계 별책부록 III : 한국민요 무가 유형분류집』, 한국정신문화연구원, 1992.

62) 이창식, 「한국 유희민요 연구」, 동국대학교 박사학위논문, 1991.

63) 강등학 외, 『한국 구비문학의 이해』.

64) 좌혜경, 「한국민요의 지역별 자료 색인」, 『민요론집』 2, 1993.

무가의 분류는 김태곤에 의해서 처음 시도되는데, 먼저 무가의 종류를 신의 관할범위·무가의 성격·문예양식 등을 기준으로 나누었고[65] 이어 무속신화 분류를 시도했다.[66] 실용성의 부족을 전자의 한계로 지적하면서, 무가전반의 분류를 시도한 서대석은 제의적 기능과 문학장르라는 두 가지 기준을 무가 분류에 사용하는 것이 바람직하다고 보고, 기능을 중심으로 한 분류항과 문학장르를 중심으로 한 분류항을 종속적으로 연결시켜 전체적인 무가분류체계를 수립했다.[67]

민속극은 전승 지역별로 일정한 유형성을 보여주기 때문에 형성배경에 따라 탈춤형, 산대놀이형, 오광대형, 야류형 등의 분류법이 통용되었지만, 발생기원과 전승계통에 따라 서낭굿계통 가면극과 산대도감극계통 가면극으로 분류되기도 하고[68] 농촌탈춤, 떠돌이탈춤, 도시탈춤으로 나누어지기도 했다.[69]

장르연구는 작품의 내면적 질서를 이루는 원리를 찾아내고 그 문예적 예술적 특질을 파악하기 위한 이론적 작업인데, 구비문학의 장르분류는 『구비문학개설』에서 4분법체계로 처음 시도된 바 있나. 관습적으로 통용되던 신화·전설·민담의 장르적 본질에 대한 고찰은 서사문학사의 전개를 지속적으로 탐구하던 조동일에 의해 장르사적 관심의 일환으로서 체계화되었으며,[70] 각각의 세계인식적 원리가 밝혀짐에 따라 3분법의 위상이 정립될 수 있었다. 각기 인식적 측면이나 존재론적 관심으로 접근하는 이후의 갈래론들도 이 같은 관점의 연장선에 있다 하겠다.[71] 이와 달리 토착민의 갈래의식에

65) 김태곤, 「무가」, 김열규 외, 『우리 민속문학의 이해』, 개문사, 1979.
66) 김태곤, 「한국 무속신화의 유형」, 『고전문학연구』 4, 한국고전문학연구회, 1988.
67) 박경수·서대석, 앞의 책.
68) 이두현, 『한국가면극』; 전경욱, 『가면극 그 역사와 원리』.
69) 조동일, 『탈춤의 기원과 역사』, 홍성사, 1979; 조동일, 『제3판 한국문학통사』, 지식산업사, 1994.
70) 조동일, 『한국소설의 이론』, 지식산업사, 1977.
71) 임재해, 「존재론적 구조로 본 설화갈래론」, 『한국·일본의 설화연구』, 인하대학교 출판부, 1987; 천혜숙, 「전설의 신화적 성격에 관한 연구」, 계명대학교 박사논문, 1987; 신동흔, 『역사인물 이야기 연구』, 집문당, 2002.

는 이야기라는 단일개념만 존재한다는 주장도 제기되었으나[72] 제보자들에게도 실담과 허담 등 나름의 분류개념이 존재하고 있음은 현장조사를 통해 확인된 바 있다.[73]

장르규정을 두고 논란이 있는 분야는 판소리, 서사민요 등인데, 판소리의 장르문제는 논쟁적으로 전개되었다. 판소리의 장르문제는 동아문화연구소 학술심포지움(1966년)에서 각각 소설·희곡·판소리 장르라고 주장된 이래[74] 조동일은 장르문제를 본격적으로 검토하여 판소리가 서사장르류 판소리장르종이자 구비서사시라고 규정했다.[75] 그러나 극적 측면을 강하게 지니면서 전문가에 의해 공연되는 연행예술이라는 판소리의 성격상 문제의 소지는 여전히 남아, 희곡장르류(전신재), 음악서사극(성현경), 서사와 연극이 만나는 양식(김흥규) 등으로 논란이 계속되고 있다.[76] 여기에 대해 판소리의 예술적 장르적 성격을 공연서사시로 규정한 서대석의 주장은 사설의 문학적 성격과 공연예술로서의 성격을 두루 포괄하면서 판소리의 연창행위 전체를 예술학적 측면에서 종합했다는 점에서 설득력이 있다 하겠다.[77] 서사민요의 장르문제도 꾸준히 다루어졌는데, 서사성의 규명에 초점을 둔 조동일의 관점과 서사민요 특유의 양식적 특성을 주목하고 그 본질을 규명하려한 후속논의들은 보완관계를 이루면서 공존하고 있다.[78]

---

72) 김화경, 「한국설화의 토착적 장르에 관한 고찰」, 『한국·일본의 설화연구』, 인하대학교 출판부, 1987.

73) 천혜숙, 앞의 논문, 1987 ; 신동흔, 앞의 책, 2002.

74) 서울대학교 동아문화연구소, 「판소리의 장르문제」, 『동아문화』 제6집, 1966.

75) 조동일, 「판소리의 장르규정」, 『어문논집』 1, 계명대학교 국어국문학회, 1966.

76) 전신재, 「판소리 사설의 장르」, 『한림대학논문집』 4, 1986 ; 성현경, 「판소리의 갈래연구」, 『동아연구』 20, 서강대 동아문화연구소, 1990 ; 김흥규, 「판소리의 장르적 성격과 부조」, 『동양학』 20, 단국대학교 동양학연구소, 1990.

77) 서대석, 「판소리 기원론의 재검토」, 『고전문학연구』 16, 한국고전문학회, 1999.

78) 조동일, 『서사민요연구』 ; 이정아, 「서사민요 연구 : 양식적 특성을 중심으로」, 이화여자대학교 석사학위논문, 1993 ; 허남춘, 「서사민요란 장르규정에 대한 이견 : 제주 시집살이노래를 중심으로」, 『현지김영돈박사회갑기념 제주문화연구』, 1993 ; 고혜경, 「서사민요의 장르적 성격」, 『민요론집』 4, 1995 ; 박경수, 「민요의 서술성과 구성원리 : 서사민요의 장르적 성격」, 『민요론집』 5, 1997.

3) 기원 및 역사적 연구

구비문학의 형성과 전개를 둘러싼 문제들은 연구의 초기부터 지속적으로 연구자들의 관심의 대상이 되어왔다. 판소리의 기원 및 발생에 관한 논의는 크게 설화기원설, 광대소학지희 기원설, 강창문학 발생설, 서사무가기원설, 창우기원설 등으로 정리할 수 있다. 설화기원설은 판소리의 전개구도를 판소리－근원설화－소설화로 설명한 김삼불, 김동욱의 견해[79]를 지칭하는 것인데, 이는 판소리 장르의 기원이 아닌, 소재나 내용의 유사성을 주목한 배경연구의 하나로 볼 수 있다. 최근 신동흔은 설화와 판소리의 연행방식이 유사하다는 사실을 주목하고 이야기구연에서 판소리가 기원하였을 가능성을 제기하여[80] 시선을 끈다. 이는 서사물 연행에서 볼 수 있는 바 구연내용을 생생하게 재현하기 위해 다양한 표현방식을 동원하는 연행일반의 지향을 보여주면서, 광대소학지희와 같은 선행 연행형태와도 접목될 수 있다는 점에서 흥미로운 문제제기로 본다. 그러나 설화구연에서 판소리 구연으로의 전환을 둘러싼 문제들에 대한 해명이 이루어져야만 타당성이 입증된다 하겠다.[81]

광대소학지희기원설은 김동욱이 제기한 것인데, 판소리는 '광대소학지희의 외정적 형태가 삽입가요와 소설형태의 영향을 받고 고도한 문학성을 가지고 변모한 것'이며, 산대도감 소속 광대들의 전국적 교류에서 북방의 배뱅이굿이 남방의 판소리 형성에 영향을 주었고, 음악적 특징은 호남 무악과 일치한다고 봄으로써,[82] 결과적으로 판소리 예술체가 아닌 판소리를 구성하는 각 부분들의 기원과 발생을 다룬 셈이 되었다. 김학주에 의해 제기된 강창발생설은 구체적인 근거가 제시되지 않아 입증하기 어렵다고 비판된

79) 김삼불 교주, 『배비장전 · 옹고집전』, 국제문화관, 1950 ; 김동욱, 『한국가요의 연구』, 을유문화사, 1961.

80) 신동흔, 「이야기와 판소리의 관계 재론」, 『국문학연구』 2, 서울대학교 국문학연구회, 1998.

81) 서대석, 「판소리 기원론의 재검토」.

82) 김동욱, 앞의 책, 1961.

바 있다.[83)]

서사무가기원설 또는 구비서사시 기원설은 전라도 무속을 배경으로 무가에서 판소리가 발생했다는 것인데[84)] 가장 널리 지지받아온 이론이다. 그 이론적 체계화에 앞장서 온 서대석은 판소리 광대의 신분이 무녀와 부부로서 악공과 조무 역할을 했고, 판소리 악곡이 무가와 일치하며, 판소리 장르보다 무가가 선행한 점, 구연방식의 유사성 등을 들어 서사무가기원설의 타당성을 입증하고 있다. 창우기원설은 판소리가 세습무계 출신인 창우집단의 소리광대가 부르는 광대소리에서 나왔다는 것인데[85)] 무가기원설과 보완적 성격을 갖는 것으로 이해된다. 세습무계라는 창우집단의 출신배경과 구비서사시라는 판소리와 서사무가의 장르적 공통성을 감안할 때 그 배경으로 자리하는 서사무가의 존재를 부정하기 어렵기 때문이다. 서사무가기원설의 타당성은 판소리의 무가계 사설 수용양상을 치밀하게 분석한 정충권의 연구를 통해서 더욱 뚜렷해지고 있다.[86)] 기원문제를 음악적 측면에서 접근하고 있는 백대웅은 무가기원설을 비판하고, 판소리의 음악적 특징이 18세기 단가에서 발견된다는 점을 근거로 판소리를 천재적인 음악가들의 역량이 결집된 새로운 예술형태로 보았다.[87)] 이 논의는 판소리의 초기모습이 밝혀지지 않은 상태에서 기원을 문제삼으면서도 후대적 현상만으로 논단하고 있어 설득력이 부족하지만, 판소리사를 둘러싼 음악적 측면에서의 논의의 필요성은 충분히 환기해 주었다.

민속극 기원에 관한 이론은 산대희기원설, 기악기원설, 풍농굿기원설,

---

83) 김흥규, 「판소리연구사」, 『한국학보』 7, 일지사, 1977 여름.

84) 정노식, 『조선창극사』, 조선일보사 출판부, 1940 ; 이혜구, 「송만재의 관우희」, 『중앙대학교 30주년기념 논문집』, 1955 ; 서대석, 「판소리형성의 삽의」, 『우리문화』 3, 우리문화연구회, 1969 ; 「판소리와 서사무가의 대비연구」, 『논총』 34, 이화여자대학교 한국문화연구원, 1979.

85) 이보형, 「창우집단의 광대소리연구 : 육자배기토리권의 창우집단을 중심으로」, 『한국전통음악논구』, 고려대학교 민족문화연구소, 1990 ; 손태도, 「광대집단의 가창문화 연구」, 서울대학교 박사학위논문, 2001.

86) 정충권, 『판소리사설의 연원과 변모』, 다운샘, 2001.

87) 백대웅, 『다시 보는 판소리』, 도서출판 어울림, 1996.

무굿기원설 등으로 정리될 수 있다. 산대희설은 산대희에서 가면극인 산대극이 발생했다는 것인데[88] 이두현은 가면극의 기원을 서낭제 탈놀이와 산대도감계통극으로 분류하고, 처용무와 나례를 산대도감계통극 가면극의 선행예능으로 인정한다.[89] 이를 계승한 전경욱은 18세기 전반기 중국사신 영접시에 나례도감에 동원되어 놀이를 펼치던 반인들이 산악잡희 계통의 연희와 가면희들을 바탕으로 재창조해 낸 것이 본산대놀이라고 보았다.[90] 기악이 가면극의 기원이 되었다는 설은 이혜구에 의해 제기된 후 조동일에 의해 비판되었으나 서연호, 최정여가 다시 지지했다.[91]

민속극의 제의 기원은 연구의 초기부터 제기되었으나, 본격적인 논의는 탈춤의 농악대굿설을 주장한 조동일로부터 시작된다. 그는 탈춤의 극으로서의 발전은 민중생활의 변화와 민중의식의 성장으로 가능했다는 전제에서 출발한다.[92] 이 주장은 탈춤의 기원과 전개과정을 자국의 문화전통과 민중문화의 맥락에서 파악하고자 했으며 민속자료들을 탈춤내용과 연관시켜 이론적으로 체계화했다는 점에서 상당한 설득력을 인정받았다. 그런데 각 지역의 탈춤이 모두 농악대굿에서 기원했는가 하는 것이 문제가 되는데 실제로 지역별로 농악의 성행 여부와 가면극 존재여부가 일치하지 않는 것으로 나타나고 있고, 농악대굿기원설이 양반과장 외의 과장들을 포괄적으로 해명하기 어렵다는 문제가 제기되면서 무당굿과 탈춤의 관계를 검토하는 작업이 나타나게 된다. 박진태는 가면극 자료 중 초기형태를 유지하는 하회별신굿을 대상으로 신화와 굿, 제의와 가면극의 구조적인 상관성을 고찰하고 양자의

---

88) 김재철, 『조선연극사』, 학예사, 1939 ; 양재연, 「산대도감극에 취하여」, 『중앙대30주년기념논문집』, 1955.

89) 이두현, 『한국의 가면극』, 일지사, 1979.

90) 전경욱, 『한국가면극 그 역사와 원리』, 열화당, 1998.

91) 이혜구, 「산대극과 기악」, 『연희춘추』, 1953 ; 최정여, 「산대도감극 성립의 제문제」, 『한국학논집』 1, 계명대학교, 1973 ; 서연호, 「가면극의 양식 및 전승적 측면에서 살펴본 오국의 위치 : 일본 기악과의 비교를 중심으로」, 『일본학』 12, 동국대학교 일본학연구소, 1993.

92) 조동일, 「농악대의 양반광대를 통해 본 연극사의 몇 가지 문제」, 『동산신태식박사송수기념논총』, 계명대학교, 1969 ; 조동일, 『탈춤의 역사와 원리』, 홍성사, 1979.

대응관계가 확인되었으므로 가면극이 무굿에서 기원했다고 주장한다.[93)]

산대희설과 그것을 침강문화로 비판하면서 제기된 풍농굿설은 각기 상당한 영향력을 발휘하면서 대립적 관계에 있었으나, 새로운 자료들이 발굴되고 기원에 대한 논의가 정치해짐에 따라 민속극 기원에 대한 설명도 획일화할 수 없다는 인식이 자리하게 되었다. 여기에는 탈춤의 연행자 및 향유집단에 대한 새로운 이해나 조선시대 연극문화의 다양한 층위들에 대한 연구성과가 뒷받침되고 있다. 윤광봉은「남성관희자시」분석을 통해 서울의 상업지역을 중심으로 성행했던 탈춤들이 각 지방 탈춤의 기원이 되었음을 주장했으며[94)] 무굿기원설에 기반하여 굿·민속극·서사문학의 관계를 역사적으로 상호 조명한 박진태의 논의도 인식의 폭을 넓히는 데 기여하고 있다. 90년대 들어 민속극사에 관한 논의는 깊이와 폭을 더하면서 풍부하게 이루어졌는데,[95)] 이들은 문헌작업을 통해 발굴한 역사적 자료에 토대하여 다양하게 존재하는 연행예술의 국면들을 치밀하게 다룬 성과라는 점에서 더욱 값지다.

민속예능 연행집단의 존재양상이 구체화되고 있는 것도 주목할 만하다. 손태도는 광대집단의 존재를 구체화하고 그들의 가창문화를 본격적으로 고찰했고,[96)] 전경욱은 본산대 탈놀이패를 담당한 집단이 성균관의 노비였던 泮人이라고 주장하여 학계의 관심을 모았다.[97)] 여기에 대해 해당문헌기록의 해석을 달리하는 비판도 있어[98)] 자료보강이 요청되기는 하지만, 가면극

---

93) 박진태,『탈놀이의 기원과 구조』, 새문사, 1990.

94) 윤광봉,「한국가면극의 형성과정 : 나례의 변이양상을 중심으로」,『비교민속학』9, 비교민속학회, 1992 ;「18세기 한양을 중심으로 한 산대놀이양상」, 한국고전문학연구회편,『문학작품에 나타난 서울의 형상』, 한샘출판사, 1994.

95) 사진실,『한국연극사연구』, 태학사, 1997 ; 사진실,『공연예술의 전통』, 태학사, 2002 ; 전경욱,『한국가면극 그 역사와 원리』; 윤광봉,『조선후기의 연희』, 박이정, 1998.

96) 손태도,「광대집단의 가창문화 연구」, 서울대학교 박사논문, 2001.

97) 전경욱,「서울의 본산대 놀이와 그 놀이꾼」, 사재동 편,『한국 희곡 문학사의 연구 VI』, 중앙인문사, 2000.

98) 손태도,「민속연희 연구의 현황과 과제」,『현단계 구비문학연구의 좌표』, 한국구비문학회 동계학술대회, 2002. 2. 18.

연행집단의 역사적 실체에 진일보하는 계기를 마련하고 있다는 점에서 의의가 자못 크다 하겠다.

판소리분야에서도 역사적 연구가 활발하게 전개되고 있다.[99] 치밀한 고증을 바탕으로 전개된 판소리사연구는 논쟁적 양상을 보이면서 활발하게 이루어졌다. 판소리사 연구의 주요쟁점은 열두 마당 중 전승오가만이 남게 된 '19세기의 연행환경이나 사회적 기반을 어떻게 이해할 것인가' 이다. 19세기 판소리사의 추이를 수용층과 관련하여 일련의 작업을 수행해 온 김흥규는 양반층이 판소리의 중요한 수용층으로 등장하여 판소리가 상당부분 양반취향에 맞게끔 수정되거나 탈락했다고 보았는데,[100] 19세기에도 판소리의 중심적 향수층이 민중 평민이며 일곱마당의 실전도 민중들의 기대에 부합하지 못했기 때문이라는 반론이 제기되자[101] 문헌자료를 세밀하게 분석하여 향유층의 성격을 구체화한 바 있다.[102] 김종철은 기존의 논의들이 판소리 향유층에 편향되어 있었음을 지적하고 19세기에서 20세기 초까지의 판소리 변모양상을 창자, 연행방식, 수용층 등을 중심으로 치밀하게 논의하여 판소리사 이해의 새로운 가능성을 보여주었다.[103] 판소리사에 미친 신재효의 역할에 대한 평가도 판소리사 이해의 한 쟁점을 형성하고 있다.[104]

역사적 기록이 비교적 풍부한 민요의 경우 민요사 기술이나 역사적 연구가

---

99) 김동욱, 「판소리사 연구의 제문제」, 『인문과학』 2, 연세대학교 인문과학연구소, 1968 ; 박황, 『판소리소사』, 신구문화사, 1974 ; 김흥규, 「판소리의 이원성과 사회사적 배경」, 『창작과 비평』 31, 창작과 비평사, 1974.

100) 김흥규, 「판소리의 이원성과 사회사적 성격」, 『창작과비평』 31, 1974년 봄호 ; 「판소리의 사회적 성격과 그 변모」, 『세계의문학』, 1978 겨울호.

101) 박희병, 「춘향전의 역사적 성격분석」, 『전환기의 동아시아문학』, 창작과 비평사, 1985 ; 박희병, 「판소리에 나타난 현실인식」, 『한국문학사의 쟁점』, 집문당, 1986 ; 김종철, 「19세기 판소리사와 변강쇠가」, 『고전문학연구』 3, 1986.

102) 김흥규, 「19세기 전기 판소리의 연행환경과 사회적 기반」, 『어문논집』 30, 고려대학교 국문과, 1991.

103) 김종철, 『판소리사연구』, 역사비평사, 1996.

104) 김흥규, 「신재효 개작 춘향가의 판소리사적 위치」, 『한국학보』 10, 일지사, 1978 ; 김대행, 「신재효에 대한 평가」, 장덕순 외, 『한국문학사의 쟁점』, 집문당, 1986 ; 서종문, 「신재효와 판소리」, 이기우 · 최동현 편, 『판소리의 지평』, 신아, 1990.

일찍이 시도되었고,[105] 한국신화의 기원, 계통, 역사적 전개를 밝힌 일련의 연구들도 중요한 성과로 기억됨직하다.[106] 서대석은 구조의 측면에서 문헌신화와 무속신화의 역사적 지속과 변모를 파악하고 무속신화의 신화성과 역사적 위상을 자리매김하여[107] 무속신화의 역사성을 읽어내려는 후속연구를 가능하게 했다.[108]

「한국구비문학사」(1967)는 장주근, 임동권에 의해 시도된 바 있으나, 구비문학 전장르를 포괄한 본격적인 역사기술은 『한국문학통사』에 이르러 기록문학과 어깨를 견주면서 비로소 그 전모를 펼쳐 보일 수 있게 되었다. 『한국민속사논총』[109]에서 시도되었던 구비문학과 민속전반에 대한 역사기술의 방향과 틀에 대한 모색은 학회차원의 공동토론을 거쳐 간행된 『한국구비문학사연구』에서 보다 구체화된 양상을 보여주고 있다. 두 책은 구비문학사 연구에 중요한 계기를 마련한 성과라는 점에서 의의가 있지만, 통일된 서술체계가 갖추어지지 않아 각 분야 집필자의 개성에 따라 서술시각과 서술방식에서 상당한 차이를 드러낸다는 한계도 갖는다. 일관된 흐름을 갖춘 본격적인 구비문학사 서술을 위해서는 시대구분방법에서부터 구체적인 기술체계에 이르기까지 학계차원에서의 공동연구가 지속적으로 이루어져야 할 것으로 본다.

---

105) 임동권, 『한국민요사』 ; 정동화, 『한국민요의 사적연구』, 일조각, 1981.

106) 주승택, 「북방계 건국신화의 체계에 대한 시론」, 『관악어문연구』 7, 서울대학교 국문학과, 1982 ; 이복규, 『부여·고구려 건국신화 연구』, 집문당, 1998 ; 지병규, 「고대 건국신화의 계통적 연구」, 충남대학교 박사학위논문, 1993 ; 이지영, 『한국신화의 신격유래에 관한 연구』, 태학사, 1995 ; 조현설, 「건국신화의 형성과 재편에 관한 연구」, 동국대학교 박사학위논문, 1997 ; 박상란, 「신라 가야 건국신화의 체계화과정 연구」, 동국대학교 박사학위논문, 1999.

107) 서대석, 「고대 건국신화와 현대 구비전승」, 『민속어문논총』, 계명대학교 출판부, 1983.

108) 박종성, 『한국 창세서사시 연구』, 태학사, 1999.

109) 동계성병희박사정년기념논총간행위원회 편, 『한국민속사논총』, 지식산업사, 1996.

4) 전승과 연행에 관한 연구

구비문학은 연행을 통해 존재하고, 전승된다. 구비문학의 본래적 면목은 연행의 순간에 구현되는 것이다. 연행은 전승되어 온 구비문학 자료를 현재형으로 재현하면서 생명력을 불어넣는 사건이고, 구비문학이 세대를 넘어 존속할 수 있게 하는 전달의 과정이다. 그것은 연행자와 청자, 연행을 가능하게 하는 조건들이 어우러져 이루어낸 현상인 것이다. 따라서 전승과 연행은 동일한 현상의 서로 다른 얼굴인 셈이다.

구비문학의 형성과 변이연구는 전승의 문제를 밝히려는 문제의식의 일환으로 연구의 초기부터 연구자들이 지속적으로 관심을 가져온 부분이기도 하다. 전통적으로 구비문학 작품론에서 각편의 대비를 통한 서사모형의 추출을 기본작업으로 수행하고 있었던 것도 전승과 변이의 국면에 대한 보편적인 함의가 전제되었기 때문이다.[110] 세대를 넘어서는 전달이라는 점에서 전승에 관한 연구는 때로 역사적 연구와 겹쳐지기도 한다.

형성과 변이과정을 본격적으로 다룬 성과는 현존 향가 배경설화의 형성과정을 추론하면서 변이과정에 작용하는 요인들을 다각적으로 고려했던 김학성에게서 찾아볼 수 있다.[111] 그는 상이한 계층의 참여로 복잡한 구성을 갖게 된 복합설화의 변이과정에는 각 계층의 상이한 미의식과 가치관이 가장 의미 있는 전승소로 작용한다고 보아 계층과 전승소의 상관관계 및 설화의 형성과 변이에 작용하는 계층적 요인들을 살폈다. 국내의 대표적인 전설유형들을 대상으로 전승과 변이, 분포 등을 자세하게 다루었던 최래옥은

110) 강진옥, 「설화의 전승과 변이」, 『설화문학연구』 상, 단국대학교 출판부, 1998에서 연구사를 정리한 바 있다. 그 중 몇 가지 양상을 보여주는 사례를 제시해 본다면, 권태효, 「거인설화의 전승양상과 변이유형연구」, 경기대학교 박사학위논문, 1998 ; 김대숙, 「여인발복설화의 연구」, 이화여자대학교 박사학위논문, 1988 ; 정명기, 「야담의 변이양상과 의미연구」, 연세대학교 박사학위논문, 1989 ; 강영순, 「조선후기 여성지인담 연구」, 단국대학교 박사학위논문, 1995 ; 강은해, 「도깨비담의 형성 변화와 구조에 관한 연구」, 서강대학교 박사학위논문, 1996.

111) 김학성, 「삼국유사 소재 설화의 형성 및 변이과정고」, 『관악어문연구』 2, 1977 ; 「처용설화의 형성과 변이과정」, 『한국민속학』 10, 1974.

설화구성 단위를 더욱 세분하여 독특한 화소개념을 창안하고 전승과정에서 필연적으로 발생하게 되는 변이의 제국면을 치밀하게 분석하여 설화의 전승과 변이의 법칙을 체계적으로 도출하고 있다.[112]

김화경은 야래자설화를 논의대상으로 삼아 구조적 변이양상과 의미를 살핀 뒤 변체들의 변이양상을 통해 설화의 전승권을 설정했으며 계통재구와 전파의 경로를 추정하고 변이의 양상을 검토한 바 있다.[113] 이밖에도, 아기장수설화를 유형분류하고 그 형성과 변이양상을 체계적으로 밝힌 김수업의 연구,[114] 한국신화의 전승체계와 신격의 존재를 치밀하게 논의한 이지영의 연구,[115] 아기장수 이야기의 전승의미를 지속지향과 변화지향으로 설명한 김영희의 논의,[116] 역사인물담적 성격을 갖는 왕비간택담의 전승과 변모과정에 개입하는 제반요인을 면밀하게 검토한 전승론적 연구[117]도 눈여겨봄직하다.

민요의 경우, 전승의 요인들을 구체화하거나 형성과정을 치밀하게 분석한 사례들에는 정선아라리 전승의 구심력과 원심력을 자세하게 분석한 강등학의 연구,[118] 전승의 요건을 중심으로 진도 아리랑타령을 다룬 한양명의 논의,[119] 밀양아리랑 형성의 과정을 치밀하게 분석한 김기현의 논의[120] 등이 있다. 무가의 전승과정에서 발생할 수 있는 변화의 양상들을 일정한 모형으로 체계화한 김태곤의 작업[121]과는 달리, 서사무가의 전승과 변이양

112) 최래옥, 『한국구비전설의 연구』, 일조각, 1981.
113) 김화경, 『한국설화연구』, 영남대학교 출판부, 1987.
114) 김수업, 「아기장수이야기 연구」, 경북대학교 박사학위논문, 1994.
115) 이지영, 『한국신화의 신격유래에 관한 연구』, 태학사, 1995.
116) 김영희, 「아기장수이야기의 전승력 연구」, 연세대학교 석사학위논문, 1999.
117) 강진옥, 「왕비간택담의 전승론적 연구」, 『민속학연구』 9, 국립민속박물관, 2000.
118) 강등학, 『정선아라리의 연구』, 집문당, 1988.
119) 한양명, 「진도 아리랑타령의 전승에 대한 한 접근 : 전승의 요건을 중심으로」, 『한국민속학』 22, 1989.
120) 김기현, 「밀양아리랑의 형성과정과 구조」, 『민요론집』 4, 1995.
121) 김태곤, 「무가의 전승변화체계」, 『한국민속학』 7, 1974 ; 김태곤, 「무가의 형성체계」, 『서원방용구박사화갑기념논총』, 국제대학인문과학연구소, 1975.

상을 화소 및 전승권역별로 치밀하게 분석한 성과들도 적지 않다.[122] 구비서사시의 전승론적 연구를 선도했던 서대석은 제석본풀이의 단락분석을 통해 무가권을 구획하고 구연형태와 서술구조에 따른 전승과 변이양상을 규명하여 전승의 문법을 찾았으며,[123] 이를 판소리에도 적용하여 전승의 원리를 밝히고자 했다.[124] 판소리의 전승문제에 관심을 보이고 있는 정충권[125]은 무가계 사설을 중심으로 전승과 변모양상을 깊이 있게 검토함으로써 무가기원설을 뒷받침하기도 했다.

구비문학의 본질을 규명하려는 문제의식이 확대, 심화되면서 구비문학의 산출 기반인 연행에 대한 관심이 환기되고 문제해명을 위한 접근가능성이 모색되었는데, 현장론의 도입은 전승 및 연행적 국면에 대한 문제의식이 구비문학 전 영역으로 확대되면서 구체화되는 계기를 마련했다. 그 이론적 체계와 실천적 국면의 조화를 통해 『인물전설의 의미와 기능』은 구비문학연구의 새로운 지평을 열어 보였다. 현장론은 구비문학의 존재양상과 본질에 대한 논의를 가속화하여 연행의 맥락 아래서 구비문학적 특성을 포착하려는 다양한 연구들이 시도되는 전기를 마련했다.

이후 현장론을 내세우는 연구는 설화, 민요, 무가, 판소리 등으로 확대되는데, 이들은 근본적으로 구비문학의 연행맥락을 중시해야 한다는 인식적 측면을 공유하는 것은 분명하지만 논의의 방향성에서는 각기 상당한 차이를 보여주고 있다. 임재해가 전승변이의 원리와 역사적 존재태에 천착하고 있다면,[126] 신동흔은 인물의 현실대응방식과 구연자의 세계관 문제를 깊이 있게 다루었고,[127] 류종목은 세시의식요와 장례의식요를 중심으로 그 구조

---

122) 김헌선, 『한국의 창세신화』, 길벗, 1994 ; 박종성, 『한국 창세서사시의 연구』, 태학사, 1999.

123) 서대석, 『한국무가의 연구』, 문학사상사, 1980.

124) 서대석, 「판소리와 서사무가의 대비연구」, 『논총』 34, 1979 ; 서대석, 「판소리의 전승론적 연구」, 『현상과 인식』 3권 3호, 1979.

125) 정충권, 『판소리사설의 연원과 변모』, 도서출판 다운샘, 2001 ; 정충권, 「『흥보가(전)』의 전승양상 연구」, 『판소리연구』 13, 판소리학회, 2002.

126) 임재해, 「설화의 현장론적 연구」, 영남대학교 박사학위논문, 1987.

와 가치관을,[128] 이창식은 유희요의 연행방식과 원리에 깊은 관심을 보였다.[129] 무가에서는 무가의 작시원리 규명에 주력한 박경신,[130] 무가의 연행과 관련된 전반적인 현상을 치밀하게 분석한 김헌선,[131] 무가를 굿의 맥락아래 검토한 이경엽의 연구 등이 있다.[132] 이중에서 아라리의 기능과 가창구조 및 장르수행 원리, 작시공식 등을 본격적으로 다른 강등학의 연구와[133] 전라도 지역을 중심으로 노동현장의 제반조건과 민요의 상관관계, 민요목록과 사회집단·민요공동체·소리꾼의 관계를 유기적인 관련하에 놓고 파악해나간 나승만의 작업은 현장론적 연구의 모범적인 사례로서 평가함직하다.[134]

연행의 문제는 판소리 분야에서 그 예술적, 문예적 본질을 탐구하기 위한 방안의 일환으로 줄곧 다루어졌다. 70년대 중반 김흥규가 판소리계 소설과 동일시되었던 기존의 판소리 연구시각을 비판하면서, 판소리의 서사구조는 창과 아니리의 교체에 의해 발생되는 긴장과 이완이라는 미적 정서적 체험마디로 이루어져 있음을 밝혀 연행예술로서의 판소리 미학의 일단을 부각시킨 이래,[135] 서종문은 판소리의 개방성을 다루면서 연행예술로의 접근방안을 본격적으로 제기했다.[136] 연행현장을 주목한 논의들은 90년대 이후 더욱

---

127) 신동흔, 『역사인물 이야기 연구』.

128) 류종목, 『한국민간의식요연구』, 집문당, 1987.

129) 이창식, 「한국유희민요연구」.

130) 박경신, 「무가의 작시원리에 대한 현장론적 연구」, 서울대학교 박사학위논문, 1991.

131) 김헌선, 「경기도 도당굿무가의 현지연구」, 경기대학교 박사학위논문, 1991.

132) 이경엽, 『무가문학연구』, 박이정, 1998.

133) 강등학, 『정선아라리의 연구』.

134) 나승만, 「전남지역의 들노래연구」, 전남대학교 박사학위논문, 1990 ; 나승만, 「소포리 노래방 활동에 대한 현지연구」, 『역사민속학』 3, 1993 ; 나승만, 「민요사회의 사적 체계와 변천」, 『민요와 민중의 삶』, 우석출판사, 1994 ; 나승만, 「남동리 민요공동체 당당패의 성립과정」, 『한국민요학』 2, 1994 ; 나승만, 「노래판 산다이에 대한 현지작업」, 『한국민요학』 5, 1996.

135) 김흥규, 「판소리의 서사적 구조」, 『창작과비평』 35, 1975 봄.

136) 서종문, 「판소리의 개방성」, 『판소리사설연구』, 형설출판사, 1984.

다양하게 펼쳐지고 있다.[137] 박영주는 언어예술이자 연창예술인 판소리에 대한 통합적 연구를 시도했고,[138] 최진형은 판소리의 장르실현과 사설의 구성원리를 다루었다.[139] 음악적 측면에서의 논의가 활성화되어 판소리 사설과 음악의 상호관련성이 심도있게 논의되면 판소리의 예술적 본질이 한 차원 높게 규명될 수 있을 것이다.

말로 된 문학이라는 특성상, 구비문학의 재현은 연행을 통해 가능하므로 채록된 텍스트의 성격은 연행맥락들과 일정한 관련성을 갖는다. 이런 이유로 구비문학의 담화연구는 연행론적 관심과 무관할 수 없다. 김병국이 판소리 사설의 담화방식을 다양한 시점이 공존하면서 상호침투하는 다성곡적 구조로 파악한 이후[140] 본격적으로 담화분석을 다룬 김현주는 연행맥락에 충실한 사설들을 정밀 분석하여 구술적 특성을 체계화하는 데 관심을 두고 있다.[141] 민담의 언술구조는 곽진석에 의해 집중적으로 분석된 바 있다.[142]

이야기꾼의 역사적 존재에 대한 관심이 임형택에 의해 제기된 후[143] 이야기꾼 논의는 화자의 개성과 구연내용의 상관관계에 초점을 두고 다루어져 그 가능성이 검증된 바 있고,[144] 구연편수가 많은 유능한 화자를 발굴하고 보유자료와 함께 소개하여 이야기꾼 연구의 토대구축에 이바지한 성과도

---

137) 최정선, 「판소리의 추임새」, 『판소리의 지평』, 신아, 1990 ; 이국자, 『판소리연구』, 정음사, 1987 ; 최정삼, 「연행예술로서의 판소리연구 : 창자, 고수, 청중을 중심으로」, 원광대학교 박사학위논문, 1999.

138) 박영주, 「판소리 사설치레 연구」, 성균관대학교 박사학위논문, 1991.

139) 최진형, 「판소리의 사설구성 원리와 장르실현」, 성균관대학교 박사학위논문, 2000.

140) 김병국, 「판소리의 문학적 진술방식」, 『국어교육』 34, 한국국어교육연구회, 1979 ; 김병국, 「고대소설 서사체와 서술시점」, 『현상과 인식』 5권 1호, 1981 봄.

141) 김현주, 『판소리 담화분석』, 좋은날, 1998.

142) 곽진석, 『한국민속문학형태론』, 월인, 2000.

143) 임형택, 「18 · 19세기 이야기꾼과 소설의 발달」, 『한국학논집』 2, 계명대학교 한국학연구소, 1975.

144) 천혜숙, 「이야기꾼의 이야기연행에 관한 고찰」, 『계명어문학』 1, 1984 ; 이인경, 「화자의 개성과 설화의 변이」, 서울대학교 석사학위논문, 1992 ; 강성숙, 「이야기꾼의 성향과 이야기의 특성에 관한 연구」, 이화여자대학교 석사학위논문, 1996.

주목되며,[145] 이야기꾼의 연행양상을 통해 이야기문화의 향유방식과 변모에 대한 이해의 단서를 마련한 논의들도 여럿 보고되었다.[146] 전통적 농촌지역 이야기꾼과 함께, 대도시 공원 등지를 무대삼아 이야기 문화를 이어가고 있는 이야기꾼의 면모들은 이야기문화의 존재양상과 전승맥락의 상관관계를 살펴보게 한다. 탑골공원 이야기꾼 김한유의 사례는 도시공간에서 활동했을 직업적 이야기꾼의 면모를 짐작하게 해주는 흥미로운 사례이며,[147] 작고한 이야기꾼 양병옥의 행적을 당시 청중들의 증언을 토대로 재구한 황인덕의 연구도 근대적 공간에 자리하고 있던 이야기꾼의 또다른 모습을 밝혀주고 있어 이야기문화전개 이해에 중요한 단서가 되고 있다.[148] 이야기꾼 연구는 현재 특정화자의 연행내용을 장기간 관찰하여 시차별 변이와 청중집단을 달리한 연행양상을 분석한 성과,[149] 비교연구[150] 등을 통해 문제의식의 영역을 넓혀가고 있는 중이다.

민요와 무가의 연행자 연구는 양적으로는 많지 않으나 주목할 만한 성과들이 눈에 띈다.[151] 민요창자의 생애와 구연자료의 상관성에 대한 본격적인 논의는 강진옥에 의해 제기되었다.[152] 김헌선은 도당굿 화랭이의 생애와 가계내력, 예술적 기량 등을 밝혀 전통 예능담당집단으로서의 면모들을

145) 이수자, 『설화화자연구 : 구리시 동구동 이성근 할아버지를 중심으로』, 박이정, 1998 ; 이복규, 『이강석구연설화집』, 민속원, 1999.

146) 신동흔, 「이야기꾼의 작가적 특성에 관한 연구 : 탑골공원 이야기꾼들의 사례를 중심으로」, 『구비문학연구』 6, 1998 ; 이복규, 「이야기꾼의 연행적 특성 : 전북 익산 이강석 할아버지의 경우를 중심으로」, 『구비문학연구』 7, 1998 ; 황인덕, 「이야기꾼 유형 탐색과 사례연구 : 부여지역 여성화자 이인순의 경우」, 같은 책.

147) 신동흔, 「탑골공원 이야기꾼 김한유(금자탑)의 이야기 세계」, 『구비문학연구』 7, 앞의 책.

148) 황인덕, 「유랑형 대중이야기꾼 연구 : 양병옥의 경우」, 『한국문학논총』 25, 1999.

149) 강진옥 · 이복규 · 김기형, 「구전설화의 변이양상과 변이요인연구 : 익산지역 이야기꾼과 이야기판을 중심으로」, 『구비문학연구』 14, 2002.

150) 천혜숙, 「한국의 이야기꾼과 일본의 카타리테」, 『한국민속학』 34, 2001.

151) 나승만 · 고혜경, 『노래를 지키는 사람들』, 문예공론사, 1995 ; 나승만, 「민요 소리꾼의 생애담 조사와 사례분석」, 『구비문학연구』 7, 1998.

152) 강진옥, 「여성 민요 창자의 존재양상」, 『한국고전여성작가연구』, 태학사, 1999 ; 강진옥, 「여성민요창자 정영엽 연구」, 『구비문학연구』 7, 1998.

보여주고 있다.[153] 무가 연행자 연구는 여타 지역으로까지 마땅히 넓혀져야 할 것이다.[154]

판소리 명창론이 활발한 것은 그들이 누렸던 사회적 위상과도 무관하지 않을 것이다. 명창들은 특정한 개인으로 존재하면서 단편적이나마 문헌이나 민간의 기억 속에 행적의 일단을 남길 수 있었고, 근대 이후에는 음반자료를 남겼다. 이런 연유로 명창론은 이날치, 권삼득, 염계달, 송흥록, 김세종을 비롯한 역사적 명창들과, 임방울, 김연수, 박동실은 물론 근년까지 생존했던 박록주, 김소희, 강도근, 안향련 등에 이르기까지 폭넓게 이루어지고 있다. 명창론은 연행과 동시적으로 이루어질 수 있으며[155] 판소리사 이해를 확충하는 데 기여하기도 한다.[156] 판소리는 사설내용을 음악적 표현으로 형상화해 내는 예술이므로 사설과 악곡은 긴밀한 관련을 갖는데, 이런 이유로 명창론에의 접근방향은 연구자의 관심영역과 문제의식에 따른 차이를 보이기도 한다. 문학연구자들은 연창본 사설의 구성방식이나 변이양상 등에 관심을 기울이는 반면, 음악적 관점에서는 악곡의 특성에 대한 논의가 주를 이루고 있다. 각각의 관점에서 행해진 논의들은 보완관계를 이루면서 판소리 연구의 깊이와 폭을 더해줄 것이다.

5) 비교연구

구비문학은 그 보편적 존재양상으로 인해 비교연구의 가능성이 다양하게 모색되어 왔으며, 보편적인 분포양상을 보여주는 설화는 일찍부터국제간

153) 김헌선, 『한국 화랭이 무속의 역사와 원리 1』, 지식산업사, 1997 ; 김헌선, 「도당굿 화랭이 연구」, 『구비문학연구』 7, 1998.

154) 황루시, 『우리 무당 이야기』, 풀빛, 2000은 대중적 글쓰기 방식을 지향하고 있지만, 각 지역 무당들의 면모를 생생하게 전해주고 있다.

155) 유영대, 「판소리에서 임기응변과 변조의 의미 : 고수관의 경우를 중심으로」, 『구비문학연구』 7, 1998.

156) 김기형, 「판소리 명창 박동실의 의식지향과 현대 판소리사에 끼친 영향」 ; 김기형, 「여류 명창의 활동양상과 판소리사에 끼친 영향」, 『구비문학연구』 7, 1998 ; 최혜진, 「한국여성명창의 계보와 판소리사」, 『판소리연구』 13, 2002.

비교연구가 이루어졌다. 『조선민족설화연구』는 인접국간의 비교를 통해 우리 민족설화의 역사지리적 이동경로를 고찰했고[157] 인권환도 인도설화의 한국적 수용과 변용의 과정을 지속적인 관심 아래 논의했으며,[158] 김현룡은 중국의 문헌설화와 한국설화를 비교하여 양자간의 영향관계를 규명하는 데 집중했다.[159] 성기열은 전파론적 방법을 전제하고 한일 양국의 동물담을 비교하면서 일본측의 전승자료들은 모두 우리나라를 통해 전파된 것으로 결론지었다.[160] 고대 한일 양국의 관계사에 대한 관심아래 양국신화의 비교연구가 이루어지기도 했다.[161]

영향관계 논의는 특정장르의 기원론으로 연결되기도 한다. 김학주는 강창의 형태에서 판소리의 기원을 찾으려 한 것 외에도 우리나라의 산악잡희와 중국의 산악잡희 및 나례의 유사성을 지적하고 영향관계를 언급한 바 있는데[162] 산대희기원설을 지지하는 전경욱이 이를 수용하여 구체화한 바 있다.[163]

문화적 연관성이 인정되는 인접국가와의 비교연구가 영향관계의 규명에 초점을 두고 있는 것[164]과 달리, 상호대비를 통해 공통점과 차이점을 찾으면

---

157) 손진태, 『조선민족설화의 연구』, 을유문화사, 1947.

158) 인권환, 「토끼전 근원설화 연구 : 인도설화의 한국적 전개」, 『아세아연구』 통권 25, 고려대학교 아세아문제연구소, 1967 ; 인권환, 「불전설화의 토착화와 한국적 변용」, 『문화비평』 1권3호(통권3호), 아한학회, 1969 외.

159) 김현룡, 『한중소설설화 비교연구』, 일지사, 1976.

160) 성기열, 『한일민담의 비교연구』, 일조각, 1979.

161) 김열규, 「한국신화와 일본신화」, 『한국신화와 무속연구』, 일조각, 1977 ; 황패강, 『일본신화연구』, 지식산업사, 1995.

162) 김학주, 「나례와 잡희」, 『아세아연구』 6권 2호, 고려대학교 아세아문제연구소, 1963.

163) 윤광봉, 『한국의 연희』, 반도출판사, 1992 ; 전경욱, 「탈놀이의 형성에 끼친 나례의 영향」, 『민족문화연구』 28, 고대민족문화연구소, 1995.

164) 앞에서 제시한 경우들 외에도 다음의 연구를 참고할 수 있다. 장정룡, 『한·중 세시풍속 및 가요연구』, 집문당, 1988 ; 이정재, 「시베리아 곰제의 곰신화와 단군신화의 비교」, 『한국민속학보』 6, 1995 ; 나승만, 「탈해신화와 서언왕신화의 비교연구」, 『한국민속학』 27, 1995 ; 이종주, 「동북아시아의 성모 유화」, 『구비문학연구』 4, 1997 ; 안상복, 「한중우희의 관련양상에 관한 고찰」, 『구비문학연구』 8, 1999.

서 문화적 개별성을 파악하려는 논의도 두루 발견된다.[165] 조희웅은 설화의 보편적 분포양상을 대비적인 관점에서 논의하고, 한국설화의 특성을 부각시켰고,[166] 다니엘 키스터는 무속의례의 연극적 성격을 부조리극과 비교하여 무속극의 의미를 새롭게 발견하고 있다.[167]

90년대 이후 비중있게 전개되는 비교연구의 방향은 상호비교를 통해 서로의 모습을 보다 잘 파악하려는 것은 물론, 비교를 통해 확인된 진상을 보편적 이론으로 체계화하려는 의욕을 보여주고 있다. 가장 활발하게 진척되는 분야는 서사시와 신화인데 이 같은 논의의 토대는 세계문학사의 이론정립의 일환으로 서사시 비교연구의 단서를 마련한 조동일,[168] 구비문학의 비교연구과제로서 북방민족의 신화와 무속 및 영웅서사시를 다루었던 서대석에 의해 마련되었다.[169] 이후 이 방면 연구는, 한국을 중심에 놓은 동아시아담론으로 학술담론체계의 인식전환 계기를 제공한 조동일의 『동아시아 구비서사시의 양상과 변천』을 필두로 한국신화와 중국, 일본, 만주, 몽골, 월남 등 동아시아 여러 민족신화와의 비교연구가 이어지고 있다.[170]

이 문제는 한국구비문학회의 "한중 구비서사문학의 비교"(1998. 12.)와 "동아시아의 창세신화"(2001. 2.), 아세아설화학회의 "한중일 설화비교연

165) 피천득 · 심명호, 「영미의 Folk Ballad와 한국 서사민요와의 비교연구」, 문교부연구보고서(어문학계), 1971 ; 성현자, 「판소리와 중국의 강창문학의 대비연구」, 『진단학보』 53 · 54합집, 진단학회, 1982 ; 손지봉, 「한국설화의 중국인물연구」, 한국학대학원 박사학위논문, 1998.

166) 조희웅, 『한국설화의 유형적 연구』, 한국연구원, 1983.

167) 다니엘 키스터, 『무속극과 부조리극』, 서강대학교 출판부, 1986.

168) 조동일, 「서사시론과 비교문학」, 『한국문학과 세계문학』, 지식산업사, 1992.

169) 서대석, 「구비문학의 비교문학적 연구과제」, 『구비문학연구』 1, 1994.

170) 김동수, 「한일강신신화의 비교연구」, 성신여자대학교 박사학위논문, 1995 ; 이정재, 「동북아설화의 곰과 호랑이 연구」, 『한국민속학보』 7, 1996 ; 김헌선, 「동아시아 신화 비교연구」, 『한국민속학』 29, 1997 ; 조현설, 「건국신화의 형성과 재편에 관한 연구」, 동국대학교 박사학위논문, 1997 ; 김재용 · 이종주, 『왜 우리 신화인가』, 동아시아, 1999 ; 노로브냠, 「한국과 몽골의 창세신화 비교연구」, 서울대학교 석사학위논문, 1999 ; 矢野尊義, 「한일고대혼인설화의 비교연구 : 정조의 기원과 변천과정」, 고려대학교 박사학위논문, 2002 ; 정충권, 「동아시아 일월조정신화 비교연구」, 『구비문학연구』 14, 2002.

구"(1999. 2.) 등 학회차원의 기획주제로 다루어지면서 공동연구의 장을 마련하기도 했다. 이 중 『동아시아의 창세신화』, 『한중일 설화 비교연구』[171]는 단행본으로도 출간되었는데, 후자는 얻어진 성과가 삼국의 설화연구자들이 자리를 함께한다는 의의만큼 크지 않아 아쉽다.

최근 구비서사시 비교연구는 연구대상자료의 권역을 달리하는 젊은 연구자들의 참여로 본격화되고 있다. 동아시아 전반에 관심을 두면서도 아이누와 오끼나와를 주된 논의대상으로 삼은 김헌선,[172] 북방과 중국 소수민족의 구비서사시를 통해 연행환경의 변화와 사설내용의 변모양상을 다루는 최원오,[173] 동유럽 등지로 관심을 넓혀 정치, 경제, 문화적 요건들의 변화와 국가간의 교섭양상이 구비서사시 갈래변천에 미치는 영향을 규명하려는 박종성[174] 등이 그들이다. 이들은 구비서사시의 존재양상과 그 역사적 변모양상의 비교연구를 통해 보편이론의 도출을 지향하고 있다.

판소리와 민속극에서 추출된 신명풀이 미학을 상이한 문명권의 대표적인 연극미학들과 비교검토하고 저자자신의 철학적 세계관인 생극론에 바탕하여 미학의 기본원리를 도출해 낸 『카타르시스 라사 신명풀이』는 비교연구를 통한 보편이론체계 수립의 적극적인 사례로 꼽을 수 있을 것이다.[175]

6) 작품연구 : 주제, 의식, 미학, 시학

구비문학에 대한 학문적 연구가 시작된 이후에도 상당기간 동안 연구의

171) 아세아설화학회 최인학 편저, 『한중일 설화비교연구』, 민속원, 2000.

172) 김헌선, 「동아시아 무속서사시 비교연구」, 『제3회 동아시아 국제학술심포지움 : 제1분과 무가 연구의 새로운 방향과 과제』, 경기대학교, 1996 ; 김헌선, 「동아시아 신화 비교연구」, 『한국민속학』 29, 1997 ; 김헌선, 「제주도와 아이누의 구비서사시 비교연구」, 『구비문학연구』 14, 2002.

173) 최원오, 『동아시아 비교서사시학』, 월인, 2001.

174) 박종성, 「무속서사시 연구의 새로운 관점」, 『구비문학연구』 1, 1994 ; 「동유럽 구비서사시의 흥풍에 관한 시론 : 한국과 중앙아시아의 사례와 비교하여」, 『한국과 동유럽의 구비문학』, 한국구비문학회 춘계학술대회, 2002. 5.18.

175) 조동일, 『카타르시스 라사 신명풀이』, 지식산업사, 1997.

방향은 분류, 장르, 기원, 비교 등 외부적 문제에 관심을 두고 진행되었다. 이 같은 연구방향은 당시 국문학연구의 일반적인 경향과 맞물려 있었다. 외부로만 향해있던 연구관점이 작품내부로 전환하게 되는 계기는 구비문학의 문학성을 발견하게 되면서인데, 소박한 형태의 인상비평식으로 이루어지던 작품해석은 점차 구성요소들을 분석적으로 다루게 되면서 주제 또는 전승집단을 찾아내고 미적특질을 밝히는 방향으로 전개되었다.

주제에 대한 논의가 집중적으로 이루어진 분야는 가면극과 판소리이다. 가면극의 주제 논의는 파계승에 대한 비판과 양반층에 대한 반감으로 주제를 파악한 김재철 이래 민중적 비판의식에 초점을 두고 전개되었다.[176] 가면극의 내용연구에 획기적인 전환을 가져온 조동일은 갈등구조 분석을 통해 과장별 주제를 구체화하고 성장된 민중의식의 국면들을 부각시켰다. 예컨대 양반과장은 봉건적 특권의 철폐, 노장과장은 관념적 삶에 대한 비판과 생활인으로서의 자아발견, 미얄과장은 남성의 횡포를 드러낸다는 것이다.[177] 여기에 대해, 채희완은 가면극에 나타나는 몇 개의 주제는 현실에 대한 민중의 성장된 비판정신이라는 동일된 일관성을 지니는 것이 아니라 각각의 상이한 주제로 내재적으로 분화되는 방향을 취하고 있다고 비판한다.[178] 현영학은 민중과 대립되는 사회세력에 대한 비판을 주제로 삼으면서도, 가면극을 통해 민중은 비판적 초월을 경험하게 된다는 독특한 해석을 보여주고 있다.[179] 이와 달리, 가면극의 현실문맥적 의미를 사회적 질서를 갱신하기 위한 효능이라는 측면에서 주목한 김열규[180]의 관점은 사회적 세력의 대립적 충동보다는 가면극이 지닌 사회적 대립의 화해와 치유의 측면을 부각하는 것으로 이해된다.

---

176) 김재철, 『조선연극사』; 송석하, 『조선민속고』, 일신사, 1960 ; 이두현, 『한국가면극』.
177) 조동일, 『한국가면극의 미학』; 조동일, 『탈춤의 역사와 원리』.
178) 채희완, 「가면극의 민중적 미의식 연구를 위한 예비적 고찰」, 서울대학교 석사학위논문, 1977.
179) 현영학, 「한국 가면극 해석의 한 시도」, 『논총』 36, 이화여자대학교 한국문화연구원, 1980.
180) 김열규, 「현실문맥 속의 탈춤」, 『진단학보』 39, 1975.

판소리는 소설로도 향유되면서 다양한 이본을 산출하였고, 판소리계 소설을 중심으로 한 연구의 성과는 작품별 연구사로 정리될 만큼 풍부하게 이루어졌다.[181] 판소리의 서술구조나 인물설정에서 발견되는 모순적 양태에 대한 해석의 문제는 연구자들의 관심 속에 논의되었으나 판소리의 작품구조를 인과의 논리를 지닌 고정체계면과 상반의 논리를 지닌 비고정체계면으로 파악하고 그것이 각각 지배층의 관념적 이념세계와 피지배층의 경험적 현실주의의 대립을 반영하는 것으로 본 조동일에 의해 해결의 한 방안이 얻어진다.[182] 판소리의 주제는 표면적 주제와 이면적 주제라는 두 주제의 대립을 통해 구현된다는 이 같은 관점은 김흥규의 이원성 개념에서도 확인된다.[183] 두 개의 주제 문제는 적지않은 문제거리로 남아있었으나, 최근 판소리의 주제구현방식이 독서물과는 다르므로 독서물적인 텍스트 개념 대신 공연물적인 텍스트 개념으로 접근해야 한다는 사실이 확인됨으로써 해결의 가능성이 제시되고 있다.[184]

조선후기의 역사적 변화와 사회적 갈등문제를 작품해석의 토대로 삼고 있는 이러한 문제의식은 형제간으로 설정된 흥부와 놀부의 대립이 사회경제사적 계층 대립을 형상한 것이라는 해석을 낳기도 했다.[185] 현실비판과

181) 춘향전 연구사가 가장 많은데, 김동욱, 「춘향전 연구는 어디까지 왔나」, 『창작과 비평』 40호, 1976 ; 이상택, 「춘향전 연구사 반성」, 『한국학보』 5, 일지사, 1976 ; 김진영, 「춘향가 논의의 몇 가지 반성」, 『선청어문』 9, 서울대학교 사범대, 1978 ; 설성경, 「연구성과의 검토」, 『춘향전』, 시인사, 1986 ; 우쾌재, 「춘향전 연구사 개관」, 『춘향전의 종합적 고찰』, 아세아문화사, 1991 ; 「춘향전」, 화경고전문학연구회 편, 『고전소설연구』, 일지사, 1993. 등이 있다. 이밖에 인권환, 「심청전 연구사와 그 문제점」, 『한국학보』 9, 1977 ; 강진옥, 「변강쇠가」, 화경고전문학연구회 편, 『고전소설연구』, 일지사, 1993 등이 있고, 개별작품에 대한 논저의 서두에서 연구사가 정리된 사례는 일일이 거론할 수 없을 만큼 많다.

182) 조동일, 「흥부전의 양면성」, 『계명논총』 5, 계명대학교, 1968 ; 「갈등에서 본 춘향전의 주제」, 『계명논총』 6, 1970 ; 「심청전에 나타난 비장과 골계」, 『계명논총』 7, 1971 ; 「토끼전(별쥬부젼)의 구조와 풍자」, 『계명논총』 8, 1972.

183) 김흥규, 「판소리의 이원성과 사회사적 배경」, 『창작과 비평』 31, 1974 봄.

184) 서종문, 「판소리의 주제구현방식」, 판소리학회 편, 『판소리의 세계』, 문학과 지성사, 2000.

185) 임형택, 「흥부전의 현실성에 관한 연구」, 『문화비평』 4, 1969.

풍자는 수궁가, 적벽가, 장끼전 등에서도 중심적인 개념으로 제시되고 있다.[186] 주제 연구의 또다른 국면이라 할 수 있는 작가의식 연구는 신재효가 정리한 판소리사설본을 대상으로 하여 열거하기 어려울 만큼 집중적으로 이루어졌다.[187]

설화의 연구는 유형 및 유형군 차원에서 이루어지고 있다. 광포전설 중 장자못, 아기장수, 오뉘힘내기는 연구의 초기부터 많은 연구자들의 관심아래 지속적으로 논의되어 온 유형이며, 풍수 · 명의 · 이인 · 고승 · 야래자 · 홍수 · 도깨비 · 효자 · 열녀 · 원혼 · 변신 · 내복에 산다 · 우렁각시 · 나무꾼과 선녀 등을 비롯한 수많은 설화유형에 대한 연구들이 이루어졌다.

유형 차원의 연구에서는 일반적으로 분석의 틀로 재구되는 서사모형을 통해 단일한 의미만을 읽어내지만, 이야기의 구조는 하나의 의미만으로 읽힐 수 있는 것은 아니다. 연행은 창조자(화자)와 수용자(청자) 사이에서 빚어지는 의미들을 발견하고 해석해내는 창조적 사건이고 경험이며, 설화의 구조가 담고있는 의미 또한 고정되어 있는 단일한 실체가 아니다. 그것은 수용자에 의해 새로운 의미생성이 가능한 가변적인 구조이기 때문이다. 이 같은 문제는 구조의 층위, 의미층위 등의 개념으로 주목된 바 있다.[188] 전승집단의 의식, 의식구조, 세계관, 세계인식 등은 주제론과 동일선상에 있는 개념들이다. 전승집단의 의식을 읽어내는 일은 구비문학 작품연구에서 가장 일반적으로 추구되어 온 방법이면서 작품읽기의 궁극적 지향으로 여겨져 오기도 했다.[189] 진실과 믿음이 중시되어온 전설장르의 경우 민중의

186) 인권환, 「토끼전의 서민의식과 풍자성」, 『어문논집』 14 · 15, 1973 ; 서종문, 「신재효본 적벽가에 나타난 작가의식」, 『국어국문학』 72 · 73, 국어국문학회, 1976.

187) 서종문, 『판소리사설연구』, 형설출판사, 1984 ; 정병헌, 『신재효 판소리 사설의 연구』, 평민사, 1986 ; 설중환, 『판소리사설연구 : 신재효본을 중심으로』, 국학자료원, 1994 외.

188) 조동일, 『인물전설의 의미와 기능』, 영남대 출판부, 1979 ; 강진옥, 「구전설화 유형군의 존재양상과 의미층위」, 이화여자대학교 박사논문, 1986.

189) 강진옥, 「한국전설에 나타난 전승집단의 의식구조연구」, 이화여자대학교 석사학위논문, 1980 ; 강문순, 「상여소리 연구 : 죽음의식을 중심으로」, 이화여자대학교 석사학위논문, 1982 ; 김영돈, 「제주도민요연구 : 여성노동요를 중심으로」, 동국

의식사(意識史)로 인식되면서 역사적 사건이나 인물이야기를 중심으로 내포하고 있는 역사인식을 구체화한 논의들이 있어왔다.[190]

구조분석은 작품을 구성하는 질서를 밝히고 의미를 파악하는 과정이다. 한국신화의 분석을 통해 세계관적 구조를 파악한 논의들,[191] 민담의 유형구조 분석을 통해 세계관을 읽어낸 연구,[192] 민요의 구조를 분석하여 의미를 밝혀낸 연구들,[193] 무가의 구조분석을 통해 의미와 세계관을 읽어낸 연구,[194] 민속극의 구조분석을 통해 주제와 사회의식을 읽어낸 연구[195] 등이 주목된다.

서사무가, 판소리 등 구비서사시의 사설구성 방식은 구비공식구이론을

대학교 박사학위논문, 1983 ; 장관진, 「한국민요에 나타난 가족의식 연구」, 동아대학교 박사학위논문, 1988 ; 신월균, 「한국풍수설화의 서사구조와 의미분석」, 인하대학교 박사학위논문, 1989 ; 김순진, 「한국노비설화연구」, 이화여자대학교 박사학위논문, 1990 ; 임재해, 『한국설화의 논리와 의식』, 지식산업사, 1992 ; 손종흠, 「민요에 나타난 삶의 의식연구」, 연세대학교 박사학위논문, 1993 ; 정재민, 「한국운명설화에 나타난 운명관 연구」, 서울대학교 박사학위논문, 1998 ; 서영숙, 「혼사장애형 민요에 나타난 여성의식」, 『우리 민요의 세계』, 역락, 2002 ; 박지애, 「시집살이요의 언술방식과 시·공간의식」, 경북대학교 석사학위논문, 2002.

190) 유영대, 「전설과 역사인식」, 고려대학교 석사학위논문, 1981 ; 임철호, 『설화와 민중의 역사의식』, 집문당, 1989 ; 신동흔, 「역사인물담의 현실대응방식 연구」, 서울대학교 박사학위논문, 1993 ; 이근최래옥박사화갑기념논문집간행위원회편, 『설화와 역사』, 집문당, 2000.

191) 현용준, 「한국신화에서 본 세계구조」, 『국어국문학』 64, 1974 ; 나경수, 『한국의 신화연구』, 교문사, 1993 ; 임재해, 「한국신화의 서사구조와 세계관」, 『설화문학연구』 상, 단국대학교 출판부, 1998.

192) 조동일, 「민담구조의 미학적 사회적 의미에 관한 일 고찰」, 『한국민속학』 3, 1970.

193) 조동일, 『서사민요연구』 ; 전신재, 「엮음 아라리의 갈등구조」, 『강원문화연구』 9, 강원대학교, 1982 ; 김대행, 「제주민요의 차단구조와 그 문화적 의미」, 『민요론집』 3, 1994 ; 권오경, 「『어사용』의 유형과 사설구조연구」, 경북대학교 박사학위논문, 1997 ; 박지애, 「시집살이요의 언술방식과 시·공간의식」, 경북대학교 석사학위논문, 2002.

194) 김태곤, 『황천무가연구』, 창우사, 1966 ; 임석재, 「우리나라의 천지개벽신화」, 『경학김영돈 박사 화갑기념 교육학 논총』, 1977 ; 서대석, 『한국무가의 연구』, 문학사상사, 1981 ; 신월균, 「초공본풀이의 구조고찰」, 『국어국문학』 100, 1988 ; 이수자, 「제주도 무속과 신화연구」, 이화여자대학교 박사학위논문, 1989 ; 현용준, 『무속신화와 문헌신화』, 집문당, 1992 ; 김헌선, 『한국의 창세신화』, 길벗, 1994 ; 최원오, 「차사본풀이 유형무가의 구조와 의미」, 『한국민속학』 29, 1998.

195) 조동일, 『탈춤의 구조와 원리』 : 임재해, 『꼭두각시놀음의 이해』, 홍성사, 1981.

원용하여 논의되었다. 서대석이 판소리와 서사무가의 전승 및 사설 구성방식을 검토하고 전승원리의 일단을 밝혀 작시론과 전승론 연구의 단서를 마련했다면,[196] 김병국은 판소리 구연본들의 이면에 남아있는 구비서사시로서의 구연적 근거를 분석한다.[197] 작시론 연구의 진전은 무가분야에서 보다 구체적으로 보여주며[198] 구비시가의 시적 구조와 특성을 체계적으로 고찰한 의미있는 연구성과들도 적지 않다.[199]

미학적 연구는 판소리분야에서 뚜렷한 성과를 보여주고 있는데 「변강쇠가」를 유랑민의 삶과 관련하여 논의하고 그 미학적 가치를 심도 있게 분석한 서종문,[200] 창을 잃은 판소리들을 통해 민중의 정서와 의식을 고찰한 김종철,[201] 한의 미학을 밝혀낸 천이두의 연구[202] 등이 있다. 판소리의 미적 특질은 처음 골계 위주로 파악되었으나[203] 김흥규에 의해 비장('범인적 비장')이,[204] 변강쇠가를 분석한 김종철에 의해 기괴미가 새로운 범주로 추가되었다.[205] 비장의 확대는 19세기 양반층의 참여로 발생한 변모라고 한다.

한국 예술미학의 대표적인 범주로 인식되어온 신명풀이는 최근 진지한 논의를 통해 이론적 체계를 갖추면서 그 미학적 원리를 구체화하고 있는

---

196) 서대석, 「판소리와 서사무가의 대비연구」.
197) 김병국, 「구비서사시로서 본 판소리 사설의 구성방식」, 『한국학보』 27, 1982 여름.
198) 박경신, 「무가의 작시원리에 대한 현장론적 연구」 ; 김헌선, 「경기도 도당굿 무가의 현지연구」.
199) 김대행, 『한국시의 전통연구』, 개문사, 1981 ; 고혜경, 「전통민요 사설의 시적 성격 연구」, 이화여자대학교 박사학위논문, 1990 ; 좌혜경, 「한국민요의 사설구조 연구」, 중앙대학교 박사학위논문, 1992 ; 한채영, 「구비시가의 구조연구」, 부산대학교 박사학위논문, 1992.
200) 서종문, 「변강쇠가연구」, 서울대학교 석사학위논문, 1975.
201) 김종철, 『판소리의 정서와 미학』, 역사비평사, 1996.
202) 천이두, 「한과 판소리」, 이기우 편, 『판소리의 바탕과 아름다움』, 인동, 1986.
203) 조동일, 「흥부전의 양면성」, 『계명논총』 5, 1969.
204) 김흥규, 「판소리에 있어서의 비장」, 『구비문학』 3, 한국정신문화연구원 어문연구실, 1980.
205) 김종철, 『판소리의 정서와 미학 : 창을 잃은 판소리를 중심으로』, 역사 비평사, 1996.

중이다. 허원기는 신명풀이와 관련하여 판소리의 미적 특질과 사상적 의미를 밝히려는 의욕을 보였고[206] 탈춤의 대방놀이를 통해서 신명의 미학을 적극 부각하고 민중의 역동적 활력을 강조했던 조동일은 신명풀이를 우리 연극미학의 대표로 내세우고 외국의 미학이론들과 비교하면서 보편이론을 모색하여 구체적인 성과를 제시했다.[207] 이는 앞서 선행한 탈춤연구가 역사사회적 편향성을 보인다고 비판하면서 바흐찐의 카니발리즘에 입각하여 『탈춤의 미학』[208]을 파악한 김욱동의 반론에 대한 학문적 응답의 소산으로서 학문적 논쟁의 창조적 성과로 기억될 만하다. 카니발 축제가 보편적으로 발견되는 문화현상인 것은 분명하지만 그 구체적인 존재양태는 문화권의 사회역사적 문맥과 관련될 수 밖에 없다는 점에서 수입이론에만 의존하여 탈춤의 축제적 놀이성만을 강조하는 김욱동의 관점은 분석결과의 흥미로움과는 별도로 자체적 한계를 보여준다 하겠다. 이밖에도 탈춤의 미학을 제식이라는 내재적 전통 안에서 찾고 있는 조만호,[209] 가면극의 연극미학을 집중적으로 다룬 김방옥의 성과도 눈여겨볼 만하다.[210]

민요의 미학 논의는 서사민요의 비극성과 희극성을 다룬 조동일에 의해 검토된 바 있고,[211] 『민속예술의 정서와 미학』에는 민요에 대한 미학적 접근이 음악적 분석, 계량적 분석방법, 사설분석, 구연양상의 관찰조사 등 다양한 방식으로 시도되고 있다.[212] 무가의 미적 특질에 대한 관심은 바리공주 연구에서 나타나는데, 이본대비를 통해 지역별 특성과 미적범주를 분석한

---

206) 허원기, 『판소리의 신명풀이 미학』, 박이정, 2001.
207) 조동일, 『탈춤의 역사와 원리』 ; 조동일, 『카타르시스 라사 신명풀이』.
208) 김욱동, 『탈춤의 미학』, 현암사, 1994.
209) 조만호, 『전통희곡의 제식적 미학』, 태학사, 1995.
210) 김방옥, 「한국가면극의 연극미학」, 이화여자대학교 석사학위논문, 1978.
211) 조동일, 『서사민요연구』 ; 조동일, 「서사민요와 웃음」, 김홍규 편, 『전통사회의 민중예술』, 민음사, 1980.
212) 조영배, 「한국민요의 음악적 특성을 통해 본 미적 성격에 관한 일고찰」, 민속학회 편, 『민속예술의 정서와 미학』, 월인, 2000 ; 강등학, 「아라리의 사설양상과 창자집단의 정서적 지향에 관한 계량적 접근」, 같은 책 ; 권오경, 「어사용의 정서와 미적 가치」, 같은 책 ; 서영숙, 「서사민요 구연에 나타난 정서적 작용」, 같은 책.

서대석의 성과가 주목된다.[213)]

설화에서 미학적 연구를 표방한 논의는 소략하다. 신화와 전설의 미적범주가 숭고와 비장이라 지적된 이후[214)] 미학을 중심과제로 다루지 않았을지라도 전설의 구조와 의미를 다루는 논의들에는 예기치 않은 좌절로 인한 비극적 결말에 대한 민중적 미의식 검토가 일정부분 포함되고 있는 셈이다.[215)] 최근 소화에 대한 관심이 다양한 관점에서 일어나고 있는 현상은 설화의 미의식연구에 대한 전망을 밝게 해주는데[216)] 웃음의 의미와 그것을 유발하는 원리를 찾아보려 한 논의들,[217)] '홍미'라는 요소를 통해 설화장르의 미학적 연구에 접근하려는 의욕 등으로 나아가고 있다.[218)] 성을 금기시하는 사회적 통념으로 인해 그간 비공식담론으로 존재하던 육담에 대한 논의가 한국민속학회의 기획주제 "한국 육담의 의식과 세계관"(1996. 7.)을 계기로 본격화됨에 따라, 웃음 연구의 가능성과 전망은 한층 열려있다 하겠다.[219)]

---

213) 서대석, 「바리데기 이본고」, 『한국무가의 연구』, 문학과 사상사, 1970 ; 장정룡, 「강원도 바리공주 무가의 미학」, 민속학회 편, 앞의 책.

214) 장덕순 외, 『구비문학개설』.

215) 조동일, 「임진록에 나타난 김덕령」, 『상산이재수박사환력기념논문집』, 간행위원회, 1972 ; 심정섭, 「전설의 문학적 구조 : 아기장수전설을 중심으로」, 『문학과 지성』 8-1호, 문학과 지성사, 1977 ; 김재용, 「전설의 비극적 성격에 대한 일고찰」, 『서강어문』 1, 서강대학교 국문과, 1981 ; 이혜화, 「아기장수전설의 신고찰」, 『한국민속학』 16, 1983 ; 전신재, 「아기장수전설과 비극의 논리」, 『한림대논문집』 8, 한림대학교, 1990.

216) 황인덕, 「한국의 소화」, 『설화문학연구 상』, 단국대학교 출판부, 1998에서 소화연구의 전반적 상황이 검토되었고, 신동흔, 「한국의 육담」, 『설화문학연구 상』, 단국대학교 출판부, 1998에서도 소화에 관한 연구사 검토가 상당부분 이루어졌다.

217) 장덕순, 「한국의 해학 : 문헌소재 한문소화를 중심으로」, 『동양학』 4, 1974 ; 황인덕, 「한국방귀소화의 유형, 묘미, 의미」, 『한국민속학』 14, 1977 ; 김기형, 「17세기 문헌소화에 나타난 인물과 웃음의 성격」, 『민속학연구』 3, 국립민속박물관, 1996 ; 정희정, 「태평한화골계전의 이야기 방식과 웃음의 원리」, 한남대학교 박사학위논문, 2001.

218) 심우장, 「설화에 나타난 홍미 연구 시론」, 서울대학교 석사학위논문, 1999.

219) 김기형, 「판소리에 나타난 육담의 미적 특질과 기능」, 김선풍 외, 『한국육담의 세계관』, 국학자료원, 1997. 육담에 관한 연구사 검토는 신동흔, 「한국의 육담」(같은 책)에서 자세하게 이루어졌다.

7) 장르교섭 및 기록문학과의 관계

국문학연구 초기부터 고소설이나 시가의 배경연구로 시작되었던 구비문학과 기록문학의 관련성 탐색은 50년대 후반 장덕순이 설화를 수용한 현대소설 작품들의 양상을 검토하면서 영역을 확장한 이후 다양한 문제의식을 보여주면서 전개되었다.

연구의 초기부터 기록문학의 관점에서 소재적 유사성만을 주목하여 근원설화라는 이름으로 형성배경 밝히기에 집중되었던 이 관계논의는 일일이 거론할 수 없을 만큼 풍성하게 이루어졌고,[220] 구비문학에 대한 재인식과 함께 논의의 방향 또한 기록문학과의 관계양상을 통해 문학적 의미와 문학사적 의의를 밝히는 쪽으로 나아갔다.[221] 특히 '영웅의 일생'이라는 유형구조로 서사문학사의 전개과정을 밝힌 조동일[222]과 '여성수난'이란 주제를 추출하고 그 문학사적 전개를 검토한 서대석의 논의[223]는 주목에 값한다.

구비문학과 시가장르와의 교섭에 대한 논의도 다양하게 이루어지고 있는데, 시가의 운율적 모델을 민요의 율격에서 찾은 뒤 고전시가와 현대시의 율격체계를 해명하고자 한 연구가 이루어졌고,[224] 민요형식으로 시가사

---

220) 김동욱「열두마당의 근원설화 및 성립과정」,『한국가요의 연구』, 을유문화사, 1961 ; 이가원,「구부총 : 가루지기타령의 근원설화」,『국어국문학』28, 1965 ; 김동욱,「판소리 근원설화 첨보」,『대동문화연구』3, 성균관대학교 대동문화연구소, 1966 ; 김태준,「심청전의 근원설화」,『문리학총』4, 경희대학교, 1967 ; 김현룡,「옹고집전의 근원설화 연구」,『국어국문학』62 · 63, 1973 ; 최웅,「배비장전과 그 근원설화에 대한 연구」,『논문집』14, 강원대학교, 1980.

221) 최래옥,「설화와 그 소설화과정에 대한 구조적 분석」,『국문학연구』7, 서울대학교 국문학연구회, 1968 ; 서대석,「서사무가연구」,『국문학연구』8, 1969 ; 서대석,「흥부전의 민담적 고찰」,『국어국문학』67, 1975 ; 최래옥,「관탈민녀형 설화의 연구」,『한국고전산문연구』, 동화문화사, 1981 ; 정하영,「심청전의 제재적 근원에 관한 연구」, 서울대학교 박사학위논문, 1983. ; 김대숙,「우부현녀설화와 심청전」,『한국설화문학연구』, 집문당, 1994.

222) 조동일,「영웅의 일생, 그 문학사적 전개」,『동아문화』10, 서울대학교 동아문화연구소, 1971.

223) 서대석,「제석본풀이연구」,『한국무가의 연구』, 문학사상사, 1980.

224) 김대행,『한국시가구조연구』, 삼영사, 1976 ; 조동일,『한국시가의 전통과 율격』, 한길사, 1982.

전개의 이론적 틀을 모색하기도 했다.[225] 고려가요와 민요의 관계양상[226]은 구조 · 음악 · 정서적 측면에서 고찰되면서 그 형성배경과 문학적 의의가 해명되었고, 민요와 한시,[227] 가사 · 잡가류와 구비시가,[228] 그리고 장르교섭이 가장 적극적으로 이루어진 판소리와 여타장르와의 관계는 구체화되는 중이다.[229] 그 같은 교섭양상이 갖는 판소리의 개방성과 당대의 문화적 성격에 대한 검토,[230] 사설에 포함된 회화적 관심을 당대의 풍속화와 관련하여 판소리의 예술적 특성을 밝혀보려는 시도도 흥미롭다.[231] 한국고전문학회의 기획주제를 묶은 『국문학의 구비성과 기록성』에서는 구비문학과 기록문학과의 관계를 통해 문학사에서의 구비문학의 위상을 잘 보여주고 있다.[232] 이를 통해 장르교섭은 문학문화 담당층들이 계층성, 표현매체, 전승방식을 넘나들면서 당대의 문화현상에 대한 관심을 공유하고 자기발전을 모색

---

225) 조동일, 「민요의 형식을 통해 본 시가사」, 앞의 책.

226) 최정여, 「속악가사 논고」, 『청주대 논문집』 4, 1963, ; 김준영, 「경기체가와 속가의 성격과 계통에 관한 고찰」, 『고려가요연구』, 새문사, 1982 ; 이명구, 「경기체가의 형성과정 소고」, 같은 책 ; 최동원, 「고려가요의 향유계층과 그 성격」, 같은 책 ; 김학성, 「고려가요의 작자층과 수용자층」, 『한국학보』 31, 1983 여름 ; 박노준, 「정석가의 민요적 성격과 송도가로의 전이 양상」, 『고전문학연구』 4, 1988.

227) 이동환, 「조선후기 한시에 있어서의 민요취향의 대두」, 『한국한문학연구』 3 · 4합집, 한국한문학연구회, 1979 ; 진재교, 「구비전통과 이조후기 한시의 변모」, 『고전문학연구』 14, 1995 ; 최재남, 「조선후기 민요의 실상과 한시의 민풍 수용」, 『장르교섭과 고전시가』, 월인, 1999 ; 김보현, 「한시의 민요 수용방식과 성격」, 부산대학교 석사학위논문, 1999 ; 황수연, 「두기 최성대의 민요풍 한시 연구」, 연세대학교 박사학위논문, 2000.

228) 이노형, 『한국 전통대중가요의 연구』, 울산대학교 출판부, 1994 ; 조세형, 「가사와 민요의 장르 교섭 양상과 그 문화적 의미」, 『장르교섭과 고전시가』, 월인, 1999 ; 이노형, 「별신굿의 삽입가사 '청춘가' 연구」, 같은 책.

229) 전경욱, 『춘향전의 사설형성 원리』, 고려대학교 민족문화연구소, 1990 ; 박일용, 「심청전의 가사적 향유방식과 그 판소리사적 의미」, 『판소리연구』 5, 1994 ; 「가사체 심청전 이본과 초기 판소리창본계 심청전의 관련양상」, 『판소리연구』 7, 1996.

230) 김대행, 「시조 · 가사 · 무가 · 판소리 · 민요의 교섭양상」, 『18 · 9세기 예술사와 판소리』, 고려대학교 한국학연구소, 1995.

231) 김종철, 「판소리의 미학적 기반연구」, 『구비문학연구』 4, 1997 ; 김현주, 『판소리와 풍속화 그 닮은 예술세계』, 효형출판사, 2000.

232) 한국고전문학회 편, 『국문학의 구비성과 기록성』, 태학사, 1999.

하는 노력의 소산이며, 문학사 전개의 국면을 이해할 수 있는 관점일 수 있음이 확인되고 있다.

설화의 현대소설화 양상에 대한 관심이 지속적으로 나타나고 있는 것은 연구자에 의한 기존작품의 새롭게 읽기[233]와 설화의 재해석에 바탕한 작가들의 작품창작이 병행되고 있기 때문일 것인데, 현대소설과 설화의 만남이 이루어 내는 다양한 국면들을 정리하고 소설창작의 가능성까지 제시하고 있는 이지영의 논의[234]는 이 문제를 이해하는 데 길잡이가 될 만하다. 이와 함께 판소리의 현대적 변용에 관한 논의가 관심 속에서 이루어지고 있음도 아울러 지적할 수 있겠다.[235]

현대시의 설화수용에 관한 연구는 특정 시인의 작품에 수용된 설화수용양상이나 특정 설화가 시작품에 수용된 양상의 검토로 나누어진다. 대부분의 연구가 전자의 관점에서 해당 시인의 시적 개성을 밝히는 데 치중하고 있고,[236] 특정설화의 수용양상 검토는 삼국유사 설화와 춘향전을 근원설화로 삼아 논의되고 있다.[237] 90년대 이후에는 현대시에서의 설화수용양상을

233) 장덕순,「설화와 현대소설」; 유인순,「현대소설에 나타난 설화의 변용 및 기능」,『인문학연구』 23, 강원대학교, 1986 ; 홍경표,「민간전승 모티프의 소설적 수용」,『한국전통문화연구』 5, 효성여대 한국전통문화연구소, 1989 ; 권혁준,「현대소설의 설화 수용양상 고찰」,『국제어문』 12·3집, 1991 ; 이지영,「치소차지경쟁 신화소의 현대소설적 변용양상」,『구비문학연구』 6, 1998 ; 정순진,「한국현대소설에 나타난 설화연구」,『인문과학논문집』 27, 대전대학교 인문과학연구소, 1999.

234) 이지영,「현대소설과 설화의 만남, 그리고 그 가능성」, 서대석 외, 앞의 책.

235) 김유미,「판소리 '심청가'의 현대적 계승에 관한 일고찰」, 고려대학교 석사학위논문, 1991 ; 장혜전,「심청전을 변용한 현대희곡 연구」,『한국연극학』 7, 1995 ; 사진실,「달아달아 밝은 달아의 구조와 의미」,『한국연극사연구』, 태학사, 1997 ; 김현철,「판소리 심청가의 패로디 연구」,『한국극예술연구』 11, 한국극예술연구회, 2000.

236) 김경희,「미당 시에 나타난 설화적 모티브 연구」, 동아대학교 석사학위논문, 1981 ; 주옥,「서정주 시의 설화 수용양상 연구」, 서강대학교 석사학위논문, 1983 ; 김현,「김춘수와 시적 변용」,『김춘수 시전집』, 서문당, 1986 ; 장광수,「김춘수 시에 나타난 유년 이미지의 변용」, 경북대학교 석사학위논문, 1988 ; 오세영,「설화의 시적변용」,『미당연구』, 민음사, 1994 ; 박화선,「신동엽 시의 설화수용 연구」, 동아대학교 석사학위논문, 1995.

237) 강경화, 현대시에 나타난 춘향의 수용양상, 건국대학교 석사학위논문, 1987 ; 김준오,「처용시학」,『김춘수 시 연구』, 흐름사, 1989 ; 김현자,「지귀설화의 시적 변용에

보다 본격적으로 검토하려는 시도들이 나타나는데[238] 현대시의 설화 수용양상을 통시적으로 고찰하고 시적변용의 기제를 밝힌 오정국의 논의가 주목된다. 구비문학과 공연예술의 관련성도 다양하게 밝혀지고 있다. 설화와 희곡의 관련양상을 관심있게 다루면서 문학적 특성을 규명하려는 문제의식을 보여주거나[239] 굿과 가면극 전통을 계승한 마당극의 양상,[240] 구비문학의 무대예술화 사례연구 등이 주목된다.[241]

구비문학 내부에서의 교섭도 주목되었다. 근원설화연구로 이루어졌던 설화와 판소리의 소재적 유사성을 비롯하여 연행방식의 유사성,[242] 설화장르 안에서의 교섭양상,[243] 설화 · 판소리 · 서사무가의 교섭양상에 대한 논의도 이루어졌다.[244]

이상을 통해 장르교섭 양상에 대한 고찰은 소재의 원천 찾기에서부터 작품의 특성에 대한 이해, 장르의 기원이나 특정작품의 형성 및 전개과정 등을 해명할 수 있는 연구의 한 방법이 된다는 사실을 확인할 수 있다.

관한 연구」, 『이화어문론집』, 1994 ; 황지영, 「한국 현대시의 처용설화 수용양상 연구」, 서강대학교 석사학위논문, 1996 ; 송정란, 「현대시의 삼국유사 설화 수용에 관한 연구」, 동국대학교 석사학위논문, 1998.

238) 임문혁, 「한국현대시의 전통연구」, 한국교원대학교 박사학위논문, 1992 ; 오정국, 「한국 현대시의 설화수용양상 연구」, 중앙대학교 박사학위논문, 2002.

239) 장혜전, 「설화소재 희곡의 특성연구」, 이화여자대학교 석사학위논문, 1981 ; 「현대희곡의 소재변용에 관한 연구 : "호동설화"와 "세조의 왕위찬탈"을 소재로 한 희곡을 중심으로」, 이화여자대학교 박사학위논문, 1988.

240) 박경신, 「넘치는 신명, 굿과 가면극이 오늘날 선 자리」, 서대석 외, 앞의 책.

241) 이인경, 「무대에 오른 구비문학, 그 성과와 전망」, 서대석 외, 앞의 책.

242) 신동흔, 「이야기와 판소리의 관계 재론」.

243) 서대석, 「구렁덩덩신선비의 신화적 연구」, 『고전문학연구』 3, 1986 ; 천혜숙, 「전설의 신화적 성격에 관한 연구」, 계명대학교 박사학위논문, 1988 ; 최원오, 「민담의 신화적 성격 : 「두꺼비신랑」」.

244) 현용준, 「무속신화본풀이의 형성」, 『국어국문학』 26, 1963 ; 최원오, 「귀신설화가 서사무가와 판소리에 수용된 양상 연구」, 서울대학교 석사학위논문, 1993 ; 이수자, 「지림사연기설화의 설화적 성격과 의의」, 『한국서사문학사의 연구』, 중앙문화사, 1993 ; 정충권, 「판소리의 무가계 사설 연구」, 서울대학교 박사학위논문, 1999.

8) 연구대상과 관점의 확대 : 여성, 문화, 교육 및 활용

구비문학은 말로 전승된다는 특성상, 누구에게나 열려있는 문학이었다. 이는 기록문학이 오랫동안 기득권을 가진 계층의 전유물로서 남성작가들이 대종을 이루고 있다는 사실과 대조되는 것으로, 그 형성과 전승에서 여성향유층의 역할과 기여가 적지 않았음을 암시한다. 여기에 관한 구체적인 내용은 90년대 이후 검토되면서 여성전승자의 생애와 창조적 예술세계가 조명되는 중이다.[245] 여성민요가 여성 창자들에 의해 여성적 삶의 양상을 여성적 정서로 그려내고 있다는 사실은 일찍부터 주목되었으며, 그에 따라 여성현실의 구체적 실상에 접근하고자 하는 다양한 논의가 시도되고 있다.[246]

구비문학이 담보하고 있는 원형성은 전승 당대의 문제적 상황들과 만나게 되면서 새로운 변용인자들을 획득하게 되므로 특정 역사장르의 인물형상 속에 적층된 문화적 층위들을 읽어낼 수 있는 단서를 지니게 된다.[247] 구비문학의 여성인물론도 다양하게 시도되고 있다.[248] 구렁덩덩신선비설화는 여성인물의 자아실현 과정으로 파악된 바 있고[249] 한국설화에서 여성의 모습이

---

245) 이인경, 「화자의 개성과 설화의 변이」, 서울대학교 석사학위논문, 1992 ; 강진옥, 「여성민요창자의 존재양상」, 『한국고전여성작가연구』, 태학사, 1999 ; 강진옥, 「여성민요창자 정영엽 연구」, 『구비문학연구』 7, 1998 ; 최혜진, 「명창 안향련의 생애와 예술적 성과」, 『구비문학연구』 7, 1998 ; 김기형, 「여류명창의 활동양상과 판소리사에 끼친 영향」, 『구비문학연구』 7, 1998 ; 최혜진, 「진채선의 등장과 판소리사의 변모」, 『판소리연구』 10, 1999 ; 김석배, 「판소리 명창 박록주의 예술세계」, 『구비문학연구』 10, 2000.

246) 임동권, 『한국부요연구』, 집문당, 1982 ; 조동일, 『서사민요연구』, 계명대학교 출판부, 1970 ; 임재해, 「여성민요에 나타난 시집살이와 여성생활의 향방」, 『한국민속학』 21, 1989 ; 서영숙, 『시집살이노래연구』, 박이정, 1996 ; 강진옥, 「서사민요에 나타나는 여성인물의 현실대응양상과 그 의미」, 『구비문학연구』 9, 1999.

247) 강진옥, 「변강쇠가 연구 1 : 여성인물 성격을 중심으로」, 『동리연구』 1, 동리연구회, 1993.

248) 김정호, 「한국신화의 여성주인공연구」, 경상대학교 박사학위논문, 1999 ; 윤분희, 「변강쇠전에 나타난 여성인식」, 『판소리연구』 9, 1998 ; 강영순, 「조선후기 여성지인담 연구」, 단국대학교 박사학위논문, 1995.

249) 신해진, 「구렁덩덩 신선비의 상징성 : 여성의식세계를 중심으로」, 『한국민속학』 27, 1995.

관계적 존재이자 타인지향적 존재로 인식되고 있음이 밝혀지기도 했다.[250] 여성신격을 대상으로 한 연구들도, 여성이미지와 신화형성집단의 여성인식,[251] 여성신격의 체계연구,[252] 여성신 관념의 변모양상,[253] 여성주의 이론으로 의미체계 읽기[254] 등 다양하게 전개되고 있으며, 열녀설화 연구를 통해 여성윤리관과 여성 삶의 관계가 구체화되고 있다.[255] 여성들이 구술한 생애담 분석을 통해 여성적 삶과 의식세계에 다가가려는 일련의 시도들[256]은 여성생활사 이해를 위한 기초작업으로서 구체화해나가야 할 과제이다. 『구비문학과 여성』은 구비문학 전분야에서 여성을 주제로 한 논의들이 본격화될 수 있음을 예고하고 있다.[257]

구비문학의 생성과 변모가 전승당대의 문화적 맥락과 깊은 관련이 있다는

250) 신월균, 「한국설화에 나타난 여성의 기능」, 『한국민속학보』 8, 1997.

251) 이수자, 「농경기원신화에 나타난 여성인식과 의의」, 『이화어문논집』 12, 1990 ; 좌혜경, 「자청비, 문화적 여성영웅에 대한 이미지」, 『한국민속학』 30, 1998 ; 고은지, 「세경본풀이 여성인물의 형상화 방향과 내용」, 『한국민속학』 31, 1999 ; 최원오, 「서사무가에 나타난 여성의 형상」, 『구비문학연구』 9, 1999 ; 신월균, 「한국신화에 나타난 여성상」, 『한국민속학보』 11, 2000.

252) 천혜숙, 「여성신화연구(1) : 대모신 상징과 그 변용」, 『민속연구』 1, 안동대학교 민속학연구소, 1991 ; 천혜숙, 「신화로 본 여계신성의 양상과 변모」, 『비교민속학』 17, 비교민속학회, 1999.

253) 강진옥, 「마고할미설화에 나타난 여성신관념」, 『한국민속학』 25, 1993.

254) 강은해, 「한국신화와 여성주의 문학론」, 『한국학논집』 17, 계명대학교 한국학연구원, 1990 ; 김승희, 「웅녀신화 다시 읽기 : 페미니즘적 독해」, 『한국여성문학비평론』, 개문사, 1995 ; 이경하, 「바리공주에 나타난 여성의식의 특징에 관한 비교 고찰」, 서울대학교 석사학위논문, 1997 ; 조현설, 「웅녀 유화신화의 행방과 사회적 차별의 세계」, 『구비문학연구』 9, 1999.

255) 민찬, 「열불열 설화의 이념적 지향과 삶의 문제」, 『한국문화』 9, 서울대학교 한국문화연구소, 1988 ; 김대숙, 「구비 열녀설화의 양상과 의미」, 『고전문학연구』 9, 1994 ; 강진옥, 「열녀전승의 역사적 전개를 통해 본 여성적 대응양상과 그 의미」, 『여성학논집』 12, 이화여자대학교 한국여성문화연구원, 1995 ; 이인경, 「개가열녀담에 나타난 열과 정절의 문제」, 『구비문학연구』 6, 1998 ; 이인경, 「구비 열설화 연구」, 서울대학교 박사학위논문, 2000.

256) 천혜숙, 「여성생애담의 구술사례와 의미분석」, 『구비문학연구』 4, 1997 ; 천혜숙, 「농촌여성 생애담의 주제와 생애인식 양상」, 『한국고전여성문학연구』 2, 2001.

257) 한국구비문학회, 『구비문학과 여성』, 박이정, 2000.

문제의식은 민요연구에서 적극적으로 제기되고 있다. 김시업은 아리랑이 일제강점기의 민중예술운동으로 전개되어가는 과정과 그 사회적 기반을 다루었고,[258] 나승만은 민요사회집단의 사회적 성격과 역사적 변화를 집중적으로 다루었으며,[259] 이보형은 민요담당집단의 문화적 행위와 그 의미에 대해 논의한 바 있다.[260]

민중들의 생활문학으로 존재해 온 구비문학은 태생적으로 삶의 문제와 불가분의 관련을 맺는다. 70~80년대는 이 같은 문제가 당대의 사회역사적 문제의식과 맞물려 역사창조적 주체로서의 민중의식 찾기로 집중되었다면, 90년대 이후에는 일상적 삶의 발견이라는 담론과 만나면서 구비문학의 연구 방향에서도 일상적 삶의 문맥과 관련되어야 한다는 문제제기가 일어나게 되는데[261] 『우리 시대의 판소리문화』는 오늘날의 판소리연구가 당대적 삶의 문맥과 관련을 맺는 방식을 실천적으로 보여주면서 판소리 연구의 나아갈 길을 제시하고 있다. 이와 함께 구비문학의 현대적 창조도 주목할 필요가 있다. 창작판소리의 사설 표현과 주제의식을 주목한 김기형[262]에 이어, 신동흔은 판소리창작의 방향을 이론과 실천 양면에서 모색하면서 새로운 길 찾기에 앞장서고 있다.[263]

구비문학의 존재양상을 포괄적으로 인식하게 되면, 그 당대적 재현양상을 문화적으로 추적하고 탐구하는 작업이 오늘날 구비문학연구의 과제로 연결

258) 김시업, 「근대민요 아리랑의 성격형성」, 임형택·최원식 편, 『전환기의 동아시아 문학』, 창작과 비평사, 1985.

259) 나승만, 「민요사회의 사적 체계와 변천」, 한국역사민속학회 편, 『민요와 민중의 삶』, 우석출판사, 1994.

260) 이보형, 「전통사회에서 민요를 연행하는 사회집단과 그 문화행위」, 한국역사민속학회 편, 앞의 책.

261) 신동흔, 「삶, 구비문학, 구비문학연구」, 『구비문학연구』 1, 1994 ; 천혜숙, 「이야기 문화가 달라졌다」, 실천민속학회 편, 『민속문화의 새 전통을 구상한다』, 집문당, 1999 ; 임재해, 「설화의 쓰임새가 놀랄 만큼 달라지고 있다」, 실천민속학회 편, 『민속문화, 무엇이 어떻게 변하는가』, 집문당, 2001.

262) 김기형, 「창작판소리 사설의 표현특질과 주제의식」, 『판소리연구』 5, 1994 ; 김기형, 「창작판소리」, 『판소리의 세계』, 문학과 지성사, 2000.

263) 신동흔, 「창작판소리의 새로운 길을 찾아서」, 서대석 외, 앞의 책.

된다는 것은 자연스럽게 인식된다. 문화론적 관점에 의해 구술문화의 본질에 대한 관심과 함께 디지털문화에서 구술문화적 현상이 재현되고 있다는 논의가 활발해지면서 대중매체문화와 구비문학의 관계성이 토크쇼, 대중가요, 드라마, 영상예술을 중심으로 조명되거나[264] 사이버공간의 문화현상들이 구비문학적 전통과 어떻게 연관될 수 있는가가 중요관심사로 부각되었다.[265] 한국구비문학회 기획주제 “현대의 문화적 환경과 구비문학”(2002. 8.)이나 『한국인의 삶과 구비문학』(2002)은 이러한 문제의식을 공유하는 토론의 계기가 되고 있다. 이와 함께 이야기판에서 전승설화 구연이 사라지고 있는 상황과 맞물려 개인의 경험이 이야기문화의 중심으로 부상하고 있는 현상 등도 구비문학의 연구방향에 구술문화적 전통의 현재적 재현방식과 원리 연구라는 과제를 부과하고 있다. 이제 현대의 구비문학연구자에게는 구비문학의 개념과 범주설정이라는 원론적 정의에서부터 그 이론적 체계를 모색해 나가야 하는 중대한 임무가 부여된 셈이다.

구비문학의 존재양상과 문화적 의의에 대한 우리의 인식은 그 구체적인 실상이 일반대중들에게도 알려져 공유되어야 한다는 당위로 나아가게 되고, 그것은 교육과 대중화라는 방향으로 귀결된다. 지금까지 구비문학 교육론은 국어교육 내지는 교육학 전공자들에 의해 교육적 의의와 교육이론,[266] 교육

---

264) 신동흔, 「현대구비문학과 전파매체」, 『구비문학연구』 3, 1996 ; 천혜숙, 「현대의 이야기문화와 TV」, 『현대의 문화적 환경과 구비문학』, 한국구비문학회 하계학술발표자료집, 2002. 8. 19 ; 김종군, 「현대 드라마의 구비문학적 위상」, 같은 책 ; 장유정, 「한국 트로트의 정체성에 대한 일고찰」, 같은 책 ; 박애경, 「랩의 수용 과정을 통해 본 대중가요의 이식성과 자생성」, 같은 책 ; 장유정, 「민요와 대중가요의 만남을 위하여」, 서대석 외, 앞의 책 ; 박종성, 「현대영상예술과 구비문학」, 같은 책 ; 정충권, 「현대신화의 양상과 그 이면」, 같은 책.

265) 심우장, 「통신문학의 구술성에 관하여 : 통신의 유머를 중심으로」, 『사이버문학의 이해』, 집문당, 2001 ; 정진희, 「사이버 판타지, 그 현상과 심층」, 서대석 외, 앞의 책.

266) 김인회, 『한국인의 가치관－무속과 교육철학』, 문음사, 1979 ; 최운식 · 김기창, 『전래동화교육론』, 집문당, 1988 ; 김기창, 『한국구비문학교육사』, 집문당, 1992 ; 조희웅, 「설화교육론」, 『구비문학연구』 6, 1998 ; 정대련, 「전래동화에 나타난 인간상의 교육적 의미」, 『교육철학』 20, 한국교육학회, 1998 ; 김기창 · 최운식, 『전래동화

방법이나 교과서 연구[267] 등의 관점에서 이루어졌다.

구비문학은 일상적 삶의 공간에서 생활문화적 필요성에 의해 연행되었고, 구비문학의 연행맥락은 공동체의 일원으로서 지녀야 할 지식체계를 자연스럽게 익힐 수 있는 교육적 기능을 수행하고 있었다. 이러한 구비문학의 문화적 존재태를 감안한다면, 전승현장과 이론체계를 넘나들면서 학문적 경륜을 쌓은 전공연구자들의 구비문학 교육론에 대한 연구참여가 더욱 필요하다고 하겠다. 판소리의 구술성을 바탕으로 문학교육 이론을 모색한 류수열의 연구는 그 바람직한 선례가 될 수 있을 것이다.[268]

한국구비문학회에서 기획주제 "구비문학교육론"(1997. 8.)을 통해 대학에서의 구비문학교육 문제전반에 대해 검토한 바 있지만, 구비문학은 기초교육단계에서부터 적용이 용이하고 교육적 활용가치가 높기 때문에 유아교육에서부터 초·중·고등학교에 이르기까지 교육의 제재로서 널리 활용되고 있으므로 구비문학 교육론도 이러한 맥락 속에서 체계를 갖출 필요가 있을 것이다. 단순한 구조 속에 보편적인 의미를 응축적으로 담아내고 있는 구비문학은 연령과 상관없이 수용자의 연륜에 따라 새로운 인식적 깊이를 생성할 수 있으므로 모든 세대에게 적용될 수 있는 문학 및 문화의 교육제재로서 활용될 수 있다. 이런 점에서 다양한 연령층의 사람들에게 자신의 관심사를 통해 구비문학의 실상에 접근하게 하는 방안으로서 '다시쓰기' 활동은 활용

의 이론과 실제』, 집문당, 1999 ; 장석규, 「구비문학 교육현실의 진단과 처방」, 『문학과 언어』 21, 문학과 언어학회, 1999 ; 장석규, 「구비문학교육의 효용성」, 『구비문학연구』 8, 1999 ; 이창식, 「구비문학교육론」, 『동국어문학』 6, 동국대학교, 1998.

267) 황해숙, 「고등학교 국어과 교과서의 구비문학 작품수용양상과 적정성 분석」, 이화여자대학교 교육대학원 석사학위논문, 1994 ; 류선옥, 「설화교육이 학습자의 사고구조에 미치는 영향」, 이화여자대학교 석사학위논문, 1996 ; 이민자, 「한국전래동화를 통한 창의성 계발에 관한 연구」, 건국대학교 석사학위논문, 1996 ; 김선배, 「한국전래동화에 반영된 가치와 교육방법에 대한 연구」, 아주대학교 석사학위논문, 1999 ; 박숙희, 「전래 동화를 이용한 창의성 증진 프로그램 효과」, 숙명여자대학교 박사학위논문, 1999.

268) 류수열, 「판소리 구연성의 매체언어적 의의」, 서울대학교 교육학박사학위논문, 2001,

해봄직한 것으로 생각된다.[269)]

구비문학의 교육은 활용과 무관하지 않고 그것은 대중화 작업과도 긴밀한 연관을 갖는다. 구비문학의 전승현장이 급속히 사라지고 있는 오늘날 시급한 것은 우리문화 안에서 구비문학이 성취해온 문화적 의의를 보다 많은 사람들이 경험할 수 있는 방안을 찾는 일이다. 구연맥락을 보존한 구비문학 자료들이 대중매체의 정규 프로그램을 통해 방송되거나, 디지털 자료화되어 손쉽게 접할 수 있게 한다면 효과적일 것인데, MBC 라디오의 "우리의 소리를 찾아서"는 방송과 자료용 홈페이지 운영을 통해 양자를 모두 충족하는 좋은 사례가 될 것이다.[270)] 구비문학 연구에서 이루어낸 성과를 효과적으로 전달하는 것도 긴요한 일이다. 대중적 글쓰기,[271)] 문화컨텐츠 개발[272)] 등 다양한 매체를 이용한 글쓰기는 구비문학의 이해와 가치인식을 넓히는 계기로 작용할 수 있을 것이다. 그와 함께 우리 구비문학의 실상을 국제적으로 알릴 수 있는, 보다 내실 있는 세계화 방안에도 눈을 돌릴 필요가 있다.[273)] 최근 발간된 영역판 한국신화집[274)]은 좋은 선례로서, 구비문학의 여타 장르에서도 이 같은 시도가 하루빨리 이루어져야 할 것으로 본다.

---

269) 고영화, 「'다시쓰기(rewriting)' 활동의 비평적 성격에 대하여－전래동화 다시쓰기를 중심으로」, 『문학교육학』 3, 문학교육학회, 태학사, 1999.

270) 『민요대전』에 수록된 자료들은 홈페이지 '우리의 소리를 찾아서(http : //www.urisori.co.kr)'를 통해 자유롭게 활용할 수 있다. KBS Korea의 「애니멘타리 한국설화」같은 정규방송프로그램도 구비문학 및 전승문화의 대중화에 기여할만한 사례로 꼽을 수 있다.

271) 나승만 · 고혜경, 『노래를 지키는 사람들』; 이종주 · 김재용, 『왜 우리 신화인가』 등은 그러한 작업의 선례가 될 만하다.

272) 강릉문화원, 「강릉단오제」 (코리아루트 제작, 2001)는 단오제의 전모를 쉽고 흥미롭게 파악할 수 있도록 구성한 디지털 매체의 예가 될 것이다. 2002년부터 시작된 한국문화콘텐츠 진흥원 '우리문화원형의 디지털 콘텐츠 사업' 등이 내실있게 운영된다면 이러한 작업의 전망과 기대효과도 증대될 것이다.

273) 판소리학회, 「특집 판소리의 세계화」, 『판소리연구』 10, 1999에서 그러한 방법의 일단이 모색된 바 있다.

274) Seo Dae-seok · Petr H Lee eds., *MYTHS OF KOREA*, Jimoondang International, 2000.

4. 과제 및 전망

지금까지 살펴본 바처럼 구비문학은 민속의 일부로 간주되었다가 문학연구의 대상으로 정립되면서 수많은 연구성과를 축적해오는 한편, 삶의 문제와의 관련아래 그 존재태와 의미를 파악하려는 문화연구의 대상으로 확장되어 새로운 논의를 펼쳐나가고 있다. 문제에 대한 접근방법도 자료의 조사보고·분류와 장르론·기원과 역사적 연구·구조분석을 통한 주제와 미의식 연구 등으로 내부적 자기점검을 게을리 하지 않는 한편, 장르교섭이나 비교연구 등으로 외부와의 관계를 통해 보편성 속에서 객관적 자기인식을 가지려는 노력을 지속적으로 병행하고 있었음을 확인할 수 있다. 이 같은 노력이 있었기에 길지 않은 기간동안 양적으로나 질적으로 엄청난 업적을 성취할 수 있었던 것이다. 이들을 계승하고 발전시켜 나가야 한다는 당위 앞에서, 구비문학연구의 발전적 미래를 위해 강구되어야 할 과제들을 생각해보는 것으로 글을 마무리하고자 한다.

1. 지역 또는 마을 단위의 조사.연구가 필요한 시점이다. 전통적인 구비문학 전승현장이 급격하게 사라지고 있는 것은 사실이지만, 생활 속에 깊숙이 뿌리내린 전통의 흔적들은 그렇게 만만하지 않다. 조사대상 지역이 구비문학의 전승과 문화적 대응양태 전반을 다각적으로 관찰할 수 있는 표본으로서의 요건을 갖춘 마을이라면 더욱 효과적일 것이다. 예컨대 대대로 살아온 토박이들이 많이 거주하고 다양한 문화적 층위를 보유하고 있는, 역사가 오랜 지역 또는 마을을 조사대상으로 선정한다면 의의는 더욱 커질 수 있다. 조사기간과 방법은 장기간에 걸쳐 지속적으로 이루어져야 하며, 전통적인 구비문학은 물론, 생활 및 의식공동체 내부의 생활문화 속에 침윤된 전통의 세세한 국면들과 현재적 변화의 양상들까지 파악할 수 있을 만큼 치밀하고 자세한 조사와 채록 그리고 기술이 이루어져야 한다. 전승과 변화의 제국면을 충실하게 담아낸 조사보고서는 전승문화 전반을 재현하는 살아있는 민속지로서의 의의를 가질 뿐 아니라, 문화의 생성과 변화의 원리들을 파악하는

데 더없이 긴요한 지표로서 활용될 수 있을 것이다.

2. 자료의 보존과 활용에서도 획기적인 변화가 요청된다. 구비문학 자료센터를 설립하고 관리체계를 정비하여 보존과 이용의 효율성을 높일 필요가 있다. 이미 확보된 자료는 물론이고, 개인이나 단체에서 보유하고 있는 조사·문헌·매체를 통해 전해지는 자료들에 이르기까지 그 소재와 내용을 파악하여 상세한 자료목록을 만들고 체계적으로 분류할 필요가 있다. 정리방법은 조사지역, 조사시기, 영역, 기능, 연행자 등의 정보를 입력하여 전방위 검색이 가능하도록 전산처리하고, 보유 자료는 모두 디지털화하여 온라인 열람이 가능하게 함으로써 이용의 편리와 효율성을 갖추도록 한다. 또한 자료센터는 구비문학의 보존과 활용뿐만 아니라 대중화 방안을 실천하는 문화센터의 구실을 할 수 있도록 운영방식을 모색하고 흥미로운 활용 프로그램들을 개발할 필요가 있을 것이다. 이 같은 방안의 구체적인 실천은 한국정신문화연구원이 소장하고 있는 구비문학자료들을 대상으로 먼저 이루어져야 할 것이다.

3. 구비문학의 본질적 면모들을 밝혀낼 수 있는 분석의 틀과 이론적 체계의 계발이 필요하다. 구비문학의 보편적 국면에 비추어볼 때 수입한 이론이나 방법론의 활용이 가능하고 필요할 수도 있겠지만, 보다 중요한 것은 우리 구비문학의 문화적 개별성을 적절하게 드러내면서 보편적 이론 도출도 가능한 방법론의 수립일 것이다. 여기에 대해, 수입이론의 자기화과정이 적극적으로 시도되었던 판소리와 민속극 연구에서 얻어진 논쟁적 성과들은 시사하는 바 크다. 아울러 우리의 문화적 전통으로부터 얻어진 이론적 성과—예컨대 신명풀이 연극미학 이론에 대해서는 학계차원의 토론을 통한 검증의 작업이 보다 적극적으로 이루어져, 이 같은 사례가 보다 활성화되도록 해야 할 것이다.

4. 구비문학의 교육과 대중화는 구비문학의 전통이 삶의 현장 속에 살아 있게 함으로써, 구비문학이 성취한 문화적 의의들을 다음 세대 사람들에게 경험할 수 있게 하는 중요한 과제이다. 먼저 파급효과가 큰 방송매체에서 활용할 만한 프로그램을 개발하여 구비문학을 일상적으로 접할 수 있는 계기를 적극 마련하고, 대중적 보급이 가능한 문화 콘텐츠를 적극 개발할 필요가 있다. 구비문학적 생명력과 상상력을 담은 문화콘텐츠가 전파매체나 인터넷, 영상물의 형태로 활용되어 수용자들에게 문화주체로서의 창조적 성찰의 계기 및 활용의 기회를 제공한다면 생활의 문학 및 문화로서의 구비문학의 본래면목도 구현될 수 있을 것이다.

이 밖에도 구비문학의 생활 문화적 계승의 또 다른 국면으로서, 구비문학의 전통을 살려 지역문화를 특성화하는 방안을 모색할 필요가 있다. 전설과 그 증거물 · 지역의 특성을 반영한 민요 · 동제를 비롯한 세시의례 · 민속연희 등을 연계한 문화축제 계발은 생활공동체로서의 지역문화 활성화는 물론 문화상품으로서도 효용성이 크다 하겠다. 나아가 구비문학과 공연예술의 접맥을 통한 예술적 재현 가능성도 다양한데 원혼설화의 담론적 성격을 교육현실과 관련하여 비판적으로 보여준 「여고괴담」(1998, 박기형 감독)이나, 판소리의 예술혼을 형상화한 「서편제」(1993, 임권택 감독), 한국인의 삶과 죽음의식을 놀이형식으로 풀어낸 「오구, 죽음의 한 형식」(이윤택 작 · 연출) 등은 구비문학의 현대적 활용의 좋은 사례가 될 것이다.

| 참고문헌 |

김흥규, 「판소리연구사」, 『한국학보』 7, 일지사, 1977.
김열규, 「설화연구의 현황과 문제점」, 『구비문학』 1, 한국정신문화연구원, 1979.
조동일, 「민요연구의 현황과 문제점」, 『구비문학』 1, 한국정신문화연구원, 1979.
서대석, 「무가연구의 현황과 문제점」, 『구비문학』 1, 한국정신문화연구원, 1979.
현길언, 「구비문학 연구의 회고와 전망」, 『국어국문학』 88호, 1982.
김태곤, 「구비문학연구사」, 국어국문학회편, 『국어국문학 40년』, 집문당, 1982.
최래옥, 「판소리연구의 반성과 전망」, 『한국학보』 35, 1984.
전경욱, 「가면극 연구사」, 『한국학보』 40, 1985 가을.
최동현, 「판소리연구사」, 『판소리의 바탕과 아름다움』, 인동, 1986.
조동일, 「한국설화연구의 현황」, 성기열 · 최인학 공편, 『한국 · 일본의 설화연구』, 인하대학교 출판부, 1987.
황패강, 「신화」, 최인학 외 편, 『한국민속연구사』, 지식산업사, 1994.
황인덕, 「전설」, 최인학 외 편, 『한국민속연구사』, 지식산업사, 1994.
최운식, 「민담」, 최인학 외 편, 『한국민속연구사』, 지식산업사, 1994.
김영돈, 「민요」, 최인학 외 편, 『한국민속연구사』, 지식산업사, 1994.
서대석, 「무가」, 최인학 외 편, 『한국민속연구사』, 지식산업사, 1994.
정병헌, 「판소리」, 최인학 외 편, 『한국민속연구사』, 지식산업사, 1994.
윤광봉, 「민속극」, 최인학 외 편, 『한국민속연구사』, 지식산업사, 1994.
박경수, 「민요연구의 성과와 과제」, 『민요론집』 제4호, 민요학회, 1995.
『구비문학연구』 1, 한국구비문학회, 1994(특집 : 현단계 구비문학 연구의 방향).
『구비문학연구』 2, 1995(특집 : 구비문학연구사 검토).
『구비문학연구』 3, 1996(특집 : 구비문학연구의 새 길).
서대석, 「구비문학의 연구현황과 과제」, 『광복 50주년 국학의 성과』, 한국정신문화연구원, 1996.
천혜숙, 「구전민속 연구사」, 『광복 50주년 국학의 성과』, 한국정신문화연구원, 1996.
사진실, 「96년도 연구사 : 구비문학 연구동향」, 『국문학연구』 창간호, 국문학회, 1997.
박경신, 「97년도 연구사 : 구비문학 연구동향」, 『국문학연구』 2, 국문학회, 1998.
김헌선, 「21세기 구비문학의 문화사적 위상」, 『구비문학연구』 6, 한국구비문학회, 1998.
이강옥, 「98년도 연구사 : 구비문학 연구동향」, 『국문학연구』 3, 국문학회, 1999.
강등학, 「민요의 연구사와 연구방향에 대한 논의」, 『반교어문연구』 10, 1999.
신동흔, 「99년도 연구사 : 구비문학연구동향」, 『국문학연구』 4, 국문학회, 2000.
서대석, 「21세기 구비문학연구의 새로운 관점」, 『고전문학연구』 18, 한국고전문학회, 2000.

임재해, 「구비문학의 연구동향과 세기적 전환의 기대」, 『한국민속학』 32, 한국민속학회, 2000.
강진옥, 「여성문학적 관점에서 본 구비문학 연구현황과 과제」, 『한국고전여성문학연구』 1, 한국고전여성문학회, 2000.
정충권, 「2000년도 구비문학연구동향」, 『국문학연구』 6, 국문학회, 2001.
전경욱, 「전통연극사, 전통연희사 연구의 성과와 전망」, 『한국음악사학보』 26, 한국음악사학회, 2001.
신동흔, 「구비문학연구」, 『한국의 학술연구 : 국어국문학』, 대한민국학술원, 2001.
이지영, 「2001년도 연구사 : 구비문학 연구동향」, 『국문학연구』 7, 2002.

실증적 정리에서 해석학적 지평으로

해방 이후 현대문학비평 연구사에 대하여

권성우

1. 머리말 : 비평 연구의 특성과 난제

8 · 15 해방 이후, 한국근대비평사에 대한 연구가 시작된 지도 현재까지 어언 57년에 이르는 세월이 흘렀다. 단순한 서발비평이나 소박한 감상문을 넘어 선, 전문직 비평가에 의한 본격적인 의미의 근대적인 비평은 1920년대 중반부터 전개되었다고 할 수 있다.[1] 이러한 사실로 인해, 실제로 식민지시대에는 비평사 연구라고 할만한 연구나 저작들이 거의 존재하지 않았다. KAPF라는 문예조직 및 근대적인 저널리즘 제도의 확장과 더불어 탄생한 전문직비평가들의 활약과 논쟁이나 잡담은 있었으되, 기본적으로 식민지시대에는 비평에 대한 학술적 연구라는 메타적 글쓰기에 대한 관념이 미약했던 것이다. 이러한 점은 당대(식민지시대)를 살았던 비평가나 학자들에게 그 당대에 전개된 문학행위에 대해서 객관적 시야에서 조망하거나 성찰할 수 있는 지적 거리감이 충분히 존재하지 않았음을 의미한다. 여기서, 당시 근대문학에 대한 학술적 성과로는 드문 업적이라고 할 수 있는 임화의 신문학사 연구도

---

1) 이에 대해서는 권성우의 「1920 · 30년대 문학비평에 나타난 '타자성' 연구」(서울대학교 박사학위논문, 1994)의 제Ⅱ장 「마르크스주의의 등장과 '타자성'의 기원」을 참조할 수 있다. 아울러 조남현은 "이식문화론의 극복, 자주사관의 확립을 아무리 소리높여 외친다하더라도 1900년대와 1910년대는 전문적인 평론가의 존재는 거의 눈에 뜨이지 않았고 문단에 능동적 · 개방적으로 참여한 비평행위나 작업도 드문 편이었음을 인정치 않을 수 없다"고 설명한 바 있다(조남현, 「근대 비평의 자취를 찾아」, 『풀이에서 매김으로』, 고려원, 1991, 291쪽).

당대문학을 포괄하지 못한 채 개화기 문학만을 대상으로 하고 있다는 사실을 참조할 수 있다. 이러한 점은 메타적 글쓰기나 학문적 글쓰기는 일정한 시대적 거리감이 필요하다는 사실을 시사한다.

지금까지 설명한 의미에서, 한국현대지성사에서 '해방'이라는 원체험은 근대문학사에 메타적·학술적 연구를 탄생시킨 소중한 지성사적 계기라고 할 수 있다. 해방이라는 혁명적이며 근대적인 체험은 식민지시대로 대변되는 과거의 문화유산을 객관적으로 정리하고 성찰할 필요성을 제기했기 때문이다. 한국현대문학사에서 최초의 체계적인 비평사 연구로 평가받고 있는 백철의 『신문학사조사(현대편)』가 해방 직후인 1949년에 간행되었다는 사실, 아울러 해방 직후의 변모된 역사적 조건이 백철로 하여금 문학사(비평사) 서술로 이끌었다는 사실은 '해방'이 문학사(비평사) 연구의 새로운 지평을 열어제친 중요한 요소라는 점을 암시하고 있다.

백철의 저작 이후 50여 년이 넘는 세월 동안 한국현대비평사는 참으로 다양한 '비평의 성좌'를 보여주었으며, 이에 따라 비평, 비평사, 비평가에 대한 연구도 활발하게 진행되어 왔다. 김영민의 정리[2)]에 따르면, 2000년 4월 현재, 근대(현대)문학비평사에 대한 연구자료목록은 거의 1,500편에 육박한다. 이 논문목록의 80퍼센트 이상이 1980년대부터 현재까지 발표된 연구성과들이다. 그러니, 분명 비평사 연구는 최근 10여 년 동안 질적으로나 양적으로나 엄청나게 풍부해지고 확대되었다고 할 수 있는 것이다.

그러나 이러한 사실에도 불구하고 현재까지 진행된 비평사 연구는, 근대시나 근대소설에 대한 다채로운 연구성과에 비해 볼 때, 아직 상대적으로 영성(零星)한 상태에 놓여 있으며 새롭게 개척될 여지가 많은 분야라고 할 수 있다. 이러한 점은 국문학계에서 근대문학에 대한 연구가 일반적으로 시와 소설에 대한 연구를 중심으로 전개되어 왔다는 사실과 연관된다. 예를 들어, 다소 보수적인 국문학 연구 풍토에서 산문과 시가, 혹은 소설과 시를

2) 김영민, 「한국 근대 및 현대 문학비평사 관련 연구 자료 목록」, 『한국현대문학비평사』, 소명출판, 2000. 4, 447~500쪽.

연구의 중심에 두는 것은 대단히 완강한 연구사적 관행이자 추세라고 할 수 있다. 그리하여, 우리근대문학의 유산 중에서 근대시와 근대소설에 대한 학술적 연구는, 그동안 다양한 연구방법론과 해석학적(解釋學的) 접근의 도움을 받아, 이제 연구사 검토만으로도 엄청난 분량의 작업과 노력이 요구될 정도로 수 십 년에 걸친 연구사적 성과와 학술적 역량이 풍성하게 축적되어 있다고 할 수 있다.[3]

이에 비해 볼 때 근대(현대)문학비평에 대한 본격적인 학술적 연구는 상대적으로 풍요롭지 못한 상태에 놓여 있으며, 이에 따라 비평사 연구는 아직 다양한 연구사적 지형도를 그리기에는 엄연한 한계가 있다. 이러한 점은 '비평'이라는 장르 자체가 본질적으로 '메타'적인 성격을 지니고 있다는 점, 아울러 비평문에 대한 독해가 창작품에 비해 비교적 난해하고 어렵다는 점에서 연유하는 것으로 보인다. 그러니, 비평사의 현장을 다시 학술적으로 메타적으로 접근하는 것은 이중적인 메타적 접근에 해당되어 그 만큼 어렵다고 할 수 있을 것이다. 바로 이러한 사실로 인해 비평에 대한 학술적인 연구는 시나 소설에 대한 연구보다도 이중의 노력과 각별한 학문적 징열이 요청되는 것이다. 가령, 한 편의 비평 텍스트에 대한 연구는 그 비평문 자체에 대한 정교한 미시적(微視的) 독서와 더불어 그 비평문이 대상으로 하고 있는 작품에 대한 인식이 동시에 요청된다. 그러므로 비평에 대한 메타적 연구는 이론적 감각과 함께 섬세한 텍스트 독해력이 동반되어야 하는 것이다.

지금까지 언급한 비평사 연구의 딜레마에도 불구하고, 1980년대 후반부터 근대(현대)문학비평에 대한 본격적이며 체계적인 연구가 활발하게 진행되면서, 이제 비평사 연구의 성과물들을 일목요연하게 정리·조감할 필요성이 대두되고 있다고 판단된다. 비평사 연구의 전체적인 지형도를 정확하게 파악했을 때, 비평사 연구의 현황과 새로운 지평이 열릴 수 있겠기 때문이다.

---

3) 국어국문학 각 분야의 연구목록이 체계적으로 정리되고 그것이 단행본으로 발간되어야 할 것이다. 이러했을 때, 선행 연구사의 장악을 통한 좀더 합리적인 연구가 가능해질 것이다.

그렇다면, 비평과 문학론에 대한 탐사는 인문학 분야에서 어떠한 의미를 지니고 있는 것인가? 비평사 연구의 의의와 연관하여 다음과 같은 점을 참조해야 할 것이다. 즉, 최근의 서구문학이나 문예학에서는 비평장르나 문학이론이 지니고 있는 중요성이 뚜렷하게 부각되고 있다는 사실이다. 물론 이러한 추세를 탈식민주의적 지평이 부각되고 있는 우리 학계의 현황과 기계적으로 연계시킬 수는 없을 것이다. 그러나, 서구에서 문학비평이나 문학이론 분야는 이미 가장 개성적이고 풍요로운 학술분야로 부각되고 있다는 사실과 메타과학에 대한 관심이 폭증하고 있는 현대학문의 동향을 감안해 볼 때, 비평과 문학론에 대한, 새로운 관점에 의거한, 체계적인 학술적 연구는 문학연구의 어느 분야 못지 않게 절실하게 요구된다고 생각된다.[4)]

이 논문은 이러한 문제의식에 근거하여, 우선 해방 이후 현재까지 진행되어 온 50여 년에 걸친 한국근대문학비평연구사를 종합적으로 고찰하면서 그 성취와 한계, 연구사적 전망 등을 짚어보기로 하겠다. 이 논문에서는 한국현대비평 연구사를 1) 초기 실증주의에 기반한 연구, 2) 비평사 연구의 사적 체계화, 3) 근대성에 관한 '비평담론'과 해석학적 연구 등의 세 단계로 나누어 일목요연하게 정리하고자 한다.

2. 초기 실증주의에 기반한 비평사 연구

한국근대(현대)문학비평에 대한 학술적 연구를 통시적으로 구분하면, 대체로 '초기 실증주의' 단계와 '사적 연구의 체계화' 단계, 그리고 정신사적 탐색을 비롯한 '정밀한 해석학적 접근' 등의 세 가지 단계로 나눌 수 있을 것이다. 대개의 학술연구 분야처럼 한국현대비평사 연구 역시 실증주의적 단계는 학문의 기초공사라 칭할 수 있는 핵심적인 과정이라고 할 수 있다.

---

4) 비평사 연구의 필요성에 대한 문제의식은 필자의 저서 『모더니티와 타자의 현상학』, 솔 출판사, 1999의 「문제제기 및 연구사 검토 : 근대 비평사 연구의 새로운 지평」을 수정 · 보완한 것이다.

현재 한국근대문학비평에 대한 학술적 연구는 해석학적 연구단계의 초입에 들어선 것으로 판단되는데, 모든 연구가 그러하듯이 바람직한 쪽은 이 세 가지 단계가 상호작용을 주고받으면서 동시에 진척되는 것일 터이다. 그런데, 다양한 해석학적 연구가 제대로 진행되기 위해서라도 실증주의적 연구가 확보한 연구사적 의의는 엄밀하게 확인되고 강조되어야 할 것이다.

실증주의 단계의 대표적인 업적으로는 백철의 『조선신문학사조사』(현대편 : 1949)와 『신문학사조사』(1954), 김윤식의 『한국근대문예비평사연구』(1973), 『근대 한국문학 연구』(1973), 신동욱의 『한국현대비평사』(1975), 이선영의 「한국 근대문학비평 연구-초창기를 중심으로」(1981), 김영민의 「1920년대 한국문학비평연구」(1985) 등의 성과를 거론할 수 있을 것이다. 이러한 단계의 연구들은 비로소 근대문학비평에 대한 연구를 학문의 수준으로 끌어올리면서 근대비평사 연구의 초석(礎石)이 되었다고 할 수 있다.

1) 백철과 김윤식의 비평사 정리

1949년에 발간된 백철의 『조선신문학사조사』(현대편)는 해방 이후 최초로 간행된 비평사 연관 저작물에 해당한다. 백철은 이 저작을 수정・보완하여 『신문학사조사』(1954)를 출간하였다. 이 저작들은 목차에서 볼 수 있듯이 주로 프로문학을 중심으로 식민시시대 문학사를 정리하고 있다. 가령 『조선신문학사조사』(현대편)의 제1장의 제목은 「조선신문학의 재출발기 : 신경향파문학의 등장」이며 제2장의 제목은 「프로레타리아문학 10년간의 제패와 민족파・절충파 등 문단춘추시대」인데, 이러한 백철의 시각은 그가 근대적 비평문학의 적자(嫡子)로 신경향파를 비롯한 카프문학으로 보고있음을 암시하고 있다. 이러한 백철의 인식은 해방공간이라는 과도기의 역사적 산물이며, 동시에 친일경력을 지닌 비평가의 자기 성찰에 해당된다고 할 수 있다.

그러나 백철의 이 저서들은 엄밀한 학술적 논의보다는 자신도 일원으로 참여하였던 문학사적 흐름에 대한 회고와 정리에 해당된다는 점에서 분명한 한계를 지니고 있다. 아울러 백철의 비평사연구는 비평사를 문예사조나 사회운동의 종속물로 취급했기 때문에, 비평사 분야나 비평이론 분야의 미학적 특수성 내지 자율적인 논리를 적절하게 해명하지 못하고 다분히 '속류사회학주의'에 매몰되었다는 점, 그리고 신경향파문학이나 KAPF의 문학운동에 과도한 비중을 둠으로 인해서 비평사 전개과정의 다양한 양상을 탄력적으로 조망하지 못했다는 점 등등의 한계를 지니고 있다. 그래서 "그것을 통해서 한국현대문학을 체계화하게 된 거의 모든 독자들은, 무의식적으로, 외국의 선진한 문학 사조를 받아들이는 것은 훌륭한 일이며 한국문학은 외국문학에 비해 질적으로 훨씬 떨어진다는 고질적인 고정 관념을 갖게 되었다. 문학 연구가들의 상당수가 외국문학에 달라붙게 된 것에는 그의 영향이 꽤 깊게 작용하였다"[5]는 백철의 문학사에 대한 비판적 발언이 나올 수밖에 없었던 것이다. 그러나 해방 직후라는 격동기의 정황 속에서 식민지시대의 비평사적 흐름을 성실하게 정리하고 의미부여한 백철의 학문적 성과는 결코 과소 평가할 수 없을 것이다. 또한 KAPF 비평을 문학사의 중심에 위치시킨 백철의 관점은 이후에 씌어진 비평사 연구에 커다란 파장을 미쳤다는 점만으로도 일정한 연구사적 의미를 지니고 있다고 하겠다.

한편 김윤식의 『한국근대문예비평사 연구』(1973)와 『근대 한국문학 연구』(1973)는 식민지시대에 진행된 KAPF 비평의 성과를 체계적으로 정리한 최초의 학술적 성과라고 할 수 있다. 김윤식은 1960년대 후반부터 당시의 정황에서는 카프 비평사 연구에 선구적으로 천착해 온 바 있다. 예컨대, 김윤식은 「한국 문예비평사에 대한 연구－1923년에서 1935년까지」(1968), 「회월 박영희 연구」(1968) 등의 논문들을 발표하면서, 본격적인 프로문학 연구를 위한 학문적 기반을 꾸준하게 마련해왔던 것이다. 이러한 논문들에서 보여준 문제의식을 좀더 체계적으로 집대성한 『한국근대문예비평사연구』는 현대비평사 연구의 분기점을 이루는 기념비적 저작이라고 할 수 있다. 이 저술은 "이 책에서의 저자의 근본 태도는 사실자체를 가능한 한도에서

5) 김현, 「비평의 유형학을 향하여」, 『분석과 해석』, 문학과 지성사, 1988, 235쪽.

정리하고 분류하여 기술하는 것에 그치고, 비판이나 해석은 될 수 있는 한 보류해 두는 입장을 취하였다. 일본측 자료를 많이 취급한 것도 이 사실과 무관하지 않다"[6]는 저자의 「머리말」에서 볼 수 있다시피, 기본적으로 실증주의적 태도에 입각한 중요한 연구성과라고 할 수 있다. 이 책의 큰 목차를 살펴보면 다음과 같다.

제Ⅰ부 : 프로문학운동을 중심으로 한 문예비평
제Ⅱ부 : 전형기의 비평
제Ⅲ부 : 비평의 내용론과 형식론
부록 : 「임화연구」, 「평론연보」

이 저작을 통해, 1920년대 초반부터 1930년대 말에 이르는 카프 비평사의 전개과정과 비평의 유형학이 일목요연하게 규명되었다. 이 저서가 발간된 이후 현재에 이르기까지 현대비평사 연구의 지침서 역할을 수행하고 있다는 사실은 바로 이 책의 학술사적 의미를 여실히 보여주고 있다고 하겠다. 아울러 이 책에 수록된 「임화연구」 역시 비평가 임화의 문제성을 한국근대사의 굴곡과 섬세하게 연계시킨 문제적인 연구라고 판단된다.

한편 『근대 한국문학 연구』의 경우는 일관된 문제의식을 확보한 체계적인 저서라기보다는, 11편의 독립적인 논문을 묶은 연구서에 가깝다. 그러나 이 저서는 「한국 문예비평사 연구의 방법론」, 「초창기의 문학론과 비평의 양상」, 「한국문학 연구 방법론－뉴크리티시즘에 대하여」 등의 근대비평사 연구의 맥점과 화두를 다룬 소중한 논문들과 「순수문학의 의미－눌인(訥人) 김환태 연구」, 「프롤레타리아 문학의 한국적 양상－회월(懷月) 박영희 연구」 등의 중요한 비평가론이 수록되어 있다. 그러므로 『근대 한국문학 연구』는 『한국근대문예비평사 연구』와 더불어, 근대비평사 연구의 골조를 구축하여 후속 연구를 위한 소중한 지반을 만들었다고 판단된다. 복사기도 없던 시절에 여러 도서관을 전전하면서 곰팡이 냄새가 나는 식민지시대의 신문과 잡지를

6) 김윤식, 『한국근대문예비평사 연구』(증보판), 일지사, 1976, 1쪽.

섭렵하는 과정을 통해 이른바 '발로 쓴' 김윤식의 비평사 연구는 한 개인의 출중한 연구역량이 학문의 발전에 얼마나 중요한 계기가 될 수 있는가 하는 점을 여실히 보여주고 있다고 하겠다.

그러나 이러한 커다란 학술적 의의에도 불구하고, 실증주의 정신을 기반으로 한 김윤식의 비평사연구는 다음과 같은 점에서 몇 가지 한계를 지니고 있다. 김윤식의 『한국근대문예비평사연구』는 일본근대문학비평과의 정밀한 비교문학적 연구를 통해, 백철의 업적에다가 실증적 엄밀성과 사적 체계성을 획기적으로 보강한 한층 진전된 연구라고 평가된다. 그렇지만, 김윤식의 비평사 연구 역시 KAPF를 중심으로 한 논쟁사의 전개과정으로 비평사를 재구성했다는 점에서 백철의 틀을 탈피하지 못하고 있다. 이러한 대목은 필자 자신이 비평사 연구방법론으로 천명한 엄밀한 실증주의적 정신과는 배치된다고 하겠다. 바로 이러한 점 때문에 김윤식의 비평사 연구는, 당대의 비평사에 대한 객관적인 지형도를 포괄적으로 그렸다고는 볼 수 없을 것이다. 지금의 시점에서 볼 때, 김윤식 비평사 연구의 이러한 한계는 엄연히 비판과 극복의 대상이 된다고 할 수 있다. 특히 개별장르에 대한 최초의 체계적인 연구서라고 할 수 있는[7] 김윤식의 『한국근대문예비평사연구』에서 경향파 비평이 주로 취급된 사실은 "강력한 메카시즘과 반공이데올로기가 횡행했던 1970년대 초반의 지식사회학적 정황이 저자로 하여금 역설적인 의미에서 KAPF 비평과 경향파 비평을 과대 평가하게 만든 것이 아닐까?"[8]하는 의문을 우리에게 던지게 만든다. 김윤식이 『한국근대비평사 연구』를 집필하던 당시의 지식사회는 KAPF 비평을 연구대상으로 선정했다는 사실 자체만으로 당대사회에 대한 비판의 역할을 감당할 수 있었다는 사실을 여기서 충분히

7) 참고삼아 말하자면, 이 책은 최초의 체계적인 소설사인 이재선의 『한국현대소설사』(1979)나 최초의 체계적인 시사인 김용직의 『한국근대시사』(1982)에 앞서서 발간되었다.

8) 실제로 김윤식은 최근에 비평가 한기와의 대담(「김윤식 선생과의 대화」, 『오늘의 문예비평』, 1994년 여름호)에서 당시의 카프중심의 근대문예비평연구의 분위기와 연관하여 "연구자로서는 일종의 지하운동가적 환상조차 가질 수 있었던 것입니다"(73쪽)라고 고백하고 있다.

감안해야 할 것이다. 연구 주제의 선택 자체가 이미 연구자의 가치 판단과 전혀 무관할 수는 없는 것이다. 이러한 의미에서 김윤식의 비평사 연구에서 소홀하게 취급된 부분을 보강한 새로운 시각의 비평사가 절실하게 요청된다고 생각된다.

한편 김윤식의 『한국근대문예비평사 연구』가 간행된 지 2년 후에는 신동욱의 『한국현대비평사』(1975)가 발간되었다. 저자의 학위논문을 정리하고 보완한 이 저술은 한국현대비평사를 1) 고전문학의 비평과 근대문학의 성격 제시, 2) 사회의식과 작품해석(1930년대 전후), 3) 서구파의 논리와 전통문학의 재평가(1940년대 전후), 4) 광복후의 이념대립과 비평양상, 5) 형식주의 비평과 민족주의적 및 실존적 비평(1950년대 전후) 등의 모두 다섯 가지의 테마를 중심으로 고찰하고 있다. 이 저술은 고전문학 비평과 근대문학 비평의 연관성을 나름대로 추적하고 있으며, 해방 이후부터 1950년대에 이르는 다양한 비평가들의 성과에 대해서 탐구하고 있다는 점에서 일정한 의의가 인정된다. 그러나, 체계적인 연구방법이나 심층적 탐색보다는 비평가들의 비평문들을 소개 · 나열하는 데 머무르고 있다는 점에서, 신동욱의 연구는 본격적인 의미의 학술적인 성과에 미달되는 것으로 판단된다.

실증적 차원의 비평사 연구는 KAPF 비평에 대한 적극적인 재해석 분위기에 말미암아 1980년대에도 꾸준하게 전개되었다. 그 중에서 주목할만한 성과는 이선영 · 강은교 · 최유찬 · 김영민이 함께 집필한 『한국 근대문학비평사 연구』(1989)를 들 수 있다. 이 책은 이선영의 「구한말 · 1910년대 한국문학비평 연구」, 김영민의 「1920년대 한국문학비평 연구」, 최유찬의 「1930년대 한국리얼리즘론 연구」, 강은교의 「1930년대 김기림의 모더니즘 연구」 등 네 편의 논문을 묶은 것이다. 이 저술은 각 시대별로 존재했던 비평적 양상을 다양하게 검토했다는 점에 그 연구사적 의의를 인정할 수 있다. 특히 최유찬의 「1930년대 한국 리얼리즘론 연구」는 1930년대 비평문학에서 핵심적인 미학적 준거로 작용했던 '리얼리즘 이론'을 중심으로 1930년대 비평문학의 지형도를 세밀하게 탐사하고 있으며, 이선영의 논문은 구한말과 1910년대에 전개된 비평에 대한 최초의 체계적인 연구라고 생각된다. 이러한 의미에서 이 저술은 식민지 시대 비평사 연구의 활성화를 가져온 소중한 문제의식을 지니고 있다고 평가된다. 그러나 『한국 근대문학비평사 연구』는 저자들의 학위논문을 함께 편집한 책이라는 사실에서 연유하는 분명한 한계도 지니고 있다. 예를 들어 강은교의 논문은 근본적으로 비평사 연구보다는 김기림 연구에 가깝다고 할 수 있다. 또한, 각 필자들의 관점과 논지 역시 섬세하게 조율되지 못한 채, 각자 따로 존재하고 있다는 점도 이 공동저서가 지닌 뚜렷한 한계라고 할 수 있을 것이다.

지금까지 살펴온 실증주의적 단계의 연구들은 초기의 실증주의적 접근이 지닐 수밖에 없는 성과와 한계를 동시에 구비하고 있다. 그러나 분명한 사실은 이러한 실증주의적 비평사 연구에 의해서 그 이후에 전개될 다양한 비평사 연구의 디딤돌이 마련되었다는 사실이다. 이러한 의미에서 백철, 김윤식, 신동욱, 이선영 등이 비평사 연구의 초기단계에서 보여준 엄밀한 실증정신은 높이 평가되어야 할 것이다.

2) 논쟁을 중심으로 한 비평사 정리

「1920년대 한국문학비평 연구」(1985)라는 박사학위논문을 작성하는 등, 1980년대 초반부터 근대비평사 연구에 매달려온 김영민은 10여 년에 걸친 장기간의 연구 끝에 『한국문학비평논쟁사』(1992)라는 방대한 저술을 발간하였다. 김영민은 이 저서를 통해 주로 식민지 시대 비평사를 논쟁사 중심으로 정리하였다. 이 책은 부분적으로 수정되어, 1999년 『한국근대문학비평사』라는 제목의 저서로 증보판이 간행되었다. 이 저술은 1980년대에 진행된 근대비평사 연구의 성과를 종합한 연구성과라고 판단된다. 『한국근대문학비평사』는 모두 열두 개의 장으로 이루어져 있다. 그것들은 다음과 같다.

제1장 : 비평의 공정성과 범주 · 역할 논쟁
제2장 : 프로문학의 발생과 내용 · 형식 논쟁

제3장 : 프로문학 운동 노선의 분화와 아나키즘 이론 논쟁
제4장 : '카프'의 조직개편과 방향전환 논쟁
제5장 : 볼세비키 이론의 대두와 문학대중화 논쟁
제6장 : 계급문학, 국민문학, 절충문학파 논쟁
제7장 : 식민지 농촌의 계급 분화와 농민문학 이론 논쟁
제8장 : 문예운동 연합전선과 동반자작가 논쟁
제9장 : 창작방법론과 사실주의 이론 논쟁
제10장 : 해외문학 수용문제와 조직 성격 논쟁
제11장 : 파시즘에 대한 저항과 휴머니즘 논쟁
제12장 : 세대론과 순수문학 이론 논쟁

이상의 논의들은 1920년대 중반 이후부터 일제 말에 이르는 비평사의 중요한 쟁점들을 대체로 적절하게 포괄하고 있다고 여겨진다. 비평사 정리에 남다른 관심과 열정을 지닌 김영민의 노고에 의해서, 식민지 시대의 비평적 쟁점들이 일목요연하게 정리되었던 것이다. 다른 문학 장르와는 달리, 비평사에서 논쟁이 차지하고 있는 중대한 역할을 감안해 보면, 근대비평사를 논쟁사 중심으로 서술한 김영민의 비평사 서술전략은 충분한 근거가 있으며, 학술적 가치가 분명하게 인정된다. 그러나, 논쟁사 중심의 서술은 비평사적 전개과정의 내적인 실체를 섬세하게 규명하는 데 한계가 있으며 다양한 비평담론의 성과에 대한 면밀한 파악에 도달하지 못한다는 점에서, 김영민의 『한국근대문학비평사』는 분명한 한계를 지니고 있는 저작이라고 하겠다. 논쟁 중심의 비평사 연구의 의미와 한계로는 다음과 같은 서준섭의 발언도 주목할 수 있다.

> 논쟁은 비평가의 문학관과 비평에 대한 견해가 생생하게 드러나면서 한 시대의 문학적 힘들이 유출, 충돌하는 역동적인 비평 담론의 장(場)이지만, 논쟁 위주의 비평사에서는 특정 비평가의 비평 활동의 전체성이 실종되고 대신 쟁점과 논쟁의 논리가 전면적으로 부각되기 때문에 논쟁 바깥의 비평가들의 논의의 지속이라든가 이론적으로 중요한 비평가와 그렇지 못한 비평가의 식별이 어렵게 된다.[9]

식민지 시대의 비평사를 논쟁사적으로 정리한 김영민은 이의 후속작업으로 『한국현대문학비평사』(2000)을 간행하였다. 이 저서는 해방 이후의 비평사부터 1980년대 말에 이르는 광범위한 비평적 주제에 대해서 탐사하고 있다. 김영민은 주제사와 연대기적 편년사가 서로 맞물리는 방식으로 비평사를 서술하고 있는데, 이 책의 목차는 다음과 같다.

제1장 : 해방 직후 민족문학론
제2장 : 1950년대 민족문학론
제3장 : 1950년대 신세대론
제4장 : 1950년대 모더니즘문학론
제5장 : 1950년대 실존주의 문학론
제6장 : 1960년대 순수·참여 문학론
제7장 : 1960~1970년대 리얼리즘문학론
제8장 : 1970~1980년대 민족·민중문학론
부록 : 한국 근대 및 현대 문학비평사 관련 연구자료 목록

이와 같은 『한국현대문학비평사』의 목차는 『한국근대문학비평사』와는 달리, 이 책이 단지 논쟁사 중심으로 서술된 것이 아니라, 일반 이론의 전개사를 중심으로 서술되었다는 사실을 인식할 수 있다. 김영민의 이 저서에 의해서, 해방 직후부터 1980년대에 이르는 비평사와 문학이론사의 전개과정의 큰 줄기가 정리되었다고 볼 수 있다. 그러나 이 저술은 1950년대 비평사에 대한 상세하고 균형 있는 정리와 비해 볼 때, 1960년대 이후에 전개된 비평사의 전개과정이 거대담론을 중심으로 너무나도 단순하게 취급되고 있다는 점에서 한계를 지니고 있다. 가령, 최근 다양한 관점에서 연구가 진척되고 있는 1960년대 비평사에 대한 연구가 단지 '순수·참여 문학론'과 '리얼리즘문학론'이라는 상식적이며 일반적인 논의 방식에 의해서 전개되다보니, 간혹 기존 연구 성과의 성실한 정리에도 못 미치는 대목이 발견된다. 요컨대

9) 서준섭, 「한국 근대 문학비평 연구의 새로운 과제」, 『한국 근대문학과 사회』, 월인, 2000, 26쪽.

김영민의 『한국근대문학비평사』와 『한국현대문학비평사』는 그 방대한 스케일과 학문적 공력에도 불구하고, 기존의 비평사 연구의 체계적인 정리에서 크게 진전된 대목이 없다는 평가를 내릴 수 있을 것이다. 이러한 대목은 연구자 개인의 한계라기보다는, 실증적인 차원의 비평사 연구가 지닐 수밖에 없는 필연적인 과정일 것이다. 그러나 기존의 실증적 연구를 체계적으로 통합하여, 1920년대의 프로문학에서 1980년대의 민족문학론에 이르는 비평사의 전개과정을 정리한 김영민의 비평사 연구는 뚜렷한 학술사적 의의를 지니고 있다고 평가된다.

이밖에도 임헌영과 홍정선이 편집한 『한국 근대비평사의 쟁점』(1986)은 근대비평사의 쟁점들을 직접 해당 문건들을 정리·복원하고 있다는 점에서 논쟁 중심의 근대비평사 정리에 기여하고 있다. 그러나 이 연구는 본격적인 연구성과물이라기보다는 일종의 자료집에 해당된다는 점에서, 그 한계가 뚜렷하다.

3. 비평사 연구의 사적 체계화

식민지 시대 비평사에 대한 초보적인 실증적 검토가 이루어진 연후에 필요한 작업은 다양한 관점에 의한 비평사의 재구성, 해방 이후 비평사에 대한 객관적 정리와 복원, 북한문학비평사에 대한 탐색 등의 과제를 수행하는 연구일 것이다. 이러한 비평사 연구의 사적 체계화 작업은 주로 1980년대 중반부터 본격적으로 전개되었다. 특히 1988년 무렵부터 이루어진 월북문인에 대한 해금, 진보적인 문예사회학 연구의 활성화 등의 시대사적 분위기에 기대어, 기존의 실증주의적 연구성과에서 충분하게 다루어지지 않았던 비평적 테마와 해방 이후의 비평사 전개과정에 대한 활발한 연구가 진행되었던 것이다. 비평사 연구의 사적 체계화 작업은 대체로 1) 카프 연구를 통한 온전한 비평사의 복원, 2) 해방 이후 비평사의 정리, 3) 개별 비평가론의 진척, 4) 북한의 현대문학비평에 대한 연구 등으로 나뉠 수 있을 것이다.

1) 카프(KAPF) 연구를 통한 온전한 비평사의 복원

1980년대 중반부터 본격적으로 진행된 비평사 연구나 근대비평 연구는, 실증주의에 기반한 전대 연구의 성과를 딛고 '이념적인 금기' 때문에 한국근대비평사에서 정당한 대우를 받지 못했던 프로문예비평사에 대한 본격적인 복원과 체계적인 정리를 시도했다. 이러한 과정은 근대비평사의 온당한 사적 체계화작업에 결정적인 기여를 수행했다고 판단된다. 동시에 '당파성' 이나 '전형' '세계관' '총체성' '사회주의 리얼리즘' '이론과 실천' '창작방법론' '미학적 특수성' 등등 진보적인 미학분야에서 정립된 중요한 미학적 범주들을 비평사연구에 적용하여 상당한 성과를 본 시기가 바로 이 시기였다. 이 시기에 적극적으로 소개된 마르크스－레닌주의 문예이론과 문예사회학 논저들은 바로 KAPF의 성과를 해석하고 평가하는 데 중요한 이론적 전거로 활용되었다.

이 단계의 비평사연구의 구체적인 성과로는 다음과 같은 작업들을 열거할 수 있을 것이다. 우선 카프 문학을 둘러싼 중요한 비평사적 쟁점과 테마들－예컨대, 리얼리즘론,[10] 문예대중화론, 내용 형식론, 창작방법론, 농민문학론, 휴머니즘론, 카프해소론, 리얼리즘·모더니즘 논쟁 등을 둘러싼 다채로운 논의가 이에 해당된다－에 대한 활발한 연구들[11]을 그 성과로 들 수 있다. 특히 이 중에서도 리얼리즘의 개념과 내용을 둘러싼 정교한 연구와 다양한 미학적 범주들의 이론적 활용은 이 단계의 비평사 연구수준을 실증주의적 단계에서 분명하게 한 단계 상승시킨 원동력이었다.

카프나 계급문학 비평은 『카프문학운동연구』(1989), 권영민의 『한국 계급

---

10) 카프를 비롯한 근대비평의 리얼리즘론에 대해서는 장사선, 『한국 리얼리즘문학론』, 새문사, 1988 ; 최유찬, 「1930년대 한국 리얼리즘론 연구」, 연세대학교 박사학위논문, 1986 등의 연구를 주목할 수 있다.

11) 카프문학비평의 진행과정에서 벌어졌던 다양한 논쟁과 논점에 대한 종합적 연구로는 앞장에서 살펴본 김영민, 『한국근대문학비평사』, 소명출판, 1999를 참조할 수 있다. 김영민의 이 저술은 1980년대 후반부터 활발하게 전개된 카프문학 연구로 인해 비로소 가능했던 것이다.

문학 운동사』(1998) 등의 단행본 저작에서 한층 체계적으로 규명되었다. 우선 역사문제연구소 문학사연구 모임에서 공동저작의 형태로 저술한 『카프문학운동연구』는 프로문학론의 전개양상을 역사적으로 추적하고 있는 연구서이다. 특히 이 책의 1부 「프로문학론의 전개양상」은 프로문학비평에 대한 한층 진전된 정보를 담고 있는 바, 그 목차는 다음과 같다.

제1장 : 프로문학론의 형성과정
제2장 : 프로문학론의 전개
 1절 : 작가의 태도와 목적의식성
 2절 : 문학예술의 대중화
 3절 : 농민문학론의 전개양상
 4절 : 동반자작가에 관한 논의
제3장 : 리얼리즘의 성과

위의 목차에서 볼 수 있듯이 『카프문학운동 연구』는 프로문학론의 전개과정과 다양한 논의를 포괄하고 있다. 특히 1) 리얼리즘론의 핵심범주로서의 당파성과 객관성, 2) 리얼리즘에 대한 인식의 출발과 프롤레타리아 리얼리즘의 정립, 3) 사회주의 리얼리즘을 둘러싼 논쟁과 그 공과 등의 항목으로 이루어진 제3장 「리얼리즘의 성과」는 당시 카프비평의 핵심적 화두였던 리얼리즘론의 복잡한 맥락에 대해서 명쾌하게 정리하고 있다. 한편, 권영민의 『한국 계급문학운동사』는 다음과 같이 모두 6개의 장으로 이루어져 있다.

Ⅰ. 서론 : 식민지 시대의 민족 운동과 계급문학 운동
Ⅱ. 계급문학 운동의 성립 과정
Ⅲ. 계급문예 운동의 방향전환과 이념 노선
Ⅳ. 계급문학 운동의 정치적 진출
Ⅴ. 계급문학 운동의 분열과 조직 해체
Ⅵ. 계급문학 운동의 역사적 의미

이상의 목차에서 볼 수 있듯이 권영민의 저서는 식민지시대의 계급문학운

동 전반에 대해서 포괄적인 접근을 시도하고 있다. 물론 순수한 비평사 연구보다는 문예운동 및 그 조직에 대한 통시적 연구에 가깝다. 그러나, 문예운동과 그 조직에 대한 자료에 근거한 철저한 탐색은 계급문학 비평의 기원과 통시적 맥락의 규명에 커다란 기여를 하고 있다고 판단된다.

그 밖에도 카프비평의 전개와 그 미학적 이념, 창작방법론에 관한 기억할만한 연구성과로는, 김윤식의 「한국문학에 있어서의 마르크스주의의 충격–프로문학에 관하여」(1986), 김시태의 「마르크스주의 비평의 한국적 양상」(1986), 권영민의 「카프의 조직과 해체」(1988), 김성수의 「1930년대의 초의 리얼리즘론과 프로문학」(1988), 김윤재의 「카프문예비평에 나타난 속류사회학주의와 반영론 연구」(1992), 김재용의 「카프문학논쟁」(1990), 「중일전쟁과 카프 해소·비해소파」(1991), 유문선의 「1930년대 창작방법 논쟁 연구」(1988), 임규찬의 「카프 해산 문제에 대하여」(1990), 「'카프'의 이념과 문학양식을 둘러싼 논쟁」(1999), 임헌영의 「카프 문학을 어떻게 이해할 것인가」(1989) 등을 열거할 수 있을 것이다.

또한 일종의 자료집 성격의 저작들도 카프 연구의 대중화 및 카프 자료의 복원 및 정리에 커다란 기여를 수행했다고 할 수 있다. 가령, 권영민이 엮은 『한국 현대문학비평사』(1982), 김윤식이 엮은 『한국 근대리얼리즘 비평선집』(1988), 김재용이 엮은 『카프비평의 이해』(1989)와 임규찬·한기형이 엮은 『카프비평 자료총서 I ~IX』(1989)가 이러한 저작에 해당된다. 이 저작들은 카프 논쟁사에서 중요한 획을 그었던 비평문과 리얼리즘 관계 평문 중에서 상당수를 현대적 표현에 가깝게 복원하여 편자의 간단한 해설을 덧붙이면서 소개하고 있다. 특히 『카프비평 자료총서』는 카프의 탄생부터 카프 해산 이후에 씌어진 카프비평의 주요한 성과들을 폭넓게 수용함으로써, 카프 비평사 연구의 대중화에 중대한 기여를 하였다.

지금까지 언급한 카프 비평사에 대한 연구성과들은 이념적 금기 때문에 정당하게 조명받지 못했던 비평사적 흐름을 본격적으로 발굴하고 복원함으로써 근대비평사의 온당한 사적 체계화에 결정적인 기여를 했다는 소중한 의미를 지니고 있다. 하지만 비평사 연구방법론을 지나치게 마르크스－레닌주의의 문예과학에 의거한 특정한 방법론으로 한정하는 경향이 팽배했다는 점은 한계로 지적될 수 있다. 이와 연관하여, '민족문학사연구소'라는 진보적인 학술단체에서 국문학연구방법론의 상대주의적 입장에 대한 적극적인 비판을 전개했다는 사실은 방법론의 가치중립성이라는 주제와 연관하여 대단히 시사적인 대목이다. 예컨대, 신승엽은 다음과 같이 주장하고 있다.

> '국문학 연구방법론'을 분야별로 검토해 온 민족문학사연구소의 지난 월례발표회에서 간간이 '방법론이란 상대적인 것'이라는 주장이 제기된 사실은 다시금 따져지지 않으면 안 된다. 이러한 견해는 나아가 그간의 변증법적 방법으로는 문학의 특수성과 문학사의 독자적인 발전과정을 충분히 과학적으로 구명하기가 어려우므로 그 외의 다른 방법론까지도 수용해야 된다는 견해로 이어졌다. 필자는 이 견해에 반대한다. 이러한 관점은 다른 방법론에 입각한 이론들을 실용주의적으로 이용하려는 자세에 불과하며, 결코 올바른 방법론의 모색과는 거리가 멀다.[12]

물론 이와 같은 주장의 사회적 맥락과 선의는 충분히 이해될 수 있다. 이러한 발언은 그 타당성 여부는 괄호 속에 넣더라도, 일단 진보적인 연구자들의 방법론에 대한 고민과 관점을 효과적으로 보여주고 있다고 생각된다. 그러나, 카프 비평과 같이 특정한 이념을 전제하고 있는 연구대상에 대해서는 연구방법론을 변증법적 방법으로 제한해야 한다는 논리는 기본적으로 방법론의 가치중립성과 그 다양한 적용가능성을 몰각하고 있는 주장에 가깝다. 예를 들어, 마르크스주의에 입각한 카프 비평도 해체주의적 관점의 접근과 해석이 충분히 가능한 것이다.

이러한 의미에서, 1980년대에 이루어진 카프 문학 연구는 그 소중한 성과에도 불구하고, 사회과학 이론에 기댄 일부의 논문들이 학문의 대사회적 실천이라는 의미에 과도한 비중을 부여함으로써 다소 편협한 학문적 당파성을

---

12) 신승엽, 「비평사 연구의 새로운 방향 모색을 위하여」, 『민족문학사 연구』 창간호, 창작과비평사, 1991 참조.

공개적으로 드러냈다는 점, 문학비평의 형식적이며 미학적인 측면에 대한 탐색이 부족했다는 점, 문학비평 텍스트를 사회과학적 담론 분석의 차원으로 축소시켰다는 점에서 일정한 한계를 지니고 있다고 판단된다. 그러나 한편, 이러한 한계들은 카프비평이 열정적으로 연구되던 당시의 시대사적 분위기를 감안하면, 비평사 연구의 통과의례로 충분히 이해될 수 있을 것이다. 말하자면, 한국현대사에서 지워져 버린 카프 비평의 실체를 온전히 복원하고 적극적으로 해석하고자 하는 연구주체들의 열망이 그토록 강렬했다는 사실을 이러한 카프 연구의 풍토가 역설적으로 설명해주고 있다고 하겠다.

2) 해방 이후 비평사의 정리

식민지시대를 비롯한 근대비평사의 실증적 정리 이후에 시급하게 필요한 작업은 무엇보다도 해방 이후의 현대비평사의 실상을 객관적으로 정리하고 의미부여하는 일이었다. 그런데 여기서 주목해야할 사실은 문학사 연구에서 관행적으로 작동하고 있는 '학술적 거리감'으로 인해 이러한 작업이 시차를 두고 진행될 수밖에 없었다는 사실이다. 1980년대에 해방공간과 1950년대 비평에 대한 연구가 본격적으로 시작되었고, 1990년대에 들어와서 1960년대 비평문학에 대한 연구가 전개되었다는 사실, 아울러 1990년대 말부터 1970년대 비평에 대한 연구가 조금씩 수행되고 있다는 점은 이러한 연구사적 정황을 입증하고 있다. 말하자면, 연구대상과 약 30년에 이르는 거리감이 확보된 연후에 그 연구 대상과 해당 시기에 대한 객관적인 학술적 연구가 수행될 수 있다고 간주하는 것이 비평사 연구의 완강한 제도적 관행이라고 할 수 있는 것이다.

이러한 연구사적 관행에 비추어볼 때, 1983년에 출간된 김윤식의 『한국현대문학사』(증보판)[13]는 다소 이례적인 학술서이다. 이 연구서는 1983년에

13) 이 저서의 초판은 1976년에 발행되었다. 그러나 이 초판에는 증보판에 수록된 「8 · 15 이후의 비평」이 제외되어 있다.

출간되었음에도 불구하고, 해방 이후부터 1970년대에 이르는 비평사를 다음과 같이 정리하고 있다.[14]

1) 1940년대—해방공간의 비평
2) 1950년대—전후세대의 비평
3) 1960년대—순수 · 참여 논의
4) 1970년대—민족문학의 시각

물론 이와 같이 10년 단위로 비평사를 구분하여 조망하는 시각은 전혀 새로운 것이 아니다. 그러나 김윤식의 비평사 정리는 당시의 비평적 쟁점과 그 한계를 일목요연하게 제시함으로써, 후대에 이루어질 비평사 연구를 위한 유의미한 지반을 다졌다고 평가될 수 있다. 가령, 1960년대에 진행되었던 순수 · 참여 논쟁과 연관하여, "특정시대의 역사적 제약성을 염두에 두지 않는다면 순수 · 참여 논의는 꼭두와의 싸움이 되고 말 것이다"[15]라는 김윤식의 언급은 순수 · 참여 논쟁의 한계에 대한 예리한 지적이라고 판단된다.

한편 최근에 간행된 김윤식의 『한국현대문학비평사론』(2000) 역시 현대문학 비평 연구의 사적 체계화에 커다란 도움을 주고 있는 중요한 연구사적 성과이다. 이 책의 Ⅰ부에 수록된 두 편의 논문 「1930년대 비평의 자립적 근거에 대하여」와 「해방공간 비평의 유형학」, 그리고 Ⅱ부에 수록된 네 편의 논문 「1950년대 한국문예비평의 세 가지 양상」, 「고석규의 정신적 소묘」, 「어떤 4 · 19세대의 내면풍경」, 「김현 비평의 표정」 등은 1930년대에서 1960년대에 이르는 비평사의 인식론적 지형도를 효과적으로 해명해 내고 있다.

김윤식의 선구적 연구가 존재하기는 했지만, 해방 직후의 문학비평이나 한국전쟁 직후의 50년대 비평에 대한 활발한 연구들이 전개되었던 시기는

14) 이 점은 김윤식이 현장비평가와 현대문학 연구자를 겸하고 있다는 사실과 밀접한 연관성이 있다고 하겠다. 김윤식은 현장비평가의 시선으로 바로 전대의 비평사적 공간에 대해서 탐사하고 있는 것이다.
15) 김윤식, 『한국현대문학사 : 1945～1980』, 일지사, 1983, 277쪽.

1980년대 후반부터였다. 앞에서도 설명했듯이, 이는 객관적인 학술 연구를 위해서는 최소한 30년의 시간이 필요하다는 연구사적 관행에서 연유하는 것이다.

우선 해방 직후의 비평문학에 대한 중요한 연구 성과로는 임헌영의 「8・15 직후의 민족문학관」(1987), 김윤식의 『해방공간의 문학사론』(1989), 장사선의 「해방문단의 비평사」(1989), 신형기의 「해방 직후의 문학운동 연구」(1987), 송희복의 『해방기 문학비평 연구』(1993), 하정일의 「해방기 민족문학론 연구」(1992), 김재용의 「8・15직후 민족문학론」(1992), 김영진의 『해방기의 민족현실과 문학비평』(1994), 김외곤의 「해방공간의 민족문학논쟁과 카프의 문학이념」(1995) 등의 업적들을 주목할 수 있을 것이다. 이러한 연구들은 주로 해방 직후에 격렬하게 전개되었던 좌우익 논쟁이 비평문학에서 어떠한 방식으로 드러나 있는지를 세밀하게 검토하고 있으며, 동시에 '조선문학가동맹'과 '청년문학가협회' 등의 문학단체를 중심으로 전개된 문단조직론에 대한 실증적 검토를 수행하고 있다. 이들 연구들은 진보적 문학이론이나 사회주의적 비평론에 대한 선입관없이, 당대의 논쟁구도를 객관적으로 복원했다는 점에서 그 연구사적 의의를 인정받을 수 있을 것이다. 해방공간 비평에 대한 연구를 통해, 현대문학비평사 중에서 가장 치열한 이념적 대결이 벌어졌던 문제적 공간에 대한 객관적 응시가 가능해지게 되었다. 다만, 해방 직후라는 특수한 정치적 환경으로 인해 정치적 노선이 문예이론이나 문예조직에 엄청난 영향력을 미쳤다는 사실에 기반하여, 비평현장을 조감함에 따라서 그 당시에 전개된 비평문학의 내적인 논리나 자율성에 대한 천착이 부족하다는 점이 해방 직후 비평에 대한 연구의 한계라고 할 수 있다.

해방 직후 비평에 대한 연구가 활발하게 진행됨에 따라서 1990년대 부터는 1950년대 비평에 대한 연구가 본격적으로 전개되기 시작했다. 1950년대 비평에 대한 연구는 당시 6・25전쟁 이후에 남한사회에 풍미했던 보수주의와 전후문화에 의해 당시 평단이 보수적인 입장으로 재편되었다는 점, 이에 따라 뉴크리티시즘에 근거한 형식주의 비평과 서구적 실존주의 비평 및 모더니즘 비평이 풍미하였다는 점, 그럼에도 불구하고 최일수, 정태용 등의 비평가들에 의해 민족문학론의 단초가 태동되기 시작했다는 점 등등의 사실에 대한 학문적 탐구가 주조를 이루고 있다.

1950년대 비평에 대한 중요한 연구성과로는 강경화의 「1950년대 비평인식과 실현화 연구」(1998), 『한국 문학비평의 인식과 담론의 실현화 연구』(1999), 한수영의 「1950년대 한국 문예비평론 연구」(1995), 『한국 현대비평의 이념과 성격』(2000), 전기철의 「한국 전후 문예비평의 전개양상에 대한 고찰」(1992), 『한국 전후 문예비평 연구』(1994), 박헌호의 「1950년대 비평의 성격과 민족문학론으로의 도정」(1993), 최유찬의 「1950년대 비평연구(Ⅰ)」(1991) 등을 주목할 수 있다. 이 중에서 강경화와 한수영, 전기철의 연구들은 1950년대의 비평의 다양한 실상을 각기 개성적인 관점을 통해 조망한 소중한 연구성과에 해당된다.

우선 강경화의 연구는 담론의 실현화 전략이라는 푸코적인 개념을 통해, 1950년대 비평사의 지형도를 종합적으로 그려 보이고 있다. 강경화의 관점에 의하면 "비평 담론의 실현화란 하나의 비평 담론이 텍스트로서 구성되는 방식과 비평 인식의 구체화 과정 그리고 내포 독자들 향한 담론적 힘의 행사라고 할 수 있다"[16]고 한다. 이러한 문제의식에 기반하여 강경화는 1950년대 비평 담론의 "문체적 투영, 지식의 활용성, 글쓰기의 욕망, 비평적 전략, 비평의 기대 지평 및 지향성 등을"[17] 연구 범주로 삼고 있는 것이다. 비평을 바라보는 이러한 관점은 비평 행위의 자율성과 순수성에 대한 환상을 해체시키고 있는 바, 그것은 궁극적으로 비평 담론의 생성과 기원에 대한 계보학적 탐사와 연결된다. 이러한 방법론에 의거하여 강경화의 연구는 이어령, 유종호, 고석규, 최일수, 김우종, 윤병로 등의 중요한 1950년대 비평가들의 담론의 전개 양상을 정밀하게 해명하고 있다.

한수영의 연구는 흔히 1950년대 비평의 세 가지 축이라고 할 수 있는

---

16) 강경화, 『한국 문학 비평의 인식과 담론의 실현화 연구』, 태학사, 1999, 32쪽.
17) 앞의 책, 33쪽.

민족문학론, 실존주의 문학론, 모더니즘론을 당대 문학사와의 전체적인 연관 속에서 입체적으로 조망하고 있다. 특히 한수영의 연구는 1970년대 민족문학론의 전사(前史)이자 역사적 기원이라고 할 수 있는 1950년대의 민족문학 비평을 최일수, 정태용을 중심으로 정밀하게 복원하고 있다. 한편 전기철의 연구는 주로 모더니즘론과 전통론, 실존주의 비평을 중심으로 전후세대 비평을 실증적으로 검토하고 있다. 이러한 50년대 비평에 대한 본격적인 연구는 몇 년 뒤 자연스럽게 1960년대 비평에 대한 연구로 이행되었다.

이와 같은 선행 연구에 힘입어 1990년대 중반부터는 1960년대의 비평적 성과에 대한 활발한 연구와 논의가 진행되고 있다. 1950년대 비평에 대한 연구가 1980년대 후반부터 이미 이루어졌다는 사실을 감안하면, 1950년대 비평 연구와 1960년대 비평 연구 사이에는 약 7~8년의 시차가 존재하고 있는 셈이다. 이 점 역시 학술 연구의 객관성 확보를 위한 학문적 거리라고 이해될 수 있을 것이다. 1960년대 문학비평에 대한 연구는 주로 다음과 같은 주제에 대해서 집중적으로 이루어졌다.

1) 4·19혁명과 4·19세대론이 1960년대 문학비평에 미친 영향에 대한 고찰
2) 『창작과비평』의 탄생과 민족문학론의 성장 및 분화
3) 근대적 자율성에 근거한 심미적 비평의 대두
4) 4·19세대 비평가들의 세대론적 인정투쟁의 공과
5) 1960년대의 순수·참여 논쟁의 맥락과 성과

이러한 주제들에 대한 탐색을 중심으로 한 1960년대 비평에 대한 주목할만한 연구로는 임영봉의 『한국 현대문학 비평사론』(2000), 한강희의 『한국 현대비평의 인식과 논리』(1998), 이상갑의 「문화주의와 역사주의의 상승작용」(1998), 허윤회의 「1960년대 순수비평의 의미와 한계」(1998), 「역사의 격동을 헤쳐온 신세대 비평가들의 자기모색」(2001), 권성우의 「문학론 : 1960년대」(2001), 「60년대 비평문학의 세대론적 전략과 새로운 목소리」(1993), 「4·19세대 비평의 성과와 한계」(2000) 등을 들 수 있다. 특히 임영봉과

한강희의 연구는 해당 필자들의 박사학위논문을 보완한 것으로, 1960년대 비평문학의 성과와 한계를 전체적으로 냉철하게 조망하고 있다는 점에서 소중한 연구성과라 할 수 있을 것이다. 이 중에서 임영봉의 연구는 푸코의 권력이론과 부르디외의 장(場) 이론 등을 한국현대비평 연구에 창조적으로 적용시키면서, 1960년대 비평의 복잡다단한 역학관계를 역동적으로 해명하는 데 커다란 성과를 발휘하고 있다. 특히 임영봉의 저서는 1960년대 비평을 백철, 조연현의 '구세대', 이형기, 이어령, 이철범, 김우종, 유종호 등의 '전후세대', 김현, 김치수, 김주연, 김병익, 백낙청, 염무웅, 구중서, 임헌영 등의 '4 · 19세대' 등의 세 가지 세대로 구분하여 그들간의 미학적 입장 및 비평적 관점의 차이에 대해서 성실하게 정리하고 있다.

한강희의 연구는 1960년대 비평사를 4 · 19의 문학적 파장과 순수 · 참여 논쟁을 중심으로 통시적으로 조망하고 있다. 그리고 허윤회의 논문 「역사의 격동을 헤쳐온 신세대 비평가들의 자기모색」(2001)은 당시 비주류 계열의 잡지에 속했던 『한양』, 『청맥』 등의 잡지들을 중심으로 전개되었던 진보적인 민족문학론과 조동일, 임중빈, 주섭일 등의 '비평작업' 동인의 비평 활동에 대한 탐구를 보여주고 있다는 점에서 중대한 연구사적 의의를 지니고 있다고 할 수 있다. 권성우의 연구는 백낙청, 김현, 김주연 등의 4 · 19세대 비평가들이 지니고 있었던 비평적 인정투쟁의 논리와 세대론적 전략에 대해서 비판적으로 접근하고 있다. 한편, 김현의 초기 비평을 중요하게 취급한 이명원의 「김현 문학비평 연구」(1999)는 비평가 김현에 대한 종합적이며 논쟁적 연구로 주목받을 만한 성과라고 할 수 있는데, 김현에 대한 연구과정에서 1960년대 비평에 대한 심화된 이해를 보여주고 있다.

1960년대는 현재 우리 비평문단의 중추를 이루고 있는 중진급 비평가들이 비평 활동을 시작한 연대이다. 백낙청, 김우창, 염무웅, 김현, 김병익, 김치수, 김주연, 구중서, 임헌영 등의 비평가들이 바로 1960년대에 등장하여 본격적인 비평 활동을 전개했던 것이다. 또한 비평적 현대성이 가장 선명하게 표출되기 시작한 연대가 바로 1960년대라고 할 수 있다.[18] 그러므로 앞으로 전개될 비평사 연구 분야에서, 1960년대 비평은 한국현대문학비평사의 가장 문제적이며 중요한 연구대상으로 자리잡을 것으로 예견된다.

최근에는 1970년대의 문학비평에 대한 본격적인 학술적 연구들의 조금씩 수행되고 있다. 그 대표적인 성과로는 고명철의 「1970년대 민족문학론의 쟁점 연구」(2002)를 들 수 있다. 이 논문은 1970년대 비평문학의 가장 중요한 쟁점이라고 할 수 있는 리얼리즘론, 농민문학론, 제3세계문학론 등을 민족문학론의 입장에서 정리하고 있다. 이제 2000년대에 접어들면서, 1970년대에 전개된 문학 행위를 연구하기 위한 최소한의 학술적 거리감이 어느 정도 확보되었다는 사실은 주목을 요한다. 앞으로 현대비평사 연구 분야에서 1970년대 비평은 집중적인 탐색 대상으로 떠오르게 될 것이다.

한편 여기서, 한국현대문학비평의 대표적 성과들을 유형학적으로 범주화한 연구성과들도 주목할 수 있겠다. 김현의 「비평의 유형학을 향하여」(1985), 유종호의 「비평 50년」(『한국현대문학 50년』, 민음사, 1995)이 바로 이러한 성격을 지닌 평문들이다. 우선 김현의 평문 「비평의 유형학」은 해방 이후부터 1980년대 중반까지의 한국현대비평사의 흐름을 거시적인 시각으로 조망하고 있다. 그 결과 김현은 "문학비평의 종류도 다양해지고 섬세해졌다. 그래서 문학비평을 그 대상으로 하는, 비평학 혹은 비평의 유형학이라고 불러야 할 학문이 생길 수 있을 정도"[19]라는 진단을 제출하고 있다. 그 진단을 바탕으로 김현은 "1) 모든 비평은 비평가의 문학관의 개진이다 ; 2) 비평가의 문학관은 그의 세계관의 표현이다"라는 전제에 입각하여 한국현대비평의 유형학을 '문화적 초월주의', '민중적 전망주의', '분석적 해체주의'의 세 가지로 제시하고 있다.

김현에 따르면, '문화적 초월주의'란 "문학이 현실 세계를 초월하는 가치를 갖고 있다라고 믿는 세계관"을 의미하는데, 유종호, 천이두, 신동욱, 송재영, 김우창, 김용직, 김윤식, 김병익, 김주연, 김준오, 최동호, 오생근, 김인환,

---

18) 권성우, 「1960년대 비평에 나타난 '현대성'연구」, 『한국학보』 가을호, 1999 참조.
19) 김현, 「비평의 유형학을 향하여」, 『분석과 해석』, 문학과지성사, 1988, 244쪽.

권영민, 송상일, 조남현, 이경수 등의 비평가들이 문화적 초월주의에 해당된다고 한다. 한편 민중적 전망주의란 "문학이란 민중에 의한 세계 개조의 실천의 자리이며 도구이다라고 믿는 세계관을 뜻하며" 김병걸, 백낙청, 이선영, 구중서, 염무웅, 임헌영, 김종철, 최원식, 김영무, 김흥규 등의 비평가들이 그에 해당된다고 한다. 그리고 '분석적 해체주의'란 "문학이 우리가 익히 아는 경험적 현실의 구조 뒤에 숨어 있는, 안 보이는 현실의 구조를 밝히는 자리이다라고 믿는 세계관"을 의미하며 이상섭, 김치수, 김현 등의 비평가들이 이에 해당된다고 한다. 이러한 김현의 유형학은 한국현대비평이라는 다양한 성좌를 지나치게 단순하게 분류했다는 점에서 분명한 한계를 지니고 있지만, 한국 현대비평의 유형학을 그 나름의 독창적인 방식으로 제시했다는 점에서 소중한 시도로 평가받을 수 있을 것이다.

유종호의 「비평 50년」은 해방 이후 한국비평이 마주쳐야 했던 문제들을 김동석과 김동리의 논쟁을 통해 살펴보면서, 또한 1960년대 이후에 전개된 한국현대비평의 대표적 범주를 백낙청의 '입법 비평', 김현의 '기술 비평'(실제비평), 김우창의 '자기 충족적 비평'(고진 에세이)의 세 가지로 분류하여 고찰하고 있다. 유종호의 글은 앞으로 전개될 한국 비평에 대한 비관적 전망을 덧붙이는 것으로 종결된다는 점에서 인상적이다. 그는 비평의 중간화, 잡담화, 가십화가 가속화되는 동시에 비평이 논문 쪽으로 다가가면서, 학술논문적 성격의 비평이 양산될 것으로 전망하고 있다. 김현과 유종호의 글들은 한국현대비평사라는 거대한 영역을 적절한 미학적 범주를 통해 효과적으로 유형화했다는 점에서 비평문학의 사적 체계화작업에 커다란 기여를 하였다고 판단된다.

3) 개별 비평가론의 진척

비평가 연구의 최종단계는 개별 비평가에 대한 심화된 논의를 통해서 일종의 상세한 비평가 평전에 도달하는 연구일 것이다. 한 비평가의 생애와 사상, 글쓰기, 개인사 등을 집대성한 연구는 단지 한 사람의 비평가에 대한 심층적인 탐색이라는 차원을 너머, 그 비평가의 생애와 문학을 총체적으로 복원한 전기적 연구 단계에 도달한다. 김윤식의 『임화 연구』(1990)는 바로 이러한 경지에 도달하고 있는 비평가 연구의 기념비적 성과라고 할 수 있다. 이 저서에서 김윤식은 뤼시엥 골드만(Lucien Goldmann)의 '두 사람이 책상 들기'의 방법론을 원용하여 임화가 대면하였던 다양한 타자와 임화의 관계를 섬세하게 해명하는 방법을 통해 비평가 임화의 문학적 생애와 비평가로서의 삶을 정밀하게 복원하고 있다. 김윤식은 『임화 연구』가 출간되기 이전에 이미, 「임화와 김팔봉」, 「임화와 박영희」, 「임화와 이북만」, 「임화와 백철」 등의 논문들을 발표한 바 있다. 이러한 연구들을 취합하고 보완하여 김윤식은 임화의 파란만장한 삶의 궤적과 문학적 역정(歷程), 그리고 그 섬세한 내면풍경을 『임화 연구』에서 상세하게 복원하고 있다. 전기문학의 대표적인 성과라고 할 수 있는 『이광수와 그의 시대』에서 시도한 작가의 섬세한 내면 읽기의 방법론을 계승한 『임화 연구』는 한 비평가에 대한 전기적 연구가 얼마나 풍요로워질 수 있는가 하는 점을 여실히 보여주고 있는 저술이라고 할 수 있다.

한편 『임화 연구』보다 일년 전에 발간된 김윤식의 『박영희 연구』(1989) 역시 비평가론을 섬세한 전기적 연구의 지평으로 상승시킨 소중한 연구로 『임화 연구』의 초석이 되었던 연구사적 성과에 해당한다. 아울러 김윤식의 『임화 연구』나 『박영희 연구』 외에도 한 비평가의 비평세계에 대해서 집중적으로 고찰한 개별 논문도 다수 발표되었는데, 대표적인 것으로는 김홍규의 「최재서 연구」(1972), 이덕화의 『김남천 연구』(1991), 김명인의 「조연현 연구」(인하대학교 박사학위논문, 1998), 이명원의 「김현 비평 연구」(서울시립대학교 석사학위논문, 1999) 등을 들 수 있다. 이명원은 「김현 비평 연구」에다가, 김윤식과 백낙청에 대한 해석을 묶은 『타는 혀』(2000)라는 비평 연구서를 간행하기도 했다. 김윤식, 김현, 백낙청 등의 한국현대문학비평사에서 기념비적 역할을 수행한 대가급 비평가들에 대한 탐색으로 이루어져 있는 이명원의 저서는 무엇보다도 대상 비평가에 대한 비판적 분석이 돋보인다는 점에서 주목할만한 연구라고 생각된다. 그러나 이명원의 비판은 간혹 한 비평가의 미시적인 차원을 확대해석하고 있다는 점에서 아쉬움이 느껴지기도 한다.

지금까지 언급한 개별 비평가들에 대한 연구성과 외에도 김기진, 김남천, 김환태, 최재서, 백철, 안함광, 한효, 이원조, 김동석, 이헌구, 고석규, 조연현 등의 우리 근대비평사를 화려하게 수놓아 왔던 중요한 비평가들에 대한 다양한 개별 비평가론의 진척도 중요한 연구사적 성과들이라고 할 수 있다. 이들에 대해서는 비평가 당 많게는 수십 편, 적게는 서너 편의 논문들이 발표되어 있다.[20] 이제 이 개별비평가들에 대한 중복된 연구에서 탈피하여 각 비평가에 대한 상세한 전기적 연구와 면밀한 평전이 요청되는 시점에 이르렀다고 할 수 있다.

한편, 이어령, 백낙청, 김우창, 유종호, 김윤식, 김병익, 김현, 김주연, 김치수 등의 현재도 정력적으로 활동하고 있는 대가급 현역비평가들에 대한 연구와 비평도 활발하게 이루어지고 있다. 이 각각의 비평가들에 대한 비평과 서평, 리뷰 등이 꾸준하게 발표되었으며, 최근에 이어령의 이화여사대학교 석좌교수직 퇴임을 기념하여 발간된 『상상력의 거미줄』(2001)에는 다양한 후배비평가들의 이어령론이 수록되어 있다. 특히 강경화의 「저항의 문학, 문화주의 비평」은 이어령의 1950년대 비평을 포괄적으로 고찰한 중요한 연구성과라고 할 수 있다. 또한 이례적으로 언론학자인 강준만에 의해 이어령론에 해당되는 장문의 비평 「이어령의 영광과 고독에 대해 : 지식인의 우상파괴와 인정투쟁의 정치학」(2002)이 씌어졌다는 사실도 인상적인 대목이라고 할 수 있을 것이다. 한편, 이른바 문지 4K로 통칭되는 『문학과 지성』의 동인 비평가 중에서 김병익, 김치수, 김주연의 경우에는 문학과지성사의 기획물 '깊이 읽기' 시리즈로 『김병익 깊이 읽기』(1998), 『김치수 깊이 읽기』(2000), 『김주

20) 김영민, 『한국현대문학비평사』, 소명출판, 2000의 부록 「한국 근대 및 현대 문학비평사 관련 연구 자료 목록」에 이러한 논문들의 목록이 상세하게 정리되어 있다. 이러한 개별 비평가론의 연구사를 검토하는 작업만으로도 장문의 논문이 씌어질 수 있을 것이다.

연 깊이 읽기』(2001) 등의 간행물을 통해 해당 비평가의 비평세계와 일상사, 문학적 입장이 깊이 있게 해명되었으며, 이미 고인이 된 김현의 경우에는 『김현문학전집 16권 : 자료집』(1993)을 통해, 김현의 인간됨과 비평적 매력이 흥미진진하게 조망되었다.

다양한 비평가론이 묶여져서 단행본 형식으로 출간되는 연구서도 개별 비평가 연구에서 지나칠 수 없는 유형에 해당된다. 대표적인 경우로 김윤식 교수의 화갑(華甲)기념논문집으로 헌정된 『한국현대비평가연구』(1996)와 홍성암의 『한국현대비평가연구』(1998), 신재기의 『한국근대문학비평가론』(1999) 등을 들 수 있다. 이러한 연구서들은 다양한 비평가들을 개별비평가론 형태로 집필하여 일련의 비평가론 묶음 형태로 편성되었다. 특히 『한국현대비평가 연구』(1996)는 이헌구, 김동석, 백철 등의 주로 식민지시대와 해방직후에 활동했던 비평가부터 이어령, 유종호, 김현, 김우창, 백낙청, 김윤식, 이재선에 이르는 중요한 비평가들에 대한 비평가론을 망라하고 있다는 점에서 주목된다. 그리하여 이 책은 한국현대비평가론의 집대성이라고 불릴만하다. 그러나 백낙청, 염무웅, 김동석 등의 진보적인 비평가들이 다수 제외되었다는 점에서 비평가 선정의 객관성에 대한 의문을 제기할 수 있을 것이다. 한편 홍성암과 신재기의 연구는 한 연구자가 다양한 비평가들의 비평세계를 종합적으로 연구한 성과라는 점에서 눈여겨 볼 만한 성과이다. 홍성암의 『한국현대비평가 연구』는 이광수, 김기진, 박영희, 최재서, 김기림, 김환태, 김문집, 김남천, 백철, 조연현 등의 비평가들을 포괄적으로 탐색하고 있으며, 신재기의 『한국근대문학비평가론』은 김동인, 김기림, 김오성, 안함광, 임화, 이원조, 최재서 등의 주로 식민지 시대의 비평 담론을 검토하고 있다.

그러나 한 권의 단행본에 다양한 비평가들의 비평세계를 종합적으로 수록한 연구저작들은, 그 연구사적 의의에도 불구하고 한 비평가에 대한 이해가 다소 단면적으로 해석되고 있다는 점과 다양한 성향의 비평가들을 합리적인 기준으로 묶을 수 있는 미학적 잣대가 결여되어 있다는 점에서 분명한 한계를 지니고 있다.

4) 북한의 현대문학비평 연구

북한의 근대문학비평에 대한 연구는 1980년대 중반부터 조금씩 진행되어 왔다. 그러나 카프 비평에 대한 활발한 연구에 비하면, 북한의 현대문학비평에 대한 연구는 상당히 부족한 편이다. 이러한 점은 자료 접근 및 열람의 한계와 밀접한 연관성이 있는 것으로 보인다. 또한 북한정부 수립 이후의 북한 문학비평을 연구하는 행위는 커다란 이념적 부담감을 동반할 수밖에 없다는 점 역시 북한의 현대문학비평에 대한 연구가 활발하지 못한 중요한 이유 중의 하나일 것이다. 그래서 북한의 문학비평에 대한 연구는 주로 해방 직후 시기에 집중되어 있거나, 북한에서 출간된 자료의 연대기적 정리에서 크게 탈피하지 못하고 있다. 다만, 김성수의 경우에는 북한의 문예이론과 주체문학론에 대한 비교적 체계적인 견해를 제출하고 있다.

북한의 현대문학비평과 문학이론에 대한 본격적인 고찰은 누구보다도 김성수에 의해 본격적으로 이루어졌다. 김성수의 일련의 북한문학비평 관계 논문들, 즉「북한 문예이론의 역사적 변모와 김정일의 주체문학론」(1995),「1950년대 북한문학과 사회주의 리얼리즘」(1999),「북한 문예이론의 역사적 변모 고찰」(1994),「김정일 시대의 주체문학론 비판」(1994),「1950년대 북한 문예비평의 전개과정」(1993) 등의 논문들은 북한문학비평에 대한 연구가 부족한 학계의 실정에 비추어볼 때, 참으로 소중한 연구성과라고 할 수 있다. 김성수는 주로 김정일의 주체문학론을 비판적으로 검토하거나 북한 문예이론의 굴절상을 역사적으로 탐색하는 작업을 통해 북한의 현대문학비평에 접근하고 있다.

임영봉 역시 북한문학비평에 관한 소중한 연구성과를 발표한 바 있다. 그의『한국 현대문학 비평사론』(2000)에 수록된「북한 문학비평사 개관」,「고난의 행군의 전위, 우리 식 평론 : 1990년대 북한의 문학평론」,「1990년대 북한 문학평단의 동향과 쟁점」 등의 논문들은 최근의 북한문학 평론에 대한 본격적인 검토에 해당되는 논문이다. 임영봉의 연구는 특히 1990년대의 북한문학평론에 대해서 주목할만한 연구를 수행하고 있다는 점에서, 주로 해방 직후나 1950년대 북한문학 비평을 대상으로 하는 다른 연구성과와 분명하게 구별된다. 신두원의 「해방 직후 북한의 문학비평」(1994)과 성기조의 『북한비평문학 40년 : 정치성과 노동관을 중심으로』(1990) 역시 북한문학 비평에 대한 드문 연구성과에 해당된다. 신두원의 논문은 해방 직후 전개된 북한 문학비평에 대한 실증적 검토를 통해 그 정치적 맥락을 탐색하고 있으며, 성기조의 저서는 40여 년에 이르는 북한현대문학비평의 전개과정을 정리하고 있다. 김재용도 북한문학 전반에 대해서 지속적으로 연구를 수행해 온 바 있다. 그의 『분단구조와 북한문학』(2000)은 다양한 관점으로 북한문학을 조망하고 있는 저서이다. 이 곳에 수록된 논문 중에서 「월북 이후 김남천의 문학활동과 '꿀'논쟁」, 「민주기지론과 북한문학의 시원」은 북한의 문학론과 비평에 대한 연구에 해당하는 주목할만한 성과이다. 같은 저자의 『북한문학의 역사적 이해』(1994)에서도 북한문학비평이 부분적으로 다루어져 있다. 이 저서에는 「북한의 프로 문학 연구 비판」, 「북한 문예학의 전개과정과 과학적 문학사의 과제」 등의 북한문학비평 연구논문들이 수록되어 있다.

한편 지속적으로 북한문학에 대해서 연구를 수행해온 김윤식은 『북한문학사론』(1996)에 수록된 「50년대 북한문학의 동향」이라는 논문에서 북한의 비평과 문학적 쟁점에 대한 탐사를 전개하고 있다. 이 논문은 「계급문학으로서의 민족문학 : 안함광과 임화」, 「계급문학으로서의 민족문학의 성립」, 「시집 『너 어느 곳에 있느냐』의 쟁점 : 한설야와 임화」, 「사회주의 리얼리즘론」, 「카프의 정통성」 등의 항목을 통해, 1950년대 북한비평계의 중요한 쟁점들에 대해서 치밀하게 탐색하고 있다. 김윤식은 연구는 통사적인 관점이 아니라, 구체적인 쟁점을 통해 북한문학 비평의 실상에 접근하고 있다는 점에서 한 단계 진보된 연구성과에 해당된다고 하겠다.

김종회가 엮은 『북한문학의 이해, 1』(1999)와 『북한문학의 이해, 2』(2002)에도 북한문학비평 연구에 해당되는 논문들이 수록되어 있다. 김종회의 「해방 후 북한문학의 전개와 실증적 연구」는 종자론을 비롯한 북한의 문예이론이 어떠한 방식으로 문학작품에 반영되어 있는지에 대해서 탐구하고 있으며, 고인환의 「'주체문학론'의 서술체계와 특징」은 북한문학의 이론적 뿌리에 해당하는 '주체문학론'의 서술체계를 치밀하게 규명하고 있다. 또한 강웅식의 「인간학으로서의 문학, 그 예술적 특수성에 대한 신념 : 엄호석론」은 일종의 개별비평가론에 해당한다. 1940년대부터 비평활동을 시작하여, 북한의 대표적인 문학비평가로 평가받고 있는 엄호석에 대한 연구에 해당하는 이 논문은 이제 북한문학비평에 대한 연구가 개별비평가론이나 테마론의 형태로 한 단계 진전해야 된다는 연구사적 문제의식을 보여주고 있다. 또한 김종회의 「주체문학론과 부수적 현실주제 문학론의 병행」(1995)도 북한문학이 기반으로 하는 당성과 철학성의 의미에 대해서 탐색하고 있는 논문에 해당된다.

지금까지 언급한 북한문학비평에 대한 연구성과들은 그 일정한 의의에도 불구하고, 북한문학비평에 대한 전면적이며 깊이 있는 해석학적 연구에는 아직 도달하지 못하고 있다. 이러한 점에 착목해 보면, 이선영, 김병민, 김재용에 의해 1945년 이후의 북한 문학비평을 집대성한 자료집 『현대문학비평자료집 : 이북편』(1993)이 빌간되있다는 사실은 북한문학비평 연구의 내실화를 위해서 중요한 계기가 될 수 있을 것이다.

이제 북한문학비평에 대한 이념적 편견 없이 그 미학적 원리와 고유한 특질을 내부적 시점으로 정교하게 해부하는 작업이 시급히 요구되고 있다고 생각된다. 이를 위해서는 무엇보다도 자료의 입수와 접근이 용이해져야 할 것이다. 기본적인 실증적 정리가 충실하게 이루어지면, 그 자리에서 북한문학비평에 대한 좀더 다양한 해석학적 연구가 전개될 수 있을 것이다.

4. 근대성에 관한 담론과 해석학적 연구

근대비평사연구의 세 번째 단계는 실증주의적 단계와 사적 체계화단계의 도움을 받아서 수행되는 정밀한 해석학적 단계이다. 1990년대부터 비평사 연구는 새로운 방법론의 개척을 통해 연구의 수준을 향상시키고 다양한 해석학적 관점을 도출하고 있다. 그것은 1) 근대성과 연관된 비평담론, 2) 문학사상사에 대한 탐구, 3) 해석학적 연구의 새로운 지평 등의 세 가지 차원에서 논의될 수 있을 것이다.

1) 근대성(Modernity)과 연관된 비평담론

최근 10여 년 동안 한국의 인문사회과학계는 '현대성'(Modernity)[21] 문제의 해명에 집중적인 학술적 노력을 경주하고 있다. 이러한 측면은 한국현대문학 연구에도 동일하게 나타나고 있다. 1980년대 중반부터 시작된 포스트모더니즘 이론의 수입이 역설적으로 우리 학계로 하여금 모더니티와 모던에 대한 근원적인 성찰로 유도한 중요한 모티프라고 할 수 있을 것이다. 그렇다면, 이러한 모더니티에 대한 이론적 탐색이 활발하게 전개되는 지성사적 맥락은 무엇인가. 최근 몇 년 동안 진행된 모더니티에 대한 적극적 탐색은 학술사적으로 보면, 한국적 근대성의 뿌리를 구체적으로 확인하고자 하는 중대한 이론적 시도라고 할 수 있다.

현대 사회에 대한 비판과 현대 극복의 문제틀은 궁극적으로 한국 사회의 '현대성'에 대한 정밀한 탐문을 통해서 달성된다는 점을 염두에 둔다면, 요컨대 '현대성'은 한국 인문사회과학의 숙명적인 화두라고 하지 않을 수

---

21) 이미 수차례 몇몇 논자들에 의해 지적되었지만 모더니티를 다루는 담론에서 번역의 문제는 대단히 혼란스러운 상태이다. 그래서, 모더니티(Modernity)를 '근대성'으로 번역하느냐 혹은 '현대성'으로 번역하느냐의 문제는 한국의 인문사회과학계에서 아직 명확한 합의를 얻고 있지 못한 상태이다. 대체로 사회과학이나 외국의 문화이론 연구에서는 '현대성'이라는 용어를 사용하고 있으며, 국문학 연구의 영역에서는 상대적으로 '근대성'이라는 용어가 보편적으로 쓰이고 있는 것으로 판단된다. 그러나 이 기준도 절대적이지 않다. 가령 비평가이자 불문학자 김현은 '현대성'이라는 용어를 주로 사용하였으며, 비평가이자 국문학자인 김윤식은 '근대성'이라는 용어를 주로 사용하고 있다. 이 논문에서는 일종의 비평이론을 다룬 연구이기 때문에 현대성이라는 용어를 주로 사용하되, 다른 논자가 선택한 용어는 그 자체로 존중하여 그대로 사용하게 될 것이다. Modernity라는 용어의 엄밀한 번역과 층위의 구분에 한층 더 세심한 주의를 기울일 때, Modernity와 연관된 연구도 한층 정교해질 수 있을 것이다.

없는 것이다. 그러니까, 현대에 대한 문제의식은 한국 현대문학 연구의 자기 정체성을 확립하기 위해서라도 근원적으로 탐구되어야 하는 것이다.

현대성(Modernity)에 대한 국내의 연구성과들은 1990년대 들어와서 아연 활기차게 전개되고 있다. 이러한 '현대성'에 대한 이론적 관심의 확대는 1980년대 초반부터 불어닥친 포스트모더니즘의 열풍이 잠들면서 자연스럽게 이루어졌다. 요컨대 포스트모더니즘의 기원을 찾기 위해서는 필연적으로 모더니티와 모더니즘에 대한 탐색이 요구되었던 것이다.

이러한 지성사적 흐름은 문학비평 분야에서도 예외가 아니다. 문학비평 연구 분야에서 '현대성'이나 '근대성'이라는 화두와 연관된 연구성과들은 1990년대 중반부터 본격적으로 발표되기 시작했다. 우선 '민족문학연구소'에서 발간된 기획 단행본인 『민족문학과 근대성』의 성과를 모더니티의 문제의식과 연관하여 주목하지 않을 수 없을 것이다. 이 저작은 '근대성'이라는 테마를 공동 연구하면서 그 이론적 지평을 실제 우리 문학 텍스트에 창조적으로 적용하고자하는 의욕을 뚜렷하게 보여주고 있다. 특히 이선영의 「우리 문학 연구의 새로운 지평」과 최원식의 「한국 문학의 근내성을 다시 생각한다」, 이현식의 「한국 근대 문학 형성의 사회사적 조건」 등의 논문들은 모더니티와 연관된 문제의식이 우리 문학 연구의 새로운 빛을 던지고 있음을 뚜렷하게 보여주고 있다. 그밖에 모더니즘이나 모더니티를 주제로 하여 개별 작가나 시인, 작품을 분석한 여타의 논문들도 현재적인 유의미성을 담보하고 있다고 여겨진다.

그리고 근대문학과 근대성에 대한 집중적인 해명에 학문적 삶을 바쳐온 김윤식의 『한국 문학의 근대성 비판』(1993), 『한국문학의 근대성과 이데올로기 비판』(1987) 등의 저서들도 '모더니티' 문제에 민감한 촉수를 들이대면서 한국근대문학과 근대성과의 연관관계에 대한 중대한 시사점을 던지고 있다. 김윤식은 위의 저서에서, 근대에 대한 자의식이 결여된 문학은 진정한 의미의 근대문학에 미달된다고 일찍이 주장한 바 있다. 최근에는 젊은 비평가와 국문학자들에 의해 모더니티의 문제의식을 기반으로 하여 우리 문학을 조망하는 일이 빈번해지고 있는데, 이광호의 「문제는 근대성인가」(1995), 황종연의 「근대성을 둘러싼 모험」(1996) 등을 그 주요한 성과로 꼽을 수 있을 것이다. 이러한 논의들은 현대성에 대한 논의가 외국문학 전공자들의 이론 편향적인 시각에서 탈피하여 한국문학과 모더니티의 문제의식을 주체적으로 결합시키고 있다는 측면에서 주목해야 할 연구성과일 것이다.

한편 권성우의 「1960년대 비평에 나타난 '현대성' 연구」(1999)는 유종호, 백낙청, 김현 대가급 비평가들의 1960년대 비평에 '현대성'의 문제의식이 어떠한 방식으로 표출되고 있는지에 대해서 검토하고 있으며, 하정일의 단행본 연구서 『20세기 한국문학과 근대성의 변증법』(2000)은 '근대성'이라는 테마를 중심으로 한국근대문학의 지형을 거시적으로 조망하고 있다. 특히 이 저서에 수록된 논문 중에서 「시민문학론에서 근대극복론까지 : 백낙청론」은 백낙청 비평의 통시적 궤적이 결국 '근대극복'을 위한 비평적 여정으로 귀결되고 있음을 입증하고 있으며, 「근대성과 민족문학」은 '근대'와 민족문학의 상관관계에 대해서 해명하고 있다.

'근대성' 혹은 '현대성'에 입각한 비평 담론은 앞으로 현대문학비평사 분야에서 가장 핵심적인 테마로 자리잡게 될 것이다. 왜냐하면, 아직도 우리는 근대를 통과중이며, 동시에 탈근대의 지평을 지속적으로 모색하고 있는 문제적인 시대에 존재하고 있기 때문이다.

2) 문학사상사에 대한 탐구

문학비평은 당대의 사상사와 밀접한 인식론적 연관성을 맺고 있다. 특정한 시대의 문학비평은 당대의 사상적 흐름으로부터 그 문제의식을 수혈 받고 있기 때문이다. 그러므로 문학비평에 대한 연구는 자연스럽게 문학사상사에 대한 연구와 접맥된다고 할 수 있는데, 이러한 연구동향은 비평에 대한 해석학적 연구에 포괄될 수 있을 것이다.

비평사와 문학사상사를 접맥시킨 연구는 1980년대 중반부터 김윤식에 의해 지속적으로 전개되어 왔다. 실제로, 1980년대 중반과 1990년대 중반 사이에 간행된 『한국근대문학사상연구, 1』(1984), 『한국근대문학사상사』(1984), 『한국현대문학사상사론』(1992), 『한국근대문학사상연구, 2』(1994) 등의 저서들이 이에 해당된다. 이 연구들은 '사상의 자립적 근거'라는 개념을 바탕으로 하여, 특정한 문학적 · 사상적 입장의 내적 필연성을 한 개인의 실존적 정신분석 및 사회사적 방법론의 도입을 통해 치밀하게 탐구하고 있다. 이러한 김윤식의 입장은 다음과 같은 발언에 분명하게 표현되어 있다.

> 한 개인이 어떤 사상을 선택하는 것은 그의 필연성에 말미암은 것이어서, 그것의 우열이 있을 수 없다는 의미까지를 지시하고 있다. 어떤 사상도 다른 사상과 원칙적으로 등가라고 말해질 때, 우리는 사상연구의 객관적 연구의 폭과 깊이를 유연성 있게 해낼 수가 있다. 도남의 신민족주의와, 석경우의 낭만주의, 또는 천태산인의 사상은 따라서 각각 등가이지 그 자체의 우열이 없다고 할 때 우리는 사상의 자립적 근거를 묻게 되며, 그런 시각에서 비로소 우리는 우리 근대문학사의 체계를 일층 유연성 있게 세울 수 있을 것이다. 사상사의 독자적 영역을 마련하는 근거가 이 자리에서 겨우 나올 수가 있기 때문이다.[22)]

이러한 김윤식의 주장은 요컨대 문학사상이 외래에서 수입된 문예사조에 의해서 기계적으로 형성되는 것이 아니라 한 개인의 실존적 위기의식과 '제도적 장치'와 같은 문화사적 · 사회사적 정황이 상호 작용함으로써 생산된다는 주장에 해당된다. 이러한 방법론적 전제에 따라, 김윤식은 조윤제와 최재서의 문학사상이 형성된 제도적 기원과 그 내적 형식에 대해서 치밀하게 검토하고 있다. 한편 『한국근대문학사상사』는 "사상을 어떤 인간이 놓인 문제적 상황에 대한 해답의 형식으로 제출된 것이라 규정한다면 그 해답의 철저성을 따지는 일이 사상연구의 우선적 과제일 터이며, 그것의 연속성이라든가 폭이라든가 침투영역을 문제삼는 일이 곧 사상사의 과제일 터이다"[23)]라

---

22) 김윤식, 「머리말」, 『한국 근대문학 사상 연구 1 : 도남(陶南)과 최재서(崔載瑞)』, 일지사, 1984.

는 전제에 따라 한국근대문학사상사의 실마리를 찾기 위한 내용으로 구성되어 있다. 이 책의 목차는 다음과 같다.

Ⅰ. 근대문학의 성격
Ⅱ. 정치와 문학
Ⅲ. 리얼리즘 논의의 수준
Ⅳ. 사상전향과 전향사상
Ⅴ. 문학에 있어서의 한·일간의 주고받기
Ⅵ. 사상선택과 그 한계
Ⅶ. 민족주의와 문학이념

위의 목차에서도 볼 수 있듯이,『한국근대문학사상사』는 한국근대문학사를 논의할 때 필연적으로 등장할 수밖에 없는 가장 문제적인 테마에 대한 탐구로 이루어져 있다. 이러한 중대한 문제에 대한 사상사적인 접근이 김윤식에 의해서 본격적으로 수행될 수 있었던 것은 그가 누구보다도 광범한 역사철학적 지식과 사상사적 지평에 대한 정확한 이해를 지니고 있다는 사실에서 연유하는 것으로 보인다.

한편『한국현대문학사상사론』은 우리 근대문학사에서 가장 중요한 사상적 화두라고 할 수 있는 '근대'와 '반근대'의 문제의식에 따라 문학사상사의 다양한 풍경을 검토하고 있는 저서이다. 저자는 "근대주의에 맞서는 반근대주의 역시 근대주의에 대한 자의식이 소산"[24]이라고 규정하고 있다. 따라서 저자는 근대주의와 반근대주의의 상호연관성과 길항의 모습에 대해서 천착한다. 그래서 "여기 수록된 논문들은 근대와 반근대의 갈등을 참주제로 한 것이다"[25]라는 저자의 언급이 가능해지는 것이다. 따라서 이 책은 이른바 모더니즘에 연결되는 근대주의 문학사상과 리얼리즘과 연관된 현실주의 문학사상을 면밀하게 검토하고 있거니와, 이 과정에서 비평가 박영희, 백철,

---

23) 김윤식, 「머리말」,『한국근대문학사상사』, 한길사, 1984.
24) 김윤식, 「머리말」,『한국현대문학사상사론』, 일지사, 1992.
25) 앞의 글.

임화, 이원조, 김남천, 고석규, 조연현 등에 대한 세밀한 분석이 전개되고 있다. 또한 『한국근대문학사상연구, 2』는 '문협정통파의 사상구조'라는 부제 아래, 김동리, 조연현, 서정주 등의 이른바 문협정통파의 사상사적 맥락을 정치하게 검토한 저서이다.

이상에서 살펴보았듯이, 김윤식은 한국근대문학비평사에서 문학사상사에 관한 연구를 독보적으로 진행시켜왔다. 그의 문학사상 연구에 의해서, 한국의 근대문학은 단지 문학의 자율성론에 한정되지 않은 문학과 사상의 연관성에 대한 심층적인 맥락을 탐사하게 되었다고 할 수 있다. 그러나, 김윤식을 제외하면 비평사를 문학사상사의 지평에서 조망하는 연구자가 거의 없다는 사실은 앞으로 문학사상사에 대한 연구가 다양한 연구자들에 의해서 풍요롭게 확장되어야 한다는 필요성을 제기하고 있다.

3) 해석학적 연구의 새로운 지평

비평사 연구의 역량이 축적되는 과정은 동시에 새로운 연구사적 지평이 생성되는 과정이기도 할 것이다. 이러한 의미에서, 기존의 연구사적 관행이나 전통을 돌파할 수 있는 참신한 연구관점이라는 시각에 중점을 둔다면, 해석학적 차원의 비평사 연구를 주목하지 않을 수 없을 것이다. 물론 문학 연구의 기본적인 단계로 철저한 실증정신은 아무리 강조해도 지나치지 않다. 또한 이러한 실증주의적 연구들을 취합하여 특정한 사관이나 문학적 입장, 미학적 이념에 의해서 비평사의 전개과정을 체계적으로 정리하는 '사적 체계화' 단계의 연구 역시 소중한 연구 영역임에 틀림없다. 그러나 이러한 연구들의 중요성과 더불어 연구사적 필요성의 면에서 새롭게 주목되어야 할 흐름은 근대문학비평에 대한 정밀한 해석학적 연구라고 여겨진다. 이러한 점은 "사실탐구로서의 문학비평연구가 점차 지양되고 가치 추구적인 입장이 강조되고 있다"[26]는 최근 인문학의 연구사적 정황과 밀접한 연관성을 지닌다.

---

26) 최유찬, 「1930년대 한국리얼리즘론 연구」, 『한국근대문학비평사연구』, 세계, 1989,

문학비평 연구에 있어서 이렇게 해석학적 연구의 중요성이 부각되고 있는 이유는 또한 한국근대문학연구에서, 실증주의적 연구와 사적 체계화 단계의 연구가 지니고 있는 일정한 한계와도 연관된다. 끊임없이 새로운 자료를 발굴하는 것은, 문학연구의 가장 근원적이고 기초적인 성과라고 할 수 있다. 그러나 비교적 자료가 풍성하지 못한 한국근대문학의 경우에는 새로운 자료를 발굴하는 차원의 실증주의적 작업에는 일정한 한계가 있다고 판단된다.[27] 동시에 실증적 자료를 적절하게 구분하고 정리하여 '사적 체계화'를 시도하는 작업도 문학사관이 무한대로 존재하는 것이 아닌 이상, 항상 새로운 문학사적 관점이 생성되기가 결코 용이하지 않을 것이다. 이러한 점들을 감안한다면 근대비평 연구 혹은 근대비평사 연구에 있어서 상대적으로 다양한 연구사적 가능성과 잠재력을 확보하고 있는 연구 분야는 바로 연구주체의 새로운 관점과 참신한 방법론에 의해 연구대상을 해석하고 분석하는 '정밀한 해석학적 연구의 단계'라고 할 수 있다.

원칙적인 의미에서, 실증주의적 연구 단계, 사적 체계화의 연구 단계, 정밀한 해석학적 연구 단계 등은 동시에, 그리고 상호보완적인 관점에서 수행되어야 한다. 그러나 이 중에서 앞으로 가장 풍요로운 연구사적 성과를 거둘 수 있는 분야는 바로 해석학적 연구 단계라고 판단된다.[28] 왜냐하면, 근대문학유산이 한정된 한국근대문학의 경우에는 무엇보다도 연구주체가 연구대상을 조망하는 방법론이 최대한으로 풍부하게 개진될 때, 문학연구가 한결 다채로워 질 수 있기 때문이다. 이러한 점과 연관하여, 최근에 해석학이

301쪽.

27) 물론 판본의 비교 연구나 단행본과 잡지 · 신문 연재본을 대조하는 작업, 작가들의 개작을 상세하게 비교 · 검토하는 작업 등등의 기본적인 실증적 연구는 어느 시대나 가장 기초적인 연구방법론으로 간주되어야 한다. 여기서 언급한 실증주의적 연구의 한계는 새로운 자료를 발굴하는 작업이 참으로 지난하다는 의미로 수용될 수 있을 것이다.

28) 권성우, 「1920 · 30년대 비평에 나타난 '타자의 현상학 연구」, 서울대학교 박사학위논문, 1994 ; 「한국근대문학비평에 나타난 '타자의 현상학' 연구 · 1」, 『세계의문학』 여름호, 1993에서 이 문제를 비롯한 비평사 연구의 새로운 지평에 대한 필자의 견해를 이미 구체적으로 언급한 바 있다.

"사회과학의 예술철학, 언어철학 및 문예비평 등에서 하나의 중심명제로 등장하고 있다"[29]는 사실을 주목할 수 있을 것이다. 아울러 최근의 문학비평이나 문학연구에서 해석학적 관점에 대한 필요성이 점차로 증대하고 있다는 점[30]도 감안되어야 할 것이다. 이 점은 문학이나 비평 연구가 어떤 학문 분야보다도 해석의 다양성과 관점의 다양성이 가능하기 때문일 것이다. 실상 비평은 다양한 관점이 서로 해석학적 충돌을 통해, 그 논리의 정당성을 경쟁하는 담론의 치열한 투쟁이 진행되는 공간이기도 한 것이다.

그렇다면 1990년대에 들어와서 새롭게 나타난 해석학적 단계의 비평사 연구는 어떠한 모습을 보여주고 있는가. 1980년대 지식사회를 지배했던 마르크스주의가 퇴조하고, 1990년대부터 푸코, 들뢰즈 등의 탈구조주의가 수용되면서 이른바 모더니티에 대한 반성과 해체가 중요한 지성사적 흐름으로 등장하기 시작했다. 바로 이러한 지적 조류에 따라 주체 중심주의 비판에 근거한 비평사 연구들이 나타나기 시작했던 것이다. 권성우의 「1920・30년대 문학비평에 나타난 '타자성' 연구」(1994)와 김외곤의 「김남천 문학에 나타난 주체 개념의 변모과정 연구」(1995)는 바로 이러한 새로운 시각으로 비평 연구의 해석학적 단계를 열어제친 논문들이라고 할 수 있다. 또한 서경석은 「1930년대 문학비평에 나타난 '탈근대성'연구」(1996)이라는 논문을 통해, 1930년대 문학비평에 나타난 탈근대성의 문제의식을 정리하였다. 한편, 권성우는 자신의 논문을 수정・보완하여 『모더니티와 타자의 현상학』(솔 출판사, 1999)이라는 단행본 저작을 통해 자신의 해체주의적 비평사 연구의 성과를 정리하였다. 이러한 연구성과들은 주로 해체주의와 탈근대론의 이론적 수혈을 받아, 근대적 이성 중심주의에 기반하여 진행되던 카프 비평 연구사에 새로운 시각을 제공하였다고 평가되고 있다. 그러나, 한국현대 비평사를 새로운 관점으로 조망하는 논리가 주로 서구의 탈근대이론에 기대고 있다는 점은 이러한 연구의 분명한 한계라고 할 것이다. 결국 근대에

29) 조셉 블라이허 저/권순홍 역, 『현대 해석학』, 한마당, 1983, 8쪽.
30) 리차드 E. 팔머/이한우 역, 「서론」, 『해석학이란 무엇인가』, 문예출판사, 1988.

배한 비판과 해체도 역시 서구적 이론으로부터 자유로울 수 없다는 한국 인문학계의 숙명적인 딜레마를 이러한 연구 동향을 통해 고통스럽게 확인할 수 있는 것이다.

아울러 비교적 최근에 씌어진 참신한 방법론에 의거한 남송우, 박남훈 등의 해석학적 논문[31]도 주목할만한 연구성과에 해당된다. 특히 문학평론가이기도 한 남송우는 일련의 논문들은 제목에서도 알 수 있듯이 비평 연구를 해석학과 본격적으로 결합시키고 있다. 그러나 이러한 연구들은 그 선구적인 문제의식에도 불구하고 논문의 결과가 전통적인 연구방법론에서 거둔 성과와 본질적인 차이가 발견되지 않는다는 점에서 한계를 지니고 있다고 하겠다.

한편, 이병헌의 『한국 현대비평의 문체』(2001)와 같은 독특한 연구성과도 해석학적 연구의 유의미한 성과로 언급되어야 할 것이다. 저자의 학위논문을 보완한 이 연구성과는 이광수, 김기진, 최재서, 임화, 김남천, 김기림 등의 한국근대문학비평사에서 명멸했던 중요한 비평가들의 비평텍스트를 문체론적 입장으로 분석·탐구한 거의 유일한 시도라고 할 수 있다. 이 저작의 제2장은 다음과 같은 비평가들의 문체를 분류하고 있다.

2.1 숙고와 표현의 괴리 : 이광수의 비평
2.2 단정과 표현의 포즈 : 김기진의 비평
2.3 숙고의 단정의 양면성 : 최재서의 비평
2.4 단정과 표현의 적극성 : 임화의 비평
2.5 제시와 숙고의 끈기 : 김남천의 비평
2.6 제시와 표현의 긴장 : 김기림의 비평

위의 분류에서 확인할 수 있듯이, 이병헌의 비평문체론은 그 참신한 발상에

---

31) 박남훈, 「카프예술대중화론의 상호소통론적 연구」, 부산대학교 박사학위논문, 1990 ; 남송우, 「1930년대 전환기비평의 해석학적 연구」, 부산대학교 박사학위논문, 1992 ; 남송우, 「이원조 비평의 해석학적 연구(1)」, 『국어국문학』 30집, 부산대학교 국문과, 1993 ; 남송우, 「1930년대 백철 비평의 해석학적 연구」, 『한국문학논총』 16집, 1995 ; 남송우, 「1950년대 고석규 비평의 해석학적 연구」, 『한국문학논총』 19집, 1996.

도 불구하고, '숙고', '표현', '단정', '제시' 등의 엄밀하게 규정지을 수 없는 비과학적 용어를 통해서 문체론적 분석을 시도하고 있다는 점에서 분명한 한계를 지니고 있다. 앞으로 문체론의 관점에서 한국현대비평사를 조망하는 작업은 좀더 학술적 엄밀성과 체계성을 보완해야 할 것이다.

5. 맺는 말 : 비평사 연구의 전망, 남는 문제들

지금까지 이 글은 근대비평사연구를 포함한 근대비평연구의 전반적인 전개과정을 세 가지 단계의 아홉 가지 유형으로 나누어, 그 각각의 연구사적 현황과 맥락, 성과와 한계, 이론적 필요성 등에 대해서 살펴보았다. 그렇다면 앞으로의 근대비평사연구는 어떠한 문제의식과 방법론을 가지고 수행시켜 나가야하겠는가? 분명한 것은 앞으로도 실증주의적 연구와 사적 체계화단계의 연구가 지속적으로 전개되고 보강되어야 한다는 사실이다. 실증주의적 연구분야에서는 중요한 비평가들에 대한 개별 비평가론이 더욱 충실하게 작성되어야 한다. 또한 아직 본격적인 비평가론의 형태로 연구가 이루어지지 않는 비평가들에 대해서도 활발한 연구가 이루어져야 한다. 이러한 연구가 축적되면, 궁극적으로 비평가들의 삶과 문학을 종합적으로 설명할 수 있는 평전이나 전기적 연구가 한층 활성화될 수 있을 것이다. 물론 이밖에도 새로운 연구사의 조명을 기다리는 대목은 많다. 여기서는 앞으로 전개될 비평사 연구의 전망 및 비평사 연구에서 시급하게 필요한 부분들을 언급하고자 한다.

김윤식의 『한국근대문예비평사연구』(1973)이후에 이 작업에 비견되는 새로운 근대문학비평사가 20년이 지난 현재까지 새로운 세대의 연구진에 의해 작성되지 못했다는 사실은 정말로 안타까운 일이다. 학문 연구의 지나친 분업화가 거시적 문학사 연구를 제한하고 있다는 점, 근대비평사를 이전 연구와 다른 시각으로 조망할 수 있는 유력한 해석학적 관점이나 참신한 방법론이 부각되지 못하고 있다는 점이 이러한 사태를 낳은 원인으로 보인다.

또한, 개별 비평가론의 대상으로 한번도 다루어지지 못한 문학비평가들이 무수히 남아있을 뿐더러, 근대 문학비평사에서 중요한 역할을 수행했던 임화, 김남천, 최재서, 박영희, 김팔봉, 김환태, 이원조 등등에 대한 연구도 실증적으로나 방법론적으로 다양한 탐색의 여지가 남겨져 있다는 사실이 강조되어야 한다.

그리고 비평사 연구에서 엄밀한 실증적 검토의 중요성도 다시금 환기되어야 한다. 근대문학사 연구의 모든 분야에서 정확한 실증적 고찰과 탐색이 아직 현저히 부족한 편인데, 문학비평의 경우에는 이러한 점이 더욱 커다란 문제로 대두되고 있다. 불완전한대로, 현재 전집(全集)이 발간된 비평가는 김팔봉과 김환태 등에 머물고 있다. 임화와 김남천, 박영희, 최재서를 비롯한 중요한 비평가들의 전집이 하루속히 발간되어야 할 것이다. 아울러 근대비평사연구의 중요한 자료인 당시의 신문과 잡지들이 연구의 편의를 위해, 쉽게 읽을 수 있는 판형으로 시급히 발굴 정리 복원되어야 할 것이다. 비평사 연구의 진전이라는 화두와 연관하여, "주요 쟁점과 논쟁사 위주의 연구도 그 나름의 의의가 있지만, 비평가 위주의 이론사적 성격의 비평사를 쓰는 일은 연구가들에게 맡겨진 주요한 과제이다"[32]라는 주장을 주목해 볼 수 있다. 이제 비평사 연구는 논쟁 중심의 서술에서 한 발자국 더 나아가야 한다. 그렇다면 기존의 비평사 연구성과를 돌파하여 새로운 진전을 이루기 위해서는 어떠한 연구들이 진행되어야 할까. 무엇보다도 다음과 같은 새로운 연구성과들이 절실하게 요청된다.

1) 새로운 관점과 방법론에 의한 근대문학비평사 서술
2) 한 비평가의 비평적 궤적을 종합적으로 검토한 심층적인 비평가론과 비평가 평전
3) 테마론의 입장에서 다양한 비평적 주제를 탐사하는 연구
4) 일본 근현대비평과 한국 근현대비평의 면밀한 비교문학적 연구

---

32) 서준섭, 「한국 근대 문학비평 연구의 새로운 지평」, 『한국 근대문학과 사회』, 월인, 2000, 27쪽.

5) 소설가나 시인들의 비평문과 문학론에 대한 메타적 연구
6) 다양한 이론과 철학의 도움을 받은 해석학적 연구
7) 비평가의 문체와 문장에 대한 섬세한 탐구

이러한 연구들이 새롭게 진행되어, 그 진전된 연구성과들이 축적되었을 때 현대문학 비평 연구사도 역시 새롭게 씌어질 수 있을 것이다.

지금까지 살펴왔듯이, 근현대 비평에 대한 새로운 연구성과의 가능성은 무한대로 열려 있는 셈이다. 새로운 연구성과를 위해서 무엇보다 시급히 필요한 작업은 바로 과거의 연구성과에 대한 면밀한 파악일 것이다. 곰팡내 나는 도서관 속에서 새로운 상상력이 싹트듯이, 이 글이 바로 그러한 새로운 비평사 연구의 진전을 위한 조그마한 나침반 역할을 하게 되기를 기대한다.

| 참고문헌 |

가) 국내논저

강경화, 「1950년대 비평인식과 실현화 연구」, 성균관대학교 박사학위논문, 1998.
강경화, 『한국 문학비평의 인식과 담론의 실현화 연구』, 태학사, 1999.
강경화, 「저항의 문학, 문화주의 비평」, 『상상력의 거미줄』, 생각의 나무, 2001.
강경화 외, 『상상력의 거미줄 : 이어령 문학의 길찾기』, 생각의 나무, 2001.
강준만, 「이어령의 영광과 고독」, 『인물과사상』 22호, 개마고원, 2002. 4.
고명철, 「1970년대 민족문학론의 쟁점 연구」, 성균관대학교 박사학위논문, 2002.
권성우, 「60년대 비평문학의 세대론적 전략과 새로운 목소리」, 『1960년대 문학연구』, 예하, 1993. 2.
권성우, 「김환태 비평에 나타난 '타자의 현상학' 연구」 『세계의 문학』 1993년 가을호.
권성우, 「1920~30년대 문학비평에 나타난 '타자의 현상학' 연구」, 서울대학교 박사학위논문, 1994.
권성우, 「김현의 대중문화비평에 대하여 : 매혹과 비판 사이」, 『한국현대비평가연구』, 강, 1996.
권성우, 『모더니티와 타자의 현상학』, 솔, 1999.
권성우, 「1960년대 비평에 나타난 '현대성' 연구」, 『한국학보』 가을호, 1999.
권성우, 「4 · 19세대 비평의 성과와 한계」, 『문학과사회』 여름호, 2000.
권성우, 『비평과 권력』, 소명출판, 2001.
권성우, 『비평의 희망』, 문학동네, 2001.
권성우, 「문학론 : 1960년대」, 『한국현대예술사대계 Ⅲ : 1960년대』, 시공사, 2001.
권영민 편, 『한국 현대문학비평사』, 단국대학교 출판부, 1982.
권영민, 「카프의 조직과 해체」, 『문예중앙』 봄호~겨울호, 1988.
권영민, 『한국 계급문학 운동사』, 문예출판사, 1998.
김동식, 「최재서 문학비평 연구」, 서울대학교 석사학위논문, 1993.
김명인, 「조연현 연구」, 인하대학교 박사학위논문, 1998.
김성수, 「1930년대의 초의 리얼리즘론과 프로문학」, 『반교어문연구』 1집, 1988.
김성수, 「고비에 이른 근대문학비평사 연구의 성과와 과제」, 『1930년대 문학연구』, 평민사, 1993.
김성수, 「1950년대 북한 문예비평의 전개과정」, 『한국전후문학연구』, 성균관대학교 출판부, 1993.
김성수, 「김정일 시대의 주체문학론 비판」, 『북한 연구』, 1994.
김성수, 「북한 문예이론의 역사적 변모 고찰」, 『북한 및 통일연구 논문집』, 1994.
김성수, 「북한 문예이론의 역사적 변모와 김정일의 주체문학론」, 『북한문화 연구』 2호, 1995.

김성수, 「1950년대 북한문학과 사회주의 리얼리즘」, 『현대북한 연구』, 1999.
김시태, 「마르크스주의 비평의 한국적 양상」, 『비교문화연구』 5집, 1986.
김영민, 「1920년대 한국문학비평 연구」, 연세대학교 박사학위논문, 1985.
김영민, 『한국문학비평논쟁사』, 한길사, 1992.
김영민, 『한국근대문학비평사』, 소명출판, 1999.
김영민, 『한국현대문학비평사』, 소명출판, 2000.
김영진, 『해방기의 민족현실과 문학비평』, 우리문학사, 1994.
김외곤, 「김남천 문학에 나타난 주체 개념의 변모과정 연구」, 서울대학교 박사학위논문, 1995.
김외곤, 『한국 근대 리얼리즘 문학 비판』, 태학사, 1995.
김외곤, 「해방공간의 민족문학논쟁과 카프의 문학이념」, 『문학사상』, 1995. 7.
김용직, 『한국근대문학의 사적 이해』, 삼영사, 1977.
김용직, 『임화 문학연구』, 세계사, 1991.
김우종, 「김환태의 문학이론과 비평방법」, 『백영 정병욱 선생 회갑기념논총』,신구문화사, 1982.
김윤식, 「최재서론 : 비평과 모더니티」, 『현대문학』, 1963. 3.
김윤식, 「한국 문예비평사에 대한 연구-1923년에서 1935년까지」, 『학술원논문집』 6집, 1968.
김윤식, 「회월 박영희 연구」, 『학술원논문집』 7집, 1968.
김윤식, 『근대 한국문학 연구』, 일지사, 1973.
김윤식, 『한국근대문예비평사 연구』, 일지사, 1976.
김윤식, 『한국근대문학사상비판』, 일지사, 1978.
김윤식, 『한국현대문학사 : 1945～1980』(증보판), 일지사, 1983.
김윤식, 『한국근대문학사상사』, 한길사, 1984.
김윤식, 『한국근대문학사상연구, 1』, 일지사, 1984.
김윤식, 「한국문학에 있어서의 마르크스주의의 충격-프로문학에 관하여」, 1986.
김윤식, 『한국문학의 근대성과 이데올로기 비판』, 서울대학교 출판부, 1987.
김윤식 편, 『한국 근대리얼리즘 비평선집』, 서울대학교 출판부, 1988.
김윤식, 『박영희 연구』, 열음사, 1989.
김윤식, 『임화 연구』, 문학사상사, 1990.
김윤식, 『해방공간의 문학사론』, 서울대학교 출판부, 1989.
김윤식, 「김현론 : 어떤 4·19세대의 내면풍경」, 『작가와 내면풍경』, 동서문학사, 1991.
김윤식, 『한국현대문학사상사론』, 일지사, 1992.
김윤식, 『한국 문학의 근대성 비판』, 문예 출판사, 1993.
김윤식, 『한국근대문학사상연구, 2』, 아세아문화사, 1994.
김윤식, 『북한문학사론』, 새미, 1996.

김윤식, 『한국현대문학비평사론』, 서울대학교 출판부, 2000.
김윤식 · 한기 대담, 「김윤식 선생과의 대화」, 『오늘의 문예비평』 여름호, 1994.
김윤재, 「카프문예비평에 나타난 속류사회학주의와 반영론 연구」, 한국외국어대학교 석사학위논문, 1992.
김윤재, 「모더니즘 비평에 나타난 근대 문학과 현대 문학의 성격」, 『민족문학과 근대성』, 문학과지성사, 1995.
김재용 · 이상경 · 오성호 · 하정일 공저, 『한국근대민족문학사』, 한길사, 1993.
김재용 편, 『카프비평의 이해』, 풀빛, 1989.
김재용, 「카프문학논쟁」, 『한국 근현대문학 연구 입문』, 한길사, 1990.
김재용, 「중일전쟁과 카프 해소 · 비해소파」, 『현대문학의 연구』 3집, 평민사, 1991.
김재용, 「8 · 15직후 민족문학론」, 『문학과논리』 2호, 태학사, 1992.
김재용, 『북한문학의 역사적 이해』, 문학과 지성사, 1994.
김재용, 『분단구조와 북한문학』, 소명출판, 2000.
김종회, 「주체문학론과 부수적 현실주제 문학론의 병행」, 『남북한 현대문학사』, 나남출판, 1995.
김종회 엮음, 『북한문학의 이해, 1』, 청동거울, 1999.
김종회 엮음, 『북한문학의 이해, 2』, 청동거울, 2002.
김주연, 「새 시대 문학의 성립」, 『68문학』, 1968.
김주연, 『김주연 평론 문학선』, 문학사상사, 1992.
김현, 「비평 방법의 반성」, 『문학사상』 1973. 8.
김현, 「한국 비평의 가능성」, 『현대 한국 문학의 이론』, 민음사, 1973.
김현, 「비평의 유형학을 향하여」, 『분석과 해석』, 문학과 지성사, 1988.
김현, 「미셸 푸코의 문학비평」, 『미셸 푸코의 문학비평』, 문학과 지성사, 1989.
김현, 『현대 한국 문학의 이론 : 사회와 윤리』, 김현 문학전집 2권, 문학과 지성사, 1991.
김현, 『존재와 언어 : 현대 프랑스 문학을 찾아서』, 김현 문학전집 12권, 문학과 지성사, 1992.
김현, 『자료집』, 김현 문학전집 16권, 문학과 지성사, 1993.
김흥규, 「최재서 연구」 『문학과 역사적 인간』, 창작과비평사, 1980
나병철, 「임화의 리얼리즘론과 소설론」, 『1930년대 문학연구』, 평민사, 1993.
남송우, 「1930년대 전환기 비평의 해석학적 연구」, 부산대학교 박사학위논문, 1990.
남송우, 「이원조 비평의 해석학적 연구, 1」, 『국어국문학』 30집, 부산대학교 국문과, 1993.
남송우, 「1930년대 백철 비평의 해석학적 연구」, 『한국문학논총』 16집, 1995.
남송우, 「1950년대 고석규 비평의 해석학적 연구」, 『한국문학논총』 19집, 1996.
문학사와 비평 연구회 편, 『1960년대 문학연구』, 예하, 1993.
민족문학연구소 편, 『민족문학과 근대성』, 문학과 지성사, 1995.

민경희, 「임화의 소설론 연구」, 서울대학교 석사학위논문, 1990.
박남훈, 「카프예술대중화론의 상호소통론적 연구」, 부산대학교 박사학위논문, 1990.
박성준, 「임인식 문학비평 연구를 위한 시론」, 연세대학교 석사학위논문, 1988.
박헌호, 「1950년대 비평의 성격과 민족문학론으로의 도정」, 『한국전후문학연구』, 성균관 대학교 출판부, 1993.
백낙청, 「새로운 창작과 비평의 자세」, 『창작과비평』 창간호, 1966.
백낙청, 『민족문학과 세계문학』, 창작과비평사, 1978.
백 철, 『조선신문학사조사 : 현대편』, 백양당, 1949.
백 철, 『신문학사조사』, 민중서관, 1954.
상허문학외 편, 『근대문학과 구인회』, 깊은 샘, 1996.
서경석, 「1930년대 문학비평에 나타난 '탈근대성'연구」, 『한국학보』 가을호, 1996.
서준섭, 『한국 모더니즘 문학 연구』, 일지사, 1988.
서준섭, 「문학의 세대적 변별성과 비평의 과제」, 『문학과사회』 여름호, 1992.
서준섭, 『한국 근대문학과 사회』, 월인, 2000.
성기조, 『북한비평문학 40년 : 정치성과 노동관을 중심으로』, 신원문화사, 1990.
성민엽 엮음, 『김병익 깊이 읽기』, 문학과 지성사, 1998.
성민엽 엮음, 『김주연 깊이 읽기』, 문학과 지성사, 2001.
송희복, 『해방기 문학비평 연구』, 문학과 지성사, 1993.
신동욱, 『한국현대비평사』(증보판), 시인사, 1988(초판 : 1975).
신두원, 「임화의 현실주의론 연구」, 서울대학교 석사학위논문, 1991.
신두원, 「해방 직후 북한의 문학비평」, 『한국학보』 봄호, 1994.
신범순, 「문학 비평의 모더니즘적 전회를 위하여」, 『비평의 시대』, 문학과 지성사, 1993.
신승엽, 「비평사 연구의 새로운 방향모색을 위하여」, 『민족문학사연구』 1호, 창작과비평사, 1991.
신재기, 『한국근대문학비평가론』, 월인, 1999.
신형기, 「해방 직후의 문학운동 연구」, 연세대학교 박사학위논문, 1987.
역사문제연구소 문학사연구모임, 『카프 문학운동 연구』, 역사비평사, 1989.
염무웅, 『민중시대의 문학』, 창작과비평사, 1979.
염무웅, 「모더니즘의 한계와 그 극복」, 『문예사조의 새로운 이해』, 문학과 지성사, 1996.
유문선, 「1930년대 창작방법 논쟁연구」, 서울대학교 석사학위논문, 1988.
유종호, 「비평 50년」, 『한국현대문학 50년』, 민음사, 1995.
이광호, 「문제는 근대성인가」, 『환멸의 신화』, 민음사, 1995.
이광호, 「한국근대시론의 '미적 근대성' 연구」, 고려대학교 박사학위논문, 1998.
이덕화, 『김남천 연구』, 청하, 1991.
이동민, 「김환태의 비평이론」, 『현상과 인식』 여름호, 1982.
이명원, 「김현 문학비평 연구」, 서울시립대학교 석사학위논문, 1999.

이명원, 『타는 혀』, 새움, 2000.
이병헌, 『한국 현대비평의 문체』, 고려대학교 민족문화연구원, 2001.
이상갑, 「문화주의와 역사주의의 상승 작용」, 『1960년대 문학연구』, 깊은샘, 1998.
이선영 · 강은교 · 최유찬 · 김영민, 『한국 근대문학비평사연구』, 세계, 1989
이선영 · 김병민 · 김재용 편, 『현대문학비평자료집 : 이북편』, 태학사, 1993
이선영, 「비평사연구의 제문제」, 『창작과비평』 여름호, 1973.
이선영, 「한국 근대문학비평 연구-초창기를 중심으로」, 건국대학교 박사학위 논문, 1981.
이선영, 「우리 문학 연구의 새로운 지평 : 근대성 문제의 논의를 계기로」, 『민족문학과 근대성』, 문학과 지성사, 1995.
이은애, 「김환태의 '인상주의 비평' 연구」, 서울대학교 석사학위논문, 1985.
이의춘, 「박영희 문학론 연구」, 서울대학교 석사학위논문, 1987.
이주형 외, 『한국 현대 비평가 연구』, 강, 1996.
이 훈, 「1930년대 임화의 문학론 연구」, 서울대학교 박사학위논문, 1993.
임규찬, 「카프 해산 문제에 대하여」, 『한국 근대문학사의 쟁점』, 창작과비평사, 1990.
임규찬, 「'카프'의 이념과 문학양식을 둘러싼 논쟁」, 『문학사상』 1999. 8.
임규찬, 『문학사와 비평적 쟁점』, 태학사, 2001.
임규찬 · 한기형 편, 『카프비평 자료총서 I ~ IX』, 태학사, 1989.
임영봉, 『한국 현대문학 비평사론』, 역락, 2000.
임헌영, 「8 · 15직후의 민족문학관」, 『역사비평』 가을호, 1987.
임헌영 · 홍정선 공편(共編), 『한국 근대비평사의 쟁점』, 동성사, 1986.
임헌영, 「카프 문학을 어떻게 이해할 것인가」, 『동서문학』 1989. 1.
임 화, 『문학의 논리』, 학예사, 1940.
장사선, 『한국 리얼리즘문학론』, 새문사, 1988.
장사선, 「해방문단의 비평사」 『한국현대문학사』 (현대문학사, 1989)
전기철, 「한국 전후 문예비평의 전개양상에 대한 고찰」, 서울대학교 박사학위논문, 1992.
전기철, 『한국 전후 문예비평 연구』, 도서출판 서울, 1994.
전영태, 「김환태의 인상주의 비평-그 효용과 한계」, 『월간문학』, 1986. 12.
정과리 엮음, 『김치수 깊이 읽기』, 문학과 지성사, 2000.
조남현, 「근대 비평의 자취를 찾아」, 『풀이에서 매김으로』, 고려원, 1992.
조정환, 『민주주의 민족문학론과 자기비판』, 연구사, 1989.
최원식, 『민족문학의 논리』, 창작과비평사, 1982.
최원식, 「한국문학의 근대성을 다시 생각한다」, 『민족문학과 근대성』, 문학과 지성사, 1995.
최유찬, 「1930년대 한국 리얼리즘론 연구」, 연세대학교 박사학위논문, 1986.
최유찬, 「1950년대 비평연구(I)」, 『1950년대 남북한 문학』, 평민사, 1991.
하정일, 「해방기 민족문학론 연구」, 연세대학교 박사학위논문, 1992.

하정일, 「1930년대 후반 문학비평의 변모와 근대성」, 『민족문학과 근대성』, 문학과지성사, 1995.
하정일, 『20세기 한국문학과 근대성의 변증법』, 소명출판, 2000.
한강희, 『한국 현대비평의 인식과 논리』, 태학사, 1998.
한수영, 「1950년대 한국 문예비평론 연구」, 연세대학교 박사학위논문, 1995.
한수영, 『문학과 현실의 변증법』, 새미, 1997.
한수영, 『한국 현대비평의 이념과 성격』, 국학자료원, 2000.
허윤회, 「1960년대 순수비평의 의미와 한계」, 『1960년대 문학연구』, 깊은샘, 1998.
허윤회, 「역사의 격동을 헤쳐온 신세대 비평가들의 자기모색」, 『문화예술』, 2001. 7.
홍성암, 『한국현대비평가연구』, 태학사, 1998.
홍승용 역, 「리얼리즘을 위하여 : 루카치를 중심으로 한 리얼리즘-모더니즘 논쟁의 의미」, 『문제는 리얼리즘이다』, 실천문학사, 1985.
홍정선, 「카프와 사회주의 운동 단체와의 관계」, 『역사적 삶과 비평』, 문학과 지성사, 1986.
황종연, 「한국문학의 근대와 반근대-1930년대 후반기문학의 전통주의 연구」, 동국대학교 박사학위논문, 1992.
황종연, 「모더니즘의 망령을 찾아서」, 『세계의 문학』 여름호, 1994.
황종연, 「근대성을 둘러싼 모험」, 『창작과비평』 가을호, 1996.

나) 국외논저 및 번역서

Benjamin, W./반성완 편역, 『발터 벤야민의 문예이론』, 민음사, 1983.
Benjamin, W./이태동 역, 『문예비평과 이론』, 문예출판사, 1987.
Eagleton,T., *Criticism and Ideolgy*, London : Verso Editions, 1982.
Eagleton,T./이경덕 역, 『문학비평 : 반영이론과 생산이론』, 까치, 1986.
Fish, S., *Is There a Text in This Class?*, Cambridge : Harvard Univ, 1980.
Foucault,M. Edited by Gordon/홍성민 역, 『권력과 지식』, 나남, 1991.
Habermas,J. (tr.Lawrence.F), *The Philosophical Discourse of Modernity*, Polity Press, 1987.
Hauser, A./백낙청 · 염무영 역, 『문학과 예술의 사회사 : 현대편』, 창작과비평사, 1974.
Hawkes, T, *Structualism and Semiotics*, California : Univ Press, 1977.
Hoy,D.C./이경순 역, 『해석학과 문학비평』, 문학과 지성사, 1988.
Jameson, F./여홍상 · 김영희 역, 『변증법적 문학이론의 전개』, 창작과비평사, 1984.
Lukács, G., *Realism in our time*, Harper & Row Publisher, 1971.
Lukács, G. 외/홍승용 역, 『문제는 리얼리즘이다』, 실천문학사, 1985.
Lunn, E./김병익 역, 『마르크시즘과 모더니즘』, 문학과 지성사, 1986.
Palmer, R.E./이한우 역, 『해석학이란 무엇인가』, 문예출판사, 1988.

Pöggeler, O./박순영 역, 『해석학의 철학』, 서광사, 1993.
Selden, R./김용규 역, 『비평과 객관성』, 백의, 1995.
Smart, B./윤비 역, 『마르크스주의와 미셸 푸코의 대화』, 민글, 1993.
Todorov,T./최현무 역, 『바흐찐 : 문학사회학과 대화이론』, 까치, 1987.
Touraine, A./정수복 · 이기현 역, 『현대성 비판』, 문예출판사, 1995.
Wellmer, A./이주동 · 안성찬 역, 『모더니즘과 포스트모더니즘의 변증법』, 녹진, 1990.

현대소설 연구 50년

이동하

1. 머리말

1945년의 8 · 15 해방 이전에는, 20세기 한국소설[1]에 대한 학문적 연구의 업적으로 들 만한 것이 아주 드물게밖에 나오지 않았다. 안확의 『조선문학사』(한일서점, 1922)라든가 김태준의 『조선소설사』(청진서관, 1933)에서 20세기의 한국소설에 대해 언급한 내용이 약간 보이는 것과 임화가 1939년부터 1941년까지에 걸쳐 단속적으로 발표한 일련의 신문학사 서술 작업들[2]에서 동일한 대상에 관한 논의가 발견되는 것 정도를 꼽을 수 있을 따름이다. 이들 중 안확과 김태준의 작업은 지극히 단편적인 수준에서 그친 것이었고, 임화의 시도는 그보다 훨씬 상세하고 본격적인 것이었으나 단행본으로 묶일 기회를 얻지 못했으며[3] 논의 자체도 미완으로 끝났다는 한계를 지닌 것이었다. 그러고 보면 해방 전의 20세기 한국소설 연구는, 상황의 제약과 시기적 한계가 아울러 작용한 결과이기는 하겠지만, 어쨌든 전체적으로 대단히

---

1) 앞으로 이 글에서는 논의의 대상이 되는 이른바 '한국 현대소설'을 '20세기 한국소설'이라는, 보다 객관적이고 중립적인 용어로 일관되게 통일하여 쓰고자 한다.

2) 그 구체적인 세목은 다음과 같다. 「개설 신문학사」(『조선일보』, 1939. 9. 2~10. 31), 「신문학사」(『조선일보』, 1939. 12. 8~12. 27), 「속 신문학사」(『조선일보』, 1940. 2. 2~5. 10), 「개설 조선신문학사」(『인문평론』, 1940. 11~1941. 4).

3) 임화가 시도했던 일련의 문학사 검토 작업은 1993년에 이르러서야 『임화 신문학사』라는 제목으로 묶여서 출판될 기회를 얻었다. 임규찬 · 한진일 두 사람이 편집을 담당하였으며, 한길사에서 책이 나왔다.

영성(零星)하였다는 평가를 피할 수 없다.

그러면 해방이 오고 난 이후에는 어떠하였던가? 해방 이후의 기간만 해도 이제는 어느덧 반세기 이상의 연륜을 기록하게 된 셈이거니와, 그 기간 동안 20세기 한국소설에 대한 연구의 역사는 나름대로 착실한 성장의 길을 걸어 온 셈이다. 물론 해방 직후의 얼마 동안은 해방 전과는 다르지만 그래도 여전히 척박하였다고 밖에 표현할 수 없는 상황이 계속되는 가운데 상당히 지지부진한 모습을 보여주기도 하였지만, 시일이 지나갈수록 차츰 연구 여건이 개선되고 연구 인력도 증가하는 데 힘입어 꾸준한 발전을 이룩하게 된 것이다. 특히 1980년대로 들어오면서부터는 단행본 저서, 석・박사 학위 논문, 개별 논문의 세 분야 모두에서 대대적인 양적 증가 현상이 일어나며, 거기에 발맞추어, 논의의 폭도 획기적으로 넓어지는 모습을 보여주게 된다.

이 글은, 20세기 한국소설에 대한 연구의 역사가 이러한 과정을 밟아 오는 가운데에서 이룩해 놓은 구체적인 성과들 중 대표적인 것들을 추려서 검토하고, 그러한 검토에서 나온 결과를 바탕으로 하여, 20세기 한국소설 연구의 장래에 대한 내나름의 소견을 간단히 개진해 보는 것을 목적으로 한다. 내가 지닌 역량의 한계로 말미암아, 대표적인 성과를 찾아보는 자리에서는, 단행본 저서로 검토의 대상을 한정시킬 수밖에 없었다.

해방 후 반세기 이상의 세월이 흐르는 동안 20세기 한국소설 연구의 분야에서 단행본 저서라는 형태로 출간된 업적들 가운데 대표성을 가질 만하다고 내가 판단한 것은 모두 16권이다. 이제부터는 이 16권의 저서들을 차례로 짚어 가면서 그 성격과 의의를 가늠해 보기로 한다.

2. 20세기 한국소설 연구의 대표적인 업적들

1) 백철의 『조선신문학사조사』

8・15 해방에서부터 21세기 초에까지 이르는 1960년 가까운 기간 동안 한국의 20세기 소설에 대한 학문적 연구가 전개되어 온 과정을 시기순으로

더듬어볼 때, 다른 어떤 텍스트보다 앞서서 진지한 주목의 대상이 되어야 할 업적은 백철의 『조선신문학사조사』일 수밖에 없다. 이 책은 1948년 수선사에서 처음 선을 보였으며, 그 이듬해에 다시 백양당에서 『조선신문학사조사-현대편』이라는 제목으로 하권이 출간된 바 있다.

백철이 이 책을 펴내던 당시의 한국 문학계에서는 20세기 한국의 소설을 대상으로 한 다양한 형태의 비평문들이 발표되고 있었다. 그러나 20세기의 한국소설을 대상으로 하면서, 순수한 의미의 비평과 그 성격을 다소 달리하는, 학문적 연구의 면모를 지니는 것으로 인정될 만한 업적은 백철의 이 책 이외에 뚜렷한 것이 나오지 않았다. 백철이 『조선신문학사조사』의 원고를 쓰고 있던 당시 박영희가 그와 기본적으로 동일한 성격의 작업을 수행해서 그 나름으로 완결을 지었지만 불행하게도 박영희의 원고는 당시에 출판될 기회를 얻지 못한 채 묻혀 버리고 말았다.[4]

백철의 『조선신문학사조사』는 그 제목만 보아도 이미 알 수 있는 것처럼 소설장르만을 대상으로 한 것이 아니라 20세기를 대상으로 하되 문학의 주요 장르를 두루 포괄하는 종합적인 문학사의 면모를 갖추고 나온 것이다. 20세기 한국의 소설장르만을 대상으로 해서 그 역사적 체계화를 시도한 최초의 작업이 나오기까지는 『조선신문학사조사』가 나온 후에도 다시 20년의 세월이 더 흘러야만 했다.

백철이 『조선신문학사조사』를 쓰면서 채택한 기본적 방법론은, 역시 그 제목만 보아도 알 수 있는 것처럼, 계몽주의라든가 낭만주의, 혹은 자연주의와 같은 이른바 '사조'개념을 축으로 하여, 20세기 초부터 1945년 무렵까지의

4) 박영희의 원고는 본래 「현대조선문학사」라는 제목을 가진 것이었는데, 그 원고 가운데 일부가 후일 「현대한국문학사」라는 제목으로 『사상계』에 연재되다가 제2편까지만 실리고 중단된 바 있다(1958년 4월호~1959년 4월호). 연재 중단의 이유는 원고 전체를 단행본으로 출간할 계획이 잡혔다는 것이었으나, 그 후 단행본은 나온 바 없다. 결국 「현대조선문학사」의 나머지 부분(제3편)은 연재 중단으로 인해 빛을 보지 못하고 다시 묻혀 버린 셈인데, 이를 안타깝게 여긴 김윤식이 그 부분의 원고를 확보, 그의 저서 『박영희연구』(열음사, 1989)에 부록으로 실어 놓았다.

한국문학사를 체계화하는 것이었다. 자연주의를 예로 들어서 이야기해 보자면, 먼저 졸라를 중심으로 해서 전개된 서양의 자연주의 문학에 대하여 개략적인 언급을 행한 다음, 그러한 서양의 자연주의가 1920년대 초 한국에 이입되어서는 소설계의 주류를 장악하였다고 보면서, 김동인의 『감자』, 염상섭의 『만세전』, 현진건의 『운수 좋은 날』, 전영택의 『화수분』, 나도향의 『물레방아』 등을 모두 이 범주로 묶어 설명하는 식이었다.

백철의 이러한 방법론은, 냉정하게 평가해 볼 때, 심각한 문제점을 지닌 것이었다고 말하지 않을 수 없다. 그 문제점은 크게 두 가지로 요약될 수 있다.

(1) 백철의 방법론에 따르면, 20세기의 한국문학은 기본적으로 서양에서 먼저 세련된 수준으로 발전한 문학의 정신과 방법을 열심히 학습하여 도입해 온 과정으로 이해된다. 백철이 『조선신문학사조사』를 서술함에 있어서 핵심 개념으로 상정한 '사조'라는 것들이 하나의 예외도 없이 서양에서 먼저 만들어져 발전한 다음 학습의 과정을 통하여 한국으로 전해져 온 것들이니 만큼 이러한 귀결은 피할 수 없다. 그런데 20세기의 한국문학사를 이런 양상 일변도로만 파악하는 것은 주체성을 몰각한 태도라는 점에서 비판받아 마땅하다. 뿐만 아니라 그런 식의 파악은 객관적으로 볼 때 20세기 한국문학의 실상과 맞아들어가지도 않는다.

(2) '사조'라는 것을 문학사 서술의 축으로 삼게 되면, 문학적으로 진정 뛰어난 작가 및 작품을 정당하게 부각시키고 그렇지 못한 작가 및 작품에 대해서는 조그만 자리만 마련해 주거나 아예 논외로 돌리는 일이 어려워진다. 어떤 사조개념에 잘 맞아들어가는 작가 및 작품은 그 문학적 수준과 관계없이 크게 부각시키고, 잘 맞아들어가지 않는 작가 및 작품은 그 문학적 수준과 관계없이 작게 취급하거나 아예 논외로 돌리는 방향으로 서술이 이루어지기 쉬운 것이다. 20세기 한국문학의 경우에는, 그 사조라는 것이 앞서 말했듯 전적으로 외부에 연원을 두고 있기 때문에, 그리고 "어떤 사조개념에 잘 맞아들어간다는 것"과 "작품 자체의 문학적 수준"이 서로 어긋나는 관계로

맺어져 있는 사례가 특히 많기 때문에, 이러한 위험이 더욱 커진다. 그런데 과연 백철의 『조선신문학사조사』는 바로 이러한 위험에 고스란히 함몰되어 버린 모습을 보여주고 있다.

백철의 『조선신문학사조사』는 이처럼 기본적으로 두 가지 심각한 문제점을 안고 있는 터이지만, 그런 점 때문에 이 책의 가치가 전적으로 부정될 수는 없다. 우선, 방금 지적한 문제점까지 포함해서, 이 책에 나타나 있는 백철의 사유는 이 책이 씌어지던 당시 한국 문학계 중 넓은 의미에서의 해외문학파[5]에 속하는 사람들의 일반적인 수준을 충실히 드러내고 있다는 지적이 가능한데, 그런 시각에서 보면, 이 책은 그 당시의 한국 문학계에서 큰 비중을 지녔던 그룹의 일반적인 수준을 알 수 있게 해 주는 텍스트로서 중요한 가치를 지닌다. 또한, 이 책에서 저자 백철은 상당히 풍부한 자료를 수집하여 검토하는 모습을 보여주고 있는데, 이러한 그의 작업은 후대의 많은 한국문학사 연구자들에게 실증적인 측면에서 귀중한 도움을 주었다는 사실을 잊을 수 없다.

2) 조연현의 『한국현대문학사』

20세기 전반기의 한국문학사를 종합적으로 정리한 저술로서 백철의 『조선신문학사조사』에 이어 두 번째로 모습을 드러낸 것은 조연현의 『한국현대문학사』이다. 조연현의 이 책은 『현대문학』 1955년 6월호부터 1956년 12월호까지에 걸쳐 연재한 내용을 묶은 것으로, 1957년에 『한국현대문학사, 제1부』라는 이름 아래 현대문학사에서 간행되었다. 그 후 1969년에 이르러 그는 여기에 상당한 분량을 추가하여 증보개정판을 발간한 바 있다. 이 책 역시

5) "넓은 의미의 해외문학파"라는 표현이 뜻하는 바에 대해서는 조동일의 『한국문학통사』 제5권에 나오는 다음과 같은 서술을 참조하기 바란다. "내부적인 의견 차이가 있기는 했지만, 일부 좌파까지 포함한 넓은 의미의 해외문학파가 1930년대 동안에 문단에 커다란 영향을 미쳤으며 특히 평론계를 거의 독점했다"(제3판, 지식산업사, 1994, 51쪽). 백철은 바로 이 "넓은 의미의 해외문학파"에 속했던 많은 사람들 가운데서도 특히 부지런하고 야심만만한 인물이었다.

소설사가 아니라 종합적인 문학사의 성격을 지니고 있는 것이지만, 해방 후 한국의 20세기 소설 연구사를 점검하고자 하는 자리에서라면 아무래도 빼놓고 지나가기 어려운 저술이다.

널리 알려져 있는 바와 마찬가지로, 조연현은 해방 후의 한국 문학계에서 우익 진영의 노선을 앞장서서 대표해 온 평론가이자 국문학 연구자이다. 일찍부터 이러한 입장에 서 있었던 그는 백철의 『조선신문학사조사』가 출간되자 거기에 대해 매우 비판적인 견해를 표시한 바 있다. 그는 백철의 저서에 대한 서평으로 씌어진 「개념의 공허와 그 모호성」이라는 글 속에서 다음과 같은 견해를 개진하였다.

> 우리 문학사에 대한 태도는 우리의 과거의 문학을 개념적으로 정리하고 분류하는 데 있는 것이 아니라 과거의 우리의 문학이 우리 민족의 어떠한 민족적 생명의 본질적인 표현이며 그것은 어떠한 현실적인 필연성 속에서 생성된 것인가를 구명해 보는 데 있어야 할 것이다. 이러한 본질적인 구명을 경과하지 못한 일체의 피상적인 사조의 개념이라는 것은 인간과 떠난 생명의 형해(形骸)요 사상의 모형에 지나지 않는 것이다.[6)]

조연현이 백철의 저서에 대해 위와 같은 내용의 비판을 가한 바 있다는 사실과 그로부터 수년이 지난 후에 자신의 손으로 문학사를 저술하였다는 사실을 서로 연결시켜 보면, 그의 『한국현대문학사』는 사조 개념을 축으로 해서 문학사의 체계를 세웠던 백철의 『조선신문학사조사』를 극복하고 더 나아가 대체하고자 하는 의욕의 소산임을 용이하게 짐작할 수 있다. 그러면 조연현은 그가 집필한 『한국현대문학사』에서 백철의 『조선신문학사조사』를 얼마만큼이나 극복 · 대체할 수 있었던가?

조연현의 『한국현대문학사』를 실제로 읽어 보면, 과연 백철의 『조선신문학사조사』와 현저한 대조를 이루는 면모가 여럿 눈에 띈다. 그 중에서도 가장 중요한 대비점은, 카프 문학에 대하여 아주 작은 비중밖에 인정하지

---

6) 조연현, 「개념의 공허와 그 모호성」, 『문예』, 1949. 8, 154~155쪽.

않고 있다는 점과, 1930년대에 이르러 활발하게 전개된 이른바 "순수문학"이야말로 20세기 전반기 한국문학사 전체의 절정에 해당하는 존재임에 의문의 여지가 없다는 확신 아래 문학사의 체계화를 시도하고 있다는 점이다.

그러나 이 두 가지 점을 비롯한 다양한 측면에서 백철의 『조선신문학사조사』와 분명하게 구별되는 면모를 보이고 있음에도 불구하고, 좀더 근본적인 차원에서 보면, 조연현의 『한국현대문학사』 역시 백철의 『조선신문학사조사』와 유사한 한계를 지니고 있음을 부정할 수 없다. 다음과 같은 세 가지 점에서 특히 그러하다.

(1) 조연현은 20세기에 들어와 한국땅에서 전개된 문학 가운데 의미 있는 측면은 그 기원을 근본적으로 한반도 외부의 세계, 좀더 구체적으로 말하면 서양에 두고 있다고 보며, 20세기 이전 이 땅에 존재하였던 문학에 대해서는 대체적으로 "청산되어야 할 대상" 이상의 지위를 인정하지 않고 있다는 점에서 백철과 동일하다. 이렇게 볼 때, 백철의 『조선신문학사조사』에 대해서 주어졌던 '몰주체적'이라는 비판과 "문학 전개의 실상과 맞지 않는다"는 비판은 조연현의 『한국현대문학사』에 대해서도 기본적으로 똑같이 주어질 수밖에 없다.

(2) 조연현의 『한국현대문학사』에서는 문단적 지위가 두드러졌던 작가를 중요시하고 문단과의 관계가 소원했던 작가를 경시하는 경향을 드러내 보이고 있는데, '문단적 지위'라는 것과 '문학적 가치'라는 것은 서로 일치하지 않는 경우가 많다. 그렇기 때문에 『한국현대문학사』는 작가의 무게 설정에 있어 작품외적 기준에 필요 이상으로 의존한 결과 평가상의 착오를 일으키고 있는 경우가 없지 않다. 바로 그 점에서 이 책은 『조선신문학사조사』와 근본적으로 동일한 문제점을 보여준다.

(3) 조연현의 『한국현대문학사』에서도 사조 개념에 대하여 적절한 정도 이상의 비중을 부여하면서 도식적으로 논의를 전개해 가는 경우가 드물지 않게 발견된다. 조연현 역시 백철과 마찬가지로 서양에서 만들어진 사조 개념에 과다한 가치를 부여하는 사고방식에서 전혀 자유롭지 못했던 바,

이러한 사실이 그의 문학사 곳곳에 부정적인 영향을 미치고 있는 것이다. 한 가지만 예를 들어 본다면, 염상섭에 대하여 그는 다음과 같은 말을 하고 있다 : "그의 처녀작 『표본실의 청개구리』는 이 땅에 나타난 최초의 자연주의적인 소설이었고, 그 후의 그의 소설은 그 어느 것을 막론하고 자연주의적인 인생관과 사실주의적인 창작방법에서 벗어난 것은 하나도 없었다".[7] 이런 식으로 사조 개념을 불필요하게 앞세우는 가운데 염상섭에게 접근한 그가 염상섭 문학의 정말 의미 있는 핵심을 완전히 놓쳐 버리게 되는 것은 당연한 귀결이라 하지 않을 수 없다.

3) 전광용의 『신소설연구』

전광용이 『신소설연구』라는 제목의 단행본을 새문사에서 출간한 것은 1986년의 일이다. 그러나 실제로 이 책에 수록된 논문들 가운데 가장 중요한 것들은 1950년대에 씌어진 것이다. 좀더 구체적으로 밝히자면 1955년 10월부터 이듬해 9월까지 『사상계』에 연재되었던 일련의 신소설작품론들 및 1957년 『서울대학교 논문집』 6집에 발표되었던 「이인직 연구」가 이 책의 핵심부분을 이루고 있다. 그러니만큼 우리는 『신소설연구』라는 저술을 논의할 때 그 저술이 단행본의 형태를 띠고 세상에 나온 시기와는 별도로 1950년대의 상황 속에다 그 책의 자리를 마련해 주는 가운데 그것의 의미를 점검할 필요가 있다. 이렇게 해 볼 경우, 바로 이 『신소설연구』라는 책의 핵심부분을 이루고 있는 논문들은 1950년대의 국문학계에서 이루어졌던 20세기 한국소설 연구의 수준을 대표하는 성과 중 일부를 차지하는 것들이라는 결론이 어렵지 않게 얻어진다.

전광용이 이 논문들을 쓰고 있던 시기는 조연현의 『한국현대문학사』가 『현대문학』에 연재되고 있던 시기이다. 조연현이 백철의 『조선신문학사조사』를 강하게 의식하면서 그것과 구별되는 새로운 20세기 한국문학사의 집필이

---

7) 조연현, 『한국현대문학사』(증보개정판), 성문각, 1969, 378쪽.

라는 과제에 도전하고 있던 바로 같은 시기에, 전광용은 20세기 전반기의 한국소설 가운데 일부인 '신소설'이라는 구체적인 대상을 붙잡고 그것에 대한 꼼꼼한 미시적 연구를 수행하기 위해 나섰던 것이다.

새로운 문학사의 체계화라는 거대과제를 자신의 몫으로 떠맡은 사람의 작업과 특정한 테마에 대한 미시적 연구의 정밀화를 자신의 몫으로 떠맡은 사람의 작업은 상호대조적이면서 또한 상호보완적이라고 할 수 있는데, 1950년대의 20세기 한국소설 연구 분야에서는 조연현과 전광용이 각각 이 두 가지 작업의 대표주자로 나서서 활동하는 모습을 보여주었던 셈이다. 이 중 후자의 작업을 수행하면서 겪었던 고충과 보람을 전광용은 후일 『신소설연구』의 서문에서 다음과 같이 피력한 바 있다.

> 필자가 거의 황무지였던 이 분야에 연구의 시추를 들이댈 당시에는 이에 대한 참고자료가 영성(零星)하였을 뿐더러 그것마저도 산일(散逸)되어 구득하기가 대단히 어려운 실정이었다. 그뿐만 아니라 천신만고 끝에 접하게 된 자료는 일일이 노트에 필사하여야 하므로 시간과 노력의 품이란 이루 말할 수 없는 형편이었다. 사실 1950년대에는 자료의 필사로 몇 해 동안 꼬박 도서관에 처박히기도 했었다. 그러한 작업 진행중 1955년 정초 추운 날, 국립도서관 소장의 『매일신보』를 한 장씩 뒤지다가 우연히 이인직의 장례 기사에 접하여 그 사망연대를 확인했을 때에는 참말로 흔희작약의 감격을 금할 수 없었었다.[8)]

이처럼 힘든 과정을 거쳐서 이루어진 『신소설연구』의 주요 논문들은 구체적인 작품의 분석에 있어서 대체로 소박하고 평면적인 수준을 넘지 못하고 있다는 점이나 백철·조연현 등과 대동소이하게 서양중심적인 시각으로 20세기와 그 이전을 대비시키고 있다는 점 등에서 명백한 한계를 노정하고 있는 것이 사실이다. 그렇기는 하지만, 전광용의 신소설 연구와 때를 같이하여 씌어진 조연현의 『한국현대문학사』 속에 최남선의 출생 연도가 1886년으

---

8) 전광용, 『신소설연구』, 새문사, 1986, 3쪽.

로, 또 이광수의 출생 연도가 1890년으로 각각 잘못 기록될 정도로 학문의 기초 가운데 기초에 해당하는 실증적 점검조차도 부실하기 짝이 없던 바로 그 무렵에 전광용의 이 논문들이 세상에 선을 보이게 되면서부터 20세기 한국의 소설문학에 대한 실증적 · 구체적 · 미시적 · 세부적 연구가 비로소 본격화되기 시작했다는 사실을 감안할 때, 이 논문들이 20세기 한국 소설문학에 대한 연구의 역사 속에서 차지하는 위치는 결코 가볍게 볼 수 없는 것이다.

4) 김붕구 외, 『한국인과 문학사상』

1964년 일조각에서 『한국인과 문학사상』이라는 책이 간행되었다. 김붕구, 김태길, 송욱, 유종호, 정명환, 조지훈 등 여섯 사람이 각각 한 편씩 제출한 논문을 모아 책으로 묶은 것이다. 이들 중 김태길을 제외한 나머지 다섯 사람은 모두 문학 연구자이다. 그러나 이들 중 송욱과 조지훈 두 사람은 문학 논문이 아닌 다른 주제의 글을 썼다.[9] 결국 이 책에 실린 여섯 편의 논문 가운데서는 김붕구, 유종호, 정명환 세 사람의 글만이 문학 연구에 해당한다. 그런데 우연의 소치인지 모르지만 이 세 편은 모두 문학 중에서도 20세기의 한국문학을, 그리고 그 중에서도 소설 분야를 대상으로 한 것이었다. 그런가 하면 이 세 편 모두는 또한 20세기 한국소설에 대한 당대(즉 1960년대 전반기) 한국 학계의 연구 수준을 대표하는 노작으로 평가될 만한 면모를 지니고 있었다. 그렇기 때문에 우리는, 20세기 한국소설에 대한 연구의 전개 과정을 짚어나가다가 1960년대 전반기에 이르게 되면, 이 책을 도외시하고 지나갈 수가 없게 된다. 그리고 사실 이 책을 논의의 대상에서 제외해 버린다면 1960년대 전반기에 단행본의 형태로 나온, 20세기 한국소설에 대한 연구 성과로 언급될 만한 책은 아예 하나도 존재하지 않게 되는 것이 사실이기도 하다.

그런데 이 책에 20세기 한국소설에 대한 논문을 수록한 세 사람의 연구자는

---

9) 송욱은 「서구인의 반항과 한국인의 반항」을 썼고, 조지훈은 「'멋'의 연구」를 썼다.

모두 국문학자가 아니라 외국문학 전공자라는 공통점을 지니고 있다. 구체적으로 말하자면 이들 중 김붕구와 정명환은 불문학을, 그리고 유종호는 영문학을 전공한 사람들인 것이다.

1960년대 전반기에 20세기 한국소설에 대한 연구 성과의 대표로 꼽힐 만한 논문을 발표한 세 사람의 연구자들이 모두 국문학자 아닌 외국문학 전공자라는 사실은 단순한 우연의 소산으로 볼 것이 아니다. 이 시기는 20세기 한국소설에 대한 연구의 발전단계로 볼 때 외국문학을 전공한 연구자들의 적극적인 활약이 특별히 요청되고 있었던 시기이기 때문이다.

돌이켜 보면, 백철의 『조선신문학사조사』와 조연현의 『한국현대문학사』가 연이어 나옴에 따라, 20세기 전반기 한국문학의 흐름을 총괄적으로 볼 수 있는 길은, 많은 문제점을 지닌 대로, 어쨌든 일단 열린 셈이 되었다. 그리고 전광용에 의해 수행된 일련의 신소설 연구로 대표되는 실증적 · 구체적 · 미시적 · 세부적 연구도 일단 궤도에 오른 셈이 되기는 했다. 그렇다면 이제 한국문학 연구자들에게 주어진 과제는, 일단 기본적인 틀이 마련된 그 두 가지 방향의 연구를 지속적으로 발전시켜 가는 한편, '문학'연구로서의 이론적 깊이와 세련미를 새롭게 획득해 내는 것이었다. 이 중 새로운 과제를 제대로 수행하기 위해서는 문학사회학, 문예미학, 현대철학 등등의 다양한 학문 분야에 대한 조예를 반드시 갖추어야만 했다. 그러나 당대의 국문학 연구자들 가운데에는 그러한 조건을 구비한 사람이 아주 드물었다. 그러한 조건을 구비한 사람은 오히려 외국문학 전공자들 중에 많았다. 사정이 이러하였으니, 국문학을 전공한 사람들 가운데에서 그러한 조건을 구비한 사람들이 차차 자라나서 큰 흐름을 이루며 나타나게 될 때까지는, 불가불 외국문학 전공자들이 새로운 과제의 수행을 거의 전담하다시피 할 수밖에 없었다. 1960년대 전반기의 사정이 바로 그러하였다.

『한국인과 문학사상』에 20세기 한국소설을 대상으로 하여 각자의 노작을 발표한 세 사람의 연구자가 모두 외국문학 전공자였다는 사실을 단순한 우연의 소치로 볼 수 없는 이유는 이 정도의 설명으로써 충분히 드러났으리라

믿거니와, 그렇다면 그 세 사람이 『한국인과 문학사상』에 수록한 글은 구체적으로 무엇인가? 김붕구의 글은 이광수론으로 씌어진 「신문학 초기의 계몽사상과 근대적 자아」이고, 유종호의 글은 「서구소설과 한국소설의 기법」이며, 정명환의 글은 이상(李箱)론으로 씌어진 「부정과 생성」이다. 이 중 유종호의 글은 제목만 보아도 서양의 경우와 한국의 경우에 대한 비교를 시도한 것임을 알 수 있거니와, 김붕구의 글과 정명환의 글도 사실은 서양의 경우와 한국의 경우에 대한 비교를 토대로 하여 구축된 것이었다. 김붕구는 18세기 프랑스의 계몽사상가였던 퐁트넬과 한국의 이광수를 대비시키는 방법에 크게 의존하고 있으며, 정명환은 20세기 전반기의 한국문학 전반과 같은 시기의 프랑스문학 전반을 대비시키는 가운데에서 자신의 이상론을 전개하고 있는 것이다.

그런데 이처럼 서양의 경우와 한국의 경우에 대한 비교를 토대로 하여 논지를 전개해 나간 세 사람 중 김붕구와 정명환 두 사람은 그 비교의 결과로 발견된 양자간의 차이를 대등한 차원에서의 차이로 파악하지 않고 우열의 차이로 간주하는 데 주저하지 않는 모습을 보여준다. 이러한 그들의 결론은, "문학 연구로서의 이론적 깊이와 세련미"라는 측면에서 볼 때 그 시대 한국의 문학 연구자들 가운데 최고의 수준을 유지하고 있었던 사람들에 의해, 그들 나름대로의 치밀한 논증 과정을 거쳐 제시된 것이기에, 적어도 그 시대에는 별다른 이의를 만나지 않은 채 자연스럽게 수용되었던 듯하다. 하지만 지금에 와서 돌이켜보면, 그 두 사람 가운데서도 특히 정명환의 논문은, 서양(그 중에서도 특히 프랑스)의 문학과 사상에 대한 과도한 심취에서 연유한 판단착오를 심하게 노정한 것으로서, 분명한 한계를 드러내 보이고 있다. 1930년대의 이른바 해외문학파에 속하는 문학비평가들이 일반적으로 보여주었고 백철 역시 그것으로부터 자유롭지 못했던 "서양에 대한 부당한 과대평가와 한국문학에 대한 부당한 과소평가"의 문제점이 이 글에 이르러서도 변함없이 나타나고 있는 셈이다.

5) 조동일의 『신소설의 문학사적 성격』

백철이 『조선신문학사조사』를 출간한 1948년에서부터 조동일의 『신소설의 문학사적 성격』이 나온 1973년 무렵에 이르기까지, 20세기 한국의 소설문학에 대한 연구 성과를 내놓은 사람들의 면면을 보면, 한국의 고전문학에 대한 전문적 학자 수준의 이해를 갖춘 사람은 거의 전무하였다고 말할 수 있다. 외국의 문학을 전공하는 사람이 아니면, 국문학자라 하더라도 오로지 20세기의 한국 문학만을 자신의 전문 영역으로 삼고 있는 사람들이 연구진의 대부분을 차지하였던 것이다.[10] 이처럼 학계의 구성이 한국의 고전문학에 대하여 빈약하거나 피상적인 수준의 지식밖에 가지지 못한 사람들 일변도로 이루어진 것은 많은 문제점을 낳았다. 20세기의 한국 소설을 논하면서 그것과 전대(前代)의 한국 소설 사이에 존재하는 공통점의 측면은 거의 무시한 채 차이점의 측면만을 끊임없이 과장하여 강조하고, 20세기 한국 소설의 원천을 서양쪽에서만 일방적으로 찾고자 하는 그릇된 편향이 지배적인 흐름으로 자리잡아 온 것은 그 문제점 가운데서도 특히 대표적인 것이라 할 수 있다.

조동일이 1973년 서울대학교 문리과대학 부설 한국문화연구소에서 『신소설의 문학사적 성격』을 출간한 것은 바로 이러한 문제점이 바람직한 방향으로 극복될 수 있는 가능성을 보여준 일이라는 점 하나만으로도 주목에 값하는 사건이었다.

조동일은 프랑스문학을 전공하다가 뜻한 바 있어 국문학, 그 중에서도 고전문학의 세계로 옮겨온 후, 1960년대 말부터 그 분야의 뛰어난 논문들을 정력적으로 발표하기 시작하였다. 그리고 이러한 고전문학 연구의 연장선상에서 20세기의 소설문학 연구에도 손을 뻗쳐, 『신소설의 문학사적 성격』을

10) 물론 한국 고전문학 연구의 태두인 조윤제가 1949년 동방문화사에서 내놓았던 『국문학사』를 1963년에 이르러 개정·증보하여 『한국문학사』라는 제목으로 동국문화사에서 새로 출간할 때 20세기 문학에 대한 논의를 대폭 추가한 것과 같은 경우가 있기는 하다. 하지만 여기서 조윤제가 20세기 한국문학에 대해 언급한 내용은 그 스스로도 인정하였듯 크게 보아 단순한 자료의 나열 이상이 되지 못하였다.

단행본으로 출간한 것이다.

한국 고전문학의 연구를 자신의 주전공으로 삼고 있는 사람에 의하여 씌어진 저서답게, 이 책은 20세기 이전 소설과 20세기 소설 사이의 차이만을 일방적으로 강조하며 그 양자 사이의 '단절'까지를 운위하던 기존 학계의 통설을 뒤집어 엎고 있다. 그렇다고 해서 양자간의 연속성만을 일방적으로 강조하는 정반대의 편향으로 나아가고 있는 것은 아니다. 연속성의 측면과 차이의 측면을 두루 주목하되, 균형잡힌 시각으로 볼 때에 더 큰 비중을 인정받아 마땅한 것은 어디까지나 전자의 측면임을 침착하게 논증하고 있는 것이다. 조동일의 이러한 논리 전개는, 한국의 고전문학에 대하여 전문적인 소양을 지닌 사람이 20세기 한국문학의 연구에로 나아갈 경우에 보여줄 수 있는 가장 바람직한 모습의 하나를 현시한 것이라고 말할 수 있다.

조동일의 『신소설의 문학사적 성격』은 이밖에도 여러 가지 주목할 만한 장점을 보여준다. 서양에서 발전한 문학연구의 기법 가운데 그 당시로서는 첨단에 해당하는 것이었던 구조분석의 방법을 노련하게 소화하여 구사하는 솜씨를 보여준 것이라든가, 미시적인 작품론의 세계와 거시적인 문학사회학의 세계 모두를 심도있게 파고들어가면서 그 양자를 자연스럽게 연결시켜 종합적인 결론에로 나아간 것 등이 그 대표적인 예이다. 이런 여러 가지 미덕에 힘입어, 『신소설의 문학사적 성격』은 신소설 연구의 수준을 획기적으로 진전시킨 성과로 자리매김될 수 있었다.

물론 『신소설의 문학사적 성격』에서 이루어진 성과가 완벽한 것은 아니다. 이 책은 「전대 소설과의 관계를 중심으로」라는 부제가 말해 주듯 신소설과 그 이전 소설의 관계양상에 초점을 맞춘 것인데, 그러니만큼 신소설과 관련된 수많은 다른 연구 과제들을 논외로 돌릴 수밖에 없었던 것은 당연한 일이라 하겠지만, "전대 소설과의 관계양상"이라는 한 가지 측면에만 한정해서 생각해 보더라도, 예컨대 이인직과 이해조 사이에서 발견되는 이러한 측면에서의 차이점이 규명되지 않았다든가, 신소설과 같은 시기에 나온, 전대 소설의 면모를 좀더 온전한 형태로 답습한 소설들과 신소설 사이의 관계에 대한 논의가 누락되었다든가 하는 점들을 지적해 볼 수 있을 것이다. 하지만 『신소설의 문학사적 성격』이 불과 156면 분량의 얇은 저술임을 감안해 보면 이런 모든 문제들까지 이 한 권의 책에서 다 밝혀지기를 요구하는 것 자체가 과욕일 터이다. 차라리 조동일은 후대의 연구진들에게 의미 있는 연구 과제를 남겨 준 셈이라고 보는 편이 더 나을 법한 것이다.

『신소설의 문학사적 성격』에서 이루어진 성과가 완벽한 것은 아니라는 지적이 나온 김에 한 가지 덧붙여서 이야기하자면, 이 책에서 저자 조동일이 신소설 전반의 문학적 가치에 대해 내려놓은 평가의 타당성 여부에 대해서도, 보는 사람의 시각에 따라서는 얼마든지 나름대로의 근거와 논리를 갖추어 반론을 제기할 가능성이 열려 있다.[11] 하지만 이런 사실 역시 『신소설의 문학사적 성격』이라는 책 자체의 무게를 경감시키는 것은 되지 않는다.

6) 김윤식 · 김현의 『한국문학사』

1973년, 김윤식과 김현의 공동 저술로 민음사에서 출간된 『한국문학사』는 제목과는 달리 한국문학사 전체가 아니라 '근대'의 한국문학사만을 다룬 것이며, 그 점에서 백철의 『조선신문학사조사』와 조연현의 『한국현대문학사』에 이어지는 책이라 할 수 있다. 이 책은 다음과 같은 두 가지 점에서 『조선신문학사조사』나 『한국현대문학사』와 뚜렷하게 구별되는 면모를 갖추고 나타났다.

(1) 백철이나 조연현의 저서가 작가의 무게를 설정함에 있어서 작품외적인 측면에 지나치게 큰 비중을 둔 결과 종종 평가상의 착오를 일으키곤 했던 것과 대조적으로, 『한국문학사』는 어디까지나 작품 자체의 문학적 가치를 기준으로 하여 작가의 무게를 설정한다고 하는 원칙을 고수하고 있다.

(2) 백철이나 조연현의 저서가 많은 점에서 몰주체적인 서양 일변도의

---

11) 실제로 후대에 다양한 논자들에 의하여 반론이 제기된 바 있다. 그 중에서 가장 중요한 의미를 갖는 것은 김교봉 · 설성경, 『근대전환기소설연구』, 국학자료원, 1991에서 제기된 반론이라고 생각된다.

시각에 안이하게 머물러 있는 모습을 노출했던 것과 대조적으로, 『한국문학사』에서는 바람직한 의미에서의 주체적인 시각을 튼튼한 논리적 기초 위에 확립해 나가기 위해 진지하게 고투하는 모습을 시종일관 인상적으로 보여주고 있다.

위와 같은 두 가지 점에서 『조선신문학사조사』나 『한국현대문학사』의 결함을 분명하게 극복하는 데 성공한 결과, 『한국문학사』는 20세기의 한국문학에 대한 종합적 연구의 수준을 한 단계 도약시킨 업적으로 기록될 수 있게 되었다.

물론 각도를 달리해서 보면 『한국문학사』라는 책은 그것 자체대로 여러 가지 문제점을 지니고 있음을 부정할 수 없다.[12] 하지만 그러한 문제점들 때문에 위에서 내가 이 책에 대해서 내렸던 평가 자체가 달라지는 것은 아니다.

『한국문학사』라는 책이 위에서 말한 바와 같은 의의를 지니고 있다는 지적은, 이 책 가운데 소설 장르를 논의의 대상으로 삼고 있는 부분만을 따로 떼내어서 검토할 경우에도 물론 아무런 수정을 가할 필요 없이 그대로 성립된다. 이러한 사실을 자명한 것으로 전제하면서, 소설 연구사의 시각에서 이 책의 내용을 살펴볼 때 추가적으로 언급될 만하다고 여겨지는 사항 두 가지를 적어 두고자 한다.

---

12) 그 문제점 가운데서도 가장 대표적인 것이, 영・정조시대에 이미 근대문학이 시작된 것으로 보는 무리한 시대구분론이다. 그런데 참으로 흥미로운 것은, 적어도 김윤식의 경우, 『한국문학사』가 나온 이후 오늘에 이르기까지 근 30년에 걸쳐 줄기차게 전개한 연구 활동의 실제를 통하여, 이처럼 무리한 시대구분론의 '자체 폐기'를 암묵리에 선언한 것처럼 보인다는 사실이다. 수십 권에 달하는 그의 한국문학 연구 저서들은 언제나 '근대문학'의 연구가 김윤식 자신의 과제임을 전제하는 가운데에서 나온 것들인데, 그 저서들은 전적으로 20세기의 한국문학만을 대상으로 삼고 있으며, 영・정조 시대나 19세기의 한국문학 본격적으로 다룬 일은 한 번도 없기 때문이다(예외적으로 20세기 이전의 한국문학을 대상으로 한 논문을 여럿 포함하고 있는 『한국문학사론고』(법문사, 1973)는 『한국문학사』와 거의 동시에 출간된 것이며, 그 논문들은 『한국문학사』의 원고를 쓰던 바로 같은 시기에 씌어진 것들이므로, 위의 지적에 대한 반대 증거가 되지 못한다).

(1) 제2장과 제3장의 경우, 소설 장르를 그것 자체로 분리시켜 파악하기보다는 다양한 산문 장르들 속에서, 다른 산문 장르들과의 얽힘을 중요시하는 가운데 파악해 나가고자 하는 태도가 지배적인 것으로 나타나는데, 이것은 소설 장르를 그것 자체로 분리시켜 파악하는 경우에 자칫하면 놓쳐 버리기 쉬운 측면들을 새삼 주목하게 만들어 주는 것으로서 의의가 크다. 그러나 각도를 달리해서 관찰해 보면, “소설 장르를 그것 자체로서 분리시켜 파악하는 입장”을 다만 얼마만큼이라도 더 적극적으로 고려하는 가운데 이 부분의 논의를 전개해 나갔을 경우 소설사의 전개과정과 그 의미가 보다 명료하게 드러나지 않았을까 하는 아쉬움이 남기도 하는 것이 사실이다.

(2) “어디까지나 작품 자체의 문학적 가치를 기준으로 하여 작가의 무게를 설정한다”고 하는 원칙 아래 구체적인 점검의 작업을 해 나가는 현장은 특히 이 책의 제4장과 제5장에 집중되어 있는데, 여기서 저자들은 기존의 일반화된 평가에 구애받지 않고 비평가로서의 독자적인 감각을 발휘하여 과감한 주체적 판단을 시도하며, 그렇게 한 결과, 많은 경우 설득력 있는 결론을 도출해 낸다. 『조선신문학사조사』와 『한국현대문학사』에서 공통적으로 과소평가되었던 염상섭의 문학사적 위치를 올바르게 부각시키고 또 그 두 권의 문학사에서 공통적으로 과대평가되었던 김동인의 문학사적 위치를 적절하게 재조정한 것이 그 좋은 예이다(물론 가끔은 의문스러운 결과를 낳기도 한다. 『고향』이나 『무영탑』 같은 작품을 전혀 고려하지 않은 상태에서 현진건에 대한 논의를 전개한 결과 지나친 과소평가라는 느낌을 주는 결론으로 귀착해 버린 것을 그 예로 들 수 있다. 하지만 이런 경우는 매우 드문 편이다).

7) 이재선의 『한국현대소설사』

앞서 백철의 『조선신문학사조사』를 논하는 자리에서 나는 “20세기 한국의 소설장르만을 대상으로 해서 그 역사적 체계화를 시도한 최초의 작업이 나오기까지는 『조선신문학사조사』가 나온 후에도 다시 20년의 세월이 더 흘러야만 했다"는 말을 적어 둔 바 있다. 『조선신문학사조사』가 출간된 지 20년이 지난 시점에서 마침내 모습을 드러낸 그 책은 바로 김우종의 『한국현대소설사』이다. 김우종이 1968년 선명문화사에서 출간한 이 책이야말로 20세기 한국의 소설장르를 대상으로 해서 그 역사적 체계화를 시도한 최초의 작업에 해당하는 것이다.

하지만 김우종의 『한국현대소설사』는 이처럼 '최초의 작업'이라는 의의를 갖고 있기는 하되 대단히 소박한 차원의 소설사로 그치고 있기 때문에 그다지 중요한 가치를 인정받기 어렵다. 방법론에 대한 독자적인 모색이 결여되어 있다는 점이 이 책을 소박한 차원의 소설사로 그치게 만든 가장 큰 원인이다. 뿐만 아니라 소설 텍스트를 검토하는 자세에 있어서도 부실한 점이 적지 않다. 염상섭의 소설세계를 이야기하면서 『만세전』도, 『삼대』도 아예 도외시한 채 최초의 작품 『표본실의 청개구리』와 1920년대의 소품 『조그만 일』 그리고 해방 후의 단편 『두 파산』, 『임종』 등에만 시야를 한정시킨 결과 다음과 같은 결론에 도달하고 있는 것은 이 책이 씌어진 시기가 1940년대도, 1950년대도 아닌 1960년대 말이라는 사실을 감안하면 이해하기 어려운 일이다.

> 현실을 어떻게 평가하고 있느냐 하는 그 작가의 주관이 작품 속에 투영되었을 때 우리는 그것을 그 작품의 주제라고 부른다. …… 그런데 상섭의 문학에는 그러한 평가, 그의 주관이 작용한 그러한 창조가 거의 보이지 않는다. 보이는 것은 다만 정밀한 기계로 포착된 현실일 뿐이다. 그러므로, 독자는 그의 작품에서 현실에 대한 거의 아무런 가치판단의 암시도 받는 일이 없다. 이만큼 그의 작품세계는 주제가 빈곤한 것이다.[13)]

---

13) 김우종, 『한국현대소설사』(개정판), 성문각, 1978, 156쪽. 방금 밝힌 바와 같이, 내가 위의 인용문을 따 온 텍스트는 김우종이 1978년에 내놓은 개정판이다. 1978년이라면 『만세전』과 『삼대』에 각별히 주목하면서 염상섭 문학의 '창조적' 의의를 적극적으로 부각시킨 여러 논자들의 연구 성과가 이미 상당량 축적된 시점이다. 그럼에도 불구하고 김우종은 『만세전』과 『삼대』를 비롯한 염상섭의 대다수 중요 작품들을 완전히 무시한 상태에서 1968년에 내렸던 그릇된 결론을, 1978년에 이르러 개정판을 내게 된 시점에까지도 그대로 되풀이하고 있는 것이다. 이것은 보는

이처럼 김우종의 『한국현대소설사』가 분명한 한계를 드러내고 있는 만큼, 얼마만큼이라도 내실을 갖춘 20세기 한국소설사의 출현은 김우종의 그 책이 나온 이후에도 여전히 달성되지 아니한 과제로 남아 있었던 셈이다.[14] 1979년에 이르러 이재선에 의하여 씌어진 새로운 『한국현대소설사』가 홍성사에서 출간된 것은 바로 그 과제가 마침내 어느 정도 실현되었음을 의미하는 사건이었다.

이재선은 『한국현대소설사』를 내놓기 오래 전부터 20세기 한국소설을 대상으로 한 다양한 연구성과들을 지속적으로 발표해 온 바 있다. 『한국 개화기 소설 연구』(일조각, 1972)와 『한국 단편소설 연구』(일조각, 1975)는 그 중에서도 특히 대표적인 업적에 해당한다. 이러한 저서들을 통하여 드러난 이재선의 면모는 실증적인 자료의 수집과 정리에 심혈을 기울이는 한편 서양의 다양한 문학이론들을 도입하는 데에도 누구보다 부지런한 자세로 임하는 학자의 모습이었다. 이와 같은 이재선의 면모는 신소설의 시대에서부터 1940년대 말까지의 한국소설 전체를 대상으로 한 장르사의 성격을 지닌 저서로 기획된 『한국현대소설사』에서도 고스란히 유지되고 있다. 이 책에서 이재선은 참으로 다양한 작품들을 논의의 대상으로 삼고 있으며, 또한 그 작품들에 대한 자신의 논의를 전개해 나감에 있어 참으로 다채로운 문학이론들을 종횡무진으로 구사하는 모습을 보여주고 있는 것이다.

그런데 이러한 그의 작업 태도 가운데 후자의 측면은 각도를 달리해서 보면 이 책의 약점으로 작용하기도 한다. 논의의 대상에 따라서 어떤 경우에는 이런 문학이론이, 어떤 경우에는 저런 문학이론이 주로 원용되는 방식으로

사람을 참으로 안타깝게 만드는 장면이 아닐 수 없다.

14) 이러한 지적이, 김우종의 『한국현대소설사』가 전적으로 무시되어도 좋다는 주장으로 오해되지 않기를 바란다. 김우종의 이 책을 보면, 주목에 값하는 통찰이 적지 않게 담겨 있다. 예컨대 김동인이 소설 문체의 혁신이라는 측면에서 스스로 이룩한 공적이라고 주장해 놓은 것들이 얼마나 과장투성이인가를 밝혀 놓은 부분같은 것은 상당히 귀중한 업적으로 평가할 수 있다. 하지만 그러한 통찰들은 대부분 파편적인 수준에서 그치며, 『한국현대문학사』라는 책의 전체적인 무게를 강화시키는 방향으로 작용하지 못하는 한계를 가지고 있다.

논의가 진행되는 만큼, 전체적인 통일성이 결여되어 있기 때문에, 상당히 혼란스러운 인상을 준다. 어떻게 보면, 일관된 체계에 입각하여 집필된 소설사라기보다는, 20세기 전반기의 한국소설을 대상으로 한 여러 논문들의 모음으로 간주하는 것이 더 적절한 판단이 아닐까 하는 느낌이 들기도 할 정도이다. 그리고 새로운 문학이론을 적용할 때마다 제시되는 서양 학자로부터의 인용이 지나치게 장황하다는 사실도 이 책이 독자에게 주는 혼란스럽다는 인상을 강화시키는 요인으로 작용한다.

8) 이보영의 『식민지시대문학론』

20세기 전반기의 한국문학을 논의하는 자리에서 반드시 기억해 두어야 할 기본적인 사항 가운데 한 가지는 그 기간 가운데 대부분이 식민지 시대에 해당한다는 사실이다. 식민지 상황이라는 요소야말로 20세기 전반기 가운데 대부분의 기간 동안 한국문학의 과제와 성격을 결정지은 핵심적 인자였다. 그러나 많은 경우 이 시대의 문학을 연구하는 사람들은 이러한 사실이 가지는 중요성을 충분히 인식하고 그 인식을 당대의 문학에 대한 연구 속에 적극적으로 투영시키는 데 실패하였다는 평가를 피하기 어렵다. 1970년대까지 나온 세 권의 종합적 문학사만 놓고 점검해 보아도 이 점을 금방 확인할 수 있다. 백철의 『조선신문학사조사』나 조연현의 『한국현대문학사』에서는 20세기 전반기 상황의 본질을 이해함에 있어 서양 근대문화와의 만남이라는 측면을 탈정치적인 시각에서 긍정적으로 파악하는 자세가 압도적으로 부각되며, 이와 대조적으로, 식민지라는 상황의 문제점에 대한 인식은 상당히 미약한 수준에 머무르고 있다. 김윤식 · 김현의 『한국문학사』는 이들에 비하면 훨씬 진지한 자세로 식민지 상황의 문제에 접근하는 태도를 보여주지만 논의의 범위 자체가 18세기 전반기부터 1960년 무렵까지라는 장구한 시기를 대상으로 삼고 있는 만큼 이 문제를 충분히 심층적으로 논의하는 데까지 나아가지는 못하고 있다. 종합적 문학사가 아닌 특정 주제들에 대한 개별적 연구로 발표된 업적들을 점검해 볼 때에 확인되는 인식의 수준 역시 이와 대동소이하다. 김우창의 「일제하의 작가의 상황」[15] 등 몇몇 논자들의 소논문 정도가 주목할 만한 예외를 보여주고 있을 따름이다.

이러한 사정을 감안할 때, 1984년 필그림에서 출간된 이보영의 『식민지시대문학론』[16]은 매우 중요한 의의를 갖는 문제적 저서라고 말하지 않을 수 없다. 이보영은 이 책에서 식민지 상황의 문제점에 대하여 다른 어떤 연구자들보다도 투철한 인식을 보여준다. 그 인식은 뛰어난 정치적 · 사회적 · 심리적 통찰력과 식민지 지배국이었던 일본에 대한 남다른 조예, 그리고 당대의 역사에 대한 풍부한 지식에 의하여 뒷받침되고 있기 때문에 내실이 튼튼하며, 강한 호소력을 동반한다. 이러한 인식을 가지고 그는 식민지 시대에 창작된 우리 소설들을 두루 검토해 나가며, 그렇게 하는 과정에서 독자적인 연구성과를 풍부하게 일구어 낸다. 이 책이 집필되던 당시까지만 해도 단행본으로 출간된 적이 없이 신문연재의 형태로만 남아 있었기에 거의 논의의 대상조차 되지 못하고 있던 염상섭의 장편 『사랑과 죄』를 정독하고 그 가치를 확인하여 아마도 최초의 본격적인 (그리고 수준 높은) 작품론을 써낸 점이라든가 이상(李箱)의 작품들을 정밀하게 분석하면서 그것들로부터 날카로운 정치적 비판의식을 찾아낸 점 등은 그 중에서도 특히 인상적인 예들이다.

그런데 이보영의 『식민지시대문학론』은 이처럼 특출한 중요성을 가진 저서임에도 불구하고 출판된 지 꽤 오랜 세월이 지나도록 거의 아무런 관심의 대상이 되지 못했다. 그는 식민지 시대의 작가들 중에서도 가장 의미 있는 작품세계를 창출한 존재라고 그 자신이 판단한 두 사람, 즉 염상섭과 이상에 대한 작가론만으로 각각 한 권씩의 책을 쓰기로 결심하고 꾸준히 작업을 계속한 결과 마침내 『난세의 문학-염상섭론』(예지각, 1991)과 『이상의 세계』(금문서적, 1998)를 연이어 내놓았는데, 이 두 권의 저서는 『식민지시대문학론』에서 그가 그들 두 명의 작가에 대해 펼쳐보였던 논의들을 충실히 심화 ·

15) 이 글은 김우창 평론집, 『궁핍한 시대의 시인』, 민음사, 1977에 수록되어 있다.
16) 이 책에는 「소설을 중심으로」라는 부제가 붙어 있다.

발전시킨 끝에 새로운 논의의 지평을 개척하는 데 성공한 것으로서 역시 만만치 않은 무게를 확보한 것이었으나 『식민지시대문학론』과 마찬가지로 그 진가에 걸맞는 반응을 얻지 못했다. 이러한 사태가 발생한 원인으로는 이보영이 중앙의 학계나 문단 조직과 아무런 연계를 갖지 아니한 사람이라는 사실 이외의 다른 이유를 생각할 수 없다. 학계나 문단에 몸담고 있는 사람들 모두의 진지한 반성적 사유가 요구된다.17)

이제는 다시 이보영의 업적 자체에로 시선을 돌려, 한 가지 주목할 만한 사실에 대한 언급을 덧붙이고 이야기를 끝내기로 한다. 『식민지시대문학론』을 보면 이광수의 『무정』을 대상으로 한 방대한 분량(82면)의 작품론이 수록되어 있다. 여기에서 그는 『무정』에 대하여 높은 평가를 아끼지 않고 있다. 『무정』 이후의 이광수 문학은 엄격한 비판의 대상이 되어야 마땅하지만 『무정』 자체는 "우리 민족의 영원한 공유재산"18)이며 우리들이 "역사 속의 자기와 민족의 위치를 반성할 때 반드시 돌아보아야 할"19) 문제작이라고 보는 것이다. 그런데 『식민지시대문학론』 이후에 그가 낸 여러 저서들을 보면 『무정』에 대한 긍정적 평가가 전면적으로 철회되며, 대단히 엄격한 비판적 논의가 그 자리를 대신하여 줄기차게 개진된다. 이보영은 『무정』에 대한 긍정적 평가와 부정적 평가의 양극단을 그 혼자서 시기를 달리해 가며 대표하고 있다는 느낌을 줄 정도이다. 이러한 변화의 방향 자체는 대체로 보아 바람직하다는 평가를 받을 수 있다고 여겨지거니와, 그 변화의 과정에서 제시된 논리의 구체적인 면모를 정밀하게 살펴나갈 경우 우리는 이광수에 대한 심층적 이해를 기하는 데 있어서나, 20세기 전반기 한국소설의 전체적인 의미를 생생하게 파악하는 데 있어서나, 많은 소득을 얻을 수 있을 것으로 생각된다.

---

17) 『난세의 문학』에 대해서만은 최근에 이르러 그 성과를 제대로 인식하는 사람들이 소수이지만 나오기 시작하고 있다. 그나마 다행스러운 일이라고 할 수 있다. 김종균 편, 『염상섭 소설연구』, 국학자료원, 1998, 4쪽 ; 김경수, 『염상섭 장편소설 연구』, 일조각, 1999, v쪽 참조.

18) 이보영, 『식민지시대문학론』, 필그림, 1984, 159쪽.

19) 위의 책, 240쪽.

9) 조남현의 『한국지식인소설연구』

1980년대가 진행되는 동안 20세기 한국소설 연구의 분야에서 이루어진 중요한 발전 가운데 하나는, 20세기 한국소설 가운데 어떤 특정한 주제를 잡아서 연구하는 작업이 다양화되고 심화된 점이다. 말하자면 소설사의 전체적인 흐름에 대한 종합적 정리와 개별적인 작가·작품론 사이의 중간지점에 놓여 있으면서 소설 연구의 풍요화를 위한 가능성을 폭넓게 예비하고 있는 영역에 대한 다양한 탐사가 이 시기에 이르러 본격적으로 이루어지기 시작한 것이다. 1984년에 일지사에서 출간된 조남현의 『한국지식인소설연구』는 이 시기 한국소설 연구의 이러한 발전을 보여주는 전형적 사례로 평가될 만하다. 이 책에서 조남현은 20세기 전반기의 한국소설 가운데서도 특히 '지식인소설'이라는 특정 주제에 초점을 맞추고 다각적인 접근을 꾀한 결과 20세기 한국소설 연구의 풍요화를 위해 상당히 의미 있는 기여를 한 것으로 평가될 만한 성과를 내고 있는 것이다.

조남현이 지식인소설이라는 범주에 주목한 것은 이 책이 나오기 오래 전부터였다. 1978년에 이미 평민사에서 『일제하의 지식인문학』이라는 저서를 출간한 것을 보면 이 사실을 잘 알 수 있다. 조남현은 『일제하의 지식인문학』에서 보여주었던 문제의식을 그 후에도 꾸준히 확대시켜 나간 끝에 20세기 전반기 지식인소설 연구의 종합적 보고서로서 『한국지식인소설연구』를 내놓게 되었던 셈이다.

조남현의 『한국지식인소설연구』는 그가 지속적으로 관심을 기울여 온 이른바 정신사적 연구방법을 특히 적극적으로 시도해 본 성과로서도 의미를 가진다. 그런가 하면 지식인의 비중과 역할에 대한 관심이 미미한 수준으로 떨어진 반면 민중에 대한 논의만이 일방적으로 과열되는 경향을 보였던 1980년대의 전반적 경향에 대해 학문적 차원에서 의미 있는 문제제기를 행한 작업으로서도 이 책은 주목을 끄는 존재라고 하지 않을 수 없다.

조남현의 『한국지식인소설연구』에서 우리가 발견할 수 있는 또 한 가지 흥미로운 사실은, 이 책이 나오기 전까지의 많은 20세기 소설 연구에서 거의 완전하게 무시당해 왔던 20세기 전반기의 많은 소설작품들이 적극적으로 거론되고 있다는 점이다. 이 점에 관하여 조남현 자신은 『한국지식인소설연구』의 서문에서 다음과 같은 말을 하고 있다.

> 이 책을 쓰면서 저자는 해방 이전에 우리 작가들에 의하여 씌어진 소설들 중 읽어야 할, 재평가해야 할 작품들이 아직도 적지않게 남아 있음을 실감하게 되었다. 어떤 독자들은 이 책에서 기존 문학사나 논문들을 통해 볼 수 없었던 2류(?)의 작가들과 작품들의 이름을 보고는 당황할지 모른다. 그러나 일제 식민지치하라는 어려운 시대 속에서 한 편의 소설을 쓰려 한 사람들이라면 정도의 차이는 있겠지만 거의 전부 고민하고, 빛을 찾으려 했을 것이라는 점을 부정할 수 없는 한, 이제까지의 문학사와 논문에서 2류(?)작가와 작품으로 판정된 존재들에 대해서도 재조명해 볼 필요는 있다고 본다. 진정한 의미의 문학연구는 기존 가치체계를 새로운 자료나 시각에 의거해서 계속 수정하고 보완하는 데 있다고 본다.[20]

조남현의 이러한 발언은 20세기 한국소설 연구의 발전을 위해 상당히 중요한 의미를 갖는 문제를 지적한 것으로 인정될 수 있다. 『한국지식인소설연구』가 나온 지 20년 가까운 세월이 지난 현재의 시점에서도 이러한 문제제기는 여전히 유효한 것으로 살아 있다.

10) 최원식의 『한국근대소설사론』

최원식이 1978년에 발표한 「『은세계』연구」라든가 1982년에 발표한 「『장한몽』과 위안으로서의 문학」과 같은 논문들은 그 시대 한국 20세기소설 연구의 수준을 대표하는 것으로 인정될 만한 노작이었으며, 그 무게에 걸맞는 반향을 불러일으키기도 했다. 이 두 편의 글은 모두 그의 첫번째 저서인 『민족문학의 논리』(창작과비평사, 1982) 속에 수록되어 있거니와, 최원식은 여기에서 머무르지 않고 20세기 초의 소설문학에 대한 연구를 더욱 적극적으로

---

20) 조남현, 『한국지식인소설연구』, 일지사, 1984, 2쪽.

추진해 나간 끝에 1986년 다시 같은 창작과비평사에서 『한국근대소설사론』을 내놓았다. 이 책의 서문을 보면 다음과 같은 진술이 나온다.

> 국문학도로서 나의 일차적 목표는 한국 근대소설의 통사 체계를 새롭게 수립하는 것이다. 그런데 나는 이제 구한말에서 3·1운동까지, 다시 말하면 우리 근대소설의 초창기를 겨우 섭렵한 정도다. 「『은세계』 연구」(1978)부터 기산한다면 8년의 세월인데, 이룬 것은 미미하고 갈 길은 멀다. 솔직히 말해서 처음 공부를 시작할 때에는 이 시기에 이처럼 많은 시간을 바쳐야 할 줄은 미처 생각하지 못했다. 그러나 공부를 하면 할수록 이 시기는 놀랄 만한 생동성으로 나를 매료시켰다.[21]

최원식은 위에 인용된 서문의 한 대목에서 "공부를 하면 할수록 이 시기는 놀랄 만한 생동성으로 나를 매료시켰다"는 말을 하고 있거니와, 그의 책을 읽는 독자의 입장에서는, 위의 말을 조금 변형시켜서 다음과 같은 고백을 해도 무방할 듯하다 : "페이지를 넘기면 넘길수록 이 책은 놀랄 만한 생동성으로 나를 매료시킨다". 독자들로부터 이러한 고백이 자연스럽게 나오도록 만들 만큼 최원식은 학술논문을 쓰면서도 '놀랄 만한 생동성으로' 독자를 매료시키는 능력을 가진, 탁월한 스타일리스트이다. 그러나 물론 최원식을 스타일리스트라고만 규정하고 말아 버릴 수는 없다. 그 스타일의 매력 배후에는 미시적 차원에서의 철저한 엄밀성과 거시적 차원에서의 예리한 통찰력이라는 두 가지 중요한 미덕이 튼튼하게 자리잡고서 그의 연구를 이끌어 나가고 있기 때문이다.

이처럼 소중한 장점들을 두루 갖춘 상태에서 20세기 초의 한국소설 연구로 나아간 그는 이 시대를 '개화기'라고 일컫는 것이 부당하다는 사실을 누구보다 설득력 있게 논증하고,[22] 그 동안 어디까지나 이인직을 중심으로 해서

---

21) 최원식, 『한국근대소설사론』, 창작과비평사, 1986, 3쪽.

22) 최원식이 '개화기'라는 용어를 거부하면서 그 자신의 대안으로 내놓은 것은 '애국계몽기'라는 용어이다. 이 용어는 분명 '개화기'라는 용어와는 비교할 수도 없을 만큼 강한 설득력을 가지고 있다. 하지만 엄격하게 따져 본다면 이 용어 역시,

논의되어 왔던 20세기 초 한국소설의 지형도를 재구성하여 이해조의 문학사적 위상을 새롭게 부각시킨다. 또 중국·일본은 물론 베트남까지도 시야에 포함시키는 거대한 국제적 구도 속에서 그 시대의 문학과 정신을 점검하며, 어려운 상황 속에서 고투하던 그 시대 토착자본가들의 운명이라든가 해외로 살길을 찾아 떠나간 노동이민자들의 문제 같은 것들이 당대의 소설 속에 어떻게 투영되었는가를 확인한다. 그런가 하면 동학의 이념과 운동이 소설에 미친 영향을 검토하고, 1920년대에까지 지속하면서 이른바 근대소설과 공존 관계를 형성하였던 신소설의 면모를 조명함으로써 20세기 전반기의 한국소설사를 단선적(單線的)인 존재에서 복선적(複線的)인 존재로 변형시키기도 한다.

최원식의 이처럼 다채로운 작업들을 통하여, 20세기 초 한국소설의 전개과정과 그 의미는 그 시대의 정치적·사회적·문화적 상황과 긴밀하게 연계된 가운데 전에 없이 생생하고 뚜렷한 모습으로 규명되기에 이른다. 1980년대의 시점에서 그가 이룩해 낸 이러한 성과는 후대에 이르러 다른 많은 연구자들이 20세기 초의 한국소설에 대한 연구를 심화시켜 나가고자 노력하는 과정에서 귀중한 토대, 혹은 힘겹지만 반드시 넘어서야 할 도전의 대상으로 그 의의가 새로이 살아나게 된다.

11) 서정자의 『한국근대여성소설 연구』

최원식 자신도 인정하고 있는 것처럼, 여러 가지 난점을 안고 있다(위의 책, 240~244쪽 참조). 후일, 『한국근대소설사론』이 나온 후 11년이 지난 시점에서 김영민은 '애국계몽기'라는 용어를 쓰느니 차라리 '애국'이라는 두 글자를 지워 버리고 '계몽기'라는 용어로 바꾸자는 제안을 하고 있는데(김영민, 『한국근대소설사』, 솔, 1997, 154쪽), 진지하게 검토해 볼 만한 가치가 있다. '계몽기'라는 어휘는 분명 '애국계몽기'라는 어휘보다 더 포괄적으로, 더 유연하게 그 시대의 성격을 설명해 주는 어휘이기 때문이다. 그런가 하면, 지금까지 제시된 모든 용어들이 '대상 시기에 대한 평가를 이미 내재화한 말'이라는 점에서는 마찬가지임을 지적하면서 그 모든 용어 대신 '1900년대' 혹은 '1910년대' 식의 중립적인 어휘로 돌아가자고 하는 권보드래의 견해(『한국 근대소설의 기원』, 소명출판, 2000, 16~18쪽)도 주목에 값한다.

조선시대 사람들의 독서 성향을 살펴보면, 소설의 독자층으로는 여성이 남성을 압도하는 양상을 나타냈음을 알 수 있다. 이러한 현상에 대응해서, 그 시대에는, 소설의 작자층 가운데에서도 여성이 상당한 비중을 차지하였다. 조동일은 이러한 현상을 이웃 일본 및 중국의 경우와 비교하면서 다음과 같은 이야기를 하고 있다.

> 세 나라 소설의 작가를 남녀로 나누어 보면, 남성이 많고 여성이 적은 점은 대체로 보아 서로 같으면서, 구체적인 양상에서는 상당한 차이를 나타냈다. 일본에는 여성작가가 거의 없었다. 중국에는 일부의 작품은 여성이 맡아 썼으며, 여성이라고 자처하는 가명을 쓴 작가들도 있었다. 그러나 한국의 경우에는 여성작가가 차지하는 비중이 중국의 경우보다 더 컸다고 추정된다. …… 한국소설은 인물, 사건, 주제 등에서 여성의 요구를 일본소설이나 중국소설의 경우보다 더욱 적극적으로 받아들여 남녀의 경쟁적 합작품을 만들어냈다. 여성이 독자로서 발언권을 가지는 데 그치지 않고 작가로도 참여해서 그럴 수 있었다.[23)]

그런데 20세기에 들어와 소설장르의 역사에 새로운 시대의 막이 열리게 되면서, 적어도 그 초기 단계의 얼마 동안은, 여성소설가의 비중이 현저하게 줄어드는 양상이 나타난다. 1920년대의 경우, 나혜석과 같은 소수의 예외적 인물이 몇몇 주목할 만한 작품을 남기기는 했지만 (그리고 그 작품들의 중요성은 결코 경시되지 말아야 하는 것이 분명하지만) 조선시대의 경우와 비교해 보면 아무래도 여성의 소설창작 활동은 일시적으로 위축된 감이 있다. 왜 이런 양상이 나타났는지를 종합적으로 파악하는 것은 쉽지 않은 과제이지만, 일단 한 가지 부분적인 이유를 찾아보자면, 익명이라는 보호장치 아래에서 자유롭게 소설을 쓸 수 있었던 시대가 끝나고 모든 소설가들이 자신의 이름을 밝혀야 하는 시대가 처음으로 도래하면서, 여성에게 지극히 불리한 방향으로 굳어져 있는 기성 사회 체제의 벽과 정면으로 공개적인

---

23) 조동일, 『소설의 사회사 비교론 2』, 지식산업사, 2001, 154~155쪽.

대결을 벌이지 않을 수 없게 되었다는 사정이 여기에서 상당한 힘을 가지고 작용하였다는 사실을 지적할 수 있을 것이다.

그러다가, 대략 1930년대 무렵부터 여성의 소설창작 활동은 다시 상승세를 타기 시작하였다. 해방 후에는 또다른 상황 변화로 말미암아 두번째의 위축기를 맞이하기도 했지만, 그것 역시 잘 이겨내고 또 한번 도약의 시대를 여는 데 성공하였다. 그리하여 지금은 여성의 소설창작이 남성의 소설창작과 대등하거나 아니면 오히려 그것을 능가했다고 평가해도 좋을 정도로 대단한 활력을 보여주고 있는 중이다.

그런데 이상과 같은 궤적을 밟아 온 20세기 한국 여성의 소설창작 활동에 대하여, 그 양상과 의미를 비평적으로 정당하게 자리매김하는 작업은 오랫동안 매우 미미한 상태에 머물러 있었다. 가부장적 편견에 사로잡힌 과거의 많은 남성 비평가들은 여성의 소설창작 활동을 제대로 인식하고 평가할 능력이 결여되어 있었고, 여성 비평가는, 여성 소설가의 활동은 마지못해 하면서라도 어느 정도 인정해 줄지언정 여성 비평가에 대해서는 그 존재 자체조차 낯설어할 만큼 심각한 반여성적 편견으로 가득찬 상황 아래에서, 아예 그 등장 자체가 어려운 상황이 오랫동안 지속되었기 때문이다(이런 가운데서도 1930년대에 몇 편의 중요한 평문을 남기고 있는 임순득과 같은 여성비평가는 참으로 귀중한 존재라고 하지 않을 수 없다).

비평계의 이처럼 열악한 상황은 학계의 경우에도 다르지 않았다. 학문 연구는 남성의 전유물이라는 사고방식이 압도적으로 군림하고 있는 상황에서,[24] 연구 업적의 양으로나 그 질적 성취로나 남성과 대등한 수준을 확보한

24) 조지훈이 쓴 「우아한 육체미의 본질」이라는 글을 보면 그러한 남성중심적 사고방식의 실체를 생생하게 확인할 수 있다. 조지훈의 주장에 따르면, 여성미의 핵심은 육체미에 있고 남성미의 핵심은 정신미에 있다고 한다. "우리는 여성의 그 따뜻하고 포근하고 날카롭고 치밀한 정신미를 모르는 바 아니다. 그러나 정신미의 대표를 남성미에다 두는 것은 남성의 그 웅대하고 심원하고 꿋꿋하고 너그러운 정신미는 여성이 따를 수가 없다는 것을 알기 때문이다. …… 대체적인 비율로 볼 때 여성의 육체미와 남성의 정신미를 대비시키는 데 용감히 반대할 수 있는 근거를 세울 수 있는 사람은 없을 것이다"(조지훈, 『방우산장기』, 고려대학교 출판부, 1997,

여성 연구자가 나오기는 쉽지 않은 일이었다. 그러한 여성 연구자가 일찍부터 나왔더라면, 20세기 한국 여성소설의 성과에 대한 학문적 연구는 진작에 본격적인 출발을 보았을 것이다. 하지만 그러한 여성 연구자의 출현은 오랫동안 원천적으로 차단당한 상태에 있었다. 그리고 이런 상황이 계속되고 있는 동안, 어떤 남성 학자도 20세기 한국 여성소설의 학문적 연구에 진지한 관심을 기울이지 않았다.

이런 불행한 상황이, 역경을 뚫고 올라온 선구적 여성 연구자들의 꾸준한 노력에 의해서 조금씩이나마 개선되기 시작한 것은 대략 1970년대부터이다. 20세기 한국 여성소설의 성과를 여성 연구자의 손으로 점검한 학문적 업적들이, 학술논문집에 실린 개별적 논문이라든가 석사학위 논문과 같은 형태로 이 무렵부터 조금씩 나오기 시작한 것이다.

1970년대에 비롯된 이와 같은 흐름은 1980년대에 들어와 더욱 활발해지면서 깊이를 더해가게 된다. 적극적인 활동을 펴는 여성 연구자의 수가 늘어나면서 논문의 수도 증가하고, 관심의 폭도 넓어지게 되는 것이다.

1987년에 씌어진 서정자의 박사학위 논문 「일제 강점기 한국 여류소설 연구」는 바로 이러한 발전적 변화의 과정을 대표하는 것이며, 또 한편으로는, 20세기 한국 여성소설에 대한 연구가 드디어 '준비기' 혹은 '태동기'를 마감하고 성숙한 단계에 접어들었음을 세상에 알리는 것이기도 하다는 점에서

71쪽). 여성은 이처럼 정신미에 있어서 근본적으로 남성보다 뒤떨어지는 존재이기 때문에, "학문의 세계에서는 날카롭고 꼼꼼한 두뇌와 정성만으로도 가능한 과학이 여성에게 알맞은 세계가 될 것이다"(71~72쪽)라고 한다. 이것은, 말하자면, 문학 연구와 같은 고급한 학문은 여성에게는 도무지 맞지 않는다는 선언인 셈이다. 무서운 반여성적 편견이라고 하지 않을 수 없다. 따지고 보면, 이러한 반여성적 편견이야말로, 여성에 의한 창조적 학문 연구라는 것은 아예 그 싹조차 틔우지 못하도록 짓눌러 온 주범이었다. 그런데 조지훈은, 그 글의 뒷부분에 가서 보면, "여성의 손에 학술서 한 권 저술된 것이 없다"라는 말로 여성을 맹렬히 비난하고 있다. "대체의 여성들은 독서를 하지 않는다. 대학을 다녀도 시집갈 간판이나 마련하는 겐지, 그저 건성으로 지내는 것이, 해방 전후를 통해서 신교육 반세기 동안에 여성의 손에 학술서 한 권 저술된 것이 없다"(76쪽). 사태를 그렇게 만들어 놓은 주인공의 한 사람이 바로 그 자신이라는 사실을 도무지 깨닫지 못한 상태에서 나온 맹렬한 비난이기에 이 비난에는 다분히 희극적인 면이 있다.

기념비적인 의의를 갖는다고 할 수 있다(서정자는 1999년에 이르러 이 논문을 『한국근대여성소설 연구』라는 제목으로 국학자료원에서 출간하는데, 비록 이처럼 논문이 단행본으로 출간된 연도는 1999년이지만 논문 자체가 씌어진 것은 1987년의 일이요 또 이 논문이 나온 직후부터 활발한 논의와 참고의 대상이 되면서 많은 동료·후배 연구자들에게 적지 않은 영향을 준 바 있는 만큼 연구사의 맥락에서 볼 때 이 논문의 위치는 어디까지나 1987년의 시점에 놓는 것이 온당하다).

서정자는 이 논문에서 1930년대의 여성소설가 여섯 명(박화성, 강경애, 최정희, 백신애, 이선희, 지하련)을 대상으로 하여 심도 있는 논의를 전개하고 있다. 그가 이 논문을 쓰면서 채택한 방법론은 그 서론 속의 다음과 같은 대목에 잘 나타나 있다.

> 본고는 식민지 현실의 역사·사회적 여건과 함께 여성해방론의 사적 전개를 살펴보고, 이러한 현실은 작가의 정신 속에 이미 형식과 의미를 가지고 있는 현실이라는 전제 아래 여성작가들의 현실인식과 소설구조를 살피는 것을 그 방법으로 하였다. …… 일제강점기 여성작가와 작품의 정확한 발굴 소개가 본고의 우선된 목적이 될 것이며, 굳이 작가별로 정리한 이유는 각 작가의 작품세계의 특질을 그나름대로 밝혀 보고자 하는 의도이다.[25]

서정자가 박사논문을 쓰면서 이러한 방법론에 토대를 두고 작업을 진행한 것은 이 논문이 놓여 있는 개척자로서의 위상을 감안하면 지극히 자연스럽고 또 바람직한 선택이었다고 말할 수 있다. 즉 지나치게 과격하거나 실험적인 이론의 도입을 자제하고 차분한 실증적 작업에 주력하면서 현실인식의 측면에 초점을 맞추는 태도야말로 준비기 혹은 태동기를 마무리짓고 본격적인 성숙의 단계를 여는 개척자의 입장에 선 연구자로서는 최선의 선택이었다고 볼 수 있는 것이다. 그리고 서정자의 논문은 바로 이런 자리에서 나온 성과로서 그것 나름의 역할을 충실히 수행하고 있다.

---

25) 서정자, 『한국근대여성소설 연구』, 국학자료원, 1999, 30~31쪽.

물론 이 논문은 개척 단계에서 나온 것이니만큼 지금에 와서 돌이켜보면 미비하거나 잘못된 점도 없지 않다. 나혜석을 가리켜 "작품 없는 문인 생활"을 한 사람이라고 비난하였던 과거의 그릇된 평가를 별다른 비판 없이 수용한 것[26]이 그 대표적인 예이다.

하지만 따지고 보면 이 논문이 나온 후, 이 논문에 들어 있는 미비점이나 오류를 극복하는 작업을 가장 치열하게 수행해 온 사람이 바로 서정자 자신이다. 방금 내가 언급한 그릇된 나혜석 관(觀)의 문제만 보더라도, 1987년 이후 그것을 바로잡고 나혜석의 작가적 면모를 제대로 밝혀 낸 주인공이 바로 서정자인 것이다.

서정자가 20세기 한국의 여성소설을 대상으로 해서 쌓아 온 연구업적 가운데 박사학위 논문을 제외한 나머지 대부분은 2001년에 푸른사상에서 『한국 여성소설과 비평』이라는 제목의 방대한 단행본으로 묶여 나온 바 있다. 서정자가 학위논문을 쓴 이후 새롭게 발굴해 낸 나혜석의 면모를 검토한 논문도, 앞에서 내가 잠깐 언급한 바 있는 1930년대의 여성평론가 임순득을 최초로 조명한 논문도 모두 여기에 들어 있다. 이 밖에도 주목에 값하는 논문들을 다수 포함하고 있는 『한국 여성소설과 비평』은 『한국근대여성소설 연구』와 정확히 상호보완적인 관계로 연결되어 있는 저서이다.

12) 이재선의 『현대 한국소설사 1945~1990』

일찍이 1979년에 20세기 전반기의 한국소설을 대상으로 한 역저 『한국현대소설사』를 내놓았던 이재선은 그로부터 12년의 세월이 흐른 1991년에 이르러 『한국현대소설사』와 자매편의 관계로 연결되는 또하나의 역저 『현대 한국소설사 1945~1990』을 민음사에서 출간한다. 표제에 이미 나타나 있는 것처럼 이 책은 1945년에서 1990년까지의 45년간에 걸쳐서 창출된 한국소설의 성과를 대상으로 하여 그 체계적 정리를 시도한 것이다. 『한국현대소설사』가

---

26) 앞의 책, 19쪽.

6·25 직전까지의 소설사를 대상으로 삼았던 것을 감안하면 두 권의 책이 다루고 있는 시기는 약 5년 정도의 중복되는 부분을 가지고 있으나 그 점은 물론 별반 중요한 사안이 아니다.

앞에서 『한국현대소설사』에 대하여 언급했을 때 나는 일찍이 『한국개화기소설연구』라든가 『한국단편소설연구』와 같은 초기 저서들을 내놓을 당시부터 뚜렷하게 드러났던 이재선의 인상적인 면모로서 "실증적인 자료의 수집과 정리에 심혈을 기울이는 한편 서양의 다양한 문학이론들을 도입하는 데에도 누구보다 부지런한 자세로 임하는 학자의 모습"을 주목한 바 있거니와 이러한 그의 면모는 『현대 한국소설사, 1945～1990』에서도 아무런 변화 없이 그대로 나타난다.

그렇다면, 『현대 한국소설사, 1945～1990』은 그가 『한국현대소설사』에서 20세기 전반기의 한국소설을 대상으로 해서 수행하였던 작업을 단지 그 대상만 달리하여 한번 더 반복한 것으로 볼 수 있는가? 그렇지는 않다. 이 책에서 이재선은 『한국현대소설사』를 출간할 당시의 그 자신을 포함하여 그 동안 한국의 그 어떤 문학연구자도 전례를 보인 바 없는, 참으로 새롭고 낯선 형태의 문학사 서술 방식을 처음으로 선보이고 있기 때문이다. 그것은 문학사를 쓰면서 연대순으로 논의를 진행시켜 나간다는 원칙을 파기해 버리고, 그 자신이 쓰고 있는 용어를 빌려서 말하자면 '테마'를 중심으로 하여 작품을 분류하고 전체의 체계를 세우는 방식이다.

예를 들어서 이야기하자면 이렇다. 이 책의 제3장은 「닫힘과 열림의 상상력 : 벽과 감방의 상황과 자유의 몽상」이라는 제목 아래서 전개된다. 이 제3장 부분에다 이재선은 해방 후에 나온 한국소설 중 '감금'의 테마를 가지고 있는 소설들을 대거 집결시킨다. 그 중에는 1960년대 초에 나온 이병주의 장편 『소설 알렉산드리아』도 있고, 1970년대에 나온 송영의 단편 『선생과 황태자』도 있으며, 1980년대에 나온 임철우의 단편 『붉은 방』도 있다. 이처럼 연대를 전혀 달리하는 작품들이, '감금'의 테마를 공유하고 있다는 사실 때문에 하나의 범주로 묶여서 논의되는 것이다.

제3장을 예로 들어서 살펴본 이러한 방식은 전체가 8장으로 이루어져 있는 이 책 가운데 제1장 하나를 제외한 나머지 부분 모두에서 일률적으로 관철되고 있다. 이재선은 이 책의 제1장에서 이른바 해방기(1945년~1950년)의 소설을 다룬 후, 제2장부터는 연대 개념을 괄호 속에 넣어 버리고, 1950년부터 1990년까지의 소설을 공시적으로 관찰한 결과 추출할 수 있었던 일곱 개의 테마를 가지고서 소설사의 체계를 세우고 있는 것이다. 물론 '병'의 테마를 가진 작품은 주로 1960년대 이후에 나타난다든가 '대학생'의 테마를 가진 작품은 주로 1970~80년대에 집중된다든가 하는 식으로 테마의 종류에 따라 얼마쯤 연대 개념이 반영되기도 하지만 그것이 본질적인 의의를 갖지는 못한다.

이재선의 『현대 한국소설사 1945~1990』은 이처럼 독특한 방법론에 입각하여 기술되어 있기 때문에 한 권의 체계적인 소설사라기보다는 여러 편의 논문을 모은 책이라는 인상을 강하게 준다. 나는 앞서 이재선의 『한국현대소설사』를 다루는 자리에서도 그 책이 어떤 면에서 보면 여러 논문들의 모음 같은 인상을 준다는 점을 지적한 바 있거니와 『현대 한국소설사 1945~1990』은 그러한 인상을 『한국현대소설사』의 경우보다도 더욱 강화시키고 있는 것이다.

그렇다면 『현대 한국소설사 1945~1990』을 『한국현대소설사』와 비교해서 평가할 경우, 어떤 이야기가 가능할까? 내가 보기에는 후자가 노출해 보였던 두 가지 중요한 문제점을 전자가 성공적으로 극복한 셈이라는 점에서 긍정적인 평가를 내리는 데 주저할 필요가 없을 듯하다.

(1) 『한국현대소설사』는 내면적으로 보면 여러 논문들의 모음이라는 성격을 강하게 지니면서도 외관상으로는 "일관된 체계에 입각하여 집필된 소설사"라는 형태를 고수하고자 했기 때문에 책 전체의 성격이 상당히 모호하다는 느낌을 주었다. 그런데 『현대 한국소설사 1945~1990』은 여러 논문들의 모음이라는 성격을 외형에서까지 좀더 확실하게 드러내었기 때문에 모호하다는 느낌을 주지 않는다.[27)]

(2) 『한국현대소설사』에서는 그때 그때의 편의에 따라 어떤 자리에서는 다양한 문학이론 가운데 이런 것을, 어떤 자리에서는 저런 것을 활용하는 방식으로 논의가 전개되어 상당히 혼란스러운 느낌을 주었는데, 『현대 한국소설사 1945~1990』의 경우에는 다양한 문학이론을 최대한 활용한다는 원칙은 그대로 유지하되, 테마론에다 확고한 지배적 위치를 부여하고 다른 여러 이론들은 그 아래 종속시키는 방식으로 구체적인 작업이 이루어지고 있기 때문에, 그렇게 혼란스러운 느낌을 주지 않는다.

이처럼 두 가지 점에서 『한국현대소설사』보다 개선된 면모를 보이는 가운데 이루어지고 있는 『현대 한국소설사 1945~1990』의 소설사 서술 작업은 연대순으로 문학사를 기술하는 것이 유일한 문학사 기술방법인 것처럼 여겨져 온 우리 학계의 통념을 깨뜨리면서 참신한 개성미를 획득하는 데 성공하였다. 그리고 이처럼 색다른 방법론에 의거하여 수행된 그의 소설사 서술 작업에 의하여 20세기 후반기 한국소설의 많은 중요한 측면들이 처음으로 적절한 조명을 받으면서 그 의미를 세상에 제대로 인식시키게 된 것도 사실이다. 하지만 구체적인 논의를 진행해 나가는 과정에서 필요 이상으로 장황하게 서양 학자들의 이론이나 저서명을 나열하는 태도가 『한국현대소설사』에 이어서 여전히 나타나고 있다는 사실은 비판의 대상이 되지 않을 수 없다. 그리고 문학적으로 높은 가치를 인정받기 어려운 작품이 단지 특정한 테마를 중심으로 한 논의를 펼쳐나가는 데 잘 맞아 떨어진다는 이유만으로 자못

---

27) 물론 『한국현대소설사』와 『현대 한국소설사 1945~1990』 사이에서 발견되는 이러한 측면에서의 차이점을 근거로 해서 전자보다 후자를 더 높게 평가하고자 하는 나의 입장에 대해서는 보는 사람에 따라 강한 반론이 제기될 수도 있음을 나는 충분히 예상한다. 전자가 다소 어색한 형태로나마 끝까지 소설사의 영역 안에 머무르고자 하고 있음에 반해 후자는 단지 명칭에 있어서만 소설사를 표방하고 있을 뿐 실제에 있어서는 이미 소설사의 영역을 이탈해 버린 셈인데 어떻게 후자를 전자보다 더 높게 평가할 수 있느냐고 그들은 반문할 것이다. 하지만 나는 소설사라는 개념의 폭을 최대한 넓게 잡는 것이 바람직하다고 보며, 그렇게 할 경우 이재선의 『현대한국소설사 1945~1990』은 분명 소설사의 범주에 드는 저서로 인정될 수 있고, 게다가 같은 저자의 『한국현대소설사』가 보여주었던 모호성을 떨쳐 버린 저서라는 점에서, 분명 『한국현대소설사』보다 높은 평가를 받을 수 있다고 생각한다.

크게 부각된 경우가 여럿 발견된다는 사실도 이 책의 아쉬운 점이라고 말할 수 있다.[28)]

13) 김윤식 · 정호웅의 『한국소설사』

김윤식과 정호웅 두 사람이 공동으로 집필하여 1993년 예하출판주식회사에서 내놓은 『한국소설사』는 20세기 초에서 1980년까지의 근 1세기에 걸친 기간 동안 한국에서 전개되어 온 소설문학의 역사를 한 권에 담아낸 노작이다. 『한국소설사』가 등장함으로써 우리 학계는 20세기 한국소설의 흐름을 일관된 체계 아래 전체적으로 통찰한 책을 처음으로 갖게 된 셈이다.

물론 이 책이 나오기 이전에 이재선이 내놓은 두 권의 소설사, 즉 『한국현대소설사』와 『현대 한국소설사 1945～1990』을 합쳐서 생각해 보면, 20세기 한국소설의 흐름을 전체적으로 파악하는 작업은 김윤식과 정호웅이 손대기 전에 벌써 이재선에 의하여 성취되었다는 판단이 가능하다. 하지만 이재선의 두 저서는 앞에서 이미 검토해 보았던 바와 같이 각각 서로 다른 체계에 의하여 구성된 것이었다. 그러니만큼 『한국소설사』가 우리 나라의 소설 연구사 속에서 가지는 '처음'으로서의 의의는 이재선에 의하여 이룩된 선행 업적의 존재에도 불구하고 결코 가볍게 볼 수 없는 성질의 것이다. 그리고 『한국소설사』가 지니고 있는 이러한 의의는, 시사나 희곡사, 비평사 등의 영역에서 20세기의 전 기간 혹은 대부분 기간을 대상으로 하여 하나의 체계 아래 집필된 업적들이 아직도 나오지 않고 있으며 앞으로도 상당한 기간 동안은 나올 가능성이 희박하다는 사실을 감안하면, 더욱 그 무게가 더해지는 느낌이 있다.

김윤식과 정호웅의 『한국소설사』는 이처럼 20세기 가운데 대부분에 해당

---

28) 제3장에서 이정환의 여러 단편들이나 이문열의 중편 「어둠의 그늘」에 큰 비중을 두어 다룬 경우가 그 대표적인 예이다. 이러한 문제점에 대해서는 내가 일찍 다른 자리에서 한 차례 지적한 일이 있다. 이동하, 「해방 후 문학사를 서술할 때 유의할 일들」, 유종호 외, 『현대 한국문학 100년』, 민음사, 1999, 709쪽.

하는 기간 동안에 펼쳐진 소설사의 흐름을 대상으로 하여 최초로 하나의 체계를 세운 업적이라는 점에서 인상적일 뿐 아니라, 구체적으로 논의를 진행해 나가는 과정에서 보여준 탁월한 스타일의 매력으로도 각별한 주목을 끄는 책이라고 하지 않을 수 없다. 이 책의 두 공저자인 김윤식과 정호웅은 서로 다른 개성적 문체의 소유자이면서도 그 개성이 빛을 발할 경우 상당히 인상적인 경지에 도달한다는 평가를 받을 만하다는 점에서는 완전히 동일한데, 이 책은 그 두 사람의 수많은 저서들 가운데서도 특히 그들의 개성이 긍정적인 방향으로 작용한 대표적인 예로 지목될 만하다.

그런가 하면 이 책은 대단히 풍부한 논쟁점을 함축하고 있는 문제적 저작이기도 하다. 이 책의 기본틀을 이루고 있는 전체적 체계의 차원에서나, 구체적인 작가 및 작품을 다루고 있는 세목 하나하나의 차원에서나, 뜻깊은 논쟁의 소지가 될 만한 대목들은 엄청나게 많으며 그 성격도 다양하다. 이러한 지적이 유효한 대목은 특히 김윤식이 맡아서 집필한 부분에 많다.[29] 그런데 따지고 보면 이 책에서 김윤식이 제시하고 있는 견해들 가운데 대다수는 그가 이 책에서 처음으로 선보이는 것이 아니라 그가 『한국소설사』 이전에 낸 수많은 소설 연구 분야의 저서들을 통하여 이미 지속적으로 개진해 온 것들이다. 『한국소설사』에서 그가 맡아 집필한 부분들은 이전의 수많은 소설 연구 분야 저서들에서 지속적으로 펼쳐 보이긴 했으되 그 저서들의 성격상 다분히 산발적인 형태로 나타날 수밖에 없었던 그 자신의 독특한 논리들을 한 자리에다 효율적으로 집약하여 정리해 놓은 것으로 이해될 수도 있다. 그렇게 본다면 『한국소설사』는 놀랄 만한 다작의 주인공으로 잘 알려져 있는 김윤식의 학문세계 가운데서도 특히 소설 연구 분야에서

29) 김윤식과 김현이 공저한 『한국문학사』에는 그 책의 어떤 부분을 김윤식이 맡아 집필했고 어떤 부분을 김현이 맡아 집필했는지가 서문에 명시되어 있었던 반면, 『한국소설사』에는 구체적인 집필 분담의 양상에 대한 언급이 전혀 나와 있지 않다. 그러나 김윤식과 정호웅의 저작을 평소에 조금이라도 접해 온 사람이라면, 『한국소설사』를 읽으면서 그 책의 어떤 부분을 김윤식이 맡아 집필했고 어떤 부분을 정호웅이 맡아 집필했는지를 분간해 내는 것은 지극히 쉬운 일이다.

이룩된 성과의 면모가 어떤 것인지를 가능한 한 쉽게, 빨리 파악하고자 하는 사람들에게 유용한 안내자의 역할을 담당해 주는 책으로서도 의미를 지니게 되는 셈이다.

『한국소설사』가 함축하고 있는 풍부한 논쟁점들 가운데 그 동안 별로 거론되지 않았던 것으로 보이는 한 가지 사항만 지적하면서 이 책에 대한 논의를 맺기로 한다.

이 책은 표제가 『한국소설사』로 되어 있지만 그러한 표제에서 독자들이 쉽게 예상할 수 있는 것처럼 『금오신화』 혹은 『수이전』부터를 대상으로 삼은 것이 아니고 이인직의 신소설부터를 다루고 있는 것이다. 저자들이 표제와 내용과의 관계를 설정함에 있어 이처럼 독자들의 예상을 뒤집어엎는 길을 선택한 데에는 그럴 만한 이유가 있었을 터이다. 그렇다면 그 이유에 대한 설명이 나와 있는가? 그렇지 않다. 이 책의 서문에도, 또 본문에도 그 이유에 대한 설명은 전혀 보이지 않는 것이다. 이것은 아무래도 자연스럽지 못한 처사로 여겨진다. 지나치게 불친절한 처사로 여겨지기도 한다. 그러나, 이 지점에서 생각의 방향을 조금 돌려 보면, 그처럼 아무런 설명도 제시하지 않은 채 신소설 이래의 소설들만을 다루면서 거기에다 『한국소설사』라는 표제를 붙이는 행동 자체가 소설장르의 본질이라든가 한국 소설장르 전개과정의 근본성격과 같은 주제들에 대한 두 공동저자의 특정한 입장을 "어떤 웅변보다도 더 의미심장한 침묵"이라는 자못 독특한 방법으로 밝혀 준 행동이라는 판단이 내려지기도 한다. 그렇게 본다면, 이처럼 독특한 방법으로 밝혀진 두 공동저자의 입장이라는 것은, 보는 사람의 시각에 따라서는, 자못 다채로운 논쟁을 촉발하기에 충분한 것이라고 말하지 않을 수 없다.

14) 김미현의 『한국여성소설과 페미니즘』

1987년에 서정자의 박사학위논문 「일제 강점기 한국 여류소설 연구」가 씌어지면서 본궤도에 접어든 20세기 한국 여성소설에 대한 연구는 그 후 더욱 많은 여성 연구자들의 등장과 일부 남성 연구자들의 동참에 힘입어 순조로운 발전을 지속하게 된다. 그러나 일부의 경우에는 한국의 현실과 상당한 거리를 두고 있는 서양의 이론들을 한국문학 연구에 기계적으로 적용하려는 시도 때문에 논의가 공소(空疎)해지는 문제점이 발생하기도 한다.

이런 가운데서 1996년에 제출된 김미현의 박사학위논문 「한국 근대 여성소설의 페미니스트 시학」은 20세기 한국 여성소설 연구를 또다시 한 단계 상승시킨 성과로 평가할 수 있다. 이 논문은 같은 해에 신구문화사에서 『한국여성소설과 페미니즘』이라는 제목으로 출간된다.

김미현의 이 논문은 해방 전의 여성소설을 대상으로 삼은 것이면서, 102편이라는 방대한 수의 작품을 검토 대상으로 삼고 있다. 이만한 수의 작품이라면 해방 전에 나온 여성소설 가운데 논의의 대상이 될 만한 것은 전부 포괄한 셈이라고 해도 과언이 아니다. 이처럼 논의 대상의 폭을 크게 넓혔다는 점에서 우선 김미현의 논문은 20세기 한국 여성소설의 연구를 한 단계 진전시킬 것으로 인정될 만하다.

하지만 그보다도 더욱 중요한 것은 연구의 방법론을 설정하고 구체화시켜 나가는 과정에 있어서 김미현이 대단히 가치 있는 영역을 새롭게 개척하였다는 점이다. 그 영역이란 어떤 것인가? 『한국여성소설과 페미니즘』의 서문에 김미현이 적어 놓은 다음과 같은 문장들을 보면 이 물음에 대한 답을 명료하게 얻을 수 있다.

> 문학이 문학인 이유는 그것이 정치나 운동이 아니기 때문이다. 그럼에도 그동안 여성소설에 대한 접근은 여성들의 아파하거나 싸우려는 목소리를 부각시키는 것이었지 그들이 어떻게 그런 목소리를 내는지에 대해서는 무관심한 것이었다. 그러나 어차피 모든 문학 자체가 울음소리로 채워진 곳간이라면 왜 우는지도 중요하지만 어떻게 우는지도 중요할 것이다.
>
> 이런 맥락에서 여성소설이 어떻게 문학적으로 형상화되었는지에 초점을 맞추기 위해 이 책에서는 페미니즘 일반론과 한국에서의 페미니즘 문학의

> 흐름을 제1장에서 개괄한 후 제2장, 제3장, 제4장에서 각각 여성의 육체, 언어, 현실을 문제삼았다. 이 세 층위를 통해 구체적인 여성적 글쓰기의 양상을 살펴봄으로써 페미니스트 시학을 규명해 보려 한 것이다. 기존의 연구에서는 제4장의 의식적 측면에만 비중을 두어 내용적 차원에서 접근한 경향이 강했지만 이 책에서는 이론적 접근에만 머물러 있었던 여성의 육체와 언어에 대해 구체적인 적용을 시도해 보았다. 식민지처럼 침략당한 육체, 이해받을 수 있는 곳을 찾아 여기저기 떠도는 언어, 감옥보다 더 견고한 벽이 존재하는 현실 속에서 부유했던 여성들의 의식을 모두 문제삼고 싶었다.[30)]

위에 인용된 글에 잘 나타나 있다시피 김미현은 20세기 한국 여성소설을 연구함에 있어 현실의 측면에 중점을 둔 내용 위주의 접근 방법을 배척하지 않고 적절히 계승하면서도 거기에만 머무르지 않는다. 그것을 자신의 연구 가운데 한 부분으로 포용하는 한편, 그전까지 별다른 관심의 대상이 되어 오지 못했던 또다른 측면들, 즉 육체의 측면이라든가 언어의 측면에 대해서도 현실의 측면과 대등한 비중을 부여하면서 치열한 탐구를 수행함으로써, 방법론의 차원에서 연구 영역을 대폭적으로 확장하고 있는 것이다.

이처럼 과감한 김미현의 연구영역 확장 작업은, 그 동안 연구자들의 시야에 새롭게 들어온 실로 다양하기 그지없는 페미니즘 이론들을 광범하게 섭렵한 다음 적절하게 선별하고 융합시켜 적용하는 과정을 동반한다. 그런데 이러한 과정은 한국의 독특한 상황에 대한 그의 주체적 인식과 확고하게 결합되어 있기 때문에 앞에서 잠시 언급된 일부 연구자들의 논의와는 달리 공소화라는 함정에 빠지는 모습을 보여주지 않는다.

15) 김영민의 『한국근대소설사』

백철의 『조선신문학사조사』가 나온 후 지금에까지 이르는 약 50여 년 동안 20세기 한국소설 연구의 영역에서 산출된 업적들을 두루 점검해 보면, 가장 두드러진 성과를 올린 것이 20세기 초-구체적으로 말하자면, 1900년대

30) 김미현, 『한국 여성소설과 페미니즘』, 신구문화사, 1996, 2쪽.

중반에서 1910년대 중반 무렵까지-의 소설에 대한 연구임을 알 수 있다. 20세기 한국소설 중 특정한 분야를 선택하여 미시적・세부적 연구를 시도하는 작업의 출발점을 기록한 것으로 평가되는 전광용의 여러 초기 논문들부터가 다름 아닌 20세기 초의 소설을 대상으로 한 것이었거니와, 그 후에도 이 분야에 대한 연구는 20세기 한국소설의 다른 여러 분야에 대한 연구를 저만치 앞질러 가면서 주목할 만한 성과를 지속적으로 창출해 왔다. 이처럼 20세기 초의 한국소설에 대한 연구가 20세기 한국소설 연구를 일관되게 선도하는 현상은 과연 어떤 연유로 나타나게 된 것일까? 이 물음에 대해서는 기본적으로 두 가지 정도의 답변을 제시할 수 있을 듯하다.

(1) 20세기 초의 수년 간은 한국 소설문학 전체의 성격을 크게 바꾸는 결정적 전환이 이루어진 시기였다. 그 전환의 구체적인 성격과 성과가 어떤 것이었느냐 하는 점에 대해서는 다양한 견해가 나올 수 있지만, 적어도 이 시기가 결정적 전환의 시기였다는 사실 자체에 대해서는 그 누구도 이론(異論)을 제출할 여지가 없다. 이 시기의 소설들은, 이처럼 중요한 전환기적 의의를 지니는 시기에 나온 소설들이니만큼, 당연히 다른 어떤 시기의 소설들보다도 더 활발한 탐사와 논의의 소재가 될 만한 요소들을 풍부하게 함축하고 있다. 또 그런 만큼 의욕적인 국문학 연구자들의 관심을 집중시킬 만한 매력도 가지고 있다.

(2) 이 시기 이후의 한국소설은 서양중심주의적인 사고에 깊숙이 함몰된 비평과 얽히면서 많든 적든 일종의 굴절을 겪게 된다. 그리고 이 시기 이후의 한국소설을 학문적 연구의 대상으로 삼는 사람들 역시, 방법론을 선택하고 기본적인 문제틀을 설정하는 단계에서부터 작품을 실제로 분석하는 단계에 이르기까지의 전 과정을 통해 지나치게 서양중심주의적인 발상의 폐해로부터 자유롭지 못한 모습을 종종 보여주곤 한다. 그런데 20세기 초의 한국소설을 연구하는 경우에는 이러한 문제점이 상대적으로 미약하게 나타난다. 연구의 대상에 내재된 성격 자체가, 그러한 문제점이 확산되는 것을 적절하게 막아주고 있기 때문이다.

20세기 초의 한국소설에 대한 연구가 20세기 한국소설 연구를 일관되게 선도하는 현상이 나타날 수 있었던 데에는 이상의 두 가지 사정 이외에 또 다른 사정이 물론 더 있겠지만, 아무래도 가장 중요한 이유는 위의 두 가지라고 생각된다.

아무튼 이러한 두 가지 사정과 또 그 밖의 여러 가지 사정이 겹쳐 작용한 결과 20세기 초의 한국소설에 대한 연구는 전광용의 선구적 작업이 있은 이후 계속해서 중요한 성과들을 창출하며 하나의 뚜렷한 전통을 형성해 올 수 있었거니와, 1990년대 이전으로 시야를 한정시켜서 볼 때 그 중에서도 특히 두드러진 업적을 남긴 사람으로는 이재선, 조동일 그리고 최원식을 들 수 있을 것이다. 그렇다면 1990년대에 이르러 그 전통을 이어받으면서 더욱더 앞으로 나아간 끝에 새로운 창조적 성과를 선보일 수 있었던 대표적인 연구자는 누구인가? 1997년 솔에서 『한국근대소설사』를 출간한 김영민이 바로 그 사람이라고 할 수 있다.

김영민은 『한국근대소설사』의 서문에서, "이 책을 계획하고 완성하기까지 꼭 십 년이 걸렸다"[31]는 말을 하고 있다. 이 책을 실제로 읽어 보면, 이 책은 과연 그만한 세월을 소요할 만한 노작이며, 이 책의 출간에 의해서 저자는 그 세월을 충분히 보상받은 셈이겠다는 느낌이 저절로 든다.

그렇다면 김영민으로 하여금 10년이라는 결코 짧지 않은 기간을 바쳐 가면서까지 20세기 초 한국소설의 연구라는 과제에 도전하도록 만든 추동력은 어디에서 왔을까? 달리 말해, 김영민은 그 전까지의 20세기 초 소설 연구에 대하여 대체 어떤 불만을 가지고 있었기에 이 연구에 그처럼 비상한 열정을 가지고 임하게 되었던 것일까? 이 물음에 대한 답 역시 그가 쓴 서문 속에 들어 있다. 거기에서 김영민은 다음과 같은 말을 하고 있는 것이다.

> 내가 이 시기 소설사를 연구한 가장 큰 이유는, 그 동안 우리 근대소설의 출발과 성장기 모습에 대한 연구가 거의 되어 있지 않다는 생각 때문이었다.

31) 김영민, 『한국근대소설사』, 솔, 1997, 12쪽.

> …… 우리 소설의 생성과 발전 과정을 밝히기 위해서는, 한말 이후 존재하는 모든 서사문학 양식들의 형성 과정과 그 생성 요인을 밝히고 그 양식들 사이의 상호 연관성을 찾아내 그 양식들의 발전사를 구성해야만 하는 것이다.[32)]

사실 김영민이 『한국근대소설사』를 출간하기 이전까지 20세기 초의 소설에 대해 우리 학계에서 이룩해 놓은 성과라는 것은, 앞에서 이미 강조했던 대로 20세기 한국 소설 연구 전반을 통해서 볼 때 가장 앞선 것임에는 의문의 여지가 없었지만, 그 시대를 대상으로 하여 체계적인 '소설사'를 구성할 만한 수준에는 아직 크게 미달하는 것이었다. 전광용의 연구든 이재선·조동일·최원식의 연구든, 또 다른 어느 누구의 연구든 간에, 개별적인 작가론이나 작품론 혹은 주제론의 영역에서는 다대한 성과를 이룩한 것이었으되, 그러한 성과를 엮어서 체계적인 소설사를 만들어낼 수 있도록 해 주기에는 근본적인 한계를 가지고 있었던 것이다.

김영민은 그 한계가 어디에서 유래하였는지를 정확하게 간파하였다. 관심의 대상을 그 시대의 '소설' 작품 혹은 '소설' 작가로만 한정시키는 태도를 버리지 않는 한 이 시대 소설사의 체계화는 무망한 일이며, 시야를 대폭적으로 확대하는 것이 절대적으로 필요하다는 사실을 그는 통찰했던 것이다. 그러한 통찰이 그로 하여금 "한말 이후 존재하는 모든 서사문학 양식들"을 대상으로 삼아 연구하겠다는 결단을 내리도록 만들었다. 그런데 사실 "한말 이후 존재하는 모든 서사문학 양식들"이란 얼마나 방대한 것이며, 또 얼마나 잡다한 것인가? 그러니만큼, 다시 말하지만, 그의 연구가 비상하게 긴 세월을 소요한 것도 결코 의아스럽게 생각할 일이 아닌 것이다.

김영민은 이처럼 방대하고 또 잡다한 자료들을 찬찬하게, 또 면밀하게 검토해 나간 결과, 이 시대에 대한 최초의 체계적인 소설사를 완성하게 된다. 이 소설사의 기본틀을 그는 『한국근대소설사』 결론 부분의 서두에서 다음과 같은 말로 간명하게 요약하고 있다.

---

32) 앞의 책, 6~7쪽.

> 조선 후기 서사문학에서 '서사적 논설'이 나오고, '서사적 논설'은 곧 '논설적 서사'로 발전한다. '논설적 서사'의 한 갈래로 '역사 · 전기소설'이라는 문학 양식이 따로 존재했는데, 이는 뒤에 신채호의 소설 및 본격적인 역사소설의 모태가 된다.
>
> '논설적 서사'는 다시 논설 중심 계열의 '신소설'과 서사 중심 계열의 '신소설'로 갈라져 발전했고, 이들 '신소설'의 창작 체험은 1910년대 신지식층의 '단편소설'을 거쳐 이광수의 『무정』과 같은 '장편소설'로 이어졌다.[33)]

20세기 초기 소설사의 기본적 전개 구도에 대한 김영민의 이러한 파악 방법이 반드시 유일한 정답으로 받아들여져야 할 까닭은 물론 존재하지 않는다. 그러나 김영민이 방대한 자료에 대한 면밀한 점검을 거쳐 이처럼 새로운 파악 방법을 제시한 결과 20세기 초의 한국소설에 대한 연구의 수준이 한 단계의 도약을 이룩하였다는 사실은 부정될 수 없을 것이다.

16) 권보드래의 『한국 근대소설의 기원』

20세기 한국소설 연구의 진 영역을 통해서 볼 때 가장 선도적인 지위를 지금껏 일관되게 차지해 온 것이 20세기 초 소설에 대한 연구라는 사실을 앞에서 지적한 바 있다. 그런데 바로 그 20세기 초 소설에 대한 연구가 전광용 이래 오늘날까지 진행되어 온 과정을 보면, "새로운 논리를 개척한 역사"는 곧 "관심의 범위를 확대해 온 역사"와 일치한다는 사실을 금방 확인할 수 있다. 신소설이 전대 소설과 대조를 보여주는 측면에만 주목하다가 양자의 연속성 혹은 공통점까지도 관심의 대상으로 삼는 방향으로 나아간다든가, 이인직만을 집중적으로 조명하다가 이해조에게도 이인직과 대등한 수준의 관심을 보내는 방향으로 나아간다든가, 소설 장르에 드는 작품들만을 논의의 대상으로 삼다가 논설류의 글들까지도 전면적으로 검토하는 방향으로 나아간다든가 한 것이 모두 그러하다. 이처럼 여러 논자들이 다양한 측면에서

---

33) 앞의 책, 481~482쪽.

관심의 범위를 꾸준하게 확대시켜 나가는 모습을 보여주는 가운데에서 20세기 초의 소설에 대한 연구는 논리의 신개지(新開地)도 또한 지속적으로 늘려 온 것이다.

2000년에 소명출판에서 간행된 권보드래의 『한국 근대소설의 기원』은 이처럼 "새로운 논리를 개척한 역사"가 "관심의 범위를 확대해 온 역사"와 나란히 가면서 전진해 온 20세기 초 소설 연구의 전개과정에 또 한 차례의 중요한 전기를 마련해 준 저서이다. 이 책에서 권보드래가 보여준 성과 역시, 관심의 범위를 확대하는 일이 곧 새로운 논리를 개척하는 일로 연결되어 온 과거의 전례를 충실하게 재현한 것이다. 그렇다면 그는 구체적으로 어떤 측면에서 관심의 범위를 확대시켰다고 할 수 있는가? 두 가지 측면에서이다. 문학의 범위를 뛰어넘어 문학을 포함한 문화 전반을 정밀한 고찰의 대상으로 삼았다는 점이 그 하나요, 한국이라는 지역적 한계를 뛰어넘어 중국과 일본의 경우까지도 두루 포괄하여 살피는 시야를 확보했다는 점이 그 둘이다. 물론 『한국 근대소설의 기원』이 나오기 이전에도 문화 전반을 염두에 둔 논의라든가 중국·일본의 경우까지 고려하면서 진행된 논의가 학계에 없었던 것은 아니다. 하지만 『한국 근대소설의 기원』에서 권보드래가 수행한 작업은 그 두 가지 측면 모두에서 기왕의 부분적이고 단편적인 수준을 크게 넘어선 것으로, 획기적이라는 평가를 받기에 모자람이 없는 것이었다.

권보드래가 이처럼 두 가지 측면에서 관심의 범위를 확대시킨 가운데 20세기 초의 한국소설에 대한 연구를 수행해 간 결과로 선보이게 된 새로운 논리는, 그의 저서 표제에 '기원'이라는 단어가 들어 있다는 사실만 보아도 이미 짐작할 수 있듯, 20세기 초와 그 이전 사이에서 발견되는 단절성과 연속성의 양면 가운데 전자쪽을 특별히 뚜렷하게 부각시키고, 바로 그쪽에서 당대 소설문학의 핵심적인 의의를 찾아내고자 하는 것으로 규정될 수 있다. 이러한 그의 입장이 자못 풍부하고 다채로운 자료의 제시 및 상당히 정치한 문화론·비교문학론의 활용을 수반하는 가운데 제기되고 있다는 사실은, 20세기 초의 소설에 대한 우리 학계의 연구가 이제 다시한번 새로운 심층적·

전면적 토론을 필요로 하는 마당에 접어들었음을 의미하는 것으로 이해될 수 있을 법하다.

3. 맺는 말

해방 후 반세기 동안 20세기 소설 연구의 영역에서 이루어진 성과들 중에는, 석·박사학위논문이라든가 각종 논문집에 실린 개별 논문의 형태로 학계에 제출된 후 단행본 저서로 출간되는 과정을 거치지 않았음에도 불구하고 상당한 의의를 지니는 것으로 평가받을 만한 것들도 물론 적지 않다. 그러나 지금까지 단행본 저서들로만 대상을 한정한 가운데 진행되어 온 논의의 결과만 가지고서도, 해방 후 20세기 소설 연구의 영역에서 이루어진 성과 가운데 특히 중요한 것들의 대략적인 성향이나 전체적인 수준을 가늠하는 데에는 크게 부족한 점이 없으리라고 믿는다.

지금까지 내가 선정한 16권의 저서들을 출간연도순으로 배열해 놓고 하나씩 검토해 내려오는 동안, 자연스럽게 확인된 사실이 하나 있다. 해방 후 20세기 한국소설에 대한 학문적 연구의 중요한 성과는 일단 종합적인 20세기 문학사를 서술하는 가운데 소설에 대한 논의도 포함시키는 형태로부터 출발한 후, 작가·작품론, 소설사, 주제론 등의 영역을 차례로 추가시키면서 차츰 세분화·다양화되는 방향으로 발전해 왔다는 사실이 바로 그것이다. 이러한 사실은, 시야를 확대시켜서, 지난 반세기 남짓한 세월 동안 20세기 한국소설 연구의 영역에서 창출되어 온 또 다른 많은 저서들이나 다양한 논문들을 두루 살펴볼 때에도 마찬가지로 확인되는 사실이다.

그런데, 이처럼 시야를 넓혀서 "또다른 많은 저서들"이나 "다양한 논문들"까지를 광범위하게 살펴볼 경우, 새삼스럽게 확인되는 사실이 하나 더 있다. 그것은, 서양의 이런저런 문학이론들이 한국인들의 20세기 한국소설 연구 전반에 대해 그 동안 참으로 엄청난 영향력을 행사해 왔다고 하는 사실이다. 신비평에서부터 마르크스주의, 정신분석 이론, 신화비평, 구조주의 등을 거쳐 포스트구조주의에 이르기까지, 다채로운 서양 문학이론들이 한국인들의 20세기 한국소설 연구에 미친 영향력의 자취는 참으로 넓고도 깊게 발견된다.

이처럼 그 동안 20세기 한국소설을 연구해 온 학자들 가운데 많은 수가 서양의 문학이론들로부터 커다란 영향을 받는 가운데에서 그들 자신의 작업을 진행시켜 왔다는 사실은, 20세기 한국소설에 대한 연구가 전반적으로 상당히 세련된 면모를 갖추도록 만드는 데 큰 기여를 한 것으로 평가된다. 그러나 한국과는 전혀 다른 풍토와 상황을 배경으로 하여 생성되었을 뿐 아니라 그것들 자체로서도 다양한 한계와 문제점들을 지니고 있는 서양의 이런저런 문학이론들을 지나치게 높이 평가하면서 한국소설 연구에다 적절한 정도 이상으로 과감하게 끌어들인 결과는 20세기 한국소설에 대한 연구의 상당부분에 심각한 상처를 남기기도 했다.

이러한 문제점을 염두에 두면서, 지금까지 이룩된 20세기 한국소설 연구의 전반적인 성과를 다시한번 돌아볼 때, 이제부터 개척해야 할 과제로 단연 맨 먼저 지목되어야 할 것은 서양 문학이론에 대한 지나친 의존으로부터 벗어나 독창적이면서도 한국문학의 실정에 보다 적절하게 부합되는 소설이론의 체계를 개발하고 구체적으로 적용하는 일이라는 결론이 자연스럽게 나온다. 물론 이처럼 "독창적이면서도 한국문학의 실정에 보다 적절하게 부합되는 이론체계"라는 것이 단지 한국문학의 실정에만 맞는 것이어서는 별다른 설득력을 갖지 못할 터이다. 한국문학의 실정에 부합될 뿐 아니라, 다시 그것을 넘어, 진정한 세계문학사의 지평을 시야에 넣은 자리에서도 충분한 정합성을 가지는 이론으로 인정될 수 있어야만 그것은 참으로 강한 설득력을 확보할 수 있게 될 것이다.

그런데 사실은 조동일이 이러한 작업의 모범을 상당히 높은 수준에서 이미 보여준 바 있다. 그가 2001년 지식산업사에서 세 권의 방대한 분량으로 한꺼번에 출간한 『소설의 사회사 비교론』을 보면 이러한 판단이 금방 도출된다. 조동일이 『소설의 사회사 비교론』에서 제시한 소설이론의 체계가 얼마나 독창적인 것이며 또한 한국문학을 논하는 자리에서나 세계문학을 논하는 자리에서나 공통되게 강한 설득력을 발휘할 만한 것인가 하는 점은 이 책의 어떤 대목을 펼쳐 보아도 어렵지 않게 확인되는 터이다. 『소설의 사회사 비교론』은 20세기 한국소설만을 집중적으로 다룬 저서가 아니고 범세계적인 차원에서 오랜 옛날부터 현재까지 전개된 소설문학의 전체상을 총괄적으로 고찰한 책이기 때문에 이 글에서 하나의 항목을 설정하여 논의할 수는 없었지만, 이 책이 20세기 한국소설 연구의 심화와 발전을 위하여 실제적으로 기여하는 바는 그 어떤 20세기 한국소설 연구서보다도 못하지 않은 것이라고 말할 수 있다.

물론, 보는 사람의 시각에 따라서는 조동일의 이론에 대해서도 다양한 이의제기가 가능할 것이다. 나 자신만 하더라도 20세기 서양소설의 성과를 대하는 태도의 문제를 비롯한 여러 측면에서 조동일의 이론체계에 대해 분명한－그리고 광범한－이의를 가지고 있다.

그렇기는 하지만, 『소설의 사회사 비교론』에서 종합적으로 제시된 조동일의 소설이론 체계가 한국의 문학연구자에 의하여 지금까지 제출된 소설이론 중 최고의 수준을 과시한 것이며 세계적인 차원에서 볼 때에도 소중한 자산으로서의 의의를 인정받을 만한 것이라는 사실 자체는 결코 부정할 수 없다고 생각된다. 내가 위에서 “이 책이 20세기 한국소설 연구의 심화와 발전을 위하여 실제적으로 기여하는 바는 그 어떤 20세기 한국소설 연구서보다도 못하지 않은 것이라고 말할 수 있다”고 한 것은 바로 그런 의미에서이다. 아직 머리가 굳지 아니한 젊은 학도의 입장에서 조동일의 『소설의 사회사 비교론』을 정독하는 행운을 가진 세대가 앞으로 성장하여 학계의 주역이 되는 날이 하루빨리 오기를 기다리게 되는 것도 『소설의 사회사 비교론』이 그만큼 특출한 가치를 지니고 있기 때문이다.

이제는 다시 본래의 이야기에로 돌아가, 20세기의 한국소설을 연구하는 사람들이 지금부터 좀더 진지한 관심을 갖고 적극적으로 개척해 나가야 할 또다른 과제로 세 가지 정도가 더 지적될 수 있다는 사실을 언급하고 이 글의 매듭을 짓기로 하겠다. 그 세 가지 과제란 다음과 같은 것들이다.

(1) 20세기의 한국에서 소설이 전개되어 온 양상을 사회사(社會史) 및 정신사의 전체적인 맥락과 긴밀하게 연결시켜 검토하는 작업이 좀더 활발하게 이루어져야 할 것이다.

(2) 소설과 소설 이외의 다른 문학장르들을 두루 망라하여 종합적으로 파악하는 작업이 더욱 활성화될 필요가 있다. 이것은 달리 말하자면 백철의 『조선신문학사조사』나 김윤식·김현의 『한국문학사』에서 이루어졌던 성과의 적극적인 측면을, 그 책들이 나왔던 당시보다 구체적인 연구성과들이 훨씬 풍부하게 축적된 상황에서, 새롭게 되살려야 한다는 이야기로 통한다.

(3) 연구의 대상을 선정함에 있어서, 이미 널리 알려진 작가·작품들에만 또 다시 시선을 집중하는 경향을 극복하고, 다양한 작가·작품들을 선입견 없이 두루 살피는 태도가 절실하게 요청된다.

한국 현대시 연구 50년

이숭원

1. 서론

한국 현대시가 학술적 연구의 대상으로 자리잡은 기간은 50년이 채 되지 않는다. 여기서 한국 현대시의 학술적 연구라고 할 때 몇 가지 개념을 미리 정리해 두는 것이 좋을 것이다. 우선 '현대시'라는 용어의 개념을 확정할 필요가 있다. 문학사의 발전 단계를 구분할 때 역사학에서의 시대 구분을 따라 고대문학, 중세문학, 근대문학으로 구분하는 것이 일반적인 관례다. 이 관례에 따르면 근대문학 시기에 창작된 시가 근대시가 될 것이다. 이것은 다시 한국 근대문학의 기점은 무엇인가 하는 문제로 환원되며 해당 근대문학 시기 중 근대시는 언제 형성되었는가 하는 기점론으로 다시 이어진다. 논의의 본 장에서 자세히 검토되겠지만, 근대시의 기점을 잡는 데에도 몇 가지 서로 다른 의견이 도출된 바 있다. 그리고 논자에 따라서는 근대시와 현대시를 구분하려는 주장을 펼치기도 했다. 1930년 전후를 현대시의 기점으로 잡자는 주장도 있었고, 해방 이후의 시를 본격적 의미의 현대시로 보자는 의견도 있었다.

그런데 용어상의 엄격성을 떠나 통상적인 언어 사용의 측면에서 생각하면, 근대문학기에 들어와 쓰여진 우리의 시작품을 학문적으로 구분하여 말할 때는 근대시라는 용어를 사용하지만, 고전 시가와 구별되는 현재의 시와의 연속성을 고려하여 일반적으로 말할 때에는 그냥 현대시라는 용어를 사용하는 것을 볼 수 있다. 일반적으로 '현대시의 역사가 백 년이 되었다'고 하지 '근대시 역사가 백 년이 되었다'고 말하지는 않는다. 불과 한 세기의 시간적 전개밖에 되지 않는 근대문학기의 시 창작을 굳이 근대시와 현대시로 나누는 것은 개념상의 혼란을 야기할 뿐 문학사적 이해에 별로 도움이 되지 않는다. 가령 김소월의 시는 1920년대에 쓰여지고 김영랑의 시는 1930년대에 쓰여졌으니 김소월의 시는 근대시고 김영랑의 시는 현대시라고 할 수 있겠는가? 또 1920년대부터 작품 활동을 시작하여 30년대를 거쳐 해방 이후까지 작품 활동을 한 시인이 있다면 그 시인은 근대시도 쓰고 현대시도 쓴 것인가? 이러한 종류의 질문이 다양하게 나올 수 있다.

이 글에서는 신문학기 이후의 한국시를 학술적으로 연구 검토한 중요 자료를 모두 고찰의 대상으로 잡았다. 그러니까 이 글의 표제로 사용된 '현대시 연구'의 '현대시'라는 개념 속에는 신문학기의 과도기적 시 양식, 즉 개화기 시가로 통칭되는 시 양식에서부터 오늘날의 현대시까지 모든 양식 개념이 포괄되어 있는 것이다. 또 '연구'라는 말에도 개념의 신축성이 있어서 엄격한 학술 논문만이 아니라 평론이나 문학적 에세이까지 검토 대상으로 포괄하였다. 한국 현대시 연구는 1960년대 중반에 이르러서야 비로소 본격적인 학문적 연구 단계에 진입하는데, 그것은 "이 무렵부터 각 대학의 문과 교실이 현대시 연구자를 배출하기 시작"[1]했기 때문이다. 따라서 그 이전의 자료는 문인들의 비평적 에세이에 해당하는 글이 많고 그 이후에도 문예지에 평론 형식으로 기고된 업적이 많다. 현대시 연구에 기여한 글이라면 이러한 비평적 에세이도 모두 검토 대상으로 삼았다.

한국 현대시 연구의 흐름을 개관하면 대체로 세 단계로 그 시기가 구분되는 것을 파악할 수 있다. 1950년대로부터 1960년대까지는 주로 서지적 연구나 비교문학적 연구 등 실증적 연구에 해당하는 작업이 이루어졌고, 1970년대

---

1) 김용직, 「한국현대시의 회고와 반성」, 『국어국문학 40년』, 집문당, 1992, 245쪽(이 논문은 한국 현대시 연구의 성과를 회고하고 반성한 글이다. 따라서 '한국 현대시 연구의 회고와 반성'이 맞는 제목일 것이다).

이후에는 실증적 연구도 계속 진행되었지만 작품의 기법 연구라든가 작품의 의미에 대한 해석학적 연구가 병행되어 연구의 심도가 깊어지고, 또 한편으로는 문학사적 연구가 행해져 한국 현대시의 지속과 변화를 전체적으로 조감하려는 작업이 이루어졌다. 이러한 연구 방법의 심화와 연구 영역의 확대는 1988년 납월북 문학인들에 대한 전면 해금조치를 전후로 하여 또 한 차례의 도약을 이루게 된다. 학문적 연구는 가능했지만 대중적 공개는 하지 못했던 자료가 전면 공간되고 거의 모든 문인들에 대한 연구가 자유롭게 이루어지자 문학사 기술이 새롭게 시도되고 현대시인론이 새롭게 편집되었으며 해금 시인들에 대한 집중적 연구가 전개되었다. 막혔던 벽이 터지자 각 대학의 석박사 논문들이 해금 시인 연구에 집중되었고 해당 시인들에 대한 단행본 연구서가 출간되었다.

이러한 세 단계를 간략한 용어로 정리하면, 실증적 연구의 단계, 연구 방법 모색과 심화의 단계, 연구 영역 확대 및 새로운 방법론 모색의 단계로 요약할 수 있다. 이 글은 이러한 시기 구분에 의해 각 단계에 속하는 중요 업적을 검토하고 거기서 도출되는 쟁점을 분석 고찰하면서 각 쟁점들이 어떠한 연구사적 의미망을 형성하는가를 살펴보고자 한다. 이러한 과정을 통하여 현대시 연구의 틀을 세운 제1단계가 정리되고 21세기의 새로운 연구가 진행될 수 있는 학문적 토대가 마련되기를 기대한다.

2. 현대시의 실증적 연구

1) 1950년대의 성과

1950년대에 현대시의 학문적 연구에 해당하는 업적이 나온 것은 거의 없다. 비평적 에세이에 속하는 글이 대부분인데 그 중 지난 시대의 시인을 대상으로 일관된 분석의 관점을 유지한 것으로 서정주의 김소월론,[2] 문덕수

---

2) 서정주, 「소월 시에 있어서의 정한의 처리」, 『현대문학』, 1959. 6.

의 유치환론[3])을 들 수 있고, 학위논문으로는 김열규와 신동욱, 허미자의 학위논문을 들 수 있다. 이외에 자기 나름의 기준을 세워 현대시의 형태론적 유형을 구분한 김춘수의 작업[4])이 검토의 대상으로 잡힌다.

서정주의 김소월론은 시인 특유의 직관에 의해 김소월이 소위 정한이라고 하는 것을 어떻게 처리했는가를 고찰한 글이다. 논리적인 서술은 아니지만 다른 사람이 발견하지 못한 소월의 특색을 직관적으로 포착하여 드러낸 의의가 있다. 이 글에서 특히 주목할 부분은 김소월이 체념과 정한의 문제를 어떻게 처리했는가를 언급한 부분이다. 그는 소월의 잘 알려지지 않은 「낙천」, 「상쾌한 아침」, 「밭고랑 위에서」 등의 작품에서 체념의 단면을 고찰하고, 다시 「기회」, 「제비」, 「서름의 덩이」라는 작품에서 주체할 수 없는 한이 고독과 마음의 병으로 깊어져가는 양상을 소개한다. 그 결과 김소월 시에 대한 하나의 시각을 제시하는데 그것은 다음의 내용에 집약되어 있다.

> 허나 위에 말한 諦念을 통해서 나간 길과 그 恨을 깊이어 나간 길의 두 개의 길이, 서로 약했다 강했다 하며 기복하고 교합해 나온 데 있어, 어느 편이 세었는가 하면, 그것은 섭섭한 일이나 역시 아무래도 恨의 쪽이었던 것은 숨길 수 없는 사실이겠다. 체념을 통해서 전개된 개척의 면은 아무래도 그 한의 시편들에 비해서는 그 질과 양이 너무 모자라기 때문이다. (중략) 그는 불행히도 서양류의 심미주의적인 맛을 어느 만큼 가했을 뿐인 한 사람의 한 많은 유교류의 휴매니스트였다. 두보가 만일 일정치하의 조선에 태어났더라면 이와 같지 않았을까 나는 생각한다.[5])

여기서 특징적인 것은 김소월을 '유교류의 휴머니스트'로 파악하고 두보

---

3) 문덕수, 「청마 유치환론」, 『현대문학』 1957. 11~ 1958. 5.
4) 김춘수, 「형태상으로 본 한국 현대시」, 『문학예술』, 1955. 8.~1956. 4. 이 글은 저자의 부분적인 수정을 거친 후 몇 편의 시인론을 부록으로 첨가하여 『한국 현대시 형태론』(해동문화사, 1959)이라는 단행본으로 출판된다. 단행본의 서문은 1957년 6월 3일에 쓴 것으로 되어 있다.
5) 서정주, 「소월 시에 있어서 정한의 처리」, 『현대문학』, 1959. 6, 204~205쪽 이하 원문을 인용할 때 문맥의 파악에 지장이 없는 한자는 한글로 바꾸어 적기로 한다.

와 비교한 점이다. 이것은 김소월 시가 지닌 전통과의 연계성을 민요와는 다른 각도에서 파악한 것이다. 이후 서정주는 김소월에 대한 일련의 글을 『한국의 현대시』에 수록하는데, 거기서 「바리운 몸」, 「초혼」, 「무덤」 등의 시를 제시한 후 다음과 같이 언급하였다.

> 그는 저승 그것 속에 들어가서 살 뿐만 아니라, 또 한 개의 어려운 일인 저승－그것을 우리의 이승의 현실에 이끌어들이는 데 있어서도 선수가 되어 있음을 우리는 본다. 즉, 幽明을 따로따로 겪는 것이 아니라 동시에 겪는 일에도 길들게 된 것이다. (중략) 이 일은 한국 개화 이후의 新詩 사상에 있어서는 소월이 맨 먼저 우리의 전통으로부터 선택해 받아들인 것이다[6]

여기서 그는 죽음의 세계와 삶의 세계를 연관지어 생각했던 소월의 태도에 대해 전통주의자라는 시각에서 다시 한번 그 연계성을 강조하고 있다.

문덕수의 유치환론은 청마 시의 애상과 의지라는 모순의 이중성을 철학적 사유의 영역으로 끌어들여 해결점을 찾으려 시도하였다. 그는 독일의 철학자 니체와 짐멜, 쇼펜하우어의 사상을 통해 생의 의지를 설명하고 동양의 노장사상에 기대어 허무의지의 단면을 파악하려 하였다. 철학적 거점에 바탕을 둔 문덕수 청마론의 고민은 '인간의 부분'에 속하는 생명의지와 '신의 영역'에 속한 허무의지가 어떻게 결합될 수 있는가 하는 문제였다. 이 고민에 처한 대목에서 문덕수의 탐색은 더 나아가지 못하고 결국은 주관적 · 의지적 낭만주의라는 항목으로 유치환의 시세계를 요약하면서 그것이 쇼펜하우어나 니체의 의지와는 현저한 차이가 있음을 인정하고 있다.[7] 문덕수의 유치환론은 한 시인의 시세계를 사상적 철학적 측면에서 탐구해 본 본격적인 작업이라는 점에서 의의를 지닌다. 그러나 단편적 사유가 담긴 시작품에서 사상의 체계를 찾아내려하여 독일의 생철학이나 노장사상을 끌어들인 것부터가 감당하기 어려운 작업이었다.

---

6) 서정주, 『한국의 현대시』, 일지사, 1969, 126쪽.
7) 문덕수, 「청마 유치환론」, 『현대문학』, 1958. 5, 246쪽.

김춘수의 글은 하나의 야심적인 기획이다. 이 글은 개화기의 창가와 최남선의 신체시로부터 6·25 이후 현대시인에 이르기까지 현대시 50년의 역사를 시 형태의 변화 관점에서 서술하고 있다. 여기서 형태는 주로 운율적 요소를 기준으로 삼은 것이며 부분적으로 행과 연의 구성 방법이나 문체적 특징까지도 고려하고 있다. 그는 최남선의 신체시를 '변격적인 정형시 내지 준정형시' 혹은 '기형적인 자유시 내지 준자유시'로 볼 수도 있다고 하여 시 형태의 과도기적 상태를 지적하였다. 김소월의 시에 대해서는 민요적 운율을 음절수에 의거해 도표까지 그려가며 분석하여 시조나 가사에 비해 훨씬 분방하면서도 치밀한 구성을 보임을 예증하였다. "김소월에 와서 한국시의 전통적 율조는 새롭고도 보다 完美한 그것으로 止揚되었다"[8]고 긍정적으로 평가하고 있다. 그러나 한용운에 대해서는 『폐허』, 『백조』 시대의 시를 논하는 항목에서 간략하게 언급하고 있을 뿐이다.

이 글의 특기할 점은, 『시문학』 파의 자유시를 다루는 항목에서 정지용의 「향수」를 전문 인용하여 시 형태의 특성을 분석한 것이라든가, 「바다」나 「호수 1」에 보인 형태 구성의 문제점을 지적한 대목, 그리고 『백록담』 시편의 형태적 가치를 인정한 부분이다. 그는 1930년대 후반부의 시를 다루면서 정지용의 『백록담』 시편을 시 형태의 새로운 암시를 보여준 작품으로 평가하면서 "芝溶의 『白鹿潭』은 李箱의 것과 함께 한국에서는 처음으로 산문시라는 genre를 개척한 것이라 할 것인데, 향가 이래의 한국시는 여기서 새로운 전개에의 사고를 경험하여야 했던 것이다"[9]라고 언급하고 있다. 시 형태의 측면에서 볼 때 「향수」의 후렴구가 달린 분연체와 『백록담』의 산문시가 의미 있는 형태로 지각되었음을 알 수 있다.

이렇게 형태적인 면에서 시를 바라본다는 것은 집필자 자신의 문학적 기호나 태도를 암시하는 것이기도 하다. 시의 내용이나 정신보다 외면적 형태를 중시한다는 것은 김춘수 자신이 시인으로서도 그러한 창작 태도를

8) 김춘수, 『김춘수 전집, 2-시론』, 문장사, 1982, 40쪽.
9) 앞의 책, 76쪽.

유지한다는 사실을 암시한다. 그는 존재론적 경향의 시에서 모더니즘 계열의 이미지 탐구로 나아갔고 절대 심상을 실험하는 '무의미시' 창작으로 귀결되었다. 이러한 그의 문학적 기호는 당연히 모더니즘 시인인 김기림과 이상의 형태 실험에 관심을 갖는 것으로 나타났다. 그는 김기림의 시행 배치 실험을 형태주의와의 관련 속에 설명하고 장시 『기상도』의 내용과 형식을 분석하였다. 이어서 이상의 시를 '解辭的'이라는 용어를 사용하여 설명하고 있다. 김춘수의 이 작업은 한국 현대시의 형태적 변화를 통시적으로 고찰하였다는 의의를 지닐 뿐 아니라 한국 전쟁이 종료된 지 몇 년 안 되는 시점에서 정지용과 김기림의 시를 인용까지 하면서 그 시사적 의의를 언술한 점에서도 자료적 가치를 인정할 수 있다.

김열규와 신동욱, 허미자 등은 전후의 혼란 속에서도 대학원에 진학하여 석사논문을 제출하여 한국 현대시 연구의 초석을 마련하였다.[10] 허미자의 논문은 한국시에 독특하게 구사되는 시어와 문체의 특징을 분석한 것이고, 신동욱의 논문은 「오뇌의 무도」에 수록된 베를레느, 보들레르, 시몬즈의 시를 원문 대조하여 번역의 양상을 고칠하고 중개자로서의 문제점과 모방과 영향의 결과를 도출한 작업이다. 전자가 소박한 형식주의적 접근이라면 후자는 전형적인 비교문학적 연구에 해당한다.

김열규의 논문은 크게 두 개의 작업으로 구성되어 있는데, 영국적인 풍토에서 형성된 모더니즘 계열과 불란서적인 풍토에서 형성된 상징주의 계열을 고전주의적 정신과 낭만주의적인 정신의 발양으로 보고 이 두 계열이 한국시사에 반영된 양상을 고찰하는 작업과, 현대시의 난해성 문제를 '시의 변형 기능'으로 파악하고 시적 언어의 특성을 중심으로 존재로서의 시라는 원론적인 문제까지 육박해 간 매우 야심적인 작업이 결합되어 있다. 많은 서양 원전을 인용해 가면서 시의 존재론적 근거를 탐색해 간 후반부의 작업은

---

10) 김열규, 「현대 한국시의 두 주류와 그 '시적 변형' 기능」, 서울대학교 석사학위논문, 1959 ; 신동욱, 「상징시의 연구-오뇌의 무도의 비교문학적 해부」, 고려대학교 석사학위논문, 1959 ; 허미자, 「현대시의 구성언어에 관한 연구 : 특히 한국시에 특수한 용어와 문체의 공시론적 구조에 대하여」, 이화여자대학교 석사학위논문, 1959.

당시 시 이해의 수준을 학문적으로 한 단계 끌어올리는 중요한 역할을 했다고 평가할 만하다.

2) 1960년대의 성과

1960년대에 들어와서 전국의 각 대학 국어국문학과에서 석사논문이 배출되기 시작하였다. 이어령, 김학동, 최창록, 허영자, 김용직, 김은전, 한계전, 박철희, 김상태, 김현자 등 다수의 연구자들이 현대시를 대상으로 한 석사논문을 작성 발표하였다.[11] 이 논문들이 주로 다룬 것은 시의 언어라든가 문체, 상징, 상상력, 이미지, 메타포 등 시의 내재적 요소에 해당하는 것들이다. 이 당시에 도입된 신비평의 방법론이 이들 연구자들에게 상당히 강한 영향력을 행사한 것을 알 수 있다. 당시의 상황에서 시의 주제나 사상에 대한 분석은 학위논문으로 다루기에 적지 않은 어려움이 있었을 것으로 판단된다.

대학원을 마친 연구자들은 그 후속 작업으로 다양한 접근을 시도하였다. 김열규는 독특하게 시인의 내면의식을 탐구하는 작업을 선보였고, 김학동은 주로 서지적 · 비교문학적인 연구 작업을 벌였으며, 김은전은 한국 상징주의 시와 1930년대 시인에 대한 연구를 하였고, 박철희는 통시적인 관점에서 한국시의 지속과 변화에 관한 구체적 사례를 분석하였다.[12] 이러한 업적을

11) 이어령, 「상징체계론」, 서울대학교 석사학위논문, 1960 ; 김학동, 「시의 창조적 직관으로 포착된 변형의 실재성」, 서울대학교 석사학위논문, 1961 ; 최창록, 「한국 시문체의 전통적 요소와 현대적 요소 : 소월과 지용을 통해 본」, 경북대학교 석사학위논문, 1962 ; 허영자, 「노천명 연구」, 숙명여자대학교 석사학위논문, 1963 ; 김용직, 「詩作에 있어서의 Imagination과 우리 문학에 있어서의 그 양상」, 서울대학교 석사학위논문, 1964 ; 김은전, 「상징론 : 시와 언어」, 서울대학교 석사학위논문, 1965 ; 한계전, 「심상론」, 서울대학교 석사학위논문, 1965 ; 박철희, 「현대 한국시의 이미져리와 그 상징적 기능」, 서울대학교 석사학위논문, 1965 ; 김상태, 「시적 언어의 의미론적 연구 : 이상과 광균을 중심으로」, 서울대학교 석사학위논문, 1967 ; 김현자, 「한국 현대시의 Metaphor 연구 : 1930년대의 시를 중심으로」, 이화여자대학교 석사학위논문, 1967.

12) 김열규, 「윤동주론」, 『국어국문학』 27, 1964. 8 ; 김학동, 「서정주 초기시에 미친 영향」, 『어문학』 16, 대구 : 한국어문학회, 1967. 5 ; 김은전, 「한국 기교 시인론」,

통하여 한국 현대시사의 중요 시인이 정리되고 문학사적 변화의 특징을 이루는 사항들이 검토되었다.

이 시기 업적으로 특기할 것은 박노준, 인권환 두 사람이 합심하여 이룩한 한용운 연구이다.[13] 이 연구는 사상적인 면에서 취약한 상태에 놓여 있는 한국 현대시 연구에 민족주의적 시각과 불교이론적 지식을 결합하여 한국문학사에 한용운이라는 인물의 문학적 사상적 전모를 총괄적으로 드러내려 한 시도다. 한때 관심을 기울였던 한용운에 대한 연구를 한 권의 책으로 정리한 후 이 두 연구자는 고전문학 연구에 전념하게 된다.

1960년대의 시 연구에서 두각을 나타낸 연구자는 김용직과 김윤식이다. 특히 김용직은 현대시의 바교문학적 연구에서부터 서지적 연구, 문학적 유파 연구 등 다양한 각도에서 현대시의 전개 양상을 고찰하는 논문을 발표하였다.[14] 그는 풍문으로만 전파되던 문학 현상을 직접적인 자료 조사를 통하여 원전에 입각해 재조명함으로써 현대시사의 중요 국면을 실증적으로 정리하는 학문적 기초를 마련해 주었다. 예를 들어 시문학파에 대한 연구는 기본

『전주교육대학교 논문집』 1, 1966. 2 ; 김은전, 「한국 상징주의 연구」, 『국어국문학 논문집』 1, 서울사범대학교 국어교육과, 1968. 12 ; 박철희, 「한국시의 정신적 구조론」, 『공주교육대학교 논문집』 5, 1968. 12 ; 박철희, 「현대 한국시와 그 서구적 잔상」, 『예술원 논문집』 9, 1970. 7 등을 중요 업적으로 들 수 있다.

13) 박노준 · 인권환, 『만해 한용운 연구』, 통문관, 1960.

14) 이 시기 발표된 김용직의 중요 논문을 정리하면 다음과 같다. 김용직, 「다다이즘 그 처리에 관한 약간의 관견」, 『국어국문학』 34 · 35, 국어국문학회, 1967. 1 ; 「태서문예신보 연구」, 『국문학논집』 1, 단국대학교 국어국문학과, 1967. 11 ; 「초창기 상징파 시의 수입상 고찰」, 이숭녕박사 송수기념논총, 1968. 6 ; 「현대 한국의 낭만주의 시에 관한 연구」, 『서울대학교 논문집』 14, 1968. 10 ; 「시인부락 연구」, 『국문학논집』 3, 단국대학교 국어국문학과, 1969. 3 ; 「시문학파 연구」, 『인문연구논집』 2, 서강대학교 인문과학연구소, 1969. 11 ; 「한국 현대시에 끼친 Leaves of Grass의 영향」, 『서울대학교 교양과정부 논문집』 2, 1970. 4 ; 「시작에 있어서의 짜임새 문제」, 『국문학논집』 4, 단국대학교 국어국문학과, 1970. 12 ; 「한국 현대시에 미친 Rabindranath Tagore의 영향」, 『아세아연구』 41, 고려대학교 아세아문제연구소, 1971. 3 ; 「한국 현대시에 수용된 Edgar Allan Poe에 관한 연구」, 『서울대학교 교양과정부 논문집』 3, 1971. 4.
이 논문들은 대부분 다음 두 저서에 집약 수록된다. 김용직, 『한국현대시연구』, 일지사, 1974 ; 김용직, 『한국문학의 비평적 성찰』, 민음사, 1974.

자료로서 세 종류의 문예지와 그 외의 보조 자료를 면밀히 검토하여 거기 나타난 시의 형태적·기법적 특성을 분석하였으며, 각 시인에게 끼친 영향관계까지 검토하는 폭넓은 시도를 보였다. 김윤식은 자유로운 형식의 시인론을 문예지에 많이 기고하기도 했지만,[15] 학술논문으로는 주로 실증적 연구에 입각한 작업을 전개하여 새로운 사실을 알려주는 성과를 거두었다.[16]

이 당시 학술지에 발표된 개별 논문으로 특징적인 것은 김열규의 「윤동주론」이었다.[17] 이 논문은 당시 논문이 관행처럼 따르던 실증적인 접근 방법을 떠나 자유로운 형식으로 윤동주의 내면을 탐색하는 자세를 취하였다. 문학연구의 방법으로 말하면 현상학적 접근에 신화비평적 방법이 결합된 양태라 할 수 있다.

이 시기의 업적으로 특기할 것은 『현대시학』에 1969년 3월부터 1970년 11월까지 연재된 정한모의 「한국현대시사」다. 정한모는 이 연재물을 수정 보완하여 1973년에 박사학위논문으로 제출하였고 1974년에 『한국 현대시문학사』(일지사)로 출간하였다. 이 연구는 개화기로부터 육당의 시가를 거쳐 1920년대 주요한과 김억이 등장하는 부분에서 끝나고 있지만, 구체적인 자료를 근거로 근대 여명기의 시작품에서 1920년대 자유시의 단계로 변화하는 과정을 매우 세밀하게 분석하였다는 점에서 의의가 크다. 특히 18세기 국내 신진세력의 각성을 근대화 운동의 선각으로 보고 주체적인 관점에서 근대로의 변화과정을 고찰하려 한 점이라든가, 이러한 시각의 연장선상에서 개화기로 지칭되어 오던 19세기 말에서 20세기 초의 시기를 '우국저항기'로 새롭게 명명한 점, 『창조』에 편중되었던 문학사적 비중을 그 전으로 끌어올려

---

15) 김윤식, 「박용철론」, 『현대시학』, 1969. 11·12(이후 다수의 시인론을 각 문예지에 거의 매월 발표하였다).

16) 김윤식, 「에스페란토 문학을 통해 본 김억의 역시고」, 『국어교육』 14, 한국국어교육연구회, 1968. 12 ; 김윤식, 「한국 신문학에 있어서의 타골의 영향」, 『진단학보』 32, 진단학회, 1969. 12 ; 김윤식, 「용아 박용철 연구」, 『학술원 논문집』 9, 1970. 6 ; 김윤식, 「한국 신문학에 나타난 Female Complex에 대하여-해방전까지의 시를 중심으로」, 『아세아여성연구』 9, 숙명여자대학교 아세아여성연구소, 1970. 12.

17) 김열규, 「윤동주론」, 『국어국문학』 27, 1964. 8.

『태서문예신보』에 자유시 정착에 끼친 문학사적 공적을 부여한 점, 주요한과 김억의 시의식을 비교문학적 관점에서 세밀하게 분석하여 자유시로의 이행 양상을 소상히 밝혀낸 점 등은 이 연구의 뚜렷한 성과다.

3. 연구 방법의 모색과 심화

1) 1970년대의 성과

70년대에 들어서서 1960년대 후반에 시작되어 1970년대 초까지 이어진 연구성과를 집약한 저서가 연이어 간행되었다.[18] 그 중 김학동의 『한국 근대 시인 연구』는 최승구, 한용운, 남궁벽, 홍사용, 이상화, 이장희 등 여섯 시인을 다루고 있는 연구서인데, 문학사적 가치의 차이를 떠나 1920년대 시사에 등장하는 시인을 기본 자료에 입각하여 활동 양상을 정리하고 전통적인 방법으로 시세계의 특성을 고찰한 노작이다. 3년 후 출간된 『한국 현대시인 연구』는 김영랑, 박용철, 김현구, 허보, 이육사, 김상용 등의 시인을 다루고 있는데, 앞의 저서와 거의 동일한 방식으로 시작활동이라든가 시세계의 특성을 고찰하는 데 치중하고 있다. 1930년대 이후의 시인을 다루고 있기 때문에 앞의 저서와 차별화하려는 의도로 책 제목을 '현대시인연구'라고 했을 뿐 원칙적으로 근대시와 현대시를 구분하려는 의도는 없었던 것으로 보인다.

김윤식의 『한국근대작가론고』와 『한국현대시론비판』에는 오상순, 한용운, 정지용, 박용철, 김영랑, 이육사, 윤동주, 유치환, 서정주, 노천명, 조지훈, 김현승, 김광섭 등 여러 편의 시인론이 수록되어 있는데, 간단한 비평적

18) 김윤식·김현, 『한국문학사』, 민음사, 1973 ; 김용직, 『한국 현대시 연구』, 일지사, 1974 ; 김학동, 『한국 근대시인 연구』, 일조각, 1974 ; 정한모, 『한국 현대시문학사』, 일지사, 1974 ; 김윤식, 『한국근대작가론고』, 일지사, 1974 ; 김윤식, 『한국현대시론비판』, 일지사, 1975 ; 오탁번, 『현대문학산고』, 고려대학교 출판부, 1976 ; 김대행, 『한국시가구조연구』, 삼영사, 1977 ; 김학동, 『한국 현대시인 연구』, 민음사, 1977 등이 이 시기에 출간된 중요 저서다.

논평에 속하는 글도 여러 편 있다. 이것은 김학동이나 김용직의 작업처럼 서지적 자료의 면밀한 검토에 바탕을 둔 것은 아니지만, 시인을 바라보는 시각을 독특하게 내세워 방법론적 입지를 마련하였다는 점에 의미를 부여할 수 있다. 이러한 작업은 1960년대의 평이한 실증적 연구의 틀에서 벗어나 현대시 연구에 새로운 시각을 도입하고 연구의 영역을 새롭게 확장하는 의의를 지닌다. 김윤식의 작업으로 시인의 의식과 정신적 지향에 대한 탐색을 과감하게 연구의 영역으로 끌어들이는 일이 가능해졌으며, 정신사적 관점에서 한국시사를 점검하려는 의욕도 생기게 되었다.

이 시기는 석사학위논문이나 일반논문으로 많은 개별 시인론이 쓰여진 시기이다.[19] 김학동이 두 편의 저서로 개별 시인론을 묶은 것 이상의 방대한 분량으로 개별 시인론이 작성됨으로써 한국 현대시사의 중요 시인들이 각론적으로 정리된다. 이것은 문학현상을 포괄적으로 조망하기 위한 방법론이 수립되지 않은 상태에서의 편리한 접근일 수도 있지만 문학사의 개별 사례들을 집중적으로 점검한다는 의의는 충분히 지니고 있었다. 또 개별 시인론을 구성하는 경우에도 서지적 연구나 비교문학적인 접근 같은 실증적 단계에서 벗어나 작품을 분석하는 시각과 방법이 더욱 세련된 양상을 보였다.

이 시기의 연구에서 특기할 점 몇 가지를 지적하면 다음과 같다. 첫째, 현대시의 표현방법을 원론적 입장에서 구체적으로 고찰하려는 태도가 수립되었다. 둘째, 한국시의 지속과 변화를 거시적으로 조망하려는 시각이 형성되었다. 셋째, 의식현상학적 관점에서 시의식의 내면을 탐색하려는 움직임이 나타났다.

첫 번째, 특성에 해당하는 대표적인 작업으로 오세영, 김재홍, 이기철의 논문을 들 수 있다.[20] 오세영은 이미지와 상상력의 개념을 원론적으로 정리하

---

19) 오탁번의 「지용시 연구」(고려대학교 석사학위논문, 1971. 2)는 이 시기 시인론 분야의 석사학위논문으로 우수한 전범을 보였는데, 이것 외에도 당시만 해도 월북 시인으로 규정되어 있던 정지용을 학위논문의 단독 주제로 끌어왔다는 점에서 연구사적 의의가 크다고 하겠다.

20) 오세영, 「이미지 구조론-한국 현대시의 이미지 연구」, 서울대학교 석사학위논문,

고 그것에 의해 1920년대에서 일제말까지의 시의 변화를 고찰하였다. 김재홍은 은유의 개념을 원론적으로 정리하고 은유의 유형을 구분하여 일제 강점기 시의 변화양상을 고찰하였다. 이기철은 서정시 계열의 '청록집'과 모더니즘 계열의 '후반기'라는 대조적인 사화집을 대비하여 표현방법의 차이를 고찰하였다. 이들의 업적은 서구 문헌을 근거로 방법론을 원론적으로 이해하고 일정한 방법론에 의해 한국시를 분석하였다는 점에서 서구적 방법론의 충실한 적용이라는 연구사적 의의를 인정받을 수 있다.

두 번째, 특성에 해당하는 작업은 주로 박철희에 의해 전개되었다.[21] 박철희는 전통 시가와 서구의 영향을 받은 근대 자유시의 상관 관계를 분석하여 서구의 영향을 관념으로 받아들여 외부의 형식을 그대로 답습하는 경향을 '타설적 방법'이라고 하고, 외부의 영향을 주체적으로 변용시켜 새로운 형식을 창안하는 경향을 '자설적 방법'이라고 규정한 후, 그러한 기준을 일관되게 적용하여 한국시의 지속과 변화 양상을 고찰하였다. 그의 고찰에 의하면 시조는 정해진 형식을 비자각적으로 답습했으므로 타설적 양식이고 사설시조는 의식의 변화에 의해 새로운 양식을 창출했으므로 자설적 양식이 된다. 여기서 사설시조는 자유시라는 입론이 성립된다. 김소월과 한용운은 자신의 자각적 의식과 표현 욕구를 자유시 형식과 결합하여 주체적으로 형상화하였으므로 자설적 양식의 시를 쓴 시인이고 김억이나 황석우는 타설적 양식의 시를 쓴 시인이 된다. 한국시사의 지속과 변화를 주도해 온 것은 바로 자설적

1971. 2 ; 김재홍, 「한국 현대시의 방법론적 연구」, 서울대학교 석사학위논문, 1972. 2 ; 이기철, 「한국 현대시의 방법론적 연구-특히 '청록집'과 '후반기'의 구조대비를 통해 본」, 영남대학교 석사학위논문, 1974. 2.

21) 박철희, 「근대시의 구조와 그 배경-한국 근대시의 형성과 그 요인」, 『도남조윤제박사고희기념논총』, 1974. 4 ; 박철희, 「한국 근대시 형성고-20년대 시의 어법을 통하여」, 『국어국문학』 64, 1974. 9 ; 박철희, 「한국 시가의 인식과 방법」, 『우촌강복수박사회갑기념논문집』, 1976. 6 ; 박철희, 「사설시조의 구조와 그 배경-사설시조는 자유시다」, 『국어국문학』 72 · 73, 1976. 10 ; 박철희, 「한국 근대시와 자기 인식-김소월과 한용운의 경우」, 『현대문학』, 1977년 7월호 ; 박철희, 「한국 시가의 지속성과 변화 연구」, 영남대학교 박사학위논문, 1980. 2. 이상의 업적은 박철희, 『한국시사연구』, 일조각, 1981에 집약된다.

시의 전통이라는 것이 그의 논의의 기본 골격이다. 이분법의 도식을 무리하게 적용한 점이 없지 않으나 서구적 영향을 주체적으로 수용하여 내면화해 온 과정이 현대시의 흐름이었다는 점을 밝혀낸 의의는 충분히 인정할 만하다.

세 번째 특성에 해당하는 작업은 김준오, 김진국, 신동욱, 최동호, 이인복에 의해 수행되었다.[22] 이 연구는 신비평의 분석방법에 주로 의존하던 한국시 연구를 한 단계를 끌어올려 현상학적 방법을 도입하여 시인의 의식현상이 작품에 나타난 국면을 분석하였다. 신비평처럼 일정한 개념과 방법론에 의해 표현기법을 재단하는 것이 아니라 시인의 의식현상에 직접 침투한다는 점에서 형식적 분석과는 다른 참신한 맛이 있었고 그러한 의식의 분석을 통하여 반복되는 심상이나 상징의 내적 의미가 구명되기도 했다. 그러나 때로는 시에 나타난 의식의 단면을 평설하는 것 같은 단조로움을 드러내기도 했는데 이것은 현상학적 방법이 지닌 어쩔 수 없는 한계라 할 것이다.

2) 근대시와 현대시의 기점 문제

1970년대에 들어와 제기된 문학사 연구의 중요 쟁점은 근대문학 기점론이다. 김윤식, 김현이 공동 집필한 『한국문학사』에서 본격적으로 제시된 18세기 기점설은 사회경제사학계의 주장을 상당 부분 수용한 것으로 학계와 평단에 큰 파문을 일으켰다. 근대문학의 기점을 사회경제적 변화에 부응하여 18세기

---

22) 김준오, 「현대시의 현상학적 고찰」, 동아대학교 석사학위논문, 1976. 2 ; 김진국, 「한용운 문학의 현상학적 연구」, 서강대학교 석사학위논문, 1976. 2 ; 신동욱, 「하늘과 별에 이르는 시심」, 『나라사랑』 23, 1976. 6 ; 최동호, 「서정시의 시적 형상에 관한 의식비평적 이해-김소월·한용운의 경우」, 『어문논집』 19·20, 고려대학교, 1977. 9 ; 신동욱, 「고향에 관한 시인의식 시고」, 『어문논집』 19·20, 고려대학교, 1977. 9 ; 이인복, 「한국문학에 나타난 죽음의식 연구-소월과 만해의 대비연구를 중심으로」, 숙명여자대학교 박사학위논문, 1978. 8 ; 신동욱, 「박목월의 시와 외로움」, 『관악어문연구』 3, 서울대학교, 1978. 12 ; 김진국, 「박남수 시의 존재론적 해석」, 『인문사회계 논문집』 13, 원광대학교, 1979. 8 ; 최동호, 「윤동주 시의 의식현상」, 『현대문학』, 1979. 12 ; 최동호, 「서정적 자아탐구와 시적 전용-이상·윤동주·서정주를 중심으로」, 『어문논집』 21, 고려대학교, 1980. 4.

로 잡는다 하더라도 근대문학이라고 할 만한 작품이 없기 때문에 근대의식의 성장에 해당하는 예로 제시한 것이 「한중록」, 「열하일기」, 판소리 사설의 서민성, 사설시조, 가면극 등이다. 그러나 이 작품들이 근대의식의 단면을 드러내기는 하지만 진정한 의미의 근대문학이라고 하기에는 여러 가지 문제가 많은 것이 사실이다. 특히 시에 국한해서 말하자면 사설시조를 근대시로 볼 수 있을지 의문이다.

그런데 오세영은 18세기 기점설에 기본적으로 찬성을 표하면서 근대와 현대의 개념을 규정하고 그것에 의해 한국문학에서 근대시와 현대시의 기점을 설정하려고 했다.[23] 그는 근대시의 출발을 사설시조에서 찾고 있는데, 그 근거로 ①형식면에서 사설시조가 자유시형을 지향하였다는 점, ②시어의 측면에서 산문적 진술을 원용하면서 민중적 언어를 자유롭게 구사했다는 점, ③시대비판, 고발정신, 억압된 인간성의 해방, 전근대적 모랄에 대한 도전, 현실적 삶에 대한 자각 등이 표현된 점, ④사실주의적 태도와 풍자정신, 희극미가 구현된 점 등 네 가지를 들고 있다. 이어서 한국의 현대시는 모더니즘이 주도한다고 하면서 정한모의 1920년대 후반 기점설을 지지한다고 밝히고 있다.

정한모는 1983년 8월에 있었던 '현대문학연구회' 세미나에서 현대시의 출발을 1920년대 후반으로 지정하면서 그러한 주장의 근거로 정지용의 시가 1926년부터 지면에 발표된 점, 김소월의 『진달래꽃』과 한용운의 『님의 침묵』이 1925년과 1926년에 간행된 점을 들었다. 이 연구 발표문은 그 이듬해 거의 같은 내용으로 지면에 발표되는데 다음의 발언은 그의 주장의 핵심을 담고 있다.

> 이상에서 살펴본 바와 같이 1920년대 후기는 한국문학사에서 하나의 중대한 전환기로 재조명될 필요가 있으며 지금까지 실증적 자료의 점검을 소홀히 한 채 1930년대를 현대시의 기점 내지는 전환점으로 보았던 학계의 통념은

---

23) 오세영, 「근대시와 현대시」, 『현대시』 1, 문학세계사, 1984.

> 일단 수정될 필요가 있다고 본다. 그러므로 1930년대를 특징짓는 시문학파나 모더니즘은 모두 1920년대 후반기 문학활동의 연장선상에서 파악되어야 할 것이다. 곧 시문학파는 국민문학파의 순수문학 옹호론의 변형된 모습이며 모더니즘의 맹렬한 기세 역시 지용의 선구적 시작활동의 확대라는 측면에서 고찰되어야 할 것이다.[24]

이러한 그의 주장은 그가 이전에 제시한 1930년대 시문학파 기점설을 스스로 철회하고[25] 그 기점의 상한선을 위로 끌어올린 것이다. 이 견해는 오세영뿐만 아니라 한계전, 송현호 등에 의해 되풀이된다.[26] 사설시조를 근대시의 출발로 보고 1926년의 정지용 시를 현대시의 출발로 보는 견해에 대해서는 정식으로 지지나 비판의 의견이 제시된 사례는 없다. 1926년을 중심으로 한 현대시 기점설은 학계의 상당한 동의를 얻은 것 같다. 그러나 이 주장도 지금의 관점에서 객관적으로 점검해 보면 논의상의 문제점을 발견하게 된다.

우선 사설시조를 자유시로 보고 이것을 근대시의 기점으로 잡는 주장을 재고해 보자. 만일 우리 근대시가 사설시조에서 출발하여 19세기 말, 20세기 초의 새로운 형식과 조응하면서 완성된 자유시로 정착되어 갔다면 사설시조의 어떤 면이 그 후의 자유시에 연속적 자질로 나타나고 있음이 밝혀져야 할 터인데 시의 실상을 보면 그러한 연속성은 별로 확인되지 않는다. 사설시조가 기존 시가의 정형성에서 벗어나 형식과 내용의 자유로움을 보여준 것은 사실이지만 그것은 과도기적인 형태 변이의 양상을 보여주었을 뿐 지속적인 문학사적 변화의 동인으로 작용하지는 못하였다. 이와 관련하여 근대시의 형성과정을 검토해 보면 사설시조와 김안서 및 주요한 시와의 거리감이

---

24) 정한모, 「한국 현대시 연구의 반성」, 『현대시』 1, 문학세계사, 1984, 46~47쪽.
25) 정한모, 「한국 현대시의 기점」, 『성심어문논집』 1, 성심여자대학교 국어국문학과, 1966. 11. 이 논문에서 "한국 현대시는 1930년대의 초기, 구체적으로는 『시문학』 발간의 시기를 그 기점으로 보아야 할 것이다"(12쪽)라고 주장하였다.
26) 한계전, 「1930년대의 시와 그 인식」, 『한국현대시사연구』, 일지사, 1983, 233~235쪽 ; 송현호, 『문학사기술방법론』, 새문사, 1985, 7~31쪽.

김안서 · 주요한의 시와 김영랑 · 정지용 시와의 거리감보다 훨씬 크게 느껴지는 것이 사실이다. 요컨대 김안서나 주요한의 시는 사설시조와는 많은 점에서 이질적이면서 오늘의 우리 시와는 더 많은 공통점을 보이고 있는 것이다. 따라서 사설시조가 전통적 정형성에서 변화를 보인 점이 있다 하더라도 그것을 자유시 형성의 한 단계를 나타낸 것으로 해석하고 그 의미를 규정하는 것은 사태의 실상을 상당 부분 왜곡할 우려가 있다.

한편 모더니즘 및 현대시의 기점을 1926년으로 올려잡아야 한다는 주장에 대해 생각해 보면, 문학사조의 기점 더군다나 현대시의 기점을 한 시인의 몇 작품에서 찾으려 하는 것은 매우 불합리한 일이라는 판단이 선다. 이것은 근대시의 효시를 주요한의 「불놀이」에서 찾으려는 것 못지 않게 불합리하다. 왜냐하면 문학사조의 유입 및 정착이라든가 현대시의 기점은 몇 작품의 특이성에서 확인되는 것이 아니라 전반적인 문화의 분위기라든가 감수성의 변화를 통해 이루어지는 것이기 때문이다. 이 당시 정지용이 보인 감각성이 상당히 새로운 면모를 보이기는 했으나 그것이 작품으로서 완결성을 보이기 위해서는 더욱 세련을 요하는 수준에 있었으며 포멀리즘의 기법 역시 시험적 의미에 머문 것이었지 그의 지속적인 탐구영역이 아니었다. 더군다나 정지용은 모더니즘적인 작품 이외에 민담이나 가족애적 세계를 바탕으로 한 동시와 9수의 시조까지 같은 지면에 발표했던 것이다. 또 현대시 기점의 호응적 요소로 제시한 김소월과 한용운의 시집 발간은 정지용의 모더니즘적 추구와는 이질적인 것이어서 그것을 현대시 기점의 단서로 함께 끌어들이는 것은 상당한 무리가 따른다.

지금 생각해 보면 근대시와 현대시 기점 논의는 1970년대의 근대문학 기점 논의에 촉발되어 우리시의 전환적 고비를 새롭게 규정해 보자는 의욕에서 제안된 것 같다. 그러나 그 논의의 내용은 그렇게 생산적인 것이 아니었다. 가령 1926년 정지용의 출현을 현대시의 기점으로 잡는다고 해서 문학사적 해석이나 정지용 시인의 평가에 있어 달라질 것이 무엇이 있겠는가. 문학사의 변화라고 하는 것은 정지용 개인의 특출한 재능에 의해 일어나는 것이 아니다.

김소월과 한용운의 전통적 서정성의 흐름과 카프의 편내용적인 이념시의 흐름과 정지용 같은 새로운 스타일의 취향이 공존하고 상호 길항하면서 현대시다운 현대시가 단계적으로 정착되어 간 것이다. 따라서 그 단계적 변화에 세세한 눈길을 주는 것이 필요하지 어느 한정된 사례를 놓고 그것이 현대시의 기점이니 전환점이니 하고 말하는 것은 사태의 실상을 흐리게 할 가능성이 많다.

현대시의 기점을 논한 것은 아니지만, 일찍이 백철은 신경향파 문학이 우리 문단에 등장한 것을 중시하여 1924년 신경향파의 등장 이후를 현대적인 문학의 과정으로 고찰한다고 밝힌 바 있다.[27] 김윤식 역시 현대 비평사를 개관하면서 1925년 이후 프롤레타리아 비평은 그 전의 소박한 인상비평류와 비교해 보면 리얼리즘과 관련된 현대적 비평이라고 불러도 좋을 것이라는 지적을 한 바 있다.[28] 시기적으로는 한참 뒤의 일이지만, 이러한 사실을 바탕으로 단편 서사시라고 명명된 임화의 시가 발표된 1929년을 현대시의 기점으로 파악한 사례도 있었다.[29] 그러나 대중 선동적이고 구호적인 프로시가 이야기를 도입하여 약간의 형식적 골격을 갖추었다고 해서 그것을 현대시의 기점으로 잡는다는 것은 우리 시의 큰 흐름을 도외시하고 프로시에만 초점을 맞춘 일면적 해석에 불과하다.

3) 시사와 시론의 정리

『한국문학사』와 『한국 현대시문학사』의 간행에 촉발된 문학사 연구는 한국 현대시의 전개를 본격적으로 조망하려는 방향으로 나아갔다. 그것은 일정 시기의 문학 현상을 심층적으로 접근하는 작업과 시문학의 흐름을 통시적으로 기술하는 작업으로 이원화되었다. 1970년대 후반부터 양적 확대

---

27) 이병기 · 백철, 『국문학전사』, 신구문화사, 1965, 331쪽.
28) 김윤식, 『한국 현대문학 비평사』, 서울대학교 출판부, 1982, 8쪽.
29) 윤여탁, 「현대시의 기점 문제-카프의 프로시를 중심으로」, 『시와 시학』 여름호, 1991.

를 보인 박사학위논문은 대부분 일정 시기의 문학 활동을 연구한 것이거나 현대시사나 시론사를 겨냥한 연구로 이어졌다. 그 대표적인 것이 오세영, 문덕수, 한계전, 오탁번의 연구다.[30)]

오세영은 1920년대 민요시를 한국적 낭만주의로 파악하고 민요시의 성립 과정과 20년대 민요시인들의 민요론 및 문학관을 다각적으로 분석하여 그들의 문학사적 의의를 부여하였다. 그는 1920년대의 민요시인들이 민요시파라는 유파로 한국시사에 정당하게 기술되어야 한다고 주장했다.[31)] 문덕수는 정지용, 김기림, 김광균 등 대표적인 1930년대 모더니즘 시인을 비교문학적 방법과 내재적 분석 방법에 의해 개별적으로 고찰하고 모더니즘시의 시사적 의의를 구명하였다. 이 논문의 강점은 일본 모더니즘 시단과의 비교문학적 검토를 세밀하게 한 점이다. 한계전은 한국근대시론이 외국시론의 수용을 통해 자유시론에서 신경향파 시론으로 박용철의 순수시론과 김기림의 모더니즘 시론으로 정착되어 간 과정을 비교문학적으로 분석하였다. 그는 특히 김기진과 박영희가 러시아 형태주의와 접촉하고 박영희가 김기진의 형태주의 시론을 반박하기 위해 트로츠키의 형태주의 비판을 왜곡 소개한 문학사적 사실을 실증적으로 밝히는 성과를 거두었다.[32)] 오탁번은 한국 현대시사의 여러 시인 중 김소월과 정지용이 가장 중핵을 이루는 시인이라고 판단하고

30) 오세영, 「1920년대 한국시 연구 : 민요시의 낭만주의적 성격을 중심으로」, 서울대학교 박사학위논문, 1980. 2 ; 문덕수, 「한국 모더니즘시 연구」, 고려대학교 박사학위논문, 1981. 8 ; 한계전, 「한국근대시론에 관한 연구-외국시론의 수용을 중심으로」, 서울대학교 박사학위논문, 1982. 8 ; 오탁번, 「한국 현대시의 대위적 구조-소월시와 지용시의 시사적 의의」, 고려대학교 박사학위논문, 1983. 2.

31) 오세영, 『한국낭만주의시연구』, 일지사, 1980, 166쪽. 이 책에는 위의 박사학위논문과 주요한, 김안서, 김정식, 홍사용, 김동환 등의 개별 민요시인론이 따로 수록되어 있다.

32) 한계전, 『한국현대시론연구』, 일지사, 1983, 97～134쪽. 이 책에도 저자의 학위논문과 시론에 관한 몇 편의 논문이 수록되어 있다.
이외에도 신문학기의 자유시론에서부터 해방공간의 시론에 이르기까지 시론의 전개 양상을 통시적으로 조감한 정종진의 「한국 현대시론의 전개과정 연구」(충남대학교 박사학위논문, 1988. 2)가 있는데 이 논문도 바로 단행본으로 출간되었다. 정종진, 『한국현대시론사』, 태학사, 1988.

현대시사의 전개과정 속에 이 두 시인의 작품이 어떠한 시사적 의의와 예술적 가치를 지니는가를 대비적으로 고찰하였다. 연구의 결론에서 "소월시는 시적 개성이 無名化되어 그것이 시사상 하나의 보편적 振幅을 형성하고, 지용시는 시적 개성의 命名性에 의하여 시사의 高度에 이바지하여, 양자가 수평과 수직 또는 너비와 높이로써 우리 현대시사를 하나의 살아 있는 공간으로 형성케 한 점을 중시하였다"[33]고 밝힌 내용이 이 논문의 주제를 압축한 것이라 할 수 있다. 20년대의 시인 소월과 30년대의 시인 지용이 우리 시사를 지탱해 온 두 축임을 구체적 작품분석을 통해 입증한 데 이 작업의 의의가 있다.

이 시기에 현대시의 역사적 전개 과정을 체계적으로 정리하여 한국현대시사 연구의 틀을 세우려는 계획을 수립하여 그것을 실천에 옮긴 연구자는 김용직이다. 그는 1980년 9월 월간『한국문학』에 근대시문학사를 연재하기 시작하여 2년에 걸친 연재 끝에 개화기 시가로부터 1920년대 중반에 이르는 근대시사 정리를 완성하였고 그 이듬해 이것을 단행본으로 출판하였다.[34] 같은 시기에 김학동도 월간『시문학』에 개화기 시가 연구를 연재하였으나 매듭을 짓지 못하였다. 김용직은 다시 연구를 계속하여 1984년 1월부터 월간『현대문학』에 1920년대 중반 이후의 시문학사를 연재하기 시작하여 20개월만에 연재를 끝내고 1920년대 후반까지의 시사를 정리한 작업을 완료하고 전에 출간했던 책을 부분 수정하여 두 권의 책으로 출판하였다.[35]

그는 근대시의 기점을 잡는데 있어서 영정조시대 소급론을 따르지 않고 1878년 개항 이후 근대시가 형성되었다고 보았다. 사설시조나 잡가가 선행 시가의 정형성에서 벗어난 것은 사실이지만, 근대시로 인정받기에는 질적 조건이 미달인 점을 들어 개항 이후 근대시가 형성되었다고 보고, 개화기 시가로부터 근대시문학사 서술을 시작하였다. 서구의 충격에 의해 근대문학

---

33) 오탁번,「한국현대시사의 대위적 구조」, 고려대학교 민족문화연구소 출판부, 1988, 133쪽. 이 책에도 저자의 학위논문과 그 외 몇 편의 논문이 수록되어 있다.
34) 김용직,『한국근대시사』, 새문사, 1983.
35) 김용직,『한국근대시사 상·하』, 학연사, 1986.

이 시작되었지만 우리는 그것을 주체적으로 소화하여 민족문학의 체재를 갖추어 왔음을 중시한 것이다. 1920년대 중반 이후의 시사 집필에서 그는 하나의 난관에 봉착했는데 그것은 프로문학의 시를 어떻게 처리할 것인가 하는 문제였다. 그의 관점에 의하면, 그것은 이데올로기의 측면에서건 문학의 측면에서건 "아주 잘못된 논리의 전제" 위에 놓여 있었고 "그것을 다시 들추어 내어 검토, 분석해야 할 필연적 사유"도 발견하기 어려웠다. 그러나 부끄러운 과거도 사실 그대로 기록하여 거기서 "시행착오의 교훈"을 얻을 수 있다는 생각에서 프로문학의 시를 비판적으로 검토해 보겠다고 하였다.[36] 이러한 그의 태도는 몇 년 후 해방기의 좌파 시문학을 다루는 데에도 그대로 유지되었다.[37]

근대시사의 세부적 사항이 이렇게 정리되어 가는 한편 현대시사의 의미 있는 맥락을 시사적 관점에서 혹은 문학 내재적 관점에서 분석 정리하는 작업이 활발하게 진행되었다. 문학사의 한정된 시기에 국한하여 세부적 사항을 고찰하거나 어떤 유파의 심상이나 상상력을 중심으로 고찰하는 경우에도 여러 시인의 작품에 나타나는 차별적 유형을 검토한다든가 시대적 변화의 과정을 탐색하는 방향으로 작업이 전개되었다.

최동호는 김영랑, 유치환, 윤동주 시에 나타난 물의 심상이 시인 및 독자의 의식현상과 어떠한 연관을 지니는가를 고찰하였고, 김현자는 김소월과 한용운의 시적 상상력이 어떠한 차별적 유형성을 드러내는가를 분석하여 현상학적 연구의 매듭을 지었다.[38] 김명인은 정지용, 김영랑, 백석의 시를 시어, 율격구조, 시의식의 측면에서 비교 검토하여 1930년대 시의 구조적 특질을

36) 김용직, 『한국근대시사 하』, 학연사, 1986, 2~3쪽.
37) 김용직, 『해방기 한국 시문학사』, 민음사, 1989. 그의 문학사 탐구는 여기서 그치지 않고 1930년대 이후의 시사 탐구로 이어져 이 시기에 대한 개별 논문을 발표하는 외에 월간 『현대시』에 1991년 12월부터 연재를 시작하여 그 결과를 두 권의 방대한 저술로 출간하게 된다. 김용직, 『한국현대시사 1·2』, 한국문연, 1996.
38) 최동호, 「한국 현대시에 나타난 물의 심상과 의식의 연구」, 고려대학교 박사학위논문, 1981. 9 ; 김현자, 「김소월 한용운 시에 나타난 상상력의 변형구조」, 이화여자대학교 박사학위논문, 1982. 2.

밝히려는 작업을 벌였고, 김은자는 김소월, 이상, 서정주의 시에 공간의식이 어떠한 유형성과 차별성을 지니고 나타나는가를 분석하였으며, 이숭원은 김소월로부터 청록파 시에 이르기까지 자연 심상이 어떠한 양상으로 유형화되는가를 고찰하였다.[39] 김영철과 권오만은 개화기 시가에 대한 집중적인 연구 성과를 남겼는데, 전자는 통시적인 관점에서 개화기 시가의 형성과정을 고찰하였고, 후자는 개화기 시가의 현실인식, 문체, 형태를 각론적으로 고찰하였다.[40] 박인기와 서준섭은 모더니즘 문학을 연구하였는데, 전자는 1920년대 신흥문예론의 새로운 경향에서부터 아니키즘, 다다이즘, 초현실주의가 수용되는 양상을 자료에 의해 실증적으로 정리하였고, 후자는 1930년대 모더니즘문학의 특성을 모더니티와 도시성이라는 측면에서 새롭게 고찰하였다.[41] 윤영천은 일제 강점기에 대량으로 발생한 유이민 현실에 착안하여 민족의 고통을 시로 표현한 유이민 시의 제반 양상을 정리하였고, 이동순은 시각을 확대하여 일제 강점기 저항시가의 맥락을 정신사적 관점에서 조감하는 작업을 수행했다.[42]

개별 시인론으로는, 이상 시에 나타난 시적 자아의 변용 양상을 분석하여 이상 시의 새로운 독해를 시도한 이승훈, 윤동주 시에 나타난 상징적 표현을 정신분석학적 관점에서 고찰한 마광수, 김소월 시의 운율적 특징을 미시적으로 분석한 조창환, 유치환의 시를 공간기호학적으로 분석한 이어령, 역시 윤동주의 시를 공간기호론적으로 분석한 이사라, 정지용 시 전체를 서지적으

39) 김명인, 「1930년대 시의 구조 연구」, 고려대학교 박사학위논문, 1985. 8 ; 김은자, 「한국 현대시의 공간의식에 관한 연구」, 서울대학교 박사학위논문, 1986. 8 ; 이숭원, 「한국 근대시의 자연표상 연구」, 서울대학교 박사학위논문, 1987. 2.

40) 김영철, 「한국 개화기 시가의 장르형성과정 연구」, 서울대학교 박사학위논문, 1987. 2 ; 권오만, 「개화기 시가 연구-그 현실인식, 문체, 형태를 중심으로」, 서울대학교 박사학위논문, 1988. 2.

41) 박인기, 「한국 현대시의 모더니즘 수용 연구」, 서울대학교 박사학위논문, 1987. 8 ; 서준섭, 「1930년대 한국 모더니즘 문학 연구」, 서울대학교 박사학위논문, 1988. 8.

42) 윤영천, 「일제 강점기 한국 유이민 시의 연구」, 서울대학교 박사학위논문, 1987. 2 ; 이동순, 「일제시대 저항시가의 정신사적 연구」, 경북대학교 박사학위논문, 1988. 8.

로 정리하고 시세계를 형식주의적 관점에서 분석한 양왕용, 김소월 시를 러시아 형식주의와 불란서 기호학의 방법으로 미시적으로 분석한 정효구의 논문 등이 주목을 요한다.[43] 한용운 문학 전반을 본격적으로 연구하여 한용운 연구 활성화의 기반을 마련한 김재홍은 김소월로부터 조지훈에 이르는 일제 강점기 시인 17명에 대한 연구 성과를 축적하여 한 권의 책으로 출간함으로써 일제 강점기 시세계를 포괄적으로 조망할 수 있는 시야를 열어주었다.[44]

4. 연구 영역의 확대와 새로운 방법론의 모색

1) 해금 시인 연구와 리얼리즘 시론

이 시기부터는 발표된 논문의 편수가 대폭 증가하기 때문에 특별한 경우가 아니면 개별 논문을 검토하지 않고 단행본 위주로 살펴보려 한다. 1988년 납월북 문인들의 작품에 대한 전면적인 해금 조치가 이루어지자[45] 납월북 문인들의 작품집이 연이어 간행되고 개별 시인에 대한 집중적 연구가 병행되

43) 이승훈, 「이상 시 연구-자아의 시적 변용」, 연세대학교 박사학위논문, 1983. 8 ; 마광수, 「윤동주 연구-그의 시에 나타난 상징적 표현을 중심으로」, 연세대학교 박사학위논문, 1983. 8 ; 조창환, 「김소월 시의 운율론적 연구」, 서울대학교 박사학위논문, 1986. 2 ; 이어령, 「문학공간의 기호론적 연구-청마의 시를 모형으로 한 이론과 분석」, 단국대학교 박사학위논문, 1987. 2 ; 이사라, 「윤동주 시의 기호론적 연구」, 이화여자대학교 박사학위논문, 1987. 8 ; 양왕용, 「정지영 시 연구」, 경북대학교 문학박사학위논문, 1988. 2 ; 정효구, 「김소월 시의 기호체계 연구」, 서울대학교 박사학위논문, 1989. 8.

44) 김재홍, 「한용운 문학 연구」, 서울대학교 박사학위논문, 1982. 2 ; 김재홍, 『한국현대시인연구』, 일지사, 1986.

45) 납월북 문인들에 대한 해금조치는 다음과 같은 네 차례의 절차를 밟았다고 한다(이은봉, 『한국 현대시의 현실인식』, 국학자료원, 1993, 15쪽 참조).

제1차 : 1976. 3. 13 : 납월북 재북 문인들에 대한 순문학적, 학문적 차원에서의 논의 허용.

제2차 : 1987. 10. 19 : 위의 문인들에 대한 상업출판 허용.

제3차 : 1988. 3. 31 : 정지용, 김기림 및 그들의 작품에 대한 해금.

제4차 : 1988. 7. 19 : 한설야, 이기영, 조영출, 백인준, 홍명희를 제외한 모든 납월북 재북 문인 및 그들의 작품에 대한 해금

었다. 연구의 영역이 확대되자 연구의 아이디어가 거의 소진할 지경에 이르렀던 현대문학 연구에 활기가 생겼다. 해금 시인의 작품세계를 연구한 단행본이 여러 권 출간되었는데[46] 그 중에는 시류에 영합하여 급조한 책도 있고 소략한 내용으로 연구 대상 문인만 많이 수록한 책도 있어서 옥석을 가릴 필요가 있다.

단행본 목록을 보면 알겠지만 가장 많이 연구가 된 시인은 정지용이고 그 다음이 김기림이다. 이 두 시인은 1930년대를 대표하는 시인이고 전면 해금 조치가 있기 전부터 계속 연구되어 오던 시인이다. 그것은 시적 함량에 있어 다른 해금 시인과는 차별되는 요소가 있다는 사실을 드러낸다.

김재홍의 『카프시인비평』과 『한국현대문학의 비극론』은 『한국현대시인연구』에서 미처 다루지 못한 납월북 시인을 비교적 치밀하게 분석하여 성과를 거둔 노작이다.[47] 여기에는 유완희, 김창술, 박세영, 박팔양, 김해강, 임화, 권환, 조명희, 박아지, 정노풍, 이용악, 안용만, 정지용, 백석 등 문학사에서 중요하게 취급되지 않았던 시인까지 소상히 소개되고 각 시인의 시세계의 특성에서 문학사적 위치에 이르기까지 그 시대의 현실적 정황에 맞는 공정한 분석과 평가가 명시되어 있다. 이 작업은 카프 계열의 시라면 현실의식이 뛰어난 시라는 선입견으로 바라보던 젊은 연구자들의 편향된 시각도 극복되어 있고 김용직의 『한국근대시사』에서 보았던 비판 일변도의 서술 방법도

---

46) 대표적인 저서를 출간일 순으로 나열하면 다음과 같다. 김학동, 『정지용 연구』, 민음사, 1987 ; 김학동, 『김기림 연구』, 새문사, 1988 ; 김윤식, 『임화 연구』, 문학사상사, 1989 ; 김학동, 『오장환 연구』, 시문학사, 1990 ; 감태준, 『이용악시 연구』, 문학세계사, 1991 ; 김용직, 『임화 문학 연구』, 세계사, 1991 ; 정순진, 『김기림문학연구』, 국학자료원, 1991 ; 채수영, 『해금시인의 정신지리』, 느티나무, 1991 ; 장도준, 『정지용 시 연구』, 태학사, 1994 ; 정의홍, 『정지용의 시 연구』, 형설출판사, 1995 ; 민병기, 『정지용』, 건국대학교 출판부, 1996 ; 정효구, 『백석』, 문학세계사, 1996 ; 이숭원, 『정지용 시의 심층적 탐구』, 태학사, 1999 ; 박주택, 『낙원회복의 꿈과 민족정서의 복원』, 시와 시학사, 1999 ; 김영익, 『백석 시문학 연구』, 충남대학교 출판부, 2000 ; 김신정, 『정지용 문학의 현대성』, 소명출판, 2000.

47) 김재홍, 『카프시인비평』, 서울대학교 출판부, 1990 ; 김재홍, 『한국현대문학의 비극론』, 시와 시학사, 1993.

지양되어 있다. 비교적 중립적인 시각에서, 주어진 시대 상황 속에서 그런 식으로라도 문학적 발언을 하고자 했던 시인들의 의욕과 그럼에도 불구하고 노정될 수밖에 없었던 그들의 한계를 객관적인 자료에 입각해 논술하고 있다. 다음과 같은 언급은 연구자의 비평적 태도를 알려주는 대표적인 사례이다.

> 박세영의 시가 일제의 무자비한 수탈로 인해 궁핍화된 이 땅 농민들의 삶과 함께 만주 등으로 쫓겨간 유이민의 참상에 관심을 기울인 것은 특히 주목할 만한 일이다. 또한 그의 시가 다분히 여성주의적 편향성에 젖어 있던 당대 시단에 대륙적인 풍모와 남성적인 생명력을 불어넣었다는 점도 쉽게 간과할 일이 아닌 것으로 판단된다. (중략) 그러나 그의 시에는 극복되어야 할 요소도 적지 않았던 것으로 판단된다. 무엇보다도 그의 시는 대부분 메시지 전달을 위주로 함으로 해서 시적 구조의 탄력성이 부족한 것이 단점이다. 주제가 형식을 압도하는 형국이어서 시가 거칠고 불안정한 느낌을 주는 것이 사실이라 하겠다. 또한 주요 작품 대부분이 이야기시여서 길이가 30~40행이나 되기 때문에 장황한 동어반복 내지 유사이미지가 많이 등장하는 것도 흰 결함이다.[48]

그러나 이와 같은 언급이 어느 시인에게나 비슷한 내용으로 되풀이된다는 것은 사고의 유형화를 빚어낸다는 점에서 경계될 일이기도 하다. 카프 시인 대부분이 현실인식의 측면에서는 눈여겨볼 점이 있으나 시적 탄력성에 있어서는 문제가 있다는 공통점을 공유하고 있기 때문이다. 바로 그러한 점 때문에 일제강점기 현실지향적인 시는 그 시가 담보하고 있는 이데올로기의 측면과 그것과 결부된 리얼리즘적 형상화의 측면에서 독자적으로 고찰해야 한다는 입론이 성립된다. 여기서 소위 리얼리즘 시론이 제기되는 것이다.

1980년대 민중문학의 시대에 소설의 리얼리즘적 성취에 대한 논의가 활성화되자 1980년대 후반부터 시의 리얼리즘에 대한 논의가 제기되기 시작하였다. 소설은 리얼리즘을 통한 현실적 총체성의 추구가 가능한데 시는 그렇지

48) 김재홍, 『카프시인연구』, 서울대학교 출판부, 1990, 103~104쪽.

못하다면 소설보다 시는 현실문제 제시에서 언제나 미달인 상태로 남게 되느냐는 반성적 질문이 젊은 연구자들 사이에 제기되고 그와 관련하여 시에서 리얼리즘을 찾으려는 방법론이 모색되었다. 시의 리얼리즘 논의는 1990년대에 들어와서 비평계에 대두되어 때로는 논쟁의 마당을 벌이기도 하면서 리얼리즘적 창작방법이나 세계관을 점검하는 방향으로 나아간다. 최두석, 오성호, 염무웅, 황정산, 윤영천, 윤여탁, 이은봉 등이 참여한 리얼리즘 논의를 통해서 리얼리즘 시의 개념, '시적 주체', '시적 전형' 등의 문제가 검토되고 리얼리즘 시의 서사지향적 특성이 창작방법의 하나로 제시된다. 이 논의는 당대 민중문학 계열의 시를 검토하는 데에도 유용하게 활용되었지만 일제 강점기 이용악의 시나 백석의 시, 혹은 임화의 시를 논의할 때에도 유용한 논거로 활용된다. 요컨대 "리얼리즘시 논의는 자연스럽게 문학사적 연구에 연결될 수"[49] 있었던 것이다. 그 결과 1920년대에서 30년대에 생산된 현실지향적 시들을 리얼리즘시의 테두리에서 고찰하는 본격적인 연구업적이 나오게 되었다.[50]

이들 연구에서 리얼리즘 시라는 용어는 윤여탁의 논문에서는 카프의 '경향시'나 '프로시'를 폭넓게 지칭하는 개념으로 사용되면서 현실세계를 드러내는 이념적 측면과 문학적 형상화의 방법에 의해 문학적 세계의 진실성과 이를 이룩하는 전형성의 범주에서 리얼리즘적 특성을 규정하였다.[51] 거의

---

49) 최두석, 『시와 리얼리즘』, 창작과비평사, 1996, 19쪽.

50) 그러한 논문을 발표 순으로 제시하면 다음과 같다. 신범순, 「해방기 시의 리얼리즘 연구」, 서울대학교 박사학위논문, 1990. 2 ; 윤여탁, 「1920~30년대 리얼리즘시의 현실인식과 형상화 방법에 대한 연구」, 서울대학교 박사학위논문, 1990. 8 ; 오성호, 「1920~30년대 한국시의 리얼리즘적 성격 연구-신경향파와 카프의 시를 중심으로」, 연세대학교 박사학위논문, 1992. 8 ; 이은봉, 1930년대 후기시의 현실인식 연구-백석, 오장환, 이용악을 중심으로」, 숭실대학교 박사학위논문, 1992. 8 ; 최두석, 「한국 현대 리얼리즘시 연구-임화, 오장환, 백석, 이용악의 시를 중심으로」, 서울대학교 박사학위논문, 1995. 2. 이상의 논문은 다음의 단행본에 수록되어 출간된다. 윤여탁, 『리얼리즘 시의 이론과 실제』, 태학사, 1994 ; 오성호, 『한국 근대 시문학 연구』, 태학사, 1993 ; 이은봉, 『한국 현대시의 현실인식』, 극학자료원, 1993 ; 최두석, 『시와 리얼리즘』, 창작과 비평사, 1996.

51) 윤여탁, 앞의 책, 13~17쪽.

동일한 대상을 연구한 오성호의 경우 현실의 전체성을 반영한다는 미적 반영론의 원리가 시 속에 어떻게 구현되는가 하는 시적 현실반영의 특수성을 이론적으로 구명하는 데 논문의 상당 부분을 할애하고 있다. 이것은 시와 리얼리즘 이론을 연결하는 것이 그만큼 어렵다는 사실을 반증한다. 이은봉은 리얼리즘을 논문의 표제로 내세우지는 않았으나 일제 강점기 민족 현실에 대한 "정당한 인식과 정당한 실천적 관심"[52]이라는 세계관적 이해와 전형적 상황과 전형적 인물의 창조라는 창작방법을 기본 축으로 하여 대상 시인들의 작품에서 리얼리즘적 특성을 고찰하고 있다.

최두석은 기존의 리얼리즘 논의를 재점검하면서 시에서 리얼리즘은 "주관과 객관의 역동적 상호작용" 속에 실현된다는 점을 강조한다. 말하자면 시라는 것이 단순히 감정을 표현하는 데 머무는 것이 아니라 사건을 표현하는 시도 있고, 사유를 표현하는 시도 있고, 이미지를 표현하는 시도 있는 것인데 리얼리즘 시는 주로 사건 표현과 관련되고 그렇기 때문에 리얼리즘 시의 창작은 "주관과 객관 혹은 자아와 세계의 긴밀한 상관관계 속에 이루어진다"[53]는 명제가 성립하는 것이다. 이러한 최두석의 리얼리즘 시론은 리얼리즘 시 논의에 있어 가장 정제되고 단정한 입론을 마련한 것이라 할 수 있다. 그는 이러한 논거를 바탕으로 카프 계열의 임화의 시에서 출발하여 오장환, 백석, 이용악의 시를 리얼리즘 시의 범주에 넣어 고찰함으로써 리얼리즘 시의 한 계보를 작성하였다. 이것은 이들 시의 전통이 현재의 시에까지도 이어지고 있음을 암시한 것이다.

그런데 이러한 리얼리즘 시론은 창작 주체의 윤리의식을 상당히 민감하게 의식하고 있다. 이것은 "시에서 리얼리즘을 문제삼는다는 것은 '시가 얼마나 세상을 바로 보고 바로 살려는 자의 양식인가'를 탐구하는 일이기도 하다"[54]는 그의 발언에서 증명된다. 그는 창작 주체의 윤리의식을 뛰어넘어 연구자

---

52) 백낙청, 「리얼리즘에 관하여」, 『민족문학과 세계문학』, 창작과비평사, 1985, 356쪽.
53) 최두석, 앞의 책, 30쪽.
54) 앞의 책, 29쪽.

자신의 윤리적 실천성까지 끌어들이고 있는 것이다. 이렇게 되면 리얼리즘 시에는 가치개념이 투입된다. 리얼리즘 시를 쓴다는 것은 주관적인 감정 위주의 시 창작에 갇혀 있는 것보다 가치있는 일이고, 리얼리즘 시를 연구한다는 것도 단순한 서정시를 논하는 것보다 윤리적 실천성을 담보하는 일이라는 등식이 성립한다. 이것은 상당히 폐쇄적이고 독단적인 관점으로 흐를 가능성이 있다. 한 시인의 문학관으로서는 소유할 수 있는 내용이지만 객관적인 연구를 지향하는 사람의 시각으로서는 바람직하다고 볼 수가 없다.

그만큼 시와 리얼리즘을 결합시키는 것은 많은 문제를 안고 있다. 아무리 시가 현실에 관심을 갖고 사회 현실과의 광범위한 접촉을 사건 표현을 통해 정직하게 드러낸다고 해도 그 사건 표현은 결국 감정의 양태와 결합되기 마련이고 결과적으로는 감정 표현의 큰 범주 속에 사건 표현이 흡수되는 것이 시의 운명이다. 사태가 이러한데 굳이 서사양식의 세계관과 창작방법의 특성을 지칭하는 리얼리즘이라는 술어를 끌어들여 시에 덧붙일 필요는 없는 것이다. "시에 있어서 리얼리즘을 요구하는 것이 당초에 무리한 노릇이 아닌가 하는"[55] 염무웅의 지적도 있었지만, 리얼리즘 시의 개념과 범주를 이론적으로 규정하고 세계관과 창작방법을 거론하면 할수록 논의상의 문제점은 더욱 확대될 뿐이다.

이렇게 시에서 리얼리즘을 거론하는 이유를 한 마디로 말하면, 일제 강점기 현실지향적 시의 의의와 가치를 긍정적인 방향에서 평가하기 위해서다. 카프의 프로시나 이용악, 오장환의 시를 형식적 구성이나 기법의 측면에서 보면 취약한 구석을 많이 발견하게 된다. 그러한 작시상의 결함이 있음에도 불구하고 당대 현실을 정직하게 인식하고 그것을 시로 형상화하려 한 시정신을 긍정적으로 평가하기 위해서는 그나름의 논리의 틀이 필요했던 것이다. 그러나 정말로 필요했던 것은 현실지향적 시를 보는 균형 감각이다. '세상을 바로 보고 바로 살려는' 의식이 나타났다고 해서 그것이 모든 면에서 우수한 작품인 양 몰고가는 것은 균형 감각을 잃은 처사라 아니할 수 없다.

---

55) 염무웅, 「시와 리얼리즘」, 『창작과비평』 봄호, 1992, 125쪽.

이런 면에서 문학사적 균형 감각을 유지하려는 노력을 보인 작업이 김용직의 『한국현대시사』이다.56) 이 책은 1920년대 후반까지 기술한 『한국근대시사』의 뒤를 이어 1930년대부터 일제말 암흑기의 문학까지 시의 역사를 서술하고 있다. 전작이 시의 유파적, 문단적 흐름을 중심으로 기술한 데 비해 이 책은 유파를 나누기는 했으나 시인론 중심으로 편성되어 있다. 이 책에서는 30년대 전후에 나온 계급주의 성향을 지닌 시를 '현실주의 시'라는 명칭으로 묶어 기술하고 있다. 이 항목에서 검토된 시인은 권환, 임화, 박세영, 박팔양, 이찬 등이고, 오장환은 시인부락의 일원으로 서정주와 함께 고찰되고, 이용악은 30년대 후반기의 신세대 시인으로 다루어지고 있다. 현실주의 시라는 명칭은 리얼리즘의 번역어처럼 보이기도 하지만 소설에서의 리얼리즘 특성 논의와 거리를 둘 수 있다는 점에서 유용한 용어라 할 만하다.

이 책에서는 각 시인들의 활동 양상과 생애를 당시의 현실적 상황과 객관적 자료에 입각하여 정리한 후 시의 특성과 변화 양상 및 한계를 지적하였다. 『한국근대시사』가 경향문학에 대해 시종일관 비판적 자세를 취했듯이 이 책 역시 그들의 문학에 대해 비판적 논평을 가하는 것을 빼놓지 않는다. 그러면서도 북쪽의 문학사에 나오는 부당한 서술에 반박을 가하기도 하고 사실에 어긋나는 왜곡된 진술을 실증적 자료에 의해 바로잡기도 한다. 어떻게 보면 문학주의라고도 할 수 있는 그의 시각은 임화의 후기시를 설명하면서도 기존의 일반적인 서술과는 다른 각도를 취한다. 일반적으로 임화의 시를 현실주의적 시각으로 볼 때, 단편 서사시에 나타나는 현실인식의 단면이 카프 해산 이후로는 희석되어서 낭만적 열정이 추상적으로 표출되었다고 설명해 왔다. 그러나 김용직은 다음과 같이 거의 정반대의 해석을 하여 후기시의 문학적 가치를 오히려 인정하고 있다.

> 30년대 후반기, 구체적으로 「현해탄」 발표를 전후해서 그는 시를 위해 역사를 수용시키는 입장을 강하게 취했다. 그 열도는 다른 어떤 시인의 경우에

56) 김용직, 『한국현대시사 1 · 2』, 한국문연, 1996.

비해 두드러지게 높았다. 그 결과 임화의 시는 한국 현실주의 시의 한 보기가 되었을 뿐 아니라 범 문단의 차원에서 보아도 한 풍경이 될 수 있었다. 말하자면 임화는 그 앞에 드리워진 시대 상황의 어두운 그림자를 오히려 그의 시와 문학을 위해 유리하게 이용하려 꾀한 셈이다. 그 결과 그의 시는 카프시대에 그가 쓴 것보다 질적 수준이 더 높은 게 된 것이다. (중략) 단적으로 말하여 이 단계에서 임화는 그가 「네거리의 순이」 이래 줄기차게 견지해온 서사시의 기법을 포기한 것이다. 그 대신 그의 감정이 주정적인 것을 집약적으로 노래한 서정시의 입장이 되었다. 그리고 이런 기법은 일제말기와 같은 역사의 막바지를 그 직전까지 현실주의자로 살아온 임화의 시가 획득한 또 하나의 성과였다고 할 수 있다. 그것으로 적어도 그는 매우 강도가 높은 시대상황의 彈奏者가 된 것이다.[57]

2) 방법론의 다양한 모색

1990년대를 넘어서서 한국 시사의 중요 유파를 분석한다든가 한 시인의 시세계를 분석하는 작업이 어느 정도 마무리되고 문학사적 정리도 일단 매듭이 지어지자 시인론과 시사론은 소재의 빈곤에 봉착했다. 이미 여러번 연구가 된 시인을 또 다시 연구한다는 것은 연구의 독창성을 기약하기가 어려운 것이다. 이 난관을 돌파하기 위해 마련된 것이 대상이 동일하더라도 새로운 방법론에 의해 문학 현상에 접근하는 작업이다. 이때 새로운 방법론으로 가장 많이 원용된 것이 기호학이고 그 다음이 현상학이다.

기호학적 연구는 작품 자체의 연구에 전념하면서도 신비평의 형식주의적 분석의 차원을 넘어서서 작가의 의식이라든가 작품을 둘러싼 시대적 의미, 독자에게 끼치는 정서적 반응까지도 검토할 수 있는 유연성이 있는 데다가 연구의 체재를 꽤 과학적인 모델로 꾸밀 수 있기 때문에 박사학위 논문의 방법론으로 상당히 많이 원용되었다.[58] 이들 연구는 김소월이나 이상, 정지

---

57) 김용직, 『한국현대시사 1』, 한국문연, 1996, 543 · 552쪽.
58) 기호학적 연구에 해당하는 대표적인 성과는 다음과 같다. 정효구, 『현대시와 기호학』, 느티나무, 1989 ; 김승희, 「이상 시 연구-말하는 주체와 기호성의 의미작용을 중심으로」, 서강대학교 박사학위논문, 1992. 8 ; 김석환, 「정지용 시의 기호학적 연구」,

용, 노천명, 이육사 등 잘 알려진 시인들을 기호학적 방법으로 분석하여 거시적인 연구에서는 놓치기 쉬운 작품의 미세한 부분을 검출하는 데 성공했다. 그러나 기호학적 분석의 난삽함에 빠져 분석을 통하지 않고서도 알 수 있는 쉬운 내용을 공연히 과학적 연구의 우회로를 통해 어렵게 확인케 한다는 문제점도 지적되었다.

기호학적 연구가 논문 표제에 기호학이라는 방법론을 명확히 제시한 것이 많은 데 비해, 현상학적 연구는 표제에 현상학이라는 용어를 내세우지 않고 논문의 내용 속에 포함시키는 경우가 많다. 그러나 공간의식이라든가 시간의식, 고향의식, 죽음의식 등의 용어를 사용한 대부분의 연구는 간접적인 방식으로라도 현상학적 방법을 원용하고 있다.[59] 현상학적 연구는 창작 주체의 체험과 지향적 의식뿐만 아니라 해석 주체의 체험과 지향적 의식을 중시하는 방법이다. 시 연구에서 현상학적 접근은 대부분 이미지를 통한 의식현상의

명지대학교 박사학위논문, 1993. 2 ; 김태진, 「김광균 시의 기호론적 연구」, 홍익대학교 박사학위논문, 1993. 2 ; 이재오, 「한국 현대시의 텍스트언어학적 연구」, 서울대학교 박사학위논문, 1993. 8 ; 이사라, 「정지용 시의 기호론적 연구-'해협'의 의미론적 층위」, 『구조와 분석 1』, 창, 1993. 11.
이상옥, 「오장환 시 연구-담화체계를 중심으로」, 홍익대학교 박사학위논문, 1994. 2 ; 이어령, 『시 다시 읽기-한국시의 기호론적 접근』, 문학사상사, 1995 ; 동시영, 「노천명 시의 기호학적 연구」, 한양대학교 박사학위논문, 1995. 2 ; 신웅순, 「육사 시의 기호론적 연구」, 명지대학교 박사학위논문, 1995. 2 ; 김동근, 「1930년대 시의 담론체계 연구-지용 시와 영랑 시에 대한 기호론적 담론 분석」, 전남대학교 박사학위논문, 1996. 2.

59) 김은자, 『한국 현대시의 공간과 구조』, 문학과비평사, 1988 ; 박태일, 「한국 근대시의 공간현상학적 연구」, 부산대학교 박사학위논문, 1991. 2 ; 손병희, 「정지용 시의 현상학적 연구」, 『문학과 언어』 14, 1993. 5 ; 조용훈, 「한국 근대시의 고향상실 모티프 연구」, 서강대학교 박사학위논문, 1994. 2 ; 문혜원, 「한국 전후시의 실존의식 연구」, 서울대학교 박사학위논문, 1996. 2 ; 송기한, 「전후 한국시에 나타난 시간의식 연구」, 서울대학교 박사학위논문, 1996. 8 ; 정한용, 「한국 현대시의 초월지향성 연구」, 경희대학교 박사학위논문, 1996. 8 ; 김현자, 『한국시의 감각과 미적 거리』, 문학과 지성사, 1997 ; 한영옥, 『한국현대시의 의식탐구』, 새미, 1999 ; 엄경희, 「서정주 시의 자아와 공간 · 시간 연구」, 이화여자대학교 박사학위논문, 1999. 2 ; 이명찬, 「1930년대 후반 한국시의 고향의식 연구」, 서울대학교 박사학위논문, 1999. 2.

구명에 집중되었다. 따라서 이미지의 구성폭이 뚜렷한 시인이라든가 현상학적 분석을 견뎌낼 수 있는 시인 집단이 연구 대상으로 설정되었다. 현상학적 분석은 창작 주체의 삶의 경험을 해석 주체의 경험 속으로 끌어들여 의식의 지향을 작품의 내적 문맥 속에 스스로 드러내게 한다는 강점은 있으나, 해석 주체의 경험과 의식이 표면화될 경우 주관적 해석에 함몰된다든가, 철학적 해석학에 기울 경우 작품 분석의 구체성을 상실한 추상적인 논변에 머문다든가 하는 문제점이 노정될 수 있다.

이와 함께 나타난 현상의 하나는 현대시 작품 중 해석상의 논란이 있는 작품을 새롭게 정독해 보려는 시도이다. 사실 시의 연구는 일차적이고 초보적인 독해에서 시작된다고 해도 과언이 아니다. 그런 점에서 시의 해석 문제가 새롭게 제기된 것은 그 동안의 감상비평적이고 비분석적인 연구를 반성해 보고 시 연구를 기초에서부터 새롭게 출발시킨다는 의미를 지니고 있다. 기본적으로 작품 자체를 이해하지 못한 사람이 기존의 해석이나 고정관념에 힘입어 시인론을 쓰고 시사를 연구한다는 것은 본말이 전도된 현상이라 아니할 수 없다. 어떤 시인을 연구할 때 작품 자체에 대한 미시적 분석은 생략하고 넘어가거나 자신이 이해하기 힘든 난해한 작품에 대해서는 추상적이고 요약적인 언술로 대충 넘어가는 사례가 빈번하다. 이에 착안하여 시를 자세히 읽고 기존 독해의 문제점을 드러내면서 해석의 정당성을 도출하려는 몇 권의 책이 출간되었다.[60)]

이러한 연구작업과는 별도로 전통적인 방법에 의해 시사와 시인론을 정리하는 업적들이 많이 출간되었다.[61)] 이들 작업은 새로운 시각을 보여준 것은

---

60) 이어령, 『시 다시 읽기』, 문학사상사, 1995 ; 이숭원, 『한국 현대시 감상론』, 집문당, 1996 ; 이승훈, 『한국 현대시 새롭게 읽기』, 세계사, 1996 ; 장도준, 『우리시 어떻게 읽을 것인가』, 태학사, 1996 ; 오세영, 『한국 현대시 분석적 읽기』, 고려대학교 출판부, 1998 ; 이숭원 외, 『시의 아포리아를 넘어서』, 이룸, 2001.

61) 장기간의 종합적인 연구가 집대성 된 노작으로 다음과 같은 저서가 있다.
이승훈, 『한국현대시론사』, 고려원, 1993 ; 김학동, 『현대시인연구 1·2』, 새문사, 1995 ; 이성교, 『한국 현대시인 연구』, 태학사, 1997 ; 김재홍, 『한국 현대시의 사적 탐구』, 일지사, 1998 ; 김영석, 『한국 현대시의 논리』, 삼경문화사, 1999 ; 김영철,

아니지만 문학의 진정한 연구가 한때의 재기에 의해 이룩되는 것이 아니라 오랜 시간의 전심과 노고에 의해 완성되는 것이라는 사실을 입증하는 노작들이다. 한편으로는 현대시의 전개를 동아시아의 사상적 전통이나 전통시가와의 연속적 흐름 속에서 파악하려는 작업이 진행되었는데,[62] 이것은 한국시의 정신사적 흐름을 새롭게 구명한다는 의의를 지니고 있다. 앞으로 이 방면의 연구가 더욱 활성화되어야 할 것이다.

5. 결론

이상으로 현대시 연구 50년의 성과를 점검해 보았다. 필자의 시야가 좁은 탓에 여기서 미처 검토하지 못한 연구업적이 또 있을 것이다. 그러한 업적은 다른 정리자에 의해 다음 기회에 검토될 수 있을 것이다. 필자는 이번 작업에서 어느 한 시기 연구의 흐름을 대표하거나 연구사의 전환을 마련한 업적을 중심으로 연구의 변화 양상을 파악하는 선에서 작업을 전개하였다. 그렇기 때문에 개별 연구 업적에 대한 충실한 고찰은 하지 못하였다. 그러나 어느 하나의 업적을 조명하는 데 오래 머물게 되면 전체적인 조망의 균형을 잃을지 모른다는 생각에서 그런 작업을 의도적으로 기피한 것도 사실이다.

현대시의 역사가 백년이고 현대시 연구의 역사가 오십 년이니 이제 한국 현대시 연구는 지금까지의 성과를 디디고 한 단계 도약할 수 있는 위치에 이르렀다고 말할 수 있다. 그러나 인간 역사에 그 전 단계의 구성 요소를 초월한 비약이 없듯, 한국시의 역사에도 또 현대시 연구의 역사에도 비약은 있을 수 없을 것이다. 이전에 축적된 토양의 바탕 위에서 떠오른 문제점을 극복하거나 제기된 문제의식을 더욱 북돋는 방향으로 연구의 방향이 설정될

『한국 현대시의 좌표』, 건국대학교 출판부, 2000.

62) 최승호, 『한국 현대시와 동양적 생명사상』, 다운샘, 1995 ; 최동호, 『하나의 도에 이르는 시학』, 고려대학교 출판부, 1997 ; 최승호, 『한국적 서정의 본질 탐구』, 다운샘, 1998 ; 김영석, 『도의 시학』, 민음사, 1999 ; 최승호 편, 『21세기 문학의 동양시학적 모색』, 새미, 2001.

것이다. 그런 점에서 한국시 연구에 새롭게 요청되는 몇 가지 사항을 제시하고 이 글을 끝맺기로 하겠다.

지금까지의 한국문학 연구가 전반적으로 서양 이론에 상당 부분 빚지고 있음을 부정할 수 없을 것이다. 어떤 논문이고 서양의 전적이 몇 가지 이상 인용되지 않은 것이 없으며, 서양 이론서가 각주에 달려 있어야 논문으로 인정받는 풍토에서 벗어나지 못한 상태에 있다. 전지구화의 시대를 살아가면서 서양의 지식을 수용하는 것을 배척할 필요는 없다. 그러나 이제 한국문학 연구가 반 세기가 지났다면 우리의 토양에 바탕을 둔 시학과 이론이 창출될 만도 하다. 한국 현대시가 서구문학의 유입에 영향을 받은 것을 부정할 수는 없지만, 그러한 사실을 진지하게 반성하면서 전통 서정시의 자양을 흡수하려는 많은 시도가 있었던 것도 사실이다. 그러한 제반 사항을 포괄하여 지금까지의 현대시 연구의 기반 위에서 이론적 틀을 모색하는 진지한 작업을 벌여야 하지 않을까 생각한다. 그런 점에서 고전시학의 현대화 작업을 벌이는 정민[63]을 위시한 고전시학자들에게 거는 기대가 크며, 현대시를 연구하는 사람들도 정말 거시적인 시각에서 우리 시의 역사를 통찰하는 자세가 필요하다고 본다. 이제는 정말 외국이론을 앞에 깔아야 대단한 연구라고 생각했던 문화식민주의에서 벗어나야 할 것이다.

둘째로 지적하고 싶은 것은 문학연구도 과학을 지향하는 분명한 학문이라는 점을 인식하여 연구의 독창성과 선취성을 인정해 주어야 한다는 점이다. 연구사를 검토하다 보면 선행 연구자가 이미 다 밝혀놓은 것을 후대의 연구자가 되풀이하는 경우가 비일비재하다. 선행 연구를 검토한다고 하지만 개개의 업적을 꼼꼼히 검토하지 않고 남이 정리한 연구사를 옮겨와 차용하는지 이미 밝혀진 사항과 해석이 반복되는 경우가 허다하다. 이제는 문학연구도 과학논문처럼 개별 인덱스를 만들어 각 논문에서 밝혀진 사항을 항목화하여

63) 이런 점에서 다음의 책은 현대시 연구에 많은 시사를 준다. 정민, 『한시미학산책』, 솔, 1996 ; 정민, 『목릉문단과 석주 권필』, 태학사, 1999 ; 정민, 『비슷한 것은 가짜다』, 태학사, 2000.

제시함으로써 유사한 연구가 되풀이되는 것을 막는 일이 필요할지 모른다. 이런 점에서 연구자 자신의 반성이 절실히 요구된다. 선행 연구자가 밝힌 사항에 대해서는 설사 그것이 미미한 내용이라 하더라도 각주를 달아야 할 것이며 각주를 달기가 번거로우면 아예 새로운 사실의 구명만으로 한편의 논문을 구성하는 계획을 세워야 할 것이다.

셋째로 지적하고 싶은 것은 시 연구자의 작품 해석에 대한 문제다. 어떤 문학 현상이나 시세계의 특징을 파악하기 위해서는 일차적으로 시 작품을 읽고 그 의미를 파악하는 일이 선행되어야 한다. 일차적인 시 독해가 이루어지지 못한 상태에서 어떻게 시 연구가 가능하겠는가. 그런데 논문의 실상을 보면 시 작품의 일차적 독해가 되지 않은 내용을 상당히 많이 접하게 된다. 해석상의 난점이 있는 작품을 연구자가 그 나름의 관점에서 해석을 달리 했을 때는 그것을 둘러싼 논의가 필요한 부분이지만, 작품을 오독한 경우라면 그것은 해석상의 논의가 필요한 것이 아니라 논문에서 제외되어야 할 명백한 오류 사항이다. 해석의 자유를 빙자하여 분명한 오독이 방치되어서는 안된다. 그러한 오독이 남발되는 것은 한국 현대시 연구가 아직 공동의 합의에 도달할 만한 수준을 갖추지 못했다는 사실을 반증한다. 시의 오독 문제는 연구자의 시적 감수성과 관련된 것이다. 시적 감수성이 부족한 사람이 시 연구자가 되는 것은 본인을 위해서도 불행한 일이다. 이 점을 염두에 두고 각 대학 박사학위논문의 심사가 엄격해질 필요가 있다. 학문은 학문적 엄격성을 통해 발전하는 것이지 인간적 유대감을 통해 발전하는 것이 아니다.

이제 한국 현대시 연구는 그냥 한국시 연구가 되어야 하며 그런 점에서 그 대상의 폭도 넓게 확대될 필요가 있다. 방법론만 적절하다면 생존 시인의 작품도 얼마든지 연구의 대상이 될 수 있고 우리의 현실적 삶과 관계있는 실용적인 연구도 많이 나오는 것이 좋다. 정말 열린 시각으로 한국시의 과거와 미래를 바라보며 우리의 삶과 유리되지 않은 통일시대의 시 연구를 새롭게 준비하는 연구자들이 많이 나오기를 기대하며 이 글을 마친다.

한국 희곡 연구사 개관

정 우 숙

1. 들어가며

한국 희곡에 대한 연구는 국문학 연구의 일부로 포함되면서도 한국 고전문학, 현대문학 분야의 다른 장르에 대한 연구와 근본적인 차이점을 지닌다. 그것은 희곡이 기본적으로 연극 공연을 위한 극본이라는 데서 비롯된다. 희곡은 텍스트로서 완성되는 운명에 처해 있지 않고, 늘 공연을 기다리며 미완의 상태에 놓인 장르이기에, 희곡을 심지어 문학으로 생각할 수 있느냐 하는 원론적인 장르적 고민마저 지금까지도 어느 정도 남아 있음을 볼 수 있다.

희곡이 국문학 연구의 일부로서 적극적으로 받아들여지기 시작한 것도 사실 1980년대 초반을 넘기면서부터였다. 1997년 『한국극예술연구』 7집 부록으로 실린 「한국 현대 연극 및 희곡문학 연구사 목록」(양승국 · 박영정 정리)에 따르면, 약 1300편의 목록 중 1970년대까지의 연구 결과는 310여 항목으로 전체의 4분의 1이 미처 되지 못한다. 그나마 1970년대까지의 연구물은, 이 목록이 저널의 작은 글들, 한국 연극 외의 일반 연극 이론 중심의 저서까지를 포괄하는 가운데 포함된 그런 종류의 글들이 대부분이며, 또 대개 1980년대 이후 저서로 묶여 나와 1980년대 연구 목록들과 중복된 내용도 적지 않음을 감안한다면, 그 양적 비중이나 중요도는 더욱 낮음을 알게 된다. 또한 이 목록이 정리된 1997년 이후 한국 희곡 논저들이 꾸준히 더욱 많이 출간되었기에, 지금 이 시점에서 돌아보면 1980년대 이후 연구사의 흐름이 큰 비중을 차지함이 더욱 두드러져 보인다.

물론 여석기의 『한국 연극의 현실』(동화출판공사, 1974) 등 본격 학술서는 아니더라도 1970년대까지 나온 책들 중에 한국 연극을 이해하는 데 효과적인 도움을 주는 예들도 적지않게 주목되긴 하나, 1970년대에 대해 개인의 저서보다 더욱 주목해야 할 사항 중 하나는 한국 연극 관련 잡지가 발간되기 시작했다는 점이다. 발간 잡지로는 『연극평론』(1970), 『현대연극』(1971), 『드라마』(1972), 『한국연극』(1975) 등을 들 수 있다. 특히 다른 장르보다 현장과의 연계성이 중시되는 희곡 및 연극 분야에서 이와 같은 잡지 창간의 영향은 무시할 수 없는 것이었다.

1980년대 이후 1990년대까지는 희곡의 출판, 희곡 자료집의 출간에 따른 연구의 활성화가 두드러지게 나타나기 시작한다. 단국대학교 공연예술연구소 편, 『근대한국공연예술사 자료집(개화기~1910년)』(단국대학교출판부, 1984), 양승국 편, 『한국근대연극영화 비평자료집』(태동, 1991), 민병욱, 『한국희곡사 연표』(국학자료원, 1994), 민병욱, 『한국연극공연사 연표』(국학자료원, 1997) 등 연표와 자료집을 비롯하여, 유치진 · 김우진 · 함세덕 · 채만식 · 이강백 · 오태석 등 특정한 작가의 전집들이 묶여 나온 외에도 희곡집 출판이 전반적으로 활성화되면서 선집 형태의 희곡집도 늘어났다. 이미 1970년대에 『신한국문학전집17, 희곡선집』(어문각, 1976), 『한국희곡문학대계』(한국연극협회, 1976) 등이 발간되어 학계에 도움을 주었지만, 1980년대 이후로는 양승국, 『월북작가 대표희곡선』(도서출판 예문, 1988), 권순종 · 김일영 · 손종훈 편, 『한국희곡선-시대별 주요작품과 그 연구』(중문출판사, 1989), 양승국 편, 『한국근대희곡작품자료집』(아세아문화사, 1989), 서연호 편, 『한국의 현대희곡』(열음사, 1992), 서연호 · 민병욱 편, 『한국대표희곡강독』(현대문학, 1993), 김동권 편, 『현대희곡작품집』(서광학술자료사, 1994) 등 선집의 양과 종류가 늘어났다. 또한 1980~90년대에 『한국연극학』, 『한국극예술연구』등 관련 학회지가 발간되기 시작한 것도 한국 희곡 연구에 기폭

제 노릇을 하게 된다.

이러한 일련의 배경과 사정 속에서, 장르별로 해방 후 국문학 연구사를 정리해야 하는 본고의 기획 의도에도 불구하고, 한국희곡 연구사에 있어서는 실제로 1960년대나 1970년대까지는 한국 희곡에 대한 문제적 논의나 연구가 거의 누적되지 않은 상태이므로 사실상 1980년대 이후 논의에 치중할 수밖에 없다.

한국 희곡에 대한 연구가 본격화된 것은 1980년대 이후였다는 점과 관련하여, 채만식을 대상으로 희곡의 장르적 특수성을 고찰한 김윤식, 「서사양식과 극양식」(『한국근대문학양식논고』, 아세아문화사, 1980)이 한국 희곡 연구가 절정을 맞이하려는 출발점에 나타났음은 상징적으로 보인다. 채만식의 장편소설 『탁류』와 희곡 『당랑의 전설』은 1920년대 사회상과 가족의 붕괴 양상을 맞물려 나타내는 유사점을 보이면서도 『탁류』에서는 역사적 방향성의 인식이 결여되어 나타나는가 하면 『당랑의 전설』에서는 시대적 · 사회적 상황에 상응하는 형태로 나타난다고 보고 있다. 이 논의는 루카치의 반영론적 장르비평을 따르면서 극 장르의 본질을 비극의 갈등으로만 한정하고 극과 현실과의 관계에만 주목한 한계를 지니긴 하나, 특정한 작가와 작품의 예를 통해서나마 문학의 전체적인 구도 안에서 소설과의 비교를 통해 극에 대해 다시 생각하게 하는 진지한 논의의 실마리를 제공하였다. 그리고 이 논의에 담긴 극과 사회, 극과 현실의 관계에 대한 문제 의식은, 국문학 희곡 전공자들이 늘어나기 시작한 1980년대 중 · 후반의 한국 희곡 연구에 일정하게 기본적으로 공유된 인식이었다고까지 말할 수 있다.

한국 희곡 연구사를 정리하는 본 논의에서는, 전통극 및 전통 연희에 대한 연구를 제외하고 1910년대를 전후한 개화기 희곡에 대한 연구부터 논의의 대상으로 한다. 연구 논문이나 저서의 제목이 가능한 한 본문에 드러나는 형태로 서술하고자 하며, 그에 따라 각주를 따로 달지 않기로 한다. 또한 이 글의 한 부분에서 언급되는 저서들은 때로 글의 다른 부분에서 언급된 소논문들을 포함하고 있을 수 있으며, 한 번 발표되었던 글의 재수록

상황을 때에 따라 표기하기도 할 것이다. 전체적으로 이 글이 한국 희곡의 시대별, 작가별, 주안점 위주의 정리이기에 연구 제목에 나타난 핵심어 등에 주목하면서 그 논의 비중을 감안하여 적절한 지점에서 언급해 주기로 한다. 그런가 하면, 다른 문학 장르와 달리 희곡 장르에서는 공연의 현장성이 중요하게 여겨지고 학술적 연구와 맺는 관계도 깊다는 측면에서, 연극 평론집 또한 필요에 따라 참조적으로 논의에 포함될 수 있을 것이다.

2. 연구사 관련 기존 논의

우선, 연구사 정리 자체의 기존 논의라 할 수 있는 것들을 간단히 개괄해 보면, 양승국 · 박영정 정리, 「한국 현대연극 및 희곡문학 연구사 목록」(『한국극예술연구』 7, 1997)을 비롯하여, 연구사를 대상으로 한 논의들이 소량이나마 이미 나온 바 있다. 최근의 예로 민병욱, 「희곡 연구 방법론의 현황과 비판」(『한국연극의 쟁점과 새로운 탐구-현대극』, 연극과 인간, 2001)을 들 수 있는데, 그 글에도 제시된 바에 따르면 연구사 관련 기존 논의의 예들로는 유민영, 「희곡의 운명과 그 연구에 대하여」(『국어국문학』 88, 1982) ; 김성희, 「공연예술분야 석 · 박사 학위논문 현황 분석」(『문화예술』 108, 1986) ; 양승국, 「희곡문학 연구의 현황과 전망」(『한국학보』 50, 1988) ; 김익두, 「희곡분야 석 · 박사학위 논문 분석」(『문화예술』 118, 1988) ; 민병욱, 「한국 현대드라마비평의 현황과 그 비판-연극사와 희곡문학사 연구를 중심으로」(『현대비평과 이론』 5, 1993, 「희곡 연구의 방법론적 가설」, 『한국근대희곡론』, 부산대학교 출판부, 1997에 재수록) ; 한옥근, 「한국극문학 연구의 현황과 그 전망」(한국극문학회 제1차 학술발표대회 자료집, 1998) 등이 있다.

민병욱이 정리한 대로 한국 희곡 연구 동향에 관련된 이 글들은 대부분 세 가지 정도의 공통점을 보인다. 한국 희곡문학의 선행 연구사에 대한 정리와 비판의 기준을 연구 대상, 연구 영역, 연구 주제, 연구 결과에 두고 있다는 점, 그러한 기준에 따라서 한국 희곡문학 연구 수준이 낙후되어 있음을 비판하고 있는 점, 그 대안으로 이식사관과 실증주의의 극복 그리고 문학적 연극학적 연구방법론의 도입을 제시하고 있다는 점 등이다. 이와 같은 지적은 물론 기본적으로 타당하나, 마지막에 대안으로 제시된 문학적·연극학적 연구방법론의 도입은 실증주의 연구 방법을 대신하며 최근 들어 급속히 증가하고 있고, 그러다 보니 한국 희곡 연구가 외국 방법론에 기대고 있는 문제는 오히려 더 부각되고 있다는 점을 덧붙일 수 있을 것이다.

3. 한국 근·현대 연극사 연구

1910년대 이후 텍스트로서의 희곡 중심으로 행해지는 한국 연극 연구에도 영향을 미치는 광의의 한국 연극사 연구는 김재철, 『조선연극사』(조선어문학회, 1933)로부터 출발한다. 이 저서에서 연극 양식은 가면극, 인형극, 구극, 신극으로 분류돼 있는데, 구극은 판소리를 일컫는 것으로서 판소리를 공연예술이자 연극으로 파악했으며 신극은 원각사의 창립과 더불어 1909년 이인직이 『설중매』와 『은세계』를 공연한 것으로 들었다.

김재철 이후, 전통극과의 연계성 속에서 한국 현대극을 고찰하거나 그 연계성을 기반으로 한 연극사 서술의 예는 이두현, 『한국 연극사』(학연사, 1973, 개정판 1985)를 통해 이어진다. 이 저서는 한국 고대 연극부터 현대극에 이르기까지 그 흐름을 통사적으로 정리한 것이다. 그 외에 이두현, 『한국 신극사 연구』(서울대학교 출판부, 1966, 1981, 1990 등) ; 장한기의 「한국 신극 사조사」(『연극학보』 4, 동국대학교 연극영화과, 1970) ; 『한국연극사조 연구』(아세아문화사, 1976) ; 『한국 연극사』(동국대학교 출판부, 1986) ; 사진실, 『한국 연극사 연구』(태학사, 1997) 등은 각 연구의 주안점이 현대극에 있든 고대극에 있든 그 전체를 아우르는 윤곽 안에서 한국 연극사를 훑어보려 한 입장을 나타낸다.

최근 통일 시대를 예견하며 북한 연극 연구의 미진한 점을 극복하려는 노력이 이어지고 있는 만큼, 이와 관련하여 한효의 『조선 연극사 개요』(국립

출판사, 1956)도 생각해 볼 필요가 있는데, 이는 월북한 한효가 북한에서 쓴 연극사로 원시가무, 가면극, 인형극, 민속극, 창극과 해방 이전까지의 현대극을 다룬 저서이다. 그는 북한연극의 기반을 프롤레타리아 연극운동에 두었고, 뒤이어 김일성 주체사상의 등장으로 혁명연극에 비중을 두는 설에 의해 밀리게 되었다고는 하나, 남한 연구자들에게 상대적으로 낯설 뿐 일정한 연극사로서의 의의를 지니는 저서임이 분명하다.

학술적인 정식 논의로서의 성격이 약하거나 산발적인 논의라 해도 전체적인 연극사를 파악하는 데 도움이 되는 예들로 안종화, 『신극사 이야기』(진문사, 1955) ; 장한기, 「한국신극약사」(현대문학, 1959) ; 박노춘, 「한국 신연극 50년사」(자유문학, 1960~61) ; 이광래, 「희곡」(『해방문학 20년』, 정음사, 1965) ; 변기종, 「연극 오십 년을 말한다」(예술원보8, 1962) ; 이원경, 「한국 신연극사의 문제점」(예술원 논문집14, 1975) ; 박진, 「한국연극사 제1기」(예술원논문집15, 1976) ; 이진순, 「한국연극사 1945~1970년」(대한민국예술원, 1977) ; 서항석, 「한국연극사 제2기」(예술원논문집17, 1978) ; 이진순, 「현대연극사」(국립극장 삼십 년, 국립극장, 80) ; 이진순, 「한국연극사 2, 제3기 1945~70」(『한국연극』 1987.2) 등이 있다. 이러한 논의들은 다른 연구자들에게 직·간접적으로 영향을 미치면서 여러 연구자들이 연극사 서술의 정확성을 찾아가는 데 도움을 주었다.

그 외에 통시적 연극사 자체는 아니나 전통과 현대의 연결 지점에 주목하여 잠정적으로 통시적 연극사의 형성에 기여하고자 하는 논의들로 권순종, 「전통극과 근대극의 접맥양상 연구」(계명대학교 박사학위논문, 1989) ; 『한국희곡의 지속과 변화』(중문출판사, 1991, 93) ; 민병욱, 『한국 근대희곡의 형성과정 연구』(해성, 1993) ; 이정순, 「한국 근대희곡의 형성과정 연구」(부산대학교 석사학위논문, 1999) 등도 참고할 수 있다.

근·현대 희곡 중심의 통시적 한국 연극사로는 1982년 유민영과 서연호에 의해 두 권의 한국희곡사가 출간되면서 이후 한국희곡 연구의 기폭제가 되기 시작한다. 본고에 일일이 언급하지 않더라도 유민영의『한국 현대 희곡사』(홍성사, 1982, 기린원, 1988, 1991 등)와 서연호의『한국 근대 희곡사 연구』(고려대학교 민족문화연구소, 1982) 안에 실린 작품 · 작가 위주의 각론들은 이후 해당 논의에 있어 선구적인 기존 논의로서 영향을 미쳐왔다. 유민영, 『한국 현대 희곡사』는 서론에서 신극의 기점 문제를 다룬 후 신파극의 수용과 그 변용(박승희 등), 개인의 각성과 인습에의 항거(김우진, 김정진 등), 장르 확대를 통한 사회참여(채만식, 김영팔 등), 개인의 각성과 민족의 각성(유치진, 함세덕 등), 민족해방과 극작가의 변모(김영수, 김진수, 오영진 등), 전쟁체험과 생존양상의 변화(임희재, 차범석, 이근삼 등) 등에 대해 고찰하고 있다. 서연호, 『한국 근대희곡사 연구』는 서론에서 시대 설정 및 기술 방법과 대상에 대해 밝힌 후, 개화기의 연극으로 원각사의 『은세계』 공연, 1910년대의 희곡으로 조일재, 이광수 등에 대해 다루고, 1920년대의 희곡에 있어서는 김우진, 김정진 등 작가와 윤백남, 현철 등 이론가, 1930년대의 희곡에 있어서는 유치진, 채만식 등 작가와 김재철, 서항석 등의 이론가를 다루면서 일제말기의 국민연극에 대해서도 한 장을 할애하고 있다.

유민영이 『한국 현대 희곡사』에서 강조한 "전통 인습으로부터의 해방과 삶의 질곡으로부터의 해방"이란 기본 주제 의식은 한국 근 · 현대 희곡에 대한 내용 연구의 밑바탕으로 여전히 유효할 정도이다. 유민영은 이후에도 「한국 연극사」(『한국 연희, 무용, 영화사』, 한국예술사총서4, 대한민국예술원, 1985) ; 『한국 극장사』(한길사, 1982) ; 『우리시대 연극운동사』(단국대학교 출판부, 1989) ; 『한국 근대 연극사』(단국대학교 출판부, 1996) ; 『한국 근대극장변천사』(태학사, 1998) ; 『한국연극운동사』(태학사, 2001) 등을 지속적으로 펴내며 번역극 공연이나 극장 공간에 대한 관심까지 포함한 방대한 연구의 맥을 이어 왔다. 그가 펴낸 평론집 성격의 『한국연극의 미학』(단국대학교 출판부, 1982) ; 『전통극과 현대극』(단국대학교 출판부, 1984) ; 『한국연극의 위상』(단국대학교 출판부, 1991) ; 『20세기 후반의 연극문화』(국학자료원, 2000) 등도 한국 연극 연구에 적지 않은 도움을 준다.

서연호는 일찍이, 소논의들을 모았지만 그 각론들을 통해 전체적으로 한국 연극을 이해하게 하는 책 『한국 연극론』(삼일각, 1975, 대광문화사, 1888)을 낸 이후 특히 『한국 근대 희곡사 연구』의 발간으로 연극사, 희곡사 분야의 중요한 한 줄기를 이어가게 된다. 그 흐름은 『한국근대희곡사』(고려대학교 출판부, 1994) 및 이상우와 공저로 펴낸 『우리 연극 100년』(현암사, 2000) 등으로 이어지며 평론집 『동시대적 삶과 연극』(열음사, 1988) 등도 연구의 보조적인 위치를 차지한다. 『우리 시대의 연극인』(연극과인간, 2001) 또한 해당 인물에 대한 간단한 평전이나 그들과의 인터뷰 형식을 띠고 있어 읽기 편한 책이면서도, 한국 연극 초창기부터 최근까지의 연극계 주요 인물들을 분야별로 훑고 있어 연극 약사와 같은 기능을 해낸다.

그 외에 김상선의 『한국근대희곡론』(집문당, 1985) ; 김원중의 『한국근대희곡문학연구』(정음사, 1986) 등도 통시적 희곡사의 성격을 띠고 있어, 연극사와 희곡사 중심의 저서들이 늘어나면서 1980년대 중반을 기점으로 한국 희곡 연구가 본격화됨을 알려준다.

각론들을 모았더라도 결과적으로 희곡사의 윤곽을 드러내 주는 이미원, 『한국근대극연구』(현대미학사, 1994), 개론서의 성격을 띤 김일영, 『한국희곡입문』(느티나무, 1996) ; 이대범 외, 『한국의 극예술』(청문각, 1996) 등이 전체적으로 한국 희곡과 연극을 훑어보는 데 유익하며, 오학영의 『희곡론』(고려원, 1979) 중 한국 현대희곡사를 개관한 부분이나 김용락, 『세계연극 속의 한국희곡의 위상과 향방』(고글, 1999) 중 「한국희곡 85년의 역사」 부분, 차범석, 『신한국문학전집』 부록의 「한국문학개관」 중 「한국희곡문학약사」 등 저서의 일부분에 약사 형태로 실린 한국 현대 연극사들도 찾아볼 수 있다.

연극사에 특정한 관점, 이를테면 사조적 특징을 도입한 예로는 김방옥, 『한국사실주의희곡연구』(동양공연예술연구소, 1989)를 들 수 있다. 여기서는 근대 한국희곡 연구에 있어서 서구 근대희곡의 이입이라는 전제를 부정하지 않으면서, 사실주의 연극의 준비 단계로서의 신파극→초창기 한국 사실주의 희곡(1910~20년대)→형성기의 한국 사실주의 희곡(1930년대)→정착기의 한국 사실주의 희곡(해방 후 발전 과정)이라는 과정으로 정리하고 있다.

한편 극적 사조라기보다 이념적 사조이긴 하나 사회주의라는 키워드로 연극사를 훑어 본 이강열, 『한국사회주의 연극운동사』(동문선, 1992)의 경우에는 1920년대 프롤레타리아 연극운동, 현재의 북한연극, 혁명가극까지 시기별로 정리함으로써, 남북한 연극의 연결점을 찾는 데 도움을 주고 있다.

통사적 관점에 극 장르적 성격을 접목시킨 논의로는, 김옥희, 「한국근대희극에 관한 연구」(숙명여자대학교 석사학위논문, 1983) ; 김혜영, 「한국연극의 희극적 전통에 관한 연구」(이화여자대학교 석사논문, 1987) ; 박영정, 「한국 근대희극의 사적 연구」(건국대학교 석사논문, 1991) ; 홍창수, 「한국 희극의 풍자성 연구-송영, 오영진, 이근삼을 중심으로」(고려대학교 박사논문, 1996) ; 원명수, 「한국근대희곡의 희극성 연구-병자삼인, 맹진사댁 경사, 원고지를 중심으로」(『현대희곡과 연극』, 만인사, 1998) 등 한국 희곡 중 희극들만의 계보를 훑는 식의 작업이 있다. 이들 논의는 비극보다 희극의 경우 전통극과의 연계성을 상정해볼 수 있다는 점, 사회 비판적 풍자 의식과 맞닿을 수 있다는 점 등을 주로 지적하면서, 그 부제를 통해서도 드러나듯이 송영 · 오영진 · 이근삼 등 소수의 극작가만이 그 대상으로 선택되고 있다. 한국 희곡이 희극보다 비극 위주로 이어져 왔다는 이유에서 오히려 한국 비극의 계보를 따로 훑는 작업은 그리 자주 보이지 않는다. 강경채의 「한국희곡의 비극성 연구」(부산대학교 석사학위논문, 1983) 정도가 도움을 준다.

그 외에 양승국, 「한국근대 역사극의 몇 가지 유형」(『한국극예술연구』 1, 1991)도 역사극이라는 극의 하부 장르를 축으로 세워 논의한 예이며, 유진월, 『한국희곡과 여성주의 비평』(집문당, 1996)은 여성주의 희곡이라는 영역을 따로 설정했다기보다 한국 근 · 현대 희곡사를 여성주의적 비평이라는 특정 방법으로 훑어내려간 작업에 속한다. 따라서 이 논의에는 여성주의라는 전제를 떼고도 한국 희곡사를 이해하는 데 주목하고 넘어가야 할 1910년대부터 1960년대까지의 다수의 작품들이 두루 분석되고 있다.

『한국근대희곡사연구』(우리극연구논총1, 해성) ; 민병욱 · 최정일 편저, 『한국 극작가 · 극작품론』(삼지원, 1996) ; 김호순박사 정년퇴임 기념논총

간행위원회 편, 『한국 희곡작가 연구』(태학사, 1997) 등은 개별 극작가나 극작품에 대한 소논문을 모아 한 권의 저서로 냄으로써 간접적으로 연극의 사적 흐름이 짐작되게 기획된 예들이다.

연극 작품이 아니라 연극 이론 및 비평에 대한 역사를 연구하는 작업 역시 연극사의 일부를 이룬다. 양승국, 『한국근대연극비평사 연구』(태학사, 1996)는 「1920~30년대 연극운동론 연구」(서울대학교 박사학위논문, 1992)를 포함, 1910년대부터 40년대까지의 주요 연극론과 비평 등을 총괄하여, 희곡 작품이 아닌 관련 이론들을 통해 당대 연극사를 재구성하고 있다.

또한 극장의 역사 중심으로 연극사를 구축하는 방법도 보인다. 차범석, 「한국의 소극장 연극 연구」(『예술원논문집』 27, 1988) ; 「한국 소극장 연극사 1」(『예술계』, 1988. 7)와 정호순, 「한국 현대 소극장 연구」(단국대학교 박사학위논문, 2000) 등은 소극장 연극이라는 축을 통해 한국 연극의 한 줄기를 확인해낸다. 정호순은 1950년대부터 1990년대까지 각 시대별 소극장을 역사적으로 고찰함으로써 소극장이 한국 현대 연극사에 끼친 공과를 밝힌다. 이는 연극 연구가 희곡 텍스트에만 제한되지 않고 공연성의 주요 요소 중 하나인 공연 공간, 즉 극장 중심으로 행해질 수 있음을 보여준다.

최근 보완되고 있는 연극사의 부분 중 하나는 각 지방 연극사이다. 한국연극협회 대전·충남지부 편, 『충남연극사』(1991) ; 채문휘, 『대전, 충남 연극사』(선인출판사, 1993) ; 한옥근, 『광주·전남연극사』(금호문화, 1994) ; 이필동, 『대구연극사』(중문출판사, 1995) ; 김동규, 『부산연극사』(예니, 1997) ; 이원희, 『전북연극사』(신아출판사, 1997) ; 이상원, 「대구연극사」(중앙대학교 박사학위논문, 1997) ; 민병욱, 「부산지역 근대 연극운동에 관한 일고찰」(『한국근대희곡론』, 부산대학교 출판부, 1997) 등 남한 각 지방의 연구들이 별도로 이루어져, 그것들을 모으면 각 지역 연극사의 전체 그림이 그려질 수 있게 되어가고 있다. 다른 문화 활동과 마찬가지로 서울 중심으로만 이해되어 온 연극 활동에 대해서 지리학의 방법론적 적용으로 각 지방의 연극사를 통해 논의의 빈 틈을 메워가는 노력의 일환이라 하겠다.

통시적 연극사나 희곡사 외의 대부분의 희곡 연구는 시대별, 작가별, 방법론별로 구분될 수 있으며 실제로는 특정 시대 희곡의 전반적 특징을 추출하기 위해 특정 작가론과 작품론을 통합시킨다거나, 또 그 과정에서 기호학 등 일정한 방법론을 겉으로 내세우는 등 그 방법론들이 혼용되어 나타난다. 그러므로 이후 논의는, 일단 연구 대상의 시대를 축으로 훑어 가면서, 그 안에 작가론, 방법론상의 구체적 차이를 보이는 연구들도 함께 거론할 것이다. 때로는 집중적 연구 대상이 되는 시대보다 선대나 후대의 희곡들에 대한 논의까지를 포함하고 있어 다소 앞서거나 뒤서면서 거론되는 연구들도 있을 것이다.

4. 신극의 기점 논의 및 개화기, 1910년대 연극

한국 연극사 연구에 있어서 자주 논점으로 부각된 것은 신극, 근대극, 현대극 등의 기점 문제이다. 정신재, 「희곡의 기점 문제」(『한국 현대 희곡 작품론』, 국학자료원, 2001)에서는, 신파극의 기점으로 1908년(이두현), 1909년(김재철), 1911년(유민영, 서연호), 한국 최초의 희곡으로 1912년(유민영, 서연호, 김용락), 근대극의 기점으로 1917년(유민영, 이두현), 현대극의 기점으로 1960년대 이후(유민영), 1960년(서연호, 김용락) 등이 거론되고 있음을 정리하고 있다. 마지막 현대극의 기점에 대한 논의는 그리 비중높게 펼쳐졌다고 보긴 어렵다.

이들 중에서 한국 근대극 초창기와 관련된 논의 중심으로 생각해 보면, 1908년이나 1909년은 원각사의 『은세계』 공연, 1911년은 임성구의 신파극단 혁신단의 『불효천벌』 공연 등으로 대변되며 특히 공연상의 신극을 찾는 논의에서 주목되고, 1912년은 조일재의 『병자삼인』 창작, 1917년은 이광수의 『규한』 창작으로 대변되며 희곡상의 한국 최초나 근대극 최초를 찾는 논의에서 주목된다.

최근 박명진, 「한국 연극의 근대성 재론—20c 초의 극장 공간과 관객의 욕망을 중심으로」(『한국연극학』 14, 2000, 『한국희곡의 근대성과 탈식민성』, 연극과인간, 2001에 재수록)를 통해 실내 극장이라는 공간 자체의 근대적 의미가 관객의 욕망이라는 차원과 더불어 논의된 바도 있거니와, 극장에서 이루어지는 서구식 연극이 도입된 1900년대 이후 특히 미리 준비된 희곡을 기본으로 공연하는 작품들이 한국 근·현대 연극으로 간주된다는 입장은 잠정적으로 합의된 가운데에도 늘 일정한 논쟁의 소지를 안고 있다. 1920년대 이후 근대극, 신극, 리얼리즘극이란 개념들이 거의 하나의 개념처럼 얽혀 사용되면서, 연희성이 중시되며 희곡을 배제하는 형태의 공연은 적어도 문학 분야 전공자들의 희곡 연구 대상으로 적극 포괄하지 않는 경향이 일반화되었다. 그러면서도 이런 연구는 희곡의 근저인 공연성과 연희성을 지나치게 도외시하는 것이 아닌가, 그와 더불어 연희성 중심의 전통극과 단절의 정도를 강조하는 결과만 낳는 것이 아닌가 하는 회의를 계속 함께 안고 가는 것이다.

이런 회의와 문제의식 속에서도, 개화기 중심으로 근대연극사의 성립 배경을 따지는 일부터 신파극, 신극, 신연극, 근대극 등의 개념을 세워 나가고 나아가 이후의 현대극까지 개념적으로 규정하는 작업은 계속 진행될 수밖에 없는 일이다. 양승국, 「1920년대 신파극, 신극 논쟁 연구」(『한국극예술연구』 2, 1992)를 비롯해, 같은 필자의 『한국 신연극 연구』(연극과인간, 2001)에서는 신연극이라 이름 붙일 수 있는 『은세계』 공연과 1910년대 신파극에 관한 논문 및 자료를 통해, 실증적 연구 방법 안에서 신극, 신파극, 신연극 등 극장르 개념을 재확인시켜 주고 있다.

다만 최근 들어서는 역사적·실증적 정리와 연구 못지 않게 개별 작가론, 작품론에 치중하며 특히 미학적 방법론의 도입에 주력하는 연구가 늘고 있어, 기점을 둘러싼 논의가 다소 주춤한 상태로 보인다.

기점이나 신극 개념에 대한 논의가 시작되는 지점이자 사실상의 한국 근대 희곡사가 시작되는 지점으로서 개화기 연극의 역사적 의미는 각별하지만 그 대상 작품 연구에 불리한 점이 많아, 다른 문학 연구에서도 그러하듯이 막상 개화기 연극에 대한 연구 층은 그리 두텁지 않다. 오학영, 「개화기 희곡에 나타난 사회사상」(동국대학교 석사학위논문, 1982)과 유민영, 『개화기 연극 사회사』(새문사, 1987) 등은 그 개괄적 연구에 해당한다.

이 시기 연극 중 창극에 관한 연구를 주목할 필요가 있다. 정노식의 『조선창극사』(조선일보사 출판부, 1940) ; 박진의 『세세년년』(경화출판사, 1966) ; 박황의 『창극사 연구』(백록출판사, 1976) 등을 통해 준비되어온 창극에의 접근은 1980년대 이두현, 유민영, 서연호 등의 작업 안에서 일정 부분 다루어지고, 최원식, 「『은세계』 연구」(『창작과비평』, 1978 여름) ; 최원식, 「개화기의 창극 운동과 『은세계』」(『판소리의 이해』, 창작과비평사, 1978) ; 김종철, 「『은세계』의 성립 과정 연구」(『한국학보』 51, 1988) ; 「판소리의 근대문학 지향과 『은세계』」(『민족문학과 근대성』, 문학과지성사, 1995) 등에서는 『은세계』 관련 논의가 이어진다. 최근 김재석은 「개화기 연극 『은세계』의 성격과 의미」(『한국극예술연구』 15, 2002)에서, 1910년대 초반부터 한국인에 의한 신파극이 활발해질 수 있었던 이유는 연극 『은세계』의 공연이 그 바탕을 만들어 주었기 때문이라 보고, 연극 『은세계』를 계기로 신파극이 세력을 형성하면서 1910년대 한국연극은 구파극(창극)과 신파극의 대립 구도로 가닥 잡혀가게 되었다고 정리하였다.

유민영은 『한국현대희곡사』에서 창극을 구극의 범주에 두었다. 『은세계』에 대해서는 최병두 실화→판소리 최병두타령→창극 최병두 타령, 은세계→신소설 은세계의 과정을 분석하면서도, 판소리 자체가 다역의 극적 구조를 내재하고 있어 분창만 하면 창극이 되기 쉽고, 개화라는 시대적 요청에 창부들이 부응할 수밖에 없었을 것이며 아무래도 중국의 경극에서 암시와 자극을 받은 것 같다는 점 등을 들어 창극의 과도기적 의의를 크게 부각시키지는 않고 있다. 서연호도 『한국연극론』에서, 창극이 작품 수와 연기에서 다양화된 점, 급변하는 시대적 요구에 부응한 점 등은 인정하면서도, 판소리의 발전적 계승이 아니라 판소리의 예술성을 해체시키고 그 창조성을 의식적으로 차단시키며 판소리를 서구적 연극 양식에 접합시킨 기형적 형식이라고 보았다. 김익두, 「창극화의 문제점」(『한국희곡론』, 신아, 1991)에서도 어느 정도 창극의 부정적 측면이 지적된다.

백현미는 「창극의 변모과정과 그 성격」(이화여자대학교 석사학위논문, 1989)을 거쳐 「창극의 역사적 전개과정 연구」(이화여자대학교 박사학위논문, 1996)을 정리한 『한국 창극사연구』(태학사, 1997)에서, 1900년대부터 1930년대에 이르는 창극사를 창극의 연행 양상, 창극 대본 분석 등을 통해 구성해 보이면서 창극의 연극사적 의의를 적극적으로 찾아내고 있다.

창극은 언어보다 노래에 비중을 둔 장르상의 특징에다 그 형성 시기가 개화기에 놓이고, 이후 일정하게 그 맥이 이어짐에도 불구하고 논자들이 크게 주목해오지 않아 우리 연극사나 연극 연구의 구석에 묻힐 뻔한 대상이다. 1970년대부터 우리 것 되찾기의 정신이 연구자들에게도 큰 영향을 미친 상태에서, 특히 다른 장르보다 희곡이나 연극 부문은 해당 전통의 맥을 쉽게 짚어내기 어려워 전통극과 현대극의 고리를 설정하기 힘겨웠던 바, 창극에 주목한 연구들은 그 연계성을 잡아내는 데 기여하였다. 최근에는 또 다른 맥락에서 공연의 세계화나 상품화와도 맞물려 한국 고유의 시청각적 질감을 지닌 창극 레퍼토리의 개발까지 기대되고 있다.

창극과 더불어 부정적 평가에서 긍정적 평가의 대상, 적어도 객관적 평가의 대상으로 부상하고 있는 분야는 신파극이다. 최원식의 「장한몽과 위안으로서의 문학」(『한국문학의 현단계』, 창작과비평사, 1982)은, 1910년대 신파극이 일본의 신파극을 무비판적으로 받아들여 패배주의적 식민정서를 이식시켰다고 보는 부정적 입장을 대표하는 논의이다. 서연호는 「한국 신파극 연구-1908~1922까지를 중심으로」(고려대학교 석사학위논문, 1969)에 이어 『한국근대희곡사』에서, 1910년대 신파극부터 형식적으로 일본 신파극의 모방성이 짙은 통속극, 즉 일본에서 이식되어 식민사관을 주입한 극으로 인식됨을 지적한다. 최근의 민병욱, 「신파극 『춘향전』의 공연사회학적 연구」(『한국극문학』 1, 1999)에서도 특정한 신파극텍스트 『춘향전』에 주목하면서 이 공연이 "내용의 친숙성과 형식의 신기성" 전략으로, '신창극'이라는 새 형식을 위장한 전통적 형식과 내용의 통속화 전략으로, 통속화된 내용적

메시지마저 변질시켜 형식적 재미의 전략으로 공연함으로써, 전통문화의 정치적 사회적 가치를 제거하고 식민지 현실로부터 도피케 했다고 본다.

이와 같이 그 상업성과 통속성으로 인해 신파극의 가치가 폄하돼 오는 한편에서는, 1990년대 포스트모더니즘 논의 속에서 대중성의 개념이 중시되면서 긍정적 관심이 부상하게 되었다. 신파극이 전통극과 근대극의 교량 역할을 하며 오히려 전통의 부분적 계승에 기여했다고 볼 수 있다는 점, 일본 신파극의 단순한 이식과 모방이라기보다 나름의 연극미학도 추구했다는 점 등이 그 긍정적 의의로 지적된다. 김방옥, 「한국연극사에 있어서의 신파극의 의미」(『이화어문논집』 6, 1983)는 신파극의 연극사적 의미를 긍정적으로 논의할 수 있게된 계기에 해당하는 글 중 하나이다. 신소설과 신파극의 상관관계, 통속예술로서의 신소설과 신파극, 특히 창작신파극의 사실주의로의 변모에 주목하면서, 신파극이 사실주의극의 수용, 정착에 기여하고 있음을 지적한 것이다. 김익두, 「민족 연극학적 관점에서 본 신파극의 희곡사적 의미」(『한국희곡론』, 신아, 1991) ; 이미원, 「신파극의 연극사적 의의」(『한국 근대극 연구』, 현대미학사, 1994) 등도 대중문학적 고전소설이나 판소리계의 전통이 신파극에 남아 있다고 보고 신파극이 사실주의극에 기여한 바를 인정하거나 나름의 민족 연극학적 의미를 인정하고 있다.

양승국은 「한국 최초의 신파극 공연에 대한 재론」(『한국극예술연구』 4, 1994, 『한국근대연극비평사 연구』, 태학사, 1996에 재수록)에 이어, 「1910년대 한국 신파극의 레퍼터리 연구」(『한국극예술연구』 8, 1998) 에서 실증적 분석을 통해 일본의 영향을 받은 레퍼터리가 1912년까지 집중돼 있고 그 이후엔 소설 각색 등 한국적 신파극을 시도했다고 보고 있다. 한옥근, 「일본 신파극의 한국 이식에 관한 연구」(『한국언어문학』 33, 1994)나 이승희, 「1910년대 신파극의 통속성 연구」(『반교어문연구』 7, 1996) 등에서도 그 이식의 문제나 통속성의 문제는 무조건 부정적인 측면으로만 다뤄졌다고 보기 어렵다. 이승희는 최근 「멜로드라마의 근대적 상상력-1910년대 신파극을 중심으로」(『한국극예술연구』 15, 2002)란 글을 통해, 요컨대 1910년대 신파극은 식민지적 근대에 대한 불안을 핵심으로 안고 있었으나 과거에 대한 향수를 드러내는 동시에 일본의 식민화 전략과의 공모지점을 제공한 양식이라고 정리하였다.

그 외 강영희의 「일제강점기 신파양식에 대한 연구」(서울대학교 석사학위논문, 1989)는 극양식 ; 김영학, 「1910년대 한국 신파극단 연구-대중적 활동과 공연 활동을 중심으로」(『한국극문학』 1, 1999) ; 이정순, 「1910년대 신파극의 주체와 소통구조 연구」(『한국극문학』 1, 1999) 등은 극단, 관객 등으로 신파극의 논의 초점을 옮긴 예들이다.

신파극이 본격적 의미의 근대극으로 넘어서면서 그 결정적 기점 역할을 하는 작품은 조중환(조일재)의 『병자삼인』인 만큼 이 작품에 대한 단독 논의도 적지 않다. 전광용, 「한국 최초의 희곡 『병자삼인』 소개의 말」(『현대문학』, 1966. 5)에서부터 권오만, 「병자삼인고」(『국어교육』 17, 1971) ; 이광국, 「병자삼인 연구」(『배달말』 7, 1982) ; 한점돌, 「병자삼인의 희곡사적 위치」(『선청어문』 13, 서울대학교, 1982) ; 권순종, 「『병자삼인』 연구」(『영남어문학』 14, 1987) ; 김익두, 「병자의 논리와 식민지 교육-희극 병자삼인의 주제 해석」(『한국희곡론』, 도서출판 신아, 1991) ; 민병욱, 「조일재의 『병자삼인』 연구」(『한국문학논총』 15, 1994, 『한국 극작가 · 극작품론』, 삼지원, 1996) ; 「조일재의 『병자삼인』과 희곡문학사적 위치」(『한국근대희곡론』, 부산대학교 출판부, 1997) ; 구명옥, 「희극 『병자삼인』 연구」(『한국극문학』 1, 1999) ; 윤일수, 「『병자삼인』 연구」(『한국극문학』 1, 1999) ; 양승국, 「병자삼인 재론」(『한국극예술연구』 10, 1999) ; 우수진, 「『병자삼인』 연구-극적 공간과 병자 모티프를 중심으로 한 의미층위 고찰」(『한국극예술연구』 15, 2002) 등이 연이어지고 있다.

『병자삼인』에 대해서는 소극에 불과하다는 부정적 평가와 희극으로 간주하는 긍정적 평가, 전통 가족 질서의 비판 및 여권옹호의 주제를 드러낸다는 입장과 전통 가족 질서의 회복을 꿈꾸며 여권신장을 비판하고 있다는 입장이 함께 공존해 왔다. 연극사적 위상에 있어서도, 근대성이 부족한 신파극에 불과하다는 입장과 일정하게 근대극의 면모를 드러낸다는 입장이 있다. 그러나 이 작품을 한국 최초의 근대 희곡으로 보는 데는 어느 정도 합의가 이루어진 셈이며, 최소한 전통극과 근대극의 교량 역할을 하고 있음은 분명해 보인다. 다만 이 작품의 형성에 전통극의 영향이 더 많이 미쳤을까 일본 신파극의 영향이 더 중요했을까 하는 문제는 여전히 논의의 여지가 있다.

김일영, 「조중환의 문학작품에서 드러나는 시대적 대응의식－희곡 『병자삼인』과 번안소설 『장한몽』에서」(『문학과 언어』 12, 1991)는 『병자삼인』과 얼핏 연결시켜 생각하기 어려워 보이는 번안소설 『장한몽』과의 연결선상에서 그 시대 의식의 일면을 밝혀내고 있고, 박명숙, 「조일재론의 현단계와 쟁점」(『한국 근대희곡 연구사』, 해성출판사, 1993)은 1990년대 초반까지의 조일재 관련 논의들을 정리해주고 있다.

그밖에 한갑수, 「1910년대 극단사 연구」(고려대학교 교육대학원 석사학위 논문, 1988), 양승국, 「1910년대 연극비평의 전개 양상과 그 의미」(『한국근대연극비평사연구』, 태학사, 1996) 등은 극단과 비평 등 텍스트 외적 자료를 통해 1910년대 연극을 이해하게 도와 준다.

1910～20년대에 걸쳐 극작을 비롯 연극 활동을 벌인 윤백남에 대해선 오청원, 「윤백남론」(『연극학보』 20, 동국대학교 연극영화과, 1989)이 도움을 준다.

5. 1920～30년대 한국연극

신파극, 창극 등과 더불어 조심스럽게 문학 텍스트로서의 희곡이 쓰여지기 시작한 1910년대를 넘어 1920년대는 비로소 국문학 현대문학 연구 대상으로서의 희곡이 대두된 때이다. 대상 작품의 양과 폭이 본격적으로 늘어나는 시기인 만큼 연구 접근 방법도 다양하게 드러난다. 김방옥, 「한국 초기희곡에 나타난 근대성의 면모」(『한국연극학』, 새문사, 1985)를 비롯하여 민병욱의 「1920년대 전반기 근대극의 이념 선택과 그 전개과정」(『어문교육논집』 11,

부산대학교 국어교육과, 1981) ; 「근대극 선택의 이념과 그 전개과정」(『어문교육논집』 11, 부산대학교 국어교육과, 1991) 등은 1910년대부터 20년대로 이어지며 한국 희곡에 있어 '근대극'의 성립 과정이 어떻게 나타나는지 알려준다.

권순종은 「1920년대의 한국희곡 연구」(영남대학교 석사학위논문, 1981)에서 1920년대 희곡의 특성을 가정극으로 보고 가정극 14편의 문학적 가치를 규명하고자 했으며 김익두도 「한국 초창기 근대 희곡세계의 가정극」(『한국희곡론』, 신아, 1991)에서 역시 가정극이란 개념으로 대상 작품들을 일별하고 있다. 김일영, 「1920년대 희곡의 특징에 관한 연구」(서울대학교 석사학위논문, 1985)의 경우에는 동일한 작가의 희곡과 소설을 대비적으로 고찰, 소설과 비교하여 희곡 작품의 양상과 그 구조적 특질을 찾아내고자 했다.

민병욱은 「1920년대 전반기 희곡의 시간－공간 표지 연구」(『한국문학논총』 13, 한국문학회, 「희곡 텍스트의 시간－공간 표지 연구」, 『한국근대희곡론』, 부산대학교 출판부, 1997에 재수록), 「1920년대 전반기 희곡텍스트의 제목 연구」(『어문교육논집』 12, 부산대학교 국어교육과, 1992, 「희곡 텍스트의 제목 연구」, 『한국근대희곡론』에 재수록) 등을 통해 시공간 표지나 제목 등 희곡의 특정 부분에 주목함으로써 작품의 특성을 추출하는 방법론을 선보였다. 이는 운명비극과 저항비극이라는 개념을 두 축으로 비극의 관점에서 일제 시대 극을 살핀 이광국, 『일제 강점시대 비극 연구』(월인, 2001) 등 큰 개념의 극장을 중심으로 연구하는 사례와 대조를 이루며, 1920년대 이후 일제시대 한국 희곡 연구의 다양한 양상을 짐작케 해준다. 그 중에서도 1920년대부터의 한국희곡 연구에서 두드러진 현상은 특정 작가 중심의 연구가 본격적으로 나타난다는 점이다.

1920년대 작가 연구 중 가장 문제적인 위치를 차지하는 김우진에 대한 연구는, 이두현이 『한국신극사연구』(1966)에서 그 작가를 언급하고 유민영의 「초성 김우진 연구 상」(『한양대학교 논문집』 5, 1971), 「초성 김우진 연구 하」(『국어교육논집』 17, 1971)가 나오면서 그 계기를 얻게 되었다. 『김우진작품집』(유민영 편, 형설출판사, 1979)과 『김우진 전집』(전예원, 1983) 등 정비된 희곡 텍스트의 발간에 의해 그에 대한 연구는 더욱 활발해지게 되었으며 최근 서연호·홍창수 편, 『김우진 전집』(연극과 인간, 2000)은 다시 보강되어 발간됨으로써 이후의 심화된 연구를 기대하게 만들기도 했다.

『한국현대극작가론1－김우진』(태학사, 1996)에 김우진에 대한 연구사 목록이 정리돼 있기도 하거니와 그에 대한 연구는 작가의 생애 등 자전적 요소를 포괄하면서 그의 희곡들을 분석하는 형태로 이루어져 왔다. 서연호, 「극작가 김우진론」(『고려대학교 인문논집』, 1981) 및 「유고 해설 Ⅰ,Ⅱ」(『김우진 전 집 Ⅰ,Ⅱ』, 1983) 등 개괄적 논의와 이미원, 「김우진 희곡과 표현주의」(『한국근대극연구』, 1994, 『한국현대극작가론1－김우진』, 1996에 재수록) ; 김성희, 「김우진의 표현주의 희곡에 나타난 현대성과 그 의미」(『한국 현대희곡 연구』, 태학사, 1998) 등 전반적인 사조상의 특징으로 묶어 논의한 연구를 비롯하여, 개별 작품 중심의 논의들이 상당량 축적되어 왔다. 김종철, 「『산돼지』 연구」 (『인문학보』 3, 1987, 『한국 현대극작가론1－김우진』, 1996에 재수록) ; 김익두, 「야생의 사랑, 유리의 감옥-김우진 희곡 『산돼지』에 나타난 갈등의 해석」(『한국희곡론』,신아, 1991) ; 정보암, 「김우진의 산돼지 연구」 (경상대 석사논문, 1993), 김일영, 「『산돼지』 정본 선정을 위한 일고」(『한국극문학』 1, 1999), 민병욱, 「김우진의 『이영녀』 연구」(부산대학교 석사학위논문, 1987, 「김우진의 『이영녀』와 희곡문학사적 위치」, 『한국근대희곡론』, 부산대학교 출판부, 1997에 재수록) ; 이은자, 「『이영녀』 연구」(『한국극예술연구』 1, 태동, 1991) ; 김성희, 「『난파』의 등장인물에 대한 기호학적 분석」(『한국현대극작가론1－김우진』, 태학사, 1996) 등이 작품론의 예들이다.

그 외 서연호, 「김우진의 문예비평론」(『여석기교수 화갑기념논문집』, 1982)과 홍창수, 「김우진 연구 : 수상을 포함한 문학평론과 희곡의 관련성을 중심으로」(고려대학교 석사학위논문, 1992) ; 사진실, 「김우진의 근대극 이론 연구－연극사 서술 방법론의 모색을 위하여」(『한국극예술연구』 8, 1998) 등은 희곡 외에 김우진이 남긴 비평문이나 이론적 글들을 김우진 연구의 중요한 대상으로 삼고 있다.

이렇듯 연구가 축적돼 온 중에도 1966년 이두현의 『한국신극사연구』에서 처음 언급된 이후 줄곧 김우진은 시대를 앞선 선각자, 봉건적 인습과 질곡에 저항하며 고민하는 지식인상(양승국, 「극작가 김우진 재론」)으로 이해되어 온 경향이 강했다. 또한 『난파』 등 그의 희곡이 자전적 경향을 띠고 있는 점과 맞물려, 윤심덕과의 정사로 대변되는 센세이셔널한 이미지, 가족 관계 안에서의 그의 위치 등 작품 바깥의 그의 생애에 대한 관심이 김우진 연구에도 영향을 미쳐 왔다. 최근 양승국은 「극작가 김우진 재론」(『한국극예술연구』 7, 1997)에서, 당시의 객관적 자료와 김우진의 편지 등을 검토하여 그의 죽음이 낭만적 정사와는 거리가 멀다는 점을 확인, 강조하면서 김우진에게 지속적으로 드리워진 선입견이나 환상에 대해 다시 생각하는 기회를 마련하기도 하였다.

김우진 이외의 작가론이나 작품론의 예로는 민병욱, 「김정진의 『15분간』 연구」(『국어국문학』 26, 부산대학교 국문과, 1989 ; 「김정진의 『15분간』과 희곡문학사적 위치」, 『한국근대희곡론』, 부산대학교 출판부, 1997에 재수록) ; 이석만, 「김영팔 희곡 연구」(경희대학교 석사학위논문, 1990) 및 민병욱, 「오천석의 『인류의 여로』와 희곡문학사적 위치」, 「홍사용 희곡의 문학사적 위치」(『한국근대희곡론』, 부산대학교 출판부, 1997) ; 박명진, 「탄실 김명순 희곡 연구」(『어문논집』 27, 중앙어문학회, 1999, 『한국희곡의 근대성과 탈식민성』, 연극과인간, 2001에 재수록) 등과 넓은 의미에서의 연극인이라 할 수 있는 현철에 대한 정덕준, 「현철 연구」(고려대학교 석사학위논문, 1976) 등을 참고할 수 있다.

1930년대 한국 희곡과 연극은 그 작품 경향의 다양성 및 작가층의 확대, 작품 수준의 고양 등에 힘입어 연구사에 있어서도 가장 중요한 대상으로 떠오른다. 이 시기 연극에 대한 연구는 서항석, 「한국연극사－1931년～1935년」(『예술원논문집』 16, 1977) 등에서부터 일찍이 이루어진 바 있다. 김미도, 『한국 근대극의 재조명』(현대미학사, 1995)에는 대중극, 신극, 프로극을 주축으로 한 「1930년대 한국희곡의 유형에 관한 연구」(고려대학교 박사학위논문, 1993)와 고설봉, 김동원, 강계식, 이원경 선생 등 원로 연극인의 증언을 토대로 한 「증언으로 찾는 연극사」가 함께 실려 있어 이 시기 연극 연구의 전체적 윤곽 제공에 기여한다.

1930년대 한국 연극과 희곡 연구에 있어 일찍부터 주목의 대상이 되어온 존재는 유치진이다. 김명호, 「유치진의 희곡 『토막』 연구」(동아대학교 석사학위논문, 1983) ; 하창길, 「유치진의 『토막』 연구」(부산대학교 석사학위논문, 1990) ; 김일영 편저, 『'소' 이본 연구』(중문출판사, 1998) 등 그의 주요 희곡에 대한 연구를 비롯하여, 그의 희곡 세계를 사실주의극이란 장르적 윤곽 안에서 살핀 김정순, 「유치진 초기작품에 나타난 리얼리즘」(경북대학교 석사학위논문, 1983) ; 김용수, 「유치진의 사실주의극에 대한 재검토」(『한국연극학』 9, 1997, 「유치진의 사실주의극에 담겨진 삶의 감각」, 『한국연극해석의 새로운 지평』, 서강대학교 출판부, 1998에 재수록) 등이 유치진 희곡 이해의 대표적인 길들을 예시해 준다.

설성경, 「유치진이 추구한 춘향전의 새 의미」(『1930년대 민족문학의 인식』, 한길사, 1990) ; 김일영, 「유치진 각색 희곡 '춘향전'의 구성과 그 각색 배경」(『국어교육연구』 24, 1992) ; 백현미, 「유치진의 『춘향전』 연구」(『한국극예술연구』 7, 1997) 등은 『춘향전』을 중심으로 유치진이 전통 소재를 극화한 방식에 주목하며, 이상우의 「1930년대 유치진 역사극의 구조와 의미」(『어문논집』 34, 고려대학교 국어국문학연구회, 1995)는 역사극의 관점에서 유치진을 이해한다. 그의 희곡 작품 뿐 아니라 그가 전개한 연극 이론을 연구의 대상으로 포괄한 신아영, 「1930년대 후반 유치진의 연극론과 희곡 연구」(『한국연극학』 7, 1995), 박영정, 『유치진 연극론의 사적 전개』(태학사, 1997) 등은 유치진을 이론과 실제 양면에서 종합적으로 이해하는 데 도움을 준다. 이승희, 「1950년대 유치진 희곡의 희곡사적 위상」(『한국극예술연구』 8, 1998) 등은 유치진 연구의 초기 업적에서 빈약한 부분이었던 유치진 후기 희곡에 대한 연구도 활성화되어가고 있음을 보여준다.

유치진 희곡은 유민영, 김방옥 등에 의해 한국 리얼리즘 희곡의 정립에 큰 몫을 한 것으로 평가받으며, 흔히 일제시대에 대한 현실 파악, 저항성, 계몽성 등을 중심으로 평가되어왔다. 그런 기본 입장의 유지와 그로부터의 다양한 연구 방향을 총체적으로 가늠하는 데에는 이상우의『유치진 연구』(태학사, 1997)가 도움을 준다.

또한 유치진 개인에게만 집중된 논의가 아닐지라도 흔히 유치진과의 관련성 속에 진행된 논의들로 극예술연구회에 대한 논의들을 살필 수 있다. 이두현 · 유민영 편, 「극예술연구회 연보」(『연극평론』 가을호, 1971)와 같은 기초 자료 위에서 김성희, 「1930년대 극예술연구회 연구」(이화여자대학교 석사학위논문, 1983) 등이 이어져 왔다. 그 중 이상우의 「극예술연구회에 대한 연구」(『한국극예술연구』 7, 1997)는 극연 연극 활동의 1기와 2기를 구분하여 번역극 레퍼터리에 대한 고찰을 중심으로 논하고 있어, 창작희곡 중심으로 극연을 이해하는 이대범, 「극예술연구회 연구」(강원대학교 석사학위논문, 1988) ; 이상우, 「극예술연구회의 창작극과 유치진」(『인문연구』 18집1호, 영남대학교 인문과학연구소, 1996) 등 기존 논의의 빈 틈을 메우고 있다.

유치진에 이어 1930년대의 주요 극작가로 뒤늦게 연구의 포문이 열린 대상은 함세덕이다. 「함세덕의 희곡 연구」(『이화어문논집』 6, 1983) ; 「함세덕의 희곡에 나타난 외국 작품의 영향관계」(『수원대학교 논문집』 7, 1989, 『함세덕』, 한국극예술학회 편, 태학사, 1995에 재수록) 등 장혜전의 연구를 비롯해서, 박명자, 「함세덕 희곡 연구 – 결말 구조를 통하여」(연세대학교 석사학위논문, 1990) ; 이재명, 「함세덕의 '기미년 3월 1일' 발굴과정과 함세덕의 작품세계」(『한국연극』 1990.6) ; 오애리, 「새 자료로 본 함세덕」(『한국극예술연구』 1, 1991) ; 오애리, 「함세덕 연구」(단국대학교 석사학위논문, 1991) ; 노제운, 「함세덕 초기희곡 연구」(고려대학교 석사학위논문, 1991) ; 곽병창, 「함세덕 희곡 연구」(전북대학교 석사학위논문, 1991) ; 박영정, 「함세덕의 『어밀레종』에 관한 일 고찰」(『한국극예술연구』 2, 1992) ; 김정수,

「함세덕 『고목』 연구－행자나무를 통한 주제의식 고찰」(『한국언어문학』 32, 1994) ; 박영정, 「함세덕 희곡에서의 개작문제」(『한국연극』 1994.10) ; 김재석, 「고목에 나타난 일제 잔재 청산과 기득권 유지기대의 충돌」(『함세덕』, 태학사, 1995) ; 박영정, 「함세덕 희곡의 개작 양상 연구1」(『한국극예술연구』 6, 태학사, 1996) ; 김문홍, 『함세덕 희곡의 극적 전략과 의미구조 연구』(동아대학교 박사학위논문, 1996) ; 김동권, 「함세덕 희곡의 개작과 그 의의－『당대 놀부전』을 대상으로」(『해방공간 희곡연구』,월인, 2000) ; 서연호, 「함세덕과 일본 연극」(『한국연극의 쟁점과 새로운 탐구』 2, 비교연극학 편, 연극과인간, 2001) 등 1990년대 내내 개별 작품론을 포함한 함세덕론이 줄을 잇는다. 한 권의 편저로는 『함세덕』(한국극예술학회 편, 태학사, 1995)이 길잡이 노릇을 한다.

유치진과 함세덕이 정통 사실주의 희곡의 맥락에서 주로 평가되고 있다면, 1930년대 희곡의 적지 않은 비중을 차지하며 사실주의와 겹치기도 하는 한편 그와는 다른 맥락에서 비사실주의극의 선례들도 마련한 작가가 채만식이다. 우명미, 「채만식론」(『한국연극』, 1977. 11) ; 임찬순, 「채만식 희곡연구」(청주대학교 석사학위논문, 1985) ; 김재석, 「채만식 희곡 연구」(경북대학교 석사학위논문, 1985) ; 김진기, 「채만식의 희곡연구」(『청주사범대학교 논문집』, 1986) ; 김재석, 「채만식 장막극의 공연기법과 그 의미」(『문학과 언어』 10, 경북대학교 문학과 언어연구회, 1989) 등 1990년대 이전부터 이어져왔던 채만식 희곡 연구는, 1990년대 이후에도 서연호, 「현실인식과 대응방법－채만식의 희곡을 중심으로」(『한국극예술연구』 2, 1992) ; 이상호, 「채만식의 희곡 연구」(『한국극예술연구』 8, 1998) ; 김성희, 「채만식의 『당랑의 전설』과 리얼리즘」(『한국극예술연구』 8, 1998, 『한국 현대희곡 연구』, 태학사, 1998에 재수록) 등으로 이어진다.

1930년대 한국연극을 연구할 때 주변부적 대상으로 여겨져오다 일정하게 자리매김을 하게 된 부분으로는 카프 연극과 신파 연극을 들 수 있다. 특히 이들 논의에서는 작품 텍스트 자체에 대한 관심 못지 않게 관련 이론을 살피는 노력의 비중이 크게 드러나고 있다.

카프 연극 관련 연구로는 민병욱, 「카프연극비평의 소통론적 연구」(『한국민족문화』 10, 부산대학교 한국민족문화연구소, 1977) 등을 시초로 손화숙, 「1930년대 프로연극 연구」(서울대학교 석사학위논문, 1990) ; 이석만, 「1930년대 프로극단의 공연작품 분석」(『한국극예술연구』 1, 1991) ; 정호순, 「한국 초창기 프롤레타리아 연극 연구」(단국대학교 석사학위논문, 1991) 등이 이어진다. 김성희, 「1930년대 연극론에 대하여」(『한국연극학』 3, 1989) ; 양승국, 「1930년대 연극대중화론에 대한 고찰」(『관악어문연구』 13, 1988) ; 신아영, 「1930년대 전반기 연극론연구」(『한국극예술연구』 1, 1991) ; 구명옥, 「송영의 『황금산』 연구」(『한국 극작가 · 극작품론』, 삼지원, 1996) ; 정봉석, 『일제강점기 선전극 연구』(월인, 1998) 등도 이 범주에서 살필 수 있는 연구들이다.

카프의 프로 연극에 대한 논의는 1980년대 말 해금 조치 이후 월북, 재북 작가에 대한 재발견 작업이 문학 연구 전반에서 활발하게 이루어졌던 1990년대 초, 중반 희곡 연구에 있어서도 두각을 나타냈으나, 1990년대 후반부터 그 연구의 활력이 떨어지게 되었다. 작품 자체의 질적 완성도를 갖춘 경우가 드물고 그나마 남겨진 작품의 양도 많지 않을 뿐더러, 당대의 열악한 조건 속에서 실제 공연된 경우가 많지 않아 작품론 중심의 논의를 펼치기 어려운 탓이 컸다. 이 분야의 연구는 작품 자체보다 연극운동과 이론의 전개 양상을 사적이고 객관적으로 정리하는 데서 더 큰 의의를 찾을 수 있다.

카프 연극과는 또다른 특성을 갖고 있으면서 30년대 한국연극사를 온전히 복원시키는 데 뒤늦게 중요한 연구 대상으로 떠오른 분야는 신파극이다. 김미도, 「동양극장과 임선규」(『우리극 연구』 6, 1995) ; 신아영, 「신파극의 대중성 연구」(『한국극예술연구』 5, 1995) ; 양승국, 「1930년대 대중극의 구조와 특성」(『울산어문논집』 12, 1997) ; 박명진, 「한국 근대극의 '대중성'에 대한 비판적 접근」(『한국연극연구』창간호, 한국연극사학회 편, 1998) 등이 이어지면서 그 대중성의 의의와 한계를 가늠해보는 것이 주요 쟁점으로 떠올랐다. 예를 들어 김용수, 「신파극의 재해석 : 행위구조에 나타난 삶의 인식과 정서」(『언론문화연구』 13, 1996, 『한국연극 해석의 새로운 지평』, 서강대학교 출판부, 1998에 재수록)에서는 신파극은 인간적 무력감을 달래는 의미 없는 눈물, 민족적 의기를 꺾는 눈물로 식민지 대중의 의식을 잠재우는 연극이란 견해를 반박하며 임선규의 『사랑에 속고 돈에 울고』와 이서구의 『어머니의 힘』을 통해 기가 막힘의 행위구조, 회한의 행위구조, 미쳐 죽을 지경의 행위구조, 선악의 행위구조, 구원과 실패의 종말 등을 분석해 내고 있다. 이렇게 대중성의 긍정적 의의를 인정하는 입장이 부상하는 가운데, 학술서는 아니나 고설봉 증언, 장원재 정리, 『증언 연극사』(진양, 1990)라든지 김영무, 『동양극장의 연극인들』(동문선, 1998)처럼 가볍게 읽을 수 있는 당대 연극 이야기도 일정한 자료로서의 제값을 하게 되었다.

신파극과 대중극에 대한 의의를 확인하거나 그 실상을 파헤치는 연구 경향 가운데 이전에는 주목의 대상이 되지 못했던 촌극에 대한 고찰도 일정한 성과를 보이게 되었다. 김재석, 「일제강점기 촌극의 한 양상」(『국어국문학』 103, 1990) ; 이석만, 「1930년대 촌극에 관한 제양상 분석」(『한국극예술연구』 2, 1992) ; 김재석, 「1930년대 유성기 음반의 촌극 연구」(『한국극예술연구』 2, 1992) 및 최동현·김만수에 의한 「1930년대 유성기 음반에 수록된 만담·넌센스·스케치 연구」(『한국극예술연구』 7, 1997) ; 「일제 강점기 SP음반에 나타난 대중극에 관한 연구」(『한국극예술연구』 8, 1998) ; 『일제 강점기 유성기 음반 속의 대중희극』(태학사, 1997) ; 『일제 강점기 유성기 음반 속의 극·영화』(태학사, 1998) 등이 연이어졌고 박명진, 「30년대 유성기 음반 희곡의 근대성」(『국어국문학』 124, 1999, 『한국희곡의 근대성과 탈식민성』에 재수록) 등을 통해, 기록된 희곡 중심으로 일제시대 연극에 접근해 가는 기존 연구 경향을 보완하였다.

일정한 논의의 맥락을 세워 30년대 희곡에 접근한 다른 논의들로는 최창길, 「1930년대 농민극에 나타난 '머뭄'과 '떠남'」(영남대학교 석사학위논문, 1980) ; 양승국, 「1930년대 희곡에 나타난 등장인물의 기능」(서울대학교 석사학위논문, 1988) ; 김만수, 「1930년대 연극운동 연구」(서울대학교 석사학위논문, 1989) ; 정낙현, 「1930년대 동반자작가의 희곡연구」(이화여자대학교 석사논문, 1989) 등이 있으며, 그외 작가들에 대한 연구로는 박명진, 「박진 희곡의 근대성과 이데올로기 분석」(『한국극예술연구』 8, 1998, 『한국희곡의 이데올로기』, 보고사, 1998에 재수록) 등이 있다. 또한 극작가가 아닌 연출가에 대한 연구로는 한국 최초의 근대적 전문 연출가이자 신극과 대중극 분야에 두루 걸쳐 활약한 홍해성에 대한 논의들이 눈길을 끈다. 안광희, 「홍해성 연구」(단국대학교 석사학위논문, 1985) ; 유민영, 「해성 홍주식 연구」(『한국연극』 1994. 11) ; 서연호, 「홍해성의 연출론고찰」(『김기현교수회갑기념논총』, 1995. 1) ; 「연출가 홍해성론」(『한림일본학연구』 1집, 한림대학교, 1996. 11) ; 이상우, 「극예술연구회와 연출가 홍해성」(『작가연구』 4, 새미, 1997. 10) ; 「홍해성의 연극론에 대한 연구」(『한국극예술연구』 8, 1998) 등이 있다.

1920~30년대 연극들이 한국희곡 연구의 실질적인 초기 주요 대상이고 보니 전문적인 방법론의 적용도 이 시기의 희곡들에 대해 이루어져온 바 있다. 민병욱, 「1920년대 한국 희곡문학의 연극기호학적 연구」(부산대학교 박사학위논문, 1991)를 비롯하여, 김성희, 『한국 희곡과 기호학』(집문당, 1993)은 「김우진 · 유치진 희곡의 기호학적 연구」(단국대학교 박사학위논문, 1991)를 보완한 저서로 한국 희곡 연구에 기호학이 적용되는 본격적인 신호탄 역할을 해낸 저서들이며 김만수, 「함세덕 희곡의 연극기호학적 연구」(서울대학교 박사학위논문, 1995, 『희곡 읽기의 방법론』, 태학사, 1996에 재수록)가 그 뒤를 이었다.

20~30년대 연극이나 주요 작가들과 작품 경향에 대해서는 그 연계성에 착안하여 묶어 논의한 예들도 적지 않다. 이상우, 「1920~30년대 경향극의 변모양상 연구」(고려대학교 석사학위논문, 1991)나 배봉기, 『김우진과 채만식의 희곡연구』(태학사, 1997) 등이 그 예이다.

6. 친일연극 및 국민연극, 해방 후 연극

서연호, 「친일 연극운동의 전개양상」(『외국문학』 1988. 5)과 「친일연극의 역사적 배경」(『일본학』 7, 동국대학교 일본학연구소, 1988)은, 그렇지 않아도 한국문학사 중 변방의 장르로서 위상 정립 자체에 어려움을 겪고 있는 희곡 분야에 있어 적극적인 논의 대상으로 끌어안기 힘들었던 친일연극에 대해서도 엄정하고 객관적인 논의가 필요함을 환기시킨다.

친일연극이나 국민연극 연구와 이어지는 부분이 있는 논의 대상이 해방공간 연극들이다. 물론 해방기 연극의 일부는 좌익 연극의 성격을 지니고 30년대 프로극과의 연계성을 생각하게 만든다. 「해방 직후의 소인극운동 연구」(『한국극예술연구』 3, 1993)도 선보인 바 있는 이석만의 「해방 직후 진보적 민족연극론의 전개 양상」(『한국연극학』 6, 1994)은 해방 전후를 연속선상에서 총체적으로 파악하기 위해 30년대 프로연극론의 해방 직후 변이양상에도 관심을 보이고 있다. 정호순, 「연극대중화론과 소인극 운동」(『한국극예술연구』 2, 1992)은 일제하 대중화론과 소인극 운동의 발생 및 발전을 해방 직후 대중화론 및 소인극 운동과 연결시켜 파악한 소논문이다.

친일극과 좌익극은 물론 서로 다른 이데올로기적 평가를 받는 작품들이자 연극 활동이지만, 텍스트 자체의 중요도보다 연극의 사회성을 부각시키는 대상들로서 1940년대 근처에 그 논의가 몰리게 된다는 점에서 논의의 일정한 공통 배경을 갖는다. 유민영, 「해방전후의 희곡문학」(『예술원 논문집』 20, 1981) ; 김성희, 「국민연극에 관한 연구」(『한국연극학』, 새문사, 1985) 등을 거쳐 정봉석, 「부일 연극운동과 연구사적 모색」(『일제강점기 선전극 연구』, 월인, 1998) 등으로 이어지는 이 시기 연극들에 대한 연구는 특히 해금 조치 이후 활성화를 보이게 된다. 1940년대 연극은 1980년대 말 해금 조치 이전까지 관련 자료를 찾아보기 쉽지 않은 대상이었고 사회적으로 학문 분야에 대해서까지 이데올로기적 강요가 있었던 탓에 그 연구가 취약한 부분이었다. 양승국, 『해방공간의 대표희곡』(도서출판 예문, 1989) 등 텍스트의 출간도 이 시기 연극에 쉽게 다가가는 계기가 되었다.

양승국, 「해방 직후의 진보적 민족연극운동」(『창작과비평』 겨울, 1989)은 해방기 연극운동에 대한 객관적 정리로 이 시기에 대한 새로운 시각의 토대를 마련하였다. 조선연극건설본부와 조선프롤레타리아연극동맹 및 이 두 단체가 결합된 조선연극동맹의 활동을 정리하고, 연극의 정치와의 연관성은 좌우익에 공통되는 문제임을 보인 것이다. 한편 이상우, 「해방 직후 좌우대립기의 희곡에 나타난 현실인식의 양상」(『한국극예술연구』 2, 1992)은 우익측의 유치진, 오영진, 김영수 중심으로 해방 직후 희곡들을 고찰하고 있다.

그 외에도 정호순, 「해방 직후 희곡에 나타난 일제잔재 청산의 문제」(『한국극예술연구』 5, 1995) ; 이석만, 『해방기 연극 연구』(태학사, 1996) ; 김정수, 『해방기 희곡의 현실인식』(신아출판사, 1997) ; 김동권, 「미군정기 연극의 대본검열 문제」(『한국연극연구』, 국학자료원, 1998) 및 『해방공간 희곡 연구』(도서출판 월인, 2000) 등이 이 시기 희곡에 대한 연구 결과들이다.

1940년대 연극에 대한 연구는 50년대 전쟁 및 전후 희곡과의 연관성 속에서도 연구될 수 있다. 양승국, 「해방 이후의 유치진 희곡을 통해 본 분단현실과 전쟁체험의 한 양상」(『한국의 전후문학』, 한국현대문학연구회, 1991) ; 양승국, 「1945~1953년의 남북한 희곡에 나타난 분단문학적 특질」(『1950년대 문학연구』, 문학사와 비평연구회 편, 예하, 1991)이 그 예가 된다.

또한 오영진과 같은 작가는 그 작품 연대가 1940년대부터 1970년대까지 두루 걸쳐져 있어 그 작가론의 경우 시대적 배경과 연결되는 폭이 넓게 드러난다. 서연호, 「오영진의 작품세계」(『한국연극론』, 삼일각, 1975) ; 박매리, 「오영진 희곡 연구」(성신여자대학교 석사학위논문, 1983) ; 한옥근, 『오영진 연구』(시인사, 1993) ; 백로라, 「『해녀 뭍에 오르다』에 나타난 개인과 사회의 존재 양상」(『한국극예술연구』 8, 1998) 등을 참고할 수 있다.

7. 1950년대 이후의 한국연극

1950년대 전쟁의 체험은 한국 연극의 내용에 있어서나 형태와 양식에 있어서나 변화의 중요한 계기를 제공하였다. 이미원, 「전란이 남긴 희곡」(감태준 외, 『한국현대문학사』, 현대문학사, 1989) 및 「6·25와 분단희곡」(『한국의 전후문학』, 태학사, 1991) ; 오영미, 「1950년대 후반기 한국희곡의 변이양상」(『한국극예술연구』 2, 1992) 및 『한국 전후연극의 형성과 전개』(태학사, 1996), 그리고 민족문학사 연구소 희곡분과 편, 『1950년대 희곡연구』(새미, 1998)에 실린 글들이 이 시기 희곡과 연극을 이해하는 데 도움을 준다. 박명진은 「1950년대 후반기 희곡의 담론 연구」(중앙대학교 박사학위논문, 1996) 및 이를 보완한 『한국 전후희곡의 담론과 주체구성』(월인, 1999), 「1950년대 연극의 지형도」(『한국현대예술사 대계』 2, 한국종합예술학교한국예술연구소 편, 시공사, 2000, 『한국희곡의 근대성과 탈식민성』에 재수록) 등을 통해 전후희곡에 담론, 주체, 근대성 등 최근 인문학 이론의 개념들을 적극적으로 적용시키는 예를 보여준다. 위의 논의들에서는, 전후 희곡들의 경우 종종 현대성의 상징을 위해 음향을 사용하거나 무대 변화와 시공의 넘나듦, 인물의 심리 묘사와 의식 표출, 대화의 단절 수법 등을 선보이곤 한다는 사실이 지적된다. 『1950년대 희곡연구』에 실린 글들 중 김옥란, 「가족 해체의 양상과 전후세대의 현실인식」 ; 백로라, 「전후의 연극 비평 연구」 등은 가족 해체라는 특정한 주제나 텍스트 외 비평 등 특정 자료 중심으로 접근하는 작은 노력들이 전후 한국연극을 전체적으로 이해하는 하나의 길이 되어줄 수 있음을 확인시킨다.

1950년대에 등장하여 지속적으로 작가론의 대상이 되는 이는 차범석이다. 이경복, 「차범석 희곡연구」(이화여자대학교 석사학위논문, 1988) ; 정호순, 「차범석의 리얼리즘 희곡 연구」(『한국극예술연구』 8, 1998) 등은 차범석이 1950년대 후반부터 작품 활동을 시작해 1960년대를 정점으로 그 이후에도 지속적으로 한국 리얼리즘 희곡의 주요 맥락 위에 놓여 있음을 설명해 준다. 이경복이 사회와 개인이라는 관점에서 차범석 작품론의 주요 주제들로 끌어낸 인간 부재의 사회, 전근대와 근대의 괴리, 전쟁과 휴머니즘, 근대사에 대한 조응 등은 차범석 이해의 소박한 기본 틀로 유효하다.

1960년대부터는 본격적인 현대극 시대가 열리면서 지금까지도 현존하거나 현역으로 활동하는 극작가층이 형성되기 시작한다. 『한국현역극작가론』 1, 2(예니, 1988)이나 『한국극작가론』(한국연극평론가협회 편, 평민사, 1998) 등 작가론 형태의 작은 글들을 모은 저서에 다뤄지고 있는 작가들을 보면 그 점이 확인된다.

1960년대의 도래와 함께 한국연극의 현대성을 일깨운 대표적 작가로 흔히 언급되는 이는 이근삼이다. 작품집 해설이긴 하나 서연호, 「현대적인 우화의 세계」(이근삼 단막희곡집『대왕은 죽기를 거부했다』, 문학세계사, 1986)가 그의 연극 세계를 간결하게 정리해준다. 이 글에서 지적된 연극공간 개념의 확장, 시간 개념의 확대, 극적인 제시 방법의 새로운 도입, 극적인 언어 영역의 확대, 서사적 수법, 우화적 수법, 표현주의적 수법, 극적인 아이러니의 수법, 소극(farce)적 수법 등 이근삼 희곡의 특성들은 이후의 심화된 논의에서도 크게 부정되지 않는다. 이근삼에 관해서는 김문환, 「연극과 정치현실－이근삼론」(『한국현역 극작가론』, 한국평론가협회 편, 1987) ; 심상교, 「1960년대 서사극의 수용과 전개－이근삼의 작품을 중심으로」(고려대학교 석사학위논문, 1988) ; 정우숙, 「이근삼 희곡 연구」(이화여자대학교 석사학위논문, 1989) ; 양승국, 「빈정거림의 미학, 인간적인 것에 대한 갈망－이근삼론」(『한국연극의 현실』, 태학사, 1994), 심상교, 「이근삼의 초기 희곡 연구」(『한국극예술연구』 6, 1996) ; 정정미, 「이근삼의 『원고지』 연구」(민병욱 · 최정일 편저, 『한국 극작가 · 극작품론』, 삼지원, 1996) ; 김만수, 「이근삼의 희곡과 '창조적 모방'」(『희곡읽기의 방법론』, 태학사, 1996) ; 이미원, 「이근삼 희곡연구 : 한국연극의 현대성 탐구 I」(『한국연극학』 10, 1998), 박명진, 「이근삼 희곡의 일상성과 근대성－1960년대 작품을 중심으로」(『한국극예술연구』 9, 1999, 『한국희곡의 근대성과 탈식민성』에 재수록) 등의 연구가 이어진다.

1960년대 작가들에 대한 논의로는 김미도, 「하유상론」(『한국현역극작가론』 2, 한국연극평론가협회 편, 예니, 1994) ; 박명진, 「1960년대 하유상 희곡 고찰－혁명과 일상성 모티브를 중심으로」(『어문논집』 26, 중앙어문학회,

1998, 『한국희곡의 근대성과 탈식민성』에 재수록) 등 하유상을 고찰한 글과 백로라, 「박조열 희곡의 공간 연구-『오장군의 발톱』을 중심으로」(숭실대학교 석사학위논문, 1994) ; 무천극예술학회 편, 『박조열 희곡 연구』(국학자료원, 2001) 등 박조열에 관한 글, 그리고 윤대성을 대상으로 한 유민영, 「좌절과 비극의 작가」(윤대성 희곡집 『신화1900』해설, 예니, 1983) ; 서연호, 「윤대성론-삶의 환경에 대한 통찰」(『한국현역극작가론』 1, 한국연극평론가협회 편, 예니, 1994) ; 정낙현, 「윤대성 희곡에 나타난 서사극적 특성-『노비문서』와 『신화 1900』을 중심으로」(『한국극예술연구』 2, 1992) ; 박혜령, 「윤대성 희곡 읽기」(『한국희곡작가연구』, 태학사, 1997) ; 이미원, 「윤대성 희곡 연구」(『한국연극학』 17, 2001) 등이 눈에 띈다.

1960년대 연극을 종합적으로 보려 한 논의로는 오영미, 「분단희곡연구 I -1960년대를 중심으로」(『한국연극연구』, 한국연극사학회편, 1998) ; 박명진, 「1960년대 희곡의 정치적 무의식과 알레고리-박조열, 신명순, 윤대성을 중심으로」(『한국극예술연구』 11, 2000, 『한국희곡의 근대성과 탈식민성』에 재수록) 등이 있다. 최근에는 1960년대 한국연극과 관련된 소논문들을 모아 민족문학사연구소 희곡분과, 『1960년대 희곡 연구』(새미, 2002)가 발간되기도 하였다.

1970년대는 1960년대에 비해 아직 좀더 당대적인 시간대로 인식되는 경향이 있어 학술적 논의의 대상으로 조심스럽게 여기던 편이나 최근들어 연극사의 대상으로 객관화되기 시작하는 흐름이 역력하다. 한국 연극평론가협회 편, 『70년대 연극평론 자료집』 1, 2(화일, 1989)은 이런 연구를 도와주는데 있어 텍스트 못지않게 중요한 자료들이다. 1970년대를 대상으로 일찌기 논의를 펼친 예들로는 정정희, 「70년대 한국희곡의 경향과 문제점」(이화여자대학교 석사학위논문, 1981) ; 박숙윤, 「70년대 한국 연극의 양상-극단 활동을 중심으로」(서울대학교 교육대학원 석사학위논문, 1982) ; 유민영, 「70년대 연극의 사적 전개」(『한국연극』 1984. 9) 등이 있다.

또한 1960~70년대는 사실주의 희곡이 주류를 이루던 기존의 한국 연극

판도에 반사실, 비사실적 연극의 흐름이 본격 도입된 시기로서 연계성을 지니기에 한꺼번에 논의의 범주로 설정되기도 한다. 박혜령, 「한국 반사실주의 희곡연구 : 오태석, 이현화, 이강백 작품을 중심으로」(이화여자대학교 박사학위논문, 1995)나 정우숙, 「1960~70년대 한국희곡의 비사실주의적 전개양상」(이화여자대학교 박사학위논문, 1997)이 이러한 예에 해당된다.

이 시기 연극에 대한 연구가 어느 정도 시간적 거리를 두고 객관적으로 이루어지기 시작하던 1990년대는 마침 학문적으로 포스트모더니즘 이론이 유행처럼 번져가던 때였으며, 그 이론을 1960년대 이후 한국 연극에 적용시키는 것이 그리 어색하지 않았다. 또 한편에서는 1990년대 당대 연극에의 현장 비평에도 포스트모더니즘 이론이 즐겨 도입되었다. 또한 기존의 경직된 경계가 해체되는 경향이 강해지는 가운데, 다른 문학 장르에서보다 현장 평론의 중요성이 훨씬 더 큰 연극 분야에 있어 평론과 연구 활동의 활성화는 점점 더 밀접한 관계 속에 이루어지게 되었다. 1980년대 후반부터 지금까지 차범석, 『동시대의 연극인식』(범우사, 1987) ; 김방옥, 『약장수, 신의 아그네스, 그리고 마당극』(문음사, 1989) ; 한상철, 『한국연극의 쟁점과 반성』(현대미학사, 1992) ; 양승국, 『한국연극의 현실』(태학사, 1994) ; 김성희, 『연극의 사회학, 희곡의 해석학』(문예마당, 1995) ; 김용락, 『한국 연극・희곡의 여러 문제』(공주대학교 출판부, 1999) ; 이상일, 『한국연극의 문화형성력』(눈빛, 2000) ; 김승옥, 『한국연극, 미로에서 길찾기』(연극과 인간, 2000) ; 김윤철, 『우리는 지금 추학의 시대로 가는가』(연극과 인간, 2000) 등 수많은 평론서들이 쏟아져 나오면서 이들은 학술적 연구의 부수적 활동 가치를 지니는 것으로 여겨질 정도가 되었다.

이런 배경 속에서 1960년대 이후 한국 연극의 비사실적 경향은 1990년대 최근의 연극에까지 이어지는 일정한 흐름으로 거칠게나마 파악되기 좋은 대상이었다. 또 더욱 거슬러 올라가면 그 흐름의 원초적 시점에는 한국의 전통 연극이 놓여 있다는 인식 또한 가능하였다. 이미원, 『포스트모던 시대와 한국연극』(현대미학사, 1996) 및 『세계화 시대 해체화 연극』(연극과 인간,

2001)이나 김방옥, 『열린 연극의 미학－전통극에서 포스트모더니즘까지』(문예마당, 1997) 등은 이 같은 논의 경향의 다양한 측면들을 보여준다. 특히 김방옥, 「80년대 이후 한국 희곡에 나타난 서사성에 관한 시론적 연구」(『한국연극』, 1992. 3, 『이화어문논집』 12, 1992)는, 개방희곡과 서사적 희곡의 개념을 검토하고 한국연극사의 특수성을 감안하며 서사적 연극의 개념을 확인한 후 전통극의 영향과 연극의 서사적 해체, 극장주의와 연출적·작가적 자아의 노출, 시간과 공간의 몽타쥬, 서술적 화자의 인물화, 독백 및 회상의 삽입 등을 본론으로 제시해 이 방면의 논의에 유효한 밑그림 역할을 해주는 소논문이라 할 만한다.

이러한 관심과 무관하지 않은 연구 태도 중 하나가 전통 소재의 현대화 사례들을 꼼꼼히 살피는 작업들이었다. 그 예는 일제 시대 희곡에서부터 찾아지는 것이었으며, 1970년대 이후 작품들에 오면 훨씬 더 많은 작품들이 연구 대상으로 떠오르는 것이었다. 유인순, 「채만식·최인훈의 희곡 작품에 나타난 『심청전』의 변용」(『비교문학』 11, 1986) ; 장혜전, 「현대희곡의 소재 변용에 관한 연구」(이화여자대학교 박사학위논문, 1988) ; 김재석, 「현대희곡의 갑오농민전쟁수용」(『문학과언어』 7) ; 이미원, 「한국 현대연극의 전통 수용 양상」(1)(『한국연극학』 6, 1994) ; 심상교, 「호동설화 소재 희곡의 인물 분석」(『한국극예술연구』 5, 1995) ; 민병욱, 「일제 강점기 설화의 희곡화 및 연극화 문제」, 「논개설화의 극적 형상화 구조와 의미구조」(『한국근대희곡론』, 부산대학교 출판부, 1997) ; 신원선, 「현대 희곡에 나타난 동학 연구」(『한국극예술연구』 9, 1999) 등에서, 특히 설화나 역사상의 유사한 소재들이 여러 다른 극작품들을 통해 어떻게 수용되고 변용되었는지에 관한 연구가 이루어졌다.

이런 연구는 최근에도 계속 활발히 이루어지고 있는 바 그 논의의 주목적이 내용상의 변용과 재창조 효과를 분석해내는 데 놓이는가 전통 연희 방식의 계승 등 공연상의 재창조 양상을 검증해 내는 데 놓이는가에 따라 그 연구의 성격이 대별된다. 예를 들어 김만수, 「설화의 새로운 수용에 관한 한 사례」(『한국연극의 쟁점과 새로운 탐구-현대극 편』,연극과인간, 2001)에서는 최인훈의 『둥둥 낙랑둥』을 설화 내용의 수용 중심으로 분석하는가 하면, 김미도, 「1970년대 한국연극의 전통 수용에 관한 연구(1)-동랑레퍼터리극단의 경우」(『한국연극학』 16, 2001, 『한국연극의 쟁점과 새로운 탐구-현대극 편』재수록)에서는 특정 극단의 작업에 주목한다는 부제에서도 나타나듯이 희곡 자체보다 공연 집단의 실제 상연 원리를 중심으로 전통 수용 양상을 고찰하고 있다.

다시 말하거니와 1970년대 이후 전통극을 현대적으로 재창조하는 창작 경향이 두드러지게 나타나기 시작하면서, 내용상으로나 기법상으로나 전통이 어떻게 현대극 안에 수용되는가 하는 문제가 주요 논의 대상으로 떠오르게 되었다. 이에 대한 연구는 전통을 통해 한국성을 회복하려는 노력에 초점을 맞추는 경우와, 포스트모더니즘과 패러디 이론, 상호 텍스트성 등에 기대어 딱히 한국적인 연극이라기보다 전세계적인 세기말적 상상력을 보이고 있음에 주목하는 경우로 구별되어 나타난다.

전통 연희의 계승이라는 문제의식과 잇닿아 있으면서 연극의 강력한 사회성을 증명한 1970～80년대 마당극에 관한 논의와 연구도 일정하게 축적된 상태이다. 임진택, 「새로운 연극을 위하여」(『창작과비평』 봄, 1980) ; 김방옥, 「마당극 양식화의 문제」(『한국연극』, 1981. 3) ; 채희완, 「마당굿의 과제와 전망」(채희완 · 임진택 편, 『한국의 민중극』, 창작과비평사, 1985) ; 채희완 · 임진택, 「마당극에서 마당굿으로」(『민족극 정립을 위한 자료집』, 울림 펴냄, 우리마당, 1987) ; 정지창, 『서사극, 마당극, 민족극』(창작과비평사, 1989) 등 어느 정도 마당극과 민족극의 당대성이 살아 있던 1980년대에 본격화된 논의들은 1990년대 들어서도 최리나, 「전통의 현대적 수용에 관한 연구 : 탈춤, 마당극, 마당춤판을 중심으로」(이화여자대학교 석사학위논문, 1990) ; 김원희, 「브레히트의 영향전략에 대한 비판적 검토 : 서사극과 마당극의 비교를 중심으로」(서울대학교 석사학위논문, 1993) ; 김현민, 「1970년대 마당극 연구」(이화여자대학교 석사학위논문, 1993) ; 이영미, 『마당극 양식의 원리와 특성』(한국예술종합학교 한국예술연구소, 1995) ; 박명진, 「1970년대 희곡의 탈식민성v김지하와 황석영의 마당극을 중심으로」(『한국극예술연구』 12, 2000, 『한국희곡의 근대성과 탈식민성』, 연극과 인간, 2001에 재수록) 등으로 이어져왔다.

최근 백현미는 「한국근현대연극사의 전통담론 연구를 위한 도론」(『한국극예술연구』 11, 2000) ; 「1970년대 한국연극사의 전통담론 연구」(『한국극예술연구』 13, 2001) ; 「1980년대 한국연극의 전통담론 연구」(『한국극예술연구』 15, 2002) 등을 통해, 단순히 전통의 현대화 경향을 보인 작품에 대해 개괄하거나 분석하는 입장에서 벗어나, 전통이란 명칭 및 개념 아래 어떤 다양한 연극 작업들이 서로 다른 목적이나 형태로 이루어지며 한국 연극사를 구성해 왔는지 그 전체적 지형도를 그려 보이고자 시도하기도 했다.

1990년대 이후에 와서는 한국 희곡 및 연극에 대해서 그 연구 방법론이 점점 더 다양해지고 있다. 그 다양화의 핵심은, 이전에 텍스트나 극작가 위주로 희곡 연구의 중심을 세웠던 태도로부터 자유로워질 필요가 있다는 것이다. 예를 들어 신아영, 『한국연극과 관객』(태학사, 1997)에 실린 글들은 수용미학적 입장을 바탕으로 삼아 특히 다른 문학 장르와 달리 연극 분야에서만 두드러지는 관객이란 존재가 희곡 연구에 스며드는 경우를 보여준다. 이신정, 「오태석 극에 나타난 관객 인식 연구－텍스트 분석을 중심으로」(이화여자대학교 석사학위논문, 1998) 역시 텍스트 분석의 주요 목적을 작가의 관객 인식에 따른 극적 전략의 파악에 두고 있다. 한편 안치운의 『추송웅 연구』(예니, 1995)나 유민영의 『이해랑 평전』(태학사, 1999) 등은 연기자나 연출자에 대해서도 연구와 논의의 가능성이 높아지고 있음을 보여주는 예들이다.

그런 가운데도 특별히 연구 대상으로 자주 선택되는 극작가가 있어 논의의 다양성이란 현상의 한 구석에서는 특정 대상으로의 논의의 집중화라는 또 다른 현상이 함께 드러나고 있다고 볼 수 있다. 다만 연구의 주요 테마로 자주 떠오르는 그 작가들이 희곡의 문학성으로만 파악되기 힘든 연극성과 공연성의 창출자들이기도 하다는 점은 의미하는 바가 크다. 그 대표적인 예가 극작가 겸 연출가 오태석이다. 그에 대한 연구는 여러 방법론에 따라 다른 작가들과 이렇게 저렇게 다양한 범주로 묶이며 나타나기도 한다. 황경미, 「대사 언어의 정신분석적 연구 : 오영진, 오태석 희곡을 중심으로」(성심여자대학교 석사학위논문, 1995) ; 박혜령, 「한국 반사실주의 희곡연구 : 오태석, 이현화, 이강백 작품을 중심으로」(이화여자대학교 박사학위논문, 1995) 외에 최인훈, 이강백, 오태석을 묶어 논의 대상으로 삼은 김유미, 「한국현대희곡의 제의구조 연구」(고려대학교 박사학위논문, 1999) ; 김남석, 「1970년대 희곡에 나타난 희생양 메커니즘 연구」(『한국연극의 쟁점과 새로운 탐구』, 2001) 등이 그 예에 해당한다.

그 외에도 오태석은 내용 면에서나 공연 면에서나 숱한 논점의 대상으로 부각되는데 황도경, 「오태석 작품에 나타난 공간의식 연구 : 『롤러스케이트를 타는 오뚜기』를 중심으로」(『이화여자대학교 대학원 연구논집』 14, 1986), 배남옥, 「오태석 희곡의 공간 연구 : 초기 작품을 중심으로」(이화여자대학교 석사학위논문, 1987) 등을 비롯, 윤학로, 「부권부재의 희곡」, 신현숙, 「오태석 연극과 초현실주의」 등의 글들이 실린 『오태석의 연극세계』(명인서 외, 현대미학사, 1995)가 오태석 이해에 종합적인 도움을 준다.

오태석 연구에 실질적인 도화선 노릇을 한 『오태석 희곡집』(평민사, 1996) 들의 말미에 실린 글들도 소략하나마 일정한 연구 자료로서의 가치를 지니는데 한상철, 「한국적인 정체성의 탐구, 신들린 연극」, 김문환, 「관료체제에 우화적 비판」, 양혜숙, 「한국민족의 전통적 심성 추적」, 김열규, 「전통미에의 집념, 연출가 오태석」등이 그 글들이다. 그 후로도 김현정, 「오태석 희곡에 나타난 서술적 화자 연구」(이화여자대학교 석사학위논문, 1996) ; 김용수, 「오태석 연극에 나타난 '과거 혼의 구조'와 '이중적 정서의 구조'」(『한국연극학』 11, 1998, 『한국연극 해석의 새로운 지평』, 서강대학교 출판부, 1998에 재수록) ; 김윤정, 「『천 년의 수인』에 드러난 '해원'의 의미 고찰」(『한국극예술연구』 15, 2002) 등이 이어진다. 학술적 연구서는 아니지만 오태석 · 서연호 대담/장원재 정리, 『오태석 연극 : 실험과 도전의 40년』(연극과인간, 2002)도 오태석 연극의 원리 및 방법론, 세계관 등을 이해하는 데 적절하다.

최근 한국희곡 연구의 집중적인 주요 대상으로 떠오른 또 다른 작가는 이강백이다. 김성희, 「우의적 기법으로 드러내는 시대정신」(『한국현역극작가론』 1, 1988, 89) ; 정우숙, 「이강백 희곡 『물거품』 고찰」(『한국극예술연구』 2, 1992) ; 김성희, 「이강백의 희곡세계와 연극미학」(『한국극예술연구』 7, 1997) 및 「이강백의 비유극과 연극적 상상력」(『한국희곡작가연구』, 1997) 등에 이어 이강백 이해를 돕는 한 권의 저서 이영미, 『이강백 희곡의 세계』(시공사, 1998)가 나오고 김남석, 「1970년대 이강백 희곡연구」(『민족어문논집』, 2001) 등이 이어진다.

또 다른 집중적 논의 대상인 작가 이현화에 관해서는 심정순, 「감성에 대한 지성적 접근의 작가 : 이현화론」(『한국현역극작가론』, 예니, 1988) ; 손화숙, 「이현화론-관객의 일상성에서 벗어나기 위한 연극적 기법」(『한국극예술연구』 2, 1992) ; 권영란, 「이현화 희곡 연구」(이화여자대학교 석사학위논문, 1996) ; 신현숙, 「이현화의 극작술에 관한 소고」(『한국희곡작가 연구』, 태학사, 1997) ; 이상우, 「폭력과 성스러움」(『한국극작가론』, 평민사, 1998), 이미원, 「이현화 희곡과 포스트모더니즘」(『한국연극학』 16, 2001) 등의 연구가 이루어졌다. 또 한 명의 작가 최인훈에 대해서는 김성수, 「최인훈 희곡의 연극성에 관한 연구」(연세대학교 석사학위논문, 1990) ; 이지훈, 「'꿈과 생시' 최인훈의 『둥둥낙랑둥』」(『연극학연구』 3, 1992) ; 서연호, 「최인훈 희곡론」(『민족문화연구』 28, 1995) ; 이상우, 「최인훈 희곡에 나타난 문의 의미」(『한국극예술연구』 4) ; 김유미, 「1970년대 한국 희곡에 나타난 제의성 연구-최인훈의 희곡을 중심으로」(『한국연극의 쟁점과 새로운 탐구-현대극 편』, 연극과 인간, 2001) 등의 논의가 이어지는 가운데 홍진석, 『최인훈 희곡연구』(태학사, 1996)가 한 권의 논저로 최인훈론을 정리해주고 있다.

최근 정우숙, 「1970년대 한국희곡의 애매성과 다의성」(『한국연극의 쟁점과 새로운 탐구－현대극 편』, 연극과 인간, 2001)에서는 이들 네 작가, 즉 이강백과 이현화, 오태석과 최인훈을 묶어 다루면서 각각 비유적 관념의 기이한 발상, 계산된 구성의 미묘한 공포, 강력한 감각을 위한 의미의 여백, 혼돈을 포용하는 절제된 시극으로 그 작가적 특징을 요약하였다.

8. 새로운 관심과 전망

최근에는 연구자들의 논의 영역이 확대되는 경향을 보이면서 한국 연극과 희곡 연구에서 이전에 상대적으로 소홀히 다루어져 왔던 주제들도 적극적으로 다루어지고 있다. 한국비평문학회, 『북한가극 · 연극 40년』(신원문화사, 1990) ; 김은경, 「북한의 사회적 사실주의를 통해 본 혁명 연극의 특성」(중앙대학교 석사학위논문, 1995) ; 박영정의 「북한문학사에 나타난 희곡사 서술의 양상」(『한국극예술연구』 9, 1999) ; 「북한연극의 공연방식과 그 미학」(『한국극예술연구』 13, 2001) ; 「1990년대 북한 희곡의 개관」(『한국극예술연구』 14, 2001) 등 북한연극을 대상으로 한 논의의 증가도 그 대표적인 예이다. 이상우, 「북한 희곡 50년, 그 경향과 특징」(『한국연극의 쟁점과 새로운 탐구』, 연극과인간, 2001)에서는 민주기지 건설, 6 · 25 전쟁, 전후 복구 건설, 천리마 운동, 주체 시대 등 주요 분기점 중심으로 북한 현대 희곡을 개괄하고 있다. 이런 북한희곡 관련 연구들 역시 자료에 대한 최소한의 접근조차 쉽지 않았던 1980년대까지의 기본 조건이 일정하게 개선되어 가면서 가능해진 수확이라 하겠다.

비교문학이나 비교연극적 논의도 앞으로의 성과를 기대해 볼만한 분야이다. 여석기, 「50년대 한국연극에 끼친 미국연극의 영향」(『한국연극의 현실』, 동화출판공사, 1974) ; 차범석, 「일본의 신파연극이 한국연극에 미친 영향」(『예술원 논문』 30, 1991) 등 주로 외국 연극이 한국 연극에 미친 영향 중심으로 이루어지는 이 분야 연구에 있어 특히 주목할 만한 성과는 신정옥의 『한국신극과 서양연극』(새문사, 1994)이다. 이 저서는 개화기 이후 1960년대까지 한국에서 공연된 서양 연극에 대해 많은 자료를 제시하며 특히 영미 연극 중심으로 서양 연극의 한국 수용에 대해 상세한 논의를 보이고 있다. 한국연극

뿐 아니라 동양연극의 관점에서 『동서연극의 비교 연구』(고려대학교 출판부, 1993)를 해 보인 여석기의 저서 중 일부 글들도 한국 연극과 세계 연극의 관계를 재고하게 해주며, 김용락, 『세계연극 속의 한국희곡의 위상과 향방-희곡에 있어서의 사실성, 서사성, 부조리성, 기괴성, 그리고 복잡미묘성의 비교 연구』(고글, 1999) 역시 한국희곡의 방대한 흐름을 검토하는 데 있어 세계연극에서 도출된 주요 개념들을 활용하는 경우에 해당한다. 그 외에 신현숙, 「시-공 체계를 통한 서양연극의 동양화 : 『하멸태자』」(『한국연극학』 6, 1994), 명인서, 「브레히트의 서사극과 한국적 서사극-『한씨 연대기』 분석」(『이화어문논집』 13, 1994) 등도 특정 작품을 이해하고 분석하는 데 비교연극학적 관점을 도입하고 있으며, 김성희는 「한국 현대극의 서구극 수용과 그 영향」(『한국극예술연구』 15, 2002)을 살피기 위해 서구극의 한국적 재창조에 해당하는 예로 『쇠뚝이놀이』, 『하멸태자』, 『피의 결혼』, 『지하철 1호선』, 텍스트 해체와 새로운 글쓰기의 예로 『이디푸스와의 여행』, 『레이디 맥베스』, 『오이디푸스, 그것은 인간』 등을 다루고 있다.

신정옥·한상철 외, 『한국에서의 서양연극 ; 1900년~1995년까지』(소화, 1999)는 한국에서 공연된 번역극의 역사를 훑어보고 있어 직접 국문학으로서의 희곡 연구사에 해당되진 않으나, 서양 연극과의 관련성 속에서 생각할 수밖에 없는 한국 연극과 희곡을 이해하는 데 귀중한 자료 역할을 해준다. 김광선, 「한국 무대의 『파우스트』 수용-이윤택의 『파우스트』 공연을 중심으로」(『연극교육연구』, 한국연극교육학회, 1999)도 정식 창작극이라기보다 번안극이라 할 수 있는 국내 공연을 원작 연극의 수용이라는 측면에서 논의하고 있다. 최근 "공연과 미디어 연구소 신서"라는 이름으로 나온 세 권 짜리 『한국연극의 쟁점과 새로운 탐구』(연극과 인간, 2001)에서는 전통극 편, 현대극 편과 더불어 비교연극학 편을 기획함으로써 이 분야의 중요성을 재인식시켰다. 그 중 김미혜의 「부조리극 수용과 한국 연극」 등이 특히 한국연극 연구에 유용한 내용을 담고 있다. 최근 김옥란은 「현대극에서의 서구 연극론 수용」(『한국극예술연구』 15, 2002)을 통해, 1960년대 이후 현대극에서의 서구

연극론 수용의 문제를 한국 연극론 모색의 한 과정으로 파악하기 위해 리얼리즘론, 서사극론, 포스트모더니즘론에 주목함으로써, 개별 작품이 아닌 연극론 차원에서의 비교연극학적 시도를 해 보이고 있다.

'한국 희곡' 연구라는 범주화의 '한국'이라는 한계 때문에 세계 연극과의 관련성에 대한 논의를 놓쳐서는 안 되는 것처럼, '희곡'이라는 장르적 명칭에 포함된 문학적 한계 때문에 공연의 실질적 측면에 대한 논의를 놓쳐서는 안 된다는 것이 한국희곡 연구자의 힘겨운 문제의식이다. 이런 면에서 볼 때 김영자, 「연극 분장의 효과적 실행에 관한 연구—『맹진사댁 경사』 공연의 경우를 중심으로」(중앙대학교 신문방송대학원 석사학위논문, 1995) ; 김진현, 「무대공연에 나타난 분장의 실제—『허생전』을 중심으로」(경원대학교 석사학위논문, 1996) 등 분장과 같이 기술적인 측면에 주목한 논의라도 특히 그 사례가 한국 희곡일 경우엔 문학 전공자로서의 희곡 연구자 또한 그 논의들을 주의깊게 살펴야 할 것이다.

각색 등 장르 이동의 효과에 대한 관심도 새롭게 포괄해야 할 연구 분야이다. 장르의 순수성과 연구의 전문성을 연결시킨다면, 소설이 연극이 되고 연극이 영화가 된 현상과 그 효과에 대해서 연극 전공자가 함부로 언급할 수 없다는 입장을 고수하게 된다. 하지만 점점 더 장르의 경계가 약화되어 가는 현실 속에서 장르의 정통성만을 고집할 수는 없는 노릇이다. 김만수, 「희곡과 시나리오의 차이에 대한 사례 연구 : 오영진의 경우」(『한국극예술연구』 13, 2001) ; 박명진, 「희곡의 영화화에 나타난 의미 구조 변화—오종우의 『칠수와 만수』, 이만희의 『돌아서서 떠나라』를 중심으로」(『한국극예술연구』 13, 2001, 『한국희곡의 근대성과 탈식민성』에 재수록) ; 정우숙, 「소설의 연극화에 나타난 공연성 연구를 위한 시론-『한씨연대기』와 『슬픔의 노래』를 중심으로 본 한국현대연극의 경우」(『한국연극학』 16, 2001) 등이 이 분야의 조촐한 노력을 보여준다.

연극보다는 정신의학 분야의 전문성 안에 더 적절히 포괄되는 인상 때문에 희곡 전공자들에게 익숙하지 않았던 사이코드라마 분야 또한 앞으로의 새로운 연구 분야로 기대되는 것 중 하나이며, 신원선, 「싸이코드라마의 한국적 수용 가능성에 관한 연구」(『한국극예술연구』 8, 1998)가 그런 논의의 시발점을 짐작하게 해준다. 또한 교육학과 연극의 접합점이라 할 수 있는 연극교육 분야에 대한 관심도 그 미래를 기대하게 되는 바, 김희라, 「공연 중심의 희곡 지도 방안 연구-고등학교 국어 및 18종 문학 교과서를 중심으로」(이화여자대학교 교육대학원 석사학위논문, 2000)라든지 김재석 · 용필례, 「중등 국어과 희곡교육에서 인터넷 활용」(『한국극예술연구』 14, 2001) 등의 연구 결과를 참고할 수 있다.

연극이론이나 연극사와는 달리 실제 창작 분야의 몫이라 여겨져 왔던 극작법, 극작술에 관한 관심도 이제 극작가나 그 지망생, 창작 지도자만의 전유물이 아니라 연극 연구자의 진지한 관심 분야로 끌어안아야 할 부분이다. 하유상, 『희곡론과 작법 연구』(성문각, 1994)나 윤대성, 『극작의 실제-무대와 텔레비전을 위한 극작법』(공간미디어, 1995) 등 극작법 관련서들은, 실제 극작품의 극작술을 해부하며 창작 가이드의 제시 등 좀더 실제적으로 진행될 앞으로의 희곡 연구와 연극 연구에 유용한 기존 연구 및 자료로 활용될 수 있을 것이다. 이홍우의 『한국 희곡과 극적 상황』(월인, 1999)은 1910년대에서 1960년대까지의 주요 한국희곡 작품을 대상으로 등장인물의 기능 및 그 배합 양상에 따라 희곡의 유형이 달라짐을 보여주고 있어, 그 학술적이고 분석적인 외양 못지 않게 역으로 창작자에게 등장인물, 극적 상황, 희곡 유형 등의 선택 가능성을 알려주는 역할도 하고 있다.

마지막으로, 김익두의 「한국 희곡/연극 이론 수립을 위한 기초 연구」(『한국극예술연구』 15, 2002) 등 논문의 대상으로 연극 이론 자체를 문제삼는 메타적 논의의 시도 또한, 창작이나 연출 등 공연의 실제성을 포용하는 연구 흐름과 대비되는 강력한 이론의 장을 형성하면서, 한국희곡과 연극 연구가 이전보다 더욱 실질적인 동시에 이론적으로도 폭넓게 확대되어 가리라는 전망을 갖게 해준다. 이론 수립을 위한 기초 연구라는 이 글이 제시하고 있는 한국연극 이론의 전체 영역이 연극본질 이론, 배우연기 이론, 극장무대 이론, 희곡극작이론, 음악무용 이론, 의상분장 이론, 음향조명 이론, 대소도구 이론, 연출제작 이론, 공연 이론, 청관중 이론, 비평 이론, 미학 이론, 연극사 이론, 연극교육 이론, 연극직업 이론 등 총16개 영역이라는 점만 보아도, 앞으로 한국희곡 및 연극 연구자들이 눈길을 돌려야 할 대상은 거의 무궁무진하다고 할 만한 것이다.

부록 1

국문학 관련 학회 현황

개신어문연구회(개신언어학회)

영　문　Gaesin Language And Literature Society

설립일자　1981. 4. 1 | 설립지역 : 충북

설립목적　국어국문학 및 관련 학문을 연구하고 이를 학술적으로 접근함으로써 민족 문화 창달에 기여함을 목적으로 한다.

회 원 수　정회원 223명, 기관회원수 115

겨레어문학회

영　문　The Society of Korean National Language and Literature

설립일자　1960. 3 건국대학교 국어국문학회로 창립－학회지『문호』발간(1집~8집)

1985. 10 건국대학교 국어국문학연구회로 변경－학회지『건국어문학』으로 지명변경 발간(9집~24집)

2000. 8 겨레어문학회로 개편－학회지『겨레어 문학』발간(25집~현재 28집까지 나옴)

설립목적　본 학회는 우리 겨레의 언어와 문학이 연구를 목적으로 한다.

주요사업내용

1 학회지 간행

2 연구발표회 및 강연회 개최 : 매년 4월과 10월 중
1년 2회 연구발표회 개최(연구발표분야 : 국어학/고전문학/현대문학)

3 자료집 및 연구서 간행

회 원 수　정회원 129명

경북어문학회

영　문　Kyungpook Eomunhakhoi

설립일자　1962. 9. 15 | 설립지역 : 대구

설립목적　한국의 언어와 문학에 대한 조사, 연구 및 연구 결과의 보급

을 통하여 국어국문학 연구의 발전에 이바지한다.

주요사업내용

학회지 『어문논총』 연 1회 발행

경상어문학회

영 문 The Society of Gyeongsang Language And Literature

설립일자 1987. 5. 15 | 설립지역 : 경남

설립목적 국어학, 국문학, 국어교육학의 연구와 보급을 꾀하며 아울러 연구자 서로의 친목을 두텁게 함을 목적으로 한다.

주요사업내용

학술연구회 개최, 연 1회 학회지 『경상어문』 발간

계명어문학회

영 문 The Society of Keimyung Korean Language And Literature

설립일자 1982. 5. 12 | 설립지역 : 대구

설립목적 본 회는 국어국문학을 연구함으로써 계명대학교의 학풍을 조성하고, 민족문화 창달에 기여함을 목적으로 한다.

주요사업내용

학술발표, 학술조사, 연 1회 학술연구지 『계명어문학』 발간, 국내외 학술교류

회 원 수 130명

국어국문학회

영 문 The Society Of Korean Language And Literature

설립일자 1951. 9. 21 | 설립지역 : 서울

학회소개 국어국문학회는 1952년에 설립된 이래 근 50년에 이르는 역사를 통하여 국어국문학 분야의 대표적인 학회로서의 역할을 해왔다. 1952년 11월에 학회지 『국어국문학』 1집을 간행한 이

후 현재까지 128호의 학회지를 간행하였으며, 또한 그 동안 40여 차례에 걸쳐 대단위 전국 국어국문학 학술대회를 개최하는 등의 활발한 학술활동을 통해 국어국문학의 발전에 이바지해왔다. 국어국문학 분야의 연구성과를 총결산하는 일련의 총서 출간작업 역시 본 학회의 중요한 성과로 꼽을 수 있다. 현재 2천 명이 넘는 회원이 가입돼 있는 본 학회는 국어국문학 분야의 대표 학회로서 교육부 산하 학술단체연합회에서 중요한 몫을 담당하고 있다. 본 학회의 학회지 『국어국문학』은 한국학술진흥재단의 인문분야 학술지 평가에서 국내 처음으로 등재후보 학술지로 선정되어 그 우수성을 공인 받기도 하였다.

설립목적 국어학 및 국문학을 연구함으로써 민족정신을 앙양하여 세계문화에 기여한다.

주요사업내용

1 학회지 『국어국문학』 및 기타 기획도서의 간행
하회지는 매년 5월말과 12월말, 두 차례에 걸쳐 간행.

2 학술발표대회 및 학술강연회의 개최
학술발표대회(전국 국어국문학대회)는 통상 매년 5월말에 개최

3 기타 학문발전에 필요한 다양한 사업

회 원 수 정회원 2,051명, 영구회원 220명, 기관회원수 121

국어문학회

영 문 The KOREAN LANGUAGE and LITERATURE ASSOCIATION

설립일자 1988. 7. 2

설립목적 국어국문학의 연구를 통하여 사계의 발전을 도모하며, 각종관련 학술 정보를 교환하고, 학술지 및 관련도서를 간행하며, 회원상호간의 친목과 유대를 강화한다.

주요사업내용

학회지 『국어문학』 발행, 관련 도서의 간행, 학술대회 개최, 분과별 학술세미나 실시, 각종 학술 정보의 교환, 연구 자료의 정리 및 발표

학술답사 및 보고

회 원 수 정회원 122명, 명예회원 14명

국제비교한국학회

영 문 The International Association of Comparative Korean Studies

설립일자 1992. 10 | 설립지역 : 서울

설립목적 본 학회의 설립목적은 전 세계에 흩어져 있는 한국학 전공 또는 그와 관련된 인접 분야 전공 한국 및 외국 학자들이 모여 한국학 및 비교 한국학회를 만들어 한국어 및 한국학에 대한 연구를 비교학적 또는 학제적으로 연구하는 데 있다.

주요사업내용

매년 한국과 외국에서 1번씩 번갈아 가며 학술대회를 개최하고 1년에 2번씩 한국어와 영어 혼용으로 학술지를 발간하고 있다.

국제어문학연구회

영 문 International Association Of Language And Literature

설립일자 1979. 9. 1 | 설립지역 : 서울

설립목적 언어와 문학, 예술과 문화를 연구하여 한국학의 위상 정립에 이바지함을 목적으로 한다.

주요사업내용

1 학술지 발간

1979. 9. 학회지 『국제어문』 제1집 발간. 2001년 8월 현재 제23집까지 발간

2 학술발표대회 개최

1981. 3 제1회 학술발표대회 개최. 2001년 8월 현재 제48회 학술발표대회까지 개최

3 학술서적(단행본) 발간

2000. 4 『우리 말글과 문학의 새로운 지평』(도서출판 월인) 발간

2000. 12 『기독교와 한국문학』(도서출판 월인) 발간

2001. 7 『문자문화와 디지털 문화』(국학자료원) 발간

4 문학교육교재 발간

2002 『문학개론』 발간 예정

회 원 수 정회원 304명, 준회원 64명

대동한문학회

영 문 DAE DONG SINO-KOREAN LITERARY SOCIETY

설립일자 1986. 7. 5 | 설립지역 : 경북

설립목적 본 회의 설립목적은 전통문화의 계승발전을 위하여 한국한문학 및 한문교육의 학문적 연구를 설립목직으로 한다.

주요사업내용

학술연구발표, 회지 『대동한문학』 발간, 학술연구활동의 국제적 교류, 기타 한국한문학의 학문적 연구에 관련된 사항

회 원 수 251명

돈암어문학회

영 문 The Donam Language & Literature

설립일자 1998. 10. 17 | 설립지역 : 서울

설립목적 돈암어문학회는 1998년 10월 17일 설립되었다. 본 회의 전신은 1987년에 세워진 성신어문학회로, 18차에 걸친 학술대회와 10권의 학회지를 발행한 뒤에 전국적인 규모의 학회지로 발돋움하기 위해 명칭을 개칭하였다. 본 회는 국어국문학을

연구하고, 그 학풍을 계승, 발전시키는 데 그 목적을 두고 있다. 이를 위해 연구발표회 및 학술토론회를 개최하고, 연구논문집인 『돈암어문학』을 연 1회 이상 간행하며, 본 회의 목적과 관계되는 기타 필요한 사업을 시행하고 있다.

회 원 수　정회원 298명, 명예회원 6명

동남어문학회

영　　문　Dong Nam Eo-Mun-Hak-Hoi

설립일자　1990. 9. 24 | 설립지역 : 부산

설립목적　본 회는 국어국문학 연구와 이를 통한 학풍 수립을 그 목적으로 한다. 이 목적을 달성하기 위해 자료의 수집 및 정보 교환, 학회지 및 기타 출판물 간행, 연구 발표회, 강연회, 강좌 개최 등의 사업을 하고 있다.

동방고전문학회

영　　문　Dong Bang Korean Classical Literature Society

설립일자　1999. 8. 22

설립목적　고전 문학의 심도 있는 연구활동을 장려하고 회원간의 친목을 도모한다.

주요사업내용

연 4회의 학술발표회(매회 3명의 발표), 연 1회의 학회지 『동방고전연구』 발간

회 원 수　70명

동방문학비교연구회

영　　문　The SOCIETY For ORIENTAL LITERATURE

설립일자　1984

설립목적　본 회는 韓·中·日 등 東洋文學을 比較 硏究하여 學術發展

에 寄與함을 目的으로 한다.

주요사업내용

매년 4회의 정기학술발표회와 2회의 동·하계 학술발표회를 포함 격월로 학술발표회를 갖고 있으며 현재 3권의 학술발표 총서가 발간됨

회 원 수 152명

동방한문학회

영 문 DongBang Korean Chinese Literature Society

설립일자 1982. 12. 25 | 설립지역 : 대구

설립목적 한문학 및 한문교육연구를 통하여 한문학의 발전과 한문교육에 기여하며 동양문화의 계승발전을 목적으로 한다.

주요사업내용

학회지 『동방한문학』(연 1회)간행, 연구발표회 개최, 학술강연회개최, 학술자료수집 및 발간, 선현유적지 및 문화재 답사

회 원 수 정회원 265명, 종신회원 25명

동양고전학회

영 문 The Society of The Eastern Classic

설립일자 1992. 1. 4 | 설립지역 : 서울

설립목적 본 학회는 동양의 고전에 대한 올바른 이해와 그 비판적 계승을 통해 고전의 체계화, 대중화, 현대화에 기여함을 목적으로 한다.

주요사업내용

연 2회 학술발표회 개최, 연 2회 학회지 『동양고전연구』 발간

회 원 수 220명

동양한문학회

영　　문　Dongyang Hanmoon Association

설립일자　1984. 10. 25 | 설립지역 : 부산

1982. 3. 26~1984. 4. 7 까지 12차에 연구발표회를 개최한 釜山漢文學硏究會를 발전적으로 해체하고 釜山漢文學會 창립을 결의함. 1984년 8월 12일 부산한문학회 창립 예비집회를 통해 부산한문학회로 출범함. 1996년 1월 25일 임시총회를 개최하여 학회명을 釜山漢文學會에서 東洋漢文學會로 개칭

설립목적　본 학회는 漢文學硏究를 통하여 傳統文化의 繼承暢達에 기여함을 목적으로 함

주요사업내용

1 창립 이후 현재까지 연 4회(분기별) 연구발표회를 지속적으로 개최

2 1985. 9. 1에 『釜山漢文學硏究(現 東洋漢文學硏究)』 제1집을 발간한 이후로 2001. 11. 1에 『東洋漢文學硏究』 제15집을 출간

회 원 수　136명

문예미학회

영　　문　Society for Aesthetics of literature and Art

설립일자　1984. 2. 20 | 설립지역 : 경북

설립목적　본 학회는 문화, 예술의 과학적 이해를 깊이하고, 이에 관한 체계적 연구를 촉진하며, 그 연구성과들을 대중화하는 데에 목적을 둔다.

주요사업내용

1 별도의 편집원칙에 따라 1년에 2회 이상 학회지 『문예미학』을 발간한다.

2 정기적으로 논문발표회를 개최한다.

3 회원들의 역·저서 발간을 지원한다.

문창어문학회(전 부산대 국어국문학회)

영　　문　Mun Chang Eo-Mun-Hak-Hoi

설립일자　1999. 8. 17

설립목적　본 학회는 국어국문학을 연구하고 이의 발전과 민족문화 창달에 이바지함을 목적으로 한다.

주요사업내용

연 1회 이상 학회지 『문창어문논집』 간행, 학술발표대회 및 강연회 개최, 학술도서 및 자료 간행

문학과영상학회

영　　문　The Korean Association of Literature and Film

설립일자　1999. 1. 30 | 설립지역 : 서울

설립목적　본 학회는 문학과 영화의 교육 및 연구에 관한 학술활동의 증진을 목적으로 한다.

주요사업내용

매달 1회 월례발표회 개최, 학술대회 개최

회 원 수　400명

문학사와비평학회

설립일자　1990. 3. 20 | 설립지역 : 서울

설립목적　한국 근대문학 연구와 비평의 활성화를 목적으로 한다.

주요사업내용

연 1회 학회지 『문학사와 비평』 발간, 학술대회 개최

민족문학사학회

영　　문　The Society for Korean Literary History

설립일자　1990. 4. 14 | 설립지역 : 서울

설립목적　본 회는 우리 민족문학사를 과학적 · 실천적으로 연구하여 진

정한 민족문학을 발전시키는 것을 그 목적으로 한다.

주요사업내용

1990. 4. 14 연세대의 알렌 기념관에서 창립총회를 갖고 정식 출범.

초대 공동대표로 이선영, 임형택 선생님 선임

1990년~현재 수십 회에 걸친 자체 월례발표회 개최

1991년 7월 공동연구 단행본 『북한의 우리문학사 인식』 발간(창작과비평사)

1991. 9 기관지 『민족문학사연구』 창간호를 낸 이래, 1998. 8. 까지 통권 15호를 냄

1994. 5 연구소 제1회 심포지움을 개최 (주제 : 민족문학과 근대성)

1995. 5 단행본 『민족문학과 근대성』 발간(문학과 지성사)

1995. 5 연구소 제2회 심포지움 개최(주제 : 해방 50년과 한국문학)

1995. 7 단행본 『민족문학사 강좌』(상・하) 발간(창작과비평사)

1995. 11 연구소 제1회 공개학술발표회 개최(주제 : 고전소설의 현실성과 낭만성)

1996. 5 연구소 제2회 공개학술발표회 개최(주제 : 1960년대 문학의 쟁점)

1996. 11 연구소 제3회 심포지움 개최(주제 : 민족문학론의 갱신을 위해)

1997. 5 연구소 제3회 공개학술발표회 개최(주제 : 고려시대의 문학)

1997. 6 연구소 제1회 교사모임대상 강좌 개최

1997. 7 제1회 열린대학 한국문학 강좌 개최(주제 : 한국문학의 사적 전개)

1997. 8 단행본 『병세제언록』 출간(창작과비평사)

1997. 9 연구소 제4회 심포지움 개최(주제 : 문학교육의 반성

과 방향 모색)

1997. 10 제2회 열린대학 한국문학 강좌 개최(주제 : 한국문학 작가론Ⅰ)

1998. 1 제3회 열린대학 한국문학 강좌 개최(주제 : 한국문학 연구의 쟁점)

1998. 3 단행본『1960년대 문학연구』발간(깊은샘 출판사)

1998. 5 제4회 열린대학 한국문학 강좌 개최(주제 : 한국문학 작가론Ⅱ)

1998. 7 제5회 열린대학 한국문학 강좌 개최(주제 : 한국문학 사론)

1998. 8 단행본『한국 고전문학 작가론』발간(소명출판)

1998. 10 단행본『1950년대 희곡연구』발간(새미출판사)

1998. 11 제5회 심포지엄 개최(주제 : 근대 계몽기의 문예운동의 시각)

1998. 12 제6회 열린대학 한국문학 강좌 개최

1999. 5 제4회 공개발표회 개최(주제 : 조선후기 서사문학사의 시각)

1999. 6 제6회 심포지엄 개최(주제 : 1970년대 문학연구)

1999. 11 제5회 공개발표회 개최(주제 : 조선후기 서사문학사의 시각 2)

1999. 12 제6회 공개발표회 개최(주제 : 한국문학의 모더니즘)

2000. 2 민족문학사학회 회칙 제정. 학술진흥재단에 학회 등록

2000. 2 단행본『1970년대 문학연구』발간(소명출판)

2000. 4 단행본『근대계몽기의 학술 · 문예사상』발간(소명출판)

2000. 5 학술단체연합회 가입

2000. 10 창립 10주년 기념 학술심포지엄 예정(주제 : 21세기 문학연구의 방향)

회 원 수 정회원 334명

민족어문학회(전 안암어문학회)

영　문　The Society of Korean Language And Literature

설립일자　1956. 1. 10 | 설립지역 : 서울

설립목적　민족어문학회는 한민족의 주체성을 살려 국문학과 국어학의 발전에 이바지할 뿐만 아니라 더 나아가 세계 문학과 어학의 발전에 이바지하고자 하는 취지를 가지고 1956년에 설립되었다. 본 학회는 국문학과 국어학의 연구가 활발하게 진행되기 시작한 시점에 설립되어 한국어문학의 특징을 구명하고 그 위상을 세계에 널리 알리는 데 기여하고자 한다.

회 원 수　정회원 401명, 기관회원

반교어문학회

영　문　The Society Of Bangyo Language And Literature

설립일자　1981. 12. 21 | 설립지역 : 서울

설립목적　반교어문학회는 '국어국문학의 연구'를 목적으로 하며, 다음을 주된 사업으로 한다.

1 학술 연구 발표회

2 학회지 및 연구서 발간

3 기타 필요한 사업

주요사업내용

1 기획 주제를 통한 어문학 연구의 새로운 패러다임 정립
기획 주제를 통해 연구 의욕을 고취하고, 이에 따른 결과물을 책이나 자료집으로 발간하여, 학계의 선도적인 역할을 유도함

2 정례 학술 발표와 토론의 활성화
정례 학술발표를 분기별로 실시하며, 각 발표회의 주제발표문과 토론문을 미리 묶어 인쇄하여 배포함으로써, 활발하고 적극적인 토론을 유도함.

3 홈페이지를 활용한 정보와 자료의 공유

학회 홈페이지를 활용, 학술발표회나 학회지의 파일을 배포하며, 각종 정보를 실시간을 제공함. 아울러 회원의 근황을 알리거나, 회원간의 긴밀한 연락이 가능하도록 웹사이트를 적극적으로 활용함

배달말학회

영 문 Korean Language & Literature Society

설립일자 1973. 3. 15 | 설립지역 : 경남

설립목적 배달말학회는 배달말, 글에 관한 연구 및 연구결과의 보급을 통하여 배달겨레의 문화 창달에 이바지함을 목적으로 한다.

주요사업내용

1 배달말, 글에 관한 연구
2 학회지 『배달말』 및 기타 출판물 간행
3 연구발표회 및 학술강연회 개최
4 배달말 사전 편찬

회 원 수 정회원 148명, 기관회원수 46

백록어문학회

영 문 Paerok Eomun Hakhoi

설립일자 1994. 2. 19 | 설립지역 : 제주

설립목적 백록어문학회는 1994년 2월 19일 국어국문학의 발전과 제주도의 언어·민속에 관심을 가지고 있는 연구자들에 의해 창립되었다. 백록어문학회의 모체는 제주대학교 사범대학 국어교육과의 국어교육연구회이다. 국어교육연구회에서는 매년 학술조사를 실시하고 그 결과를 「학술조사보고서」 혹은 『白鹿語文』에 실어왔다. 그러나, 학생들이 『백록어문』을 출판하기 어렵게 되자, 교수·대학원생·동문들이 중심이 되어 학회로 독립하고 새로운 연구단체로 출발하였다.

백록어문학회는 기존에 국어교육연구회에서 간행하던 『白鹿語文』의 제호를 인수받아 『白鹿語文』 11집부터 본격적인 학술지로 간행하여 왔다. 회원 수는 2001년 1월 현재 250여 명이고, 학회 활동이 활성화됨에 따라 전국 여러 대학의 관련 교수와 전문 학자들의 참여도 지속적으로 확대되고 있다.

비교민속학회

영 문 Asian Comparative Folklore Society

설립일자 1984. 8. 1 | 설립지역 : 서울

주요사업내용

연 2회 학술발표회 개최

1984. 8. 1~14 일본 오키나와 현지민속조사 및 연구발표회(오키나와 현립 박물관 · 오키나와 민속학연구회 초청, 최인학 등 4인)

1984. 9. 15 제2회 정기연구발표회(한글학회)

1984. 11. 10 제3회 정기연구발표회(계명대학교)

1985. 8. 22 제4회 연구발표회(안동대학교 민속학과)

1985. 10. 12 제5회 연구발표회(한양대학교 대학원 303호)

1985. 8 2 제6회 여름학술주제연구발표회 (주제 : 한국인의 점과 주술, 대건빌딩 6층 세미나 룸)

1986. 11. 7 제7회 추계학술연구발표회(천도교 수운회관 서울교구 회의실)

1988. 4. 2 제8회 춘계학술연구발표회(대우재단빌딩 강연실)

1988. 10. 29 제9회 秋季硏究發表會(仁荷大學校 敎授會議室)

1989. 6. 23 제10회 硏究發表會(대우재단빌딩 강연실)

1990. 5. 26 제11회 硏究發表大會(韓國文化藝術振興院 소강당)

1990. 11. 3 제12회 국제연구발표회(한양대학교 대학원 세미나실)

1991. 1. 11~17 韓蒙比較民俗 國內踏査 및 발표회(주제 : 韓

蒙文化 關係史定立을 위한 民俗學比較研究, 한양대학교 대학원 세미나실)

1991. 11. 16 제13회 研究發表大會(주제 : 한·티베트 民俗比較, 국립중앙박물관 사회교육관 2강의실)

1992. 6. 27~30 제2회 TOKYO Workshop(주제 : 굿과 마쯔리, 도쿄 專修大學, 무속 연희팀 등 38명)

1992. 11. 7~8 秋季 14會 研究發表大會(주제 : 民俗과 政策, 한국민속촌)

1993. 6. 26 제15회 하계연구발표회(주제 : 花郎道의 比較民俗學的研究, 國立民俗博物館세미나실)

1993. 7. 3 民譚學者 招請講演會(주제 : 民譚을 통해 본 日本人의 情緖(마음), 國立民俗博物館 세미나실, 講演者 : 河合準雄) 討論會(주제 : 韓日民譚 比較研究)

1993. 8. 4~7 제3회 Workshop 및 한중민속예술의 비교연구발표회(주제 : 한국의 탈춤과 중국의 地戱)

中韓·韓中民俗藝術比較研究發表會(云南省社會科學院, 云南省昆明市,貴州省安順市)

1993. 9. 17~19 任晳宰 先生『任晳宰全集口傳說話』完刊紀念 및 90誕生紀念 東아시아 比較民俗學國際 심포지움(아카데미 하우스)

1993. 12. 15 '93 망년회 및 제16회 연구발표회(주제 : 性과 民俗, YMCA 7층 자원방)

1994. 1. 18 제17회 연구발표회(YMCA 7층 자원방)

1994. 6. 17~18 제18회 하계연구발표대회(주제 : 民俗과 性, 國立民俗博物館 會議室)

1994. 12. 26~29 冬季 한일연구발표회 및 踏査(주제 : 민속으로 본 남녀의 역할분화, 日本愛知縣春日井市 中部大學)

1995. 4. 29 제19회 춘계학술연구발표회 및 斗山金宅圭教授停年紀念論文集 奉呈式(경기도 포천군 이동 백운계곡)

1995. 7. 8 이사회 겸 제20회 연구발표회(주제 : 정신민속으로 본 한국인의 상상체계, 한국의 집)

1995. 11. 17~18 제21회 가을학술발표대회(주제 : 한국지역축제문화의 재조명－현재와 미래－, 국립민속박물관 강당, 축제문화협의회 · 국립민속박물관 공동주최)

1995. 12. 9 총회 및 제22회 연구발표회(한양대학교 대학원 415 세미나실)

1996. 4. 6 제23회 춘계학술대회 및 동계성병희박사정년기념논문집 봉정식(국립민속박물관 세미나실)

1996. 7. 10~30 1996년 '재외동포생활문화조사연구'를 위한 중국답사(안도현 장승향 신툰, 도문시)

1996. 7. 21~22 中 · 韓 구비문학 비교연구 대회(중국 길림성 연길시 연변대학)

1996. 11. 1~2 제3회 한중일 비교 설화학술대회(주제 : 笑話의 類型과 特色, 한양대)

1996. 11. 30 제24회 추계연구발표회(대전대학교 지산도서관 5층 회의실)

1997. 5. 17 제25회 춘계학술발표회(주제 : 동아시아 결혼문화와 비교, 한양대학교 박물관 세미나실)

1997. 12. 13 제26회 동계학술발표회(주제 : 亞細亞의 喪禮 文化와 比較, 한양대학교 사범대학교 멀티미디어실)

1998. 6. 13 제27회 하계 학술발표회(주제 : 아세아 産俗(出産儀禮)와 比較, 한양대학교 박물관 세미나실)

1998. 11. 28 제28회 동계 학술발표회(주제 : 아시아의 제례, 한양대학교 박물관 세미나실)

1999. 6. 12 제29회 하계 학술발표회(주제 : 아세아 한중의 세시풍속, 한양대학교 사범대학교 3층 세미나실)

1999. 11. 20 제30회 동계 학술발표회(주제 : 아시아의 축제와 굿, 국립민속박물관 강당)

1999. 12. 16~22 Vietnam−Cambogia Workshop「베트남 한국 민간문화 비교학술대회」(베트남)

2000. 5. 13 임석재 선생 학문의 조명 발표회(주제 : 임석재 학문의 조명, 민속학회·한국민속학회·역사민속학회·실천민속학회·한국문화인류학회·굿학회·국립민속박물관 공동주최, 한양대학교 사범대학교 멀티미디어실)

2000. 10. 28~29 제6차 한·중·일 설화학술대회 국제 심포지움(국립민속박물관, ASIA설화학회)

2000. 11. 25 제31회 동계 학술발표회(주제 : 놀이와 신앙, 한양대학교 백남학술정보관 6층 국제회의실)

2001. 7. 22~28 HIROSHIMA SYMPOSIUM & SHIMANE WORKSHOP(文化의 多樣性과 共通性·古代 韓日神話의 발자취를 찾아)

2001. 10. 13 韓·蒙 民俗文化의 比較(비교민속학회·한국몽골학회 공동학술회의) 제1주제(한·몽 의례·놀이문화 비교)

2002. 1. 18 2001년 비교민속학회 동계학술대회(주제 : 民俗과 藝術, 안동대학교 어학원 시청각실)

회 원 수 정회원 297명

사림어문학회

영 문 The Society of Sa-Rim Language And Literature

설립일자 1998. 5. 20

설립목적 본 회는 회원 상호간의 유대와 면학풍토를 조성하여 국우 국문학에 대한 학문적 욕구를 충족시킴으로써 창원대학교 국문과의 학부 및 동 대학원의 발전에 기여함을 목적으로 한다.

주요사업내용

학과 기관지 『사림어문연구』의 발간, 연구발표회 및 기타 학술활동을 행한다.

상명어문학회

영　문　The Society of Sang-Myoung Language And Literature

설립일자　1999. 2. 5

설립목적　국어국문학의 연구 활성화를 도모하고 회원간의 학술 교류를 증진시킨다.

주요사업내용

학술 발표회 개최, 연 1회 학회지 『자하어문논집』 발간

상허학회

영　문　The Leaned Society of Sanghur's Literture

설립일자　1992. 12. 11 | 설립지역 : 경기

설립목적　상허 이태준에 애정을 갖고 있는 사람으로서 '상허 이태준과 그의 문학'이라는 공동 관심사를 두고 전문 연구가를 주축으로 연구회를 결성, 상허 이태준이라는 작가와 그의 작품을 집중적으로 연구하며, 그 성과물을 출판하고 기념 사업을 추진키로 함.

주요사업내용

사업 및 연구활동은 상허 이태준을 비롯한 한국의 근대문학에 대한 조사. 연구 및 연구 결과의 보급을 통하여 한국문학 발전에 이바지함을 목적으로 다양한 사업 및 연구활동을 이루어 왔다.

상허 이태준 문학에 대한 자료조사, 수집, 연구.

1 상허 이태준 명예 졸업장 수여(때 : 1994년 2월 14일/곳 : 휘문고등학교 졸업식장)

2 '이태준 문인비' 설치에 관한 공청회 참가(때 : 1994년 5월 6일/곳 : 철원 군청 회의실/참가자 : 민충환, 이병렬)

3 상허 이태준 탄생 90주년 기념식 및 희곡 공연(때 : 1994년 11월 4일/곳 : 동숭동 민예 소극장/공연 희곡 : 『산사람들』, 『어머니』)

4 상허 생가 및 철원 답사(때 : 1996년 6월 28일(금요일)/참가자 : 회장 민충환 외 12명)
5 상허 추모제 참가(때 : 1998년 6월 7일, 일요일)/참가자 : 회장 김현숙 외 7명/때 : 1999년 7월 2일, 금요일/참가자 : 고문 이동진 외 2명)
6 상허 선생 추모 제례 거행(때 : 1998년 11월 4일 · 2000년 11월 4일/곳 : 성북동 상허 고택)
7 이태준 전집 간행
8 연구 성과의 출판 및 보급
「이태준 문학 연구」, 『상허학보』 1호, 깊은샘, 1993. 12
「박태원 문학 연구」, 『상허학보』 2호, 깊은샘, 1995. 5
「근대문학과 구인회」, 『상허학보』 3호, 깊은샘, 1996. 8
「우리시대의 시집」, 『우리시대의 작가』, 계몽사, 1997. 10
『1930년대 후반문학의 근대성과 자기 성찰」, 『상허학보』 4호, 깊은샘, 1998. 11
「근대문학과 이태준」, 『상허학보』 5호, 깊은샘, 1999. 8(문공부 2000년 우수도서 선정)
「1920년대 동인지 문학과 근대성 연구」, 『상허학보』 6호, 깊은샘, 2000. 8
「1920년대 문학의 재인식」, 『상허학보』 7호, 깊은샘, 2001. 8

새얼어문학회(전 동의대 국어국문학회)

영　문　The Sae-Ul Language and Literature Association
설립일자　1998. 8. 1
설립목적　이 회는 국어학과 국문학에 관해 토론 연구하여 학문적 발전을 도모하는 것을 목적으로 한다.
주요사업내용
연구 및 발표, 연 1회 회지 『새얼어문논집』 간행

서강어문학회

영　　문　THE SOCIETY OF KOR. LAGUAGE & LITERATURE AT SOGAUG UNIV.

설립일자　1981. 6. 1 | 설립지역 : 경기

설립목적　본 학회는 한국어와 한국문학을 연구하고 발전시키기 위한 여러 사업을 하는데 목적을 둔다.

주요사업내용

학회지 『서강어문』 발간, 학술발표회 개최.

회 원 수　정회원 194명, 특별회원 10명

성신한문학회

영　　문　SINO－KOREAN LITERARY SOCIETY OF SUNGSHIN

설립일자　1988. 3. 1

설립목적　본 회는 韓國漢文學과 漢文敎育에 대한 諸般硏究를 함으로써韓國漢文學 發展에 이바지함을 그 目的으로 한다.

주요사업내용

연 1회 『성신한문학』 발간, 학술발표회 개최

회 원 수　정회원 70명, 준회원 120명, 명예회원 3명

성심어문학회

영　　문　The Society of Sueongsim Language and Literature

설립일자　2000. 10. 28 | 설립지역 : 경기

설립목적　본 학회는 국어국문학을 체계적으로 연구함으로써 한국적 어문이론을 정립하여 인문학적 지평을 확대하는 것을 목적으로 한다.

주요사업내용

회지 『성심어문논집』 간행, 국어국문학 학술총서 간행, 연구서적 및 연구자료집 발간, 학술발표회 개최

회 원 수　131명

숙명어문학회

영　　문　The Society of Sook-Myong Language And Literature

설립일자　1997. 1. 25

설립목적　본 회는 국어국문학 연구를 목적으로 한다.

주요사업내용

연 1회 회지『숙명어문논집』간행, 연구자료의 수집 및 간행, 연구 발표회 및 학술 강연회 개최, 국내외 학술정보 교류

회 원 수　80명

숭실어문학회

영　　문　The Society Of Soongsil Language And Literature

설립일자　1983. 6. 10 | 설립지역 : 서울

설립목적　본 회는 국어국문학의 연구를 통하여 학술 발전을 도모하며,

1 연구 발표회 및 학술 간행회 개최

2 연구 논문집 간행 및 기타 학술지 발간

3 기타 학술활동과 친목에 관련된 사업

주요사업내용

1987. 8 숭실어문연구회 창립

1987. 4『숭실어문』제4집 간행

1988. 3 제1회 학술발표회 개최

1996. 7 숭실어문학회로 확대 개편

1999. 11 제1차 전국학술대회(주제 : 새세기 한국어문학의 전망)

2000. 12 제2차 전국학술대회(주제 : 기독교와 한국 어문학)

2001. 6 숭실어문 17집 간행

2001. 11 제3차 전국학술대회(주제 : 사행문학의 세계)

회 원 수　정회원 180명

시학과언어학회

영 문 Poetics & Linguistics

설립일자 2001. 3. 31 | 설립지역 : 서울

설립목적 본 학회의 설립 목적은 시학과 언어학을 연구하고 발전시키는 데 있다. 그리고 이러한 학회의 설립 목적을 달성하기 위해 본 학회에서는 다음과 같은 사업을 실시한다.

1 언어 문화 전반의 연구와 발전을 위한 자료 조사, 수집, 이론 계발 등 제반 활동

2 정기 학술발표대회 개최 및 학회지 발간

3 연구 성과의 출판, 보급 및 국제화 사업

4 기타 언어 문화의 발전을 위하여 필요한 사업

안동어문학회

영 문 Andong Eomun-hakhoi

설립일자 1996. 9. 1

설립목적 이 회는 국어국문학을 연구하고 이의 발전과 민족문화 창달에 이바지함을 목적으로 한다.

주요사업내용

연 1회 학회지 『안동어문학』 간행, 학술발표대회 및 강연회 개최, 학술서적 및 학술자료 간행 등

어문연구회

영 문 The Socierty of Language and Literature

설립일자 1962. 11. 7

설립목적 본 회는 국어학, 국문학, 민속학, 한문학을 연구함으로써 향토문화의 고유성을 중점 계발하여 민족 문화 창달에 기여하고 나아가 세계 문화의 대열에 일익을 담당할 것을 목적으로 한다.

회 원 수 정회원 354명, 특별회원 16명

주요사업내용

학회지 『어문연구』 발행(연간)

어문연구학회

영　　문　The Research Socierty Of Language And Literature

설립일자　1962. 11. 19 | 설립지역 : 대전

설립목적　본 학회는 국어국문학을 연구함으로써 한국문화의 전통성과 향토문화의 고유성을 중점 계발하여 민족문화 창달에 기여하고 나아가 세계문학의 대열에서 일익을 담당할 것을 목적으로 한다.

주요사업내용

1 학회지 발간
국어국문학 관련 논문을 1년에 3회 발간
국어학, 고전문학, 현대문학, 구비문학의 네 분야의 논문을 엄정한 심사를 거쳐 수록

2 학술대회 개최
1년에 2회 춘계와 추계로 전국 학술대회 개최
비정기적으로 분과별 학술 발표회 개최

회 원 수　정회원 440명, 준회원 132명, 영구회원 8명, 기관회원수 24

연민학회

영　　문　Yonmin Classical Literature Association

설립일자　1992. 4. 6

설립목적　본 학회는 연민 선생과 그 학풍을 선양하고 한국고전문학과 한문학, 중국문학을 연구하고 회원간의 친목을 도모함을 목적으로 한다.

주요사업내용

연 2회 학술발표회 개최, 연 1회 학회지 『연민학지』 발간

회 원 수　300명

열상고전연구회

영　　문　Society Of Yol-Sang Academy

설립일자　1986. 1. 18 | 설립지역 : 서울

설립목적　한국 고전문학과 관련된 제반 연구를 목적으로 한다.

주요사업내용

학술 발표회 개최, 연 1회 학회지 『열상고전연구』 발간.
단행본 『한국의 서발』(1992. 12. 1), 『한국서발전집』 8책(1989. 6. 1), 연민 이가원 선생 팔질 송수기념 논문집(1997. 4 . 1), 『홍루몽 신역 1』(1988. 5. 1) 발간

회 원 수　정회원 149명

영주어문학회

영　　문　The Society of Youngju Language and Literature

설립일자　2001. 3

설립목적　국어국문학 전반을 연구하는 것을 목표로 한다.

주요사업내용

제주대학교 국어국문학과를 중심으로 한 정기 학술발표회 개최, 연 1회 학회지 『영주어문』 발간

온지학회

영　　문　The Society of Onji Studies

설립일자　1994. 9. 24 | 설립지역 : 서울

설립목적　東洋의 古典으로부터 현대에 맞는 삶의 가치를 발견하고, 그것을 통하여 21세기에도 통용될 수 있는 정신적 좌표의 설정을 목적으로 한다.

주요사업내용

학술발표회, 연 3회, 학회지는 연 1회(현재 제7집 발간 상태임)
「학제간의 대화」 주제로 학술발표회 개최
1 소리와 빛의 만남의 의의(권오성, 국악학회장・한양대학교 교수)
2 한국성을 결정하는 한국인의 체질적 요인(조용진, 온지학회장・서울교육대학교 교수)
3 제의와 놀이문맥 속의 옛 노래(조규익, 숭실대학교 교수)
4 조선후기 문회도의 탄금상(송희경, 이화여자대학교 강사)
5 음악에서의 한국성(신대철, 강릉대학교 교수)
6 조선후기의 회화를 통해 본 음악문화(황미연, 전주대학교 교수)
7 불화에 표현된 불교의례와 음악(송혜진, 숙명여자대학교 교수)
8 좌우뇌성적(左右腦性的)인 시각으로 본 한국적 미의 정체(최준식, 국제한국학회 회장・이화여자대학교 교수)
9 풍속화와 영상인류학(김영훈, 이화여자대학교 교수)

회 원 수 215명

우리말글학회

영 문 Urimalgeulhakhoe

설립일자 1982. 3. 1 | 설립지역 : 서울

설립목적 본 학회는 우리 말과 우리 글을 종합적으로 연구하여 우리 문화 창달에 이바지함을 목적으로 한다.

주요사업내용
연간 학회지 『대구어문론총』 발행, 전국학술발표대회 개최, 『우리말글』발간

회 원 수 정회원 419명, 기관회원수 10

우리어문학회

영　　문　The Society of Korean Language and Literature
설립일자　1975. 3. 12 | 설립지역 : 서울
설립목적　국어국문학의 제반 문제를 연구하고 그 결과를 발표하는 것을 목적으로 한다.
회 원 수　정회원 104명, 영구회원 51명

우리한문학회

영　　문　Woori Society of Korean Language in Classical Chinese
설립일자　1998. 8. 16 | 설립지역 : 경북(영남대학교)
설립목적　본 학회는 한문학을 전공한 학자를 중심으로 구성되며, 한문으로 이루어진 우리나라의 고전에 대한 학술 연구를 목적으로 한다. 한문학, 경학, 한문교육학 등에 대한 연구 및 새로운 자료에 대한 검토와 소개를 도모한다.
주요사업내용
본 회는 학술 연구 발표회 개최, 학회지『한문학보』및 연구서 발간, 기타 필요한 사업을 수행한다. 본 학회는 젊은 연구자들을 중심으로 구성되어 있는 바, 기성 학회의 관점을 창조적으로 계승하면서 비판적인 관점과 연구 시각을 지향함으로써 한문학의 저변확대 및 생산적인 연구 기풍을 확립하고자 한다. 시기적으로는 삼국시대부터 애국계몽기 한문학까지 아우르며, 한시 산문 소설 한문교육 등 한문학과 관련된 다양한 영역에 대한 종합적인 연구를 시도한다.
회 원 수　정회원 60명, 준회원 40명, 영구회원 44명

우암어문학회

영　　문　The Society of U-Am Language and Literature
설립일자　1994. 2. 25
설립목적　본 회는 국어국문학과 국어교육학에 관해 연구하고 토론하여,

학문적 유대와 교류를 도모하는 것을 목적으로 한다.

주요사업내용

부산외국어대학교 국어국문학과를 중심으로 한 학술 발표회 개최, 연 1회 학회지 『우암어문논집』 간행

회 원 수 120명

이화어문학회

영　　문 The Society Of Ewha Korean Language And Literature

설립일자 1976. 6. 15 | 설립지역 : 서울

설립목적 본 회는 우리의 국어국문학을 과학적, 실천적으로 연구하여 민족문화 및 세계문화의 발전에 기여함을 목적으로 한다.

주요사업내용

학회지 『이화어문논집』 발행(연 1회)

정기학술대회 개최(연 4회)

인천어문학회

영　　문 The Society of In-Cheon Language and Literature

설립일자 1999. 12. 1 | 설립지역 : 인천

설립목적 학문연구

학술지발간

기타사업

중앙어문학회

영　　문 The Society of Chung-Ang Language and Literature

설립일자 1993. 1. 26 | 설립지역 : 서울

설립목적 본 회의 목적은 국어국문학의 연구를 통해 국어국문학의 발전에 기여하고 국어국문학의 학풍을 진작함에 있다.

주요사업내용

국어국문학에 관한 연구, 연구자료의 수집과 정리, 연구 결과의 평가, 편집, 연구 발표회와 세미나 개최, 학회지『어문론집』의 간행, 내외 연구단체와의 제휴

청관고전문학회

영 문 The Society of Chung-Kwan Korean Classical Literature
설립일자 1988. 8. 18
설립목적 본 회는 한국고전문학 연구 및 친목 도모를 목적으로 한다.
주요사업내용
1 학술 연구 발표회 (연 4회)
2 학회지『고전문학과 교육』발간(연 1회)
3 기타 연구 활동 및 필요한 활동
회 원 수 54명

청람어문교육학회

영 문 The Society of CHUNGRAM Language And Literature Education
설립일자 1987. 3. 5 | 설립지역 : 충북
설립목적 우리나라 국어와 문학의 체계적인 연구와 지방문화의 다방면의 연구를 통하여 국학 발전에 일익을 담당하려 한다.
주요사업내용
학회지『청람어문학』발간, 학술발표회 개최
회 원 수 정회원 425명

충남시문학회

영 문 CHUNGNAM POETRY ACADEMY
설립일자 1987. 6. 20
설립목적 회원 간의 상호 유기적인 학문정보교류, 국문학 및 현대문학 연구활동의 활성화, 중부권의 전공교수 및 연구자의 상호친

목, 논문집발간, 세미나 개최

주요사업내용

학회지 『현대문학연구』 발간

회 원 수　정회원 50명, 준회원 59명, 특별회원 1명

판소리학회

영　　문　The Korean Society of Pansori

설립일자　1984. 5. 19 | 설립지역 : 서울

설립목적　1984년에 창립된 판소리학회는 우리 전통 문학예술의 정수인 판소리에 대한 학술적 연구를 통하여 판소리의 예술적 가치를 밝히고, 판소리의 새로운 진흥을 통한 민족문화의 발전을 추구하는 것을 목적으로 한다. 문학과 음악, 연극 등의 여러 요소를 한 데 아우르고 있는 종합예술로서의 판소리의 특성에 걸맞게, 문학과 음악, 연희를 전공하는 여러 연구자들이 서로 협력하여 연구작업을 수행할 수 있도록 한다. 판소리학회는 단지 판소리에 대한 학술연구 작업에 그치지 않고 학자와 판소리 예인과의 폭넓은 교류를 통한 판소리의 실질적 진흥에도 힘쓴다. 판소리 학술상을 제정하여 연구의 진흥을 꾀하는 한편으로 판소리가 세계문화유산으로 지정되도록 하는 데도 기여할 수 있도록 한다.

주요사업내용

학회지 『판소리 연구』 연 1회 발간

1984. 5. 19 판소리학회 창립, 창립회원 23명, 초대회장에 강한영 교수

1988. 5. 26 3대 회장에 허규 국립극장장 선출

1992. 5. 9 5대 회장에 이보형 문화재전문위원 선출

1996. 5. 24 7대 회장에 김대행 서울대학교 교수 선출

2000. 6. 4 9대 회장에 성현경 서강대학교 교수 선출

2001. 5. 27 9대 회장 성현경 교수 유고로 김진영 경희대학교

교수 선출

2001. 5. 26~27 제36차 연구발표회(주제 : 판소리의 전승과 유파)

2001. 10. 13~14 제37차 연구발표회(주제 : 판소리의 어제와 오늘)

2001. 12. 1 제38차 연구발표회(주제 : 송만갑의 생애와 예술)

2002. 5. 11 제39차 연구발표회(주제 : 판소리의 이면과 구현 양상)

회 원 수 300명

한국고문서학회

영 문 The Society of Korean Historical Manuscripts

설립일자 1991. 4. 26 | 설립지역 : 서울

설립목적 本會는 古文書 및 이와 연관되는 學問分野의 硏究를 통하여 韓國學 發展에 寄與함을 目的으로 한다.

주요사업내용

월례발표회 개최, 학회지 『고문서연구』 발간

한국고소설학회

영 문 The Society of the Korean Classical Novel

설립일자 1988. 2. 27 | 설립지역 : 서울

설립목적 본 회는 한국고소설을 연구하고, 자료를 발굴 정리하며 연구결과의 평가를 통해 소설사 및 소설론, 작가론 등의 이론을 정립하여 한국 고소설 연구의 새로운 방향을 제시하는 데 목적을 둔다.

주요사업내용

연혁 및 활동

1988. 2. 27 한국고소설연구회 창립총회(회장 : 김진세, 총

무 : 우쾌제)

1988. 4. 23 제1차 연구발표회(서울관광호텔 11층 양식부)

1988. 7. 7 제2차 연구발표회(충남 공주군 계룡산 동학산장)

1988. 11. 12 제3차 연구발표회(청주시 충북대학교 회의실)

1989. 2. 14 제4차 연구발표회(광주시 금수장호텔 회의실)
제2차 정기총회(회장, 총무 유임)

1989. 5. 20 제5차 연구발표회(경기 안성군 미산리 김진세 회장댁)

1989. 7. 12 제6차 연구발표회(부산시 해운대 극동호텔 회의실)

1989. 10. 21 제7차 연구발표회(대전시 충남대학교 인문대학 회의실)

1990. 1. 15 제8차 연구발표회(대구시 뉴영남관광호텔 회의실)
제3차 정기총회(회장 : 소재영, 총무 유임)

1990. 5. 19 제9차 연구발표회(대전시 충남대학교 인문대학 회의실)

1990. 7. 12 제10차 연구발표회(서울시 숭실대학교 과학관)

1990. 10. 27 제11차 연구발표회(대전시 충남대학교 인문대학 회의실)

1991. 1. 8 제12차 연구발표회(전주시 전북대학교 인문대학 회의실)
제4차 정기총회(회장단 유임)

1991. 5. 18 제13차 연구발표회(대전시 충남대학교 인문대학 회의실)

1991. 7. 15 제14차 연구발표회(춘천시 강원대학교 회의실)

1991. 10. 19 제15차 연구발표회(대전시 충남대학교 인문대학 회의실)

1992. 1. 8 제16차 연구발표회(충북 수안보관광호텔 회의실)
제5차 정기총회(회장 : 김현룡, 총무 : 우쾌제, 감사 : 김기현)

1992. 4. 25 제17차 연구발표회(대전시 충남대학교 인문대학

회의실)

1992. 7. 9 제18차 연구발표회(충남 아산군 순천향대학교 강당)

1992. 10. 30 제19차 연구발표회(대전시 충남대학교 인문대학 회의실)

1993. 1. 5 제20차 연구발표회(천안시 단국대학교 국제회의실)

1993. 5. 8 제21차 연구발표회(대전시 충남대학교 인문대학 회의실)

1993. 6. 23 제22차 연구발표회(강릉시 관동대학교 예술관)

1993. 10. 23 제23차 연구발표회(대전시 충남대학교 인문대학 회의실)

1994. 1. 14 제24차 연구발표회(대전시 한남대학교 문과대학 회의실)

제6차 정기총회(회장 : 사재동, 부회장 : 박용식, 총무 : 민영대)

1994. 5. 14 제25차 연구발표회(대전시 충남대학교 인문대학 회의실)

1994. 8. 16 제26차 연구발표회(충남 논산군 건양대학교 대강당)

1994. 10. 29 제27차 연구발표회(대전시 충남대학교 인문대학 회의실)

1995. 1. 24 제28차 연구발표회(성남시 한국정신문화연구원 대강당)

1995. 5. 20 제29차 연구발표회(대전시 충남대학교 인문대학 회의실)

1995. 8. 18 제30차 연구발표회(익산시 원광대학교 숭산기념관 세미나실)

1995. 10. 21 제31차 연구발표회(대전시 한남대학교 국제회의실)

1996. 1. 24～1. 25. 제32차 연구발표회(서울 성신여자대학교 수정관 410호실)

1996. 5. 18 제33차 연구발표회 (고려대학교 인촌기념관)

1996. 7. 10～12 제34차 연구발표회(제주도 제주대학교)

주제발표 : 제주도와 서사문학
1996. 10. 19 제35차 연구발표회 (서강대학교 다산관)
1997. 2. 3~4 제36차 연구발표회 (건국대학교 충주캠퍼스)
주제발표 : 몽유록계 소설
1997. 5. 10 제37차 연구 발표회 (한남대학교 공학관)
1997. 7. 10~11 제38차 연구발표회 (부산 해운대 글로리아 콘도)
주제발표 : 고소설의 한 · 중 · 일 관계
1997. 10. 11 제39차 연구발표회 (인천대학교 대학원관)
1998. 2. 10 제40차 연구발표회 (건국대학교 국제회의실)
주제 : 한국 고소설의 표기 문제(동방문학비교연구회, 한국중국소설학회 공동주최)
1998. 5. 9 제41차 연구발표회 (연세대학교 국학연구원)
1998. 7. 16~17 제42차 연구발표회 (경북대학교 국제회의실)
주제 : 『홍길동전』의 종합적 고찰
1998. 10. 10 제43차 연구발표회 (대전대학교 지산 도서관 회의실)
1999. 2. 10 제44차 연구발표회 (서강대학교 다산관 국제회의실)
주제 : 『사씨남정기』의 몇 가지 문제
1999. 6. 12 제45차 연구발표회 (서강대학교 다산관)
1999. 8. 20 제46차 연구발표회 (이화여자대학교 인문관 111호)
1999. 11. 13 제47차 연구발표회 (연세대학교 인문관 110호)
2000. 1. 24 제48차 연구발표회 (인천대학교 본관 7층 합동강의실)
2000. 6. 10 제49차 연구발표회 (서강대학교 다산관 DB101호)
2000. 8. 16 제50차 연구발표회 (단국대학교 공대 320호)
2000. 11. 18 제51차 연구발표회 (이화여자대학교 가정관 312호)
2001. 1. 30 제52차 연구발표회 (고려대학교 민족문화연구원)

한국고시가문학회

영　문　THE SOCIETY OF KOREAN CLASSIC POETRY

설립일자　1990. 2. 9 | 설립지역 : 광주

설립목적　한국 고시가문학 유산을 체계적으로 조사, 정리, 연구함으로써 한국전통 문화의 실상을 이해하고 그 가치를 밝히며, 나아가 한국학의 발전에 기여하는 데 있음

주요사업내용

단행본 『광주고전역총서 漢時文 1 · 2』(1995) 발간, 학회지 『古詩歌硏究』 발간.

회 원 수　정회원 102명

한국고전문학회

영　문　Korean Classical Literature Association

설립일자　1970. 6. 15 | 설립지역 : 서울

설립목적　한국 고전문학(古典文學)에 관한 연구 조사 및 연구 결과의 보급 향상에 이바지함을 목적으로, (1) 연구발표회 개최 (2) 연구 논문집 간행 (3) 공동 기획 연구 등을 수행한다.

주요사업내용

1 학술발표회

정기학술발표회(월례 발표회) 개최

기획 학술발표대회 2회(동계 · 하계) 개최

2 정기간행물 발간

『고전문학연구』(1973년 창간, 1,000부 발행, 현재 20집 간행/12집부터 연 2회 간행)

3 연구논문집 발간

『한국소설문학의 탐구』(1978)

『근대문학의 형성과정』(1983)

『고전소설연구의 방향』(1985)

『문학작품에 나타난 서울의 형상』(1994, 230쪽)

『문학과 사회집단』(1995, 386쪽)

『국문학과 불교』(1996, 407쪽)
『국문학과 도교』(1998, 412쪽)
『국문학의 구비성과 기록성』(1999, 500면)
『국문학과 문화』(2001, 476면)

회 원 수　정회원 640명, 종신회원 125명, 명예회원 5명, 단체회원 46

한국고전여성문학회

영　　문　The Society Of Korean Classical Woman Literature

설립일자　2000. 1. 29 | 설립지역 : 서울

설립목적　본 학회는 한국 고전 문학의 여성적 시각에 의한 접근과 여성 관련 분야에 대한 연구를 목적으로, 여타의 연구 성과들과 활발한 교류를 도모함으로써 한국 고전 문학과 여성 문화 연구의 활성화에 기여하도록 한다.

주요사업내용

연 3회 이상의 학술발표회 개최 및 연 1회 하계워크샵 개최
연 6회 이상의 정기 콜로퀴움 개최 (2002. 6. 제15회 콜로퀴움)
2000～2002. 연 2회 학회지 『한국고전여성문학연구』 간행
2002. 6. 단행본 『조선시대의 열녀담론』 간행

회 원 수　정회원 200명, 기관회원 2

한국고전연구학회

영　　문　The Research of The Korean Classic

설립일자　1994. 7. 1 | 설립지역 : 서울

설립목적　본 학회는 한국고전문학의 연구와 학문적인 교류를 목적으로 한다.

주요사업내용

학회지 『한국고전연구』 발간(연 1회), 연간 4회 학술발표회 개최

회 원 수　정회원 100명

한국교열기자회

설립일자　1975. 10. 17

설립목적　본 회는 교열기자들의 상호 친목을 통한 유대 강화 및 권익 보호와 교열기자로서의 품위를 유지하고 사명감을 고취하며 회원들의 어문연구 활동을 위한 각종 지원을 해줌으로써 보도 용어 순화와 국어 문화 창달에 이바지하며 나아가 국가 어문 정책 발전에 기여함을 목적으로 한다.

회 원 수　전국 37개 회원사 약 600여 명

주요사업내용

계간지『말과 글』발행

공동 세미나 개최

신문・방송 보도 용어 순화 자료집 발간

한국구비문학회

영　　문　THE SOCIETY OF KOREAN ORAL LITERATURE

설립일자　1993. 8. 17 | 설립지역 : 서울

설립목적　한국 구비문학을 대상으로 기초적인 문학 이론의 개발과 한 민족문학의 실상과 특질을 구명한다. 이를 위해 한국 구비문학의 기초자료 조사와 연구를 중점적으로 한다.

주요사업내용

연구발표회 개최(국제학술회의 포함), 강연회의 개최, 구비문학 자료 조사 사업, 자료집 간행

학회지 간행, 연구서 간행, 연구 정보의 집적 및 교환

1992. 6. 가칭 구비문학연구회라는 비공식적 연구발표 모임 결성.

이후 1993년 5월까지 총 4회에 걸쳐 14건의 연구발표 수행.

1993. 8. 17. 한국구비문학회 창립. 창립회원 34명.

회칙을 제정하고 초대 회장에 서대석 교수(서울대학교) 선출.
1995. 8. 17. 2대 회장에 서대석 교수 선출(연임).
1997. 2. 12. 3대 회장에 조희웅 교수(국민대학교) 선출.
1999. 8. 19. 4대 회장에 조희웅 교수 선출(연임).
2001. 8. 16. 5대 회장에 김대행 교수(서울대학교) 선출.
1993. 8. 이래 총33회에 걸쳐 144건의 연구발표 수행.
『구비문학연구』 제1집~13집(연 1회) 발간
『한국구비문학사연구』 : 1998. 1. 30 발간
『구비문학의 연행자와 연행양상』 : 1999. 1. 30 발간
『구비문학과 여성』 : 2000. 1. 30 발간
『동아시아 제민족의 신화』 : 2001. 1. 30 발간
『구비문학과 인접학문』 : 2002. 1. 30 발간

회 원 수 정회원 274명, 단체회원 40

한국극예술학회

영 문 Learned Society of Korean Drama and Theatre

설립일자 1987. 4. 25 | 설립지역 : 대구

설립목적 본 회는 한국의 극예술에 대한 조사·연구 및 연구 결과의 보급을 통하여 한국의 극예술 발전에 이바지함을 목적으로 한다.

주요사업내용

1991년부터 매년 1회 논문집 『한국극예술연구』를 발행하였으며 1999년도 9집부터는 4월 30일과 10월 31일, 연 2회 정기적으로 발행하여 오고 있다. 또한 매년 2월, 5월, 8월, 11월 첫 주 토요일 경에 정기학술발표회를 개최하고 있으며 이중 2월의 발표는 전국학술발표대회로 개최한다. 본 학회는 친목적, 형식적 성격의 학술발표회를 지양하고, 진지하고도 생산적인 장시간의 토론을 거치는 실질적인 학술발표회를 통해 주목할 만한 연구성과를 축적하고 있다.

한국근대문학회

영　문　Modern Korean Literature Association

설립일자　1999. 5. 26 | 설립지역 : 서울

설립목적　한국 근대문학 연구의 갱신을 목표로 창립

주요사업내용

학술 발표회 관련 사항 : 연 2회 지금까지 6회

1999. 5. 26 창립발기대회(동국대학교)

1999. 11. 20 한국근대문학회 창립총회, 창립기념 학술대회(서강대학교)

2000. 4. 30 반년간 『한국근대문학』 2000년 창간호 발간(태학사)

2000. 6. 10 한국근대문학회 제2회 학술대회(동국대학교) 「대화적 비평을 위하여」

2000. 12. 1. 반년간 『한국근대문학』 2000년 제2호 하반기 발간(태학사)

2000. 12. 16 한국근대문학회 제3회 학술대회(서울시립대학교) 「한국근대문학연구비판」

2001. 4. 30 반년간 『한국근대문학』 2001년 제3호 상반기 발간(태학사)

2001. 5. 19 한국근대문학회 제4회 학술대회(이화여자대학교) 「대화적 비평을 위하여」

2001. 10. 31 반년간 『한국근대문학』 2001년 제4호 하반기 발간(태학사)

2001. 11. 17 한국근대문학회 제2회 학회총회, 제5회 학술대회(동국대학교)「한국문학과 식민주의－공모와 저항」

2002. 4. 30 반년간 『한국근대문학』 2002년 제5호 상반기 발간(태학사)

2002. 5. 18 한국근대문학회 제6회 학술대회(경기대학교) 「채만식 탄생 백주년 기념 문학제」

회 원 수　200명

한국동서비교문학학회

영 문 The Korean Society of East-West Comparative Literature

설립일자 1997. 7. 7 | 설립지역 : 서울

설립목적 서양 문학을 연구하는 우리나라 학자들이 많이 느껴왔던 어려움 중의 하나인 주체성의 회복, 즉 동양인으로서 서양문학의 연구를 통한 우리나라에의 기여를 돕는 것을 목적으로 설립되었다.

주요사업내용

본 학회는 봄과 가을에 정기학술발표회를 갖고 있으며, 지금까지 연 1회 발간하던 학술지 『동서비교문학저널』을 연 2회 발간하고 있다.

회 원 수 정회원 132명, 단체회원 11

한국문학과종교학회

영 문 KOREAN SOCIETY FOR LITERATURE & RELIGION

설립일자 1992. 12. 12 | 설립지역 : 대전

설립목적 본 학회는 문학과 종교의 학제적 연구와 발표 및 이에 부대되는 학술적 활동을 수행하며 회원 상호간의 친목을 도모함을 목적으로 한다.

주요사업내용

연간 1회 학회지 『문학과 종교』 발간, 단행본 『문학과 종교의 만남』(1995), 『문학과 종교 연구 서설』(1999) 발간.

회 원 수 정회원 103명, 준회원 45명, 특별회원 9명, 종신회원 21명, 명예회원 3명

한국문학교육학회

영 문 The Korean Society of Literary Education

설립일자 1996. 8. 1 | 설립지역 : 충북

설립목적 이 회는 문학교육학의 이론을 탐구하며 구체적인 실천의 방법을 모색하고 문학 교육의 영역을 확대함으로써 문학적 문화의 발전을 도모함을 목적으로 한다.

주요사업내용

출범 이후 2년 간 두 달에 한 번씩 학술대회 개최, 1998년 9월부터 하나의 대주제를 1년간 지속적으로 모색하는 방식으로 석 달에 한 번씩 학술대회 개최. 학회지 『문학교육학』 발간

회 원 수 정회원 187명, 준회원 4명, 기관회원 1

한국문학연구학회

영 문 The Society of Korean Literature Studies

설립일자 1987. 2. 14 | 설립지역 : 서울

설립목적 본 회는 한국현대문학을 연구하고 그 성과를 보급하며 회원 상호간의 학문적 발전과 유대를 강화하는 것을 목적으로 한다. 1987년 학회의 모체인 한국문학연구회를 설립하여 한국현대문학 연구자의 학술모임으로 출발한 본 회는 이후 여러 학술단체와의 교류 및 한국고전문학 및 국어학 연구자를 포함한 회원 확대를 통하여 한국어와 문학에 관한 전문학회로 성장하였다.

주요사업내용

연 2회의 연구발표회와 연 2회 이상의 학회지 『현대문학의 연구』 발간

한국문학회

영 문 The Korean Literature Association

설립일자 1977. 7. 2 | 설립지역 : 부산

설립목적 한국문학 연구의 저변 확대를 목표로 한다.

주요사업내용

1978년 학회지 『한국문학논총』 1집을 간행한 이후, 2001년까

지 모두 29집을 간행하였다. 학술발표회는 1996년까지는 1년에 12번 정례 발표회를 가졌으나, 1997년부터는 1년에 4번의 학술발표대회 개최로 대신하고 있다.

회 원 수　정회원 294명, 단체회원 22

한국미학예술학회

영　　문　The Korean Society of Aesthetics and Science of Art

설립일자　1989. 7. 22 | 설립지역 : 서울

설립목적　본 학회는 미학과 예술학에 관한 연구와 저술들을 활성화를 위해 설립되었다.

주요사업내용

미학과 예술학에 관한 연구는 미와 예술에 관한 이론적 탐구뿐 아니라 특수분야로서의 각 예술영역들(조형예술, 문예예술, 음악, 무용, 연극, 영상예술)과 예술장르들, 예술작품, 예술현상에 대한 탐구를 포괄하며, 다른 한편으로는 미, 예술, 예술작품의 이해와 규정을 위한 철학적, 심리학적, 사회학적, 문화사적, 인류학적 방법론들을 대상으로 한다. 본 학회는 1년에 두 번(5월 · 10월) 정기 학술대회를 개최하여 이러한 각 분야 연구자들의 연구성과들을 발표할 수 있는 장을 마련하며, 이를 통해 각 이론분야의 연구를 더욱 심화하고 질적으로 향상하는 데 기여하고자 한다. 『미학 · 예술학 연구』는 한국 미학 · 예술학회에서 1년에 두 번 발간하는 학회지이며, 이 학회지는 학술대회의 발표문들과 게재를 위해 엄선된 논문들을 실어 그 동안 연구가들의 연구성과를 소개하고 집성하는 역할을 한다.

한국민속학회

영　　문　The Korean Folklore Society

설립일자　1955. 8. 17 | 설립지역 : 서울

설립목적　한국과 주변 지역의 민속을 조사 · 연구함.

주요사업내용

1 학회지 발간

1968년 『한국민속학』 1집 발간 이후 2000년 6월 『한국민속학』 32집까지 발간(민속학회 명의) 이와는 별도로 1956년 『한국민속학보』 1호 발간 이후 2000년 6월 11호까지 발간(한국민속학회 명의)

2 학술대회 개최

2001년 2월 20일 현재 총 152회의 학술대회를 개최함(통합 이전인 2000년도까지는 학술대회 횟수를 대회의 성격에 따라 구분해 매겼으나, 2001년도부터는 그간의 횟수를 통산해 152차(2001년 2월 개최), 153차(2001년 5월 26일 개최예정) 이런 식으로 명명하기로 하였음.

회 원 수　정회원 450명, 단체회원 60

한국민요학회

영　　문　The Society of Korean Folk Song

설립일자　1989. 6. 25 | 설립지역 : 부산

설립목적　민요의 수집과 정리, 연구를 목적으로 한다. 폭넓은 서민문화의 하나인 우리나라의 민요를 폭넓게 조사, 연구함으로써 사라져 가는 민요를 보존함과 동시에 우리 민요의 아름다움을 드러내고, 민요에 배어 있는 우리 민족의 보편적 정서를 밝히기 위해 노력한다.

주요사업내용

1 연구발표회 및 강연회를 정기적으로 개최

연 4회에 걸쳐 정기적인 연구발표회를 갖고 다양한 토론과 질의를 통해 연구자들의 성과와 연구결과를 발표, 교환하고 있다. 다음으로는 민요자료의 수집, 조사를 들 수 있다. 그간 17회에 걸쳐 새로운 자료를 발굴하고 현장에서 민요를 채집하는 작업을 꾸준히 계속해 왔다.

2 자료의 수집과 관리

수집한 자료의 보존 및 관리를 위해 간행물, 영화, 음반 등으로 제작하기도 하였다.

3 해외 학회와의 교류

해외 관련학회와의 교류를 통해 비교민속학적 연구도 병행하고 있으며, 최근에는 북한, 중국 연변(옌벤)지방의 민요연구 성과도 수집하여 연구의 폭과 깊이를 더하고 있다.

4 학회지 발간

이러한 연구성과물을 종합하여 기관지로 『한국민요학』을 간행하였다(1집 91년, 2집 94년, 3집 95년).

한국번역학회

영 문 The Korean Association of Translation Studies

설립일자 1999. 10. 30 | 설립지역 : 광주

설립목적 본 학회는 다(多)언어시대에 부응하여 번역과 번역학의 중요성을 다시 인식하고 이에 관련된 국제적인 교류와 국가어문정책의 개발에 기여하고 실무적인 번역을 활성화하고 좋은 번역을 장려하는 사업을 수행하는 데 진력한다.

주요사업내용

1 국가 어문정책에 자문 역할

2 대학 어문학과의 번역교육 확대 및 참여

3 번역이론의 정리 및 한국 번역학의 정립

4 번역비평의 확립으로 각종 오역사례 지적 및 바른 번역 풍토의 정착

5 사회교육으로서 번역교육기회의 창출

6 국제간 번역 학술 교류

7 좋은 번역가와 번역물의 발굴 장려

8 한국 고전의 외국어역 사업
9 정례적인 학술 발표 및 학술지 발간
10 학문 간, 언어 간 통합연구 방향모색

한국비교문학회

영 문 The Korea Comparative Literature Association
설립일자 1959. 6. 5 | 설립지역 : 서울
설립목적 본 회는 문학의 비교연구를 진흥시킴을 목적으로 한다.
주요사업내용
초창기에는 월례발표형식으로 매달 발표회를 개최하다가, 1979년부터는 춘계발표회와 추계발표회라는 전국규모의 발표대회를 개최하기 시작하였다. 1977년 10월『비교문학과 비교문화−The Journal of Comparative Literature and Culture』라는 제호로 처음 시작된 학회지는 제5집부터『비교문학−The Journal of Comparative Literature』으로 그 명칭을 변경하면서 2001년 현재까지 제27집을 발간하였다. 학회회보인「뉴스레터」는 1976년 2월부터 발간되어 회원들에게 세계비교문학의 동향과 한국비교문학의 관심사를 전달하고 각 회원들의 의견을 수렴하는 등, 한국비교문학의 발전을 도모하고 있다. 아울러 영문판 학회회보는 1988년 2월부터 발간하기 시작하여 한국비교문학회의 활동을 세계 각국에 홍보하는 데 주력하고 있다.
회 원 수 정회원 691명

한국시가학회

영 문 Korean Classical Poetry Association
설립일자 1996. 6. 7 | 설립지역 : 서울
설립목적 한국 시가의 연구

주요사업내용

1 학술 연구 발표회
2 학회지 및 연구서 발간
3 기타 필요한 사업

한국시조학회

영　　문　HANKUK SIJOHAKHOE
설립일자　1985. 4. 6 | 설립지역 : 인천
설립목적　한국의 고유한 민족시인 시조에 대한 이론의 정립과 계발, 자료의 정리와 보존, 그리고 회원간의 효율적인 연구활동과 그 의욕의 증진을 꾀하여 민족 문화의 창달에 이바지함.

주요사업내용

1 연구 발표회 개최 : 연 2회(봄 · 가을)
2 학회 논문집『時調學論叢』발행 : 연 1회
3 연구자료의 발굴 · 수집 · 보존 · 정리 · 교환
4 연구 자료 및 연구 논저 빌행
5 시조에 대한 교육기관 · 문화 기관의 자문 및 건의
6 시조에 대한 유공자의 현장 사업
7 해외 학술 교류
8 '韓國時調學術賞'을 운영 · 관리

한국시학회

영　　문　The Korean Poetics Studies Association
설립일자　1997. 6. 21 | 설립지역 : 서울
설립목적　본 학회는 한국 시의 이론과 실제를 연구하여 한국문학 발전에 기여하고 회원 상호간의 학문적 교류를 도모하는 것을 목적으로 한다.

주요사업내용

학술발표회 개최(연 2회), 학회지 『한국시학연구』 발행(연 2회)

회 원 수 330여 명

한국아동문학학회

영 문 The Society for Korean Children's Literature

설립일자 1988. 7. 30 | 설립지역 : 서울

설립목적 아동문학의 이론에 관한 연구 및 발표를 통하여 민족정신의 기반을 다져 아동문화에 기여한다.

주요사업내용

『한국아동문학연구』 발간, 한국아동문학학회 세미나

한국어문학연구학회

영 문 The Association Of The Research On Korean Language And Literature

설립일자 1964. 3. 1 | 설립지역 : 서울

설립목적 한국어문학 연구 및 학술 교류를 목적으로 설립하였다. 학술발표회, 자료의 수집 및 교환, 학회지 및 연구서 발간 등에 있어서 상호 협력을 목적으로 한다.

주요사업내용

1 학술 대회 개최 : 연 5회 이상

2 학술지 간행 : 『한국어문학연구』 연 1회

3 학술총서 간행 : 1집~7집

회 원 수 233명

한국어문학회

영 문 The Society of Korean Language and Literature

설립일자 1956. 11. 8 | 설립지역 : 대구

주요사업내용

1 학술지 『어문학』 발간 : 통권 72집 간행
한국학술진흥재단의 '등재 후보 학술지'에 선정됨
2 전국 학술발표대회 개최(연 1회) : 현재까지 34회 개최
3 정례 발표회 개최(연 4회) : 현재까지 170차례의 발표회 개최.
4 연구총서 간행 : 15종 발간.
5 WWW을 통한 정보 교환 : 학술지 『어문학』에 실린 논문 공개 및 「자료실」과 「자유게시판」, 「전자우편」 등을 통한 다양한 정보 교환

회 원 수 정회원 646명, 기관회원수 32

한국어문회

설립일자 1991. 6. 22

설립목적 국어 전통의 계승 발전과 국한 혼용 체제 확립 및 국어 순화를 범국민 운동으로 전개함을 목적으로 한다.

회 원 수 1,240명

주요사업내용

『어문회보』 발행(계간)

한국언어문학회

영　　문 Korean Language & Literature

설립일자 1963. 2. 23 | 설립지역 : 전남

설립목적 한국언어문학회는 한국어, 한국문학을 연구하여 한국문화의 향상에 기여하고 회원 상호간의 학술교류 및 학문 증진을 도모하여 학계 발전에 이바지함을 목적으로 한다.

주요사업내용

1 학회지 『한국언어문학』을 연 2회 발행하여 한국어와 한국문학을 연구의 성과를 학계에 발표하고 학문 발전의 기여를 목적으로 한다.특히 국어학, 고전문학, 현대문학별로 각각

의 전공영역별 논문을 엄격한 심사과정을 거쳐 심사 게재토록 하고 있다.

2 연 1회 또는 2회의 한국언어문학 전국학술 발표 대회 및 총회를 개회하여 학회 발전과 학문의 교류에 그 목적을 두고 있다.

3 학회지를 매회 750부를 발간하여 전국의 회원 도서관에 발송하여 연구자의 업적을 널리 제공하여 학계에 기여하고 있다.

회 원 수 정회원 716명, 영구회원 46명, 기관회원수 31

한국언어문화학회 (전 한양어문학회)

영 문 The Society Of Korean Language & Culture

설립일자 1974. 3. 1 | 설립지역 : 경기

한국언어문화학회는 1974년 한양대학교 국어국문학과 교수, 대학원생 및 동문들이 주축이 되어 발족한 한양어문연구회에 뿌리를 두고 있다. 한양어문연구회는 그 해 12월에 처음으로 국어학, 고전문학, 현대문학 관련 논문들을 엮어『한양어문연구』라는 전문 학술지를 내놓았다. 그 뒤 1997년에 학회 이름을 한양어문학회로, 학회지 제호를『한양어문』으로 바꾸었고 2000년 겨울 임시총회에서 현재의 한국언어문화학회로 개칭하게 되었다.

설립목적 본 회는 한국어와 한국문학의 자료를 발굴 정리하고 이론을 정립하여 한국어문학과 문화 연구에 기여하는 데 목적을 둔다.

주요사업내용

1 연 4회 학술 세미나 개최, 연 1회 학회지『한국언어문화』 발간

2 정기 학술발표회 : 한국언어문화학회는 연 4회 정기 학술발표회를 실시하여 회원들의 연구 성과와 학술 정보를 교환하고 있다. 이 중 여름철 학술발표회는 여름 방학 기간 중 교외

에서 1박 2일간 합숙하며 다양한 프로그램으로 개최한다.

3 학술 심포지움 : 매년 학문적 현안이 되는 주제를 선정하여 관심 있는 회원들의 공동 연구를 진행하고 그 결과를 심포지움을 통해 발표한다. 지금까지 「1950년대 문학 연구」, 「삼국유사의 재조명」, 「한국문학과 페미니즘」, 「한국문학과 환상성」 등의 주제를 심포지움을 통해 논의했다.

4 학회지 : 정기 학술지인 『한국언어문화』는 매년 6월과 12월에 출간된다. 학술 발표회, 심포지움 발표 논문은 물론 개인 투고 논문 등을 대상으로 엄정한 심사를 거쳐 정기 학술 논문집으로 엮고 있다. 2001년 6월에 제19집이 출간되었다.

회 원 수　317명

한국여성문학학회

영　　문　The Academic Society of Feminism and Korean Literature

설립일자　1998. 12. 5 | 설립지역 : 대전

설립목적　한국문학을 여성주의적 관점에서 연구하고 그 성과를 보급, 교류하며, 회원 상호간의 학문적 발전과 유대를 강화한다.

주요사업내용

연 2회 이상의 학술대회 개최, 연 2회 이상의 학회지 『여성문학연구』 간행

1998. 11. 숙명여대에서 학술대회 개최 준비 모임. 한국여성문학학회로 결정

1998. 12. 제1회 학술대회 및 창립총회 개최 「한국여성문학의 선 자리, 갈 길」(연세대학교 신인문관 강당, 창립회원 70여 명, 비회원 40여 명 참석) 초대회장으로 이덕화 교수 선출

1999. 7. 30 학회지 『여성문학연구』 창간호 발간(태학사)

1999. 9. 11 제2회 학술대회 개최 「한국여성문학과 여성담론 －침묵 속의 목소리」(숙명여자대학교 본관 6층 회의실)

1999. 12. 4 제3회 학술대회 개최 「한국문학에 나타난 여성의

존재방식」(서강대학교 다산관 B101호)
1999. 12. 30 학회지『여성문학연구』제2호 발간(태학사)
2000. 6. 30 학회지『여성문학연구』제3호 발간(태학사)
2000. 7. 5~6 제3회 학술대회, 한중일 국제학술대회「동아시아의 근대성과 신여성문학」(숙명여자대학교, 교수수련회관 1층 회의실)
2000. 12. 제4회 학술대회 및 정기총회 개최 예정
2000. 12. 30 학회지『여성문학연구』제4호 발간(태학사)
2001. 6. 30 학회지『여성문학연구』제5호 발간(예림기획)

회 원 수 정회원 170명

한국연극학회

영 문 Korean Theater Studies Association

설립일자 1975. 3. 29 | 설립지역 : 서울

설립목적 본 학회는 한국 연극과 연극학 발전을 위한 학문연구 및 실천 방법을 확립함을 목적으로 한다.

주요사업내용

학회지『한국연극학』발간(연 1회)

한국한문교육학회

영 문 Society For Korean Classical Chinese Education

설립일자 1981. 6. 27 | 설립지역 : 서울

주요사업내용

연 1회 학술발표회 및 정기총회 개최, 학회지『한문교육연구』발간
1981. 6 창립총회 · 第1回 全國硏究發表大會(장소 : 성신여자대학교)
1983. 6 第2回 韓國漢文敎育硏究會 硏究發表大會, 定期總會

1984. 6 第3回 韓國漢文教育研究會 研究發表大會
1985. 6 第4回 韓國漢文教育研究會 研究發表大會, 定期總會
1986. 6 第5回 韓國漢文教育研究會 研究發表大會
1987. 6 第6回 韓國漢文教育研究會 研究發表大會, 定期總會
1988. 6. 17『漢文教育研究』第2號 發刊
1988. 6. 18 第7回 韓國漢文教育研究會 研究發表大會(성신여자대학교)
1989. 6. 30『漢文教育研究』第3號 發刊
1989. 7. 1 第8回 韓國漢文教育研究會 研究發表大會(성균관대학교)
1990. 6. 25『漢文教育研究』第4號 發刊
1990. 6. 30 第9回 韓國漢文教育研究會 發表大會(공주대학교)
1991. 6『漢文教育研究』第5號 發刊
1991. 6 第10回 韓國漢文教育研究 發表大會(단국대학교) 定期總會.
1992. 6『漢文教育研究』第6號 發刊
1992. 6. 27 第11回 韓國漢文教育研究 發表大會(강원대학교)
1992. 6. 27 정기총회(강원대학교)
1993. 6. 18『漢文教育연구』第7號 發刊
1993. 6. 18 第12回 韓國漢文教育研究 發表大會 및 定期總會(전주대학교)
1994. 6. 20『漢文教育研究』第8號 發刊
1994. 6. 25 第13回 韓國漢文教育學會 研究發表大會 및 定期總會(부산대학교)
1995. 6. 25『漢文教育研究』第9號 發刊
第14回 韓國漢文教育學會 研究發表大會 및 定期總會(성신여자대학교)
1996. 9. 14『漢文教育研究』第10號 第15回 韓國漢文教育學會 研究發表大會 및 定期總會(원광대학교)

1997. 6. 28 第16回 韓國漢文教育學會 學術發表 大會 및 定期總會(성균관대학교)『漢文教育研究』第11號 발간

1996. 6. 20 第17回 韓國漢文教育學會 學術發表大會 및 定期總會(공주대학교)『漢文教育研究』第12號 發刊(도서출판 박이정)

1996. 9. 6『漢文教育研究』CD 롬 제작 완성

1999. 4. 15『漢文教育研究』ISBN 신청

1999. 6. 26 第18回 韓國漢文教育學會 學術發表大會 및 定期總會(경북대학교). 주제 : 漢字文化圈 國家에서의 漢文教育現況『漢文教育研究』第13號 1,200부

2000. 6. 24 第19回 韓國漢文教育學會 全國學術大會(청주대학교) 주제 : 새천년의 한문교육의 방향과 과제

『漢文教育研究』第14號 1,200부 發刊

2000. 12. 30『漢文教育研究』第15號 1,200부 發刊(도서출판 박이정)

2001. 4. 28『漢文教育研究』第16號 1,200부 發刊(도서출판 박이정)

2001. 6. 23~24 第19回 韓國漢文教育學會 全國 學術大會(영남대학교)

2001. 12 제21회 전국학술대회 개최(고려대학교 국제관 국제회의실) 주제 : 漢文教育의 現況과 改善方案, 정재철 교수 외 4인 발표

한국한문학회

영　문　Society of Korean Literature in Hanmun

설립일자　1975. 4. 4 | 설립지역 : 서울

설립목적　本會는 漢文字로 표기된 韓國의 文學 및 그 有關分野를 研究함을 目的으로 한다.

주요사업내용

1978. 11. 25 성대 계단회의실에서 제1회 한국한문학 학술회의 개최(주제 : 한국한문학과 국문학)
1979. 12. 12 성균관대학교 계단회의실에서 제2회 한국한문학 학술회의 개최(주제 : 역사적 전환기에 있어서의 한문학)
1980. 12. 2 연세대학교 장기원 기념관에서 제3회 한국한문학 학술회의를 개최(주제 : 동아시아 문화권에서의 한문학의 교류)
2000. 7. 31~8. 1 중국 연변대학교에서 국제학술 세미나를 개최(공동주제 : 한국문학과 한문학)

1985. 10. 18~19 제1차 한국한문학 전국대회(성균관대학교 종합 세미나실)
1988. 12. 2~3 제2차 한국한문학 전국대회(고려대학교 중앙도서관 회의실)
1991. 11. 23~24 제3차 한국한문학 전국대회(단국대학교)
1995. 4. 28~29 제4차 한국한문학 창립 20주년 기념 한국한문학 전국대회(고려대학교 인촌기념관)
1998. 6. 26~27 제5차 한국한문학 전국대회(성균관대학교 종합강의동)
2001. 12. 7~8 제6차 한국한문학 전국대회(성균관대학교)
정기 발표회로는 1995년 3월까지 총 137회에 달하는 月例發表會가 있었고 1995년 6월부터는 節例發表會로 바꾸어 연 4차의 발표회를 갖고 있다.

회 원 수　정회원 560명, 단체회원 52

한국현대문학회

영　　문　The Learned Society of Korean Modern Literature
설립일자　1970. 3. 1 | 설립지역 : 서울
설립목적　본 학회는 한국의 현대문학에 대한 조사, 연구 및 연구 결과의 보급을 통하여 한국의 현대문학 발전에 이바지하는 것을 목적으로 한다.

주요사업내용

한국 현대문학회는 매년 2월과 8월에 정기적인 학술발표회를 개최하여 학문적 토론의 장을 마련하고 있다.

학술지 『한국현대문학연구』 발간(연 1회)

단행본 발간

『한국의 현대문학 1－특집 한국근대 장편소설 연구』 (모음사, 1992. 8)

『한국의 현대문학 2－특집 한국현대시론사－향천김용직박사 회갑기념논문집』 (모음사, 1992. 11)

『한국의 현대문학 3－특집 한국문학과 모더니즘』 (한양출판, 1994. 2)

『한국의 현대문학 4－특집 한국문학과 리얼리즘』 (한양출판, 1995. 2)

『한국의 현대문학 5－특집 한국문학의 양식론』 (한양출판, 1997. 8)

회 원 수　정회원 200명

한국현대소설학회

영　　문　The Society of Korean Fiction

설립일자　1992. 11. 28 | 설립지역 : 경기

설립목적　한국현대소설학회는 전국의 대학에서 현대소설분야를 전공하면서 실제 '한국의 현대소설'을 강의하고 있는 교수들을 중심으로 결성된 연구학회다. 이 학술단체는 "현대소설을 연구하고 자료를 발굴, 정리하며 연구 결과의 평가를 통해 이론을 정립, 한국 현대소설 연구의 새로운 방향을 제시하는 것"을 그 목적으로 하고 있다.

주요사업내용

연 2회 학회지 『현대소설연구』 발간, 학술발표회 개최
1992. 11. 28 한국현대소설학회 창립
제1기 회장단 출범－회장 : 구인환(서울대학교)
1993 제1회 연구발표대회 개최(현재까지 16회 개최)
1994 『94년 우리 시대의 문제소설』 간행
1994. 3 『현대소설론』 간행
1994. 8 『현대소설연구』 창간호 발간 (현재까지 13호 발간)
1994. 10. 15 제2기 회장단 출범－회장 : 구인환(서울대학교)
1995 『95년 우리 시대의 문제소설』 간행
1996. 3 『96 올해의 문제소설』 간행
1996. 11. 30 제3기 회장단 출범－회장 : 윤병로(성균관대학교)
1997 『97 올해의 문제소설』 간행
1998 11 제4기 회장단 출범-회장 : 윤병로(성균관대학교)
1999 『한국 근대소설 1·2－읽기, 비평하기』 간행
2000. 11 제5기 회장단 출범－회장 : 김상태(이화여자대학교)
2001. 1 『2001 올해의 문제소설』 간행

한글학회

영　문　The Korean Language Society
설립일자　1908. 8. 31 | 설립지역 : 서울
설립목적　우리 말과 글의 연구·통일·발전을 목적으로, 1908년 8월 31일 주시경, 김정진 등이 창립한 국어 연구 학회를 모체로 하여 탄생하였다. 1911년 9월 3일 배달 말글 몬음으로, 1913년 3월 23일 한글모로 바꾸고, 1921년 12월 3일 조선어 연구회, 1931년 1월 10일 조선어학회로 이름을 고쳤다가, 1949년 9월 25일 한글학회로 되어 오늘에 이르고 있다.
주요사업내용
1 정기 간행물, 기관지, 월간지, 단행본 등 출판의 일
현재 『한글』(계간) 제253호까지, 『문학한글』 제14호까지, 『교

육한글』 제13호까지, 『한힌샘 주시경 연구』 제13호까지(이상 연간), 『한글새소식』(월간) 제349호까지 펴내고 있으며, 『한글지명총람』, 『한국땅이름큰사전』, 『쉬운말사전』, 『새한글사전』, 『국어학사전』, 『우리말큰사전』 등의 사전과 『훈민정음 해례본 영인』, 『금강경삼가해 영인』, 『얼음장밑에서도 물은흘러』(조선어학회 수난 50돌 글모이), 『앉으나서나겨레생각』(최현배 선생 글모이) 등을 펴내고 있다.

2 어문 규정 제정의 일

1933년 처음으로 「한글맞춤법 통일안」을 마련하여 우리 어문 규정에 관한 것을 처음 제정하였으며, 표준말 사정, 외래어표기법, 우리말의 로마자 표기, 국어순화를 위한 용어집 등을 내놓고 있다.

3 교육 · 계몽의 일

일찍이 국어 교원 양성을 위한 강습회 및 양성소를 설치하여 운영한 적이 있으며, 교과서 편찬, 한글 계몽 강습, 학교 말본 통일을 위한 갖가지 사업을 벌여 왔으며, 최근에는 국외에 있는 한국어 교사 양성을 위한 "국외 한국어 교사 연수회"를 1997년부터 해마다 열고 있다. 2001년 현재 제5회 연수회를 마치고 지금까지 30개 나라가 넘게 200여 명의 교사들을 연수시켰다.

4 보급 · 운동의 일

한글만 쓰기와 우리말 도로 찾기 등 우리 토박이말과 한글만 쓰기를 위한 운동을 계속해 오고 있으며, 최근에는 우리말 우리글 바로 쓰기 운동을 다양하게 펼치고 있는 바 지난 2000년 5월부터 다달이 '우리 말글 지킴이'를 뽑아 이를 북돋우고 홍보 운동을 해 오고 있으며, 올해부터는 외국어 외래어 속에서 우리말 상호를 찾기 힘든 현실에서 '아름다운 우리말 상호' 선정 사업을 벌여 거리 간판의 질서를 바로 세우고, 아름다운 우리말 상호 쓰기를 권장하고 있다.

5 한글 기계화 · 정보통신의 일

한글 학회의 주장의 하나인 '한글의 기계화'에도 많은 사업들을 벌여 왔다. 글자판의 통일, 글자꼴 개발과 통일을 위해 연구하고 지원하고 있으며, 최근 컴퓨터 대중화 시대에는 일찍이 컴퓨터 통신(PC 통신) 공간에 학회 정보를 올려 놓고 정보통신의 물꼬를 텄으며, 학술단체로서는 처음으로 일찍이 1996년에 누리그물(인터넷)에 누리집(홈페이지)을 개설하여 운영하고 있다.

6 국어학 자료은행 사업(논문 데이터베이스)

문화관광부(당시 문화체육부)의 지원으로 1992년부터 1996년까지 5년 동안 갖가지 국어국문학 관련 자료(각 대학과 연구 기관 및 단 체 등에서 나오는 각종 논문집, 기관지, 학술지에 실려 있는 연구 논문과 각종 자료, 나아가 옛글 문헌 및 해외에 보존되어 있는 자료) 들을 데이터베이스화해서 인문과학 분야의 전산화를 마무리하였다. 현재 입력된 자료는 모두 20,375편의 논문으로 원본 내용까지 김색할 수 있도록 추진한 사업이다.

7 국어학 학술자료 데이터베이스

2000년 2월에 (주)교보문고에서, 우리 학회가 그 동안 펴내 온 논문집 『한글』, 『문학 한글』, 『교육 한글』, 『한힌샘 주시경 연구』에 실린 논문들을 빠짐없이 데이터베이스화한 '한글 학회 학술 정보' 시디롬을 만들어 보급하고 있으며, 이는 누리그물(인터넷)을 통해서도 언제든지 검색하고 이용할 수 있도록 하였다. 유료 서비스이다.

한민족어문학회 (전 영남어문학회)

영 문 Hanminjok Emunhakhoi

설립일자 1974. 1. 15 | 설립지역 : 대구

설립목적 본 학회는 국어국문학을 연구함으로써 민족 문화 창달에 기여함을 목적으로 한다.

그리고 그 목적을 달성하기 위하여 다음과 같은 사업을 한다.

1 학술지의 발간 및 국어국문학연구에 관한 도서의 출판

2 연구자료의 수집 및 간행

3 연구발표회 및 학술강연회의 개최

4) 학회연혁

1974. 1 영남어문학회(한민족어문학회 전신) 창립

1974. 1 제1회 학술발표대회 이후 2000년 12월까지 285차 학술발표대회 개최

1974. 10『영남어문학』1집 간행 이후

1997. 12. 30까지『영남어문학』32집 간행

1975. 5 제1회 답사 및 야외 발표 실시, 이후 2001년 5월 까지 매년 1회의 야외 발표 실시

1984. 1 영남어문학회 창립 10주년기념 학술발표대회 개최

1986. 8 영남어문문고 1,『한국현대소설의 이해』1000부 발간

1987. 10 영남어문문고 2,『한국현대시의 이해』1000부 발간

1994. 1 영남어문학회 창립 20주년 기념 전국 학술 발표대회 개최

1998. 9 영남어문학회를 한민족어문학회로 학회 명칭을 변경함

1998. 10 학회 명칭변경 기념호『한민족어문학』33집(영남어문학 연속호) 간행

1999. 9 한·중·일 국제 학술발표대회 개최

2000. 9 전국 학술발표대회 개최,

2001. 5 전국학술 발표대회 개최, 논제 :「21세기 국어국문학과 문화주권」

주요사업내용

1 학회지 간행

한민족어문학회의 학회지『한민족어문학』을 연 2회 이상 간행 2000년 12월 30일 현재 37집 간행

2 학술발표대회 개최
전국대회를 연 1회 이상 개최
기획발표를 연 2회 이상 개최
일반발표를 연 2회 이상 개최
3 연구
자료의 수집 및 간행
국어국문학 관련 자료 수집
수집된 자료를 (한민족어문학 자료총서)로 간행
4 학술 조사 및 현장 학술발표
국어국문학 관련 현지 답사 및 학술발표

회 원 수 정회원 306명, 특별회원 8명, 명예회원 5명, 기관회원수 29

현대문학이론학회

영 문 The Society of Modern Literary Theory
설립일자 1992. 9. 4 | 설립지역 : 광주
설립목적 한국 현대문학과 문학 이론을 연구하여 회원 상호간의 학술교류를 도모함으로써 한국문학의 발전에 기여를 목적으로 한다.
주요사업내용
본 학회의 주요 사업으로는 학술연구발표회 개최, 문학 연구 자료 수집과 정리, 문학 이론서 강독과 번역, 기타 본 학회에 필요한 학문 연구 사업 등이며 이에 따른 구체적인 성과물들을 학술논문집인 『현대문학이론연구』 발간을 통해 정리하고 있다. 그 동안 학술대회 37회 개최, 총 100여 명의 발표가 있었으며, 연평균 5.17회, 8.5명에 해당한다. 또 본 학회의 학술지인 『현대문학이론연구』를 14집까지 발간하여 한국학술진흥재단으로부터 우수학술지로 지정되어 있으며, 현재 매년 2호씩 정기적으로 발간하고 있다.

* 그 외 학회는 없으나 학술지를 발간하는 경우의 각 대학 국문과 중심

학술지 현황

강릉대학교 국문과 : 『강릉어문학』
강원대학교 국어교육과 : 『어문학보』
경북대학교 국문과 : 『어문논총』
국민대학교 국문과 : 『국민어문연구』
단국대학교 국문과 : 『국문학 논집』
대전대학교 국문과 : 『대전어문학』
덕성여자대학교 국문과 : 『덕성어문학』
동국대학교 국문과 : 『동국어문논총』
목원대학교 국문과 : 『목원국어국문학』
목포대학교 국문과 : 『목포어문학』
부경대학교 국문과 : 『부경어문』
부산여자대학교 국어교육과 : 『수련어문논집』
서울대학교 국문과 : 『관악어문연구』
서울사범대학교 국어교육과 : 『선청어문』
서울시립대학교 국문과 : 『전농어문연구』
성균관대학교 국문과 : 『성균어문연구』
성신여자대학교 국문과 : 『성신어문학』
수원대학교 국문과 : 『기전어문학』
숭실대학교 국문과 : 『숭실어문』
아주대학교 국문과 : 『원천어문』
영남대학교 국문과 : 『국어국문학연구』
울산대학교 국문과 : 『울산어문논집』
인천대학교 국문과 : 『인천어문학』
인하대학교 국문과 : 『인하어문연구』
청주대학교 국문과 : 『국문학보』
한국외국어대학교 국문과 : 『한국어문학연구』
한남대학교 국문과 : 『한남어문학』

한림대학교 국문과 : 『한림어문학』
한성대학교 국문과 : 『한성어문학』
호서대학교 국문과 : 『호서어문연구』
홍익대학교 국어교육과 : 『홍익어문』

부록 2

국문학 관련 홈페이지

1. 국문학 자료 홈페이지

myhome.hananet.net/~hanbija 고전원문자료실
www.kookhak.co.kr 국학자료원
www.urisori.co.kr 우리의 소리를 찾아서
anu.andong.ac.kr/~dwyun 윤동원 학술정보검색
www.o2-line.com 한국근대문학전자도서관
www.kll.co.kr 한국문학전자도서관
www.clepsi.co.kr/eduline/hsy 한국사사료연구소
lib.aks.ac.kr 한국정신문화연구원 장서각
www.kmlm.or.kr 한국현대문학관

2. 국문학과 홈페이지

www.cuk.ac.kr/~cukdkl 가톨릭대학교 국어국문학과
www.kangnam.ac.kr/menu2/menu2_jungong_2_2.html 강남대학교 국어국문학과
www.kangnung.ac.kr/college/humanities/kor/dep_kor.html 강릉대학교 국어국문학과
www.kangwon.ac.kr/~naramal 강원대학교 국어교육과
www.kangwon.ac.kr/~korean 강원대학교 국어국문학과
www.konkuk.ac.kr/home/korea 건국대학교 국어국문학과
odin.konyang.ac.kr/~korean/korean/main2.htm 건양대학교 국어국문학과
203.249.3.203/~korea/korean.html 경기대학교 국어국문학과
www.kyungnam.ac.kr/effm 경남대학교 국어교육과
www.kyungnam.ac.kr/knu_home/member_home/korean 경남대학교 국어국문학과
www-2.kyungpook.ac.kr/~koredu 경북대학교 국어교육과
www-2.kyungpook.ac.kr/~korean 경북대학교 국어국문학과
http://home.hanmir.com/~hanmun 경북대학교 한문학과
user.kyungsan.ac.kr/~korean 경산대학교 국어국문학과
edu.gsnu.ac.kr/~kor 경상대학교 국어교육과
nongae.gsnu.ac.kr/~hk 경상대학교 국어국문학과
www.ks.ac.kr/~korean 경성대학교 국어국문학과
www.kyungwon.ac.kr/~kukmun 경원대학교 국어국문학과
www.kyongju.ac.kr/write 경주대학교 문예창작학과

welove.korea.ac.kr/~munchang	고려대학교 문예창작학과
cafe.daum.net/kukkkgo	고려대학교 국어교육과
welove.korea.ac.kr/~klk	고려대학교(서창) 국어국문학과
www.korea.ac.kr/~genesys	고려대학교 한문학과
www.kongju.ac.kr/korean	공주대학교 국어교육과
www.kwandong.ac.kr/~kll	관동대학교 국어국문학과
cafe.daum.net/krla	관동대학교 국어교육과
www.dankook.ac.kr/~korean	단국대학교 국어국문학과
members.tripod.lycos.co.kr/tkukmun	대구대학교 국어국문학과
dept.daejin.ac.kr/~korean	대진대학교 국어국문학과
dept.daejin.ac.kr/~writing	대진대학교 문예창작학과
home.dongguk.ac.kr/~kor-edu/index.html	동국대학교 국어교육과
wwwk.dongguk.ac.kr/~hanmun	동국대학교 한문학과
dongduk.ac.kr/~www4340/cult/main.htm	동덕여자대학교 문예창작학과
home.donga.ac.kr/~korean	동아대학교 국어국문학과
home.donga.ac.kr/~munchang	동아대학교 문예창작학과
www.dongeui.ac.kr/~korean	동의대학교 국어국문학과
crewrite.ye.ro/start.html	명지대학교 문예창작학과
dorim.mokpo.ac.kr/~kll	목포대학교 국어국문학과
home.paichai.ac.kr/~korean/second.html	배재대학교 국어국문학과
www.pknu.ac.kr/~korean	부경대학교 국어국문학과
koredu.new21.net	부산대학교 국어교육과
www.pufs.ac.kr/~korean	부산외국어대학교 국어국문학과
www.sogang.ac.kr/~korean	서강대학교 국어국문학과
plaza.snu.ac.kr/~ed705	서울대학교 국어교육과
plaza4.snut.ac.kr/~create	서울산업대학교 문예창작학과
www.uos.ac.kr/~korean	서울시립대학교 국어국문학과
dragon.seowon.ac.kr/~seowonke	서원대학교 국어교육과
dragon.seowon.ac.kr/~korea/seowon/frame2.htm	서원대학교 국어국문학과
seulkisaram.pe.ky	세명대학교 미디어 문학부
www.suwon.ac.kr/korean	수원대학교 국어국문학과
sookmyung.ac.kr/~aa9310	숙명여자대학교 국어국문학과
asan3.sch.ac.kr/~kookmun	순천향대학교 국어국문학과
my.dreamwiz.com/arl	숭실대학교 문예창작학과
lotus.silla.ac.kr/~koredu	신라대학교 국어교육과
www.ajou.ac.kr/~korean	아주대학교 국어국문학과

anu.andong.ac.kr/~anukor	안동대학교 국어국문학과
ynucc.yeungnam.ac.kr/~koredu	영남대학교 국어교육과
ynucc.yeungnam.ac.kr/~korean	영남대학교 국어국문학과
yu.ac.kr/~hanmoon	영남대학교 한문학과
home.ulsan.ac.kr/~korea	울산대학교 국어국문학과
cafe.daum.net/miruo2	원광대학교 국어교육과
inhaedu.x-y.net	인하대학교 국어교육과
www2.inha.ac.kr/~korean	인하대학교 국어국문학과
www.jangan.ac.kr/dept/moondept	장안대학 문예창작학과
education.chonnam.ac.kr/~urimal	전남대학교 국어교육과
altair.chonnam.ac.kr/~korean	전남대학교 국어국문학과
cafe.daum.net/chonbukedu	전북대학교 국어교육과
korean.chonbuk.ac.kr	전북대학교 국어국문학과
cafe.daum.net/kedu	전주대학교 국어교육과
www.korean.cheju.ac.kr	제주대학교 국어국문학과
www.chosun.ac.kr/~koredu	조선대학교 국어교육과
www.chosun.ac.kr/~munchang	조선대학교 문예창작학과
sejong.koll.cau.ac.kr	중앙대학교 국어국문학과
www.changwon.ac.kr/~kuk-mun	창원대학교 국어국문학과
web.chungnam.ac.kr/dept/kor lang	충남대학교 국어국문학과
edu.chungbuk.ac.kr/~korean	충북대학교 국어교육과
trut.chungbuk.ac.kr/~depkor	충북대학교 국어국문학과
knuecc-sun.knue.ac.kr/~korean	한국교원대학교 국어교육과
kukmunin.com	한남대학교 국어국문학과
www.hanshin.ac.kr/~munchang	한신대학교 문예창작학과
cafe.daum.net/hykor	한양대학교 국어교육과
tour.honam.ac.kr/~korean	호남대학교 국어국문학과
huniv.hongik.ac.kr/~kor-ed	홍익대학교 국어교육과
www.hallym.ac.kr/~korean	한림대학교 국어국문과

<국문학 연구 정보를 담고 있는 학교 홈페이지>

www.korea.ac.kr/~kukl	고려대학교 국어국문학과
www.mokpo.ac.kr	서경대학교 국어국문학과
plaza1.snu.ac.kr/~korean	서울대학교 국어국문학과

3. 국문학 관련 학회 연구소 홈페이지

keke.or.kr	경인초등국어교육학회
ikc.korea.ac.kr	고려대학교 민족문화연구원
210.218.20.12/withaidle/kor	광주초등국어교육학회
multykuk.ce.ro	국어교육 멀티미디어연구회
youngduck.web.edunet4u.net	문예교육연구회
plaza.snu.ac.kr/~korinst	서울대학교 교육종합연구원 국어교육연구소
www.childbook.org	어린이도서연구회
binari.pe.ky	울산대학교 국어국문 작가사상 연구회
www.kice.re.kr/korean	한국교육과정평가원 국어교육연구실
gomun.new21.net	고전문학연구회
www.ncktpa.go.kr	국립국악원
www.kukmun.net	국문학회
plaza.snu.ac.kr/~korinst	국어교육연구소
www.korlanlit.or.kr	국어국문학회
www.koreastudy.or.kr/kookhak	국학진흥원
go.to/geulbang	경북대학교 국어국문학과 고전문학연구회
my.dreamwiz.com/folk	남도민속학회
my.dreamwiz.com/litlang	문학과 언어학회
plaza.snu.ac.kr/~yytak/litedu	문학교육학회
munbi.web.edunet4u.net	문학사와 비평 연구회
www.minmun.org	민족문학사학회 · 민족문학사연구소
kcrc.korea.ac.kr	민족문화연구원
www.minchu.or.kr	민족문화추진회
myhome.naver.com/pnugomoon	부산대학교 고전문학연구회
user.chollian.net/~acfs	비교민속학회
simoonhak.net	시문학회
www.folklore.or.kr	실천민속학회
anu.andong.ac.kr/~anukor/3.htm	안동어문학회
youngduk.munin.or.kr	영덕문인협회
www.kukmun.co.kr	전국대학 국어국문학과 홈페이지
www.juntong.or.kr	전통문화연구회
www.jikji.org	정보대국의 디딤돌, 직지프로젝트
gomun.new21.net	조선대학교 고전문학연구회

stmail.chosun.ac.kr/~gomun	조선대학교 고전문학연구회
tamh.com.ne.kr	태안문학회
www.textkorea.com/index1.html	텍스트코리아
www.pansoree.com	판소리
www.pansori.or.kr	판소리학회
www.hanguksoseol.org	한국고소설학회
bh.knu.ac.kr/~mkkim	한국고전의 세계
www.hangomun.org	한국고전문학회
my.netian.com/~kcwoman	한국고전여성문학회
www.koralit.net	한국구비문학회
www.koreastudy.or.kr/kookhak/html/frameset02.html	한국국학진흥원
www.kdrama.or.kr	한국극예술학회
my.dreamwiz.com/korlit	한국근대문학회
www.koli.info	한국문예창작학회
plaza.snu.ac.kr/~yytak/litedu	한국문학교육학회
www.hanmunbi.or.kr	한국문학이론과 비평학회
lotus.pwu.ac.kr/~kla	한국문학회
www.kofos.or.kr	한국민속학회
www.pufs.ac.kr/~kwonok/folksong	한국민요학회
www.kcla.org	한국비교문학회
www.theorics.com	한국비평이론학회
www.shiga.or.kr	한국시가학회
feministcriticism.or.kr	한국여성문학학회
www.minsokstudy.com	한국역사민속학회
user.chollian.net/~kohanhak	한국한문학회
my.netian.com/~hansinet	한국한시학회
literature.web.edunet4u.net	한국현대문학회
www.literature.or.kr	한국현대문학회
fiction.web.edunet4u.net	한국현대소설학회
myhome.hananet.net/~hrjhr	향가정독
www.litheory.com	현대문학이론학회

4. 국문학자 개인 홈페이지

plaza.snu.ac.kr/~kdhaeng	김대행

bh.knu.ac.kr/~mkkim	김문기(한국고전의세계)
nongae.gsnu.ac.kr/~kse39	김수업
dragon.seowon.ac.kr/~kwklch	김외곤
bh.knu.ac.kr/~jsuk	김재석
galaxy.channeli.net/kuzuburi	김종욱
plaza.snu.ac.kr/~dahori	김종철(고전문학연구실)
chonnam.chonnam.ac.kr/~ksna	나경수
user.chollian.net/~lusual	류수열
my.dreamwiz.com/cheongpa1	민병수(청파 한문교실)
web.pusan.ac.kr/~bmw	민병욱(극문학)
sejong.koll.cau.ac.kr/~taebok	박대복(고전문학과 전통의 현장)
user.chollian.net/~pmjlih	박명진
user.chollian.net/~tsym	박헌순(한시감상실)
plaza.snu.ac.kr/~daeseok	서대석
hoonjang.homepi.to	서대훈
www.knou.ac.kr/~jhson	손종흠
cc.kangwon.ac.kr/~sulb/main.htm	손주일
user.chollian.net/~ssusuk	송성욱
kkucc.konkuk.ac.kr/~shindh	신동흔
my.netian.com/~ast27	안순태(한국고전문학)
profyang.ms98.net	양승국(희곡)
ouroboros.hihome.com/구비문학의세계	양주환(구비문학의 세계)
osj1952.com.ne.kr	오세주
kio31.isp.st	오태권
plaza.snu.ac.kr/~wookong	우한용
www.yookeumho.com	유금호
www.soripan.net	유영대
nongae.gsnu.ac.kr/~jcyoo/index.html	유재천(문학교실)
plaza.snu.ac.kr/~yytak	윤여탁
yu.ac.kr/~kolee	이강옥
www.kangwon.ac.kr/~kslee	이경수
bky5587.sshel.com	이복규(사이버 강의실)
www.oyoung.net	이어령
www.oisoo.co.kr/main.html	이외수
home.mju.ac.kr/%7Eynlee	이용남
my.netian.com/~star0104	이원수(아름다운 세상을 만드는 사람들)

trut.chungbuk.ac.kr/~ixung	이익성
www.yiinhwa.com/home.htm	이인화
lotus.pwu.ac.kr/~lcy	이채연(국어교육과 멀티미디어의 만남)
www.gogong.com	이태화(고전문학)
home.ewha.ac.kr/~hslee	이혜순
green.skhu.ac.kr/~kclim	임규찬
limjh.andong.net	임재해
www.yimhy.pe.kr/frame.htm	임헌영
hykorea.net/korea/jung0739	정민
home.mju.ac.kr/~bsjung	정병설
kkucc.konkuk.ac.kr/~ucjeong	정운채(문학치료학)
korean.hongik.ac.kr/~wpchung	정원표
www.kicho.pe.kr	조규익(고전문학)
chodongil.x-y.net	조동일
plaza.snu.ac.kr/~k0047	조동일 선생님으로부터 배운 사람들의 모임
www.zonegul.pe.kr/jo.htm	조정래
my.dreamwiz.com/ours	진갑곤(한문학)
cc.knue.ac.kr/~cwsik	최운식(우리 이야기 한마당)
sorak.kaist.ac.kr/~choi	최혜실
www.heohyungman.pe.kr	허영만
story.inje.ac.kr	황국명
www.hrushi.net/hrushi/rushi.cgi	황루시(민속, 무속)

5. 중 · 고등학교 교사 홈페이지

www.naramal.com	강동우
www.mymei.pe.kr	강백향의 책 읽어주는 선생님
soback.kornet.net/~norae	강혜원, 계득성의 마음으로 만나는 국어교실
urinara.pe.kr	강호율
gobai.com.ne.kr	고배의 국어교실
ipcp.edunet4u.net/~koreannote	공명철의 열린국어강의
urinara.pe.kr	국어사랑
my.dreamwiz.com/heerong	국어시간
www.withkr.co.kr	국어와 함께
korea.123study.org	국어이야기 마당
www.hongkgb.x-y.net	김광복의 국어교실

user.chollian.net/~hk1119	김덕곤의 언어 · 논술학교
myhome.netsgo.com/mtnkdh	김덕호
my.netian.com/~baram125	김병기의 국어교실
my.netian.com/~baram125	김병수의 문학마을
leaf.pe.kr	김석환의 홈페이지
www.chungdong.or.kr/middroom/ksh	김수학 선생님과 함께 하는 중학 국어공부방
www.edu.co.kr/kwank99	김영관 선생님의 홈페이지
my.dreamwiz.com/dodam2	김영찬의 도담 국어 공부방
www.edu.co.kr/kyp9962	김영표
members.tripod.lycos.co.kr/corea21c	김용권의 백성을 깨우는 바른 소리, 훈민정음
user.chollian.net/~yjkim73	김이정
210.218.41.140/goresil	김임태
www.hanvit99.com	김정환, 박경숙 부부의 한빛 국어교실
members.tripod.co.kr/kjrkks23	김종률의 국어교실
my.netian.com/~hunmin	김종업 선생님의 훈민정음
www.ijoakukuk.com	김종욱
www.ojirap.com	김필수 선생님의 사이버 국어 서당 오지랖
www.edu.co.kr/nds55	나대수
natogi.new21.org	나도기 선생님의 우리말글살이
koreanlove.com.ne.kr	노인숙의 국어사랑
bekhab.com/~ansdygus	문요현
web.eyes.co.kr/~mj8587	문창민
www.esperantisto.pe.kr	민경대의 국어교실
plaza1.snu.ac.kr/~naein	민송기 선생님의 그루터기
210.99.103.65/seeuagain	박광수
penart.co.kr	박상준의 한국문학배움터
pinggoo.gazio.com	박인구 선생님의 국어과 배움의 샘터
py6208.x-y.net	박진용의 국어교육연구실
user.chollian.net/~bbgo	백병부
100win.pe.kr/saint.htm	백승호 언어논술
members.tripod.lycos.co.kr/nomemory	백윤애
myhome.naver.com/qseo	서주홍의 문학 속으로
user.chollian.net/~conscom	서창현 선생님의 삶과 사랑과 문학과 배움이 있는 들꽃천지

solbit.com.ne.kr	솔빛문학교실
home.hanmir.com/~kavi00	승완과 은진의 말글사랑
my.netian.com/~sbs7916	신배섭의 국어마을
www.ons.pe.kr	신영길의 국어교실
imunhak.com.ne.k	안영선
my.netian.com/~aym28	안용민의 국어교실
www.ojirap.com	오지랖
www.hanja.pe.kr	오형민
my.dreamwiz.com/yootolee	유택환의 진학실
www.naraga.pe.kr	윤명철의 국어교실
LKS.ms98.net	이금술 선생님의 진학교실
munsu.new21.org	이문수
www.koreaedunet.com	이성훈
ljh60.com.ne.kr	이재학
user.chollian.net/~ljh0115	이준호 국어교재연구실
leehyeonju.hihome.com	이현주
myhome.naver.com/aran001	이형식
eunn.wo.to	이혜영
www.seelotus.com	이완근. 이학준의 문학교실
new.prn114.net/~inkoteg	인천국어교사모임
javanet.webpd.co.kr	인터넷 프리스쿨(internet free school)
user.chollian.net/~sam0119	임기삼
my.dreamwiz.com/yimdream	임병찬
edkorea.pe.kr	임성규 선생님의 성규나라 중학국어
home.nownuri.net/~chosan43	임영준
sonamubat.hihome.com	장진석의 소나무밭
www.njoyschool.net/main/P_index.asp	전국국어교사모임
user.chollian.net/~jh1122a/index.html	전진호
hanlover.new21.org	정명숙
210.218.65.14/~choyhwan	조영환
user.chollian.net/~fly1	조한용의 소설 사랑방
cerra.infomail.co.kr	주정금
www.jilmun.net	질문점넷
www.freechal.com/sorryto	참국어교육
my.dreamwiz.com/choi3131	최원범의 국어공부방
myhome.naver.com/cihi	최종석

my.dreamwiz.com/eba58	최진미
home.nownuri.net/~pokorea	포항국어교사모임
www.edu.co.kr/hahahia	하계우
www.hanvit99.com	한빛 국어교실
my.dreamwiz.com/hanskt	한상국
my.netian.com/~refriend	한준명의 한얼글방
hanji.pe.kr	한지네 집
my.dreamwiz.com/hpark7	홍기태
www.maehyang.ms.kr/hongjp	홍준표

6. 창작 동호회 · 문예관련 아카데미 · 출판사 홈페이지

kwjakga.hihome.com	강원작가회의
www.dongsimnara.com	광주전남아동문학인회
www.readingnet.or.kr	국민독서문화진흥회
www.gulpo.or.kr	굴포문학회
kumsan.munin.or.kr	금산문인협회
www.kimyoujeong.org	김유정문학촌
sijosiin.com	달가람 시조문학회
www.daesan.or.kr	대산문화재단
www.minjak.org	대전충남작가회의
www.simunhak.net	대한문학인협회
poem.new21.net	등단닷컴
www.artnstudy.com	디지털문화예술아카데미
mokpo.munin.or.kr	목포문인협회
www.moonkyo.co.kr	문학과 교육
www.propose.co.kr/moonsa	문학과 사회
propose.co.kr/moonji	문학과 지성사
www.munhak.com	문학동네
www.munsa.co.kr	문학사상사
www.moonhak.co.kr/htdoc/index.asp	문학수첩
www.munhakac.co.kr	문학아카데미
www.yolimwon.com	문학 · 판
www.minumsa.com	민음사
www.minjak.or.kr	민족문학작가회의
www.bla.or.kr	부산문예대학

www.persdream.com/sub_file/classroom.htm	사이버 문학창작교실
www.koreanwriters.com	세계한민족작가연합
www.transs.pe.kr	수유연구실 연구공간 너머
koreapoetry.com	시와 문학
www.poet21.co.kr	시인21
www.poemfoot.com	시인발바닥
www.poetspirit.com	시인정신
www.poetschool.co.kr	시인학교
koreapoetry.com/index2.html	안산여성문학회
www.salluju.or.kr	여성문화동인 살류쥬
www.koreapen.net	여주문인협회
koreapoetry.com/index2.html	영남수필문학회
www.travelwriters.co.kr	여행작가협회
topstar.netian.com/wzmain.html	오늘의 문학
worin.net	월인출판사
www.litopia.or.kr	인터넷 문학관
imsil.munin.or.kr	임실문학
www.segyesa.com	작가세계
writer.jeonbuk.kr/m2.htm	전북작가회의
www.jisik.co.kr	지식산업사
www.changbi.com	창작과 비평사
www.cjjakga.com	충주작가회의
www.thaehak4.com	태학사
www.isu.co.kr/publish/21_03autumn.htm	파라 21
www.penart.co.kr	펜아트 문예
pen.netian.com	포항문예아카데미
www.donginji.or.kr	한국동인지문학관
www.kll.co.kr	한국문학도서관
www.ltikorea.net	한국문학번역원
www.kcaf.or.kr	한국문화예술진흥원
www.buddwriter.org	한국불교문인협회
www.novel.or.kr	한국소설가협회
www.essay.or.kr	한국수필작가회
www.pen-hi.com	한국여성문학인회
www.pronovel.or.kr/index.html	한국작가교수회
www.jesuswriters.org	한국지저스작가회

7. 한국 현대 작가 홈페이지

www.gohjunghee.net	고정희 추모 홈페이지
rtlink.flotec.co.kr	기형도 추모 홈페이지
report.jinju.or.kr/educate	김용택
www.rannie.net/main.htm	김정란
urimodu.com/bird	노혜경
topstar.netian.com/profi/pkr.html	박경리
www.bq--3c6blqgby2ya.mltbd.net	박상우
my.netian.com/~mahfuz	박완서
my.netian.com/~21zone02/sjj.html	서정주
shinks.wo.to	신경숙
www.ahndohyun.com	안도현
topstar.netian.com/profi/ehk.html	은희경
www.oisoo.co.kr	이외수
myhome.naver.com/eungjun	이응준
www.hyoseok.org/kor	이효석
www.jiyong.or.kr	정지용
www.manhae.or.kr	한용운 기념관
www.sponge.co.kr/HWANG/INDEX2.htm	황지우

8. 기타

galaxy.channeli.net/thinkbox	K3's고전시해설
www.gnmunhak.com	경남 문학관
www.gojunlife.com	고전과 생활
brother3.new21.org	고전문학사랑터
cafe.daum.net/classicparfum	고전의 향기
www.nfm.go.kr	국립민속박물관
myhome.hananet.net/~zooty93/klit.htm	국문학 관련 소개
www.chungdong.or.kr/middroom/ksh/202/ln2207.html	국문학의 세계
www.andongkwon.pe.kr	권영환의 한문학
www.net-in.co.kr/seraph	기녀문학
www.novel21.com	노블 21
myhome.shinbiro.com/~orinoko/index.htm	동양고전읽기

cafe.daum.net/mokorean	목원대학교 국어교육과 카페
www.moonhakdong.pe.kr	문학동 사람들
poet.or.kr	문학의 즐거움
bari.co.kr	바리 홈
pkh120.cyworld.com/club/main/club_main.asp?club_id=50037797#	박상준
nkmunhak.jinju.or.kr	북한문학연구
kwon.fu.st	사랑의 시
user.chollian.net/~saebawi	새바위웹존
www.atkorea.co.kr	서예 홈페이지
www.tv37.co.kr	서예와 컴퓨터
members.tripod.lycos.co.kr/croaker	서울지역 대학생 문학동아리 연합 단체
myhome.naver.com/mh1210	소설산책
enejr.uos.ac.kr/~fbj/kdari/fbjdesign	시립대 강다리
www.umjibook.co.kr	엄지북
www.idream.co.kr	옛날이야기
home.hanmir.com/~psm921	우리 고전
www.koreaminyo.com/button/aa.htm	우리민요 이야기
www.urisori.co.kr	우리의 소리를 찾아서
www.bogildo.com/index2 1.htm	윤선도와 보길도
www.takbon.co.kr	탁본, 그 아름다운 세계
www.korearoot.co.kr	코리아루트
cafe.daum.net/panse	판소리 세상
www.riss4u.net	학술연구정보서비스
bh.knu.ac.kr/~mkkim	한국 고전의 세계
my.netian.com/~woon9	한국고유의 노래 향가
eris.knue.ac.kr	한국교원대학교 교육연구정보서비스
www.o2-line.com	한국근대문학
www.mix-match.net	한국기독교문학네트워크
asuka.tabamo.com	한국문학
www.seowoohoe.com	한국외국어대학교 서우회
www.cyberprivacy.org	한국의 소설
www.koreanpoetry.net	한국의 시와 문학
www.kmlm.or.kr	한국현대문학관
myhome.shinbiro.com/~zwolf/home.htm	한국현대시모음
kkucc.konkuk.ac.kr/~garaiul	해우소 현대시

hyangto.pe.kr	향토문화자료실
www.hdmh.co.kr	현대문학

| 찾아보기 |

지은이 소개 논문 게재순

김종철 | 1957년 출생, 서울대학교 국어교육과 부교수(고전산문 전공)

심경호 | 1955년 출생, 고려대학교 한문학과 교수(한시 전공)

박일용 | 1957년 출생, 홍익대학교 국어교육과 교수(고전산문 전공)

성호경 | 1952년 출생, 서강대학교 국어국문학과 교수(고전시가 전공)

강진옥 | 1955년 출생, 이화여자대학교 국어국문학과 교수(구비문학 전공)

권성우 | 1963년 출생, 숙명여자대학교 국어국문학과 부교수(문학비평 전공)

이동하 | 1955년 출생, 서울시립대학교 국어국문학과 교수(현대소설 전공)

이숭원 | 1955년 출생, 서울여자대학교 한국어문학과 교수(현대시 전공)

정우숙 | 1964년 출생, 이화여자대학교 국어국문학과 조교수(현대희곡 전공)

한국학술사총서 · 4
국문학 연구 50년

한국문화연구원 편

2003년 10월 20일 초판 인쇄
2003년 10월 25일 초판 발행

펴낸이 오일주
펴낸곳 도서출판 혜안
등 록 1993.7.30 제22-471호
주 소 121-836 서울시 마포구 서교동
326-26번지 102호
전 화 3141-3711~3712
팩 스 3141-3710

값 28,000 원 ISBN 89-8494-196-4 93810